Ernst Lothar

Die Rückkehr

Roman

Mit einem Nachwort von Doron Rabinovici

btb

Begonnen in Scarsdale bei New York, Sommer 1945;
beendet in Wien, Frühjahr 1949

Die Gestalten dieses Buches (mit Ausnahme der bei ihren wahren Namen genannten) sind erfunden. Keinerlei Anspielung auf Lebende ist beabsichtigt.
E. L.

Der Roman erschien erstmals 1949 im Verlag »Das Silberboot«, Salzburg.

Die Orthografie wurde leicht modernisiert.
Offensichtliche Satzfehler wurden korrigiert.

Sollte diese Publikation Links auf Webseiten Dritter enthalten,
so übernehmen wir für deren Inhalte keine Haftung,
da wir uns diese nicht zu eigen machen, sondern lediglich auf
deren Stand zum Zeitpunkt der Erstveröffentlichung verweisen.

Verlagsgruppe Random House FSC® N001967

1. Auflage
Genehmigte Taschenbuchausgabe Juli 2019
btb Verlag in der Verlagsgruppe Random House GmbH,
Neumarkter Str. 28, 81673 München
Lizenzausgabe mit Genehmigung des Paul Zsolnay Verlages Wien
© Paul Zsolnay Verlag Wien 2018
Covergestaltung: Semper Smile, München,
nach einem Entwurf von Anzinger und Rasp, München
Covermotiv: © Ernst Haas/Getty Images
Druck und Einband: GGP Media GmbH, Pößneck
cb · Herstellung: sc
Printed in Germany
ISBN 978-3-442-71794-1

www.btb-verlag.de
www.facebook.com/btbverlag

»Und wendet es,
wie es euch beliebt,
das Wichtigste bleibt doch
die Wahrheit.«

Goethe

Vorspiel

VERLASS DICH NICHT AUF MICH

1

Ein Vogel fliegt weg

Felix zog den Regenmantel an. Als er vierzig Minuten vorher vom Grand-Central-Bahnhof in New York wegfuhr, war es heiß und feucht, aber wolkenlos sonnig gewesen. Bei der 125. Straße wurde der Himmel plötzlich grau. In Mt. Vernon war er schwarz. In Tuckahoe begann es zu regnen, und als er ausstieg, war es ein Wolkenbruch. Alles in vierzig Minuten.

Er stellte den Kragen auf und ärgerte sich. Auch darin war Felix ein Wiener, dass Kleinigkeiten ihn plötzlich in Wut versetzten. Monatelang war er hin und her gefahren, ohne dass ein einziger Regentropfen fiel. Ausgerechnet heute, da er ein Kleid von Lanz in einer dünnen Pappendeckelschachtel in der Hand trug, musste es so schütten. Es würde total aufgeweicht sein, bevor er es Livia geben konnte. Er praktizierte die lange Schachtel über Brust und Magen und knöpfte den Regenmantel darüber zu. Zum Teufel mit den amerikanischen Quantitäten! Wenn's heiß war, war es eine Hitzewelle, wenn's regnete, eine Sintflut. Alles im Extrem. In Salzburg regnete es im Sommer auch nicht wenig, aber mit einem Schirm und einem Regenmantel war man seines Lebens sicher.

Es entging ihm, dass er keinen Schirm hatte, und seine Wut wuchs, als die Taxi-Chauffeure, die am Kopf der von der Station zur Straße führenden Treppe warteten, die Ankommenden, fünf zusammen, von denen keiner zum anderen gehörte, in die Cabs pferchten. Felix hasste es, wenn man über ihn verfügte, und er konnte es einfach nicht mehr hören, dass man alles, was geschah, mit »There is a war on, Mister« erklärte. Dass es Krieg gab, war ihm nicht entgangen. Er hatte diesen Krieg für unvermeidlich gehalten, seit der Sekunde, da Hitler in Wien eingezogen, die Familie von Geldern (Haupthaus in Wien, Filiale in Paris) an ihrem Leben bedroht und Wien zu einer obskuren deutschen Provinz geworden war. Er hatte es bei seiner Musterung in New York gesagt und den Herren in Washington immer wieder geschrieben: There is a war on, Mister, und ich, Felix von Geldern, will mitmachen. Ich kann Ihnen von Nutzen sein, glauben Sie mir das! Aber man hatte ihm höflich geantwortet: »Danke, nein, Ihre Augen sind zu schlecht.«

Er war kurzsichtig, aber um sich seiner Haut zu wehren, dazu sah er genug. Sei doch froh, hatte ihm die Familie (mit Ausnahme von Großmama Viktoria) gesagt, so hast du wenigstens Ruhe. Zum Teufel mit der Familie! Denen musste man tatsächlich erzählen, dass Krieg war. Die waren so felsenfest davon überzeugt, dass sie durch ihre mehr oder weniger erzwungene Auswanderung (Luxuskabinen auf der »Queen Mary« und der »Normandie«) unendlich gelitten hatten; dass sie in ihren Appartements im Hotel Plaza, in ihren Wohnungen, Ecke Fifth Avenue und 68. Straße, in ihren Sommerfrischen am Lake Placid, bei ihren Golf-Weekends im Westchester County Club als Dulder und Opfer auftraten. Als ihm die Familie einfiel, warf Felix mit einer ihn kennzeichnenden Gebärde heftig den Kopf zurück. Mit unbelehrbaren Menschen gab es keine Verständigung.

Auch in seiner Erscheinung war Felix ein Wiener. Er war groß, hielt sich aber nicht stramm (»leger« nannte man es in Wien). Die Augen unter den horngefassten Brillen hatten trotz ihrer Kurzsichtigkeit etwas Anziehendes; ihre Bereitwilligkeit zog an und ihre jungenhafte Neugier. Felix war, wie seine Großmutter Viktoria, einer der neugierigsten Menschen auf der Welt. Dass er sein Haar länger als notwendig trug, wie ein Musiker, obwohl er Jurist war, und auf seine Anzüge und Krawatten mehr Sorgfalt verwendete, als er zugab, gehörte zu den wienerischen Widersprüchen seines Wesens: Er hasste Prätention oder, wie es in Wien hieß, Getue, aber er hatte eine ausgesprochene Schwäche, zu gefallen. Einer seiner bleibenden Kindheitseindrücke war ein zufällig aufgefangener Ausspruch seines Onkels Richard gewesen: »Der Felix ist der wenigst hübsche in unserer Familie.« Onkel Richard, der später gesagt hatte: »Amerika wird nie in den Krieg eintreten«, hatte sich auch damals geirrt. Sein Verdikt klang Felix trotzdem nach, bis zu diesem Augenblick im Wolkenbruch.

»Nein, danke«, sagte er zu den Chauffeuren, obschon es purer Wahnsinn war, zu Fuß zu gehen. Impulsen nachzugeben, war ein anderes seiner Merkmale; er tat Dinge, von denen er noch eine Sekunde zuvor nicht geglaubt hätte, dass er sie tun werde. Sie hätten wissen können, dass er sich die fünfunddreißig Cent für ein Taxi nicht einmal bei einem Wolkenbruch leistete; seit Jahren hatten sie ihn hier ein- und aussteigen gesehen, in der Früh, 7 Uhr 49 nach New York, abends, 6 Uhr 25 von New York.

Er ging die Abkürzung unter dem Viadukt und entlang des Baches. Bei gutem Wetter legte er die wenigen Minuten von der Station zu seiner Wohnung mit zwei Männern und vier Mädchen zurück, die er nicht persönlich kannte. Sie waren wie er »Commuters«, das heißt, sie lebten in einem Vorort, arbeiteten in der Stadt und benutzten dieselben Züge. Vor Pearl Harbor waren es vier Männer gewesen, und zwei Mädchen weniger. Felix kannte ihre Namen nicht, aber die Farbe ihrer Anzüge. Bis Dezember waren die Anzüge lebhaft blau oder braun; später trugen die Männer helle Regenmäntel; die Zeitung »Sun« oder »World-Telegram« schaute ihnen aus der Rocktasche, sie waren ihm immer um einige Schritte voraus. Die Mädchen dagegen gingen hinter ihm. Sie kicherten die ganze Zeit. Wenn er über die kleine Holzbrücke nach rechts abbog, pflegte er sich umzuschauen und festzustellen, dass sie kleine, blaue, quadratische Schachteln trugen; sie hatten beim Bäcker Cushman-Torten für das Dinner gekauft.

Es war ein so lächerlich maßloser Wolkenbruch, dass man in Pfützen watete, wo noch vor Augenblicken Straße gewesen war. Die lange Schachtel auf Felix' Magen wurde feucht. Dann geb ich's ihr eben erst morgen. Es muss erst trocknen, entschied er. Der Aufschub erleichterte ihn irgendwie.

Er hätte ihr gern eine Freude gemacht. Deshalb war er, bevor er das Kleid gekauft hatte, wochenlang vor Schaufenstern in der Fifth Avenue gestanden. Aber seit er sich erinnerte, konnte er zu niemandem sagen: »Hier. Das hab ich dir geschenkt.« Er fand es anmaßend, dass man sich mit hundert österreichischen Schilling oder hundert Dollar, oder was es eben war, zu einem Mann machte, der sich Anspruch auf Dank erwarb. Außerdem würde er bestimmt nicht »Happy Birthday to you!« singen können, dazu war er zu gehemmt. Beneidenswert, dachte er und meinte die Leute, die sich einfach hinstellen und »Happy Birthday« singen konnten. Der Regen riss Löcher in den Boden. Die Eichen, deren Höhe riesig war, schüttelten ihre Kronen im Sturm. Im Westen blitzte es. Donner folgten wie Detonationen. Die Luft war vor Elektrizität kaum zu atmen.

In Schweiß und Regen gebadet, trat Felix durch die Hintertür ins Haus.

Livia schien ihn kommen gehört zu haben. Sie stand im Vorraum. »Hat es Sie erwischt, Herr von Geldern?«, fragte sie. Sie sagte nicht Mr. van Geldern, sondern Herr von Geldern zu ihm.

»Guten Abend, Livia. Ich hätte ein Taxi nehmen sollen.«

»Es sind ja nur ein paar Schritte.« Noch nie hatte sie etwas getadelt, was er tat oder sagte.

Er fingerte an dem Regenmantel, den er wegen der Schachtel nicht ausziehen wollte.

»Vielleicht behalten Sie ihn lieber an«, sagte Livia, »Hansl ist weg.«

Sie sagte »Hansl«, mit dem österreichischen Diminutiv, und sie sagte es nicht einmal mit dem langen amerikanischen »a«.

Hansl war ein Kanari, Großmama Viktorias Geschenk; sie behauptete steif und fest, er komme aus Österreich. Jedenfalls hatte der Vogel in Felix' Zimmer österreichisch getrillert.

Es schien, dass Livia wusste, wie schlecht die Nachricht war. Sie wusste jedenfalls, was Felix freute oder verstimmte. Seit er bei ihrer Schwester Joyce als Mieter eingezogen war, hatte sie das zu ihrer Hauptaufgabe gemacht. Hatte jemand sie gefragt: »Was studieren Sie?«, sie hätte nicht länger beschämt sein müssen, dass ihre Schwester sie verhindert hatte, das College zu beenden, und dass sie jetzt in Altman's Kaufhaus in White Plains ihren Unterhalt als Verkäuferin verdienen musste. Sondern sie hätte geantwortet, ihr Hauptfach sei ihre Liebe zu Felix.

Sie hatte Narben an Kinn und Hals, die man unter Puder fast nicht sah; als kleines Kind war sie in den Kamin gefallen, und Joyce hatte sich schon damals wenig aus ihr gemacht. Hätte sie rechtzeitig ärztliche Behandlung gehabt, die kleinen weißen Narben wären ihr erspart geblieben. Doch Joyce war damals zwölf, und sie war zwei. Und sogar wenn Joyce damals erwachsen gewesen wäre, hätte sie wie heute gefunden, es sei Verschwendung, den Arzt zu holen.

Wenn es sein musste, kämpfte Joyce mit den Nägeln. Sie hatte es hart gehabt und sah nicht ein, warum andere es leicht haben sollten. In ihren Augen war Livia ein unreifes Geschöpf, außerdem dumm.

Trotzdem würde Livia Felix heiraten und mit Joyce um ihn kämpfen. Auch Joyce wollte Felix heiraten; sie hatte das nie gesagt, aber Livia wusste genau, dass es so war.

»Sind Sie böse?«, fragte sie ihn.

»Ja.« Das bisschen Aufmerksamkeit, auf einen Vogel aufzupassen, hätte sie wirklich haben können. »Wieso ist das passiert?« Die Schachtel mit dem Kleid wurde ihm immer lästiger.

Sie hatte, erzählte Livia, wie jeden Abend das Gläschen im Käfig mit Wasser gefüllt; ein Blitz hatte so nahe eingeschlagen, dass sie fürchtete, es sei im Garten; sie war hinausgelaufen, die Käfigtür blieb einen Augenblick offen. Als sie zurückkam, war Hansl nicht mehr da.

»Aber der Blitz hat natürlich nicht im Garten eingeschlagen?«

»Nein. Leider.«

Darüber musste er wider Willen lachen.

»Es war sehr dumm von mir«, sagte sie.

Wenn jemand ein Verschulden zugab, war er sofort versöhnt. »Das hätte jedem passieren können, Livia.«

»Ich hätte die Käfigtür schließen sollen. Oder das Fenster. Selbstverständlich.«

»Unsinn. Selbstverständlich wird alles erst, wenn es vorbei ist.«

»Sie sind wundervoll«, sagte sie. Sie verbesserte sich sofort. »Glauben Sie, wir bekommen ihn zurück?«

»Nein.«

»Wir können ihn rufen. Ich kann pfeifen wie er.«

»Im Regen?« Er fügte hinzu: »Wenigstens hat er jetzt seine Freiheit.«

»Er hat so viel ...« Sie vollendete nicht, was sie sagen wollte. Vielleicht hatte sie sagen wollen: »Er hat so viel gesungen.« Wer so viel sang, konnte die Freiheit nicht entbehrt haben. »Geben Sie mir Ihren Mantel. Ich hänge ihn in die Küche zum Trocknen.«

»Nein, danke«, sagte er schnell. »Ich gehe noch ein bisschen hinaus. Der Regen hat nachgelassen. Vielleicht höre ich ihn wirklich.«

»Joyce ist zum Dinner eingeladen. Ich komme mit Ihnen.«

»Mit Ihren bloßen Beinen!«

Sie hatte ihre weißen Shorts an. Ihre Beine irritierten ihn. Nicht zum ersten Mal packte ihn das Verlangen, sie in seine Arme zu nehmen.

»Es wäre hübsch, wenn Sie endlich wüssten, dass ich mir nichts verbieten lasse. Von Joyce nicht, von niemandem.« Auch sie gab dem Gewitter einen Augenblick nach. »Ich ziehe meinen Regenmantel an.«

»Nein!«, sagte er heftig.

»Sie können mir nicht verbieten, in unseren Garten zu gehen, Herr von Geldern.«

Er überlegte, ob er ihr jetzt das Geschenk geben sollte. Es hätte ihm ähnlich gesehen, aus etwas, das er als Freude gedacht hatte, im letzten Moment eine Bagatelle zu machen. Dazu war er im Begriff, als er auf dem Tischchen, worauf die Post gelegt wurde, einen Brief sah.

»Für Sie«, sagte sie. Ihr Ton war wieder beherrscht.

Der Brief kam vom Naturalization Service und forderte Mr. Felix van Geldern auf, am 29. Juli 1944, 8.30 a. m., Columbus Avenue 70, mit zwei Zeugen und seinen Papieren zu erscheinen und seine Bewerbung um die amerikanische Bürgerschaft vorzubringen. »Und das sagen Sie mir erst jetzt!«, rief er. »Livia, in ein paar Wochen bin ich Ihr fellow citizen!«

»Freuen Sie sich?«

»Sehr.«

»Sie freuen sich nicht.«

»Seien Sie nicht dumm, Livia!«

»Sie wollen doch zurück nach Wien.«

»Woher wissen Sie das?«

Sie hätte ihm antworten können: Ich denke viel über Sie nach, denn Sie sind anders als alle Menschen, die ich bisher kennengelernt habe, und ich mache jetzt eine entscheidende Probe. »Sie wollen nicht zurück?«, fragte sie, hielt den Atem an.

»Nein.«

Mit einem jähen Schritt kam sie näher zu ihm. Der Vorraum war von einer kleinen Stehlampe beleuchtet, die nur die Umrisse deutlich machte.

»Sie freuen sich wirklich!«, sagte sie. »Gute Nacht.« Ohne sich umzusehen, lief sie hinauf in ihr Zimmer.

Felix sperrte die Schachtel mit dem Kleid ein und trat vors Haus. Eine Wiese mit Eichen und Eschen fiel schräg davor gegen die Fahrstraße ab. Der Regen hatte so jäh aufgehört, wie er begonnen hatte, aber die Tropfen, die der Wind aus den Blättern schüttelte, klangen wie Regen. Die Blitze hatten sich verzogen, manchmal warfen sie fahlen Schein auf das nasse Grün und die Jasmingebüsche, welche die Wiese säumten. Die Luft war rein.

Wenn man scharf hörte, konnte man die Geräusche der Nacht unterscheiden: die Enten im Teich drüben, die Spechte, die Rotkehlchen. Wie zu Hause.

Hoffentlich hat er während des Regens in einem Baum Schutz gesucht, dachte er. Er hätte sich sehr gewünscht, ihn wiederzuhaben. Zu Hause hatte er fast immer einen Kanari gehabt – drüben heißt das. Zu Hause war drüben.

»Hansl«, rief er. Er pfiff ihm auch. Die Enten lärmten. Ein Specht klopfte fleißig.

Felix ging die schräge Wiese hinunter, von Baum zu Baum. Geduldig stand er unter jedem und schaute in die Kronen. Jenseits der Fahrstraße waren keine Bäume mehr.

Der Wind ließ nach, das Tropfen von den Bäumen hörte auf. Hoch über den Baumkronen erschienen Sterne.

»Ist er weg?«, rief jemand aus einem Fenster.

»Ja«, sagte Felix. »Er hat eine schöne Nacht zum Nach-Hause-Fliegen. Übrigens müssten Sie nicht so selig drüber sein! Entschuldigen Sie. Ich habe vergessen, dass Sie sich nichts sagen lassen.«

»Glauben Sie, er fliegt nach Hause?«, fragte die Stimme. »Von Ihnen lasse ich mir alles sagen.«

»Ich hoffe.«

»Sie wollen doch zurück«, sagte die Stimme.

2

Bürgerprüfung

»Sie wollten auswandern?«
»Ja.«
»Obwohl Sie zuerst nur um ein Besucher-Visum ansuchten?«
»Damals sagte man mir in Wien, die Quote der Emigrations-Visa sei auf Jahre hinaus überzeichnet.«
»Wieso bekamen Sie es schließlich doch?«
»Meine Großmama kannte einen Senator.«
»Sie meinen, bei uns kann man so etwas durch Beziehungen bekommen?«
»Natürlich.«
»Sie glauben also nicht an Demokratie?«
»Und an Beziehungen.«

Der Beamte in dem winzigen, heißen Quadrat des vierten Stocks, Columbus Avenue 70, lehnte sich zurück. Über dem Sessel hing sein auffallend blauer Rock.

»Wann haben Sie Wien verlassen?«
»19. März 1938.«
»Wie lange nach Hitler war das?«
»Acht Tage.«
»Das heißt, Sie sind aus Österreich geflohen?«
»Ja.«
»Sind Sie Jude?«
»Nein. Mein Großvater mütterlicherseits hatte fünfundzwanzig Prozent jüdisches Blut. Zu wenig für die Nürnberger Gesetze.«
»Warum sind Sie dann geflohen?«
»Es war mir unerträglich, Deutscher zu werden.«
»Was heißt das?«
»Das, was ich sage.«
»Ein so guter Österreicher sind Sie?«
»War ich.«

Der Beamte legte ein Bein, das linke, auf den Schreibtisch. »Wenn Sie die amerikanische Staatsbürgerschaft erhalten, um die Sie sich heute bewerben, werden Sie schwören müssen, keinem anderen Land ergeben zu sein als Amerika.«

»Ich weiß das.«

»Sie werden bei dieser Erklärung keinen Hintergedanken haben dürfen.«

»Ich weiß das.«

»Und das Land, aus dem Sie kommen, ist dann nicht mehr das Ihre. Auf Lebenszeit nicht mehr. Wissen Sie das auch?«

»Ja.«

»Mr. van Geldern. Nehmen wir an, dass der Krieg heute oder morgen aus ist, und die Möglichkeit besteht, nach Österreich zurückzukehren. Was würden Sie tun?«

Eine Pause entstand. Der Beamte legte auch das rechte Bein auf den Schreibtisch.

»Wieso?«, fragte Felix.

»In diesem Zimmer habe ich eine Reihe von Beobachtungen gemacht. Emigranten wie Sie, Leute, die Himmel und Hölle in Bewegung gesetzt hatten, um in die Staaten auszuwandern, dann herkamen, die Privilegien dieses Landes genossen, sogar in ihrem Beruf Glück hatten – diese Leute warteten nur darauf, dass sie wieder zurückkonnten. Sie betrachteten dieses Land als eine Art Wartesaal zwischen zwei Zügen, oder sagen wir, zwischen zwei Booten. Sie akzeptierten die verhältnismäßigen Bequemlichkeiten des Wartesaals und schauten dabei ständig aus dem Fenster, ob ein Boot ging. Mr. van Geldern, finden Sie das fair?«

Vor dem Fenster des in der feuchten Julihitze dampfenden kleinen Raumes stand statt des schmutzig roten Rohziegelbaues einer Infanteriekaserne eine Sekunde lang schmerzhaft lieblich der Kirchenplatz von Grinzing. »Ich würde Österreich gern wiedersehen«, sagte Felix.

»Würden Sie wieder dort leben wollen? Nehmen wir an, mit den Vorteilen, die ein amerikanischer Bürger dort nach dem Friedensschluss genießen könnte?«

»Nein.«

»Weshalb nicht?«

»Die Österreicher haben sich 1938 nicht gegen Hitler gewehrt. Viele haben ihn sogar gewollt. Am 10. April 1938 haben siebenundneunzig Prozent ihn gewählt.«

Der Beamte lächelte zum ersten Mal. »Sie betrachten also Amerika nicht als einen Wartesaal?«

»Ich habe es lieb gewonnen.«

»Sie mochten es nicht, als Sie herkamen?«

»Ich fand es unerträglich.«

»Weshalb sind Sie anderen Sinnes geworden?«

»Ich habe es kennengelernt.«

»Okay. Was für eine Regierungsform hat Amerika?«

»Eine demokratische.«

»Was ist eine demokratische Regierungsform?«

»Eine, in der nicht ein Herrscher entscheidet, sondern das Volk.«

»Was ist das wichtigste amerikanische Gesetz?«

»Die Constitution.«

»Sie kennen ihren Hauptgrundsatz?«

»Alle Menschen sind mit gleichen Rechten geboren.«

»Danke, Mr. van Geldern. Unterschreiben Sie hier unten.«

Felix begann zu unterschreiben: »Felix«, zögerte vor dem Wörtchen »von« einen Augenblick, schrieb es und seinen Zunamen und ging. Seine beiden Zeugen erwarteten ihn. Trotz dem Juli und der Hitze brannten Lampen. Es war ein breiter Raum. An der Längswand, hinter Mattscheiben, liefen fünfzehn zellenartige Verschläge, wie der, aus dem Felix kam; auf Bänken davor saßen die Leute, die Vorladungen erhalten hatten wie er; sie hatten, wie er, Zeugen bei sich, die dafür bürgen sollten, dass sie gute amerikanische Bürger sein würden; aufgeregt redeten sie fehlerhaftes Englisch mit starkem Akzent: Sie fürchteten die bevorstehende Viertelstunde, in der sie eine Prüfung darüber ablegen sollten, was sie von Amerika wussten. Für Schüler waren sie ausnahmslos zu alt; dass sie eine Zukunft haben könnten, ließ sich bei ihrer Verbrauchtheit nicht vorstellen; der Gegensatz zwischen einer wilden Hoffnung auf etwas, das keine Hoffnung versprach, und der ängstlichen Begier, sich in diese Hoffnungslosigkeit zu stürzen, raubte dem außerordentlich hässlichen Saal den Rest des Sauerstoffs.

Felix' Zeugen waren Joyce und sein Bürokollege, Mr. Graham. Joyce hatte für den Anlass ein neues hellblaues Kleid mit einem weißen Lackgürtel. Sie schien auch beim Friseur gewesen zu sein, sah üppig und auffallend aus wie immer, und roch ein wenig zu stark nach Parfum. Mr. Graham wischte den Schweiß von seiner Stirn. Er hatte Geduld wie immer.

In Brown's Kaufhaus auf der Dritten Avenue, wo Mr. Graham die letzten einundzwanzig Jahre von halb neun bis halb eins und von halb zwei bis sechs zugebracht hatte, war Geduld der Artikel, der am leichtesten ausging. Felix, Verkäufer im vierten Stock (Abteilung Bücher), hatte neben vielem anderen auch das an Mr. Graham bewundern gelernt: nie ein verletzendes Wort, keine Klage. Vor etwa einem Jahr war Mr. Grahams Frau gestorben. An diesem Tag hatte »Brown's Department Store« Inventur gehabt, und Mr. Graham war zehn Minuten vor sechs fortgegangen. Erst bei dieser Gelegenheit hatte er erwähnt, was ihm geschehen war. Ein glatzköpfiger, sechzigjähriger Mann mit Brille; etwas anderes Kennzeichnendes ließ sich nicht von ihm sagen. »Alles in Ordnung?«, fragte er.

»Natürlich«, antwortete Joyce an Felix' statt. »Felix weiß mehr als alle Clercs zusammen. Wissen Sie nicht, dass er einer der größten Rechtsgelehrten von Europa ist?« Sichtlich missbilligte sie, dass ein so untergeordneter Mann Felix' zweiter Zeuge war; nicht die richtige Folie für sie beide.

Felix sagte geniert: »Es war alles ganz leicht.« Er hatte in seinen sechs Jahren Amerika bereits gelernt, so zu antworten. Dabei war es viel schwerer gewesen, als er geahnt hatte.

Man musste zu einem in der Mitte des Saales stehenden Schalter gehen, eine geringe Gebühr entrichten und abermals unterschreiben. Dann wurde man vor drei Herren gerufen, die rechts hinten auf einer kleinen Estrade saßen, wie ein Miniaturgericht. Ungefähr dieselben Fragen, dieselben Antworten. Was wusste Felix von der Regierungsform? Würde er, falls es notwendig wäre, die Waffen für Amerika ergreifen?

Ja, das würde er.

Wie lange kannten ihn die Zeugen, und hatten sie ihn mindestens einmal wöchentlich gesehen?

Sie kannten ihn mehr als fünf Jahre. Sie hatten ihn viel öfter gesehen als einmal wöchentlich.

»Täglich«, sagte Joyce.

»An allen Arbeitstagen«, sagte Mr. Graham.

Dann wurden sie mit der Mitteilung entlassen, dass Felix in drei oder vier Wochen aufgefordert werden würde, seinen Eid als neuer amerikanischer Bürger zu leisten.

Während sie die Treppen hinuntergingen, hängte Joyce sich ein. »Wir müssen feiern«, sagte sie Felix ins Ohr. »Sehen wir, dass wir den kleinen Mann loswerden.«

Felix hatte Großmama Viktoria versprochen, zum Tee zu kommen.

»Warum nehmen Sie mich nicht mit?«, fragte Joyce. »Das wäre endlich die Gelegenheit, Ihre Familie kennenzulernen.«

»Ich glaube nicht, dass Ihnen das eine Freude machen würde«, sagte Felix. »Danke vielmals für die Mühe, die Sie sich genommen haben, Joyce. Danke vielmals, Mr. Graham.«

Joyce antwortete nicht. Mr. Graham sagte: »Nicht der Rede wert.«

3

Die Familie

Die kurze Strecke vom Columbus Circle, Central Park South entlang, bis hinunter zum Hotel Plaza hätte höchstens zehn Minuten zu dauern gehabt. Für Felix dauerte sie fast eine halbe Stunde. Er schaute auf den Central Park, dessen Bäume zu verdorren anfingen, obwohl es erst Juli war. Mit anderen Worten, sagte er sich und blieb stehen, als schraubte ihn jemand fest, das alles ist für Dauer. (Er dachte es mit dem Ausdruck

»for keeps«, den man hier für Dinge gebrauchte, die für immer waren.) Das ist mir doch nicht neu, dachte er. Ich habe gewusst, dass ich eine bindende Erklärung abgeben werde. Ich habe auch gewusst, dass es dabei keine Hintertür gibt (er dachte »Mentalreservation«, den Juristen wurde er nicht los).

Die Vorstellung, er würde die nächsten dreißig oder vierzig Jahre seines Lebens solche vertrockneten Bäume im Juli zu sehen haben, auf asphaltierten Parkwegen gehen, den Fettgeruch der Drugstores zur Lunchzeit, den Subwaygeruch heißgelaufenen Gummis am Abend zu riechen haben, nagelte ihn dort an, wo er stand. Die wilde Sehnsucht, in fast zweitausend Tagen und Nächten genährt, schmerzte plötzlich wie ein Geschwür. Gut, sagte er sich, herausschneiden. Chirurgischer Eingriff. Die Frage ist nur, Lokalanästhesie oder volle Narkose. Sekundenlang stand Livia vor seinen Augen, er rief wie zum Schutz ihr Bild auf, es half nichts. Ich habe sie gern, dachte er, trotzdem wäre es kindisch zu denken, dass sie mir das ersetzen kann! Gut, ich werde die Prüfung für die amerikanische Advokatenpraxis bestehen, wir werden irgendwo in der Nähe von New York ein kleines Haus haben, in Bronxville oder in Tuckahoe oder Scarsdale. Vielleicht werden wir in die Provinz ziehen müssen, weil es dort billiger ist. Kleines Haus in New Jersey oder in Dallas, Texas, oder in Cincinnati, Ohio. Wenn ich zu wenig für ein Haus verdiene: Schlafzimmer, Wohnzimmer, Bad, kleine Küche. Wöchentlich zweimal eine Negerin zur Hilfe.

Nicht das Schlechteste, sagte er sich. Aber warum kann es nicht besser sein? Warum kann ich nicht ein beschäftigter Anwalt werden und eine Masse Geld machen? Park-Avenue-Wohnung. Eigener Buick. Golf. Dinner-Partys. Einfluss in Wall Street und Washington. Vielsicht sogar eine Berufung für internationales Recht an die Columbia-Universität.

Alles das hatte er unzählige Male gedacht. Aber da er es jetzt zu denken versuchte, widerstand es ihm. Dann muss ich mich also geirrt haben, sagte er sich. Habe ich es mir nur eingeredet, dass ich dieses Land liebe? Das half sofort. Er wusste, dass er es sich nicht eingeredet hatte. Aber er wusste ebenso, dass die zwei Unterschriften vor einer halben Stunde einen Endstrich gezogen hatten, und dass es das war, was ihn quälte. Der Gedanke, man könne hier und drüben leben, an beidem hängen, war ein Betrug. Sogar im juristischen Sinn. Darin gab es keinen Kompromiss mehr. Als er damit im Reinen war, setzte er seinen Weg fort, um mit Großmama Viktoria die Gewissheit zu feiern, die er erhalten hatte.

Trotz dem Sommer war das Plaza überfüllt. In der mächtigen Halle saßen die Leute beim Tee, und die Nachmittagsmusik bemühte sich, stimulierend zu sein. Felix blieb einen Augenblick vor dem Zeitungs- und Buchstand stehen, was er automatisch überall tat, wo Bücher verkauft wurden; er wollte sich davon überzeugen, ob die Bestseller aus Brown's Kaufhaus überall Bestseller waren. In Ordnung: »A Bell for Adano«, »A Tree Grows in Brooklyn«, »Strange Fruit«. Die Nachmittagsausgaben meldeten, dass die Teilnehmer an dem Attentat auf Hitler eruiert seien und gehängt werden würden. In der Blumenhandlung neben dem Zeitungsstand gab es verspätete Dog-Wood-Blüten rosa und weiß in Riesenvasen, weiße Rosen, Schlingpflanzen und ungeheure weiße Lilien. Fehlerlos prachtvoll, trotzdem ohne Leben.

Kathi öffnete. Sie war nur um zwei Jahre jünger als Großmama Viktoria und sprach noch immer kein Wort Englisch. »Frau Gräfin werd sie sofort kommen«, meldete sie mit dem harten Akzent ihrer Heimat. Sie war groß, hatte eine der kleinsten weißen Schürzen über ihrem schwarzen Kleid, trug hohe Knöpfelschuhe, die man hier nirgends bekam, und ihre Hände steckten in weißen Zwirnhandschuhen. Obwohl sie ein bequemeres Leben führte als je zuvor (ihre Aufgabe bestand fast nur noch darin, Besucher anzumelden, Großmama Viktoria zu frisieren und ihr beim Ankleiden behilflich zu sein), fand sie es eine Zumutung, in Amerika existieren zu sollen. Nichts gefiel ihr. »Bitte, sich einen Moment hinsetzen, junger Herr«, forderte sie Felix auf, als wäre es vor zwanzig Jahren im von Geldern'schen Haus auf der Hohen Warte in Wien gewesen, und verließ das Zimmer.

Viktoria lachte schon auf der Schwelle, ihre gute Laune war schrankenlos. Die Blumen, die sie zu ihrem achtzigsten Geburtstag bekommen hatte, blühten noch überall in Fülle. Und die Familienfotografie, von der Familie gestiftet, stand auf dem Klavier. Großmama Viktoria hatte sich ein Klavier in den Livingroom stellen lassen. Zwar kannte sie die Noten nicht, aber sie hatte es gern, wenn Leute kamen, die ihr vorspielten oder vorsangen.

»Gratuliere«, sagte die kleine alte Dame. »Also hast du's überstanden. Bist du stolz?«

»Ja«, sagte Felix.

»War's schwer? Bleib sitzen. Erzähl mir jede Frage. Ich komm ja jetzt auch bald dran.« Sie setzte sich zu ihm; sie hatte sehr schnelle, sehr leichte Bewegungen, trotz ihrer Rundlichkeit. Ihr Imprimékleid, grün und weiß, ohne Ärmel, wäre für eine Vierzigjährige zu jung gewesen. Um den Hals hatte sie zwei Reihen großer Perlen. Ihr Mund war kirschenrot geschminkt, ihr Haar nach der Mode frisiert, die Tallulah Bankhead in »The Skin of Our Teeth« eingeführt hatte.

»Du willst doch nicht wirklich Tee?«, sagte sie. »Hol dir Whisky und bring mir auch ein Glas.« Viktoria war eine geborene Gräfin Teleky aus Budapest. Ihr Großvater war Minister gewesen, und noch ihr Vater hatte, wie sie gern erzählte, mit Franz Joseph in Gödöllő gejagt. Die Heirat mit Edmund von Geldern, Felix' Großvater, hatten die Telekys für eine Mesalliance gehalten – der Adel der Gelderns war kaum eine Generation alt, außerdem mit einem Bankgeschäft belastet; wenngleich es ein großes Bankhaus war, nicht so groß wie Rothschild, größer als Bleichröder, war es jedenfalls eine Heirat unter dem Stand, fand Viktorias Familie.

Sie selbst hatte das nie gefunden. Sie hatte Felix' Großvater dreißig Jahre lang geliebt und war, nach ihrer eigenen Behauptung, dreißig Jahre lang restlos glücklich gewesen. Ihre Behauptungen stimmten nicht immer, doch sie machte sie in einer dezidierten Art, die Widerspruch ausschloss.

»Du schaust aber eher so aus, als ob du von einem Begräbnis kämst«, sagte sie. Sie hatte eine Vorliebe, direkt zu sein und den Leuten die Wahrheit zu sagen, oder was sie für die Wahrheit hielt; es schien ihr Spaß zu machen, wie das meiste. Und trotzdem gehorchte sie dabei einem Wunsch, den Felix von ihr geerbt haben mochte: Sie hatte einen scharf ausgeprägten Sinn für Gerechtigkeit. Was sie an Vorurteilen durch Herkunft und Erziehung mitbekommen hatte, dem widersetzte sie sich mit ihrem gesunden Menschenverstand und ihrer noch gesünderen Liebe zum Leben. »Erzähl schon, was hat er dich gefragt?«

Er wiederholte wörtlich die Fragen des Clerks und seine Antworten darauf.

»Na ja«, sagte sie, zwei Worte, mit denen sie gern begann. »Ich glaub, das hätt ich auch alles gewusst.«

Neben den letzten Romanen lag die Geschichte Amerikas auf ihrem Nachttisch und ein kurzer Leitfaden für neu Eingewanderte. Sie erwartete dieselbe Vorladung, die Felix erhalten hatte, und bereitete sich darauf vor.

»Und was wirst du jetzt machen?«, fragte sie den Enkel.

»Dasselbe«, antwortete Felix einsilbig.

»Beharrst du auf dem Unsinn?« Damit war Felix' hartnäckige Weigerung gemeint, von Viktoria oder denen aus der Familie, die Geld herübergerettet hatten, etwas anzunehmen. Sie pflegte es Unsinn zu nennen, aber sie fand offenbar Sinn darin.

»Natürlich«, sagte Felix.

»Na ja«, sagte Viktoria. »Und du wirst sie natürlich nicht heiraten? Ich hab sie unlängst wieder mit dir gesehn. Wie heißt sie? Joyce?«

»Nein. Die nicht.«

»Gratuliere«, sagte Viktoria noch einmal.

»Warum bleibst du eigentlich in der heißen Zeit hier?«, fragte Felix, nur um etwas zu sagen. Er war mit seinen Gedanken noch in dem kleinen heißen Quadrat, und während er den mit typischem Hotelpomp ausgestatteten Raum vor Augen hatte, empfand er die Absurdität seiner Existenz noch stärker, Hitler entgangen sein, um der Buchabteilung in Brown's Department Store vorzustehen? Österreichs Wiederaufrichtung miterleben, um Livia Fox zu heiraten und, bei phantastischem Glück, Rechtsanwalt in Cincinnati zu werden?

»Du solltest dich mehr freuen«, sagte Viktoria, ohne ihm zu antworten. »Trink! Bei dieser Feuchtigkeit braucht man es.« Sie trank ein wenig Bourbon ohne Wasser.

»Es hat wenig Sinn«, sagte Felix. Er hatte seinen Rock ausgezogen und überlegte, wann er es so weit gebracht haben würde, seine Beine auf den Tisch zu legen. In einem Jahr vielleicht. Vielleicht erst in drei. Dann würde er schon ein oder zwei Kinder mit Livia haben oder mit sonst jemand. »Es hat überhaupt keinen Sinn«, sagte er.

»Den Unsinn hab ich von dir noch nicht gehört«, sagte Viktoria, der weder der Bourbon noch die feuchte Hitze etwas anhatten. Untadelig frisiert, die Haut leicht gepudert, saß sie da, als fühlte sie sich erfrischt. »Natürlich wirst du tun, was du mit dir vereinbaren kannst, das muss jeder, der Verstand und Rückgrat hat. Es wär nur schad, wenn du von beiden den schlechtesten Gebrauch machen würdest. Ich misch mich in niemandes Sachen, aber mach einen Strich, Felix, schreib Österreich von deinem Saldo ab, würde dein Großvater gesagt haben, wenn er's erlebt hätt, dass er hätt auswandern müssen. Wenn du deine Energie darauf verwenden würdest, statt Österreich zu entschuldigen, Amerika gernzuhaben, hätt alles einen Sinn. Sag jetzt nicht, dass das eine Frage des Alters und der Bequemlichkeit ist, und dass man mit achtzig und im Hotel Plaza anders über die Sachen denkt, als wenn man einen Dickschädel hat wie du. Ich hab Amerika vom ersten Tag an gerngehabt. Damals war ich erst vierundsiebzig und hatte die gräuliche kleine Wohnung in der Lexington Avenue. Du musst dich entschließen, Felix. Nicht weil du heut etwas unterschrieben hast, sondern weil du sonst nicht weiterkannst.«

Das alles war so wahr wie das Selbstverständliche. Gerade deshalb war es so schwer. Felix sagte: »Vollkommen richtig, Großmama«, und legte ein Bein, das linke, auf einen kopierten Louis-Seize-Fauteuil.

»Übrigens, wenn man wieder wird reisen können, und die Chancen dafür sind nach dem Attentat auf den Irrsinnigen eher gestiegen, kannst du ja hinüberfahren und dir's anschaun. Dann wirst du definitiv wissen, wie recht ich hab.«

Plötzlich wurde Felix guter Laune. Der Vorschlag löste das Problem auf eine verblüffend einfache Art. Wenn es soweit sein würde, würde man hinfahren, sich's anschauen und wieder hierher zurückkommen, vollständig geheilt.

»Würdest du mitkommen, Großmama?«

»Natürlich«, sagte Viktoria. »Ich hab ein paar Leuten die Wahrheit zu sagen. Außerdem ...« Sie zögerte.

»Möchtest du's auch gern wiedersehn.«

»Natürlich«, sagte Viktoria.

»Du bist eine großartige Frau«, sagte Felix.

»Nein«, sagte Viktoria. »Wenn ich eine großartige Frau wär, würde ich nicht hier im Plaza leben, sondern wohnen wie du und die andern Emigranten, denen's miserabel geht. Ich bin eine krasse Egoistin; das Gute ist nur, dass ich's weiß.«

Das Telefon läutete, und obwohl Kathi kein Wort verstand, machte sich Viktoria wie sonst den Spaß, sie hereinzurufen und antworten zu lassen.

»Was?«, fragte Kathi, viermal. »Ich versteh ich nicht.« Dreimal. Dann, verklärt: »No freilich, Herr Graf, Frau Gräfin is sie hier. Wird sie sich enorm freun. Kommen nur herauf.« Sie legte den Hörer nieder und meldete, dass Graf Thassilo Teleky im Begriff sei heraufzukommen.

Er kam mit Onkel Kari, und Onkel Kari hatte seine zwei Hunde bei sich, den Scotch-Terrier Crazy und den weißen Pudel Fun. Kari von Geldern, Felix' zweiter Onkel väterlicherseits, war ein stiller, vergnügter, ziemlich kranker Mann, der zwischen Anfällen von Angina Pectoris, die ihn zum Stillliegen zwangen, ständig in Bewegung war und trotz seinen vierundfünfzig Jahren inständig verliebt. Die Neugier hatte Felix von ihm.

»Hier bring ich den Thassilo«, sagte Onkel Kari.

Thassilo war Viktorias Lieblingsbruder. Sie verzieh ihm alles, auch seine Frau. Eigentlich war er ihr Stiefbruder, denn er stammte aus der zweiten Ehe ihres Vaters. Aber sie hatte ihn, Felix ausgenommen, lieber als die ganze übrige Familie, weil er in ihren Augen besaß, was sie an den anderen vermisste: eine Vorliebe für heute, ja sogar für morgen. »Ihr lebt alle vorgestern«, pflegte sie zu sagen. Thassilos Gattin allerdings, eine Französin, die an die Metropolitan Opera engagiert werden wollte, und da ihr das nicht gelang, in Hollywood auf den Tag ihrer Entdeckung wartete, war ihr unausstehlich.

»Bist du allein?«, fragte sie, um sich zu vergewissern.

Er war diesen Morgen »von der Küste« angekommen. Auch seine Zeit, Staatsbürger zu werden und die Fragen zu beantworten, die Felix heute beantwortet hatte, war nahe. Er brachte Hollywood in seinen Kleidern mit, braune Hose, gelblicher, großkarierter Rock, Wildlederschuhe, gelbes offenes Hemd. »Nein, Yvonne ist nicht mit. Es ist eine gewisse Chance, dass Lubitsch sie in seinen nächsten Film nimmt.«

»Das ist wirklich eine Chance«, sagte Viktoria, und ließ keinen Zweifel, wie sie es meinte.

Die Geschwister küssten einander. Onkel Kari verlangte einen Drink, der ihm verboten war.

»Schenk dir ein«, sagte Viktoria. Warum sollte sie ihm abreden. Erwachsene Leute wussten, womit sie sich schadeten oder nützten.

An der Küste war es auch heiß, aber nicht so feucht. Nein, Viktoria blieb trotz der Hitze in New York und ging nicht auf Sommerfrische. Erstens konnte jeden Augenblick die Vorladung kommen, und zweitens waren ihr Sommerfrischen unleidlich.

»Es kann jetzt nicht mehr lange dauern«, sagte Thassilo. Eine Sekunde später sagten sie alle, was in dieser Minute Tausende sagen mochten. Dass die vor sieben Wochen begonnene Invasion Europas märchenhafte Fortschritte mache, und dass es mit den Nazis vorbei sei. Eisenhower. Patton. Clark.

»Eigentlich könntest du dir deinen Platz schon reservieren, Felix«, sagte Viktoria.

Onkel Kari fragte, was für einen Platz.

Seinen Flugplatz nach Wien.

»Was? Du wirst doch nicht nach Wien gehn?«, fragte Thassilo. Wenn man in sein von der Sonne systematisch schokoladebraun verbranntes Gesicht schaute, sah man zugleich den elastischen Liegestuhl, die Pond's Cream, die dreieckige blaue Schwimmhose und den Swimmingpool vor sich, die zu dieser Farbe geführt haben mussten.

»Natürlich will er gehn. Wir haben das gerade besprochen«, sagte Viktoria.

Crazy und Fun hatten die Plätze gefunden, nach denen sie bisher gesucht hatten: Crazy auf dem geblumten Fauteuil vor dem Fenster mit

Aussicht auf den Central Park; Fun wälzte sich vor dem Klavier. »Natürlich ist das nicht«, sagte Onkel Kari. »Benimm dich, Fun!«

Felix wäre in diesem Augenblick zu allem bereit gewesen, nur nicht zu einer Diskussion mit Thassilo, den er gern mochte, aber für faul und beschränkt hielt. Trotzdem hörte er sich antworten: »Ja, ich werde nach Wien gehen. Hast du etwas dagegen?«

Die Mitglieder der Familie, die in Kalifornien wohnten, weil sie das Klima dort vorzogen, hatten keine hohe Meinung von Felix. Dass er seinerzeit im Justizministerium eine Stelle gehabt hatte, die eine Karriere versprach, war ziemlich lange her. Inzwischen hatte er Dummheiten gemacht, den Mund mit Phrasen voll genommen: sich selbst weiterbringen; nicht die Zeit für Luxusexistenz; leben wie die anderen Emigranten – schön und gut. Wenn es ihm Spaß machte.

»Ich hab alles dagegen«, sagte Thassilo. In vier Worte konnte er den Hochmut legen (und die Vorurteile), die seine Ahnen in Jahrhunderten aufgespeichert hatten. »Sag du mir – hast du ein so miserables Gedächtnis? Du willst dorthin zurück, wo man dich hinausg'schmissen hat?«

Onkel Kari versuchte zu erzählen, warum das gestrige Dinner im »Pavillon« hatte abgesagt werden müssen, doch es nützte nichts.

»Das muss jeder mit sich abmachen«, sagte Felix.

»Ja, aber das ist ganz einfach eine Charakterlosigkeit«, sagte Thassilo. »Bei uns an der Coast dürftest du so was nicht sagen.«

Mit seinem Ohr für Unechtes hörte Felix den falschen Ton in »bei uns an der Coast«. »Ich weiß«, sagte er, »die Leute, die sich Swimmingpools leisten können, sind dagegen. Vermutlich auch die Filmbranche.«

»Warum sagst du nicht gleich, die Juden? Also Philosemitismus kann man mir bestimmt nicht nachsagen.«

»Aber mir. Ich finde, dass ich – ganz abgesehen von den gewissen fünfundzwanzig Prozent in unserer Familienvergangenheit – im gleichen Boot bin wie sie. Du natürlich auch. Wir alle. Auch wenn wir nur deswegen hier sind, weil wir Schuschniggs Plebiszit unterstützt haben.«

»Du identifizierst dich mit den diversen Herren Cohn?«

»Leider kann ich das nicht. Seit Hitlers Gaskammern hat jeder Herr Cohn einen Schein um den Kopf. Aber – um ihn zu behalten und ihn die ganze Welt für immer sehen zu lassen, dürfen sie jetzt nicht nach Rache schreien. Vergeben und vergessen? Nein. Weder vergeben noch vergessen. Aber nicht vergelten. Auch nicht vergelten wollen!«

Eine verlegene Pause entstand.

Nie hatte Viktoria das Ehepaar Richard und Ernestine von Geldern lieber gesehen als in diesem Augenblick, da sie (nicht ohne Richards betont diskretes, zweimaliges Klopfen) eintraten, um Felix zu der bestandenen Prüfung Glück zu wünschen.

Es war Richard von Geldern geglückt, einen Teil seines Vermögens herüberzubringen und, mit einer bemerkenswerten Weitsicht in Geschäften, so anzulegen, dass es für ihn arbeitete. Übrigens besaß er in Paris noch eine Zweigniederlassung des Geldern'schen Bankhauses. Er glich Felix' verstorbenem Vater, dessen um vier Jahre älterer Bruder er war, in vielem; in der betonten Unauffälligkeit vor allem, die trotzdem in der Summe aufdringlich wirken konnte. Jeder seiner Sätze, der Schnitt seiner Anzüge, seine Enthaltsamkeit im Lachen und im Teilnehmen versicherten: Ich wünsche nicht aufzufallen. Daran gemessen war die ruhelose, flinke Tante Ernestine von wohltuender Natürlichkeit. Sie erzählte von den Zwillingen, Ilona und Margaret, Felix' Schwestern, die sie im Vassar College besucht habe. Ilona sei phantastisch hübsch und Margaret phantastisch gescheit. Richard sagte: »Übertreib nicht, Ernestin'.«

Mit ihnen war die Familie vollständig. Nur Felix' Mutter fehlte, Frau Anita von Geldern, geborene Dammbacher, die in Wien zurückgeblieben war und sich nicht entschließen konnte (oder, wie Onkel Richard behauptete, nicht entschließen wollte), Wien zu verlassen. Felix entbehrte sie so sehr, wie er Wien entbehrte. Seit vier Jahren hatte er keine Nachricht mehr von ihr gehabt.

Dinner wurde auf dem Zimmer serviert. Kathi half den beiden Kellnern und sagte geringschätzig, als sie die heiße Schokoladensauce zur Ice cream anbot: »Nicht amal Mehlspeis!«

4
Heiratsversprechen

Livia wartete. Zum soundsovielten Mal hatte sie sich in den Spiegel geschaut. Seit einer Stunde hätte Felix da sein sollen, aber der 11 Uhr 10 war vorbei, und wenn er nicht in fünf Minuten mit dem 12 Uhr 48 kam, blieb er heute Nacht in der Stadt. Auch Joyce war noch nicht zu Hause.

Dass er Joyce als Zeugin gehabt hatte, daran wollte Livia nicht einmal denken. Wenn sie auch noch nicht volljährig war, die wenigen Zeugenfragen hätte sie genauso gut wie Joyce beantworten können, wahrscheinlich besser. Die fragten ja nur, ob die Leute, für die man als Zeuge ging, gute oder schlechte amerikanische Bürger sein würden. Und wer hätte klarer als sie sagen können. »Der beste, den es seit Abe Lincoln gegeben hat!«

Sie hatte ihm ja lang genug aus nächster Nähe zugeschaut.

Joyce wollte ihn einfangen; ein Blinder sah das. Sie war hübscher als Livia, viel attraktiver, und sie würde sich nicht dazu verstehen, mit ihm zu schlafen, außer wenn er sie heiratete. Darauf legte sie es an. Etwas Einfacheres gab's nicht.

Livia ging zum Fenster, vom Fenster zur Tür, aus der Tür auf die Veranda. Nicht einmal in der Nacht wurde es kühl.

Sie hatte das Kleid, das Felix ihr geschenkt hatte, zum ersten Mal an. Weiß stand sie im Dunkeln und liebte ihn so, dass sie nichts anderes denken wollte.

Wahrscheinlich feierte er die bestandene Prüfung mit Joyce. Längst hatte Joyce ins »El Marocco« mit ihm gehen und sich zeigen wollen. Heute hatte sie es sicher durchgesetzt. Morgen würde es in der Nachtlokal-Rubrik der »New York Post« stehen.

Sie hasste Joyce. Das Schlimme war, dass sie Felix so gefiel. Livia hatte oft gedacht, ob sie ihm nicht einmal erzählen sollte, dass Joyce ein Tiller Girl gewesen war, bevor sie den Mann heiratete, der sich von ihr hatte scheiden lassen. Joyce verbarg das.

Aber das war es ja gerade mit Joyce, dass sie aus sich etwas machen wollte, was sie nicht war. Wie dumm von ihr, nicht zu sehen, dass Felix Prätention nicht mochte. Vielleicht wäre es ihm sogar lieber gewesen, wenn er gewusst hätte, dass sie ein Tiller Girl hatte sein müssen, um das Leben zu verdienen.

Nicht denken. Es führte zu nichts.

Warum konnte nicht einmal – ein einziges Mal im Leben geschehen, was man sich wünschte? Warum konnte er jetzt nicht hier sein? Einmal fünf Stunden mit ihm allein sein. Zehn. Einen Tag.

Sie sah ihn kommen. Die Straßenlampe, die den kleinen Hügel beleuchtete, auf dem das Haus stand, schien ihm ins Gesicht. Niemand war mit ihm.

Das Glück strömte ihr so zum Herzen, dass sie sich eine Sekunde festhielt. Dann lief sie über die Veranda und die paar Steinstufen den Hügel hinunter, um sich ihm in die Arme zu werfen. Es war das, was sie tun wollte, und was es sie zwang zu tun, denn sie dachte nichts als: Er ist da! Gott sei Dank!

Er dagegen, den Abend mit der Familie in allen Gliedern, dachte den ganzen Weg nichts als: Ich bin im Begriff, etwas Falsches zu tun. Halte ich das Versprechen, das ich nachmittags unterschrieben habe, dann ist es falsch, denn ich werde es nicht aushalten können. Erkläre ich, dass ich meine Unterschrift zurückziehe, bevor ich den Bürgereid leiste, so ist es ebenso falsch. Denn Bürger will ich werden.

»Da sind Sie ja«, sagte Livia.

Er sagte nichts. Er sah nicht, wie glücklich und bereit sie war. Er dachte an sich.

Sie dachte, er ist glücklich.

Zwei Menschen trafen sich auf einem Hügel, unweit der Station Scarsdale im Staate New York, und ihnen widerfuhr, was in diesem Augenblick den Menschen überall begegnete, wo sie einander trafen. Sie wussten nichts voneinander.

»Freuen Sie sich nicht?«, fragte Livia.

»O ja.«

»Es klingt nicht so.«

»Nein.«

»Warum nicht?«

»Ich glaube, ich bin ein ziemlich schäbiger Kerl.«

»Sie? Nein!« Sie musste lachen, denn etwas, das dümmer war, hätte er nicht sagen können. Sie hatte die Menschen kennengelernt, mehr als bei ihrer Jugend notwendig gewesen wäre; Felix war der beste von allen, die sie kannte. Ihr Herz schlug so für ihn, dass sie nicht länger einsah, warum sie daraus ein Geheimnis machen sollte.

Sie stiegen ein paar Schritte.

»Heiß«, sagte er, »gar nicht abgekühlt.« Es klang wie ein Vorwurf, und es war ein Vorwurf. So wird es für den Rest meines Lebens sein, war damit gemeint. Zum Ersticken heiß am Tag, keine Abkühlung in der Nacht.

»Haben Sie gefeiert?«, fragte sie.

»Ja. Nein. Ich war bei meiner Familie.«

»War Joyce auch mit?«

»Nein.«

»War sie eine gute Zeugin?«

»Ja.«

»Wo ist sie?«

»Ich weiß nicht.«

Sie traten durch die Glastür, die von der Veranda ins Haus führte.

»Sie hatten doch so auf den heutigen Tag gewartet« sagte Livia.

Abfahrt in Le Havre, 13. April 1939. Drei Tage raue See. Bei der Ankunft in New York sagt der Zollbeamte: »Welcome to the States.« Ein Zollbeamter! Kleines Hotel, Westen, 89. Straße, an der Amsterdam Avenue, Negerkinder spielen auf den Stufen. Eine Bank im Central Park, nahe dem Museum, immer mit der Zeitung in der Hand, in der Zeitung immer Hitlers Siege. Gegen elf Uhr erscheinen die ersten Mittagsblätter. Was werden die Schlagzeilen sein? Hitlers Siege? Brown's Department Store, die unerträgliche Stunde vor fünf nachmittags, wo man völlig ausgepumpt ist. »Keep us out of war!« »Wir wollen keinen Krieg!« Ein kleiner Mann ist an der Ecke Plaza und 58. Straße von einem Auto überfahren worden; jemand fragt ihn, wie es ihm geht. Er antwortet: »Fein.« Die Wälder von Connecticut, wie grüne Ozeane. Die Negerin, die ihm Kaffee macht, als er mit Lungenentzündung liegt, sagt: »Sie werden leben oder sterben, Mr. van Geldern, beides ist herrlich.« Eine Negerin. Roosevelts Stimme: »They bed for it and they'll get it.« »Sie haben darum gebeten, und sie werden's bekommen!« D-Day, die Alliierten landen in der Normandie.

Es zog an ihm vorbei, Fragmente aus sechs Jahren, dahinter der brennende Wunsch: Dazugehören! Teil davon sein, was Hitler stürzt!

»Ja, ich habe auf den heutigen Tag gewartet, und ich bin glücklich«, sagte er. Es gab nur einen Weg. Er hatte ihn heute Nachmittag endgültig gewählt, der Weg war richtig. »Das Kleid steht Ihnen gut, Livia.«

»Danke.«

»Was ist Ihnen denn?«

»Nichts.«

»Sie sind so einsilbig.«

»Ich?«

»Sie sollten sich auch ein bisschen mit mir freuen.«

»Das tu ich, Herr von Geldern.«

»Warum sagen Sie mir eigentlich noch immer Herr von Geldern?«

»Gewohnheit.«

»Sie könnten Ihre Gewohnheiten ja auch einmal ändern. Oder ist das so schwer?«

»Nein, Felix.«

Sie standen noch an der Glastür. Der Schein der Straßenlampe fiel schräg herüber. Er traf ihre Schläfe und ihren Hals.

»War etwas mit Joyce?«

»Nein. Warum?«

Wenn man nicht einmal an diesem Tag reden durfte, wann denn? Es war der Entscheidungstag. Sie nahm ihre Kraft zusammen und fragte: »Haben Sie Joyce lieb?«

»Was ist denn mit Ihnen, Livia?«

»Ich möchte es wissen.«

»Sie wissen doch, dass ich Joyce nicht liebhabe.«

Wahr! Nie hatte sie ihn auf einer Lüge betreten. »Sie werden sie nicht heiraten?«

»Nein.«

Sie wollte etwas sagen und verstummte.

Er wusste, was sie sagen wollte. Obschon er das seit langem wusste, rührte es ihn in diesem Augenblick. Ohne dass er vor einer Minute geahnt hätte, dass er das sagen würde, sagte er: »Vielleicht werde ich Sie heiraten.«

Sie trat aus dem Licht. »Mein Gott!«, sagte sie. »Aber das meinen Sie nicht.«

»Doch«, sagte er. »Je länger ich's mir überlege.«

Er überlegte es wirklich. Dann gab es überhaupt kein Zurück mehr. Dann erst hatte er sich ganz gebunden.

Sie sah ihn zögern. Er dachte etwas, sah sie, das nichts mit ihr zu tun hatte. War es Joyce? »Sie müssen mich nicht heiraten, Felix, Sie können mich auch so haben.«

Was die paar Worte sie kosten mussten!

»Wann heiraten wir?«, fragte er schnell. Er hatte tatsächlich etwas gedacht, das weder Joyce war noch die Unterschrift von heute. Er hatte gedacht: Dass ich das zu jemandem andern sage als zu Gertrud!

Joyce trat ins Zimmer, niemand hatte sie kommen gesehen. »Geh hinaus, Livia«, sagte sie laut.

»Livia bleibt hier«, antwortete Felix.

Joyce trat näher. Sie musste getrunken haben, man merkte es an ihren Augen. »Ich weiß, wie du bist«, sagte sie zu Livia. »Glaube nicht, dass ich es nicht weiß. Ich weiß es. Ich weiß es.«

»Was weißt du?« Livia stand wieder im Licht.

»Du hast es darauf angelegt, die ganze Zeit, die ganzen Jahre. Ich dulde es nicht.«

»Du hast nichts zu dulden.«

»Das ist der Dank. Ich habe dich erhalten. Ich habe dich erzogen. Ich dulde es nicht.«

»Joyce«, sagte Felix, »es hat keinen Sinn. Sie können Livia nichts verbieten. Ich liebe Livia. Es ist eine Schande, dass ich es ihr erst heute gesagt habe. Seien Sie vernünftig, Joyce.«

»Ich bin vernünftig, und ich sage euch, Ihnen und ihr: Dazu kommt es nicht. Sie sagen, Sie lieben sie. Jeder Mann lügt. Und sie sagt Ihnen, dass sie Sie liebt. *Ich* habe Ihnen das nicht gesagt, Felix, aber Sie haben es gewusst. Danke. Ich gehe jetzt schlafen.«

Sie ging über die Treppe, die aus dem Wohnzimmer in das obere Stockwerk führte.

»Sie meint es nicht so«, sagte Felix.

»Sie meint es so. Und das Schlimme ist, dass sie recht hat.«

Die Grillen auf der schrägen Wiese waren laut. Keine Sekunde setzten sie aus.

Plötzlich war alles undurchsichtig, drohend, feindselig.

»Kümmern wir uns nicht um Joyce«, sagte Felix. »Danke dafür, was Sie mir vorhin gesagt haben. Es ist großartig.«

»Sie lieben mich nicht.«

»Ich liebe dich.«

»Es hat keinen Sinn, sich etwas vorzumachen.«

»Das ist es gerade, was ich nicht tue. Ich bin mir absolut klar.«

Sie musste denken, und es tat ihr weh: Wenn jemand so klar ist und so klar redet, dann ist es der Verstand und sonst nichts. Das Gebirge von Glück, auf dem sie gegangen war, schrumpfte zusammen.

»Morgen reden wir weiter«, sagte er. »Gute Nacht.«

Die Grillen machten einen mörderischen Lärm.

5

Ein glänzender Jurist

Mr. Graham hatte gerade gefragt, ob Felix mit ihm Lunch haben wolle, als Onkel Richard sagen ließ, er sei da und habe dringend mit Felix zu reden.

»You're entirely welcome«, sagte Mr. Graham, als Felix sich entschuldigte.

Einen Augenblick später stand Richard mitten unter den Damen, die nach den letzten Neuerscheinungen fragten. An den drei Felix anvertrauten Tischen nahmen sie die Romane, die Biografien und die politische Tagesliteratur zur Hand, welche die Verkäufer ihnen empfahlen. Immer wieder hatte es Felix erstaunt, mit welcher Bereitwilligkeit sie glaubten, was die Verkäufer ihnen sagten. Sie standen da und blätterten in den ihnen angepriesenen Büchern, als wählten sie Seifen oder Zahnpaste. Sie lasen ein paar Sätze, beschauten den Schutzumschlag und was darunter war und legten dann die Ware, ohne sie zu kaufen, zurück auf den Stapel. Warum, da sie den Anpreisungen der Verkäufer solchen Glauben schenkten? Es war ein Rätsel, das Felix bisher nicht hatte lösen können.

»Nichts als verschwendete Energie, was du da machst«, sagte Richard. »Ich hätte gern, dass du diesen Brief liest. Wir haben keine Zeit zu verlieren.«

Sie gingen miteinander weg. Die Mittagsausgabe der »Sun« meldete: »Die deutschen Armeen auf der ganzen Linie zusammengebrochen.« Es war ein Spätherbsttag, voll des herrlichen Lichtes, das New York zuzeiten hat. Die Umrisse standen gegen den blauen Himmel mit einer Klarheit, Freiheit und Reinheit, die mit dem Harten und Beschmutzten versöhnten.

»Phantastisch«, sagte Felix. Er meinte beides, das Licht und die Meldung.

»Eben«, sagte Richard. »Nur muss man die Konsequenzen daraus ziehen.« Durch die Fenster des Restaurants hinter der St.-Patrick-Kathedrale sah man die Eisläufer. Sie tanzten.

Die Zeit sei gekommen, stand in dem Brief, den Richard bei sich hatte, einen Sachwalter der von Geldern'schen Interessen in dem Augenblick nach Europa zu senden, da die Okkupationsarmeen die Regierung übernehmen würden.

»Natürlich kannst nur du das sein«, sagte Richard. »Wenn man jemanden hinschickt, muss es ein Jurist sein, der mit Behörden umgehen kann.«

»Warum gehst du nicht?«, fragte Felix.

»Du wirst mir schon zugutehalten müssen, dass ich in meinen Jahren und bei meiner Gesundheit erst dann gehen möchte, wenn ich weiß, weshalb und wohin. Du wirst gehen, Felix. Du weißt besser als wir alle, was auf dem Spiel steht.«

Der Kellner hatte die Shrimp Cocktails hingestellt.

Banken standen auf dem Spiel. Häuser. Eine Menge Geld.

»Du bist doch sowieso nicht so gern hier«, sagte Richard. »Außerdem gibst du nichts auf. Kommis in einer Buchhandlung kannst du immer sein.«

»Ist das ein Beschluss der Familie?«

»Wir wollen, dass du hinübergehst und dich davon überzeugst, wie die Dinge stehen und was sich für uns alle machen lässt.«

Das Licht war fast zu grell. Es leuchtete auf dem schmalen Rechteck aus Kunsteis, worauf die Tänzerinnn ihre Künste zeigten, und auf den hellen himmelhohen Steinwänden der Häuser.

Die deutschen Armeen auf der ganzen Linie zusammengebrochen. Was sich für uns machen lässt.

»Oder hast du Bedenken?«, fragte Richard.

»Ja.«

»Darf ich dir jetzt etwas sagen, Felix? Du hast dich während dieser ganzen Jahre mit oder ohne Absicht von uns distanziert. Mit Absicht, natürlich. Aber das war deine Sache – solange nichts anderes davon abhing als dein Hochmut, dich hier unabhängig von uns fortzubringen. Bitte sehr, du hast bewiesen, dass du als Buchhandlungsgehilfe dein Leben fristen kannst und auf uns nicht angewiesen bist – ich gebe das bereitwillig zu. Aber jetzt sind wir auf dich angewiesen. Du bist der Jurist in der Familie. Man müsste dich erfinden, wenn es dich tatsächlich nicht gäbe. Außerdem warst du ein guter Österreicher. Du hast nie den mindesten Zweifel daran gelassen, dass du im selben Moment wieder zurückwillst, in dem man zurückkann. Der Moment steht vor der Tür. Was ich dir jetzt sage, hätte dir dein Vater genauso gesagt, wenn er es erlebt hätte. Von deiner Mutter nicht zu reden. Ich sage dir ganz offen, es ist für uns einfach unverständlich, dass wir dich erst auffordern müssen, etwas zu tun, was du von dir aus längst hättest anbieten müssen! Hat die junge Dame, die wir noch immer nicht zu kennen das Vergnügen haben, einen so entscheidenden Einfluss?«

Felix hätte antworten können, ich habe mich nicht angeboten, weil es mir nicht wichtig ist, mich drüben um Geld zu kümmern. Wenn ich hinübergehe, möchte ich mich um etwas ganz anderes kümmern. Die junge Dame hat leider sehr wenig Einfluss. Meine Schuld. Sie verliert den Einfluss von Stunde zu Stunde. Vielleicht auch ihre Schuld.

»Ich halte den Zeitpunkt für verfrüht«, sagte Felix. »Man kann nicht in Geschäften reisen, solange gekämpft wird.«

»Du betonst ›Geschäfte‹ sehr merkwürdig. Hast du dich wirklich so verändert, seit du amerikanischer Bürger geworden bist?«

»Ja«, sagte Felix. Er hätte sagen können: Und wahrscheinlich du auch und die ganze Familie. Nicht weil wir Bürger geworden sind, sondern weil Amerika einen verändert.

»Also, wie entscheidest du dich?«

»Wenn's so weit sein wird, werde ich fahren. Ich kann dir nur nicht versprechen, dass ich das, was ihr von mir wollt, werde machen können.«

»Da verlassen wir uns ganz auf dich. Ein so glänzender Jurist wie du.«

»Verlass dich nicht auf mich. Ich tu's auch nicht.«

Der Kellner hatte gefragt, ob die Herren ihr Steak »medium« oder »rear« wünschten. Onkel Richard gab die Auskunft: »Medium.« Die Eistänzerinnen wirbelten halsbrecherisch auf einem Fuß. Überscharf stand alles im Licht.

»Du wirst deine Sache schon gut machen«, sagte Richard.

Erstes Buch

EUROPA
TAUCHT AUF

6

Das Orakel

Das Schiff hieß »Brazil«. Es war noch nicht in ein Passagierschiff umgewandelt, sondern machte seine Reise wie in den letzten Jahren, in denen es Truppen befördert hatte. Es gab also nur ganz wenige Kabinen für Bevorzugte. Die anderen, Felix gehörte zu ihnen, hatten ihre Schlafstätte mit vier, sechs oder zehn Mitreisenden zu teilen. Felix teilte sie mit zehn.

Die »Brazil« lag fast zwei Stunden im Dock an der 52. Straße, bevor sie in See stach. Rechts von dem schrägen, steilen Steg, auf dem die Passagiere das Schiff erreichten, drängten sich die Zurückbleibenden.

Die Familie von Geldern stand vollzählig da, Felix' Schwestern in der vordersten Reihe. Auch Livia war da (Joyce nicht), sie war ein wenig zu spät gekommen, weil Joyce sie nicht hatte gehen lassen wollen. Sie sah ihn den schrägen Steg hinaufgehen. Er hatte den Mantel über dem Arm und in der Hand die Aktentasche, die sie ihm gekauft hatte. Es war eine schöne, hellbraune, lederne Aktentasche, die schönste, die sie hatte bekommen können, und sie fand, dass er damit aussah wie ein Diplomat.

Sie fand, dass es die traurigste Stunde ihres Lebens sei, denn sie wusste, er würde nicht zurückkommen. Jedenfalls nicht zu ihr. Sie sah ihn jetzt zum letzten Mal in ihrem Leben. Wenn sie gewollt hätte, hätte er sie geheiratet, dann wäre sie jetzt mit ihm auf dem Schiff. Sie hatte es mehr gewollt als irgendetwas, sie hatte es ihm nur nicht sagen können. Es waren hundert Gelegenheiten gewesen, es ihm zu sagen; sie hatte alle verpasst. In ihrer Traurigkeit war sie ein bisschen stolz darauf. Sie wusste, dass das seine Familie war, die dort rechts von ihr beisammenstand. Einen Augenblick überlegte sie, ob sie hingehen und sich dazustellen sollte. Auch Fremde standen ja zusammen, die ein Schicksal verband, und vielleicht wäre es richtig gewesen, bei denen zu stehen, zu denen er gehörte.

Aber sie tat es nicht.

Das Schiff bewegte sich noch immer nicht, die Passagiere mussten Formalitäten erledigen und hatten keine Zeit, sich um die zu kümmern, die unten standen und traurig waren.

Livia war so traurig, dass sie es nicht ertragen zu können glaubte. Die Jahre mit ihm waren eine einzige fliegende Stunde Seligkeit. Jetzt erschienen sie ihr so, angesichts des großen Schiffes, das mit der Abfahrt drohte. Er, der offenbar schon in diesem Augenblick so wenig an sie dachte, wie er es von nun an sein Leben lang tun würde, war der beste Mensch auf der Welt. Keinen einzigen Vorwurf hatte sie ihm zu machen – sie kannte ihn besser als die, die dort standen und zu ihm gehörten! Wie hätte sie ihm einen Vorwurf machen können, man macht ja auch der Luft keinen Vorwurf, weil sie blau ist. Er war, wie er war, ein Glücksfall. Auch andere hatten Freundlichkeit und Teilnahme. Bei ihm aber kam es nicht von den Lippen, sondern aus seinem Blut, er lebte vom Helfen, vom Leichtermachen und Verstehen. Wo gab es einen Menschen, der wie er zuhörte, wenn man ihm etwas sagte. Der es in derselben Sekunde zu seiner Sache machte und dem man es mitzutragen gab, weil er es nicht anders wollte. Selbstverständlich, dass man so einen Menschen nicht für sich allein haben konnte. Sie empfand das so klar, dass es wehtat.

Seine beiden Schwestern waren hübsch. Die brünette sah ihm ähnlich, die blonde hatte sein Lachen. Livia schaute auf die zwei jungen Mädchen, die etwas zum Schiff hinaufriefen, was sie nicht verstand. Dann deutete sie es sich als »Großmama«, denn von oben antwortete ihnen eine alte Dame. Von Großmama Viktoria hatte Livia gehört und zweifelte nicht, dass sie es war, die den Mädchen herunterwinkte. Genau so hatte sie sich sie vorgestellt, zwischen einer Königin und einer kleinen Frau, mit der man herrlich spaßen konnte. Sie schrie etwas in deutscher Sprache, und die Enkelinnen antworteten begeistert: »Ja!« Die anderen aus seiner Familie mochten Felix nicht, Livia hätte darauf geschworen; sie wollten nur, dass er wegfuhr. Livia hasste sie. Gäbe es die nicht, Felix wäre jetzt nicht auf dem Schiff. Falsch! Immer hatte er wegfahren wollen, sogar wenn sie am glücklichsten gewesen waren, hatte er einen blitzschnellen Schatten in den Augen gehabt, für eine Sekunde oder zwei – da war er drüben gewesen, wohin er jetzt fuhr.

Er trat neben Viktoria. Er suchte, seine Augen fanden nicht gleich. Livia beschloss, sich nicht zu rühren. Wenn sie es war, die er suchte, und wenn er sie fand – sie wollte es als eine Art Orakel nehmen. Sie trat sogar aus der vordersten Reihe zurück, den Blick auf ihm, wie er da oben stand, ohne Hut, mit offenem Hemd, in der hellen Jacke, die sie so gernhatte.

»Livia!«

Seine Stimme. Sie erschrak vor Freude, dann wollte sie antworten, doch wegen der Familie traute sie sich nicht.

»Livia!«

Der Steg wurde aufgezogen. Die Passagiere drängten sich, winkten, riefen. Livia hatte kein Taschentuch, um zu winken. Sie hob ihre beiden Hände und winkte damit. Sie wollte »Felix!« rufen, ihre Kehle erlaubte es nicht.

»Livia! I can see you!«, rief er.

Sie konnte ihn auch sehen. Nicht so deutlich, wie sie wollte, denn Tränen hinderten sie. Aber sie hatte beide Hände erhoben und winkte, winkte.

»Livia! Don't forget me! I won't either!«

Sie winkte. Sie rief, doch sie hatte keine Stimme.

Das Schiff bebte.

»Livia! Livia!«

»I love you, Felix!«

Er winkte ihr, das Schiff begann zu fahren.

»God bless you, Felix!«

Das Schiff fuhr.

7

Das Wunder geschieht

Das Schiff fuhr aus dem Hudson, an der Freiheitsstatue vorbei, die Skyline begann zu verschwimmen, die roten Bojen klangen mit elektrischen Glocken und wiesen den Weg zurück.

Felix saß mit Viktoria auf Liegestühlen aus hartem Holz, es gab keine Polster. »Bequem sind sie nicht«, sagte Viktoria. »Aber ich kann dir sagen, seit ich mit deinem Großvater in Ägypten war, ist das die schönste Reise meines Lebens!«

Felix war so erregt, dass er nicht antwortete. Seit man hervertrieben worden war, die vielen Jahre, hatte man an den Dingen vorbeigedacht. Sooft man anfing, sie sich vorzustellen, wie sie wirklich waren, hatte man, um sich zu schonen, schnell eine Volte geschlagen und an anderes gedacht. Über Nacht weg aus dem Land, dem man gehörte und hörig war. Nicht einmal der Name des Landes existierte. Die Vergangenheit existierte nicht. Der Beruf nicht. Die Zusammenhänge nicht. Die Wurzeln über Nacht zerrissen, die ungeheuer tief hinunterreichten. Und keine Hoffnung, dass es in tausend Jahren anders werden würde. Vergiss es! Wer konnte es vergessen. Wer konnte es zu Ende denken? Der Gedanke schnitt mitten durch, den Atem weg.

Jetzt, auf dem Schiff, dem läutende Bojen eine Straße wiesen, die nie mehr hätte fahrbar sein sollen, konnte man es sich endlich, endlich leisten, zu Ende zu denken. Das Wunder geschieht, man fährt zurück! Man wird es wiedersehen! Gott im Himmel! Man wird nach Heiligenstadt gehen, wo Beethoven gegangen war. Grinzing, Platz vor der Kirche. Grillparzerdenkmal im Volksgarten. Sommerhaidenweg. Die Mutter! Man wird sie sehen! Nein, kein Fieber, kein Traum. Man kann sich's ausrechnen, auf die Stunde. Heute ist der 25. Mai 1946. In acht Tagen ist man in Le Havre. Ein paar Tage Paris. Am 10. oder 11. Juni wird man in Wien ankommen!

Seit das Visum gesichert und die Schiffskarte gelöst war, hatte Felix das alles mit einem Schauer von Glück und Erschütterung gedacht, doch eingedenk der Lawinen von Enttäuschungen in den letzten Jahren trotzdem nicht für sicher zu halten gewagt. Erst in dieser Stunde hielt er es zum ersten Mal für sicher. Ein überwältigendes Gefühl füllte, dehnte seine Brust. Worunter er die ganze Zeit mehr gelitten hatte, als jemand ahnte, das fiel mit einem Schlage von ihm ab, er atmete so selig leicht, die Freude bemächtigte sich seiner, dass er hätte schreien mögen. In dem unbequemen Liegesessel schloss er die Augen und stellte es sich vor. Wenn er zweifelte, brauchte er nicht einmal die Augen zu öffnen, sondern nur die starke Salzluft tief einzuatmen.

Ein schöneres Schiff war nie über den Ozean gefahren. Das Glas Orangensaft mit Gin, das der Steward brachte, war das köstlichste Getränk der Welt. Gab es Zauberhafteres als Möwen? Wie freundlich, dass dort auf dem Spieldeck Kinder spielten. Nußdorfer Straße 52 oder 54 steht das Schuberthaus. In den verschiedenen engen Zimmern, die Felix in Amerika bewohnt hatte, hatte er immer eine Radierung des Schuberthauses, in schmalem Goldrahmen, an die Wand gehängt. Er war davor gestanden, tausendmal, immer mit dem Gedanken: Das wird man nie mehr sehen. Heute ist Samstag, der 25. Mai. Mittwoch, den 10., oder Donnerstag, den 11. Juni wird man es sehen! Es war zum Wahnsinnigwerden – als stünde jemand unsäglich Geliebter, der tot und begraben ist, von den Toten auf. Einen Augenblick dachte er an eine Tote, verscheuchte den Gedanken. »Es ist so schön, dass man es nicht aushält!«, sagte er.

Viktoria hielt es für eine Antwort, obwohl sie um eine Viertelstunde zu spät kam. Aber da sie mit dem meisten einverstanden war, das dieser Enkel tat, fiel es ihr nicht ein, ihn zu fragen, was er vorhin mit geschlossenen Augen und so hingerissenem Ausdruck gedacht hatte, sondern sie sagte: »Du hast ja keine Ahnung, du Armer, wie viel Schönes man verträgt! Immer noch mehr. Weil man immer zu wenig davon hat. Das ganze Leben.«

»Etwas Schöneres als das gibt es nicht«, sagte Felix.

Kaum glaublich, dass ein Mensch seines Alters sich in Minuten so vollkommen verwandeln konnte. Es kam nicht nur von der schnellen Röte, womit Sonne und Meerwind sein Gesicht plötzlich überzogen, auch nicht von dem bisschen Gin in dem Orangensaft, dass seine Augen so strahlten und seine Bewegungen so übermütig sicher wurden. Aus einem immerhin gesetzten Mann war vor aller Augen ein Junge geworden.

»Übrigens, dieses Mädel, dem du adieu gesagt hast. Sehr hübsch. Amerikanerin?«

»Ja.«

»Warum hast du sie mir nie gebracht?«

»Ich werde, Großmama. Bis ich sie heirate.«

»Du hast sie doch offenbar nicht geheiratet, um nicht gebunden zu sein, wenn du jetzt hinübergehst?«

»Ich hab sie nicht geheiratet, weil ich zu konfus war. Ich bin nicht weit her, Großmama.«

»Oh, ich hab eine ziemliche Meinung von dir. Oder hast du dir ihr gegenüber etwas vorzuwerfen?«

»Nein. Das heißt, ja. Dass sie jetzt nach Scarsdale fährt und wahnsinnig traurig ist.«

»Du hast ihr ja vermutlich nicht angeschafft, sich in dich zu verlieben.«

»Großmama, ich hab eine noch viel bessere Meinung von dir als du von mir. Ich werde sie bestimmt heiraten. Erlaube, dass ich sie dir vorstelle. Livia Fox. Eltern tot. Einundzwanzig. Sie hat eine ältere Schwester, mit der sie lebt, die, mit der du mich manchmal gesehen hast. Die Schwester war ein Ziegfeld Girl oder so etwas. Livia ist bei Altman in White Plains Verkäuferin. Dreißig Dollar die Woche. Sie hat noch nie eine Lüge gesagt. Wie gefällt sie dir?«

»Gut, glaub ich.«

»Kann man eigentlich Telegramme an Bord aufgeben?«

»Hast du etwas vergessen?«

»Total unverständlich, dass ich es vergessen hab!«

»Attention, please«, sagte eine feierliche Stimme aus dem Lautsprecher an Bord. »There are radiograms at the purser's office in the names of the following passengers.« Die Namen der Passagiere folgten.

»In meinen jüngeren Jahren hätten wir auch ein Telegramm gehabt«, sagte Viktoria.

»Morgen wird etwas für uns da sein«, sagte Felix.

Viktoria dachte: was Glück aus einem Menschen machen kann. Dabei überschätzt er natürlich diese ganze Überfahrt maßlos. Aber solange jemand so glücklich ist, hat es keinen Sinn, ihn zu warnen.

Felix hatte auf ein Blatt aus seinem Notizbuch geschrieben: »Livia Fox, 150 Edgemont Road, Scarsdale, New York. Wir heiraten in drei Monaten in der Trinity Church in Scarsdale.« Dann fügte er hinzu: »Oder in der Stefanskirche in Wien. Kable dein Ja aufs Schiff. Love. Felix.«

Er reichte Viktoria das Blatt.

»Das ist eine Bindung«, sagte sie und versuchte, sich klarzumachen, wie viel davon auf Kosten des Glücksrausches zu setzen war.

»Genau das«, sagte Felix. Die Röte in seinem Gesicht hatte die Stirn ergriffen. »Das soll es ja sein.«

»Du solltest dich aber nicht binden«, sagte die alte Dame noch einmal. »Du hast's dir verdient, dein Leben jetzt neu zu formen. Das Schicksal ist dir das schuldig geworden. Sei kein Narr, Felix. Wart mit diesem Telegramm.«

»Großmama, nein. Ich bin zu glücklich. Sie kann nicht so unglücklich sein.«

»Aus Mitleid heiratet man nicht.«

»Aber aus Glück.«

Dem Steward, der ein zweites Glas Orangensaft mit Gin servierte, übergab er das Blatt zur Bestellung.

»Vielleicht nimmt sie mich nicht«, sagte er.

»Wenn sie das ist, was du von ihr hältst, nimmt sie dich nicht«, sagte Viktoria.

»Was würdest denn du antworten, Großmama?«

Sie dachte nach. »Ich würde antworten«, sagte sie dann: »Glücklich über dein Telegramm. Lass uns beiden noch ein bisschen Zeit. Ich liebe dich. Wie heißt sie – Livia? Livia.«

»Das ist ein schönes Telegramm.«

»Ja«, sagte Viktoria. »Ich hab es vor fünfundfünfzig Jahren deinem Großvater geschickt. Er war auch so ein Narr wie du.«

8

Komische Leute

Nachmittags nahm die Brandung zu. Es war nicht gerade rau, doch man spürte die Bewegung des Schiffes. Wenn man versuchte, weit hinauszusehen, schien sich der Horizont zu heben und zu senken. Dieser Blick in die Unbegrenztheit war Felix noch von der Herfahrt quälend in Erinnerung. Auch damals war es etwa diese Zeit des Jahres gewesen, und man war in Liegestühlen gesessen, in viel bequemeren als heute, und hatte gewusst, diese Bequemlichkeit würde noch drei oder vier Tage dauern, um dann zu Ende zu sein, vermutlich für immer. Man hatte getrachtet, es sich vorzustellen, wie es nach diesen drei oder vier Tagen sein würde, und das war vollständig unmöglich gewesen. Man konnte sich nichts vorstellen, alles war so trostlos verlassen wie der Blick auf die Einsamkeit des Wassers.

Jetzt konnte man es sich vorstellen. Man wusste, wohin man ging. Jeden Schritt. Und liebte jeden Schritt.

Welch ein Unterschied!

Ein Mann in einem gelben Überzieher, den Hut auf dem Kopf, ein mit einem Handtuch umwickeltes Päckchen unterm Arm, machte seit einer Stunde die Runde um das Verdeck. Vor jedem, bei dem er vorbeiging, hob er den Finger der rechten Hand grüßend an seinen Hut. Er hatte Schweiß auf Stirn und Wangen, obwohl es nicht warm war.

Auf dem Sessel neben Großmama Viktoria saß, beide Arme um die Knie gelegt, steif aufrecht statt ruhend eine alte Frau. Sie hatte ein Tuch um den Kopf unterhalb des Kinns festgebunden, trug eine lange grüne gestrickte Jacke und hohe schwarze Schuhe, wie Kathi sie zu tragen pflegte.

»Komische Leute sind auf dem Schiff«, sagte Viktoria, die nicht zugeben wollte, dass es ihr bei dem zunehmenden Seegang nicht mehr ganz gemütlich war. Übrigens kam jetzt Kathi, um sie in die Kabine abzuholen. Es ergab sich, dass sie Viktorias Nachbarin kannte, mit der sie ein paar tschechische Worte sprach: Es war eine Köchin aus Budweis, die vor acht Jahren »mit ihrer Herrschaft« herübergekommen war; jetzt fuhr sie allein zurück in die Tschechoslowakei. Kathi fand es nicht in Ordnung, dass eine Köchin neben ihrer Dame saß, und die Köchin schien ihrerseits Anstoß daran zu nehmen, denn sie bat Kathi, der Dame auszurichten, sie habe sich den Sessel hier nicht ausgesucht, sondern er sei ihr vom Deck-Steward angewiesen worden. Vermutlich war sie deshalb die ganze Zeit so steif gesessen. Herrschaften streckten sich aus, Köchinnen nicht.

»Können Sie Englisch?«, fragte Felix.

Die scheue alte Frau konnte ein bisschen Englisch.

»Dann können wir beim Dinner zusammensitzen und uns unterhalten«, sagte Felix.

Viktoria hatte Sinn für Humor, aber das war ihr zu viel. »Hast du einen Luftrausch?«, fragte sie.

Weshalb? Er war ganz einfach selig, Kommentar überflüssig, oder wenn es unbedingt eines Kommentars bedurfte: Hitler war überwunden, und man fuhr nach Hause, die Köchin hier, die Gräfin hier, der Mann mit den roten Bäckchen und dem Bündel unterm Arm, die Kartenspieler, die Baronin Rothschild, der junge Franzose mit dem tragbaren Radio, der etwas zu fett war, aber der kleinen Pariserin, deren Eltern permanent auf sie aufpassten, sichtlich gefiel, die Bierbrauer aus Milwaukee, der Wiener Schauspieler, der sich auf der Passagierliste Valento nannte und mit einer Baskenmütze Hollywooder Erfolge vorgab – es war eine sonderbare Gesellschaft, die eben, die das Glück einem zugewürfelt hatte, eine wundervolle Gesellschaft also, man hätte nicht einen Einzigen von ihnen missen mögen.

»Morgen wird man schon Europa hören können«, sagte der dicke junge Franzose zu der kleinen Pariserin, wie eine Liebeserklärung.

»Ah! C'est magnifique ça«, antwortete sie verklärt.

Tatsächlich war es das, großartig und phantastisch über die Begriffe, dass morgen aus dem kleinen Radio dieses fetten verliebten jungen Mannes Europa zu einem sprechen und nicht mehr feindlich sein würde, und, zur selben Stunde vielleicht, Livia aus Scarsdale. Sie mochte das Radiogramm jetzt schon erhalten haben und zum Post Office mit der Antwort gelaufen sein.

»Ich habe keinen Luftrausch, aber ich hätte nicht das Mindeste dagegen, einen Champagnerrausch zu haben«, sagte Felix und wiederholte die Einladung an die Köchin, mit ihnen zu Abend zu speisen.

Die Frau mit dem Kopftuch wusste nicht recht, wie ihr geschah, sie hatte das schon die ganzen letzten Tage nicht mehr gewusst, und antwortete auf Englisch, danke schön, vielen, vielen Dank, doch sie sei nicht hungrig, und wenn es der Herr erlaube, würde sie jetzt in die Kabine hinuntergehen.

Viktoria empfahl Kathi, die nicht Englisch verstand, ihrer Freundin den Weg zu zeigen.

»Das war hässlich von dir«, sagte Felix, als die zwei gegangen waren.

»Red nicht. Glaubst du vielleicht, du machst jemandem damit Freude, wenn du ihn zu etwas zwingst, was gegen seine Natur ist? Ich fürcht, das ist überhaupt dein Fehler.«

Vielleicht, vielleicht auch nicht, es war nicht wichtig, oder war es das? Die Brandung machte sich fühlbar, die Sonne, der Gin, das unsägliche Glück, es schwindelte Felix, das klare Denken wurde ihm schwer, doch das gerade war noch schöner als alles. Plötzlich rief ein Schiffsoffizier die Passagiere zu einer Übung auf, bei der sie die Rettungsgürtel umzunehmen und sich an bestimmten Plätzen des Decks einzufinden hatten, um zu wissen, wo sie im Ernstfall ihre Boote finden würden. In den sonderbar plumpen Jacken standen sie komisch da, und jemand sagte, eine Frau oder ein Mann: »Lassen Sie uns das eigentlich tun, weil Gefahr ist?« Lieber Herr oder liebe Dame, kein Mensch dachte an Gefahr, man tat das immer am ersten Tag einer Schiffsreise, Routine, nichts weiter. Die See wurde allerdings noch etwas bewegter, das ließ sich nicht leugnen, doch der Himmel war vollkommen klar – man kümmerte sich am besten nicht um so ein bisschen Schlingern. Das Radio des jungen Mannes gab Raymond Gram Swings Ansichten über die politischen Tagesereignisse durch. »Good evening«, begann die behagliche, meist etwas atemlose Stimme des berühmten New Yorker Kommentators, die in all den Jahren immer Trost gewusst hatte. Hitler wird rapid untergehen, hatte er täglich prophezeit. Aber sehen Sie, jetzt ist Ihr Trost gottlob nicht mehr nötig, Mr. Swing – hätte man das geglaubt, nach dem Fall Frankreichs, nach dem Blitz in England, in den Monaten vor Stalingrad?

Etwas später saßen sie im Speisesaal beim Dinner. Viktoria und Felix hatten einen Tisch zu zweit, und er bewunderte wieder einmal ihre absolute Furchtlosigkeit. Sie hatte bemerkenswerten Appetit und Durst, nahm von jeder Schüssel, trank zwei Gläser Champagner und verlangte ein drittes.

»Ist das nicht komisch? Morgen werden wir meine Verlobung feiern. Ohne Braut.«

»Steigerst du dich nicht in etwas hinein, Felix?«

Nein. Ja. Nicht wichtig. Es war ihm ein so gutes Gefühl, zu wissen, dass Livia froh war. Er liebte sie, warum hatte er es ihr so selten gesagt. Gegen die kleinen weißen Narben, die ihr Minderwertigkeitsgefühle verursachten, würde man schon etwas finden. Auch gegen Joyce. Gegen alles Drohende. Wenn man gegen Hitler etwas gefunden hatte. – Immer tiefer gab er sich einem Optimismus hin, der ihm völlig neu war und dem er desto wehrloser erlag. Zum ersten Mal seit Jahren ging alles nach Wunsch.

Viktoria hatte ihr drittes Glas Champagner halb geleert, als ein merkwürdiges Geräusch vernehmbar wurde. Eine Art Stampfen, dann ein Knirschen, dann schien das Schiff stillzustehen, neigte sich, fuhr aber sofort weiter.

»Gott im Himmel! Wir sind aufgefahren!« Jemand schrie das.

Jemand schrie: »Eine Mine! Hilfe! Wir sind auf eine Mine aufgefahren!«

In einer Sekunde waren die Gesichter im Speisesaal fahl. Die Bissen im Mund erstarrten. Die Kellner, mit der freien Hand an die Wände geklammert, balancierten Schüsseln und Flaschen sinnlos mit der andern.

»In die Rettungsboote!«

Der junge Mann in dem Überzieher, den Hut auf dem Kopf, zerrte sein mit dem Handtuch umwickeltes Päckchen auseinander. Ein Gebetsschal war darin, ein großer Briefumschlag, eine Zahnbürste und ein

Stück grüne Seife. Er legte den Gebetsschal um die Schultern und fing zu beten an.

Das Ganze dauerte kaum eine Minute. Die Panik erstarb so rasch, wie sie begonnen hatte, denn jemand sagte vollkommen ruhig auf Englisch: »Aber das Schiff fährt ja! Wie kann ein Schiff, das fährt, auf eine Mine aufgefahren sein!« Es war Viktoria, die es sagte, und obwohl es einem Seemann wenig Eindruck gemacht hätte, übte es auf die Reisenden eine himmlische Wirkung. Ja! Das Schiff fuhr wie vorher! »Trinken wir auf eine gute Reise«, sagte Viktoria. Sie war aufgestanden und stand in ihrem zyklamenfarbenen Abendkleid da, die großen Perlen schimmerten um ihren Hals, an ihren bloßen Armen hatte sie Armbänder, die blitzten und klirrten, als sie ihr Champagnerglas den Reisenden zutrank. Ein Jubel antwortete ihr wie einer Schauspielerin. »Na ja«, sagte sie, sich setzend.

Die Ruhe war wiedergekehrt, nur der Mann mit dem Gebetsschal bewegte schweigend die Lippen.

»Was ist wirklich los?«, fragte die alte Dame, als der Stellvertreter des Kapitäns, der eben eingetreten war, an ihrem Tisch stehen blieb.

»Nichts«, sagte dieser.

»Sie lügen«, sagte Viktoria.

»Sie haben ja gerade auch gelogen, Madam. Und wie gut. Wir sind Ihnen dankbar.«

»Wollen Sie damit sagen, wir waren in Gefahr?«

»Sie ist jedenfalls vorbei.«

»Dann will ich nicht wissen, in welcher. Außerdem würden Sie's mir auch nicht sagen.«

»Das stimmt. Danke, Mrs. van Geldern.«

»Na ja«, sagte Viktoria, noch einmal. Erst jetzt leistete sie es sich, blass zu werden. »Was ist mit dir, Felix? Aus dem Paradies vertrieben?«

In der Ecke des holzgetäfelten Speisesaales, neben dem Buffet, stand der Mann in dem gelben Überzieher. Er hatte den Gebetsschal von den Schultern genommen und packte ihn mit Hast und Verlegenheit in das Handtuch, zu dem Briefumschlag, zu der Zahnbürste und dem Stück Seife. Dann ging er. Er hatte keinen Bissen gegessen.

»Ich muss zugeben, einen Moment hab ich wahnsinnige Angst gehabt«, antwortete Felix. »Aber du wirst immer großartiger. Wie machst du das?«

»Mein Kind, die Dinge gehn gut aus. Wenn man Glück hat, erlebt man das noch selbst. Wenn nicht, erleben's die andern.« (»Mein Kind« sagte Viktoria nur in Ausnahmsfällen.)

Sie gingen beide auf Deck. Vor der Tür des Speisesaals warteten die Passagiere der zweiten Serie auf ihr Dinner. Auch in ihren Blicken war noch ein Rest von Angst.

Felix sagte etwas dergleichen. Viktoria widersprach: »Lächerlich. Das sind lauter Leute, die seit Hitler hauptsächlich Angst gehabt haben.«

Doch das war es eben. Da sie in den hölzernen Decksesseln saßen, der Himmel entfärbte sich langsam und der weiße Mond wurde sichtbar, spürte Felix es bitter. Die auf diesem Schiff fuhren, hatten, seit sie geflohen waren, hauptsächlich Angst gehabt. Es waren verschiedene Arten von Angst, vor dem Erschlagenwerden, vor dem Vergastwerden, vor dem Eingesperrtwerden, vor dem Gemartertwerden, vor dem Beraubtwerden, vor dem Verhungern und dem Krankwerden im fremden Land, vor dem Nichtweiterkönnen, vor gestern, vor heute, vor immer. Und im selben Augenblick, da sie aufatmen wollten, wurden sie fürchterlich gewarnt. Er war ja auch darunter, er hatte aufgeatmet, sich toll gefreut. Im Paradies war er gewesen, wie Viktoria es nannte, vier Stunden oder fünf. War das zu viel?

Im Salon, einem überlangen kahlen Raum, wo zu wenig Stühle, ein paar Spieltische und ein schwarzes Piano standen, spielte eine grauhaarige Frau die A-Dur-Sonate von Schubert. Dabei hatte sie die Augen geschlossen. Manchmal griff sie daneben.

»Können Sie einen Walzer?«, fragte der Schauspieler mit der Baskenmütze. »Wir würden gern tanzen.«

Die Frau konnte keinen Walzer. Oder sie wollte keinen spielen. Sie entschuldigte sich deswegen, auch dass sie gespielt hatte. »Ich habe so lange kein Instrument mehr gehabt«, sagte sie, hörte zu spielen auf und tastete sich vom Piano weg aufs Verdeck. Dort stand sie eine Weile. Sie war blind. Der Schauspieler hatte sich an ihrer statt hingesetzt und spielte den Walzer aus der »Geschiedenen Frau«. Er sang die Worte. »Kind, du kannst tanzen wie meine Frau – drehst dich und wiegst dich wie meine Frau ...« Der fette junge Franzose und die kleine Pariserin, ein Herr mit einer Frau, die krampfhaft lachte, weil sie eine miserable Tänzerin war, der zweite Schiffsoffizier und die Geliebte eines brasilianischen Diplomaten tanzten. Die Köchin, die in die Tschechoslowakei fuhr, schaute von draußen zu, sie hatte noch immer das Tuch unterm Kinn festgebunden. Wenn sie sich unbeobachtet glaubte, aß sie die Reste ihres Dinners aus einem Papier. Der Mann mit dem Päckchen unterm Arm ging rastlos um das Deck herum.

Nichts Schlimmes war geschehen, trotzdem war der freie Atem weg. Die Nacht bereitete sich vor, die bunt zusammengewürfelte Gesellschaft wurde grau.

Viktoria sagte: »Ich bin auf einmal sehr müd. Die Kathi wird mich holen kommen, aber ich möcht lieber noch eine Stunde oder zwei hier oben bleiben. Wenn ich eingeschlafen sein sollt, schick sie weg.«

»Ist es dir in der Kabine ängstlich, Großmama?«

»Frag nicht so dumm. Es ist prachtvoll, hier oben zu sitzen und sich vorzustellen, dass man nach Paris fährt. Wann, glaubst du, wirst du Antwort von deiner ...«

Sie vollendete kaum hörbar. Bald darauf war sie eingeschlafen.

Felix breitete seinen Mantel über ihre Knie, was sie wach nicht geduldet hätte.

Ja, es war prachtvoll, hier zu sitzen. Aber vor einer halben Stunde hätte es für immer aus sein können. Tanzten die noch da drin? Merkwürdig, wie schlecht Vergnügen zu Leuten passte, die es zu lange entbehrt hatten. Morgen um diese Zeit würde die Antwort von Livia da sein. Vielleicht antwortete sie nicht.

Der Tanz ging weiter. Viele tanzten jetzt.

Felix sprang auf und setzte sich. Wenn es ihm nichts bedeutete! Man kam an. Es bedeutete einem nichts mehr!

Desto besser. Dann gab es kein Dilemma. Man fuhr gleich wieder zurück zu Livia – wenn sie antwortete.

Der Walzerspieler wurde lauter.

»Weißt du was«, sagte Viktoria, die erwacht war und ihn aus halb geschlossenen Augen beobachtet hatte, »das vorhin war nichts als ein Bluff. Bei der Übung war kaum die Hälfte der Passagiere da gewesen. Der Kapitän wollte ihnen eine Lektion geben.«

»Gib dir keine Mühe, Großmama.«

»Faktisch. Ich hab das erst unlängst irgendwo gelesen – in einem Buch von Maugham, glaub ich. Sie machen das manchmal.«

»Vielleicht ist es richtig so. Es ist keine Zeit für Freude.«

»Heute redest du nichts als Unsinn. Für Freude ist immer Zeit. Auch in der Katastrophe – gerade dann! Ein paar Minuten, bevor dein Großvater gestorben ist, hat er zu mir gesagt: ›Vergiss nicht, übermorgen ist die Metternich-Redoute.‹ Ich war Patroness. Und ich bin gegangen.«

»Herausfordern ist immer falsch.«

»Was heißt das? Wir sind doch die Herausgeforderten!«

»Großmama, glaubst du, es wird so sein, wie man sich's vorstellt? Ich mein', wenn wir ankommen?«

»Nichts ist so, wie man sich's vorstellt.«

»Menschen können sich verändern. Die Landschaft nicht. Grinzing nicht. Der Sommerhaidenweg nicht. Du hast recht, es ist prachtvoll, hier zu sitzen und zu wissen, dass man nach Wien fährt!«

»Ich hab gesagt, nach Paris.«

»There are radiograms at the purser's office in the names of the following passengers«, wurde durch den Lautsprecher gesagt. Felix' Name war nicht unter denen, die verlesen wurden.

Die Nacht kam. Die Leute an Deck suchten ihre Kabinen auf, im Salon wurde noch getanzt. Viktoria schlief in ihrem Holzsessel, im Schlaf lächelnd.

Felix schaute in dieses Lächeln. Die Glücksempfindung, durch den Schock der letzten Stunde unterbrochen, kehrte wieder. Viktoria hatte recht. Man musste daran glauben, dass die Dinge gut ausgingen, dann lächelte man im Schlaf. Möglich, dass es schwimmende Minen gab, auf die man heute oder morgen auffahren konnte. Wenn man nicht daran glaubte, gab es sie nicht. Länger und tiefer schaute er in das Gesicht der

Schlafenden. Ihm schien, als hätte sich ihr das Verborgene enthüllt und dass sie deshalb lächelte.

»Schöne Nacht«, sagte die Köchin, die dem Tanz zusah, auf Englisch.

9

Das Gegenteil von Strohfeuer

Die Antwort Livias kam ein paar Augenblicke, nachdem aus dem tragbaren Radio des in die Pariserin verliebten jungen Mannes Paris zu reden begann. »C'est l'orchestre de l'hôtel George Cinq.« Das Orchester des Hotels Georg V. spielte, was es vor vier, acht und fünfzehn Jahren gespielt hatte. Eine Zwischenmeldung gab bekannt, dass die Gaullisten eine Wahlniederlage erlitten und die Kommunisten ihnen sechzehn Sitze in der Chambre abgenommen hatten. »Ouvre tes yeux bleus, ma mignonne«, süß, schmachtend, zärtlich. Die kleine Pariserin sang es mit; kein Zweifel, dass sie in der Zwischenzeit mit dem jungen Mann erheblich weitergekommen war. In drei Stunden, sagte der Kapitän, würde man die englische Küste sehen.

Das Radiogramm Livias lautete: »Ich bin unendlich glücklich und wünsche Dir gute Ankunft. Genieße Deine Reise, denke an nichts, als dass Du sie machen kannst. Gib mir manchmal Nachricht. Ich danke Dir. Livia.«

Das Papier zitterte in Felix' Hand. Er hatte es während der sieben Tage und Nächte der Überfahrt mit einer Ungeduld erwartet, die er selbst nicht für möglich gehalten hätte. Erst seit er sich auf dem Schiff befand, war Livia ihm so nahe.

Nun, das war ihre Antwort. Sie sagte nicht nein und nicht ja, weil sie beschämend gut war, beglückend gut! Herrlich, dass es das gab. In all dem Hass hatte man das fast vergessen.

»Was antwortet sie?«, fragte Viktoria.

»Dass sie gut ist.«

»Und außerdem?«

»Das ist alles.«

»Weißt du jetzt, woran du bist?«

»Ja.«

»Sie hat geantwortet, wie ich's vorausgesagt hab?«

»Besser!«

»Na ja. Ich kann noch etwas lernen. Gib her.«

Er reichte ihr das Blatt. Sie las es, ohne Gläser zu brauchen; ihre Augen sahen noch scharf.

»Das ist wirklich ein schönes Telegramm«, sagte sie. »Eigentlich bist du zu beneiden.«

Das Weiß am Horizont waren die Kreidefelsen von Dover. Dann mischte sich Grün in das Weiß, die Rasen vor den englischen Landsitzen, an denen man vorbeifuhr.

Der Mann mit dem Päckchen unterm Arm stand auf dem Verdeck und starrte auf den kleinen Dampfer, der gekommen war, um Passagiere aufzunehmen, die in Southampton ausstiegen, wo die »Brazil« zum ersten Mal landete. »Sie ist nicht dabei!«, sagte er.

Es waren die ersten Worte, die man ihn sagen hörte. Er richtete sie an niemanden. Er sprach sie zu sich mit einer solchen Enttäuschung, dass Felix ihn fragte, ob er jemanden erwartet habe.

Seine Tochter, die als Pflegerin in England lebte. Sie tat das seit Hitler, volle acht Jahre hatte er sie nicht gesehen. Vom Schiff hatte er ihr telegrafiert – da er erfahren hatte, dass es in Southampton anlegen würde –, sie solle mit dem kleinen Hafendampfer kommen, der fast eine halbe Stunde Aufenthalt haben würde; er zitierte wörtlich sein Telegramm. Bei ihrem letzten Zusammensein war sie ein Kind gewesen, zwölf.

Felix sagte, wenn er sie jetzt nicht sähe, würde er sie in ein paar Tagen sehen. Wahrscheinlich habe sie das Telegramm nicht bekommen.

Der Mann starrte auf den kleinen Dampfer mit einer letzten, verzweifelten Hoffnung. Alle für England bestimmten Passagiere waren bereits an Bord. Sonst niemand. Die halbe Stunde war abgelaufen.

»Julika!«, schrie der Mann.

Es kam keine Antwort. Er schrie noch einmal, um sich zu vergewissern. Der kleine Dampfer pfiff und fuhr ab.

Der Mann schaute dem kleinen Dampfer nach. Dann warf er beide Arme mit einer Gebärde der Vergeblichkeit in die Luft. Dabei entfiel ihm sein Päckchen. Er hob es auf und wollte gehen.

»Das alles sind keine Katastrophen«, sagte Viktoria.

Der Mann schaute sich nach der alten Dame um und sagte in ziemlich korrektem Englisch: »Sie hat nur Aufenthaltsbewilligung für England, und ich nur für Ungarn. Wir hätten uns nur hier treffen können. Ich hätte gern gewusst, wie sie aussieht.« Dann ging er.

Gegen vier, nachmittags, tauchte die französische Küste auf. »La France! Voilà, la France!«, schrie die kleine Pariserin außer sich.

Langsam wurden Umrisse sichtbar. Felix war so erregt, dass er aus der Menge, die sich vor der Kommandobrücke zusammendrängte, auf das kleine Verdeck lief, das jetzt verlassen war.

Das Schiff verlangsamte seine Fahrt. Vielleicht war das nicht einmal der Fall, sondern die Umrisse kamen so schnell auf Felix zu, dass es ihm zu rapid wurde: So bereit er gewesen war, alles das zu sehen, so ungestüm er darauf gewartet hatte, es traf ihn jetzt unvorbereitet, als es geschah. Vom Himmel hob sich etwas ab: Frankreich. Die See, unruhig seit dem Ärmelkanal, ebbte. Kein Luftbild. Es war da.

Mit beiden Händen an die Brüstung des kleinen Sonnendecks geklammert, sah der Rückkehrende wiedererscheinen, von wo er vor acht Jahren in die Ungewissheit gefahren war. An alles erinnerte er sich.

Sanfte Hügel. Häuser. Hatte man gesagt, dass Le Havre nicht mehr stand? Es stand da. Immer war Le Havre der Ort gewesen, wo die Reisen ins Unbekannte begannen oder endeten.

Die »Brazil« fuhr tatsächlich langsamer. Es waren nicht mehr Umrisse, die man sah, sondern die Wirklichkeit. Abermals warf sie sich auf Felix, brutaler diesmal. Er sah die ersten Spuren der Vernichtung. Bisher hatte er sie im Film und auf Bildern gesehen, jetzt sah er sie vor sich. Le Havre gab es nicht mehr. Das Erschreckende daran war, dass es trotzdem aussah, als stünde es noch. Die Silhouette stand. Dahinter gähnte aus stehen gebliebenen Mauern, aus ausgebrannten Fenstern das absolute Nichts. Man hatte es im Kino gesehen; die Reporter hatten massenhaft darüber geschrieben; Briefe waren gekommen, die es zu schildern versuchten. Hinter der Wirklichkeit blieb das unvorstellbar zurück. Dass vor den saubergeräumten Ruinen Menschen sichtbar wurden, dass hier und da ein Auto fuhr, wo es keine Straße gab, machte das Ganze gespenstischer.

Felix schaute. Das Glück und das Wunder, zurück zu sein, wurden von der Qual des Schauens betäubt. So hatte er es sich nicht vorgestellt. Nicht so endgültig. Dass man sich nichts vorstellen konnte!

»Recht geschieht ihnen!«, hörte er jemanden sagen.

Er drehte sich um, als hätte man ihn insultiert. Wie konnte das recht sein!, wollte er sagen. Dann spürte er, dass es in seinem Mund falsch geklungen hätte, und schwieg.

»Sieht bös aus«, sagte Viktoria. Sie war die Treppe zum Sonnendeck hinaufgestiegen und stand hinter ihm, schon zur Landung gekleidet. Der blaue Mantel, die neue blaue Tasche, die blauen Handschuhe und das winzige blaue Käppchen auf ihrem weißen Haar, alles tadellos.

Kathi stand hinter ihr. Missbilligend wie immer sah sie umher.

»Unerträglicher Anblick«, sagte Felix.

»Du bist ein komischer Mensch«, sagte Viktoria. »Ich war immer stolz auf dich, und jetzt bin ich's noch mehr. Lass dir etwas sagen. Wappne dich mit einem bisschen Gleichgültigkeit, mit stoischem Egoismus, wenn du willst. Kein schöner Anblick, das hier, und ich fürcht, es wird nicht viel schöner werden, je weiter wir kommen. Aber wer hat dran gedacht, wie schön wir's hatten, als wir von hier wegmussten? Ich weiß, ich hab's schön gehabt. Denk nicht an mich, nicht einmal an dich. An die musst du denken, die dort zusammenstehn und sagen: ›Recht ist ihnen geschehn!‹ Wir gehören zu ihnen, denk dran, Felix, Gerechtigkeit war doch immer deine starke Seite!«

Vielleicht, dachte er. Deswegen ist es ja so grauenhaft, diese schwarzen Häuserskelette zu sehen.

Dann saßen die Passagiere im Salon und warteten, bis man sie vor die an Bord gekommenen Pass- und Zollbeamten rief. Die Kommission amtierte in dem kleinen Lesezimmer neben dem Salon, man konnte sie durch die Glasscheiben sehen: vierzehn strenge, uniformierte Männer. Die Passagiere starrten auf die vierzehn Uniformen, die nebeneinandersaßen und irgendwelche Befragung vorbereiteten, von der man nicht wusste, wie sie enden würde. Es fiel Felix ein, dass er sich in all den Jahren in Amerika vor Beamten nie gefürchtet hatte. Man sah fast keine; hatte man mit ihnen zu tun, dann trugen sie keine Uniformen und waren freundlich. Mit einem Schlag hatte sich das geändert. Die vierzehn Uniformen hinter den Glasfenstern waren drohend. Man war in Europa.

Nach dem Alphabet traten die Reisenden vor, jeder Buchstabe wurde in Grüppchen bereitgestellt. Erst kam A, vier Erwachsene und zwei Kinder. Dann B, elf Erwachsene. Kein C. Buchstabe D, drei Erwachsene, ein Kind. E und F gab es gleichfalls nicht. Im Grüppchen G waren Viktoria und Felix die Ersten.

Der Mann mit dem kleinen Paket war vor ihnen mit der Befragung fertig geworden. Seine roten Backen weiß, zitterte er noch am ganzen Körper. Denés hieß er (seinen Namen hatte man vorher nie gehört). Er hatte angegeben, dass er »Rückwanderer« wie die meisten auf diesem Schiff sei, die amerikanische Staatsbürgerschaft nicht erworben hätte und von der im Frühjahr 1946 erteilten Erlaubnis Gebrauch mache, auf eigene Kosten in die Heimat zurückzukehren – den Beweis vorausgesetzt, dass man dort erwünscht war und eine Anstellung besaß. Der Mann hatte beides behauptet, beides bewiesen. Er stammte aus Győr; seine Großeltern, seine Eltern, seine Frau waren ermordet oder verschollen; er hatte kein Vermögen mehr, nur noch eine Tochter. Die Geschichte dieser Tochter hatte er zu erzählen versucht, auch dass er gehofft hatte, sie für eine halbe Stunde in Southampton zu sehen, doch zeigte die Kommission dafür kein Interesse. Dagegen war er gefragt worden, weshalb er zurückwolle und wovon er leben würde. Er beantwortete die zweite Frage zuerst, indem er einen Brief zeigte, den er offenbar unzählige Male gezeigt hatte, denn er fiel fast auseinander. In dem Brief stand: Joszi Denés, dreiundfünfzig Jahre alt, ehemaliger Besitzer der Chemischen Werke in Győr, jüdischer Konfession, verwitwet, kann in der Budapester Chemischen Versuchsanstalt gegen einen Monatslohn von 175 Forint Beschäftigung finden.

»Ich möcht es wiedersehen«, sagte er und beantwortete damit die erste Frage.

Auch Viktoria und Felix wurden Ähnliches gefragt, nur war ihr Fall grundsätzlich anders. Sie waren keine Rückwanderer, sondern amerikanische Bürger, mit amerikanischen Pässen in Geschäften reisend, die für die Rehabilitierung der Finanzwirtschaft in Österreich und Frankreich, dort eben, wo das Haus Geldern seine Niederlassungen hatte, von Wichtigkeit waren; daher besaßen sie die Bewilligung der Joint Chiefs of Staff, in diesen Ländern je einen Monat zuzubringen.

Als sie den grünen amerikanischen Pass dem französischen Beamten vorwies, sagte Viktoria auf Englisch, obwohl sie Französisch mindestens so gut sprach: »Ich bin Amerikanerin!«

Zum ersten Mal hatten sie Gelegenheit gehabt, diesen Pass zu zeigen und sich davon zu überzeugen, welche Wirkung er ausübte: Man behandelte sie beflissener. Das war angenehm, doch Felix machte es verlegen. Er hatte sich drüben daran gewöhnt, keine Ausnahmen statuiert zu sehen.

»Wirst du von jetzt an jeden Augenblick vergleichen?«, fragte Viktoria.

Nachdem sie das Schiff verlassen hatten, wurde ihnen bedeutet, ihr Gepäck auf einem einige hundert Meter entfernten Platz zu erwarten, wo unter freiem Himmel lange Holztische aufgeschlagen waren und wohin man, da es keine Träger gab, mit seinem Handgepäck zu Fuß zu gehen hatte. Erst auf diesem kurzen Weg nahm man völlig wahr, wo man sich befand. In einem Hafen, den es nicht gab, weil das, woran man landete und worauf man ging, ein künstliches Stückchen Kai aus Beton war, von Pfählen gestützt. Dahinter war nichts; davor nur jener kleine Platz mit den Holztischen, wo aus plötzlich heranfahrenden Lastwagen Gepäck ausgeladen wurde. Man lud es nicht aus, man schmiss es. Es zerschmetterte, sobald es den Boden berührte, die Schlösser sprangen auf. Vierzig, sechzig, hundert Leute in blauen Kitteln, die wie Träger aussahen, tauchten wie aus einer Versenkung auf, luden die Koffer blitzschnell auf ihre Schultern und verschwanden damit.

Die Passagiere schrien, warfen sich auf ihre Koffer, kämpften mit den Fäusten darum, riefen die Zollwächter hinter den Tischen entsetzt zu Hilfe. »Merde!«, sagten die Zollwächter. Messieurs-Dames hätten eben selbst das Gepäck beaufsichtigen sollen! Was konnte man tun in diesen Zeiten! Übrigens würde das Gepäck ganz bestimmt auf den Zug geladen werden, der von dem etwa acht Kilometer entfernten Bahnhof nach Paris ging.

Viktoria hatte mindestens vier Wochen damit verbracht, die Dinge zu wählen, die sie einpacken würde. Sie hatte lange Beratungen darüber mit Kathi gehabt, und als die Koffer gepackt waren, empfand sie es als eine musterhafte Leistung; die Sachen waren neu, die Koffer auch. Infolgedessen war Viktoria keinesfalls gewillt, sie Leuten in blauen Kitteln oder sonst wem zu überlassen. In ihrem besten Französisch, das fast keinen Akzent hatte, redete sie den Chefinspektor so vehement an und hielt dabei so verführerisch zwei Tafeln Schokolade und drei Päckchen Chesterfield in der Hand, dass sich in ihrem Fall ein Wunder ereignete. Aus dem Chaos der auf die Tische gestürzten, jäh verschwindenden Koffer gelang es, das gesamte Gepäck Viktorias, ja sogar das Kathis sicherzustellen, da es den scharfen Augen Viktorias nicht entgangen war, dass ihre drei grauen Suitcases von einem höchstens vierzehnjährigen Jungen mit ungeheurer Behändigkeit unter einen der Holztische praktiziert wurden. So schnell sie laufen konnte, lief sie ihm nach und enttäuschte sich selbst dadurch, dass sie ihm keine Ohrfeige gab, sondern einen Hershey Bar, von denen sie unzählige in ihrer blauen Tasche bei sich trug. Das Schokoladegeschenk erstaunte den Jungen seinerseits so, dass er nicht nur Viktoria, sondern auch Kathis Koffer auf den Omnibus lud, der zum Bahnhof fuhr. Kathi allerdings gab ihm die Ohrfeige, und daran mochte es liegen, dass Felix um alles kam, was er, Livias Aktentasche ausgenommen, mithatte. Das Gebrüll ringsum war so ohrenbetäubend, die Erbitterung der Beraubten so wild, der Humor der Sichverteidigenden so entwaffnend, dass man nicht wusste, wie einem geschah. Wie immer man sich die Ankunft in Europa vorgestellt haben mochte, so nicht.

Auf den Waggons des Sonderzuges (der Bahnhof lag, unglaublicherweise, wohlerhalten in einem Stadtteil, den es fast nicht mehr gab) las man: »Le Havre–Paris.« Das allein versöhnte Felix mit dem Verlust seines Koffers. Man war angekommen! Ob man ein oder zwei Anzüge mehr hatte und einige gute Hemden und Krawatten – allerdings sorgfältig gewählte, von Abercrombie & Fitch –, war egal. Sollte man sich einen der größten Momente der Existenz verzwergen lassen? Übrigens lag fast etwas Symbolisches darin. Beraubt hatte er Europa verlassen, und so kehrte er zurück. Herr Denés mit dem Päckchen unterm Arm besaß etwa ebenso viel Gepäck wie Herr von Geldern, der zur Rehabilitierung der Finanzwirtschaft reiste.

Zu dritt saßen sie in einem Coupé, Viktoria, Kathi und Felix, auf dem Bahnsteig riefen Zeitungsjungen das Ergebnis der Wahlen in die Chambre aus. Ruck nach links. Die Namen der Zeitungen kannte Felix nicht. Er verlangte »Paris-Midi«, »Paris-Soir«, »Temps« – das alles gab es nicht mehr. Die Zeitungen hießen jetzt anders.

»Diese französische Sauwirtschaft!«, sagte Viktoria, noch einigermaßen atemlos. »Stell dir vor, welche Ordnung herrscht, wenn man auf dem Grand Central oder auf der Pennsylvania Station ankommt.«

»Wirst du jetzt jeden Augenblick vergleichen?«, erinnerte er sie lachend.

»Sie zwingen einen ja dazu!«

»Was werd der junge Herr denn jetzn machn – ohne nix?«, fragte Kathi.

»Mich freuen, Kathi. Rasend! Schauen Sie hinaus! Mein Gott, schauen Sie doch aus dem Fenster!«

Sie fuhren; die Zerstörungen, beiderseits der Geleise, wichen weg, freundliche kleine Anwesen erschienen, mit üppig leuchtenden Sommerblumen in den Gärten, dahinter waren windbewegte Felder mit rotem Mohn, dunkelgrüner Tannenwald, gelb, grün, grün.

»Ist das nicht zum Weinen schön?«

»Jo, es is scheen«, gab Kathi widerwillig zu.

Es wurde im herankommenden Abend immer schöner. Blutroter wilder Mohn in Kornfeldern. Nadelwälder. Linden, breitwipflige, goldgrünschimmernde, honigbraun blühende Linden. Schmale, flinke, klare Bäche. Kastanien! Rote Kerzen und weiße. Durch die offenen Fenster kam betörender Duft. Akazien waren es, ihre vollen Dolden schimmerten. Mit verschwenderischen Händen, als sollte es gleich in der ersten

Stunde sein, wurde das Vermisste zurückerstattet. Die Holdheit drängte her, die Süße, die Schönheit, die aus sich selbst und selbstverständlich schön war, nicht als Herausforderung – wie hatte Felix es entbehrt!

»Frankreich!«, sagte er.

»Du hast Frankreich ja nie gerngehabt«, erinnerte ihn Viktoria. Sie überlegte noch immer, wie man sein Gepäck sicherstellen oder es zumindest ersetzt erhalten könnte.

»Dass man das wiedersieht!«, sagte er leise, ohne ihr zu antworten. Eine erlösende Zufriedenheit, fast eine Erschlaffung bemächtigte sich seiner, wie eines, der zum Verdursten durstig gewesen ist und tief getrunken hat. Er konnte nichts denken, nur dieser wohltuenden Entspannung nachgeben.

»Die Wälder von Connecticut sind genauso schön«, sagte Viktoria.

Er hörte sie das sagen. Ja, gewiss, Connecticut. Oder Colorado. Oder Kalifornien. Aber man musste erst hinfahren, nach Connecticut aus New York, nach Colorado aus Chicago, nach Kalifornien aus der Wüste. Hier dagegen kam man an, und es war in der ersten Sekunde schön. Und wem Sommer dasselbe bedeutete wie roter Mohn, Lindenblüte und Akazienduft, für den war es weder in Connecticut noch in Colorado oder in Kalifornien Sommer. Das sagte er nicht, er dachte es auch nur vag, mehr als Entschuldigung für sein Verzücktsein als aus Widerspruch.

»Gib acht«, sagte Viktoria. »Ich kenn das in deiner Familie. Ihr seid das Gegenteil von Strohfeuer. Ihr brennt leicht, aber dauernd. Das führt zu nichts Gutem.«

»In der Rolle der Kassandra bist du schwach.«

»Was ist das mit uns, Felix? Du hast mich zwar nicht danach gefragt, aber ich offerier dir die Antwort, wie's mir in diesem Moment zumut ist. Wenn ich ehrlich sein soll, bewegt mich das da draußen überhaupt nicht.«

»Das glaub ich dir nicht!«

»Es ist sehr hübsch, wenn man dran gewöhnt war, und das war ich um einige vierzig Jahre länger als du. Kastanien, Akazien, alles prachtvoll. Aber ich kann mir nicht helfen, ich muss dran denken, wie schmutzig die Häuser sind, wie ungewaschen die Leute, wie ungelüftet die Zimmer. Auch an anderes muss ich denken, Felix, an eine ganze Menge. Nein. Es bedeutet mir nichts mehr.«

Er warf den Kopf zurück. »Weil du dich dagegen wehrst!«

»Möglich.«

»Außerdem kannst du das im ersten Moment gar nicht sagen. Wart es ab.«

»Gut. Machen wir das beide. Warten wir's ab. Und jetzt schauen wir, ob wir im Speisewagen etwas zu essen bekommen. Sie passen inzwischen auf das Gepäck auf, Kathi.«

Während sie an den Passagieren vorbeigingen, mit denen sie auf dem Schiff beisammen gewesen waren – die meisten von ihnen waren qualvoll damit beschäftigt zu entdecken, was von ihrem geretteten Gepäck fehlte, und jene, die es eingebüßt hatten, schrieben aus dem Gedächtnis verzweifelt auf, was darin gewesen war –, sagte Felix: »Tu dir auf dein Amerikanertum nicht so viel zugute. Eine Amerikanerin hätte die Kathi nicht im Coupé zurückgelassen, sondern sie zum Dinner mitgenommen.«

»Aber nicht in deinem schönen Frankreich! Ist es dir nicht genug, dass du dein Gepäck nicht mehr hast? Ich will meins behalten. Übrigens mach ich dir ein Kompliment. Du trägst deinen Verlust heroisch.«

»Weil ich ihn überhaupt nicht spüre. Dazu fühle ich mich zu wohl.«

Es hielt bis Paris an. Nicht einmal der Anblick der Baronin Rothschild, die sich auf dem Boot fast nicht hatte sehen lassen und es auf dem Zug erst tat, als ihre Koffer, vierundzwanzig an der Zahl, aus drei verschiedenen Abteilen bereitgestellt waren, vermochte etwas daran zu ändern. Allerdings fühlte er sich versucht, ein Wort zu sagen, als er an den hochgetürmten Koffern vorbeimusste, doch er unterdrückte es. Es wäre bei dem einen Wort nicht geblieben, viele wären daraus geworden, die er noch nie gesagt hatte, die sich ihm jetzt aber heftig aufdrängten. Sie hätten ihn selbst am meisten erstaunt, denn früher hatte er gegen junge schicke Damen wie diese Reisende nie etwas gehabt, im Gegenteil. Seit er auf der »Brazil« gewesen und in Le Havre angekommen war, galt das nicht mehr ganz.

Hinter den angestauten Koffern wartete die Köchin, die in die Tschechoslowakei fuhr, geduldig, bis man ihr erlauben würde, auszusteigen. Von dem Mann in dem gelben Überzieher war nichts mehr zu sehen. Der Jüngling mit dem tragbaren Radio hingegen sang die ganze Zeit »Ouvre tes yeux bleus, ma mignonne«. So fuhren sie in den Bahnhof St. Lazare ein.

Keine Träger und keine Taxis. Obschon es erst zehn Uhr abends war, es war fast finster.

»Die Ville lumière, wie sie im Buch steht!«, sagte Viktoria, immer gereizter. »Stellen sich die vielleicht vor, wir werden uns unser Gepäck ins Hotel tragen? Oder haben sie uns aus Rücksicht unser Gepäck gestohlen, weil's keine Träger gibt?«

Felix brach in das Lachen aus, das ihm von Natur aus locker saß und zu dem er in den letzten Jahren wenig Lust und Anlass gehabt hatte. Er musste sogar einen Augenblick stehen bleiben, so lachte er, als er Viktoria auf einen Burschen zulaufen sah, der mit einem strohgeflochtenen Kinderwagen auf dem völlig verlassenen Platz vor dem Bahnhof stand. Wie sich zeigte, hatte sie richtig geraten, und der Kinderwagen war für Gepäck bestimmt. Der Junge fragte, wohin; Viktoria antwortete. Er wisse nicht, wo das sei, sagte der Junge – es sei bestimmt sehr weit. Nein, sagte Viktoria, das Hotel Côte d'Azur liege in der Rue St. Philippe du Roule. Fünfhundert Franc, sagte der Junge mit dem Kinderwagen. Viktoria schien mit dem Entschluss zu kämpfen, ihm die Ohrfeige zu geben, die der gleichaltrige Junge in Le Havre nicht erhalten hatte. Aber sie sagte, wenn er's für hundert täte, gut, wenn nicht, dann nicht. Der Junge antwortete etwas, das Felix nicht verstand, und dann hatte er die Ohrfeige.

Ein Polizist erschien. Der Junge beklagte sich. Viktoria beklagte sich. Kathi sagte: »Gsindl!«, zum Glück auf Deutsch. Ein zweiter »Agent« tauchte auf, nicht lange darauf ein dritter. Das Grüppchen der drei Polizisten, ebenso dunkelblau gekleidet wie Viktoria, mit blauen Umhangkragen, die kürzer waren als Viktorias blauer Mantel, erörterte den Fall. Die Polizisten nahmen die Partei des jungen Mannes, Viktoria sagte, es sei eine Schande. Hätte Felix sich nicht eingemischt, dann wären sie vermutlich nie bis zum Hotel Côte d'Azur gekommen, denn die Polizeiagenten waren eigentlich mehr dafür, dass Viktoria und Kathi die Nacht auf der Préfecture verbrachten. Doch rauchten sie ein paar Augenblicke später Chesterfield-Zigaretten; Viktoria, Kathi, der junge Mann mit dem Kinderwagen, worin zwei Suitcases Platz fanden, und Felix, der die beiden anderen trug, setzten sich in Bewegung. Gerade, als sie den Platz vor dem Bahnhof verließen, trafen drei oder vier Taxis ein. Der Jüngling, der Kaugummi kaute, schaute sich verächtlich um und sagte: »Trop tard!«

Kein Licht in den Häusern. Ganz selten eine Straßenlampe beleuchtet. Doch Viktoria kannte ihr Paris. Nach einer halben Stunde waren sie vor dem Hotel angekommen.

Das Tor des Hotels war versperrt, das Haus finster. Man läutete, klopfte, schlug mit den Fäusten gegen das Tor. Nichts. »Sonntag«, sagte der junge Mann. Dann hielt er unter einer Straßenlampe seine flache Hand hin, er wollte sein Geld haben. Felix gab ihm zweihundert Franc. Der Jüngling spuckte auf die Scheine und steckte sie ein. Dann stürzte er den Kinderwagen mit seinem Inhalt um und entfernte sich. Eine Weile später, denn die Straßen waren ausgestorben, man hörte jeden Laut, konnte man ihn sagen hören: »Dreckige Amerikaner!«

»Glaubst du, dass wir im Freien übernachten müssen?«, fragte Viktoria.

Felix kämpfte noch immer mit dem Lachen.

»Gar so komisch find ich's eigentlich nicht«, sagte Viktoria.

»Verfluchte Gsindl«, sagte Kathi.

Von der Rue de la Boëtie her näherten sich Schritte; es war eine junge Frau, die auf das Hotel Côte d'Azur zuging; sie hatte einen Schlüssel und öffnete das Tor.

»Ach so!«, sagte Viktoria. »Ich fürcht, wir werden den Anforderungen dieses Hotels nicht entsprechen können.«

Die junge Frau erbot sich, den »Propriétaire« zu wecken: Am Sonntag war's nun einmal so. Man konnte es niemandem verdenken, wenn er diesen einen Tag in der Woche zum Ruhen benutzte, nicht wahr, Messieurs-Dames?

»Ich versteh nicht, wieso man uns dieses Hotel empfohlen hat«, sagte Viktoria. »Der Richard wird immer dümmer. Von allen Hotels in Paris hat er ausgerechnet an dieses gekabelt!«

Die hilfreiche junge Frau sperrte das Haustor zu, machte Licht im Hausflur, wünschte gute Nacht und stieg die Treppe hinauf. Kurz darauf hörte man sie oben lachen; auch eine Männerstimme hörte man oben. Dann erschien unten der Propriétaire.

Er war angekleidet, schien also nicht geschlafen zu haben und hielt, wie um das besonders zu betonen, eine Zeitung in der Hand. Viktoria nannte ihren Namen. Sie sagte, dass M. de Geldern vor vierzehn Tagen aus New York Zimmer für sie bestellt habe. Hier sei die Antwort: »Deux chambres réservées. Hôtel Côte d'Azur.«

»C'est ça«, sagte der Hotelier und trat hinter das Pult. Aber, fügte er emphatisch hinzu, ein Datum sei in seiner Antwort nicht enthalten. Zwei Zimmer reserviert, parfait. Aber ohne Datum, évidemment.

Der in der Familie früher sprichwörtlich gewesene Jähzorn Viktorias näherte sich einem Ausbruch. Immerhin, sagte sie auf Französisch und sehr leise, was bei ihr ein Zeichen von Empörung war, die Zimmer seien für heute, Montag, den 3. Juni 1946, acht Uhr abends bestellt gewesen. Abschrift des Kabels von M. de Geldern hier. Ja oder nein?

Der Hoteleigentümer neigte sich ein wenig über das Pult vor und wiederholte, seine Antwort trage kein Datum. Er habe, aus reiner Freundlichkeit für M. de Geldern, den er seit Jahren kenne, nicht das Herz gehabt, nein zu sagen. Jedenfalls, das sei die Situation.

»Was kosten die Zimmer?«, fragte Felix.

»Es sind keine frei. Zwei, die heute nachmittags um vier Uhr hätten bewohnt werden sollen, sind allerdings noch nicht okkupiert, weil die Herrschaften erst morgen kommen ...«

»Oder gar nicht«, sagte Felix.

Alles unter der Sonne sei möglich, erklärte der Hoteleigentümer. Jedenfalls, diese beiden Zimmer seien momentan frei und kosteten, jedes, achthundert Franc. Dann las er in der Zeitung.

»Sie sind wahnsinnig«, sagte Viktoria.

»Non, Madame. Je ne le suis pas«, sagte der Hotelier.

»Aber das ist phantastisch!«, sagte Viktoria. »Und noch dazu ist es nicht einmal ein gutes Hotel!«

Der Mann hinter dem Pult richtete sich auf und gab ihr einen Blick. »Non, Madame, c'est ne pas un bon hôtel«, sagte er. Dann brach er in Lachen aus. Es war eine merkwürdige Art Lachen, eine Eruption, in der eine Menge Verachtung und Hass lag.

Ob sie die Zimmer sehen könnten, fragte Felix.

Nur, wenn sie sie vorher mieteten.

»Wir sind in einer Falle«, sagte Viktoria auf Englisch. »Das ist ein Stundenhotel, aber was sollen wir tun?«

»Ich weiß nicht«, antwortete der Hoteldirektor auf Englisch. »Machen Sie, was Ihnen beliebt. Wenn Sie auf meinen Rat hören, dann schauen Sie, dass Sie schleunigst weiterkommen! Sie haben uns 1940 im Dreck gelassen und werden das jetzt auch!«

Er sprach Englisch mit starkem Akzent, aber vollkommen fließend.

Felix sagte, er glaube, dass es für eine angeregte Konversation ein wenig spät sei, und erklärte sich bereit, für diese Nacht achthundert Franc pro Zimmer zu bezahlen.

»Im Voraus«, sagte der Hotelier.

»Bitt ich die Frau Gräfin, gehn mir weg!«, sagte Kathi.

Doch Felix hatte bemerkt, dass Viktoria sich ein wenig zu viel zugemutet hatte. Sie wurde abwechselnd blass und rot, ihr Atem ging kurz.

»Wir nehmen die Zimmer und bezahlen sie«, sagte er. »Ist es wenigstens möglich, eine Flasche Mineralwasser für die Dame zu bekommen? Ich fürchte, sie fühlt sich nicht ganz wohl.«

»Ich fühl mich glänzend«, sagte Viktoria.

Da hatte der Hotelier bereits geantwortet: »Ce n'est pas du tout impossible et la bouteille va sortir d'un frigidaire.« In diesem Moment war er die Zuvorkommenheit selbst.

»Ankunft in Europa«, sagte Viktoria, als sie die Steintreppen hinaufstiegen, deren schmutziger Läufer zerrissen war.

10

Vienne en Autriche

Felix schlief ein und erwachte. Ein Geräusch hatte ihn geweckt, das er sich nicht zu deuten wusste. Sonderbares, tiefvertrautes Geräusch: ein Pferdewagen auf dem Pflaster. Traum, natürlich. Es gab keine Pferdewagen in New York, auch nicht in Scarsdale. Dann hörte er ein Girren, ein Glas zerbrach, jemand sagte ein obszönes französisches Wort.

Er knipste das Licht an. Das Zimmer war groß und hoch. Breite Schränke mit Spiegelscheiben. Hohe französische Fenster. Die grauen Läden davor waren geschlossen. Ungeheuer breites Bett. Die Spiegel zerkratzt, die Möbel beschädigt, die Wände schwarz von Ruß.

Sich im Bett aufrichtend, sah er, dass es gegen zwölf war – er hatte nicht mehr als eine halbe Stunde geschlafen. Das Paar nebenan benahm sich, als wäre es allein auf der Welt. Auf der anderen Seite war es still; dort schlief Viktoria; sie hatte Kathi erlaubt, sich auf dem Sofa ein Lager zu machen.

Felix hatte die Bewegung des Schiffes noch in allen Gliedern. Eine Unruhe trieb ihn, derer er nicht Herr wurde. Auf dem Nachttisch lag das Telefonbuch von Paris, Ausgabe 1944. Er blätterte darin. Deutsche Namen fielen ihm auf. Schmidt mit dt, Schmitt mit tt, Schmid mit d. Warum nicht? Damals war Paris ja noch eine Stadt gewesen, wo die Schmidts heimisch waren.

Er blätterte die Belehrungen am Anfang durch. Ferngespräche nach Mitternacht verboten.

Mit einem Ruck setzte er sich im Bett auf. Wenn er Wien anriefe! Er sprang aus dem Bett und lief zu dem Telefon, das auf einem kleinen Empire-Schreibtisch stand. Es hatte eine elfenbeinweiße Muschel, trotzdem sah man den Staub darauf.

Felix verlangte das Fernamt. Die Stimme, die sich meldete, war die des Hoteleigentümers.

War es erlaubt, Ferngespräche zu führen?
Wohin?

Nach Wien.

Vienne en Autriche?

Jawohl.

Das würde nicht leicht sein. Welche Nummer?

Mein Gott! Er hatte die Nummer vergessen, die Nummer zu Hause. Fünfundzwanzig Jahre hatte er sie täglich gewählt oder verlangt. Konnte man das vergessen? Er hörte den Herrn nebenan gähnen, dann lachen. Er erinnerte sich, dass die Nummer B 12-8-13 war.

Er hörte den Hoteleigentümer mit dem Fernamt verhandeln. Die Beamtin sagte, es sei schon spät, aber sie wolle es gern versuchen. Sei es ein Staatsgespräch? Der Hoteleigentümer antwortete, ohne zu überlegen: Ja, und ein sehr dringendes! Nachher fragte er Felix, wen er anrufen wolle.

Felix sagte den Namen. Frau Anita von Geldern.

M. de Gelderns Frau?

M. de Gelderns Mutter.

Sie war in Wien?

Ja.

In Wien geblieben unter Hitler? Tiens!

Ja, in Wien geblieben. Alle Folgerungen daraus nichtig, Herr Hotelier, völlig absurd. Glaube niemand, dass Frau Anita von Geldern in Wien geblieben war, weil sie damit sympathisierte, was dort vorging. Wer das glauben würde, hätte eine niederträchtige Verleumdung begangen (obwohl er es selbst manchmal geglaubt hatte, zwar nur für Sekunden, aber für tödliche).

»C'est Paris, Vienne?«

»Hier ist Wien.«

Wien! Er hörte die Stimme. Sie sagte das Wort: Wien. Sein Herz schlug so, dass er nicht genau hörte. Die Nummer wurde angegeben, erst nicht verstanden, dann verstanden und wiederholt.

»Ne quittez pas! Ne quittez pas, Monsieur! C'est Vienne en Autriche.«

»Ich geb die ganze Zeit Signal, es meldet sich aber niemand auf B 12-8-13.«

»M. de Geldern! Es sind nur noch sieben Minuten bis Mitternacht.« Der Hoteleigentümer sagte es, der in der Leitung war.

Wenn sie sich nicht meldete! Die letzte Nachricht von ihr war so lange her.

In derselben Sekunde spürte Felix mit unabweisbarer Deutlichkeit, dass eines der Ziele seiner Reise, das wichtigste wahrscheinlich, dieses Wiedersehen war. Immer war er mehr an ihr gehangen, als er zugeben wollte. Die Zärtlichkeit, die er für sie hatte, empfand er sonst für niemanden. Er kannte sie ganz genau, ihre beispielhaften Vorzüge, auch ihre Schwächen. Schwächen waren da; sie entwickelten sich, je älter sie wurde – er hatte darüber hinweggesehen, das war nicht schwer, wenn man jemanden so liebte. Als es sein musste, hatte er einen Teil dieser Liebe auf Viktoria übertragen.

»Die Nummer ist geändert auf U 20-1-21. Wollen Sie die Nummer?«, fragte das Fernamt in Wien.

»Ja! Bitte, ja!«

Er hörte das Signal in Wien. Dann hörte er eine Stimme

»Ja?«, fragte die Stimme. So hatte sie immer Anrufe beantwortet.

»Ne quittez pas!«

»Mutter, das ist Felix«, sagte er laut und klar, obwohl ihm das Herz in den Hals schlug.

»Was?«, fragte die Stimme, die er seit acht Jahren nicht gehört hatte.

»Felix, Mutter. Ich bin hier in Paris. Ich bin heute angekommen.«

»Nein!«

»Wie geht's dir denn?«

»Gut.«

»Hab ich dich aufgeweckt?«

»Felix, bist du's wirklich?«

»Ja, Mutter.«

»Dass ich das noch erleb ...«

»Deine Stimme klingt so jung!«

»Felix – kommst du?«

»Natürlich, Mutter.«

»Wann?«

»Ich geh morgen früh zu Cook. Ich weiß nicht, wann der Arlberg-

Express geht – mit dem nächsten jedenfalls komm ich – in zwei oder drei Tagen vielleicht.«

»Kannst du nicht früher kommen?«

»Hast du meine Briefe bekommen, Mutter?«

»Nein.«

»Wieso nicht? Mindestens vier seit April. Ich hab dir alles geschrieben.«

»Das macht nichts, Felix. Jetzt bist du ja da. Jetzt bist du ja da!«

Sie sagte noch etwas, er hörte es nicht, er musste weinen.

»Minuit! Finissez!«

»Mutter!«

Keine Antwort.

»Mutter!«

»Ja, Felix?«

»Gute Nacht, Mutter!«

»Komm bald, Felix.«

»Vierzehn Minuten«, sagte der Hoteleigentümer, »fünfzig Franc für die Minute. Sie zahlen es mir morgen.« Felix hörte das Fernamt in Wien dem Fernamt in Paris mitteilen, dass das Drei-Minuten-Gespräch zu Ende sei. Er hielt den elfenbeinfarbenen Hörer noch in der Hand, als er auf seinem Bett saß, und der Propriétaire kam selber, um ihn daran zu erinnern, dass er ihn auflegen müsse.

Das Paar daneben war still geworden. Jemand, der unten vorbeiging, sagte: »C'est un triomphe! Les élections sont nettement un triomphe!«

11

Das fehlende Bild

Viktoria schläft noch, und Felix hinterlässt ihr einen Zettel, dass er wegen der Fahrkarten zu Cook gegangen ist. Punkt zehn wird er sie abholen, um Monsieur Ribaud zu treffen. Es ist sieben.

Auf den Champs-Élysées hat der Junitag kaum begonnen. Vor dem Café Colisée stellen die Kellner eben erst die Tische ins Freie und kümmern sich den Teufel um den ungeduldigen Gast, der sein Frühstück will. Er bekommt es schließlich, schwarzen Kaffee mit einer Tablette Saccharin und ein längliches Stück schwarzes Brot, nachdem er – auch er ist von Viktorias Familienjähzorn nicht frei – gerufen, sogar sehr laut gerufen und noch lauter auf den Tisch getrommelt hat. Viel Zeit hat er nicht, er muss so schnell als möglich nach Wien, versteht man denn das nicht! Acht Jahre war er fort und will seine Mutter wiedersehen, es hängt nicht mehr von Hitler ab, auch nicht von der Maginotlinie, Stalingrad, El Alamein, nur noch vom Reisebüro Cook. Versteht man das nicht!

Gut, er ist in Paris, aber auch Paris ist nur ein Umweg, wie alles in den letzten acht Jahren, um dorthin zu kommen, wohin er, mit Cooks Hilfe, spätestens morgen fahren wird. Vielleicht schon heute Abend. Er ist in der schönsten Stadt der Welt, und sie kommt ihm nicht mehr ganz so schön vor. Rechts oben die Étoile und der Arc de Triomphe, links unten die Tuilerien, es sind die Champs-Élysées, wie eh und je. Und es ist ein strahlender Junitag, hinter dessen Bläue es ein bisschen gewittert. Trotzdem, die Champs-Élysées strahlen nicht. Sie sind nicht die blendende Triumphstraße, als die Felix sie in Erinnerung gehabt hat. Grau sind sie geworden, schäbig, wie der Herr da drüben, der weiße Gamaschen unter ausgefransten Hosen trägt. Der Kaffee ist scheußlich, und wie kommt man am schnellsten zu Cook? Zu Fuß, denn die Métro zu dieser Stunde ist schlimm, sagt der Kellner, aber, mein Gott, es ist ja kaum erst viertel acht, und Cook macht um halb neun auf, bestenfalls. Der Herr hat enorm viel Zeit.

Da wird man eben zu Fuß gehen, denn es ist ein lächerlicher Irrtum, dass man viel Zeit hat. Acht Jahre hat man sie im Überfluss gehabt, folglich hat man sie keine Sekunde mehr, das ist doch klar. Felix steht auf und geht. Rond-Point des Champs-Élysées, hüben der Park mit dem Denkmal Alphonse Daudets, drüben das Grand Palais. Ein paar Augenblicke für Alphonse Daudet kann er sich gönnen. Er setzt sich auf einen der grünspanüberzogenen, vor wer weiß wie lang gelb lackierten Eisensessel, vielleicht auf denselben, auf dem er im November 1938 gesessen ist, als der Ehrengast Herr Ribbentrop in Paris ankam und Hitlers Tausendjähriges Reich in der Zeitung »Matin« eine »ernsthafte Möglichkeit« genannt wurde. Damals hatte er vor dem Monument Daudets, der wie der Wiener Dichter Arthur Schnitzler aussah, an ein Schnitzler-Wort denken müssen: »Mit Hass verkürzt man alles, auch das Leben.« Das hatte er sich damals immer wieder vorgesagt, so lange, bis das steinerne Gesicht des Franzosen täuschend ähnlich die Züge des Wieners angenommen hatte, auf dessen Grab zu spucken SA-Männer beordert worden waren. Übrigens wuchs das Gras in den Wiesen ringsum überlang wie auf einem Friedhof, schnitt man es nicht mehr? Die Verwahrlosung wurde mit jedem Schritt sichtbarer; vielleicht war es nicht so sehr Verwahrlosung als Altgewordensein? Er redete sich zu, dass es die für Paris zu frühe Stunde sei, doch in dem unbarmherzigen Morgenglanz der Sonne sahen die Mauern, von denen der Verputz abbröckelte, die Fensterläden ohne Farbe, die wenigen verwüsteten Autos greisenhaft aus.

Cooks Reiseagentur in der Rue Royale war noch geschlossen. Felix ging zur Kirche Madeleine hinüber und freute sich, dass wenigstens die Blumenverkäufer den Platz hinter der Kathedrale so französisch machten wie sonst. Er konnte nicht widerstehen, er kaufte Sweet Peas, seiner Mutter Lieblingsblumen, obwohl es absurd war, Blumen in die Blumenstadt Wien mitzubringen.

Doch gegen neun machte ein Angestellter bei Cook die Aussicht zunichte, dass Felix heute oder morgen fahren könnte. Alles besetzt, seit Monaten im Voraus. War es wirklich ganz ausgeschlossen? Absolument. Rauchte der Beamte? Nichts zu machen, mein Herr, nicht für alle Zigaretten der Vereinigten Staaten. Wer entschied über die Verteilung der Schlafwagenplätze? Die Generalagentur der Waggons Lits, aber es war zwecklos hinzugehen. Enfin, mein Herr, was war denn so schlimm? Monsieur war Amerikaner, also gut versehen, und ein paar kurze Wochen in Paris – gab es etwas Köstlicheres? Gerade gegenüber befand sich ein Theaterkartenbüro. Dort würde man dem Herrn ein Programm zusammenstellen – Cooks Angestellter küsste die Spitzen seines rechten Daumens und Zeigefingers, um anzudeuten, welch ein verführerisches Programm.

In der Generalagentur (erster Stock eines ministeriellen Gebäudes) öffnete ein Diener in schwarzem Frack. Der Diener, der hinter einem Schreibtisch im Vorzimmer saß, trug einen braunen Frack. Sechs Leute warteten. Die beiden befrackten Diener lasen Zeitung. Der im braunen Frack hatte vor sich auf dem Schreibtisch eine Konservenbüchse. Zunge, von Armour in den USA.

Konnte man den Herrn Generalagenten sprechen?

Der Diener im braunen Frack schaute unter seinem Zwicker auf Felix und las weiter.

Konnte man den Herrn Generalagenten sprechen?

De la part de qui?

M. de Geldern.

Deutscher?

Amerikaner.

Leider, der Herr Generalagent war nicht da.

Wann kam er?

Unbestimmt. Vielleicht um elf, vielleicht erst am Nachmittag.

Felix nahm aus der kleinen krokodillederen Brieftasche, die er von Livia zu Weihnachten bekommen hatte, eine Visitenkarte und zog dabei einen Dollarschein heraus.

Der Diener im braunen Frack schaute von seiner Zeitung auf: »C'est une affaire d'importance? Ne-c'estpas?«

»D'une importance capitale.«

Der Diener nahm die Visitenkarte und den Dollar und winkte den Kollegen im schwarzen Frack heran. Sie sprachen einen Augenblick leise, der Schwarzbefrackte verschwand, kam wieder und sagte vollkommen öffentlich:

»Monsieur l'Agent-Général vous attend.«

Dann stand Felix im Amtszimmer eines Ministers, zumindest eines Ministers. Alles vergoldet, alles Empire. Riesige Möbel, ungeheurer Schreibtisch. Marmorkamin. Zwei kolossale Bronzeuhren.

Felix verbeugte sich an der Tür. Der Generalagent machte eine einladende Handbewegung. Er sei fürchterlich beschäftigt, sagte er, wenn es nicht etwas von äußerster Dringlichkeit sei, könne er leider nicht zur Verfügung stehen und in jedem Fall nur für eine einzige Minute; er hatte den Blick auf einer der Bronzeuhren. Sie zeigte vierzehn Minuten nach neun.

Als Felix sich verabschiedete, zeigte sie drei viertel zehn. Wiederholtes Händeschütteln ging voraus, Beteuerungen, wie erfreulich es war, M. de Geldern persönlich kennengelernt zu haben. Was für ein Fabelland, Amerika! Sich vorzustellen, dass es die Welt technisch im Gleichgewicht hielt! (»Technisch« wurde betont, um Zweifel auszuschließen.)

Unten auf der Straße wollte Felix lachen, konnte es aber nicht. Eigentlich hatte auch er sich schäbig benommen. Dem Kerl hätte man anders kommen müssen. Immer wieder verfalle ich in diesen widerwärtigen Fehler, sagte er sich und warf sein zu langes Haar zurück: Um etwas zu erreichen, rede ich den Leuten nach dem Mund, auch wenn ich weiß, dass sie Lumpen sind. Aber sobald ich dort bin, wo ich sein will, tu ich's nicht mehr! Er sagte es sich vor der Kirche Madeleine wie ein Gelübde.

Mit den Schlafwagenplätzen für heute Abend in der Tasche holte er Viktoria ab und kam gerade zurecht, um den Rest ihrer Unterhaltung mit dem Hotelier zu hören. Offenbar hatte sie ihn heraufrufen lassen, um ihm ihre Impressionen mitzuteilen. Felix hörte sie jedenfalls sagen, das Hotel sei das schmutzigste Loch, das sie auf dieser weiten Erde angetroffen habe, und der Hotelier möge es der strahlenden Laune zuschreiben, in der die Sonne und der Krach vor ihrer Tür sie erweckt hätten, dass sie ihm vorenthalte, was sie von ihm denke.

»Aber sag's ihm doch!«, wollte Felix. Sie machte ja denselben Fehler wie er! Diese Angst, sich durch die Wahrheit Ungelegenheiten zu bereiten! Davon kamen die Katastrophen! Jedoch der Hotelier (und Molière hätte es nicht vollkommener tun können) antwortete pompös: »Madame, Sie sind mein Gast. Woher Sie kommen, ist mir egal. Das Gastrecht und die Gastpflicht sind uns Franzosen heilig. Wenn Sie es für richtig halten, mich unter meinem Dach zu beleidigen – bon, es ist Ihre Sache. Ich empfehle mich.«

Die mit Tinte auf einen langen Zettel geschriebene Rechnung (mit einem Rechenfehler von 182 Franc zu seinen Gunsten) hatte er vorher auf den Tisch gelegt.

Bald darauf saßen sie M. Ribaud gegenüber, dem Vertreter des Hauses von Geldern in Paris. Durch Onkel Richard von dem Besuch verständigt, bemühte er sich trotzdem nicht im Mindesten zu verbergen, wie lästig sie ihm fielen.

Seine Frau, er erzählte das sofort in einem rapiden Pariserisch, das prachtvoll klang, lag mit Tbc. Seine Kinder, die jüngeren heißt das, waren rachitisch, und seinen Sohn hatte er im Krieg verloren. Der Bericht über die Familienangelegenheiten des Hauses Ribaud nahm so lange in Anspruch, dass Viktoria (was sie gern tat, wenn sie ungeduldig wurde) mit der linken Hand auf den Tisch trommelte. Sie hatte alles Verständnis für M. Ribauds Missgeschick, aber es wäre immerhin denkbar gewesen, dass der Mann gefragt hätte: »Und wie ist es Ihnen ergangen in diesen Jahren?« Schließlich hatte er ja vom Hause Geldern seit einem Menschenalter nicht schlecht gelebt.

Sie saßen im ersten Stock des Bankhauses, Boulevard des Capucines. Durch die Fenster sah man auf das Café de la Paix, mit seinen Strohfauteuils und den Vormittagsgästen, die Wermut tranken. An den Wänden des Geschäftszimmers hingen die Fotografien des Gründers des Hauses, Edmund von Geldern, der Viktorias Gatte gewesen war; seines Sohnes, Dr. Eduard von Geldern, der Felix' Vater gewesen war, und ein Porträt Onkel Richards. In der Mitte der Wand, von Ruß eingesäumt, dadurch doppelt sichtbar, befand sich ein leeres Viereck. Auch dort musste ein Bild gehangen sein, und Viktoria schien von diesem leeren Viereck so angezogen, dass sie immer wieder danach sah; da sich

M. Ribauds und ihre Blicke dabei trafen, stockte die Konversation über die Familie Ribaud für eine Sekunde.

Völlig zur Disposition der Herrschaften, sagte M. Ribaud. M. Richard, er sprach den Namen französisch aus, hatte zwar regelmäßig die exaktesten Berichte erhalten, aber wenn Madame und Monsieur noch irgendwelche Auskünfte wünschten?

»Noch?«, sagte Viktoria. »Bis jetzt haben Sie uns keine gegeben.«

Er sei im Begriff gewesen, sie Herrn Felix zu geben, sagte der Geschäftsmann. Madame würde das nur langweilen.

»Aber Sie irren«, sagte Viktoria. »Das langweilt mich nicht nur nicht, sondern ich wüsste nichts, was mich besser unterhalten könnte. Erinnern Sie sich nicht, M. Ribaud, dass mein seliger Mann immer gesagt hat, ich bin sein bester Clerk? Übrigens, wessen Bild ist eigentlich da von der Wand weggenommen worden? Hitlers oder nur Pétains?«

M. Ribaud rieb geräuschlos seine Hände, worin er eine Fertigkeit hatte; man hörte es nicht und hörte es doch; die Ablehnung darin war unverkennbar.

»Sie scherzen noch immer so charmant, Madame; das Haus Geldern hatte einen Ruf zu verteidigen, und ich habe ihn verteidigt. Es war nicht leicht. Mais voilà, es ist mir gelungen.«

»Sagen Sie mir, mein lieber Ribaud.« Viktoria hatte aus ihrer blauen Handtasche, die sie an einem Schulterriemen trug, ein blaues Lederbüchelchen genommen, worin sie blätterte. Sie fand sofort, was sie gesucht hatte. »Sagen Sie«, wiederholte sie und machte es ein bisschen dramatischer, als es unbedingt hätte sein müssen: »Sie haben unter Reynaud eine Stelle im Finanzministerium bekleidet?«

»Nie, Madame.«

»Nie. Aber Sie haben den Töchtern des deutschen Botschafters Welczek Rosen geschickt. Maréchal-Niël-Rosen. Auch nicht?«

»Nein, Madame, auch nicht.«

»Was für miserable Informanten ich habe. Und Sie haben nie einem Berichterstatter des ›Matin‹ gesagt, dass Sie mit Judenvermögen nichts zu tun haben und nichts zu tun haben wollen?«

»Nein, Madame, nie.«

Felix verfolgte die Entwicklung hingerissen. Viktoria spielte ihre Rolle so vollkommen, als hätte sie jedes Wort studiert, und das war vielleicht der Fall.

»Dann muss das eine gefälschte Nummer des ›Marin‹ sein«, sagte sie, zog eine Zeitung hervor, die sie vielleicht ein bisschen zu umständlich entfaltete, und legte eine blau angestrichene Stelle vor M. Ribaud auf den Schreibtisch. »Wenn ich nicht irre, ist es die Ausgabe vom 9. Juli 1940. Ein paar Wochen, nachdem Frankreich die Waffen gestreckt hat.«

M. Ribaud unterbrach das geräuschlose Reiben seiner Hände, nahm die Zeitung, las sie, faltete sie und gab sie, seinerseits etwas zu umständlich, wieder zurück. »Das ist eine dumme Entstellung«, sagte er. »Aber wenn Sie mir nicht mehr vertrauen, dann ...«

»Wieso: nicht mehr, M. Ribaud? Ich habe ein fatal gutes Gedächtnis, setze daher dasselbe bei anderen voraus. Sie erinnern sich, dass ich Ihnen nie sehr vertraut habe. Ich habe Ihnen das damals sogar gesagt. Mein seliger Mann war noch am Leben, und Sie hatten uns eingeladen – wohin? Ich weiß es nicht mehr, wahrscheinlich in eine Nackt-Revue.«

Felix empfand, dass Viktoria jetzt genug Spaß gehabt hatte. Der Jurist war schließlich er. Er sagte: »Großmama, wenn du mich jetzt auch zu Wort kommen ließest?«

»Aber mit tausend Freuden, mein Lieber. Du wirst dir, wie gewöhnlich, alles einreden lassen, und wir werden von hier weggehen, ohne mehr zu wissen, als wir schon wussten.«

Doch gerade das war Felix entschlossen, nicht zu tun. Als Sachwalter hatte man ihn herübergeschickt – gut, er war nicht deshalb gekommen, aber man hatte seine Reise bezahlt, weil er ein Sachwalter war. »Haben Sie die Ziffern bereit?«, fragte er.

Der junge Mann und sein Ton waren M. Ribaud anscheinend wenig bekannt; er mochte von seiner Existenz wissen, jedoch nicht viel mehr. »Welche Ziffern?«, fragte er so präzis, wie er gefragt worden war.

»Sie haben«, sagte Felix und benutzte seinerseits eine Aufzeichnung, »über Aktiven im Betrag von 2 871 000 Schweizer Franken und 127 117,51 Dollar Rechnung zu legen.«

»Meine Rechnung habe ich M. Richard gelegt.«

»Sie müssen Sie mir legen, M. Ribaud.«
»Dazu habe ich keinen Auftrag.«
»Hier ist der Auftrag. Notariell beglaubigt. Genügt Ihnen das?«
»Nein.«
»Sie werden Schwierigkeiten haben, M. Ribaud.«
»Ich glaube nicht. Sie sind nicht Teilhaber der Firma, M. de Geldern, und Sie sind ebenso wenig Anwalt der Firma. Ihre Vollmacht lautet auf ›alle erforderlichen Auskünfte‹. Ich bin entzückt, Ihnen die Auskünfte zu geben, die ich für erforderlich halte. Rechnung dagegen werde ich nur dem Eigentümer dieses Hauses legen, M. Richard de Geldern, derzeit New York, 14 East, 71st Street.«

»Das ist ein Betrug!« Viktoria hatte es gesagt.

»Dann würde ich Ihnen raten, es dem Staatsanwalt anzuzeigen, Madame. Und es mir zu überlassen, Sie auf Beleidigung meiner Ehre zu verklagen.«

Felix dachte an das Gelübde, das er getan hatte. »Es ist sinnlos, M. Ribaud, dass Sie uns einschüchtern«, sagte er, trotzdem einlenkend.

»Aber, meine Herrschaften, das tun ja Sie!«

Jetzt würde sicher jemand sagen, man werde die Sache dem Anwalt übergeben oder einem Gericht oder was man in einer solchen Situation eben sagt, obwohl man in einer solchen Situation nie gewesen war. Es blieb immerhin neu, einem Mann gegenüberzustehen, der acht Jahre Gelegenheit gehabt hatte, unkontrolliert ehrlich oder perfid zu sein.

»Wollen wir nicht zusammen déjeunieren?«, fragte Viktoria unvermittelt. Da ist sie es also, die mein Gelübde bricht!, dachte Felix, trotzdem erleichtert.

Zehn Minuten später speisten sie zu dritt im Restaurant Fouquet auf den Champs-Élysées. Das Menü verzeichnete Suppe, Fisch und Kompott für 127 Franc (Höchstpreis für – Nobellokale). Aber Viktoria sah, dass am Nebentisch Huhn serviert wurde. Gab es Huhn?

Nein.

Aber es wurde am Nebentisch serviert?

Ein Supplément, Madame.

Was war ein Supplément?

Oh, sehr einfach. Der »Prix fix« war 127 Franc für ein Lokal »de la catégorie première«, nicht wahr? Nun gut, wer kam mit dem bisschen Essen aus, das man dafür erhielt? Nicht gerade niemand, jedenfalls aber nicht die bessern Leute. Diese, Madame, hatten das Hilfsmittel des Suppléments. Sie bezahlten 127 Franc; außerdem bezahlten sie 880 Franc – eben für das Supplément. Huhn in Gelee, Gansleber. Man konnte sich also eine erträgliche Mahlzeit zusammenstellen, Suppe, Gansleber, Sole, Huhn in Gelee, Kompott, sogar Patisserie und Kaffee – war das klar?

»Für 127 und 880 Franc?«, fragte Viktoria, die nie hatte kopfrechnen können.

Und das Gedeck, Madame. Alles zusammen nicht viel mehr als tausend Franc.

Gelübde hin, Gelübde her. Onkel Richard wollte die Aktiven der Bank kennenlernen, was ihm trotz allen Anstrengungen bisher nicht geglückt war. Und heute Abend ging der Zug nach Wien. Kein Saldo der Welt hätte Felix bewegen können, diesen Zug zu versäumen. Folglich musste er bis heute um sechs wissen (denn um sieben ging der Zug), was er zu wissen hatte. »Was sind Ihre Bedingungen?«, fragte er brutal.

M. Ribaud fragte seinerseits nicht einmal, was Felix unter Bedingungen meinte. Er nannte sie. Er hatte die Absicht, Frankreich zu verlassen. Er wollte in die Staaten. Konnte Felix ihm dabei behilflich sein?

Als er das sagte, er war gerade dabei, sein Glas mit rotem Burgunder zu heben, stellte es aber hin, tat er Felix plötzlich und wider Willen leid. Zum ersten Mal sah er in dem Gesicht des Mannes die Schatten, die Falten, und die Qual, die sie verursacht haben musste.

»Sie haben es nicht leicht gehabt, M. Ribaud?«

Ein Anflug von Röte überzog des Geschäftsmannes zerknittertes Gesicht. »Schwer«, sagte er. »Très dure.«

»Vielleicht nicht ohne Ihr Verschulden?«, sagte Viktoria, die Felix' leicht entflammbares Mitleid und seine Folgen kannte.

»Madame. Wissen Sie jemanden, der in diesen letzten acht Jahren, seit die Hölle auf die Welt kam, ohne Verschulden war? Wenn Sie es waren, Madame, mache ich Ihnen mein tiefes Kompliment. Ich – ich war es nicht. Und der Herr daneben nicht, und das Paar am Eckfenster nicht. Und die, die draußen vorbeigehen und kein Huhn haben, auch nicht. Wenn Sie mir das Geheimnis verraten können, Madame, wie man schuldlos bleibt, wenn alle Schuld haben, dann werden Sie meine Kenntnisse und meine Achtung vor den Menschen erheblich vermehren.«

Felix empfand es als eine Erleichterung, dass der Mann das endlich gesagt hatte. Auf dieser Basis konnte man sich verständigen.

Bevor der schwarze Kaffee auf dem Tisch stand (es gab Chartreuse dazu, nicht im Preis inbegriffen, 65 Franc das Gläschen), hatte M. Ribaud die Aufstellung gemacht, die Onkel Richard wünschte. Er hatte sie auf die Rückseite des Menüs gekritzelt, in den typisch französischen Ziffern, deren Vierer, Fünfer und Neuner sich so schwer lesen ließen. Sie konnten falsch sein oder wahr – in diesem Moment war Felix zu glauben geneigt, dass sie nicht falsch waren. Bereitwillig gab M. Ribaud an, wie diese Ziffern überprüft werden könnten: Die Crédit Lyonnais und die Schweizerische Kreditanstalt in Zürich hätten die Unterlagen.

Dann saßen sie noch für eine halbe Stunde in den Tuilerien. Wieder auf verrosteten Eisensesseln. Auch in den Tuilerien wucherte das Gras.

»Warum wollen Sie Frankreich verlassen?«, fragte Felix.

»Weil ich fürchterlich müde bin.«

»Mit Müdigkeit werden Sie drüben nichts anfangen können«, sagte Viktoria.

»Ich weiß, Madame. Aber wenn man so müde ist, hat man keine Logik. Ich will weg aus Europa. Europa ist ein Todkranker, an dem man sich ansteckt.«

»Auch das stimmt nicht«, sagte Viktoria. »Und wenn es stimmt – sogar Todkranke werden gesund.«

Auf den Sesseln gegenüber saß eine junge Mutter, die mit drei Kindern Ball spielte. Drei kleine Mädchen. Sie hatten nur einen grauen, zerrissenen Tennisball, der nicht mehr sprang, doch die junge Mutter warf ihn so, dass es aussah, als täte er das. Sie sagte ihnen auch, dass es ein schöner, federnder Ball sei, und die Kinder waren überzeugt davon. Wenn sie den Ball nicht warf, sang sie. Wenn sie nicht sang, sah sie wartend über das Rondeau hinweg nach einem, der kommen musste. Es war die Zeit für die Liebespaare auf den verrosteten Sesseln, die schon vor fünfzig Jahren oder vor achtzig dagestanden und goldgelb gewesen waren. Die Fontaine in der Mitte sprudelte schnelle, schimmernde Kaskaden; die Sonne war heiß; das Gewitter, in der Früh noch sehr fern am hohen Himmel, zeigte sich näher; schwarz stieg es über dem Louvre auf. Die junge Mutter trällerte: »La vie est belle, la vie est belle ...«

»Das hat Hitler nicht ändern können«, sagte Viktoria.

»Sie irren«, antwortete M. Ribaud, »selbst das. Es ist nur noch Fassade.«

War er raffiniert genug zu erkennen, was Felix' schwache Seite war? Viktoria behauptete es, doch da hatten sie sich längst getrennt und nahmen die Plätze 13, 15 im Arlberg-Express nach Wien ein. Kathi hatte einen Zweite-Klasse-Platz im nächsten Waggon.

Die Tafeln auf den Waggons lauteten: »Paris–Basel–Buchs–Wien, Westbahnhof.« Felix war davorgestanden, hatte es immer wieder gelesen. Buchs! Wien! Wien, Westbahnhof!

Blitze. Er erinnerte sich des Sommertages, da er in Scarsdale in einem Gewitter ohnegleichen angekommen war. Es war ungefähr um die gleiche Tages- und Jahreszeit gewesen, und was immer er auf diesem Weg im Gewitter gedacht haben mochte – Wien, Wien, Westbahnhof musste darin vorgekommen sein. Es war in allem vorgekommen, was er in den letzten acht Jahren gedacht hatte.

Jetzt stand es auf einem Waggon, der ihn hinbringen würde. Was bedeutete es da, ob M. Ribaud ein Lump war oder ein Ehrenmann? Sie redeten darüber, als sich der Zug aus der Gare du Lyon in Bewegung setzte. Dann konnte Felix nicht mehr reden. Wenn es wirklich geschehen sollte, dass er nach Wien zurückfuhr, dann würde er von dem Moment, da er in den Zug stieg, bis zu der Sekunde, da er ankam, nur denken: Ich fahre nach Hause! Tausendmal hatte er es sich vorgestellt. Jetzt geschah es.

»Du wirst schreckliche Fehler machen«, sagte Viktoria.

»In achtundzwanzig Stunden sind wir in Wien!«, sagte Felix.

12

Grenzen des Gefühls

Es gibt Vorsätze, die man nicht halten kann. Felix schlief ein, nachdem sie drei Stunden fuhren. Als er erwachte, waren sie in Basel, vier Uhr früh. Aus der Schweiz hatte man wegmüssen, weil sie einem keine Aufenthaltsbewilligung gaben. Auch arbeiten hatte man hier nicht dürfen. Rote Schlingrosen an den Bahnviadukten. Peinlich saubere, wohlgehaltene Straßen und Häuser.

Hatte Hitler hier wohlgetan? Nicht bitter werden! Aus dem Gedächtnis radieren, dass ein paar Stunden von hier, in Spiez, nicht weit von Bern, eines Tages ein Gendarm erschienen war und in Schweizerdeutsch mitgeteilt hatte, dass sie, alle miteinander, binnen vierundzwanzig Stunden fortmüssten. Nach dem Gewitter zeichneten sich die Umrisse der Berge noch klarer, noch großartiger ab als sonst. Welche Reinheit, welche Majestät. Wie nah dem Himmel.

Bevor man nach Buchs kam, weckte er Viktoria. »Wir kommen bald an die österreichische Grenze«, sagte er.

»Na und?«, sagte Viktoria durch die Tür. »Dieser Ribaud ist unzweifelhaft ein Gauner. Ich hab mir seine sogenannte Aufstellung genau angesehn. Die Dame über mir war so freundlich, sich deswegen von mir wecken zu lassen, und ich kann dir sagen, da stimmt auch nicht eine Ziffer. Übrigens ist sie in Basel ausgestiegen. Wie viel Uhr ist es?«

»Noch eine Viertelstunde, Großmama.«

»Dräng mich nicht so. Ich hab es acht Jahre erwarten können, da kommt's auf eine Stunde nicht mehr an. Das Erste, was ich in Wien tu, ist, dass ich an Richard kable. Ich muss diesem Ribaud das Handwerk legen.«

Nur wenige Augenblicke später allerdings trat sie gewaschen, gekämmt und tadellos gekleidet aus ihrem Abteil. Sie war etwas blasser als sonst; das war Felix in den letzten Tagen öfter aufgefallen.

»So«, sagte sie, »jetzt bin ich für Österreich bereit. Hoffentlich wird deine Mutter nicht an der Bahn sein.«

»Pass- und Gepäckrevision im Zug«, sagte der Schaffner. »Österreichische Grenze in zehn Minuten.«

Der Zug sauste, fuhr langsamer. Felix' Lippen bewegten sich. Viktoria sah es und wurde noch bleicher. Er sprach das Vaterunser. Lautlos sagte er es, schien kaum zu wissen, dass er es tat, und wie noch nie hatte Viktoria vor Augen, was ihm diese Minuten bedeuteten.

O ja, bestimmt war es keine Kleinigkeit, dass dort auf dem niederen, gelblichen Bahnhofsgebäude das Wort »Buchs« sichtbar wurde, und davor Männer in Uniformen, die es seit dem »Anschluss« nicht mehr gegeben hatte, graugrüne, österreichische Jacken. Trotzdem! Während sie die Hand gegen ihr Herz presste, was ein bisschen half, drängte Viktoria zugleich einen sich jäh regenden Widerstand zurück. Hier, auf diesem selben Bahnhof, hatte man sie vor acht Jahren visitiert: Nackt hatte sie sich ausziehen müssen. Anschläge auf den weißgekalkten Bahnhofsmauern hatten befohlen: »Der deutsche Gruß heißt: Heil Hitler!« In dem Gepäckraum, der in Sicht kam, waren drei Tote gelegen, gerade erschlagen, eine Frau und zwei Buben. Aus ihren fassungslos offenen Augen starrte noch das Leben. Aus ihren aufgebrochenen Koffern stahlen schon die Zollwächter.

»Wir sind in Österreich«, sagte Viktoria. Sie sagte nicht: »Wir sind zurück.«

Felix aber trank es in sich ein, die Berge, das niedere, gelbe Haus, die graugrünen Uniformen. Alles sah ärmlicher, mitgenommener, verwahrloster aus als die üppige Schweizer Wohlbehaltenheit, aus der man gerade kam. Auch deshalb, schien ihm, hatte es etwas so Ergreifendes. Er bat den Schaffner, ihn aussteigen zu lassen, obwohl er die Zollabfertigung hätte abwarten müssen; ohne sich um Viktoria zu kümmern, eilte er aus dem Waggon – dann aber hatte er keine Eile mehr, sondern stand da, auf dem Fleck, wo er ausgestiegen war. Er ging ein paar Schritte und blieb wieder angewurzelt stehen.

»Dös is net in Ordnung! Der Herr darf net aussteign«, sagte ein Beamter. Felix nickte ihm zu. Noch nie war etwas großartiger in Ordnung gewesen! Dass der Mann eine viel zu kurze, abgetragene, schäbige, alte österreichische Bahnbeamtenuniform trug; dass er in österreichischem Dialekt sprach, und dass man wieder hier stand, auf österreichischer Erde, in österreichischen Bergen, obschon acht Jahre vergangen waren, die das alles auf Jahrtausende hatten ausmerzen wollen; dass die Welt, buchstäblich die ganze Welt, sich wie ein Mann hatte erheben müssen, damit dieser Mann seine schäbige österreichische Bahnbeamtenuniform wieder tragen konnte – das war phantastisch in Ordnung!

»Hören S' net, Herr?«

Und mit welcher Lust!

»Oder verstehn S' mi net?«

Das war es ja, dass er ihn so gut verstand!

Dem Beamten ging die Geduld aus. »Kann ich dem Herrn seine Legitimation sehn?«

Automatisch griff Felix in die Tasche und reichte den Pass hin. Darin hatte man ja in diesen acht Jahren Übung bekommen; immer wieder hatte jemand anderer, der sie nicht hatte, die Legitimation verlangt.

Der Beamte gab den Pass nach einem flüchtigen Blick zurück. »Ah so! Der Herr is Amerikaner«, sagte er und entfernte sich. Felix wollte ihm nachrufen: »Aber nein, Österreicher!« – Es hatte sich ihm unwillkürlich auf die Lippen gedrängt wie vorhin das Gebet; schon hatte er »nein« gesagt. Dann stockte er und schwieg.

»Das wird von jetzt an dein Problem sein«, sagte Viktoria, die ihn aus dem offenen Fenster ihres Abteils beobachtete.

»Möglich«, antwortete er zu ihr hinauf, noch unfähig, etwas anderes zu denken als: Ich bin wieder hier! Ich bin zu Hause!

»Und unmöglich zu lösen«, sagte sie. »Schön, dieses helle Grün. Glaubst du nicht, es ist besser, du steigst zur Zollrevision wieder ein? Sie sind schon nebenan.«

Doch mit Felix war in diesem Moment nicht zu reden. Dass es genau so eintraf, wie er es sich in den wildesten Träumen ausgemalt hatte, war ein Wunder, dem er sich hingab. Die ungeheuerliche, hoffnungslose Aussichtslosigkeit der letzten Jahre! Paris, Rue Debrousse 5, es riecht sauer nach dem Putzwasser Eau de Javel – da war Hitler in Prag.

Liggett's Drugstore, 89. Straße an der Madison Avenue in New York, schlechter, heißer Fettgeruch – Frankreich kapituliert. Subway in New York, zum hundertsten Mal auf der Suche nach einem Job, es ist heiß, feucht zum Ersticken, er ist auf der falschen Seite eingestiegen, fährt »uptown« statt »downtown« – jemand liest »The Journal American«, Schlagzeile: »Churchill nothing to offer but blood, sweat, and tears.« »Austria« steht in der Zeitung, die Augen heften sich gierig auf das Wort, Nachricht über Österreich! Aber das Wort heißt nicht »Austria«, sondern »Australia« – immer ist es »Australia«, nie, in all den Jahren, kommt unter den Millionen gedruckter Worte das Wort »Österreich« vor! Er schmeckt es, die erlittene Verzweiflung, er riecht es mit unsäglichem Genuss, die überwundene Aussichtslosigkeit, während er in klarer Gebirgsluft vor einem Waggon mit der Tafel »Buchs–Wien, Westbhf.« steht.

»Hast du eigentlich der Livia geschrieben?«, fragte Viktoria.

»Du musst mich nicht zur Ordnung rufen.«

»Wenn dich alles so umwerfen wird?«

Viktoria dachte: Ich fürcht mich nicht vor dem Tod, aber es wär leicht möglich. Mein Herz fängt an, mich zu molestieren. Die Anita kann ihm nicht viel helfen. Was wird er in seiner Konfusion machen, wenn er auf sich allein angewiesen ist?

»Das sieht dir nicht ähnlich, Großmama. Du wirst uns diesen großen Moment doch nicht kleiner machen wollen?«

»Seit zwei Wochen haben wir nur noch große Momente. Oder eigentlich, mit Unterbrechungen, seit 1914. Es nützt sich ab«, sagte sie.

»Gepäckrevision! Bitte einsteigen, der Herr.«

Die Beamten waren überaus genau. Zigaretten? Welcher Herkunft? So viel? So viele waren nicht erlaubt. Auch Schokolade? Der Herr und die Dame würden Zoll zahlen müssen. Viktoria sagte, sie seien Amerikaner. Amerikaner oder nicht, Vorschrift war Vorschrift. Die Beamten schrieben umständlich eine Rechnung, präsentierten sie, die Rechnung wurde bezahlt, das Geld danklos in Empfang genommen.

»Na ja«, sagte Viktoria. »Jetzt weiß ich, dass ich in Österreich bin. Ich hab fast verlernt gehabt, dass das Publikum für die Beamten da ist.«

»Trachte doch nicht, ihnen bei jeder Gelegenheit eins auszuwischen! Nabobs können leicht großzügig sein, Bettler haben es schwerer.« Er hielt die österreichischen Banknoten in der Hand, die ihm die Beamten gewechselt hatten. Österreichisches Geld!

»Sie haben sich ja so dazu gedrängt, Bettler zu werden!«, sagte Viktoria.

Sie fuhren wieder. Das Vertraute schaute in die Fenster. Mit fast schmerzhafter Spannung wartete Felix darauf, dass es sich da oder dort verändert haben würde. Nirgends. Man war nie fort gewesen.

Er hatte Livia gestern gekabelt. Während er die Landschaft nicht aus den Augen ließ, dachte er an sie mit Gewissensbissen. Wie immer hatte Viktoria irgendwie recht: Livia war ihm nicht mehr ganz so nah. Zwar tat Viktoria fast so, als beginge er eine Untreue, wenn er sich seinem Glück jetzt so hingab – und das war absolut ungerecht! Livia wäre die Letzte gewesen, ihm das zu missgönnen. Schreiben allerdings hätte er ihr können. Sogar müssen. Allein im Zustand solcher Verwirrung – Livia würde das begreifen, sie begriff immer alles, das war das Schönste an ihr. Einfach lächerlich von Viktoria! Da war keine Spur von Untreue gegen Livia, wenn er empfand, was er empfand! Übrigens werde ich ihr schreiben, wenn ich – er wollte denken »in Wien angekommen bin«, doch der Gedanke riss ab, weil er nicht nüchtern zu Ende denken konnte: »Wenn ich in Wien angekommen bin.«

»Schau mich nicht an wie ein Zollwächter, Felix.«

»Du bist streng mit mir, Großmama!«

»Das will ich weiß Gott nicht.« Ich werde nicht stupider sein, als es unbedingt sein muss, dachte sie. Niemand hört auf Warnungen. Es ist seine Sache, wenn er Fehler macht, er ist alt genug. Sie täuschte sich nicht darüber, wie sehr sie diesen Enkel liebte.

Er dachte: Und wenn sie der Ansicht sein sollte, es ist eine Untreue gegen Amerika, dass ich hier glücklich bin – gut, dann ist es also eine Untreue. Aber dass ich Amerika »allegiance« geschworen habe, verpflichtet mich nicht, mir vor meiner Heimat die Augen zu verbinden. Es *ist* meine Heimat! Man sagt, die Erinnerung verschönt. Falsch. Hier ist die Wirklichkeit schöner als die Erinnerung!

Als sie in Innsbruck einfuhren, hatten sie, zum ersten Mal in Österreich, einen ähnlichen Anblick wie in Le Havre. Das Stadtviertel beiderseits des Bahnhofs lag in Trümmern.

»Das sieht bös aus«, sagte Viktoria.

»Warum sagst du das mit solcher Genugtuung?«

»Tu ich das? Auf dem Bahnhof hier hat mir ein SA-Mann ins Gesicht gespuckt, und keiner von den Menschen, die's mit angesehn haben, hat gesagt: ›Man spuckt einer alten Frau nicht ins Gesicht. Man spuckt überhaupt niemandem ins Gesicht.‹«

»Sei nicht so nachträgerisch! Schau doch, wie sie für das Anspucken bestraft worden sind.«

»Ich bin eine dumme, alte Frau, Felix, und deswegen bin ich dafür, dass Unrecht bestraft wird. Da sie es nicht von selbst getan haben, mussten es unsere Bomber besorgen.«

»Was heißt das, ›unsere‹?«

»Unsere.«

»Bist du noch stolz drauf, dass sie diese herrliche Stadt zerstört haben?«

»›They asked for it and they'll get it.‹ Erinnerst du dich? Du hast ein ziemlich kurzes Gedächtnis, fürcht ich. Übrigens ist es nicht die Stadt, wie du siehst, sondern nur ein paar Häuser in der Gegend des Bahnhofs.«

Die Augen auf Schutthaufen, Bombentrichtern und Häuserskeletten, hörte Felix Roosevelts Stimme: »They asked for it and they'll get it.« East, 79. Straße neben dem Modesalon Jane Engel. Plötzlich waren die Schaufensterpuppen aus Holz voll verführerisch sprühenden Lebens. Das Benzin der Busse stank nicht. Die scheußlich fetten Würstchen (»hot dogs«) im Drugstore schmeckten köstlich. Das Leben hatte wieder Sinn! Roosevelt hatte gesagt: »Sie haben drum gebetet, und sie werden's bekommen.«

Mit Zinseszins hatten sie's bekommen. Ach, hätte er doch ein schlechtes Gedächtnis! Und wahrscheinlich musste man außerdem charakterlos sein! Da Roosevelt das damals gesagt hatte, war es Felix gewesen, als redete der liebe Gott.

»Schaun S' her, was die Amerikaner gmacht ham«, sagte jemand draußen auf dem Korridor zu einer Frau. »Die reinen Vandalen!«

Es war offenkundig für Viktoria und Felix bestimmt.

»Wirklich eine Schande!«, antwortete die Frau.

»Wo s' eine Kirche gsehn habn, haben s' es z'sammghaut!«

»Ein Bahnhof ist keine Kirche!«, sagte Felix scharf, als hätte er Amerika gegen diese zwei Leute in Schutz zu nehmen. Was ist denn das!, fragte er sich sofort. Noch vor einer Sekunde habe ich genau so gedacht wie das Paar draußen im Korridor – und jetzt will ich deswegen Streit mit ihnen anfangen?

Viktoria schloss die Tür. »Pass auf deine Nerven auf«, sagte sie. »Ein bisschen Konfusion ist ganz hübsch. Aber nicht zu viel.«

Felix inhalierte den Rauch seiner Zigarette. Solchen Menschen und solchen Anlässen musste man eben aus dem Weg gehen. Dann gab es keine Konfusion.

»Ich hoffe nur«, sagte Viktoria und traf Anstalten, sich in eine liegende Stellung zu bringen, weil das Herz sie belästigte, »du wirst dich mit deiner Mutter verstehn. Bist du sicher, dass sie auf die Bahn kommt? Ich muss sagen, ich hasse sogenannte große Ankünfte. Davon hat niemand was. Wenn ich ankomm, möcht ich mich um mein Gepäck kümmern und dass ein Träger und ein Taxi da ist. Stattdessen muss man schon zehn Minuten vorher beim Fenster heraushängen und wie besessen winken, damit die, die einen abholen, nicht wie verlorene Schafe herumirren. Und dann irren sie ja trotzdem herum und rufen einen und finden einen nicht, und inzwischen stiehlt man einem das Suitcase, und das letzte Taxi ist weg.«

»Ich freu mich wahnsinnig auf die Mutter«, sagte Felix.

»Ich sag ja nicht, dass ich mich auf die Anita nicht freu. Ich sag nur, sie gehört zu denen, die auf einem Perron ratlos sind. Nicht nur auf Perrons. Erwart dir nicht zu viel von ihr. Wie lang hast du sie nicht mehr gesehn?«

»Du weißt ja, acht Jahre. Weshalb?«

»Sie war acht Jahre hier und du nicht.«

»Und?«

»Und kann ganz leicht solche Sachen sagen wie die zwei Leute da draußen.«

»Das sind Nazis!«

»Woher weißt du, dass die Anita keine war?«

»Also, Großmama, das geht zu weit!«

Es war natürlich ein Wahnsinn, sich bei diesem jagenden Puls eine Zigarette anzuzünden. Aber Viktoria hatte es getan und fühlte sich nach ein paar Zügen besser. »Du wirst mich hoffentlich nicht im Verdacht haben, dass ich mich zwischen dich und deine Mutter drängen will, obwohl ich dich wahrscheinlich lieber hab als sie. Aber dass die Anita in Wien geblieben ist, obwohl sie mit uns allen hätte wegkönnen, das ist nicht zu leugnen.«

»Sie ist wegen ...«

»Des Herrn Ardesser in Wien geblieben«, ergänzte Viktoria, als er zögerte. »Und der Herr Ardesser ist ganz bestimmt ein braver Nazi gewesen.«

»Großmama, das hast du schon oft gesagt, und du weißt, dass es nicht wahr ist.«

»Ich weiß nicht, dass es unwahr ist«, antwortete Viktoria. Die Zigarette war ausgeraucht und hatte ihr geholfen. Oder war es die liegende Stellung? »Streiten wir nicht. Komm, gehn wir in den Speisewagen, ich hätt Lust auf einen starken Kaffee. Bekommt man bestimmt nicht. Macht nichts. Je weniger man erwartet, desto besser.«

13

Die Natur verlangt ihr Recht

Enns war die Station, vor welcher der französische Schlafwagenschaffner Viktoria gewarnt hatte. Bisher waren sie durch die französische und amerikanische Zone Österreichs gefahren. In Enns, Madame, kontrollierten die Russen. Vorgestern habe eine Dame im Schlafwagen ihre Perlen vermisst, und Uhren kämen öfter abhanden; doch man könne den Russen daraus nicht den mindesten Vorwurf machen, meinte der Schaffner und gestikulierte mit Pariser Leichtigkeit. Sie hätten eben keine.

»Was heißt das, ›abhandenkommen‹?«, fragte Viktoria. »Wollen Sie damit sagen, sie stehlen sie einem?«

»Sie konfiszieren sie, Madame.«

»Kontrollorgane nehmen einem Uhren weg?«

Der Schaffner zuckte die Achseln. »Voyons, Madame, Sie sind Amerikanerin; in Amerika hat jeder eine Uhr. In Russland nicht. In Amerika hält man es für sein gutes Recht, mit echten Perlen um den Hals zuzuschauen, wie arme Teufel krepieren. In Russland nicht.«

Infolgedessen hatte Viktoria die ganze Nacht gewacht. Die Nachtwache regte sie so an, dass sie sich bedeutend wohler fühlte. Fast kein Herzklopfen mehr. Als man in Enns einfuhr, drehte sie das Licht ab, das sie bisher hatte brennen lassen. Ich bin doch neugierig, dachte sie, obwohl sie immer neugierig war. Übrigens ist dieser Schaffner ein rabiater Kommunist.

Nach einer Weile hörte sie Worte, die sie nicht verstand. Die Tür ihres Abteils wurde geöffnet, eine Hand griff hinein. Da knipste Viktoria das Licht an. Ein Soldat stand in der Tür.

»Sie wünschen?«, fragte Viktoria charmant. Sie war völlig angekleidet und saß allein in ihrem Abteil, im vorletzten des Waggons, da Felix seinen Schlafplatz in dem letzten daneben hatte.

Das jähe Licht und der Anblick einer alten wie zu einer Soiree gekleideten Dame, die Ringe an den Händen, viele Armbänder an den Handgelenken, prachtvolle Perlen um den Hals trug und auf dem unbenutzten Bett saß wie eine Königin, raubten dem Soldaten an der Tür die Sprache. Er konnte kaum älter als neunzehn sein und hatte ein Gewehr geschultert. Er sagte etwas zu jemandem, der hinter ihm stand. Dann sagte er etwas zu Viktoria.

Sie vermutete, dass er ihren Pass verlangte, öffnete umständlich ihre krokodillederne Handtasche, nahm ein goldenes Zigarettenetui und den Pass heraus, bot dem Mann eine Zigarette an und reichte ihm den Pass. Außerdem das graue Drei-Sprachen-Permit der Joint Chiefs of

Staff. »Amerikanski«, sagte sie dabei; so viel Russisch konnte sie. Der junge Mensch wies die Zigarette zurück, las die Papiere genau, verglich das Passbild mit dem Original und verließ angeekelt das Coupé.

Ausgezeichneter Laune wollte die alte Dame Felix von ihrem Erlebnis erzählen, lauschte einen Augenblick an seiner Tür; da sie keinen Laut hörte, kehrte sie in ihr Abteil zurück. Gut, dachte sie, selbst wenn einer nicht erwarten kann, nach Wien zurückzukehren – die Natur verlangt ihr Recht.

Doch Felix war wach wie sie. Die Natur verlangte ihr Recht, und er gab es ihr. Für ihn wäre es gegen die Natur gewesen zu schlafen, wenn einen nur noch sechs Stunden vom Ziel trennten. Wie sie war er auf dem unbenutzten Bett gesessen; dass eine Kontrolle bevorstand, hatte er nicht einmal gewusst, oder wenn er es gewusst hatte, war es ihm gleichgültig. Hätte ihm jemand gesagt: »Geben Sie fünf Jahre Ihres Lebens, um nach Wien zu kommen«, er hätte sie gegeben, ohne aufzuschauen, so wie er seinen Pass hingehalten hatte.

Als es dämmerte, regnete es. Als man in die Vororte einfuhr, regnete es noch immer. Hütteldorf. Penzing. An Hütteldorf und Penzing war man vorbeigekommen, wenn man aus den Ferien nach Wien zurückfuhr. Die Schnellzüge waren hier nicht langsamer geworden, sondern durchgeeilt. Aus dem Salzkammergut war man gekommen oder aus Tirol, und übermorgen fing die Schule an. Diesmal fuhr der Zug so langsam, dass man meinen konnte, er bewegte sich überhaupt nicht. Die gesprengten Brücken, sagte der Schaffner.

In dem Rhythmus der langsam rollenden Räder sagte Felix vor sich hin: »Noch eine Stunde bis Wien. Noch fünfzig Minuten. Noch zwanzig.«

»Na ja, jetzt ist es also so weit«, sagte Viktoria, die Tür zu seinem Coupé aufmachend. »Dumm, dass es regnet. Zieh deinen Regenmantel an. Von meinem Schirm wirst du nichts profitieren, er ist zu klein. Noch ein Glück, dass ich ihn am letzten Tag bei Saks gekauft hab.«

Ein Glück, dass sie den Schirm gekauft hatte. Manchmal konnte man die Menschen wegen eines Wortes hassen.

»Also! Mach dich fertig, Felix!«

Der Zug fuhr irgendwo ein. Es war nicht die Ankunftshalle des Westbahnhofes, wo Felix unzählige Male angekommen war, sondern der sogenannte Sommerperron, im Freien, wo die Ausflugszüge anzukommen pflegten.

Ich komme von meinem Ausflug zurück, dachte Felix.

Auf dem ungedeckten »Sommerperron« standen ein paar Leute. Vielleicht zehn. Sie trachteten, sich vor dem Regen zu schützen. Keiner hatte einen Schirm. Eine von ihnen war Felix' Mutter. Sie irrte nicht herum, wie Viktoria vorausgesagt hatte, sondern sah dem einfahrenden Zug entgegen. Felix erkannte ihre große Gestalt von weitem. Durch das offene Fenster rief er: »Mutter!«

Auch sie rief: »Felix!« Aber sie schaute nicht dorthin, wo er war.

»Ich hab ja gewusst, sie wird uns nicht finden«, sagte Viktoria, nur um die fürchterliche Spannung zu brechen, in der Felix sich befand.

Mit grausamer Langsamkeit bewegte sich der Zug. Für die letzten paar hundert Meter brauchte er fast eine Viertelstunde.

Der Regen, stärker geworden, peitschte Felix' Kopf, den er aus dem Fenster beugte.

»Du wirst dich krank machen«, sagte Viktoria. »Du triefst ja schon.«

»Mutter!«, rief Felix.

Der Zug hielt inmitten einer Ruine, von der nichts stand als ein paar Mauern. Dass das einmal der Westbahnhof gewesen war, konnte man sich nicht vorstellen.

Es war so verwirrend, dass Felix einen Augenblick zögerte, als der Zug schon hielt. Viktoria war vor ihm ausgestiegen, er kam gerade zurecht, um ihr von dem steilen Trittbrett herunterzuhelfen.

»Ich kümmer mich um die Kathi und um einen Träger«, sagte sie. »Ich seh dort einen. Geh zur Anita. Ich komm euch dann schon nach.«

Weshalb ging die Mutter nicht auf ihn zu? Er lief das kurze Stück, das ihn von ihr trennte; sie stand unbeweglich vor einem falschen Waggon.

Als er sie in den Armen hielt, sagte sie: »Ich bin ja so glücklich!«

Er gab ihr die Sweet Peas, die er ihr aus Paris gebracht hatte.

»Veilchen«, sagte sie. »Danke.«

»Seit wann siehst du so schlecht, Mutter?«

»Schon lang. Du weißt ja, dass ich nie besonders gut gesehen habe.«

»Aber du siehst mich, Mutter?«

»Ja. Du siehst gut aus, Felix.«

»Du auch, Mutter.«

»Findest du?« Sie hatte noch das übermütige Lächeln, das Felix' Jugend froh gemacht hatte. Das heißt, es war ein Rest dieses Lächelns, die Ruine davon. »Und wo ist die Mama?«, fragte sie. »Sie ist doch mit dir?«

Viktoria näherte sich mit einem Träger.

»Hier«, sagte Felix. »Großmama, die Mutter sieht nicht sehr gut.«

Viktoria küsste Anita. Obwohl zwischen den beiden Frauen ein Altersunterschied von fast dreißig Jahren bestand, wäre es schwer zu sagen gewesen, welche von den beiden älter war. Über Anitas hoher, steiler Stirn, dem Merkwürdigsten in ihrem noch immer schönen Gesicht, waren die Haare so weiß wie die Viktorias. Sie trug ein Winterkleid, dessen Felix sich zu erinnern glaubte. Der Hut war größer als irgendeiner, den er in den letzten Jahren gesehen hatte.

»Hast du ein Taxi?«, fragte Viktoria.

»Taxis gibt's nicht. Wir werden mit der Elektrischen fahren.«

»Und das Gepäck?«

»Auch.«

»Na ja«, sagte Viktoria.

Dass es in Wien so regnete wie in Scarsdale! Felix hatte sich in seine Mutter eingehängt. »Wie bist du denn hergekommen, Mutter?«

»Oh, es findet sich immer jemand, der einem über die Übergänge hilft.«

In dem Regen, von dem Träger gefolgt, der erklärte, er könne nicht vom Bahnhof weg, und die Herrschaften müssten sich ihr Gepäck zur Elektrischen selbst hinübertragen, traten sie auf den Platz, wo früher der Westbahnhof gestanden war.

»Schau nicht zu viel herum, Felix«, sagte Anita. »Ich habe einen großen Vorteil. Ich sehe es noch so, wie es einmal war. Nein, Kathi, da nützt nichts, das ist jetzt so.«

»Faule Bagasch'!«, sagte Kathi, plötzlich zum Ausgang laufend.

Felix hatte die Empfindung, als hätte man ihn auf den Kopf geschlagen.

»Sie«, sagte Viktoria zu dem Gepäckträger, der nicht länger warten wollte, »schaun S', dass Sie weiterkommen!« Der kleine Schirm von Saks schützte sie, so klein er war, und ihre Augen waren noch immer scharf genug, um zu sehen, dass Kathi sich beim Ausgang in den Besitz eines erstaunlichen Vehikels setzte. Sie schob es vor sich her, eine Erste-Hilfe-Tragbahre auf Rädern, belud es mit dem Gepäck. »Mir macht er jo der Regn nix«, verkündete sie, außer Zweifel stellend, dass sie entschlossen sei, es hier unter allen Umständen besser zu finden als in den Luxushotels der letzten Jahre.

Der kurze Weg zur Haltestelle der Elektrischen kam Felix wie ein Verwundetentransport vor, wahrscheinlich wegen der Bahre, worauf das Gepäck lag. Da Anita an seinem Arm ging und er sie festhielt, konnte er spüren, wie abgemagert sie war.

»Bis gestern war es so schön«, sagte sie.

»Das macht ja nichts, Mutter.«

»Bist du von der Reise müde?«

»Gar nicht.«

»Du hast dich nicht verändert, nicht wahr?«

»Du auch nicht.«

»Ich schon. Ich kann dir gar nicht sagen, wie glücklich ich bin, dass ich dich wiederhabe.«

»Ich auch.«

»Jetzt wenigstens kann ich ruhig ... Ich meine, jetzt hat es einen Sinn.«

»Gehn wir zu schnell?«

»Ja. Weißt du, ich habe heute Nacht wenig geschlafen. Ich war zu aufgeregt. Danke. Jetzt können wir wieder schneller gehen.«

»Wohnen wir bei dir?«

»Natürlich.«

»Unser Haus steht noch?«

»So ziemlich. Es hat etwas abbekommen, aber es ist da. Es gehört uns nur nicht.«

»Wieso?«

»Du weißt ja, nachdem ihr fort seid, ist es gleich beschlagnahmt worden.«

»Und man hat es dir noch nicht zurückgegeben?«

»Nein. Mir kann man es ja wohl auch nicht zurückgeben. Oder vielleicht doch? Ich weiß nicht. In solchen Sachen habe ich mich nie ausgekannt. Wahrscheinlich haben sie darauf gewartet, bis du wieder da bist.«

»Wer – sie?«

»Die Regierung. Oder wer es eben ist. Du bist ja jetzt Amerikaner – oder nicht?«

»Ja.«

»Da wirst du dich ja an die Amerikaner wenden können.«

Wie mager sie war! Täuschte er sich, oder sprach sie mit norddeutschem Anklang?

»Sag mir, Felix, wie lange wirst du nun bleiben?«

»Eine Zeitlang.«

»Nicht für immer?«

»Ich weiß noch nicht, Mutter.«

»Klüger, wenn du nicht bleibst. Wien gibt's ja nicht mehr.«

Wie bitter sie war! Wie verletzt!

»Es wird schon wieder werden, wie es war, Mutter.«

»Lass mich noch einen Moment stehen bleiben. Komisch, ich bin so viel Gehen nicht mehr gewohnt.«

An der Haltestelle drängten sich die Leute. Sie schwangen sich auf die Trittbretter der überfüllten Straßenbahn, die gerade wegfuhr; höchstens drei oder vier kamen mit, denen es gelang, sich mit beiden Händen festzuklammern. Die anderen mussten im Fahren wieder abspringen.

»Kommt eine?«, fragte Anita.

»Es ist eine weggefahren.«

»Das ist dumm. Sie kommen nur alle zehn Minuten.«

»Siehst du überhaupt nichts, Mutter?«

»Reden wir nicht von solchen Sachen. Sage mir lieber, bist du verheiratet?«

»Nein.«

»Verlobt?«

»Ja.«

»Amerikanerin?«

»Ja.«

»Du bist ja ein ganzer Amerikaner geworden. Hast du sie lieb?«

»Ich möcht so gern, dass du sie siehst ... Ich ...«

»Warum redest du nicht weiter? Ich muss sie ja nicht sehen, um zu wissen, wie sie ist. Wenn man die Stimmen hört, weiß man bald, wie die Menschen sind.«

Wieso hab ich nicht gewusst, dass sie nicht sieht!, dachte er. Wieso hab ich nichts von denen hier gewusst? Wir dachten: Nur uns geht es schlecht.

»Wenn ihr nicht endlich einsteigt, werden wir hier nie wegkommen!«, sagte Viktoria empört, denn seit mindestens zehn Minuten standen Felix und Anita wortlos im Regen, aneinandergepresst, als schützte sie das beide. Dass inzwischen eine andere überfüllte und nachher eine etwas leerere Elektrische gekommen und dass es Kathi und dem Schaffner gelungen war, das Gepäck zu verstauen, hatten sie offenbar gar nicht gemerkt. »Gut, dass man mir mein Gepäck gestohlen hat«, sagte Felix.

Ich muss auf ihn aufpassen, dachte Viktoria, die Anita hat ja nie einen guten Einfluss auf ihn gehabt.

»Was heißt das, man hat dir dein Gepäck gestohlen?«, fragte Anita.

»Ein Stück weniger zu schleppen, Mutter!«

Unter dem Hohngelächter von Gassenbuben brachte Viktoria den Enkel und die Schwiegertochter zum Einsteigen. Es sah aus, als triebe sie die zwei mit ihrem lächerlichen kleinen Schirm vor sich her. Der zurückbleibende Gepäckträger, der den Krankenwagen wieder zum Bahnhof rollte, sagte etwas von Verrückten, die besser zu Hause geblieben wären. »Was kommen die her! Mir ham eh nix z' fressn!«

»Schau dich nicht um, Felix«, sagte Anita, als sie fuhren. »Je weniger du siehst, desto besser.«

Ihr leerer Blick; ihre Magerkeit; ihre schadhaft gewordenen Kleider; ihre rissigen Hände. »Es ist nicht so schlimm«, sagte er. Regen rann von seiner Brille, er musste sie abnehmen und trocknen.

Ein großes, weißes Schild mit aufgemaltem Sternenbanner: »Entering US-Zone.« Die Mariahilfer Straße US-Zone! Berge von Schutt, zwischen Verschontem. Das Verschonte rissig, mit abgebröckeltem Verputz, Einschüsse in den Mauern. An den Mauern weiße Pfeile und weiße Buchstaben: LSK, LSR. Kein Glas. Die Fenster mit Pappendeckel verschalt, die Schaufenster mit Holz. Fast keine Menschen auf der Straße, die wenigen, die man sah, hohlwangig, unsäglich schäbig, mit Salzburger Jacken, Kniestrümpfen, Steirerhüten. Links, neben der Stiftskirche, eine amerikanische Kaserne. Zwei riesige MPs davor regelten den Verkehr, der aus ein paar Jeeps bestand. Rechts gegenüber hing an einem zerbombten Haus ein Alkoven buchstäblich in der Luft; in diesem Alkoven hatte Felix unzählige Male gewartet. Darunter die Tafel: »Zahnarzt Dr. Paul Berger.« Der Zahnarzt Dr. Paul Berger war verjagt, die Tafel war geblieben. Vor der Nibelungenstraße, dem Kunsthistorischen Museum gegenüber, dem eine Kuppel weggerissen war, ein ungeheurer Schuttberg mit Bruchstücken und Überresten von allem Zerbrochenen, das es gab; dazwischen wucherte hohes grünes Unkraut. Das Unkraut blühte gelb.

»Schaust du noch immer?«, sagte Anita. »Dabei sieht alles jetzt schon etwas besser aus, glaube ich. Selbst kann man das nicht so beurteilen. Übrigens war gestern jemand vom Justizministerium bei mir. Du sollst Zeuge sein.«

»Ich? Worin?«

Anita antwortete sehr leise, vermutlich wollte sie nicht, dass die Mitfahrenden es hörten: »Im Prozess gegen den Minister Kurz.«

»Wusste man denn, dass ich zurückkomme?«

»Du bist nicht zurückgekommen«, sagte Viktoria auf Englisch. »Du wirst dich doch nicht in Zeugenaussagen einlassen! Ich versteh gar nicht, Anita, dass du ihm zu so etwas zuredest.«

»Ich habe ihm nicht zugeredet, Mama«, sagte Anita auf Deutsch.

Dass die weit über ihre Jahre Gealterte »Mama« zu Viktoria sagte, fand Felix tragisch. »Ich sehe nicht ein, warum ich mein Zeugnis verweigern soll«, sagte er.

Kaum ist man da, und schon hat sie ihre Finger in allem, dachte Viktoria. Auch sie sah, wie alt und verbraucht die Schwiegertochter war. Doch in ihren Augen trug Anita die Schuld ganz allein. Wenn ein Herr Ardesser wichtiger war als die Familie und die Welt zusammen, notabene, wenn jemand in Anitas Jahren sich noch für so begehrenswert hielt, alles für einen Mann aufs Spiel zu setzen, dann war man, in Viktorias Augen, entweder lächerlich oder minderwertig. »Die Museen schaun aus!«, sagte sie, als wäre Anita auch daran schuld.

»Warum san S' aus England herkommen, wann's Eana bei uns net gfallt?«, sagte ein Mann, der hinter Viktoria saß. »Mir ham ja net um Eana gschriebn!«

»Holtn S' Pappn!«, sagte Kathi, mit drei Handkoffern auf dem Schoß.

»Haltn S' es selber z'samm!«, sagte der Mann. »Wem's bei uns net passt, der braucht net kommen.«

»Frau Gräfin, gebn S' ihm gar ka Antwort nicht!«, sagte Kathi zu Viktoria. Es war ein Mann von etwa sechzig Jahren, der gesprochen hatte; er sah genauso müde und herabgekommen aus wie die meisten in diesem Straßenbahnwagen. Auch seine Kleider waren schäbig, seine Wangen hohl, seine Hände rissig. Wie die meisten anderen, die den Ankömmlingen bisher begegnet waren, schaute er irgendwohin, wo nichts war.

Ein verlegenes kurzes Schweigen entstand. Aller Blicke hatten sich auf Viktoria gerichtet, die untadelig gepudert und geschminkt einen Hauch von Chanel Cinq verbreitete. Ich darf mich nicht hinreißen lassen, sagte sie sich, mein Herz molestiert mich wieder einmal ekelhaft. Es wäre wirklich absurd, wenn's mir gleich in der ersten Stunde passieren sollte. Dazu bin ich schließlich nicht herübergekommen.

Jemand anderer sagte: »Schaut's euch die an! Nicht einmal rühren kann sie sich, so ausgefressen is. Und überhaupts. Das Englischreden, Französischreden, Russischreden haben wir bis daher! Wir sind lang genug kontrolliert worden! Zeit, dass es aufhört!«

Jemand anderer sagte: »Recht ham S'!«

Die Umrisse der Oper wurden sichtbar, und Felix ließ Anitas Arm los. Bereits die Häuser vorher, die festen, stolzen Ringstraßenhäuser, die seiner Jugend den Begriff bürgerlichen Wohlstands vermittelt hatten, waren ausgebombt, ausgebrannt, mit Stützbalken notdürftig vor dem Einsturz bewahrt.

Doch was war das gegen die Oper! »Wir treffen uns vor der Oper« – so begann das erste Rendezvous. Dort hatte die erste Bekanntschaft mit Mozart begonnen. Immer neue, immer erneuerte Beseligung war von dort gekommen. Das herrliche Haus, mit dem sich für Felix untrennbar die Vorstellung des Vollkommenen verband, war ein armseliges Wrack. Verbrannte Mauern, Schutt. Von der Hitze verbogene, ins Leere starrende Eisentraversen zeigten, wo einmal das mächtige Dach gewesen war. Trümmer häuften sich auf dem Trottoir. Trotzdem hing vom Dachstuhl, den es nicht gab, eine große, schwarze, wohlerhaltene Trauerfahne herab.

»Grauenhaft!«, sagte Felix.

Viktoria sagte: »Das sieht wirklich herzzerreißend aus!« Auch für sie war die Oper tausendmal mehr als ein Haus gewesen. Auch sie hatte hier die Feste gefeiert, die noch im Nachglanz strahlten.

»Sehn S', was die Amerikaner gmacht haben!«, sagte der Mann, der vorher gesprochen hatte.

»Der Slezak ist gestern gstorben«, erklärte jemand anderer die schwarze Fahne.

»Grauenhaft!«, sagte Felix noch einmal. Dass die Trauerfahne durch den Tod eines Tenors entschuldigt werden musste, vermehrte das Grauen.

»Der Herr gibt's wenigstens zu!«, räumte der erste Mann versöhnlicher ein.

»Die Amerikaner haben's ja nicht aus Zerstörungswut gemacht!«, entgegnete Viktoria. »Bedanken Sie sich bei denjenigen, die es so weit haben kommen lassen.« Seit sie angekommen war, hatte sie bei jedem, den sie sah, denken müssen: War der auch dabei, beim Vergasen, Peitschen, Ins-Gesicht-Spucken?

»So? Nicht aus Zerstörungswut? Und weswegen denn? Warum haben s' dann die Oper zerdroschen? Möcht die Dame mir das vielleicht sagen? Is eine Oper ein Bahnhof? Is eine Oper ein Arsenal? Die Dame is nicht von hier, drum wissen S' es net. Aber das da war einmal das schönste Opertheater auf der ganzen Welt. Da war die ganze Welt stolz drauf. Und wenn auch Österreich schon vor die Nazis ein sehr armes Land gwesen is, die Oper hat's halt doch ghabt. Und die ham s' uns auch gnommen, die Amerikaner!«

»Und dazu den Hitler!«, sagte Viktoria heftig.

»Wir müssen aussteigen«, sagte Anita.

»Von mir aus müssen S' net aussteign«, sagte der Mann.

»Ich wohne hier«, sagte Anita.

»Wo wohnst du, Mutter?«

»Du wirst es gleich sehen.«

»No, und was wern S' mit dem vielen Gepäck anfangen?«, fragte der Mann, der die Oper gerühmt hatte. »Warten S', ich helf Ihnen.«

»Ich auch. Ich steig eh aus«, sagte jemand anderer.

»Sie wern S' mir nicht helfn!« lehnte Kathi ab.

Aber Felix sagte, dass es sehr freundlich von den beiden Männern sei.

14

Feststellung einer Tatsache

Eine Weile später befanden sie sich in einer Mezzaninwohnung des Hauses Kärntner Ring 8. Kathi, Felix und die zwei feindseligen Passagiere aus der Elektrischen hatten das Gepäck heraufgebracht; Geld hatten sie abgelehnt, aber »um eine Zigarette« gebeten. Da jeder ein Päckchen Chesterfield erhielt, hatten sie sich bedankt wie für einen Haupttreffer. »Und nix für ungut«, hatte der Verteidiger der Oper gesagt.

»Mein Gott, ist das eine Armut!«, sagte Felix, nachdem sie fort waren.

»Und eine Charakterlosigkeit«, ergänzte Viktoria.

»Wie viel hast du ihnen denn gegeben?«, wollte Anita wissen. »Jedem zwanzig? Das ist viel zu viel. Für eine Zigarette bekommt man jetzt sieben Schilling.«

Die Wohnung bestand aus drei Zimmern mit sehr kleinen Fenstern. Viktoria bat, dass Kathi ihr ein Bad richte.

Baden könne man nur einmal in der Woche, sonntags, sagte Anita.

»Na ja«, sagte Viktoria. »Kann die Kathi hier schlafen? Sonst würde es vielleicht weniger Umstände machen, in ein Hotel zu übersiedeln?«

Hotels gab es für Privatreisende nicht. Fast alles war von den Besatzungsmächten okkupiert. Kathi könnte das Dienstbotenzimmer haben, sagte Anita.

»Die Kathi ist leider ziemlich ausgiebig«, sagte Viktoria. »Wird sie dein Dienstmädchen nicht inkommodieren?«

»Ich habe kein Dienstmädchen«, sagte Anita.

Im Begriff, die zwanzig Coramin-Tropfen zu nehmen, die man ihr in New York gegen ihre Herzbeschwerden verschrieben hatte, hörte Viktoria zu zählen auf.

»Wie machst du das mit deinen schlechten Augen?«

»Es geht schon«, sagte Anita, »nur gegen den Staub lässt sich nicht viel machen. Wenn's nicht regnet, fliegt er aus den Ruinen herein.« Sie brachte eine auf einer elektrischen Platte heißgestellte Teekanne. »Die Wohnung ist primitiv, aber es ist noch ein Glück, dass ich sie bekommen habe. Es war früher eine Advokatenkanzlei. Erinnerst du dich nicht, Felix? Der Advokat deines Vaters, Dr. Robert Müller, war hier etabliert. Den haben sie vergast. Dann ist ein Nazi eingezogen. Nach der Befreiung hat Herr von Ardesser mir die Wohnung verschafft.«

Sie sagte noch immer »Herr von Ardesser« von dem Mann, den sie seit fast dreißig Jahren leidenschaftlich geliebt hatte.

»So«, sagte Viktoria. »Was meinst du mit Befreiung?«

»Wie die Russen gekommen sind.«

»Haben sie dir viele Uhren befreit?«

»Mir haben sie nichts getan. Das ist nur Propaganda. Bist du jetzt auch Amerikanerin?«

»Ja«, sagte Viktoria.

»Dass ihr beide eure österreichische Staatsbürgerschaft so weggeworfen habt!«

»Wie geht's dem Ardesser?«, fragte Viktoria.

»Er ist leidend.«

»Das war er doch immer, der Hypochonder. Der hat die österreichische Staatsbürgerschaft hochgehalten?«

»Er hat Magenkrebs. Setzt euch. Es ist echter Kaffee, ihr müsst keine Angst haben. Ich hab ein Paket aus der Schweiz bekommen. Hoffentlich ist er noch heiß.«

»Meine Pakete hast du nicht bekommen?«, fragte Felix.

»Hast du mir welche geschickt? Ich dachte, du hast mich vergessen.«

Ich werde mich nicht unterkriegen lassen, beschloss Viktoria. Weder von meinem ekelhaften Herzen noch von der Anita. Es hat ihr ja niemand angeschafft, hierzubleiben, beim Herrn Ardesser. Sie bemühte sich krampfhaft, zu glauben, was sie dachte. Aber man bekam schwer Atem hier.

»Ich hab dir jede Woche ein Paket geschickt, Mutter. Auf die Hohe Warte.«

»Mein Gott! Jede Woche! Was war denn drin?«

»Ein bisschen von allem.«

»Reis?«

»Auch.«

»Zucker?«

»Ich glaube.«

»Mein Gott! Das ist eine Katastrophe!«

»Warum hast du deine Adresse nicht geschrieben? Warum hast du überhaupt nicht geschrieben?«, fragte Viktoria. Das konnte man ja nicht mit anhören. Eine Märtyrerin war die Anita nie gewesen!

»Man hat mir verboten zu schreiben.«

»Wer hat dir das verboten?«

»Großmama, wozu das?«, sagte Felix. Die Frage »Reis?« klang ihm noch im Ohr. Eine, die einen mehr ins Unrecht setzte, hatte er nie gehört.

»Die Gestapo. Und nach der Befreiung sind zwei Briefe von mir aus New York zurückgekommen. Ich habe gedacht, ihr wollt nichts mehr von mir wissen.«

»Mutter, rede keinen solchen Unsinn! Wer hat deine Briefe zurückgeschickt?«

»Die Post – oder das Hotel? Vielleicht war die Adresse falsch. Gladstone Hotel, New York? Nicht?«

Viktoria hatte genug. »Der Kaffee wird kalt«, sagte sie.

»Bitte, bedient euch. Das Brot sieht schlechter aus, als es ist. Warum nimmst du nichts, Felix? Glaubst du nicht, es wäre für euch besser, ihr geht in ein amerikanisches Hotel?«

Wo er saß, konnte Felix eine Ruine sehen, von der nicht einmal die Vorderfront, sondern nur die Hintermauern standen; hier und da waren ausgebrannte Vierecke darin zu unterscheiden, denen, wie auf dem Theater, die vierte Wand fehlte: Es war das alte Hotel Bristol. Das Nachbarhaus dagegen, das neue Hotel Bristol, stand unversehrt; die amerikanische Fahne wehte von seinem Giebel, und ein Militärpolizist stand davor Wache.

»Ich bleib selbstverständlich bei dir«, sagte Felix. »Vielleicht wär es aber für die Großmama wirklich besser, woanders zu wohnen. Ein bisschen Hotelbequemlichkeit nach den Reisestrapazen kann ihr nicht schaden. Ich werde dann gleich auf unser – auf das amerikanische Konsulat gehen und mich erkundigen. Dein Kaffee ist wunderbar, Mutter. Und das Brot.«

»Freut mich, wenn's dir schmeckt.«

Dann konnte niemand sprechen, auch Viktoria nicht, sosehr sie sich dagegen wehrte. Anita schien mit einer Frage zu kämpfen, die sie aber nicht stellte. Sogar Kathi, die angefangen hatte auszupacken, saß unschlüssig auf einem Koffer, trank einen Schluck von dem ungezuckerten, schwarzen Kaffee, den sie abscheulich fand, und würgte aus Höflichkeit an einem Stückchen klebrigen braunen Brotes. Beides verschlug ihr die Rede. Wie sollte die Gnädige in diesen miserablen Löchern wohnen, die unbequemer möbliert waren als Vorzimmer auf einem Steueramt? Was würde sie essen? Der Gnädigen ging's nicht gut – wenn niemand das sah, Kathi sah es. Sie hatte ihr immer zugeredet, nach Wien zu fahren. Vielleicht hätte sie das nicht tun sollen? Zu viel Aufregung für die Gnädige.

Man hörte den Regen.

»Wir haben immer Radio gehört, BBC. Tag und Nacht«, sagte Anita, als wollte sie sich entschuldigen. »Wie geht's dem Kari und dem Thassilo? Und Onkel Richard? Kommen sie auch herüber?«

Onkel Richard plante, herüberzukommen.

Anita machte eine Pause, atmete tief, dann entschloss sie sich zu der Frage: »Und die Ilona? Und die Gretel?«

Auch ihnen ging es gut, danke. Die Gretel hieß jetzt Margaret.

Wieder atmete Anita, dann sagte sie: »Weißt du, dass sie mir nie geschrieben haben? Von dir habe ich wenigstens ein paar Briefe gehabt, den letzten 1942. Von den Mädchen keinen einzigen.« Bisher hatte sie keinen Vorwurf gemacht. Jetzt machte sie ihn, und zu Viktorias Bestürzung klang er so gerechtfertigt, ja so unfassbar, dass es nicht leicht war, ihn anzuhören, und fast unmöglich, ihn zu beantworten.

»Man durfte während des Krieges nicht schreiben. Sie sind im College, weißt du. Sie hatten Vorschriften«, sagte Felix vag, nur um nicht sagen zu müssen: »Mutter, deine Familie hat dich aufgegeben. Du hast die Wahl gehabt, und gegen deine Familie entschieden. Deine Familie hat dasselbe getan. Auch deine Töchter.« Dass er ihr das einmal würde ins Gesicht sagen müssen, hatte er, wenn er an dieses Wiedersehen gedacht hatte, gewusst. Es war ja nichts als die Feststellung einer Tatsache, und obwohl das Verhältnis seiner Zwillingsschwestern zu Anita bei weitem nicht so nahe gewesen war wie das seine (ihre Kindheit war unter Herrn Ardessers Schatten gestanden), so hatte Felix den Gedanken auch für sich nie ohne tiefe Bitterkeit gegen die Mutter denken können. Ihn aussprechen war ihm daher selbstverständlich erschienen – drüben, auf dem Weg vom Bahnhof Scarsdale zum Haus Edgemont Road 150, angesichts von Mr. Smith, Edgemont Road 148, der zwei Söhne im Feld hatte und seine Wiese so peinlich genau in Ordnung hielt, dass er sogar an dem Abend, da das War-Department bedauerte, ihm den Tod des älteren Sohnes mitteilen zu müssen, den Rasen wässerte wie jeden Abend. »Guten Abend«, hatte Felix gewünscht und Mr. Smith gefragt, wie es ihm gehe; Mr. Smith hatte geantwortet: »Fine«, den Rasen weiter besprengt und erst eine Weile später von der Nachricht gesprochen, die er erhalten hatte, seine Tränen mit der Nässe des Gartenschlauches entschuldigend. Da hatte Felix gedacht, dass er das seiner Mutter erzählen würde, in der ersten Stunde des Wiedersehens, sollte dieser Tag je kommen, und dass er ihr sagen würde: »Welcher Unterschied zwischen dir und diesem Mr. Smith!«

Jetzt würgte es ihn in der Kehle, und er schämte sich für seine Schwestern. »Hast du nicht gesagt, ich soll eine Zeugenaussage machen?«, fragte er.

Ja. Dort auf dem Schreibtisch lag die Vorladung oder was es war.

Felix sprang auf und holte den Brief. Nur dieses Gespräch nicht weiterführen müssen!

Der Brief lautete: »Sehr geehrter Herr Sektionsrat! Wir erfahren durch den österreichischen Geschäftsträger in Washington, dass Sie dieser Tage in Wien eintreffen werden. Im Namen des Herrn Ministers begrüße ich Sie auf das Verbindlichste und hoffe, bald Gelegenheit zu haben, nach so langer Zeit mit Ihnen zusammenzutreffen. Für heute möchte ich mir nur gestatten, Ihnen die beiliegende Aufforderung des Straflandesgerichtes zur Zeugenaussage im Kriegsverbrecherprozess gegen den ehemaligen Bundesminister Dr. Otto Kurz, unter dem Sie drei Jahre als Präsidialist gedient haben, zukommen zu lassen. Es war zuerst unsere Absicht, Sie im Requisitionswege in Amerika einzuvernehmen. Nachdem es sich aber nun ergibt beziehungsweise die günstige Gelegenheit eintritt, dass Sie persönlich in der Lage sind, Ihre für den Ausgang des Prozesses wichtige beziehungsweise entscheidende Aussage zu machen, darf ich Sie bitten, der beiliegenden Vorladung ungesäumt Folge leisten zu wollen. Mit dem Ausdruck vorzüglichster Hochachtung Ihr sehr ergebener Dr. Herbert Pauspertl, Sektionschef.«

»Sag einmal, was wollen die von dir?«, fragte Viktoria.

»Sei nicht so neugierig, Großmama.«

»Ich bin's aber, wie du weißt. Übrigens bist du's genauso. Auch dein Vater war neugierig. Die ganze Familie. Du bist nicht neugierig, Anita?« Es klang, als schlösse sie die Schwiegertochter von der Familie aus.

»Es handelt sich um den Otto Kurz«, sagte Felix, weil er seiner Mutter die Antwort ersparen wollte; er hatte gar nicht gewusst, wie hart Viktoria sein konnte. »Du hast ihn so gut gekannt wie ich. Er hat ja in deinem Haus verkehrt. Und die Artikel über ihn in den amerikanischen Zeitungen hast du auch gelesen.« Wenn sie hart war, konnte er es auch sein! Statt hinzugehen, die Mutter in die Arme zu nehmen und ihr zu sagen: »Du hast es entsetzlich schwer gehabt. Wir werden einander jetzt helfen, ich dir, du mir. Das bisschen Zusammenhang, das geblieben ist, werden wir doch nicht selbst zerreißen wollen!« Auffordernd sah Felix die alte Dame an. Würde sie nicht endlich auf die Idee kommen, der Mutter ein gutes Wort zu geben? Sie tat nichts dergleichen. »Warst du nicht per du mit dem Otto Kurz? Du warst mit so vielen Leuten in der Regierung per du?«

Viktoria dachte: Schnell ist das gegangen. Wann sind wir angekommen – vor einer Stunde? Binnen einer Stunde hat sie ihn mir abwendig gemacht. Was sind acht Jahre? Weniger als eine Stunde! Es waren seine schwersten acht Jahre, für die war ich gut. Jetzt bin ich zu nichts mehr gut. Wenn mein Herz nicht wäre, würde ich mich wehren. »Ja, ich war per du mit ihm. Man hat ja nicht von allen Leuten, mit denen man per du war, wissen können, wie schlecht sie waren.«

Mit jedem Wort trifft sie die Mutter, dachte Felix. »Ich hab dir oft genug gesagt, Großmama, was ich von Herrn Kurz halte.«

Wie er sich gegen mich stellt, dachte Viktoria, und wie plötzlich! »Trotzdem hast du drei Jahre oder wie lang mit ihm gearbeitet?«

»Machst du mir Vorwürfe?«

»Ich denk, du machst mir welche. Ich find's jedenfalls absurd, dass du am ersten Tag, an dem du hier bist, zu Gericht zitiert wirst. Die können dich überhaupt nicht vorladen. Erkundig dich auf dem Konsulat. Bestimmt kann kein österreichisches Gericht einen Amerikaner vorladen.«

»Es hat nichts mit der Staatsbürgerschaft zu tun, ob man die Wahrheit sagt. Und die werde ich sagen, darauf kann sich der Herr Sektionschef Pauspertl verlassen.«

»Komischer Ehrgeiz, Lügnern die Wahrheit zu erzählen! Du wirst natürlich gegen ihn aussagen?«

»Ich werde sagen, was ich weiß. Ich bin nicht sicher, dass das gegen ihn sein wird.«

Das ist die Höhe!, dachte Viktoria. Also sagt er jetzt ihr zuliebe, dass er einen Nazi schützen wird? Warum auch nicht. Morgen wird sie von ihm verlangen, dass er etwas für den Herrn Ardesser tut. Warum nicht. »Anita«, sagte sie, »das geht so nicht. Du kannst den Felix nicht in so eine Situation bringen. Mach dir klar, er ist Amerikaner geworden und hat sich danach zu benehmen.«

»Ich bringe ihn in keine Situation«, sagte Anita. Es war ihr anzusehen, dass sie sich sehr beherrschte. Aber Felix sah die Bitterkeit in ihrem Gesicht, die schuld an so vielem in der Ehe seines Vaters und in Felix' Kindheit gewesen war. Ihre Augen, die nicht sahen, bekamen jäh einen fanatisch drohenden Ausdruck. »Ich würde dich sehr bitten, Mama«, sagte sie. »Auf diese Stunde habe ich mich unbeschreiblich gefreut. Sie hat mich am Leben erhalten. Ich weiß nicht, ob mein Leben irgendetwas wert ist und für irgendjemanden Bedeutung hat. Ich glaube eher, nicht. Aber für mich hat es Wert gehabt, weil ich auf diese Stunde gewartet habe. Ich werde sie mir nicht verbittern lassen. Denk dran, Mama!«

»Du warst in einer guten Schule«, sagte Viktoria. »Ich kann mir vorstellen, was du, in diesem Ton, mit Herrn Ardesser und anderen braven Parteigenossen geredet hast.«

»Großmama, das ist unter deiner Würde!«, sagte Felix. »Schau die Mutter doch an! Schau diese Wohnung an! Schau durch das Fenster! Das geht doch so nicht, Großmama! Das geht doch nicht!« Er war laut geworden.

Viktoria erbleichte auf eine erschreckende Art. Kathi lief auf sie zu, denn sie hatte sie eine Bewegung ins Leere machen gesehen. Doch noch bevor die Dienerin sie erreichte, war Viktoria imstande, einen Schluck Kaffee zu trinken, beide Hände gegen ihr Herz zu pressen und zu sagen: »Du hast recht.« Und auf die große Person schauend, die sich mit einem entsetzten Gesicht zu ihr herabbeugte, sagte sie: »In solchen Fällen pflegt die Kathi zu verlangen, dass ich mich bei ihr entschuldig. Ich entschuldig mich, Kathi.«

»Frau Gräfin hätt S' doch nicht fahrn solln«, sagte Kathi. »Soll ich einen Doktor holn?«

Da hatte Viktoria schon einen zweiten Schluck schwarzen Kaffee getrunken. »Gib mir eine Zigarette«, verlangte sie.

»Frau Gräfin, wern S' doch nicht rauchn!«, sagte Kathi. »Das wär ja Wahnsinn! Entschuldign!«

»Gib mir eine Zigarette«, sagte Viktoria. »Ich werde sie rauchen, und

dann wird mir ausgezeichnet sein. Danke. Halt dich nicht auf, Felix, wenn du gehn willst. Ich bleib hier. Und ich möcht auch nicht in ein Hotel. Das heißt, wenn die Anita mich nicht hinauswirft. Lästig werd ich natürlich fallen. Sozusagen vier Wochen Strafe für dich, Anita.«
»Vier Wochen?«, fragte Anita schnell.
»So ungefähr. Unsere Aufenthaltsbewilligung gilt für vier Wochen. Nicht, Felix?«
Er sagte etwas, was ja oder nein heißen konnte.
»Nach vier Wochen fährst du wieder weg?«, fragte ihn Anita.
»Das wird sich alles finden«, antwortete er. »Ich glaub, es ist jetzt das Beste, wenn ich auch deswegen ein paar Wege mache. Herrlich, wieder zu Haus zu sein, Mutter.«
»Vier Wochen ...« sagte Anita.

15

Das Herz der Stadt

Es regnete noch immer. Felix versuchte, in einer Elektrischen mitzukommen, gab es dann aber auf, da die in überlangen Intervallen vorbeifahrenden, gefährlich vollen Wagen an den Haltestellen nicht einmal hielten. An jeder Haltestelle standen Hunderte Menschen, die nicht wussten, wie sie weiterkommen sollten. Zu gehen erwogen sie vermutlich nicht, dafür waren ihre Schuhe zu schlecht und ihre schäbigen Kleider zu kostbar. Regen also war eine Katastrophe, wie Felix in der ersten Viertelstunde, die er auf der Straße war, erkennen musste.
Vor der Oper blieb er eine Weile stehen. Dabei sah er, dass der gegenüberliegende Heinrichshof, in dessen Kaffeehaus er seine tägliche Schachpartie gehabt hatte, aus Fensterlöchern und verbrannten Ziegeln bestand. Die Ziegel glänzten in der Nässe. Er ging die Kärntner Straße hinauf, aber die Kärntner Straße gab es auch nicht mehr. Es gab ein britisches Informationsbüro, gleich neben dem Hotel Bristol, und es gab ein amerikanisches Informationsbüro im Hotel Sacher, es gab die

Deutsche Ritterordenskirche und zehn oder zwanzig unversehrte Häuser. Das war von der Kärntner Straße geblieben, wo die Eleganz Wiens durch zweihundert Jahre promeniert hatte, die Kunstfertigkeit Wiens noch viel länger in Europas schönsten Schaufenstern verlockend zur Schau getreten war. Je weiter er ging, desto schwerer wurde der Druck gegen seine Schläfen und sein Herz. Le Havre war gespenstisch, aber es war eine fremde Stadt, mit der ihn nichts verband. Hier jedoch war er mit jedem Haus verbunden gewesen, das in Trümmern lag, unter den Schutthaufen war seine Kindheit begraben, sein Heranwachsen und seine Reife. Der Regen peitschte ihm die Erinnerungen zu, bis er die Augen schloss. Doch mit geschlossenen Augen konnte man hier nicht gehen; man stolperte auf Schritt und Tritt über Schutt. Dass hier und da drei oder vier Zimmer stehen geblieben waren, buchstäblich Zimmer, nicht Häuser, irgendwo in einem ersten, zweiten oder dritten Stock, von dem es sonst überhaupt nichts gab als diese tapezierten, mit Spuren einstiger Bewohntheit die Vernichtung noch vernichtender machenden Beweise eines plötzlich in den Abgrund gestürzten, zerrissenen, zerstampften, in die Atome zertrümmerten Daseins, spottete jeder Erfahrung der Vergänglichkeit.

Und trotzdem rettete Felix sich in dieses Augenschließen. Ein Angsttraum das Ganze, dergleichen kam nur in utopischen Romanen vor oder im Märchen. »Geh in die Stadt und sieh selber«, hieß es im Märchen, »und er ging hin. Doch seit gestern war die Stadt nicht mehr da, denn die Geister hatten über Nacht alle Häuser weggetragen mitsamt den Menschen darin, und er ging in den Straßen herum, aber sie waren nicht mehr da, und er rieb sich die Augen und fragte sich, wache ich oder träume ich, und wollte schnell erwachen.« Felix konnte nicht erwachen, ihn schmerzte jeder Blick. Es war ein beispielloses Gefühl, dieses angstvolle Schauen, was es noch gab und was nicht. Je näher er dem Stephansplatz kam (es fiel ihm nicht mehr auf, dass er um zehn Uhr vormittags in einer buchstäblich menschenleeren Straße ging, obwohl der Regen jetzt aufgehört hatte), desto ängstlicher wurde er. Stand die Stephanskirche? An sie knüpfte sich nicht nur das Entscheidende der Existenz, Taufe, Firmung, Tod, sondern auch der Aufblick der Existenz,

Beichte, Kommunion und Auferstehung. Felix hatte sich nie für fromm gehalten. Jedoch in dieser Minute, da er die verwüstete Straße hinunterging, um den Dom Wiens wiederzufinden, wohin er alle Ängste, Zweifel und Erschütterungen seines eigentlichen Lebens getragen hatte, empfand er, was ihm sein Kinderglaube und das Haus, worin er angehalten worden war, ihn zu üben, bedeuteten. Dieser Dom war ein Stück von ihm, wie er ein Stück der Stadt gewesen war: ihr Herz. Schlug das Herz noch?

Ein Häuserblock, und der Stephansplatz öffnete sich. Felix wollte schreien: »Gottlob!« Der hohe, schöne schlanke Hauptturm stand. Plötzlich sah er, dass dem Dom das Dach weggerissen war. Fürchterlich viel an Mauern, Pfeilern, Portalen, Fenstern war zerstört. Felix hasste wild.

»Hello there – sight-seeing?«, rief jemand ihn an.

Er hasste.

»Say, Mr. van Geldern, don't you remember me?«

Die Oper, gut – vielleicht hatten sie die Oper für ein Arsenal gehalten. Aber ein Dom! Niemand in der ganzen Welt konnte einem einreden, dass hier eine Verwechslung möglich war! Ich bin kein Pilot, dachte er, aber so viel weiß ich! Es ist Barbarei, sonst nichts!

Der Mann, der ihn angerufen hatte, war aus einem grünen Armee-Plymouth gestiegen. Er trug die Uniform eines Oberstleutnants. »Awfully glad to see you«, sagte er.

Felix erkannte Mr. Cook, einen der Manager des Hotels Plaza in New York, wo Viktoria gewohnt hatte. »Hello, Mr. Cook«, sagte er. »Verzeihung, Oberst Cook.«

»Geht in Ordnung. Nun, Mr. van Geldern, wie geht's, und wie geht's der Gräfin?«

»Gut, danke, Oberst.«

»Fein. Wo wohnen Sie?«

»Bei meiner Mutter.«

»Die Gräfin noch im guten alten Plaza?«

»Sie ist auch hier.«

»Was Sie sagen! Wollen Sie mitfahren? Eher nass heute.«

»Danke. Ich möchte hier hineingehen.«

»Wird nicht so leicht sein.« Der Oberstleutnant deutete auf eine Tafel am Portal, die auf Englisch, Französisch, Russisch und Deutsch den Eintritt verbot. »Wait a minute.« Er sagte seinem Fahrer etwas, einem Neger. Der Fahrer entfernte sich.

Der grüne Plymouth war der einzige Wagen auf dem Stephansplatz. Zwei nicht zerstörte, zwei halb zerstörte und sieben völlig zerstörte Häuser standen auf dem Stephansplatz. Außer Felix und dem Offizier waren im Ganzen drei Leute zu sehen.

»Wieso sieht man so wenig Menschen?«, fragte Felix.

»Ich weiß nicht. Faul – arbeiten nicht gern, stell ich mir vor.«

Der schwarze Chauffeur war mit einem Mann zurückgekehrt, der sich als Mesner vorstellte. Ein dünner, weißhaariger Mann in einem schwarzen Rock. Er war bereit, sie einzulassen. Er sagte: »Die alliierten Herren.«

»Viel kann ich den alliierten Herren nicht bieten«, warnte er, nachdem er den der Kärntner Straße zunächst gelegenen Seiteneingang aufgesperrt hatte. »Es ist fast alles weg.«

Die Verwüstungen raubten Felix die Sprache. Zu seinen Füßen, buchstäblich, lagen die in Stücke gesprungenen Überreste der Riesenglocke, die »Pummerin« geheißen und in den Türkenkriegen Gefahr geläutet hatte. Auch der gewaltige Glockenklöppel lehnte an der Mauer, von Rost und Feuer zerfressen.

Felix ließ die beiden anderen weitergehen und kniete in einer Bank nieder, die irgendwo zur Seite gerückt war, wohin das Tageslicht, von keinem Dach gehindert, nicht so grausam drang. Die hohen gewölbten Fenster, deren Scheiben sonst magisch aufgeleuchtet hatten, waren mit Holz oder Pappendeckel notdürftig verkleidet. Felix hörte die Schritte der beiden Männer in der Todesstille des Doms. Manchmal hallten sie, wo noch Fliesen waren. Manchmal knirschten sie, da traten sie auf Geröll und Sand. Erst jetzt sah er, dass noch andere Leute außer ihm in Bänken knieten, die an der Mauer zusammengestellt waren. Sie beteten lautlos. Manche schauten nur, mit demselben leeren Blick, den die Leute in der Elektrischen gehabt hatten.

Der Hochaltar stand da, doch er stand im Freien. Die Mauer dahinter war eingestürzt. Die Kanzel stand, von der Felix vor zehn Jahren gehört hatte: »Gott wird Österreich schützen.«

Er trachtete, sich zu einem Gebet zu sammeln; er wollte Dank sagen, dass er wieder hier war, er wollte für die Mutter beten. Aber er musste auf die Schritte Mr. Cooks vom Hotel Plaza in New York lauschen.

Warum hatten sie einen Dom gebombt?

Er hasste die Schritte. Ein anderes Geräusch wurde hörbar. Schutt rieselte aus der Höhe wie Regen. Vermutlich hatte der Regen ihn losgelöst.

Warum hatten sie die Stephanskirche gebombt!

Von den Nazis hatte man gesagt: die Hunnen. Die Hunnen hatten Kathedralen angezündet.

Einen schnellen Augenblick sah er Livias Gesicht. In den letzten Tagen hatte er sich nicht genau vorstellen können, wie sie aussah. Jetzt, für eine Sekunde, sah er sie mit ungeheurer Deutlichkeit.

Hörte man die Leute nicht, die beteten? Sie bewegten die Lippen. Es waren mehr Leute, als er bisher auf seinem ganzen Weg gesehen hatte.

»Du hast ein Wunder getan, lieber Gott«, versuchte er zu beten. »Danke, dass sie geschlagen sind.«

Aufs Haupt geschlagen. Aufs Herz geschlagen. Die Hunnen.

Die Schritte hallten.

Felix betete für die Mutter. Für Viktoria. Für Livia. Er konnte seine Gedanken nicht sammeln. Wie gebannt schaute er auf die Leute, die irgendwohin starrten, wo nichts war. Er betete für sie.

»We'd better be going«, sagte der Oberstleutnant.

»Warum habt ihr den Dom gebombt?«, fragte Felix leise.

»Was?«

»Sehn die alliierten Herren?«, fragte der Mesner. »Genau da, wo ich jetzt steh, ist die erste Brandgranate hereingefallen. Aber wir fangen bald an zu bauen.«

Felix schämte sich so, dass er nicht hinsah. Auch die Leute in den Bänken schauten nicht auf. »Wo kommen diese Leute her?«, fragte er, nur um etwas zu sagen.

»Entschuldigen, ich weiß, die dürfen nicht herein. Die alliierten Herren werden doch nichts gegen die Leute machen? Es hilft ihnen, wenn s' hier sitzen. Sie kommen zeitig in der Früh. Sie verhalten sich ganz ruhig. Wollen die alliierten Herren jetzt gehn? Wenn S' nächstes Jahr wiederkommen, werde ich hoffentlich mehr zu bieten haben.«

»Wir hätten keinen Dom bomben dürfen!«, sagte Felix, lauter diesmal.

»Die SS war auf'm Bisamberg«, antwortete der Mesner. »Von dort geht's ganz leicht«.

»Was hat die SS damit zu tun?«, fragte Felix.

»Wieso? Sie haben's ja gmacht«, sagte der Mesner.

Wollte der Mann den alliierten Herren gefällig sein? »Was haben sie gemacht?«, fragte Felix.

»Die Stephanskirche in Brand gschossen.«

»Gott sei Dank!«, sagte Felix. »Entschuldigen Sie – ich wollte sagen ...« Er wusste nichts zu sagen, und der Mund des dünnen, weißhaarigen Mannes verzog sich vor Unwillen. »Der Herr ist wahrscheinlich ein Jude«, sagte er.

»Ich bin ein Amerikaner«, sagte Felix. »Let's go, Colonel.«

»Worüber haben Sie gestritten?«, fragte Mr. Cook, als sie in dem Armee-Plymouth saßen.

Felix sagte, dass es ihn herzlich gefreut habe, den Oberstleutnant zu treffen.

Der Oberstleutnant sagte, die Freude sei seinerseits. Wollte Felix heute Abend Dinner mit ihm im Bristol haben? Selbstverständlich möge er seine Mutter und die Gräfin mitbringen. Es würde kein »elaborate« Dinner sein, aber was konnte man hier erwarten? Die Russen lebten »off the land«, die Franzosen zum Teil auch. Er zeigte auf eine vielleicht fünfzigköpfige Schlange von Menschen. Um Erbsen angestellt, sagte er. Davon und von Maisbrot lebten sie.

Es hatte wieder zu regnen angefangen.

16

Ein guter Zeuge

Das Justizministerium war nicht mehr in der Gauermanngasse nächst dem Schillerplatz wie zu Felix' Zeiten, sondern im Justizpalast auf dem Schmerlingplatz untergebracht. Felix fragte sich zu dem Mann durch, der ihm geschrieben hatte. Vor Jahren war Dr. Pauspertl einer seiner jüngeren Kollegen gewesen; dass er es in verhältnismäßig kurzer Zeit zum Sektionschef gebracht hatte, schien erstaunlich, wenn man die Fähigkeiten des Mannes in Betracht zog, an die Felix sich noch erinnerte. Obwohl kaum in der Verfassung, sich auf irgendetwas zu konzentrieren (oder daran, worauf er sich eben noch fieberhaft konzentriert hatte, in der nächsten Sekunde, die ihn schon wieder mit anderem überfiel, auch nur zu denken), verband er mit dem Namen des Dr. Pauspertl die Vorstellung biederer Durchschnittlichkeit. Wie sich zeigte, war aus dem damals ziemlich schwerfälligen Menschen ein Herr mit scharfem, gealtertem Gesicht und hastigen Bewegungen geworden, der wiederholt errötete, und dessen Stimme, im Eifer des Gespräches, erstaunlich tonlos wurde. Er trug einen Steireranzug mit grauer, grün eingefasster Joppe und ebensolchen Hosen.

»Kompliment, habe die Ehre, Ergebenster!«, begrüßte er den ehemaligen Kollegen.

»Grüß Gott, Dr. Pauspertl«, sagte Felix. Er wusste nicht, weshalb, aber sein Widerstand regte sich. Ich muss mich in Acht nehmen, sagte er sich; ich verfalle in Viktorias Fehler.

»Sie sehn ja fabelhaft aus, Herr Kollega«, sagte der Sektionschef.

Wirft er mir das vor?, dachte Felix. »Wie ist es Ihnen gegangen?«, fragte er.

Der Beamte machte eine vielsagende Bewegung mit beiden Händen. »Nicht so gut wie Ihnen. Ich bin ein Kazettler.«

»Was ist das?«

»Beneidenswert, dass jemand das fragen kann! KZ ist Konzentrationslager. Und KZler sind die, die drin waren. Ich war sieben Jahre drin.«

»Entsetzlich«, sagte Felix beschämt.

»Kann man wohl sagen. Sie haben jedenfalls Ihre Umsicht auch darin bewiesen, sich rechtzeitig abzusetzen.«

»Bitte?«

»Oh, das ist ein militärischer Ausdruck. Ich mein', Sie haben rechtzeitig die sichereren und fetteren Weidegründe aufgesucht. Zigarette gefällig? Aber Sie werden lieber die eigenen rauchen?«

Wieso weiß er, dass es mir so gut gegangen ist?, dachte Felix. Weshalb nimmt er es übel?

Aus dem Fenster sah man die Rückseite des Parlaments, die in Trümmern lag. Die Vorderseite des griechischen Tempels stand.

»Herr Kollega, Sie haben die Vorladung? Ich geb's gleich weiter, dass Sie sich parat halten.«

Wird er mich nicht fragen, wie es mir gegangen ist?, dachte Felix.

Der Beamte hatte eine Nummer gewählt und wartete auf die Verbindung; der, den er anrief, schien geholt werden zu müssen. Die Telefonmuschel am Ohr, die andere Hand darüber haltend, um seine Worte vor unbefugten Ohren zu schützen, sprach er von der Not, den menschenunwürdigen Qualen, den bitteren Enttäuschungen der Wiener. Nach so vielen Leidensjahren endlich die Befreiung! Jedoch wie sah sie aus? Die fremden Soldaten aßen den letzten Bissen auf.

»Nicht unsere«, sagte Felix.

»Wir haben keine österreichischen Soldaten«, stellte der Beamte fest.

»Ich meine, die amerikanischen. Wir importieren jeden Bissen, den wir essen.«

»Ah so!«, sagte Dr. Pauspertl. »Sie identifizieren sich mit den Amerikanern?«

»Ich bin Amerikaner«, sagte Felix.

»Weiß ich. Dem Pass nach. Aber doch wohl nicht – ich gebe mich der Hoffnung hin, Herr Kollega – dem Gefühl nach? Wenn ich mich recht erinnere, waren Sie ein guter Österreicher? Habe die Ehre, Herr Obergerichtsrat«, sagte er ins Telefon. »Pauspertl. Also, Herr Obergerichtsrat, der Herr Sektionsrat von Geldern ist jetzt hier bei mir und bittet um Verständigung, wann er heut als Zeuge erscheinen darf?«

Was heißt das: Ich bitte um Verständigung! – Was heißt das: heute erscheinen darf!, dachte Felix gereizt. Ich bin weder ein Sektionsrat mehr noch der Untergebene des Herrn Pauspertl! »Heute nicht«, sagte er. »An einem der nächsten Tage. Vorausgesetzt, es ist okay (er sagte ›okay‹) bei den amerikanischen Behörden, dass ich aussage.«

»Wie meinen?«, fragte der Sektionschef, doch es galt nicht Felix. »Um halb drei? Um halb drei wird der Herr Sektionsrat von Geldern sich pünktlich einfinden. Bitte vielmals, keine Ursache. Kompliment, Herr Obergerichtsrat, Ergebenster.« Er hängte ab.

»Heute geht es nicht«, sagte Felix.

»Es ist aber heut, Herr Sektionsrat«, antwortete der Beamte. »Wir fahnden jetzt seit, ich weiß nicht wie lang, nach Ihnen – das ganze Verfahren ist dadurch aufgehalten.«

»Sie machen, als ob ich von einer Vergnügungsreise zurückkäme, Dr. Pauspertl. Ich bin nicht freiwillig von hier weggegangen.«

»Es ist Ihnen aber jedenfalls geglückt, Herr Kollega! Andere waren nicht so glücklich.«

Felix' Geduld war am Ende. Die andauernde Spannung, in der seine Nerven seit Tagen vibrierten, machte sich Luft. »Das hätten Sie an die Adresse Hitlers zu richten, nicht an meine«, sagte er.

»Aber Herr Kollega!« Die mageren Wangen seines Gegenübers überlief ein fleckiges Rot. »Ich hoffe, Sie nicht verstimmt zu haben. Wir KZler nehmen diesen Dingen gegenüber einen andern Standpunkt ein.«

»Welchen?«

»Den der Versöhnlichkeit. Wir haben nicht sieben Jahre unter einer Atmosphäre fürchterlichen Hasses gelitten, um genau denselben Hass aus dem Lager ins Leben mitzunehmen. Wir, Herr Sektionsrat, wollen nicht Gleiches mit Gleichem vergelten und dasselbe tun, was die Nazis uns angetan haben. Wir wollen einen dicken Strich unter die Vergangenheit ziehen und einen christlichen Standpunkt walten lassen.«

Obwohl das, was der andere sagte, aus dem Mund eines Mannes kam, der sieben Jahre schwer gelitten hatte, erregte es, Felix wusste im Augenblick nicht, weshalb, instinktiv seinen Widerspruch. »Warum nehmen Sie an, dass ich einen andern Standpunkt habe?«, fragte er.

»Weil Sie von draußen kommen.«

»Sie sagen das mit Vorwurf. So als hätte jemand, der nicht im KZ gewesen ist, kein Recht, mitzureden. Ich bin zwar erst vor wenigen Stunden angekommen – aber bis zu diesem Moment war ich der Meinung, dass auch wir viel erlitten haben.«

»Ich zweifle nicht. Was haben Sie denn erlitten?«

»Heimweh, unter anderem. Acht Jahre schweres Heimweh. Ich weiß, ich habe nicht das Recht« (ach, wie ich wünschte, ich hätte es, um es diesem Mann nicht so leicht zu machen, dachte er), »für die zu reden, die hier hinausgeworfen worden oder, um ihr nacktes Leben zu retten, als Bettler geflohen sind. Aber ich kenne sehr viele von ihnen und weiß, was sie erduldet haben.«

»Nichtarier, meinen Sie?«

»Ich meine Advokaten, die jetzt mit Bürsten hausieren gehen. Ärzte, die hier Professoren gewesen und drüben dreimal bei der englischen Sprachprüfung durchgefallen sind. Kunsthistoriker, die Fahrstuhlwärter wurden. Berühmte Schauspielerinnen, die Uniformsterne für die Armee sticken. Schriftsteller, die Arbeitslosenunterstützung beziehen. Herr Sektionschef, Sie haben glücklicherweise die Hölle des KZ überlebt und sind wieder in Amt und Würden. Das ist zumindest eine winzige Wiedergutmachung. Dagegen kenne ich eine ganze Anzahl von Österreichern, die die Hölle der Emigration nicht überleben konnten. Sie sind daran gestorben. Guido Zernatto zum Beispiel. Richard Beer-Hofmann. Anton Kuh. Max Reinhardt. Paul Stefan. Franz Werfel. David Bach. Raoul Auernheimer. Keine schlechten Namen, Herr Sektionschef, gute Österreicher. Die Emigration ist unter Umständen ein tödliches Leiden!« Er hatte sich hinreißen lassen und bereute es. »Entschuldigen Sie. Es wäre grotesk von mir, wenn ich die Leiden, die Sie ausgestanden haben, mit den meinen auch nur vergleichen wollte. Ich wollte nur sagen, leicht war es auch für uns nicht.«

»Gewiss. Also Herr Kollege, Sie sind um halb drei im Straflandesgericht. Und Sie sind sich darüber im Klaren, dass Ihr Zeugnis, worauf der angeklagte Minister sich beruft, um so wichtiger ist, als Sie aus dem Ausland kommen und Ihre Aussage daher von der ausländischen

Öffentlichkeit respektive Presse mit der ganzen Sensationshascherei in die Welt posaunt werden dürfte, die ja eines der Kennzeichen der amerikanischen Presse ist. So weit werden Sie sich wohl noch nicht amerikanisiert haben, dass Sie mir diese Bemerkung übelnehmen?«

Ich nehme sie ihm übel, dachte Felix, immer gereizter. »Nein«, sagte er.

»Und Sie geben sich keinem Irrtum drüber hin, dass dieser Herr Kurz einen seines Namens würdigen Prozess verdient: nämlich einen kurzen. Es ist einfach unglaublich, weshalb das Gericht es für nötig hält, das Verfahren so hinauszuziehen. Offenbar nimmt man sich an Nürnberg ein Beispiel.«

»Ich denke, Sie haben einen dicken Strich gezogen?«

»Wie meinen, Herr Kollega?«

»Haben Sie nicht von Versöhnlichkeit als allgemeinem Grundsatz gesprochen?«

Das Telefon läutete.

»Servus, Herr Minister!«, meldete sich der Beamte. »Jawoll. Jawoll. Im Moment bei mir. – Aha? Nein. – Was sagst du, Herr Minister? Ist bereits geschehn. Geht in Ordnung. Respekt, servus, Ergebenster!«

Er legte den Hörer hin. »Der Herr Minister hat gefragt, ob Sie schon hier sind.«

»Wer ist der Minister?«

»Herr Kollega dürften ihn nicht kennen. Auch ein KZler.«

Ob viele KZler Minister geworden sind? Oder Sektionschefs?, dachte Felix. Als Minister oder Sektionschef sieht man die Dinge möglicherweise versöhnlicher an, weil man ja Minister oder Sektionschef bleiben will. Die in den Gaskammern waren, sind nicht Minister geworden. Was ist denn das mit mir!, wies er sich sofort zurecht. Ich bin maßlos voreingenommen und ungerecht gegen ihn. »Ich werde jetzt gehen, Herr Sektionschef«, sagte er. Er hätte gern noch etwas Freundliches gesagt, aber der Beamte war bereits aufgestanden und ging ihm voraus zur Tür.

»Hocherfreut, Sie gesehn zu haben, Herr Kollega von Geldern. Sie bleiben nicht sehr lang bei uns? Ja, wir haben leider nicht viel zu bieten«, sagte er, wie eine halbe Stunde vorher der Mesner in der zerstörten Kirche.

Felix verabschiedete sich. An den Türen der Arbeitszimmer, an denen er vorbeikam, waren Schilder mit Namen, deren er sich erinnerte. Sektionsrat Dr. Fiala. Sektionsrat Dr. Aufhauser. Ministerialrat Dr. Zwettl. Der dicke Zwettl hatte ihm 1938, als Schuschnigg aus Berchtesgaden zurückkehrte, gesagt: »Unparteiischerweise muss man zugeben – dieser Hitler ist ein Genie.« Hatte Herr Zwettl seine Meinung geändert? Sonst wäre er wohl nicht im Amt? Die Tür in den Amtsraum war offen, Felix konnte in das Zimmer sehen. »Servus, Zwettl«, sagte Felix. Er hatte den Mann nie leiden können und war bereit, Genugtuung zu empfinden. Als jedoch ein absurd magerer, kurzsichtiger Mensch flüchtig aufsah und, ohne Felix zu erkennen, sein zusammengeschrumpftes Gesicht fragend zur Tür wandte, sagte Felix schnell: »Bitte um Entschuldigung, es war ein Irrtum.«

Er hatte kein Ziel, vielmehr er schob es hinaus. Für den Augenblick ging er einfach durch die Gassen. Wieder nahm das jähe, betäubende Glücksgefühl von ihm Besitz, das ihn am ersten Tag seiner Schiffsreise überwältigt hatte. Er ging in Wiener Gassen! Und es war genau so, wie er es sich tausendmal vorgestellt hatte: Mit geschlossenen Augen findet man den Weg.

Wie um die Probe darauf zu machen, schloss er sie. Er sah nicht in die Gesichter, nicht auf die Häuser. Die Gesichter waren mager und feindselig, die Häuser schäbig oder ruiniert, alles war unendlich grau. Trotzdem! Der Volksgarten! Trat man durch dieses Tor, dann mussten rechts und links Rosen blühen.

Mit geschlossenen Augen fand Felix den Eingang, er öffnete sie, und rechts und links blühten Rosen. Sie dufteten nicht wie Rosen, sondern wie die Jugend. Vor den Stöcken blieb er stehen, üppiger blühten sie als je, tief atmete er die Erinnerung ein. Auf den gekiesten Wegen, die nach dem Regen trockneten, spielten Kinder Ball. Hier hatte er Ball gespielt und das Grillparzer-Denkmal getroffen, das am Ende des Gartens stand.

Er schaute in das traurig-weise Lächeln des Marmorantlitzes auf dem

Sockel, dem gegenüber, in der Richtung des ausgebrannten Burgtheaters, andere Denksteine neu errichtet waren. Auch sie waren aus Marmor, sie schmückten Gräber russischer Kriegsgefallener.

Wie lange er gegangen war, hätte er nicht sagen können. Überall wollte er hingehen, alles sehen, gleich in der ersten Stunde; jedes Haus, das stand, dünkte ihn ein Gewinn; jeder Baum, der duftete, ein Geschenk. Dann fiel ihm ein, dass er auf den Friedhof hatte fahren wollen, auf das Grab seines Vaters.

Statt der halben Stunde Straßenbahnfahrt zum Zentralfriedhof brauchte er doppelt so lang. Er wusste auch das nicht genau in dem Zustand beglückter Benommenheit, worin er sich befand. Ein paar überfüllte Züge musste er vorbeifahren lassen, dann gelang es ihm, auf einem Trittbrett mitzukommen. Als er ausstieg, erinnerte er sich, dass er keine Blumen hatte, um sie auf das Grab zu legen. Die Blumenhändler, sonst ständig vor den Toren des Friedhofs, gab es nicht.

Auch hier hatte er mit geschlossenen Augen sein Ziel zu finden erwartet. Doch als er sich der Gräbergruppe näherte, wo er seines Vaters Ruhestatt vermutete, sah er, dass er sich geirrt haben musste, denn das Grab war nicht da. Er ging den Weg zurück. Es gab drei Alleen, die in verschiedene Richtungen führten. Man musste die erste links gehen, dann kam man zu seines Vaters Grab.

Felix ging die erste Allee links; je weiter er kam, desto mehr umgestürzte Grabsteine, zertrampelte Einfassungen, gefällte Bäume. Meines Vaters Grab wird doch nicht beschädigt sein?, dachte er. Er musste einen Augenblick Atem schöpfen, bevor er weiterging; vermutlich war hier zufällig eine Bombe gefallen und hatte ein paar Gräber zerstört. Immer mehr zerbrochene Steine, Löcher, Schutthaufen. Einige Namen konnte er entziffern. Kein Zweifel, das war der Weg. Aber wo waren die Umfriedungen? Die immergrünen Sträucher?

»Was ist hier geschehen?«, fragte Felix eine alte Frau, die vollkommen sinnlos einen zerborstenen Marmorblock mit ihrem Taschentuch rieb.

Sie verstand ihn zuerst nicht. Dann sagte sie: »Sie ham glaubt, dass nur Juden hier liegen. Auf dem Teil nämlich sind Juden und Christen zusammen begraben worden.«

Trotz der Verwüstung erkannte Felix den Ort. »Familiengruft Ulbricht«. Von hier waren es noch ungefähr hundert Schritte nach links.

Er ging die hundert Schritte, sie wurden wie hunderttausend. Gräber, die völlig unversehrt waren. Sogar mit Blumen geschmückt. Mit frischem Buchs in Urnen. Andere, die es nicht mehr gab.

Die hundert Schritte waren zu Ende. Das Grab, das Felix suchte, fand er nicht. Das rechter Hand war da: »Letzte Ruhestätte Familie Salter«, auch das zur Linken: »Hermann und Josefine Fischer«. Das seines Vaters gab es nicht mehr. Ein Loch gähnte zwischen den unangetasteten Grüften der Familien Salter und Fischer. Die Trümmer des Grabsteines aus schwarzem Marmor, die den Namen Dr. Eduard von Geldern getragen hatten, lagen wüst umher.

Der Sohn starrte in das Loch zu seinen Füßen, wo seines Vaters Sarg gewesen war. Ein paar Augenblicke stand er, sein Körper war starr, um seine Schläfen lag es wie ein Ring aus Eisen. Er konnte nicht denken. Er empfand keinen Schmerz, nur eine Fassungslosigkeit, die alles überstieg, was ihm bis jetzt begegnet war. Sie hatten die Erde geöffnet und die Toten herausgezerrt. Hier war er gestanden, als sein Vater begraben wurde. Er hatte die drei Schaufeln Erde hinabgeworfen. Er hatte den österreichischen Ministerpräsidenten sagen gehört: »Wir beklagen den Verlust eines großen Österreichers.« Hier war er gestanden, und der Baum über dem Grab hatte geblüht und geduftet wie heute. Österreichs Baum: eine Akazie. Zu diesem Baum hatte er aufgeschaut, im Winter, wenn Schnee darauf lag, und gedacht: Im Sommer wird er duften. Wie eine Belohnung für seinen Vater war es ihm erschienen, dass er unter einem Baum begraben lag, der solchen heimatlichen Duft verströmte.

Noch einmal sah er es genau an, mit einer Schärfe, ihm selbst kaum bewusst. Die begünstigten Toten rechts und links; die zerborstene Marmotafel mit seines Vaters Namen. Das Gold der Lettern leuchtete.

Dann ging er, ohne sich umzuschauen. Auf dem Weg sprach ihn die alte Frau an, die er vorher gefragt hatte.

Hatte er das Grab gefunden?

Ja.

War es unbeschädigt?

Nein.

»Net amal das ham s' uns glassen«, sagte die alte Frau.

»Was haben sie mit den Särgen gemacht?«, fragte Felix.

»Aufgmacht. Manche ham Goldzähne ghabt«, sagte die alte Frau mit einer Selbstverständlichkeit, als hätte sie gesagt: »Es hat heute geregnet.«

Felix dankte und ging. Er konnte noch nicht richtig denken. Als er es wieder konnte, dachte er: Ich werde ein guter Zeuge sein.

17

Urteilsgabe und Menschenkenntnis

Er war ein Zeuge, der jeden erstaunte, auch sich selbst.

»Sie heißen Dr. Felix von Geldern und sind Sektionsrat im Ruhestand?«, wurde er gefragt.

Er stand vor dem Gerichtstisch des Großen Schwurgerichtssaals im Strafgericht, das die Wiener wegen seiner grauen Farbe und Atmosphäre seit Menschenaltern das »Graue Haus« nannten. Als man ihn zum letzten Mal Ähnliches gefragt hatte, war er in einem kleinen heißen Verschlag gestanden, New York, Columbus Avenue 70. Er musste daran denken, als er aufgerufen wurde.

»Nein«, sagte er.

»Wieso nein? Ist Ihr Name nicht Dr. Felix von Geldern?«, fragte der Vorsitzende.

Felix gegenüber, auf der Anklagebank, saß der ehemalige Minister Kurz. Er hatte sich offenbar nicht sehr verändert; sogar seine Rotwangigkeit schien ihm geblieben, wenn es nicht Aufregung war, die ihm die Wangen färbte. Die Beine gekreuzt, ahmte er, an der Seite des Justizsoldaten, neben dem er saß, die lässig-aristokratische Haltung nach, um die er sich immer bemüht hatte.

»Ich bin nicht mehr Sektionsrat«, sagte Felix.

»Ich habe ja gesagt: ›Im Ruhestand‹, Herr Sektionsrat«, erklärte der Vorsitzende.

Es wird gut sein, wenn ich mich scharf konzentriere, redete Felix sich zu. Die Uhr in dem weiträumigen, ansteigenden Sitzungssaal zeigte drei viertel drei. Seit dem Frühstück hatte er nichts gegessen; wie die Stunden seither vergangen waren, hätte er kaum sagen können, in seiner zunehmenden Verwirrung und dem fast körperlichen Schwindelgefühl des Widerstreitenden, das er empfand. Wie jemand, der jäh aus großer Höhe in die Tiefe gerät, spürte er ein leichtes Sausen in den Ohren. Es roch nach feuchten Kleidern und nach Menschen, die sich nicht genug wuschen.

»Warum antworten Sie nicht, Herr Sektionsrat?«

Weil man ihn nichts gefragt hatte.

»Ich habe gefragt, welches Glaubensbekenntnis Sie haben.«

»Römisch-katholisch.«

»Staatsbürgerschaft?«

»Amerikanisch.«

»Amerikanisch?«

»Ja.«

»Vorher?«

»Österreichisch.«

»Vorher österreichisch. Ihre Wiener Adresse?«

»Bei meiner Mutter, I, Kärntner Ring 8.«

Wie viele Zuhörer! Die Bänke überfüllt, dahinter standen sie bis zur Mauer, Kopf an Kopf.

»Wenn Sie Ihre Zeugenaussage wegen Ihrer gegenwärtigen Staatsbürgerschaft verweigern wollen, können Sie das tun.«

»Nein.«

»Wenn Sie als Folge Ihrer Befragung Schaden für sich befürchten sollten, sind Sie ebenfalls berechtigt, die Zeugenaussage zu verweigern.«

Wäre nur dieses leichte Schwindelgefühl nicht gewesen! »Schaden? Inwiefern?«

»Den Akten zufolge haben Sie fast drei Jahre im Präsidialbüro unter dem Angeklagten gedient. Sie hatten eine einflussreiche Stellung, und der Angeklagte hat Ihren Rat wiederholt befolgt. Es wäre daher denkbar, dass die wahrheitsgemäße Beantwortung der Fragen, die ich an Sie werde stellen müssen, Ihnen Nachteil bringen könnte.«

»Mir? Das verstehe ich nicht.«

Der Vorsitzende hatte eine gewinnende Stimme. Auch sein Gesicht mit dem gestutzten Schnurr- und Spitzbart war freundlich. Er musste ein ungewöhnlich kleiner Mann sein, denn sein Kopf überragte den Tisch nur wenig. »Ich meine das so. Sollte die Politik, deretwegen der Angeklagte sich hier zu verantworten hat, auch nur zum Teil auf Ihren Rat zurückzuführen sein, dann könnten Sie von einer Aussage, die das bestätigt – von Ihrer eigenen, meine ich –, Nachteile für sich zu befürchten haben. Folglich mache ich Sie auf Ihr Recht aufmerksam, sich der Aussage zu enthalten.«

Absurd, dachte Felix. Nach acht Jahren komme ich aus der Emigration zurück und habe mich, ich bin kaum ein paar Stunden hier, zu verantworten? »Herr Oberlandesgerichtsrat«, sagte er, endlich gelang es ihm, seine Gedanken zu sammeln, »ich wünsche auszusagen.«

Durch die Zuhörer ging eine Bewegung. Haben die geglaubt, ich werde schweigen?, dachte Felix. Er sah sich die Leute an. Wie ein Mann blickten sie auf ihn. Fünfhundert konnten es sein, auch mehr. Sie schauten mit harten Augen, fand er.

Der Vorsitzende fragte, ob die Vereidigung des Zeugen verlangt werde.

Der Staatsanwalt bat darum. Felix erinnerte sich seiner von früher.

»Auch ich bitte um die Vereidigung des Zeugen von Geldern«, sagte der Verteidiger. Seiner erinnerte Felix sich nicht. Eigentlich waren lauter fremde Gesichter in dem überfüllten Saal.

Als der Vorsitzende aufstand, um dem Zeugen vor brennenden Kerzen den Eid der Wahrheit abzunehmen, war er unerwartet groß. Während Felix den Eid nachsprach, dachte er, weshalb der Mann, wenn er saß, so in seinen Sessel zusammensank. Für einen Augenblick war es ihm peinlich, dass er einen gutgeschnittenen Anzug trug. Er schnäuzte sich, um das aus der Brusttasche vorschauende Taschentuch zu entfernen; unwillkürlich hatte er die Empfindung, dass die Zuschauer wegen seines neuen Anzuges so hart auf ihn blickten.

Der Angeklagte stand auf und setzte sich sofort wieder, als der Vorsitzende die erste Frage stellte: »War Ihnen bekannt, dass der Angeklagte auf den Anschluss Österreichs an Hitler-Deutschland hinarbeitete?«

»Ja.«

Die Antwort löste eine derart heftige Reaktion in den Zuschauerbänken aus, dass der Vorsitzende um Ruhe bat. »Wollen Sie uns sagen, Herr Sektionsrat, auf welche Tatsachen Sie Ihre Antwort gründen?«

Ich brauche nur das Gespräch zu zitieren, das Kurz am 10. März 1938 mit mir hatte, dann ist er erledigt, dachte Felix. Er vermied es, in das erhitzte Gesicht des Angeklagten zu schauen, dessen rot unterlaufene Augen sich an ihn klammerten. Dieser Kurz war immer freundschaftlich zu ihm gewesen. Er hatte ihm blindes Vertrauen geschenkt. Er hatte seine Karriere begünstigt. Er war kein unbegabter Mann, typisch österreichisch in seiner Konzilianz und Neigung zu Kompromissen.

»Nun?«, fragte der Vorsitzende.

Abermals sprang der Angeklagte auf. Erinnere dich, was ich für dich getan habe!, hieß das. Der Justizsoldat neben ihm musste ihn auf seinen Platz drücken.

»Vielleicht erinnert der Herr Vorsitzende den Angeklagten daran, dass hier kein Turnsaal ist«, sagte der Staatsanwalt. »Der Herr Zeuge hat einen Eid geleistet und wird sich auch durch gymnastische Übungen des Angeklagten nicht von der Wahrheit abbringen lassen.«

Felix konnte sich nicht helfen, der Mensch tat ihm leid. Das ist natürlich Wahnsinn, sagte er sich. Dieser Mensch ist mit an allem schuld, er und seinesgleichen. Eine Sekunde später räumte der Zeuge Geldern die Bänke der Zuschauer und wies sie denen an, die vergast worden waren. Er entließ die Richter und ersetzte sie mit Folterknechten. Er roch den erstickend heißen Drugstore-Geruch der Emigration.

»Herr Zeuge, ich warte«, sagte der Vorsitzende.

»Die Herrschaften, die selber Dreck am Stecken haben, müssen eben jedes Wort auf die Goldwaage legen!«, hatte jemand unter den Zuschauern gerufen. »Bravo!«, schrien zwei oder drei. Elektrisiert blickte die Menge hin.

Felix erkannte den Zwischenrufer sofort. Er stand in einer der vorderen Bankreihen, mit beiden Händen hielt er sich an der Bank. Dass er einmal ein Don Juan gewesen war, so verführerisch, dass Felix' Jugend fast daran zugrunde gegangen wäre, konnte man noch an seinem schönen Mund und seinen feinen Händen sehen. Es war Mutters Geliebter, Herr von Ardesser. Felix hatte ihn immer gehasst. Ardesser hatte die Familie von Geldern gehasst.

»Ich fordere den Zwischenrufer auf, den Saal zu verlassen!«, sagte der Vorsitzende. »Wenn sich noch etwas dergleichen wiederholt, lasse ich den Saal räumen!«

Höhnisch zuckte der Zurechtgewiesene die Achseln, die Leute machten ihm Platz. Als sie aufstanden, sah man, dass mehrere von ihnen winzig kleine Schnurrbärte trugen. Nicht nur wegen der Überfüllung des Saales schien es Herrn von Ardesser Schwierigkeiten zu bereiten, die wenigen Schritte bis zur Ausgangstür zu gehen. Er trug einen schäbigen, blauen Rock mit schmalen Schultern, dazu die Hose eines anderen Anzugs.

»Der Angeklagte«, sagte Felix, »hat mir am 10. März 1938 gesagt, dass das von Kanzler Schuschnigg angeordnete Plebiszit abgesagt werden würde. Auf meine Frage, von wem er das wisse, antwortete er: ›Von Göring selbst.‹« Vielleicht haben die dort in der vierten Reihe meines Vaters Grab zertrümmert. Vielleicht die in der ersten. Ja, sie sind mager. Sie schauen kläglich aus. Man ist eben mager und schaut so aus wie sie, wenn man Totenschädeln die Zähne stiehlt. Oder es duldet! »Der Angeklagte«, sagte Felix und sah den rotwangigen Mann an, der unter seinen Worten wie unter Schlägen zuckte, »hat verlangt, dass ich dem Minister Seyß-Inquart die Botschaft bringe, mit ihm und dem damals in Wien anwesenden Staatssekretär Hitlers, Kepler, zusammenzutreffen und die Verhinderung des Plebiszits zu besprechen.«

»Das ist nicht wahr!«, schrie der Angeklagte.

Fürchterlich, dass die Lüge dieselbe Stimme, denselben Klang, dasselbe Überzeugende wie die Wahrheit hat, dachte Felix. Davon, was damals vorging, wissen nur er und ich. Wüsste ich nicht, dass er jetzt lügt, ich könnte glauben, er rede die Wahrheit.

»Und was haben Sie getan?«, fragte der Vorsitzende.

»Den Kanzler Schuschnigg durch seinen Sekretär Baron Fröhlichsthal davon verständigt, was ich erfahren hatte.«

»Aber die Zusammenkunft des Angeklagten mit Seyß-Inquart und Kepler fand statt. Welchen Anteil hatten Sie selbst daran, Herr Sektionsrat?«

»Keinen, selbstverständlich.«

»Darf ich Sie bitten, Schlussfolgerungen, was selbstverständlich ist oder nicht, dem Gericht zu überlassen.«

Wieso habe ich den Richtern hinter dem Gerichtstisch bisher so wenig Aufmerksamkeit geschenkt, dachte Felix. Sie sind gegen mich. Würde man den dort an der Ecke, in dem ausgefransten Talar, fragen: »Wer ist Ihnen unsympathischer, der Nazi Kurz, der zusammen mit Seyß-Inquart zum ›Anschluss‹ gehetzt hat, oder der Zeuge Geldern?«, ich wette, er würde auf mich zeigen.

»Ich bin nicht bereit, mir Dinge insinuieren zu lassen, die meine persönliche Ehre treffen«, sagte er.

Der Vorsitzende erwiderte, dass das niemand tue.

»Sie haben es getan«, sagte Felix. »Sie scheinen der Meinung zu sein, dass jemand, der ausgewandert ist, sich zu rechtfertigen hat.«

»Es fragt sich, weshalb er ausgewandert ist, Herr Sektionsrat.«

»Was soll das heißen?«

»Nicht Sie haben hier Fragen zu stellen.«

»Ich fürchte aber, ich werde das tun müssen. Was meinen Sie damit, es frage sich, weshalb ich ausgewandert bin?«

»Das ist eindeutig, denke ich. Es gab Auswanderer, denen nichts anderes übrigblieb, und solche, die es vorzogen, auszuwandern. Sie können nicht leugnen, dass Sie zu den Letzteren gehören. Deshalb ist die Frage gerechtfertigt, weshalb Sie ausgewandert sind.«

»Darauf verweigere ich die Antwort.«

»Weil sie Ihnen Schaden bringen könnte?«

»Weil sie dem Gericht Schande bringt.«

»Herr Sektionsrat, ich berücksichtige, dass Sie unter der begreiflichen Erregung Ihrer Rückkehr stehen. Aber wenn Sie glauben sollten, dass Sie wegen Ihrer amerikanischen Staatsbürgerschaft vor Gericht Vorzüge vor anderen Zeugen genießen – einem so gewiegten Juristen wie Ihnen muss ich diesen Irrtum wohl nicht erst vorhalten.«

Viktorias Jähzorn flammte in Felix auf, er trachtete mit Gewalt, ihn zu unterdrücken. »Ich verwahre mich gegen diese unfaire Art der Befragung«, sagte er sehr leise, was er immer tat, wenn er tief erregt war. »Ich bin ausgewandert, weil ich kein Deutscher sein wollte.«

»Und wohl auch, weil Sie die Mittel dazu hatten. Außerdem, wenn ich mich nicht ganz irre, fünfundzwanzig Prozent jüdisches Blut?«

Das kann nicht sein!, dachte Felix. Der Mann, der das gesagt hat, ist Jude oder hat jüdisches Blut. »Herr Verteidiger, darf ich um Ihren Namen bitten?«, fragte er, den Kopf zurückwerfend.

Die Frage war so unvermutet, ihr Sinn so deutlich, dass der Gefragte einen Augenblick brauchte, um zu antworten: »Mir ist kein Paragraf der Strafprozessordnung bekannt, wonach sich Zeugen und Gerichtsfunktionäre gegenseitig vorzustellen haben.« Darüber wurde gelacht, ein dünnes, verlegenes Lachen, das irgendwo aus der Ecke des Saales kam und, als Felix hinschaute, sofort versickerte.

Er hatte mit einem Blick hinübergeschaut, den sich jeder im Saal deuten konnte. Empörung war darin, auch grenzenlose Verwunderung. Offenbar deuteten es die Leute so, dass der Zeuge sich weder zu raten noch zu helfen wusste.

Dies war durchaus der Fall. Auf der Anklagebank saß jemand, der einen Teil der Schuld daran trug, dass Hitler dieses Land dazu gemacht hatte, was es jetzt war, ein Trümmerhaufen. Er war dessen angeklagt worden, von einem Staatsanwalt, vor einem Gericht. Was konnte einfacher sein. Da er schuldig war (und Felix wusste, dass er es war), war er zu verurteilen; das Gericht und die Leute, die dem Gericht zuhörten, konnten zufrieden sein. Offenkundig waren sie das aber nicht. Weshalb hatte man den rotwangigen Mann dann angeklagt?

»Ich glaube nicht, dass die Auseinandersetzung zwischen dem Zeugen und dem Verteidiger mit der Sache zu tun hat«, sagte der Vorsitzende. »Darf ich bitten, sich von nun an strikte an die Sache zu halten.« Die Stimme blieb gleichmäßig freundlich.

»Ich halte mich an die Sache, Herr Oberlandesgerichtsrat«, sagte Felix. Er sprach so leise, dass die Zuhörer einander zur Ruhe mahnten, um kein Wort zu verlieren. »Die Sache ist ganz einfach. Man hat gewünscht, dass ich hier als Zeuge aussage. Ich habe diesen Wunsch erfüllt. Ich bin auch bereit, ihn weiter zu erfüllen. Aber ich bin nicht bereit, unter keinen Umständen, mich zu etwas herzugeben, das …« Er brach ab. Er fand, er sei zu pathetisch geworden, und wünschte, so nüchtern als möglich zu bleiben.

»Ich weiß nicht, worauf der Herr Zeuge hinauswill. Ich denke auch nicht, dass das wesentlich ist. Ich beschränke mich daher darauf, dem Herrn Zeugen eine letzte Frage vorzulegen«, sagte der Vorsitzende. »Haben Sie, Herr Sektionsrat, je an Verhandlungen teilgenommen, die dazu dienten, den Anschluss Österreichs an das Dritte Reich herbeizuführen?«

»Diese Frage beantworte ich nicht. Ich weise sie mit Entrüstung zurück«, sagte Felix. An etwas anderes denken! Er versuchte krampfhaft, sich Livia vorzustellen. Es war drei Uhr nachmittags. Drüben war's sechs Stunden früher. Vor einer Stunde würde sie nach White Plains gefahren sein und jetzt in Altman's Department Store Damenwäsche verkaufen. Warum hatte er ihr nicht gekabelt: »Du brauchst nicht mehr Wäsche zu verkaufen, ich kann jetzt für dich sorgen?« Es gelang ihm, sie dort stehen zu sehen. Sie hatte das Kleid an, das er ihr gekauft hatte. Sie achtete darauf, dass ihr Haar den Nacken bedeckte, damit ihre Narben unsichtbar blieben. Nichts habe ich für sie getan, dachte er. Es half ihm, das zu denken.

»Herr Zeuge, ich würde nur mit Bedauern zu Disziplinarmitteln greifen, aber ich werde nicht dulden, dass Sie das Gericht beleidigen.«

»Bravo!«, wurde gerufen.

»Ich bitte um Ruhe!«, sagte der Vorsitzende. Seine freundliche Stimme war kalt. »Herr Sektionsrat, beantworten Sie meine Frage.«

»Ich möchte gehen dürfen, Herr Oberlandesgerichtsrat«, sagte Felix. Das Ganze, hier und drüben, kam ihm unsäglich absurd und kläglich vor. Weshalb brüste ich mich, dachte er.

»Ich wiederhole die Ihnen gestellte Frage, Herr Zeuge. Nachher werden der Herr Staatsanwalt und der Herr Verteidiger vielleicht Fragen an Sie haben«, sagte der Vorsitzende.

»Ich beantworte die Frage mit nein. Und ich finde, sie wäre nicht zu stellen gewesen.«

»Wünscht der Herr Staatsanwalt das Wort?«

Der Staatsanwalt hatte zwei belanglose Fragen über die Korrespondenz des Angeklagten; sie waren schnell gefragt, schnell beantwortet.

Dann erteilte der Vorsitzende dem Verteidiger das Wort. Es war ein Mann über sechzig, dem die Qualen im Gesicht standen, die er erlitten hatte, in einem Konzentrationslager, oder sonst irgendwo. »War der Angeklagte Ihnen freundlich oder unfreundlich gesinnt, Herr Zeuge?«, fragte er.

»Freundlich.«

»Haben Sie ihm eine Beförderung zu verdanken?«

»Ich bin während seiner Dienstzeit Sektionsrat geworden.«

»Haben Sie mit ihm auch privat verkehrt?«

»Ja.«

»War Ihre Beziehung zu ihm so, dass Sie wie Freunde miteinander sprachen?«

»Ja.«

»Er hat Ihnen daher wohl auch von seinen Plänen und Absichten Mitteilung gemacht?«

»Es hat keinen Sinn, Herr Doktor. Sie wollen mich fragen, ob ich davon gewusst habe, oder es hätte wissen können, dass der Minister Kurz mit den Nazis konspiriert hat. Wie ich schon sagte, habe ich am 10. März 1938 erfahren, dass er für den ›Anschluss‹ tätig war.«

»Ist das alles, was Sie gewusst haben?«

»Ja.«

»Das nimmt mich wunder. Ein Mann von Ihrer Urteilsgabe und Menschenkenntnis!«

»Trauen Sie einem Mann von meiner Urteilsgabe und Menschenkenntnis also zu, dass er ein Komplize des Ministers Kurz war?« Er dachte: Stellen wir es eindeutig klar, die ganze Absurdität, die ganze Kläglichkeit!

»Das habe ich nicht einmal angedeutet, Herr Zeuge. Es fällt mir – und wohl niemandem hier – nicht im Mindesten ein, Ihre österreichische Gesinnung anzutasten. Ihre Familie und Sie selbst haben dafür gültige Beweise abgelegt. Was ich möchte, ist etwas ganz anderes: von Ihnen hören, wieso Sie mit dem Angeklagten als Freund verkehrten, da Sie wissen konnten oder wissen mussten, dass er den ›Anschluss‹ anstrebte.«

»Das habe ich vor dem 10. März weder gewusst noch geahnt. Ich bin betrogen worden wie dieses ganze Land.«

»Das bezweifle ich, Herr von Geldern. Für mich folgt logisch nicht das daraus, sondern etwas viel Zwingenderes: Da Sie trotz Ihrer nahen Beziehungen zu dem Angeklagten keine schlechte Meinung von ihm hatten, verdient er offenbar diese schlechte Meinung nicht!«

»Sie verteidigen jemanden, der am Tod und an den Martern von sechs Millionen Ihrer Glaubensgenossen mitschuld war!«, sagte Felix. Empörung hatte ihm die Worte in den Mund gedrängt, die Absurdität, die Kläglichkeit, die chaotische Verwirrung. Er empfand sogleich, dass er sie nicht hätte sagen sollen. Er sah es an den Mienen der Richter, hörte es in den Bänken hinter sich.

»Diese Befragung führt zu nichts«, erklärte der Vorsitzende. »Haben Sie noch eine Frage an den Zeugen, Herr Dr. Grün?«

Am ganzen Körper zitternd antwortete der Verteidiger: »Ich habe die Beschuldigung aus den Worten des Zeugen herausgehört. Es ist mein Beruf und meine Überzeugung, dass es besser ist, Menschen zu verteidigen, als sie anzuklagen. Verzeihen Sie, Herr Staatsanwalt.«

Der Staatsanwalt machte eine kurze Bewegung. Sie konnte ja oder nein bedeuten; er schien dem Verteidiger wenig Respekt entgegenzubringen. Was ist das, um Himmels willen!, dachte Felix. Wer respektiert wen in diesem Saal? Der Staatsanwalt nicht den Verteidiger. Das Gericht nicht mich. Die Zuhörer weder Staatsanwalt noch Verteidiger. Wenn sie den Freispruch des Angeklagten wollen, dann müssten sie den Verteidiger respektieren. Aber sie können es ja kaum ertragen, ihn zu sehen oder gar ihn reden zu hören. Was für ein Gericht ist das? Was für ein Ort ist das? Er bat: »Darf ich jetzt gehen?«

Ein Murmeln folgte ihm, vielleicht war es Hohn. Vielleicht war es Zustimmung. Oder war es nur die Unlust einer Menge, die zu früh aufgestanden war, zu wenig gegessen hatte, zu wenig zu hoffen hatte.

Erschöpft verließ Felix den Gerichtssaal. In den Gängen, durch die er kam, wurden Beschuldigte vom Verhör geführt. Es waren Gespenster. Ihrer immer mehr tauchten auf, in grauen Kitteln schlotterten sie vorbei, hohl klangen die Schritte auf den steinernen Fliesen. Auf den Bänken der Gänge saßen ihre Angehörigen, wartend. Sie trugen keine grauen Kittel, doch sie sahen so gespenstisch aus wie die Häftlinge.

Als Felix aus dem Tor trat, fiel sein Blick auf die Flagge Amerikas. Die Sterne und Streifen flatterten von der Spitze des großen gegenüberliegenden Gebäudes, das die Nationalbank gewesen war. »Headquarters USFA« stand in Riesenbuchstaben auf der Frontseite, und riesenhafte Militärpolizisten regulierten den Verkehr der Offiziere, die in olivgrünen, meist von Negersoldaten chauffierten Sedans durch die Sperre fuhren.

»Ausgfressen«, sagte jemand.

»Was die für Zigarren rauchen«, sagte jemand.

»Haben S' schon einen von denen an' Schritt zu Fuß gehn gsehn?«, sagte jemand.

»Der Teufel soll sie holen!«, sagte jemand.

Als Felix an der Universität vorbeikam, wo er das Recht studiert hatte und Doktor geworden war, fielen von der zertrümmerten Hinterfront Steine zu Boden, Ein Kind wurde getroffen, es lag blutend auf dem Trottoir, ein paar Leute liefen zusammen, jemand schrie: »Rettung!« Jemand wollte das Kind aufheben, doch da war es schon tot. Ein Knabe, er mochte vier Jahre alt gewesen sein.

»Den beneid ich«, sagte jemand.

»Und wie!«, sagte jemand.

In der Herrengasse wurde Felix angesprochen: »Sie sind's wirklich! Mein Gott!« Fürstin Trautendorff war es, sie ging mit einer jungen Dame, die Felix nicht kannte. »Ja, wann sind S' denn angekommen?«, fragte die Fürstin. »Freun S' sich denn gar nicht, mich zu sehn? Also ich freu mich rasend! Überhaupt nicht verändert habn S' sich. Aber ich! Bin ich sehr alt gworden? Sagn S' mir die Wahrheit!«

»Nein. Ich freu mich sehr.«

»Es klingt aber eher nicht so. Das ist meine Tochter, die Antoinett'. Antoinett', das is der Herr von Geldern, von dem ich ihr so oft erzählt hab.«

»So oft?«, sagte Antoinette. Ohne so schön zu sein wie ihre Mutter, war sie faszinierend und hatte dieselbe Sicherheit zu schauen und zu reden. »Ich kann mich nicht erinnern.«

»Sie is schauerlich«, sagte die Fürstin.

»Aber sie lügt nicht wie du«, sagte Antoinette und lachte entwaffnend. »Guten Abend, Herr von Geldern, woher kommen Sie?«

»Aus Australien, ich hab's ihr doch tausendmal erzählt! Jetzt bleiben S' natürlich hier, Felix – in Wien, mein' ich, is Ihre gute Mutter auch herübergekommen, und wie geht's meiner großen Freundin Viktoria, eine amüsantere Frau kenn ich nicht! Stelln S' sich vor, ich bin eine Bettlerin gworden, alles hat man mir gnommen! Trautendorff weg, Eblau, Horakowitz, Grünkirchen – alles. Wo gehn wir hin? Nein, wie ich mich freu! Mein Gott, sagen S' doch was!«

Ein paar Wochen hatte Felix diese Frau geliebt. Ein paar Tage und Nächte war sie das Wichtigste in seinem Leben gewesen. Wann? Er trachtete, sich an ihren Vornamen zu erinnern; in der Verfassung, in der er war, hätte es ihm Mühe gemacht, seinen eigenen zu wissen. »Ich bin erst heute angekommen, Fürstin, ich bin auf dem Weg zu meiner Mutter«, sagte er. »Ich hab sie bisher nur einen Moment gesehn.«

»Du sagst doch, die Mutter vom Herrn von Geldern war in Australien«, sagte Antoinette und lachte.

»Hörn S' nicht auf sie, Felix. Sie is unausstehlich. Antoinett', verdirb sie mir nicht dieses Wiedersehn. Die ganzen Jahre hab ich mich so drauf gfreut. Haben S' alle meine Briefe bekommen? Garschtig von Ihnen, dass Sie mir nie geantwortet hab'n!«

»Wetten, dass sie Ihnen nie geschrieben hat?«, sagte Antoinette. »Pardon, Trixie.«

Trixie, Gott sei Dank. Warum Gott sei Dank, dachte er. Absolut gleichgültig, wie sie heißt. Ob sie das Kind weggeschafft haben? Wie wird man die Mutter finden? Geht jemand hin und sagt: »Ihr Bub ist von einem Stein erschlagen worden?«

»Sie machen ein Gsicht wie von Stein, Felix. Also, wohin gehn wir? Eine Viertelstund werden S' doch für mich Zeit habn – nach so viel Jahren?«

»Jetzt lügt sie zur Abwechslung nicht«, sagte Antoinette. »Kommen Sie, Herr von Geldern, die Trixie wär sonst sehr traurig. Oder gehören Sie auch zu denen, die finden, es kann uns gar nicht schlecht genug gehn?«

»Nein«, sagte Felix.

»Bitte, glauben Sie nicht, dass ich mich in der Rolle des enfant terrible wohlfühl. Ich find nur, es hat keinen Sinn.«

»Was?« Es wunderte ihn später, dass er es gefragt hatte, doch er fing an, ihr zuzuhören.

»Sich etwas vorzumachen. Dazu geht's uns zu schlecht. Vielleicht sind Sie so schlau gewesen, das schon herausgefunden zu haben. Zum Beispiel, die Trixie und ich, wir zwei haben zusammen – wie viel hast du, Trixie? Ich hab drei Schilling zwanzig, und wir haben heute noch kein Lunch gehabt.«

»Antoinett'! Hörn S' nicht auf sie, Felix, sie is unmöglich!«

Ein paar Minuten später saßen sie bei Demel auf dem Kohlmarkt. Demel auf dem Kohlmarkt (oder wie die Firmentafel seit Franz Josephs Zeiten hieß: »Christoph Demels Söhne«) war die Konditorei, wo die gute Wiener Gesellschaft sich zum Tee traf. Das Geschäft sah aus, wie Felix es gekannt hatte, Plüschsessel, Marmortische, vergilbte Pracht. Sogar die Serviererin war noch da, die ihm den Tee zu bringen pflegte, Paula hieß sie. Sie erkannte ihn auf den ersten Blick. »Also erleb ich's noch, dass die wirklichen Wiener wieder da sind!«, rief sie. Dann fragte sie, wie sie es sonst getan hatte: »Womit kann ich dienen?«, und Felix bat um Tee und Gebäck. »Leider«, sagte die älter gewordene Paula betrübt, »kein Tee, kein Kaffee, keine Schokolade, kein Gebäck. Herr von Geldern, wir wissen ja nicht einmal mehr, wie so was ausschaut! Aber Kamillentee kann ich bringen. Wünschen die Herrschaften auch Saccharin?«

Sie hatten Kamillentee mit Saccharin, auch einige Scheiben Brot mit Pflaumenmus bestrichen.

»Köstlich!«, sagte Antoinette, die es sichtlich nicht hatte erwarten können, zu essen. Die Fürstin hatte sich besser in der Gewalt. Auch ihr Blick hing gierig an den Broten, doch griff sie erst nach einem, nachdem sie einen Schluck des schalen Getränkes genommen hatte. Dann konnte auch sie nicht verheimlichen, wie heißhungrig sie war. »Also, erzählen S'«, sagte sie während des Essens. »Wie war's in Australien? Habn S' sich verliebt?«

»Sie dürfen nicht vergessen, die Trixie ist nicht älter geworden«, sagte Antoinette. »Sie glaubt noch immer, eine Reise ist ein Vergnügen.«

»Sie glauben das nicht?«, fragte Felix.

»Ich weiß nicht. Ich hab eher die Idee, es muss schauerlich gewesen sein für Leute wie Sie. Ich stell mir vor, es ist so, wie wenn einem das Rückgrat gebrochen wird. Oder hab ich unrecht?«

»Sie haben recht«, sagte Felix.

»Red Sie keinen Unsinn, Antoinett', die sind doch alle Staatsbürger gworden, was hinüber sind. Stell Sie sich das vor! Einen guten Pass habn!«

»Mit einem Pass bekommt man kein Heimatgefühl. Ja oder nein, Herr von Geldern?«

»Nein! Wieso wissen Sie das?«

»Weil's uns eigentlich jetzt hier so geht, wie's Ihnen dort gegangen ist, stell ich mir vor. Wir sind Volksdeutsche.«

»Was ist das?«

»Siehst du, Trixie – und da verlangen die Leute, die aus der Emigration zurückkommen, dass wir uns für sie interessieren! Aber was wissen sie von uns?« Sie war so bitter geworden, dass sie zu essen aufhörte. »Volksdeutsche sind Leute, die das Unglück gehabt haben, Deutsch zu sprechen und im Sudetenland zu leben, Herr von Geldern, wo sie seit Jahrhunderten zu Hause waren.«

»Und Großgrundbesitz ghabt habn. Wir sind DPs, der ganze Hochadel!«, sagte die Fürstin.

»Trixie, wann wirst du realisieren, dass das weder mit Adel noch mit

Grundbesitz zu tun hat! Wer deutsch ist, muss aus der Tschechei weg. Genau so wie die Juden von hier haben wegmüssen. Was bei Hitler die Juden waren, sind jetzt wir bei den Alliierten.«

»Nur mit dem kleinen Unterschied, dass man die Juden mit Gas wegbefördert hat«, sagte Felix.

»Entschuldigen Sie«, sagte sie. »Ich bin sehr taktlos.«

»Nein.«

»Kann ich noch so ein Brot essen?«

»Natürlich.«

»Da können S' sehn, was für ein Baby sie is«, sagte die Fürstin. »Jetzt antworten S' mir endlich auf meine Frage: Habn S' sich drüben verliebt?«

Von den fünfzehn Minuten, die er sich vorgenommen hatte, zu bleiben, waren zehn vorbei. »Ja«, sagte er.

Jemand war hereingekommen, den die Fürstin kannte. Felix' Antwort hatte sie überhört oder vergessen.

Aber Antoinette sagte: »Wie lange werden Sie in Wien bleiben?«

»Vier Wochen.«

»Und dann?«

»Zurück.«

»Wohin zurück?«

»Nach Hause.«

»Reden Sie doch nicht! Zu Hause ist für Sie Wien – pardon. Sie werden jetzt gehn müssen, Sie haben uns nur eine Viertelstunde bewilligt. Danke tausendmal für den guten Tee.« Sie stand unvermittelt auf.

»Warum laden S' uns nicht zum Dinner ein ins Bristol?«, sagte die Fürstin. »Sie habn einen exzellenten Pass. Sie können im Bristol speisen.«

»Trixie!«, sagte Antoinette.

»Was hat Sie gegen das Bristol, Antoinett'? Ich versprech Ihnen, Felix, Sie werden S' nicht bedauern.«

Wie viel konnte man für »guten Tee« und ein Abendessen im Bristol haben?, dachte Felix gequält. Er antwortete: »Ich werde mich sehr freuen, wenn Sie beide an einem der nächsten Abende mit uns essen.«

»Sie freuen sich nicht! Aber wenn S' uns einladen, kommen wir. Wir kriegen so einen scheußlichen Fraß in Wien!«

Als Felix zu seiner Mutter kam, war ein Arzt da.

»Gefährlich?«, hörte er ihn zu Anita sagen. »Wie man's nimmt. Bei den Jahren der alten Dame ist jedenfalls Vorsicht geboten. Ich höre, Sie sind Amerikaner? Vielleicht können Sie Digitalis beschaffen? Unglücklicherweise haben wir keine Herzmittel in Wien.«

»Sofort«, sagte Felix. »Und was empfehlen Sie sonst, Herr Doktor?«

»Herr Professor«, verbesserte Anita.

»Nichts als absolute Ruhe. Liegen. Nicht sprechen.«

»Wann kommen Sie wieder, Herr Professor?«, fragte Anita.

Der Arzt antwortete ausweichend, er habe noch eine Anzahl Patienten zu besuchen und auf der Klinik zu tun. »Wir sind in jedem Sinn sehr reduziert in Wien«, sagte er bitter.

Er war kaum aus der Tür, als Felix von Kathi zu Viktoria gerufen wurde.

Sie saß in dem Schreibtischfauteuil, dem einzigen bequemen Sessel des ehemaligen Advokatenbüros, wo ihr Bett stand. »Das war aber eine lange Zeugenaussage«, sagte sie. »War's wenigstens interessant?« Ihr Atem ging schwer.

»Sehr interessant. Wie geht's dir denn?«

»Dumme Frage. Sag mir, der Hitler muss den Leuten hier das letzte bisschen Courage ausgetrieben haben. Lässt die Anita nicht einen Doktor holen, weil ich ein bisschen schwerer atme! Dass die Kathi ein Idiot ist, weiß ich, aber die Anita hätte ich für gscheiter gehalten.«

»Du sollst nicht so viel reden, Großmama.«

»Wer sagt das? Ich werd reden, wenn's mich freut, und schweigen, wenn ich – eben auch, wenn's mich freut. Wo gehst du hin?«

»Etwas aus der Apotheke holen.«

»You'll do nothing of the kind«, sagte Viktoria. »Ruf mir die Kathi.«

Doch Kathi stand in der offenen Tür. »Frau Gräfin wünscht?«, sagte sie wie immer.

»Was für Abendkleider hab ich mit?«, fragte Viktoria.

»Bitt scheen? Wos hat's die Frau Gräfin gsagt?«, fragte Kathi.

»Ich hab ein bissl Atemnot, aber ich sprech ganz deutlich«, sagte Viktoria. »Ich hab dich gefragt, was für Abendkleider ich mithab, ich erinner mich nämlich im Moment nicht, ob wir das von Bergdorf Goodman mitgenommen haben?«

»Mir ham«, sagte Kathi.

»Auspacken«, sagte Viktoria. »Geh schon. Der Nurmi wirst du nie werden.«

»Entschuldigen«, sagte Kathi und ging.

»Du sollst dich ausruhen, Großmama.«

»Ist das deine eigene Weisheit, oder hat das der kleine Mann gesagt, der wie sechzig ausschaut, aber angeblich erst vierzig ist? Ich weiß nicht, ob ihm ein Zahn fehlt, oder ob er aus lauter Diskretion so leise spricht.«

»Der Professor hat gefunden, dass du dich ein bisschen schonen sollst«, sagte Felix.

»Ganz verdrückt«, sagte Viktoria, da Kathi mit dem Kleid erschien. »Einpacken hätt'st du bei mir lernen können in den vielen Jahren. Häng's ins Badezimmer und lass das heiße Wasser rinnen.«

»Haßes Wassr is kans«, sagte Kathi.

»Macht mich nicht wahnsinnig, alle zusammen. Wenn du kein heißes Wasser hast, dann bügel's aus. So kann ich nicht ausgehn.«

»Ausgehn!«, sagte Kathi, der der Mund offen geblieben war.

»Ich bin kein Zahnarzt, mach den Mund zu«, sagte Viktoria. »Ich bin nicht nach Wien gekommen, um meine Abende in einer Advokatenkanzlei zu verbringen. In meinem ganzen Leben hab ich mich nicht so gelangweilt wie in diesen letzten sechs Stunden. Von Langweile wird mir immer übel. Steh nicht herum, bügel das Kleid aus!«

»Es is jo kein Biegeleisn nicht da«, sagte Kathi.

»Dass du noch am Leben bist«, sagte Viktoria, »ist nur meiner grenzenlosen Geduld zu verdanken. Geht jetzt alle hinaus. Ich will mich umziehn.«

Als Felix eine halbe Stunde später das Digitalis brachte, hatte Viktoria ihr neues Abendkleid an. Es war ein bois-de-rose-farbenes Kleid, sie trug ihre Perlen und Armbänder, und in ihrem schönen weißen Haar steckte ein Schildpattkamm mit Brillanten wie ein Diadem.

»Also, wohin gehn wir?«, sagte sie. »Was fingerst du mit dem Glas Wasser herum, Kathi? Stell's weg. Ich hab keinen Durst.«

»Frau Gräfin, wird sie jetzt Tropfen nehmen.«

»Ich werde keine Tropfen nehmen, du Trampel.«

»Der junge Herr hat er's jetzt bracht.«

»Ja, Großmama«, sagte Felix, »die Kathi hat recht, nimm die Tropfen.«

Da lachte Viktoria, und wie immer, wenn sie lachte, bekam sie Grübchen in ihre vollen Wangen und sah listig aus. »Ich hab nämlich schon Tropfen genommen«, sagte sie. »Wenn du's genau wissen willst, Coramintropfen von unserm guten Dr. White in der Madison Avenue. Du wirst doch nicht glauben, dass ich darauf wart, was mir dieser Mann mit der Zahnlücke sagt. Stell's dorthin, auf den tintigen Schreibtisch, der mein Nachtkastel ist. Und jetzt zieh dich auch um, und dann gehn wir endlich.«

Von Anita war nicht die Rede, obwohl sie die ganze Zeit im Zimmer stand. In dem Zimmer war es schwer zu atmen, auch wenn man nicht an Atemnot litt.

»Wir sind zum Dinner ins Bristol eingeladen«, sagte Felix zögernd.

»Wer – wir?«, fragte Viktoria.

»Du, die Mutter und ich.«

»Und das sagst du uns erst jetzt?«, fragte Viktoria. »Wien hat keinen guten Einfluss auf dich. Wer hat mich eingeladen?«

»Mr. Cook«, sagte Felix. Er wusste noch immer nicht, ob Viktoria es ernst meinte. Er fürchtete, dass sie es viel ernster meinte als sonst.

»Cook, was für ein Cook?«

»Der Manager vom Plaza.«

»Der? Was macht der hier?«

»Er ist Oberstleutnant der amerikanischen Besatzung in Wien.«

»Der ist Oberstleutnant? Wo hast du ihn aufgegabelt?«

»Vor der Stephanskirche.«

»Was tut er dort? Ein Kirchenlicht war der nie.«

Da sagte Anita schnell und schneidend: »In gewissen Augenblicken, Viktoria, sollte man nicht zu viel Spaß machen.« Die Luft in dem kahlen Kanzleiraum war noch schwerer geworden.

»Und du glaubst, dieser Augenblick ist für mich gekommen.« Viktoria fragte nicht, sie stellte fest. »Möglich. Alles ist möglich. Auch, dass ich in den nächsten fünf Minuten sterb. Das hindert nicht, dass ich den Mr. Cook für kein Kirchenlicht halte. Für wann sind wir eingeladen?«

»Du wirst doch jetzt nicht in Gesellschaft gehen wollen?«, sagte Anita.

»Natürlich will ich. Ich habe immer in Gesellschaft gehn wollen. Und wenn du mitwillst, wirst du dich anziehn müssen. Ich kann dir ein Kleid borgen. Es wird so zerdrückt sein wie meins, aber Mr. Cook wird's uns verzeihn. Kathi, suchen S' der gnädigen Frau mein schwarzes Abendkleid heraus.«

»Aber das ist Wahnsinn«, sagte Anita. »Der Professor hat ausdrücklich gesagt, du sollst im Bett bleiben und nicht reden.«

»Es wird dir ganz gut stehn. Da es keine Ärmel hat, können sie dir nicht zu kurz sein – du musst schon entschuldigen, ich trag nicht gern Ärmel. Früher hat man gesagt, meine Arme sind schön, daran hab ich mich gewöhnt.«

»Felix, sag deiner Großmutter, dass wir jetzt nicht weggehen können«, sagte Anita.

»Das wird er nicht. Wir waren acht Jahre miteinander, der Felix und ich. Ich weiß, was er nicht tut, und er weiß, was ich nicht tu.«

Es gab keinen Wagen, doch es waren ja nur ein paar Schritte, und Viktoria bestand darauf, sie zu gehen; sie hätte den ganzen Tag keine Luft gehabt, wer könne in einer Advokatenkanzlei atmen – ihr seliger Mann wusste ein Lied davon zu singen, wie ungern sie in Advokatenbüros ging! Felix, der sie nicht aus den Augen ließ, glaubte zu merken, dass sie noch atemloser wurde, als sie von ihrem verstorbenen Mann sprach. Sie traten aus dem Haustor und gingen an dem Delikatessengeschäft Stalzer vorbei, wo sein Großvater Calvilleäpfel zu kaufen pflegte; nach ein paar Schritten hatten sie Gassenjungen hinter sich, die sich nicht genug darüber wundern konnten, eine so geschmückte alte Dame zu sehen. Viktoria hatte einen Umhang verschmäht. Auch ihr Haar war unbedeckt, und es war nicht erstaunlich, dass in dem herabgekommenen, verwüsteten, trostlos schäbigen Grau der Straße eine so glänzende Erscheinung auffiel, pompös mit ihrer dunkel gekleideten Eskorte, einer Dame, die schlecht sah und sich des Armes eines sie begleitenden Herrn bediente. Viktoria aber, hoch aufgerichtet, ging ungestützt. Es war ihr erster Spaziergang in Wien seit acht Jahren; nichts verriet, dass sie ihn anders als mit Neugier genoss. Doch Felix, in der Mitte zwischen seiner Mutter, die nicht sah, und seiner Großmutter, welcher der Arzt das Leben abgesprochen hatte, kannte Viktorias Blick. Er wusste, dass sie an seinen Großvater dachte.

Vor einer Bretterwand, die eine Ruine verbarg und mit handgeschriebenen Zetteln von oben bis unten dicht beklebt war, blieb die alte Dame stehen. »Tausche guterhaltene Herrenhose gegen Bügelbrett. Tausche zweitürigen Eichenholzkasten gegen 1 Kilo Zucker. Tausche vollständige Ausgabe von Grillparzers Werken gegen 3 Herrenhemden.« So und ähnlich lauteten die Zettel, mit denen die Not auf die Gasse ging. Viele Leute standen davor und schrieben sich Namen und Adressen derer auf, die Grillparzer gegen Zucker tauschen wollten.

»Phantastisch«, sagte Viktoria.

»Wann S' Ihnen net passt, können S' ja was dagegn tun«, sagte eine Frau, die eine Adresse aufschrieb.

»Reden Sie keinen Unsinn«, sagte Viktoria. »Natürlich passt's mir nicht; es ist zu viel.«

Ein paar Leute waren näher getreten. Die Frau, zu der Viktoria gesprochen hatte, sagte aufbegehrend: »Was is z'vül?«

»Was euch geschehn ist«, antwortete Viktoria. »Das da ist zu viel. Und das. Und das.« Sie hatte auf die Zettel gezeigt, auf die Ruinen gegenüber, auf die mageren Gesichter ringsum.

»No – dann machn S' halt was dagegn«, sagte jemand. Es war ein sehr junger Mann. Er trug den langen schwarzen Ledermantel der Offiziere der ehemaligen deutschen Wehrmacht.

Viktoria sah ihn einen Augenblick an. »Das will ich, junger Mann«, sagte sie. »Darauf können Sie sich verlassen.«

Die Leute machten ihnen Platz.

Als die zwei Damen und der Herr in ihrer Mitte die Straße überquert hatten und in dem gegenüberliegenden Hotel verschwunden waren, sagte jemand: »Mir kommt vor, die meint, was sie sagt.«

»Vom Sagen ham m'r nix! Gsagt is uns jetzt jeden Tag was andres wordn«, antwortete jemand. »Die führn schöne Reden und essen sich im Bristol an. Und wir verhungern und krepiern!«

Inzwischen waren Viktoria, Anita und Felix in die Halle des Hotels eingetreten, auf dessen Dachfirst die Sterne und Streifen flatterten. Hier hatte Viktoria ihre großen Empfänge gegeben, als Dr. von Geldern senior noch am Leben war und an Kaisers Geburtstag und am Neujahrstag bei sich sah, was Österreich Glanz und Namen gab. Sie ging durch die Halle, als wäre sie gestern hier gewesen. Es wunderte sie nicht, dass noch dieselben Portiers da waren wie vor fünfundzwanzig Jahren; sie wusste, dass der eine von ihnen Schließer hieß und der andere Fritsch, und sagte, wie vor fünfundzwanzig Jahren: »Guten Abend, Herr Schließer, guten Abend, Herr Fritsch.«

Die beiden Angestellten stürzten aus ihrem Verschlag und überschütteten die Frau Gräfin mit Versicherungen ihres Entzückens.

»Who the hell is this?«, fragte jemand, als er Viktoria Deutsch sprechen hörte.

»Must be some VIP«, wurde ihm geantwortet. Es waren zwei junge Korporäle, die in der militärischen Empfangsabteilung den Portiers gegenüber Dienst machten.

Doch Viktorias Gehör war unheimlich scharf. Sie wandte sich auf der Stelle um und sagte: »What's that, VIP?«

Noch ehe die Gefragten ihre Verwirrung gemeistert hatten, war Oberstleutnant Cook erschienen, um seine Gäste zu begrüßen. Er trug die Sommeruniform, an der Schulter das Abzeichen des amerikanischen Militärs in Österreich, einen weißen Balken im roten Feld, den vor etwa tausend Jahren die Babenberger zu ihrer Fahne gemacht hatten. »›Very Important People‹ heißt: sehr wichtige Persönlichkeiten«, erklärte er. »Das Hotel hier ist ein VIP-Hotel.«

»Und Sie führen es?«

»Ja.«

»Das trifft sich. Sie führen ein Hotel, und ich bin ein Hotelgast.«

Es war selten, dass Viktoria taktlose Bemerkungen machte. Felix hielt es für kein gutes Zeichen.

Allerdings wäre es lächerlich gewesen zu behaupten, dass er sich so genau Rechenschaft gab. Die seit seiner Ankunft auf ihn einstürzenden Eindrücke, die er weder Zeit gehabt hatte, ganz aufzunehmen, noch zu überdenken, versetzten ihn in einen benommenen Zustand, worin die vage Empfindung vorwaltete, alles sei unwirklich.

Oberstleutnant Cook bot Drinks an, und Viktoria sagte sofort: »Mit Vergnügen.« Anita (seit sie ringsum Englisch reden hörte, noch einsilbiger geworden) lehnte ab. Sie trinke nichts, sagte sie in fehlerhaftem Englisch. Aus Besorgnis, Viktoria wünsche sich zu schaden, stimmte Felix seiner Mutter bei, und man entschied, nicht in die kleine Bar, sondern sogleich in den Speisesaal zu gehen, »Wenn ich meinen Martini auch dort haben kann«, erklärte Viktoria eigensinnig.

Sie bekam den Martini, sie trank ihn. In dem oblongen, braungetäfelten Speisesaal an einem der mit Linnen, Silber und Blumen schön gedeckten Tische, von drei Kellnern geräuschlos, blitzschnell und fast übertrieben aufmerksam bedient, aß die alte Dame von allem, Anita fast nichts. Felix dachte, es sei aus Widerstand gegen die Umgebung, und begann, seine Mutter dafür zu hassen.

Sie hatten sich ziemlich früh zu Tisch gesetzt, und der Saal begann sich erst eine Weile später zu füllen. Hauptsächlich Offiziere mit ihren Frauen; »dependant wives« nannte man die Frauen, erklärte Oberstleutnant Cook, dessen Konversation Viktoria mit vielsagendem Schweigen als tödlich langweilig quittierte; er erzählte seinen Gästen, dass die Offiziere »indigenous people« einladen durften, worunter Österreicher verstanden waren. Die zum Beispiel sei ein »indigenous woman«. Er bezeichnete eine junge Frau, die mit einem dicken, breitschultrigen Oberst eingetreten war und schräg gegenüber von ihnen Platz genommen hatte.

Felix hatte nur mit halbem Ohr zugehört. Der eingeschenkte Wein war ein heller, leichter Gumpoldskirchner, der nach Trauben und herrlichen Jahren roch. Er trank davon und war geneigt zu glauben, dass es Viktoria besser ging. Den gereizten, gespannten Ausdruck hatte sie verloren; sie atmete auch leichter, schien ihm.

Die Dame mit dem dicken Oberst rief sehr laut etwas, sodass er hinsah; vermutlich hatte sie nach dem Kellner gerufen. Schade, dass die »indigenous people« so schlechte Manieren hatten, dachte er. Was mussten die Amerikaner von ihnen denken. Auch an anderen Tischen saßen Österreicherinnen. Sie trugen ihre Haare offen wie Amerikanerinnen, hatten armselige Fähnchen an und sahen billig aus. Die Dame mit dem dicken Oberst aber sah gut aus. Auffallend gut.

Als Felix erkannt hatte, dass es Gertrud war, setzte sein Herz ein paar Schläge aus. Darauf war er nicht gefasst gewesen. Auf alles, darauf nicht.

Gertrud war tot. Sie war eine begeisterte Nazi gewesen. Scharführerin des BDM. Später hatte sie irgendeine andere Funktion gehabt. Bei einem Bombenangriff war sie umgekommen, in Köln, wohin sie von Wien ins Engagement gegangen war – Felix hatte das nach und nach erfahren, es war ihm nach Paris, dann nach Amerika berichtet worden und hatte ihn nicht schlafen lassen. Jahre genügten nicht, darüber hinwegzukommen, dass er sie hatte verlassen müssen, dass sie nicht mit ihm gekommen, dass sie eine Nazi geworden war. Dann hatte er sie aus seinem Herzen gerissen. Doch als es feststand, dass sie nicht lebte, wurde sein Schmerz wild. Ein Jahr hatte er getrauert. Nie hatte er zu jemandem darüber geredet, auch zu Livia nicht. Als sie ihn fragte, wer sein Mädchen gewesen war, dort in Wien, hatte er geantwortet: »Sie ist tot.«

Gertrud lebte. Sie saß dort an dem Tisch. Erst kam ein Tisch mit einem Brigadegeneral und zwei amerikanischen Damen. Dann einer, an dem ein Oberstleutnant allein speiste. Dann der ihre. Sie hatte nicht nach dem Kellner so laut gerufen, sondern nach ihm. »Felix!« war es, was sie gerufen hatte. Das Blut war ihm so vom Herzen geströmt, dass es dem Gastgeber auffiel. »Ist etwas nicht in Ordnung?«, fragte er.

Nichts! Alles! Die Existenz, wenn Gertrud lebte! Eine Sekunde klammerte er sich daran, dass sie es vielleicht nicht war. Er konnte eine Halluzination gehabt haben nach dem erschöpfenden Tag. Oder es war der Wein. Die Augen fest schließen, sie dann öffnen und keine Täuschung dulden. Leidenschaftlich wünschte er, dass es eine Halluzination gewesen sei, denn wenn es keine war, war ja alles Täuschung. Absurd, dass er sie vergessen hatte! Dass er sie aus dem Herzen gerissen hatte! Wenn sie am Leben war, war auch seine Liebe zu ihr am Leben, eine solche Liebe konnte man sich nicht aus dem Herzen reißen, nie!

»Sie sollten ›Wiener Blut‹ sehen«, sagte Oberstleutnant Cook. »Ausgezeichnete Show in der PX-Oper.«

»Wo?«, fragte Viktoria.

»Wir nennen sie die PX-Oper, weil sie gegenüber dem PX liegt.«

»Was erzählen Sie da«, sagte Viktoria streng. »Wollen Sie mir Wien zu erkennen geben? Was ist das, PX?«

»Post Exchange«, sagte der Gastgeber mit rührender Geduld; er hatte keine übertriebene Annehmlichkeit von diesen Gästen. »Dort bekommen wir nämlich unsere Zigaretten und Süßigkeiten.«

»Ausgewachsene Leute wie Sie bekommen Süßigkeiten, und danach nennen Sie eine Oper?«, fragte Viktoria.

»Es ist nicht von Bedeutung«, sagte der Gastgeber. »Die indigenous people, glaube ich, nennen es Folksoper.« (Er sprach es »Fohksopera« aus.)

»Es ist von Bedeutung. Es heißt Volksoper«, antwortete Viktoria immer gereizter. Sie hatte Felix' Starren bemerkt. Auch das Mädchen schräg gegenüber. Die ganze Zeit schon hatte sie das Mädchen bemerkt. Kein Zweifel, es war Trude Wagner. Sie saß mit dem dicken Oberst, mit dem sie sicher schlief, wie alle diese Mädchen ringsherum, die mit gebleichten Haaren, knallroten Nägeln und einem barbarischen Englisch die Obersten und Majore darüber hinwegtäuschten, dass sie vermutlich noch vor einem Jahr mit Sturmbannführern geschlafen hatten. Viktoria hätte nicht sagen können, wovon ihr Herz so heftig schlug, von ihrem schwachen Herzmuskel oder von ihrem großen Ärger. Über nichts konnte sie sich mehr ärgern als über Dummheit. Wetten hätte sie mögen, dass Felix so dumm, so idiotisch sein würde, diese Person für ein Elementarereignis zu halten – man musste nur sehen, wie fassungslos er sie anschaute. Gut, er war in sie verliebt gewesen, und sie, vielleicht, in ihn. Dann wurde sie eine Nazi; nötig hatte sie's, die ihre Karriere Bruno

Walter verdankte. Dann war sie totgesagt gewesen. Erst von da an war Felix ein anderer Mensch. Jetzt würde er ihr doch, um Gottes willen, nicht wieder hereinfallen!

»Felix«, sagte sie. »Ich fühl mich ein bisschen müd. Willst du mich hinüberbegleiten? Ich bin sicher, Colonel Cook wird nichts dagegen haben, seinen Abend in anregenderer Gesellschaft zu verbringen.«

Der Gastgeber widersprach. Er hatte für die Damen zum Kabarett (»floor show« nannte er es) unten im Bristol-Club einen Tisch reserviert. Erstklassige Show. Die meisten Dinnergäste gingen hin. Eine Hundenummer war dabei, die man in Radio City nicht besser sehen konnte.

Felix sagte zögernd: »Vielleicht sehen wir's uns eine Weile an?«

»Ich hab gedacht, du bist so besorgt um mich«, sagte Viktoria.

»Entschuldige. Wir gehen sofort.«

»Die Sache ist nämlich die«, sagte Viktoria auf Deutsch zu Anita, »drüben sitzt die Trude Wagner. Bleib doch sitzen, Felix!«

Anita, die der englischen Konversation nur mit Mühe hatte folgen können, antwortete erleichtert: »Wo? Hier? Die wird sich wahnsinnig freuen! Weißt du, dass sie mich gestern angerufen hat, Felix? Sie hat erfahren, dass du heute ankommst, und wollte dich unbedingt sofort sehen. Ich habe ihr gesagt, nicht heute – ich hab nämlich gedacht, heute will ich dich ganz für mich haben. Ich hab nicht gewusst, dass du so wenig Zeit für mich haben wirst.«

»Aber morgen, hast du gemeint, soll er sie sehn?«, fragte Viktoria.

»Ja. Natürlich.«

»Ich weiß nicht, ob es so natürlich ist. Sie hat ›Heil Hitler!‹ gebrüllt.«

»Das haben viele. Sie war ja noch so jung.«

»Und du hast ja so viel Verständnis für die, die so jung oder so alt ›Heil Hitler!‹ gebrüllt haben.«

»Ich weiß zumindest, dass es grotesk ist, ihnen heute einen Vorwurf daraus zu machen«, sagte Anita.

Oberstleutnant Cook, der nicht ein Wort Deutsch verstand, sagte: »Ich hoffe, Sie kommen zum Kabarett?«

Da war Felix aufgestanden und zu dem Tisch schräg gegenüber gegangen. Ein Kellner servierte ihr Truthahn mit Cranberry Sauce, als Felix sagte: »Guten Abend, Trude.«

Der Oberst in ihrer Gesellschaft schaute den Herrn an, der Deutsch mit seiner Dame sprach.

Gertrud hatte aufgehört, sich zu bedienen. In ihrem Gesicht, das ein echtes Wiener Gesicht war, weich unter weichem braunem Haar, mit vollem, sehr rotem Mund, der ein wenig offen stand, und dunklen, von langen Wimpern noch dunkler gemachten Augen, regte sich kein Muskel. Sie musste zweimal anfangen, bevor sie sagen konnte: »Servus, Felix. Ich hab ghört, dass du da bist.«

Felix entschuldigte sich bei dem dicken Oberst. Er wusste nicht, was er sagte.

»Wollen Sie sich zu uns setzen?«, fragte der Oberst.

Felix hörte, dass er nicht erwünscht war. Er sah Viktorias missbilligende Blicke. Wenn ihr Zustand sich verschlechterte, war er daran schuld. Aber er konnte nicht anders, er sah Gertrud an und war selig. »Thank you«, sagte er und nahm den Stuhl, der ihm widerwillig geboten wurde.

Eine Kapelle rotröckiger Zigeuner hatte im Speisesaal zu spielen angefangen. Der Primas hatte Felix erkannt, er kam heran, um ihm in die Ohren zu fidjeln. Das verbesserte die Laune des dicken Oberst. »You seem to be quite popular around here«, sagte er. »Als diese junge Dame mich fragte, wann der Mr. van Geldern ankomme, sprach sie von Ihnen wie von einem Filmstar. Ich konnte ihr sagen, dass ich Ihre Einreise okayed hatte – ich bin Liaison-Mann, und das fällt in mein Ressort –, aber ich sagte ihr auch, dass ich weiter nichts von Ihnen wüsste. Wie sich zeigt, war das ein Fehler, denn Sie sind hier sehr populär, und Gertrud hatte recht wie immer.«

Die Zigeuner spielten den Walzer aus dem »Rosenkavalier.« Der Kavalier mit der silbernen Rose war die Wunschtraumrolle der Opernelevin Wagner gewesen.

»Schön, dass du da bist«, sagte sie, noch war die Farbe in ihr Gesicht nicht zurückgekehrt. Sie hielt die Gabel in der Hand und musste sie hinlegen, so zitterte die Hand.

»Ich freu mich«, sagte er.

»Wie lange haben Sie einander nicht gesehen?«, fragte der Oberst.

»Lang«, sagte Felix.

»Sehr lang«, sagte Gertrud. »Warum hast mir nie gschrieben?«

Sollte er ihr antworten: Weil du nicht mit mir gekommen bist? Weil du eine Nazi warst? Weil du totgesagt warst? Er sagte: »Man konnte nicht schreiben.«

»Ja«, sagte sie. »Meine Briefe an dich sind zurückgekommen, das heißt, drei. Zwei musst du bekommen haben.«

»Ich hab nie einen Brief von dir bekommen.«

»Das ist gut.«

»Warum?«

»Dann kann ich mir einbilden, dass du mir nicht absichtlich nicht gschrieben hast.«

»Wär dir das so wichtig?«

»Ungeheuer!«

»Danke«, sagte er, so wie man es drüben sagte.

»Machst dich lustig?«

»Nein.«

»Don't talk so much German, folks«, sagte der Oberst.

»Never mind, Ted«, antwortete Gertrud. Die Farbe war in ihr Gesicht zurückgekehrt, ihre dunklen Augen strahlten.

Der Primas fiedelte bereits an einem anderen Tisch. Teds Laune wurde schlechter. »Die Dame dort macht Ihnen Zeichen«, sagte er zu Felix.

Viktoria winkte tatsächlich. Sie hatte sich erhoben. Oberstleutnant Cook rückte erst ihr, dann Anita den Stuhl.

»Meinen Sie, Ihre Gesellschaft würde gern zu uns herüberkommen?«, fragte Ted lustlos.

»Sie gehen schon nach Hause«, sagte Felix.

»Schade. Es war mir ein Vergnügen, Mr. van Geldern.«

»Kannst du nicht zurückkommen, wenn du sie nach Hause gebracht hast?«, fragte Gertrud. Sie sprach Englisch mit Akzent, doch fließend.

»Ich bin sofort wieder da«, sagte Felix wie ein Schuljunge, dem man Ferien verspricht.

»Ich fürchte, wir bleiben nicht so lange«, sagte Ted.

»Wir gehen nämlich hinunter zum Kabarett«, sagte Gertrud. »Willst du uns dort treffen? If you don't mind, Ted?«

»Not at all«, sagte der dicke, breitschultrige Mann trocken. »Wir werden unten auf Sie warten.«

Viktoria war mit Felix und Anita schon durch die Drehtür des Hotels gegangen, als sie sich plötzlich umwandte, zurückkam und ihrem Gastgeber, der sie bis zur Tür begleitet hatte, nachrief: »Colonol Cook! Ich habe etwas vergessen.«

Cook sah sich nach einem Umhang, Schirm oder dergleichen um. Doch Viktoria sagte: »Was hat man zu tun, wenn man den kommandierenden General sprechen will?«

Aus den Wolken gefallen, antwortete der Oberstleutnant: »Man muss sich an den Sekretär des Stabschefs wenden.«

»Wollen Sie das gleich machen?«

»Gleich? Für wen?«

»Für mich, selbstverständlich«, sagte Viktoria. »Ich möchte den General sprechen. Was erstaunt Sie daran so?«

»Nichts. Gar nichts«, stotterte Cook. »Um was handelt es sich ungefähr? Sie entschuldigen, Gräfin, aber Sie können sich vorstellen, wie viele Anliegen an den General kommen.«

»Es handelt sich um Fehler«, sagte Viktoria. »Wann kann ich den General sehen?«

»Das kann ich unmöglich sagen. Ich kenne seine Einteilung nicht. Das Ansuchen muss jedenfalls den Dienstweg nehmen.«

»Was muss es nehmen?«

»Den Dienstweg. Bitte, erklären Sie es doch Ihrer Großmutter«, sagte Cook ratlos zu Felix. »Man kann nicht ohne weiteres zum General, und man kann ihn zu dieser Stunde nicht mehr erreichen.«

»Großmama, ich glaub, wir lassen das bis morgen«, sagte Felix verlegen. »Es drängt ja wahrscheinlich nicht so.«

»Ob's dir dringend ist, weiß ich nicht. Mir ist es dringend. Außerdem einer oder zwei Millionen anderer Leute. Wie viel Einwohner hat Wien?«

»Es wird am besten sein, wir reden morgen weiter, Großmama.«

»Herr Schließer, wissen Sie die Privatnummer des kommandierenden Generals?«, sagte Viktoria zu einem der beiden Portiers, die das Gespräch aus ihrer Loge mit angehört hatten.

Der Portier nannte die Nummer sofort.

»Verbinden Sie mich«, wünschte Viktoria.

Eine Minute später stand Viktoria in einer Telefonzelle nächst der Kleiderablage, während Cook und Felix sie entsetzt durch das Glasfenster beobachteten. Anita war auf der Straße geblieben. Nach zwei weiteren Minuten kam die alte Dame wesentlich heiterer heraus. »Morgen um halb neun«, sagte sie zu Felix. »Gute Nacht, Colonel Cook. Nochmals vielen Dank. Und vergessen Sie den Dienstweg.«

Auf der Straße atmete sie die kühl gewordene Luft begierig ein. »Darf ich dich um etwas bitten, Felix?«, fragte sie.

»Natürlich, Großmama.«

»Geh jetzt nicht ins Bristol zurück.«

»Ich werd nur einen Moment bleiben.«

»Es ist das Falscheste, was du tun kannst.«

»Nein!«, sagte Anita.

»Was du für eine harte Person geworden bist, Anita«, sagte Viktoria. »Aber ich hab dich immer dafür gehalten.«

»Und ich dich«, sagte Anita. »Wenn du zurückkommst, komm zu mir, Felix. Ich werde noch nicht schlafen. Aber wahrscheinlich wirst du nicht kommen.«

Sie waren vor dem Haustor. Viktoria legte die Hand auf Felix' Arm und sagte: »Ich hab dir nie mit meinem Tod gedroht. Aber ich droh dir damit, dass du unsere letzten acht Jahre verrätst, wenn du jetzt zu der Person gehst! Gute Nacht.«

»Gute Nacht, Großmama. Gute Nacht, Mutter.« Das Haustor wurde geöffnet und geschlossen.

Felix ging nicht zurück, er lief. Gut. Schlecht. Falsch. Richtig. In eines Menschen Existenz geschah es nur einmal, dass ein begrabenes Glück vom Tod auferstand. Was war gut und schlecht dagegen?

Er eilte, trat durch die Drehtür, stürzte ins Souterrain hinab – sie saß an einem Tisch unmittelbar beim Tanzparkett, rief wie vorher »Felix!«, er hörte es trotz des Jazz und dachte an nichts, sah nichts als die Liebe, die in ihren Augen stand.

Sie leuchtete aus ihrem weichen Gesicht; ihre Stimme vibrierte davon, als sie sagte: »Gott sei Dank, dass du gekommen bist! Ich hab so Angst ghabt, du überlegst dir's vielleicht.«

»Nein«, sagte er.

Eine Jongleuse zeigte ihre Künste. Sie ließ rote Billardkugeln an ihrem Körper hinauf- und hinunterlaufen, es war ein straffer Körper in einem weißen Atlaskostüm.

»Du hast mir noch nicht ein gutes Wort gsagt«, sagte Gertrud. Dass Ted mit dabeisaß, dass sie sich mitten unter trinkenden vergnügten Menschen befanden, schien ihr so wenig zu Bewusstsein zu kommen, wie ihm gut und schlecht. Sie fühlten sich allein in dem ovalen Raum, dem rötliche Lampen, leise Kellner und grelle billige Frauen jenes Konventionell-Verruchte gaben, das die Gäste, nach ihrem Entzücken zu schließen, für außerordentlich hielten. Auch Ted besichtigte mit offenem Mund die Künste der Jongleuse, und als danach ein kleiner müder Scotch-Terrier kam, der durch Reifen sprang, sieben plus fünf addierte und sich eine Militärmütze über das schwarze, traurige linke Auge stülpen ließ, stellte er fest: »It's a damn good show.« Dann tanzte er mit Gertrud und drückte sie besitzerisch an sich, sooft sie bei dem Tisch vorbeikamen, an dem Felix wartete.

Dann tanzten Felix und Gertrud.

Das Parkett, zu eng für die vielen Tanzenden, wurde weit und machte Raum für ihr Glück. Die Tänzer wichen ihnen aus, oder schien ihnen das nur, weil sie nichts spürten als einander. Er hielt sie und hörte sie etwas sagen, das er nicht verstand, das Blut brauste zu laut in seinen Ohren, doch er antwortete: »Ich liebe dich!« Er sagte es zehn-, zwanzig-, fünfzigmal; vielleicht aber sagte er es kein einziges Mal, sondern war nur so erfüllt davon, dass er es zu sagen glaubte. Er gab sich ja keine Rechenschaft und wusste nur, dass ein Wunder geschehen war. Ein begrabenes Glück lebte.

Jemand schrie: »Warum lassen Sie denn solche Leute herein!«

Ein Kellner entschuldigte sich: »Ich weiß nicht, wie sie hereingekommen ist, Sir!«

Der geschrien hatte, sagte: »Hinaus mit ihr!«

Es stand ein lächerlich kleines Weib auf der untersten der vier Stufen, die zu dem Tanzsälchen führten. Sie war auch lächerlich angezogen, man hätte glauben können, sie gehöre zu den Mitwirkenden der Show. Aber der Text, den sie sprach, und von dem nur die letzten Worte an Felix' Ohren drangen, passte nicht dazu, er lautete: »Ihr habt gesagt, ihr habt uns von den Nazis befreit. Aber ihr macht es genauso wie sie! Wir fallen vor Hunger tot um, und ihr tanzt!«

»Get out of here!«

»Ihr habt gesagt, ihr seid gekommen, um die Gerechtigkeit wiederherzustellen. Und wir waren bereit, euch zu glauben. Wir waren sogar bereit, euch gernzuhaben. Aber ihr habt ...«

»She's drunk.«

Da waren zwei Militärpolizisten die Treppen heruntergelaufen, nahmen das Weib unter den Armen und führten sie weg.

»Too bad«, sagte Ted. »I don't see how these people get here.«

Die Musik, einen Augenblick unterbrochen, spielte weiter, und Felix und Gertrud tanzten. Ted flüsterte Gertrud etwas zu, als sie an ihm vorbeitanzte; da sie außer Hörweite waren, sagte sie zu Felix: »Bitt ihn um einen Jeep. Dann kann ich mit dir fahren.«

Die Musik spielte: »Ich möcht' wieder einmal in Grinzing sein, beim Wein, beim Wein, beim Wein.«

»Bist du seine Geliebte, Trude?«

»Ja. Aber du kannst mich nicht mehr verachten, als ich mich verachte.«

Er verachtete sie nicht. Er hatte nur, seit das lächerlich kleine Weib geredet hatte und weggebracht worden war, wieder zu hören und zu sehen angefangen. Gertrud war die Geliebte eines amerikanischen Oberst. Felix' Geliebte war sie nie gewesen. Wäre Hitler nicht gekommen, wäre sie Felix' Frau geworden. Aber Hitler war gekommen, und Gertrud war eine Parteigenossin geworden, und jetzt war sie die Geliebte eines amerikanischen Oberst. »Ich muss zu meiner Mutter«, sagte er.

»Du musst bei mir bleiben, Felix!«

»Ich hab's meiner Mutter versprochen.«

»Ich hab dich acht Jahre nicht gsehn!«

»Meine Mutter ebenso lang nicht.«

»Ich lass dich aber nicht! Ich lass dich nicht, Felix!«

»Wir sehn uns morgen«, sagte er. Das Wunder war vorbei.

Als er vor dem Hotel die Straße überqueren wollte, hielt ein Jeep neben ihm, worin Gertrud mit einem schwarzen Chauffeur saß. »Begleit mich – bitte! Ich fahr nach Haus'«, bat sie. »Auf die paar Minuten wird's dir doch nicht ankommen. Eugene bringt dich dann wieder zurück. Nicht wahr, Eugene? You will bring the gentleman to his place?«

»Yes, ma'am«, sagte der Schwarze.

Felix stieg ein, sie redeten nicht. Sie fuhren den Ring in die Richtung des Kais hinunter; nach der Wollzeile kamen rechts und links Ruinen; den Kai gab es nicht mehr. Wie ein Mord an Häusern sah es aus. Felix brauchte einen Augenblick, ehe er fragen konnte: »War hier nicht das Hauptquartier der Gestapo?«

Gertrud deutete mit dem Kopf nach links.

Links dehnte sich ein endloses Trümmerfeld.

»Freut dich das?«, fragte sie.

»Ja, Es freut mich.«

»Mich auch.«

»Weil du jetzt mit dem dicken Oberst schläfst?«

»Ich schlaf mit ihm, weil er's mir durchsetzen wird, dass ich wieder auftreten darf. Seit der Befreiung darf ich nicht auftreten. Ich hab kein Geld. Meine Wohnung ist beschlagnahmt. Mein Vater sitzt im Gefangenenlager Glasenbach. Meine zwei Brüder sind im Krieg gefallen. Meine Mutter ist im Spital.«

Er sah wieder, er hörte wieder. »Du hast dir das im März 1938 ja alles gewünscht«, sagte er.

»Ich war achtzehn, damals, Felix! Ich hab nachgeredet, was mir meine Brüder vorgeredet haben. Du warst nicht mehr da.«

»Du hättest mir ja nachkommen können.«

»Du weißt doch, dass das nicht gegangen ist! Außer ich hätt riskiert, an der Grenze erschossen zu werden.«

»Das wolltest du nicht riskieren.«

»Hättst du's riskiert?«

»Und mit wem hast du als Scharführerin geschlafen? Auch mit Leuten, die deiner Karriere förderlich waren?«

»Jemandem, der am Boden liegt, gibt man keinen Fußtritt«, sagte sie leise.

»Hast du dieses Prinzip als Scharführerin auch gehabt? Oder hast du auf deine Kolleginnen in Dachau, Buchenwald, Auschwitz und Mauthausen eingewirkt, dass sie es haben?«

Sie waren in die Gegend des Praters gelangt. Das helle Denkmal des Admirals Tegetthoff stieg vor ihnen auf; dahinter lag der Wurstelprater, das Ziel jedes Kindes in Österreich und jedes Wieners, der sich verliebt hatte.

Auch den Wurstelprater gab es nicht mehr. Der Mond beschien eine Wüste. Verbrannte Autoskelette, entwurzelte Bäume, Schutt, Trümmer, Trostlosigkeit.

Sie musste nicht »Erinnerst du dich?« fragen, denn gestern war es ja, dass sie hier miteinander bekanntgeworden waren. Sie saß auf einem der goldgezäumten Schimmel des Ringelspiels »Zum Kalafatti«, er auf einem hölzernen Rappen hinter ihr. Im Damensattel wollte sie nicht reiten, er half ihr in den Herrensattel. »Deswegen brauchen S' sich nicht lustig über mich machen!«, sagte sie. Er sagte: »Das tu ich ja nicht, Fräulein.« Vierzehn war sie damals, er hatte ein anderes Mädchen mitgehabt, die mit ihm auf dem Ringelspiel gesessen und vor Ärger über den »frechen Fratzen« weggelaufen war; er hatte sie laufen lassen.

»Traurig, was?«

»Ja.«

»Aber die Hauptallee gibt's noch.«

Sie fuhren durch die Allee, unter deren Kastanien man den Frühling und die Verliebtheit gefeiert hatte. Die Kastanien gab es noch.

Da er schwieg, sagte sie: »Ich hab gedacht, es wird dich vielleicht interessiern, es zu sehn.« Dass sie gedacht haben mochte, es werde ihr bei ihm helfen, den Ort wiederzusehen, wo ihre Liebe begonnen hatte, sagte sie nicht, doch er fühlte es.

»Felix! Wirst mir bei allem, was du in Wien siehst, sagen: ›Du hast's ja so gewollt?‹ Felix, ich schwör's dir bei allem, was mir heilig ist: Wir waren ein paar Monate dafür, wenn's hochkommt, ein Jahr. Wie wir gsehn haben, wie's wirklich ist, haben wir's gehasst und bekämpft – vielleicht noch leidenschaftlicher als ihr draußen, weil wir uns ja so irrsinnig geschämt haben, dass wir drauf hereingefallen sind! Felix, sag nie mehr: ›Das habt ihr ja so gewollt!‹ Es ist nicht wahr! Es macht uns wahnsinnig!«

»Gut. Ich werd es nicht mehr sagen.«

»Danke.«

Sie waren beim Lusthaus. »Wollen wir aussteigen und ein paar Schritte gehn?«, schlug sie vor.

Wie oft hatten sie das getan, als ihre Verliebtheit anfing, und später, als ihre Liebe tief wurde.

»Ja«, sagte er.

Unter den Bäumen gingen sie im Dunkel. Nur wenn der Mond aus den schnell ziehenden Wolken trat, sah man ein paar Schritte weit vor sich. Die wenigen Lampen gaben kläglich trübes Licht.

»Du hast mich aber liebgehabt, wie du mich heut Abend gsehn hast«, sagte sie nach einer Weile, ohne ihn anzuschauen.

»Ich hab dich lieb.«

»Nicht mehr so wie vor einer Stunde.«

»Nicht mehr so.«

»Hast jemanden kennengelernt, drüben? … Ich hab dich etwas gefragt.«

»Ja.«

»Wie ist dir's denn überhaupt drüben gegangen? Schlecht?«

»Gut.«

»Sei nicht so stolz, Felix.«

Sie setzte sich auf eine Bank nächst einer der trüb brennenden Lampen. »Hast eine Zigarette? Komm, setz dich.«

Er hatte keine.

»Ich glaub, ich hab ein paar.« Sie öffnete ihre Handtasche. Als sie nach den Zigaretten suchte, fiel aus der Tasche ein Stück Papier.

»Liebesbrief vom Oberst?«

»Ja. Lies ihn.«

Sie reichte ihm das Papier. Es war ein Zeitungsausschnitt: »Lebensmittelaufruf für die Woche vom 14. bis 20. Juni 1946«. Er las: »Schwarzbrot – 70 dkg; weißes Kochmehl – 10 dkg; Maismehl – 10 dkg; mexikanische Gulaschkonserven – 5 dkg; Butter – keine; Haferflocken – keine; Pferdefleischkonserven – 10 dkg; Kunstspeisefett – 3 dkg; Hülsenfrüchte – 6 dkg; Käse – keiner; Salz – 25 dkg; Zucker – keiner; Milch – keine; Eier – keine; Erdäpfel – 75 dkg; Speiseöl – keines.«

»Diese Woche ist es etwas besser«, sagte sie. »Wir bekommen zehn Deka Pferdefleischkonserven.«

Dass sie das aus der Zeitung ausgeschnitten hatte; dass sie es bei sich trug wie ein Zeugnis über Leben und Tod, war ihm so unerträglich, dass er aufstand. »Gehn wir«, sagte er.

»Du willst also nichts mehr mit mir zu tun haben?«

Im Schein der Lampe sah er, dass sie nicht blühend aussah, wie dort im Hotel. Die Röte war vergangen; ihre Augen leuchteten nicht; sie hatte ein Fähnchen an; sie hatte magere Wangen. Wie die andern.

»Du brauchst keine Angst haben, Felix«, sagte sie. »Ich verlang doch nichts von dir. Ich will dich doch nicht heiraten. Du hast mir ja gsagt, du hast wen drüben. Und auch sonst.«

Wieso hatte er die Handtasche nicht bemerkt, worin sie die Zusicherung trug, binnen einer Woche eineinhalb Kilo Lebensmittel verzehren zu dürfen? Eine abgewetztere, armseligere Handtasche gab es nicht.

»Gehn wir nach Haus«, sagte sie. »Wenn du mich wiedersehn willst, wirst mir's sagen. Deine Mutter weiß, wie ich zu erreichen bin.«

Das Mitleid würgte ihn. Natürlich würde er sie heiraten. Kein Zweifel.

Ein Geräusch ließ ihn umschauen. »Ja?«, rief er. »Was wollen Sie?«

Drei Burschen standen da.

»Eugene!«, schrie Gertrud. »Eugene!«

»Yes, ma'am«, antwortete die Stimme des Schwarzen von der Fahrbahn. »Coming!«

Einer der drei Burschen sagte schnell: »Herr Geldern. Wenn S' nicht bis morgen, zehn Uhr vormittags, dem Vorsitzenden im Kurz-Prozess öf.entlich erklärn, dass Ihre heutige Zeugenaussage von A bis Z ein Schmäh und ein Dreh war, dass Sie's widerrufn und dass der Minister Kurz absolut unschuldig is, tut Ihnen morgen um die Zeit nix mehr weh. Da hilft Ihnen ka Herrgott und kein amerikanischer Pass!«

»Coming!«, wiederholte Eugenes Stimme, und jetzt sah man ihn und seinen Jeep.

Ein Stein zerschmetterte die Lampe. Es wurde finster. Man hörte laufende Schritte.

»What's up?«, fragte der Schwarze. Er half Gertrud und Felix beim Einsteigen, da er zu vermuten schien, dass sie nicht nüchtern waren.

Sie fuhren.

»Well, well«, sagte Eugene. »It's all right now.«

Gertrud zitterte. Es konnte Angst sein, es konnte Unglück sein.

»Ich will dich heiraten«, sagte er.

Sie schrie so laut: »Felix«, dass Eugene sich tröstend umwandte. »Now, now, ma'am! It isn't as bad as all that.«

»O Eugene! It is as wonderful as all that!«, sagte sie.

»Sure glad to hear it, ma'am«, sagte Eugene.

Der Mond war hinter den Wolken verborgen. Es blieb so dunkel, dass sie Mühe hatten, zwischen den Trümmern den Weg zu finden.

»Ich nehm dich nicht beim Wort«, sagte Gertrud vor Anitas Haus. »Schlaf gut, deine erste Nacht in Wien.«

Zweites Buch

EUROPA, WOHIN?

18

Der Richterstuhl

Felix erwachte. Der dumpfe Schlaf wich. Sofort wurde ihm bewusst, wo er war. Die Verwirrung der letzten vierundzwanzig Stunden machte für den Augenblick schneidender Klarheit Platz.

Er lag auf einem Eisenbett im Vorraum einer ehemaligen Advokatenkanzlei. Es war noch nicht fünf, kaum hell. Das glaslose Fenster ging in den Hof. Im Hof türmte sich ein Berg von zerbrochenen Ziegeln, Mauerwerk, Glassplittern, verbogenem Eisen. Unkraut wuchs daraus, das gelb blühte.

Ich bin in Wien, dachte er und wollte glücklich sein. In der nächsten Sekunde fiel ihm Viktoria ein. Schnell lief er zu der Tür ihres Zimmers, die nur angelehnt war; er hörte ihre Atemzüge. Gott sei Dank.

Weiterschlafen. Gertrud. Die Mutter. Die Drohung gestern Nacht: jeder Gedanke ein Stich. Er konnte nicht weiterschlafen.

An Gertrud zu denken war trotzdem herrlich. Dass sie am Leben war. Dass sie, wenn man ihr Glauben schenkte, keine Schuld traf. Und selbst wenn sie eine Schuld traf, dachte er in der Schonungslosigkeit seines Erwachtseins, würde ich sie weniger begehren? Würde ich die Liebe zu ihr ersticken – was ich jahrelang getan zu haben glaubte, einfach deshalb, weil ich sie für tot hielt? Oh, es ist ein Kinderspiel, sich von Toten abzuwenden, mach dir nur nichts vor! Ich liebe Gertrud! Ich will sie!

In der Dämmerung, die rapid heller wurde, tauchte Livia auf, flüchtig und schmerzhaft. Ich bin im Begriff, eine Niedertracht zu begehen, erkannte er. Ich bin fest dazu entschlossen. Es gibt keine Entschuldigung dafür, oder vielleicht gibt es eine. Verachte mich, Livia, ich verachte mich selbst.

Alles falsch, was ich tue. Auch dass die Mutter mir so leidtut. Sie hat sich irgendwie von uns losgesagt und steht ganz unter dem Einfluss dieses Ardesser.

Er setzte sich im Bett auf. Auf der Spitze des jämmerlichen Schuttbergs lag die Hälfte eines zerbrochenen Waschbeckens. Was verlangt man von den Menschen, dachte er, schrie es fast. Gott im Himmel, was mutet man ihnen zu! Soll ein Sohn, der seine Mutter acht Jahre nicht gesehen hat, sie zur Rechenschaft ziehen statt in seine Arme? Soll ich das Mädchen, das ich unsäglich geliebt habe und – es ist und bleibt so! – unverändert liebe, nicht mehr kennen, weil ich in einem fragwürdigen, meiner selbst nicht sicheren, abhängigen Zustand ein anderes Versprechen gegeben habe?

Das ist es ja!, dachte er. Unsere Versprechen haben wir gegeben, als wir nicht Herren unserer selbst waren. Acht Jahre waren wir unserer nicht bewusst, bestürzt, in Notwehr. So haben wir geschworen, ein Land nicht mehr zu lieben, das unsere Heimat ist – aus Zwang haben wir's getan, nennen wir die Dinge endlich beim Namen! – in Notwehr haben wir den Eid geleistet, die Umstände waren stärker als wir. Zugegeben, ich war gern drüben, ich habe vieles und viele drüben gern. Aber es ist nicht meine Heimat, wird's nie sein! Meine Heimat ist hier, ich fühl's so stark, und es ist so simpel, wie dass ein Strom nicht von der Mündung zum Ursprung fließt.

Ein Geräusch ließ ihn aufhorchen. Die Straßenbahnen hatten zu fahren begonnen, ihr Klingeln tönte ihm vertraut und hold. Bei diesem Klingeln war er fast sein ganzes Leben aufgewacht. Er lauschte darauf; hätte er sich gesehen, so hätte er gesehen, dass er lächelte. Man kann sich das nicht aus dem Herzen reißen, dachte er.

Ein paar Sekunden darauf: Man soll es nicht!

Wer mir sagt, dass die Moral verlangt, es sich aus dem Herzen zu reißen, dem sage ich: Man kann sich überhaupt nichts aus dem Herzen reißen. Was so tief sitzt, hat ein moralisches Recht, sesshaft zu sein. Das Gegenteil ist unmoralisch. So werde ich mich verhalten. Um kein Jota anders!

Obschon der Junimorgen warm war, wurde ihm kalt. Die Drohung von gestern Nacht war ihm eingefallen. Dass sie ihn persönlich anging, erschreckte ihn nicht. Doch dass sie unverändert da war, unbelehrt von diesen acht Jahren, von diesen Ruinen! Die Klarheit und Sammlung, die von ihm Besitz ergriffen hatten, drohten ihn zu verlassen. Solange das so ist, dachte er, kann man nicht gemeinsame Sache mit diesem Land machen. Auch mit Gertrud nicht. Auch mit der Mutter nicht.

Da trat Anita ein, sie musste gehört haben, dass er wach war. Vielleicht hatte sie eine Zeitlang gewartet, ob er wieder einschlafen würde, denn sie war schon angezogen. In dem Frühlicht erschienen die Falten ihres vor der Zeit gealterten, weißhaarigen Gesichtes wie ebenso viele Narben der Qual. Ihre Zähne waren schadhaft. Das Kleid, das sie trug, hatte sie getragen, als er noch hier gewesen war.

»Hast du schlecht geschlafen?«, fragte sie. Sie wartete nicht auf seine Antwort. »Ich wollte dich endlich auch für mich haben. Du hast noch nicht mit mir geredet. Felix! Du hast noch nicht mit mir geredet! Gibt es das?«

Natürlich gibt es das nicht, dachte er. Es gehört zu dem Wahnsinnigen, das über uns gekommen ist. »Mutter«, sagte er. »Wir machen alles falsch. Erst habt ihr alles falsch gemacht. Jetzt machen wir es.«

Sie hatte das feine Lächeln, das sie so oft verschönte. Aber jetzt war auch das Lächeln ohnmächtig; es hatte zu viel Bitterkeit. »Willst du damit sagen, du weißt, dass du hättest liebevoller sein können?«

Wäre es nicht so schonungslos hell gewesen! Die Sonne bemächtigte sich jedes Tintenflecks auf dem kahlen Holzboden, jedes Risses in der Tapete. »Warum sagst du nichts?«, fragte sie.

Er sprang aus dem Bett und nahm sie in die Arme. Er streichelte sie, ihr weiß gewordenes Haar, ihre Stirn, die Schläfen, an denen die Adern hervortraten, er küsste die Augen, die sie schloss, die Hände, mit denen sie ihn umklammerte. Die Zärtlichkeit von acht Jahren verströmte er in die Berührung, nannte sie mit den Namen, die er ihr gegeben hatte, als er ein Kind gewesen und sie in der Früh zu ihm gekommen war, um ihn zur Schule zu wecken.

»Gottlob, jetzt bist du heimgekehrt«, sagte sie.

»Ja, jetzt bin ich bei dir!«

»Und, Felix!« Sein Kopf lag noch an ihrer Schulter. »Vorwürfe – wirst du mir keine machen?«

Er wollte sagen, ich hab dir nie welche gemacht, aber er schämte sich der Lüge. »Nein«, sagte er. »Du bist meine Mumsi.« So hatte er sie genannt, als er in den Kindergarten gegangen war. Als er zu den Prüfungen gegangen war. Als er ins Exil gegangen war.

»Immer noch?«

»Immer.«

»Mein Gott!«, sagte Anita. »Dass der Moment gekommen ist! Dass ich ihn erlebt habe!« Sie hielten einander fest.

»Das hättest du früher haben können. Volle sieben Jahre früher. Oder acht. Guten Morgen.« Viktoria stand in der offenen Tür.

»Geht es dir besser?«, fragte Felix, nach ihr umgewendet.

»Danke. Anita, wenn du die Dinge nicht auf den Kopf stellen wolltest, würd es mir noch besser gehn.« Viktoria trug ihren Schlafrock, aber sie war frisiert und gepudert und hielt eine Zeitung in der Hand.

»Ich wär dir sehr dankbar, wenn du weniger schroff mit der Mutter wärst. Sie hat genug mitgemacht«, sagte Felix.

»Kein Zweifel«, antwortete Viktoria. »Aber das gibt ihr nicht das Recht, dich konfus zu machen. Wirst du so gut sein, mich zu begleiten, Felix? Ich muss in einer halben Stunde gehn.«

»Viktoria!«, sagte Anita. »Ist es dir zu viel, dass er eine halbe Stunde in acht Jahren bei mir ist?« Es war nicht mehr Bitterkeit. Es war Hass.

»Ja«, sagte Viktoria. »Und bevor er es mir sagt, sag ich's mir selbst: Er ist sein eigener Herr und tut, was ihm beliebt. Auch das haben wir drüben gelernt – ich vielleicht nicht gut genug, aber wenigstens im Prinzip –: sich nicht in die Sachen der andern einzumischen. Ich wünschte, du tätest das auch, Anita. Das ist das Einzige, was ich von dir wünsche.«

»Wie kann man so brutal sein!« Anita hatte unwillkürlich einen Schritt gegen Viktoria gemacht.

»Merkwürdig«, sagte Viktoria und rührte sich nicht. »Das Wort ›brutal‹ klingt nicht gut in deinem Mund.«

»Großmama! Du gehst zu weit! Und du weißt, du sollst dich nicht aufregen.«

»Dieses Argument möcht ich mein Leben, so kurz oder so lang es noch ist, nicht mehr hören müssen, Felix. Dass ich mich nicht aufregen soll, kann schon sein. Aber dass ich mich aufregen will, wenn ich mich aufregen muss, ist sicher. Das Wort ›brutal‹ klingt schlecht, wenn der, der's sagt, für jemanden lebt oder gelebt hat, der ein Busenfreund des Lumpen war, der zahllose Wiener ins Konzentrationslager gebracht hat. Ich hab diese Nacht ausgezeichnet geschlafen und vor einer Weile die Kathi um eine Zeitung geschickt. In der Zeitung hab ich den Bericht über den Prozess Kurz gelesen – ich hab wissen wollen, was sie über deine gestrige Aussage schreiben. Nicht übermäßig schmeichelhaft.« Sie öffnete und schloss nervös die Zeitung, die aus vier Seiten bestand. »Dabei hab ich auch gesehn, dass einer der Hauptkonfidenten der Gestapo ein Herr namens Eberwalder, und dass der Herr von Ardesser mit diesem Herrn Eberwalder intim befreundet war.«

Anita griff mit einer Hand nach dem Bettpfosten. »Ardesser hat mit solchen Sachen nie zu tun gehabt!« Sie war der Worte kaum mächtig.

»Vielleicht«, sagte Viktoria. »Jedenfalls nicht genug, um angeklagt zu werden. Aber mir genügt's, dass ihn der Prozessbericht mit diesem Herrn Eberwalder in einem Atem nennt. Spielen wir uns nichts mehr vor, Anita. Herr Ardesser hat dir mehr bedeutet als deine Kinder. Seinetwegen bist du hiergeblieben. Seinetwegen hast du deinen Kindern acht Jahre lang keine Silbe geschrieben. Der Herr Ardesser war ein illegales Parteimitglied und der Vertraute eines Menschen, der – hier steht's schwarz auf weiß – Tausende Menschen ins Konzentrationslager gebracht hat. Du hast immer auf dein Ariertum gepocht, Anita; leider ist mein Gedächtnis das Einzige, was an mir frisch geblieben ist. Und wie sich's drum gehandelt hat, dich zu entscheiden, hast du's vorgezogen, dich von den fünfundzwanzig Prozent Nicht-Arischem in der Familie deines Mannes loszusagen und mit jemandem gemeinsame Sache zu machen, der seinerseits gemeinsame Sache mit den Schlächtern und Vergiftern des Nicht-Arischen gemacht hat. Ich sag das nur, weil du ›brutal‹ sagst.«

»Großmama!«

»Lass, Felix«, sagte Anita. »Sie war immer gegen mich. Und immer das Ungerechteste auf der Welt!«

»Vielleicht«, sagte Viktoria wieder. »Und heut tut mir das leid. Aber sei ehrlich, Anita. Du benimmst dich wie alle. Ich hab noch keinen getroffen, der zugegeben hätt, er war ein Nazi. Hättest du jetzt gesagt: ›Viktoria, es war falsch, was ich gemacht hab, von A bis Z, ich und der Ardesser‹, dann möcht ich dir um den Hals fallen und sagen: ›Machen wir einen dicken Strich drunter, Anita.‹ Und du würdest mir rasend leidtun. Und mein Gewissen hätt nicht die fadenscheinige Rechtfertigung, dass du mir nicht leidzutun brauchst, weil du deine Schuld nicht einsiehst.«

»Aber vielleicht sieht sie sie ein!«, sagte Felix leidenschaftlich, »und ist nur zu stolz, es zu sagen! Was willst du noch mehr von ihr, als dass sie aussieht, wie sie aussieht, lebt, wie sie lebt, und der Mann, an dem sie hängt, krebskrank ist! Großmama, ich bin bestimmt der Letzte, der dich aufregen will, aber du bist wirklich fürchterlich ungerecht gegen die Mutter.«

»Lass, Felix«, sagte Anita wieder, die sich an das Bett geklammert hatte und es jetzt losließ. Sie begann zu reden, erst langsam, dann schneller, immer heftiger. »Was wisst denn ihr! Ihr habt in Sicherheit gelebt. Und jetzt kommt ihr zurück und spielt euch als unsere Richter auf. Ich anerkenne dich nicht als Richterin, Viktoria! Dich nicht! Ein Richter muss unvoreingenommen sein, das warst du mir gegenüber nie. Und ein Richter muss über jeden Verdacht erhaben sein, das bist du noch viel weniger. Du bist eitel. Hochmütig. Rasend eifersüchtig. Und selbst wenn du's nicht wärst – was gibt dir das Recht, hier die Richterin zu sein? Unser Unrecht? Du sagst: Machen wir uns nichts vor. Auch ich sage das! Warum drängt ihr mich in die Position einer Schuldigen – noch dazu einer selbstverständlich Schuldigen? Du tust das auch, Felix, unbewusst vielleicht, aber du tust es. Ich bin nicht schuldig! Lange bevor ihr weg seid, hatte ich keine Familie mehr gehabt. Nicht einmal du warst für mich da, Felix, du warst nur für die Gertrud da. Deine Schwestern haben mich nie geliebt – Viktoria, das hast du ihnen beigebracht. Dein ganzes Leben hast du mich kritisiert, immer mit dem Anschein von Güte, immer gehässig! *Einen* Menschen habe ich gehabt, seit dem Tod deines Vaters. Er war gut zu mir, der einzige. Er hat mich nicht getadelt;

das braucht man! Ich habe ihn gebraucht und er mich. Ihr habt mich nicht gebraucht und nicht einmal gewollt. Deswegen bin ich bei ihm geblieben. Um Politik habe ich mich nie gekümmert. Dass die Politik schlecht war, daran bin ich nicht schuld – dass der einzige Mensch, den ich noch hatte, für diese Politik war, daran bin ich auch nicht schuld. Dass er von ihr abgekommen ist, daran bin ich vielleicht schuld, obwohl die meisten von ihr abgekommen sind. Ihr seid nicht so gut, und wir sind nicht so schlecht! Wir haben wahrscheinlich mehr gelitten als ihr, sehr viele von uns, ohne es uns wie einen Verdienstorden anzustecken; wir waren im Stillen gegen die Nazis, die meisten von uns, und das war eine Lebensgefahr; ihr habt den Mund laut aufgemacht, und das war keine. So sieht das aus. Und so sehen wir aus. Todeskandidaten. Und du kommst und setzt dich in den Richterstuhl!«

Eine Pause entstand. Viktoria wollte etwas sagen, schluckte, ging zur Tür. In der Tür sagte sie: »Mach dich fertig, Felix. In einer halben Stunde bin ich beim General, und vorher möcht ich dem Richard kabeln. Vielleicht irr ich mich bei der Anita. Aber ich irr mich bestimmt nicht bei diesem Ribaud!«

19

Ein Mann in ihrem Alter

Der Militärpolizist auf der Alserstraße gegenüber dem Straflandesgericht legte die weißbehandschuhte linke Hand aufs Herz, schnellte die rechte waagrecht weg, das hieß: Mrs. von Geldern und Mr. von Geldern können passieren. Sie hatten ihre Pässe vorgewiesen, dann gingen sie fünfzig Schritte und standen vor dem Gebäude der ehemaligen österreichischen Nationalbank; der Parkplatz davor war mit olivgrünen Sedans und Jeeps dicht gefüllt.

Wieder hatten sie ihre Pässe zu zeigen, einem Doppelposten von Militärpolizisten diesmal. Nicht geneigt, es übelzunehmen, schien Viktoria im Gegenteil Gefallen daran zu finden, je öfter sie ihren Pass zu präsentieren hatte; sie trug ihn in einer gelbledernen Hülle des berühmten Geschäftes Mark Cross, New York, Fifth Avenue, die ihre eingepressten Initialen aufwies, und verwahrte ihn in ihrer Handtasche aus blauem Leder. Daher beanspruchte die Prozedur jedes Mal einige Zeit. Zuerst öffnete Viktoria die Handtasche; dann nahm sie die Enveloppe hervor; dann machte sie den Druckknopf der Enveloppe auf; dann zog sie den Pass, sich an seiner hübschen, grünen Farbe erfreuend, sorgfältig heraus und wies ihn schließlich vor wie eine Auszeichnung.

In einem Paternoster-Aufzug, der aus offenen, in zwei Schächten nebeneinander unablässig auf und ab fahrenden Kabinen bestand, in die man mit einer gewissen Behändigkeit fast springen musste, gelangten sie in das erste Stockwerk. Von den Anstrengungen mitgenommen, von dem Gespräch mit Anita irritiert, fragte Viktoria nach dem kommandierenden General. Er sei in einer Sitzung, wurde ihr von einer jungen Dame geantwortet, die in der Uniform eines Leutnants am Informationstisch saß.

»Trotzdem«, sagte Viktoria. »Vielleicht sind Sie so freundlich, ihn wissen zu lassen, Mrs. und Mr. von Geldern sind hier.« Sie war im Begriff, ihren Pass zum dritten Mal zu zeigen, doch die junge Dame sagte ziemlich kurz: »Der General kann jetzt niemanden sehen. Er ist in einer Sitzung.«

Dergleichen liebte Viktoria nicht. »Ich höre ziemlich gut, Miss Major, ich bin bestellt«, sagte sie, obwohl sie weder wusste, ob eine silberne Spange diesen Rang rechtfertige, noch ob es korrekt sei, dem Rang ein Miss voranzuschicken. Aber sie war der Ansicht, lieber einen höheren Titel als einen zu niederen verleihen und jedenfalls ihrer Missbilligung Ausdruck geben zu sollen, dass Frauen Uniform trugen. Das war ein Unfug, und damit sollte man ihr nicht kommen. Ein Major, oder was die Person war, mit lackierten Fingernägeln!

»Bedaure«, sagte die junge Dame in Uniform. »Der General ist nicht im Haus.«

Nachdem ihr zum zweiten Mal erklärt worden war, der General sei nicht hier, sagte Viktoria auf Deutsch zu Felix: »Die wollen mich loswerden. Da werden sie sich irren!« Englisch sagte sie: »Herr Oberstleutnant

Cook hat gestern Abend für mich ein Appointment mit dem Herrn General für acht Uhr dreißig im Hauptquartier gemacht. Es ist acht Uhr dreißig.«

»Oberstleutnant Cook«, sagte die Empfangsdame. »Welcher Oberstleutnant Cook? Wir haben zwei.«

»Der vom Plaza Hotel«, sagte Viktoria.

»Von wo?«, fragte die junge Dame.

»Mein Gott, Miss Major, ich kann unmöglich wissen, von wo jeder amerikanische Offizier ist. Ich glaub auch nicht, dass es etwas zur Sache tut, ob der Oberstleutnant Cook aus Cincinnati oder Minneapolis ist. Ich sag Ihnen ja, im Privatleben ist er dasselbe, was Sie sind, ein Empfangschef.«

»Well«, sagte die junge Dame ziemlich ratlos. »Vielleicht sprechen Sie mit dem Sekretär des Stabschefs.« Sie bat Viktoria und Felix zu warten und entfernte sich.

»Fade Person«, sagte Viktoria auf Deutsch. »Wie heißt eigentlich dieser Cook? Ich kann mir diese lächerlichen amerikanischen Vornamen nicht merken. Es würde mich nicht wundern, wenn er Tenderloin J. oder Howard Haberdasher C. Cook hieße.«

Felix kannte Viktoria zu gut, um nicht zu sehen, dass sie Verlegenheit unter gereizter Sicherheit verbarg. Ohnehin fand er diesen Besuch absurd; eine ihrer bizarren Launen, der er nur nachgegeben hatte, um sie nicht noch mehr zu irritieren.

Der Sekretär des Stabschefs lasse bitten, meldete die junge Dame.

Sie traten aus dem Korridor in ein Zimmer, worin an zwei schräg gegeneinandergestellten Schreibtischen ein Oberst und ein Sergeant saßen. Mit ihrer absoluten Unkenntnis alles Militärischen (die aus eingewurzelter Abneigung stammen mochte) ging Viktoria statt auf den Oberst auf den Sergeanten zu und sagte: »Ich bin Mrs. von Geldern. Das ist Mr. von Geldern, mein Enkel. Ich hatte ein Appointment mit dem Herrn General.«

Da war der Oberst hinter seinem Schreibtisch aufgestanden und hatte gesagt: »Glad to meet you, Mrs. van Geldern.« Es war ein ziemlich kleiner, verbindlicher Herr, der seiner Magerkeit ungeachtet die Eisenhower-Jacke mit beiden Daumen in die Hüften schmiegte. »Der General ist in einer Konferenz. Kann ich etwas für Sie tun?«

Viktoria wandte sich zu Felix um. »Das versteh ich nicht. Ich habe gestern Abend vom Hotel Bristol aus angerufen und bin für halb neun bestellt worden.«

»Wen angerufen?«, fragte der Oberst, dessen Rang, Initialen und Name auf einer unter Glas schimmernden pyramidenförmigen Tafel, den Besuchern zugewandt, auf dem Schreibtisch zu lesen waren.

»Den Herrn General«, sagte Viktoria.

»Den General?«, fragte der Oberst. »Wo?«

»In seiner Wohnung«, sagte Viktoria.

»In seiner Wohnung«, wiederholte der Oberst überrascht. »Sie haben den General zu Hause angerufen und mit ihm gesprochen?«

»Natürlich«, sagte Viktoria. »Was ist daran so außerordentlich?«

»Wollen Sie Platz nehmen?«, sagte der Oberst mit äußerster Zuvorkommenheit.

»Thank you«, sagte Viktoria. »Willst du dich nicht setzen, Felix?«

Resigniert hatte Felix sich entschlossen, diese halbe Stunde über sich ergehen zu lassen. Es war zwecklos, Viktoria von irgendetwas abzuhalten. Die klare Überlegung des Erwachens hielt nicht an, seine Gedanken jagten. »Danke, ich stehe gern«, sagte er. Weder der Oberst noch der Sergeant hatten Notiz von ihm genommen.

»Wohnen Sie im Bristol, Mrs. van Geldern?«, fragte der Oberst.

Sie sagte, dass sie bei ihrer Schwiegertochter wohne.

Auch der Oberst hatte sich jetzt gesetzt.

Er fragte zum zweitenmal, was er für sie tun könne.

»Gar nichts«, sagte Viktoria. »Ich möchte den Herrn General sehen.«

»Aber, Mrs. van Geldern, ich habe Ihnen schon gesagt, der General ist bei einer Konferenz, die den ganzen Tag dauern kann«, erklärte der Oberst geduldig.

»Wieso hat er mich dann für halb neun bestellt?«, beharrte Viktoria.

»Ich denke, Sie haben Ihr Appointment durch Colonel Cook bekommen?«, fragte der Oberst unvermittelt.

Viktoria erhob sich. »Wann kann ich also den Herrn General sehen?«

»Und Sie wollen mir nicht anvertrauen, worum es sich handelt, Mrs. van Geldern?«

»Ich habe Ihnen schon gesagt, dass ich mich mit dem Herrn General verabredet habe.«

»Ja, dann fürchte ich, kann ich nicht viel für Sie tun«, sagte der Oberst und stand auf. Anscheinend wartete er, dass die Besucher sich entfernten, und Felix bat leise: »Großmama, komm. Es hat doch keinen Sinn!« Er hatte das Gefühl, als richtete der Oberst den Blick missbilligend auf seine etwas zu langen Haare.

Mit allen Zeichen ihres Missfallens äußerte Viktoria: »Thank you«, erhob sich und wandte sich zur Tür. Doch war sie noch nicht dort, als sie sagte: »Der Herr General muss doch einen Stellvertreter haben! Oder nicht?« Sie verstand, richtig oder falsch, dass es der Stabschef sei. Konnte man wenigstens den sehen? Oder war der auch den ganzen Tag in einer Sitzung? Sie sagte das so, dass es selbst dem Sergeant zu viel wurde, denn er fragte: »Want me to show these people out, sir?«

Aber der Oberst antwortete, dass Mrs. van Geldern, wenn sie sich einen Augenblick gedulden wolle, den Stabschef sprechen könne. Es werde ihm ein Vergnügen sein, das zu arrangieren.

»Tun Sie das«, sagte Viktoria trocken.

»Brigadegeneral« stand auf dem Namensschild des Schreibtisches, vor den Viktoria und Felix geführt wurden. Hinter dem Schreibtisch stand ein auffallend schöner Mann. An einem zweiten Schreibtisch saß, dem Namensschild zufolge, ein Oberst, der schrieb.

»What can I do for you?«, fragte der schöne General, nachdem er Platz angeboten hatte. »I understand, you wish to see the Commanding General.«

»Ja, aber ich kann es Ihnen wahrscheinlich ebenso gut sagen«, antwortete Viktoria und lächelte ein bisschen. Es war das erste Lächeln, das sie, seit sie in diesem Haus war, zeigte. Felix schrieb es dem Aussehen des Brigadegenerals zu; gutaussehende Männer nahm Viktoria immer zur Kenntnis.

»Go ahead«, sagte der General, ohne sich zu setzen.

»Die Sache ist die, dass Sie keinen guten Job hier machen«, sagte Viktoria. Dann schwieg sie.

»Oh, ich verstehe. Sie wünschen sich zu beschweren. Gegen wen?«, fragte der General.

»Gegen Sie«, sagte Viktoria. »Die Militärregierung. Oder wie es heißt. Sie machen einen miserablen Job.«

Der Oberst, der schrieb, hörte zu schreiben auf.

Felix sagte schnell: »Meine Großmutter meint nämlich, dass ...«

»Lassen Sie die alte Dame doch sagen, was sie auf dem Herzen hat«, wehrte der General ab und lächelte jetzt auch. Er bot Viktoria und Felix Zigaretten an, nahm selbst eine und setzte sich, mit verschränkten Armen, bequem in seinen Sessel.

Dass er auf Viktoria Eindruck machte, war nicht zu verkennen. Ihre schlechte Laune gab nach. »Ich meine natürlich nicht Sie persönlich«, erklärte sie. »Für so taktlos und stupid werden Sie mich nicht halten. Was ich sagen wollte, war einfach das, General. Sie haben sich hier nicht beliebt gemacht.«

»Sie müssen schon etwas mehr ins Detail gehen«, schlug der General vor. Der Oberst schrieb nicht weiter.

Felix versuchte unwillkürlich, seine zu langen Haare mit der Hand zu bedecken. Phantastisch, woher die Großmama ihre Sicherheit nahm!

»Sehen Sie«, sagte Viktoria. »Ich bin nämlich von hier und glaube, die Österreicher ziemlich gut zu kennen. Die Amerikaner – ich hätte gern gesagt ›wir‹, aber vor Ihrer Uniform scheue ich mich – haben eine ungeheure Chance verpasst. Man hat hier auf Sie gewartet wie auf den Heiland. Ich arrogiere mir zu sagen – alle. Aber Sie haben nichts davon gemacht, was man von Ihnen erwartet hat – von dem großen Amerika, von dem reichen Amerika, von Amerika, dem alles möglich ist. Eineinhalb Jahre sind jetzt seit der sogenannten Befreiung vergangen, und die Leute hungern noch immer, haben nichts anzuziehen, frieren, haben kein Licht, keine Medikamente, keine Transportmittel, kein Haus wird neu gebaut, keines repariert, der Schutt türmt sich zu Gebirgen. Wenn ein Bügeleisen kaputtgeht oder eine Brille zerbricht, ist es ein Selbstmordgrund. Herr General, Sie werden mich fragen, welche Legitimation ich habe, so zu reden. Ich antworte Ihnen: Ich liebe Amerika, und die Österreicher tun mir rasend leid. Irgendwie – lachen Sie mich aus – fühle ich mich für Amerika mitverantwortlich. Deshalb geht es nicht in meinen alten Kopf, dass Sie nicht wie Manna vom Himmel Lebensmittel auf dieses kleine Land heruntergeregnet haben, Kleider, Medikamente, Kohlen, Ziegel, Zement, was weiß ich, Tag und Nacht, wie früher die Bomben – was kann das einem Land wie Amerika ausmachen? Schließlich und endlich, Herr General, die Ruinen, in denen die Stadt liegt, stammen von Ihren Bomben! Und wenn eine Bevölkerung das zu vergessen und buchstäblich die Hand, die sie zerschlagen hat, zu streicheln bereit ist – solche Leute stößt man nicht zurück, sondern erwirbt sich ihre Liebe auf immer, indem man ihnen wie ein Verschwender hilft und nicht wie ein Geizhals.«

Viktoria hatte ihr Gegenüber, je länger sie sprach, desto seltener angesehen. Vermutlich wollte sie sich durch den Anblick eines sehr aufmerksamen Zuhörers, der kein Anzeichen von Unwillen gab, nicht aus dem Konzept bringen lassen. Es schien fast, als hätte sie Widerstand vorgezogen.

»Das ist jedenfalls sehr interessant«, sagte der General, und als Viktoria eine Weile später an dem weiblichen Leutnant im Empfangsraum vorbeiging, fragte sie Felix, ob er gemerkt habe, wie erstaunlich ernst das Gesicht des Mannes, der in ihren Augen wie ein Filmliebling aussah, mit einem Schlag geworden sei. »Mrs. van Geldern, ich fürchte, Sie realisieren nicht ganz, dass wir uns nicht nur dieses Landes anzunehmen haben. Sogar ein viel Größerer und Mächtigerer als wir kann nicht der ganzen Welt Regen bringen. Selbst wenn er wollte. Sie sagen: ›Was kann das einem Land wie Amerika ausmachen?‹ Wissen Sie, was es Amerika kostet, das zu tun, was Sie für so wenig halten? Übrigens, Mrs. van Geldern, wie lange sind Sie jetzt wieder hier?«

»Seit vorgestern«, sagte Viktoria.

Der Oberst an dem anderen Schreibtisch schrieb jetzt wieder.

»Das ist vielleicht nicht lang genug, um sich ein richtiges Bild zu machen. Selbst wenn man wie Sie von hier stammt. Glauben Sie nicht?«

Viktoria antwortete, und Felix fühlte sich ihretwegen nicht mehr verlegen, sondern war sehr stolz auf sie: »Nein, Herr General. Entweder man merkt die Dinge sofort oder nie. Gewöhnung verschiebt nur das Bild!«

In diesem Augenblick beantwortete der Oberst am anderen Schreibtisch ein Telefonsignal. Es schien sich darum zu handeln, dass ein Angehöriger der Militärregierung mit einer Dame, die eine Nazivergangenheit hatte, Beziehungen unterhielt.

»Trotzdem müssen Sie auf Hörensagen angewiesen sein«, sagte der schöne General zu Viktoria. »Sie können schwerlich im Juni erlebt haben, wie warm oder kalt man es hier im Winter hat.«

»Es wird Ihnen, denke ich, wenig nützen, den General zu sehen«, telefonierte der Oberst. »Wenn ich Ihnen sagen soll, wie ich drüber denke: Schämen sollten Sie sich. Mit so einem Mädel herumlaufen – ein Mann in Ihrem Alter.«

Felix fand, das sei sonderbar formuliert. Auf das Alter kam es dabei am wenigsten an. Wenn sich einer so weit aus der Gewalt verlor, dachte er. Seine Verwirrung nahm zu.

»Bitte, wenn Sie darauf bestehen«, sagte der Oberst. »Er hat momentan eine Besprechung. Sie müssen warten. Okay.«

»Ich habe mit ein paar Leuten gesprochen und genug gesehen, um mir ein Urteil zu bilden«, sagte Viktoria. »Sie sind verzweifelt und haben keine Hoffnung. Ich habe die Idee, General, Sie kommen nicht mit den richtigen Leuten zusammen, die Ihnen die Wahrheit sagen. Nur deshalb bin ich hier. Und jetzt gehe ich auch schon wieder. Wenn Sie wollten, und wenn der Herr General will – ich meine General Clark, der sich hier besonderer Beliebtheit erfreut –, könnten Sie alles großartig ändern. Eine versäumte Chance kommt wieder; wer das Gegenteil behauptet, kennt das Leben nicht! Glauben Sie einer alten Frau. Und entschuldigen Sie mich, bitte.«

In großem Stil war sie aufgestanden; der schöne Offizier rückte ihr den Sessel. »Mrs. van Geldern, ich weiß Ihren Besuch sehr zu schätzen. Ich werde den General von allem, was Sie mir gesagt haben, unterrichten. Er würde sich bestimmt sehr freuen, Ihre Bekanntschaft zu machen. Danke und viel Glück.« Er begleitete seine Besucher bis zur Tür.

»Der wird Verheerungen unter den Wienerinnen anrichten«, sagte Viktoria draußen. Sie war im Begriff hinzuzufügen, dass sie selbst sich in ihn verliebt haben würde, wäre sie um fünf Jahre jünger – als sie den Mann, der nach ihnen zum General befohlen war, in der geöffneten Tür sagen hörte: »Awfully good of you to let me see you, sir.« Die Unterwürfigkeit, mit der das gesagt war, ließ sich nicht überhören.

»Jetzt sollt ich's eigentlich schon wissen«, bemerkte Viktoria, die Richtung, in die sie zu gehen hatten, dank dem uniformierten Empfangsfräulein zum Ende des Korridors findend: »Hat's überhaupt einen Sinn, die Wahrheit zu sagen?«

20

Heiratsversprechen

Nein, vorgetäuscht konnte das unmöglich sein, es war nicht die Lust. Liebe war es. Sie hielt sich an ihm fest, als müsste sie ihn im nächsten Augenblick verlieren. Ihre Augen öffneten sich weit, als wollten sie, dass er durch sie durchschaue. Ihr Mund brannte von Küssen und von Angst.

»Trude«, sagte er, »quäl dich nicht so. Ich lieb dich doch! Ich bin restlos glücklich!«

Für einen Herzschlag ließ sie ihn frei, dann legte sie ihm die Hand auf die Lippen. »Es ist nicht wahr, Felix!« Er küsste die Hand und nahm ihr Gesicht in seine beiden Hände. »Du bist nicht bei Sinnen«, sagte er, ohne selbst bei Sinnen zu sein.

»Du liebst mich nicht mehr. Küss mich!« Es war Feuer, von einem Feuer verzehrt.

Ihr Zimmer ging auf den Albertinaplatz; da die Fenster mit den Fensterstöcken ausgebrannt waren und es keine Vorhänge gab, hatte sie ein Kleid und einen Mantel davor gehängt. Wenn der Wind ging, sah man den leeren Sockel des Mozartdenkmals ohne Mozarts Gestalt, davor die trostlosen Trümmer der Albrechtsrampe und des ehemaligen Jockeyklubs, dahinter die riesige schwarze apokalyptische Brandhöhle der Oper.

»Gut«, sagte er. »Wann willst du mich heiraten?«

Trotz der Wärme zitterte sie. »Ich hab dir gestern Abend gsagt, ich nehm dich nicht beim Wort, Felix. Da hab ich's nur so gsagt. Aber jetzt ist es wahr!« Ihre Zähne schlugen aufeinander, wie im Frost. »Ich hab mich auf diese Stunde die ganze Nacht irrsinnig gfreut und irrsinnige Angst davor gehabt. Wird er kommen, hab ich gedacht, wann?«

»Im ersten Moment! Die Großmama hat darauf bestanden, dass ich einen Weg mit ihr mach. Sofort darauf bin ich hergekommen. Falsch! Hergelaufen!«

»Schau mich an, Felix. Du musst's doch sehn! Jesus Maria, wenn du nicht blind bist, musst du's sehn, wenn du's schon nicht fühlst. Ich hab nur dich lieb! Ich hab immer nur dich liebgehabt!«

Es schlug drei viertel zehn vom Turm der Michaelerkirche.

»Ich versteh ja, dass du an allem hier zweifelst und keinem von uns vertraust. Aber mir – mir vertrau!«

»Das tu ich doch, Trude, sei kein Kind.«

»Du tust's nicht. Du denkst dir, was hat sie in diesen ganzen Jahren gmacht? Warum lauft sie mit einem amerikanischen Oberst herum? Mit wem ist sie früher herumglaufen? Glaubst, ich weiß nicht, was du dir denkst!«

»Ich denk, dass ich bei dir bin.«

Die Decke, die er ihr umgegeben hatte, glitt durch die Heftigkeit, mit der sie sich aufsetzte, von ihren Schultern. »Du denkst, sie soll nicht hysterisch sein. Gestern hat sie nicht einmal gwusst, dass ich komm, und jetzt stellt sie sich so an. Felix! Seit gestern leb ich doch erst wieder! Das war kein Leben die ganze Zeit!« Sie brach in Schluchzen aus; er sah ihr Herz, rasend schnell zuckte es unter ihrer Brust.

»Jetzt schau du mich einmal an«, bat er. »Wenn du so weinst, kannst du mich nicht sehn. Schau mich gut an, Trude. Lieb ich dich?«

Folgsam erhob sie die Augen, aus denen die Tränen stürzten, und blickte zu ihm auf. Sie versuchte es zweimal. Sie hörte zu weinen auf, ihr Kopf sank an seinen. »Vielleicht im Moment«, sagte sie. »Weil ich dir leidtu. Du hast mich anders in Erinnerung ghabt. Du hast geglaubt, ich bin noch hübsch.«

»Du bist schön!«

»Denkst du, ich weiß nicht, wie enttäuscht du bist. Du hast schönere Frauen dort gehabt. Ich bin ein Wrack.«

»Trude, jetzt ist es genug! Wir heiraten, sobald es geht. Wenn es geht: noch heute. Wein' nicht mehr!« Worte. Worte. Sie machten Sinn und keinen, irgendetwas diktierte sie, da sagte man sie. Man hatte sie zu Livia gesagt. Man sagte sie jetzt.

»Ich hab nie einen bessern Menschen getroffen als dich. Es ist fast unglaublich, dass es so was gibt! Herrlich ist es – man könnt an die Menschen glauben, was ich längst nicht mehr kann. Deshalb weiß ich ja so genau, dass du jetzt ebenso in der Emotion handelst wie gestern. Gestern hab ich dir wegen des Lebensmittelaufrufs leidgetan und jetzt, weil ich wein'. Du bist zu gut für mich. Nein, Felix – ich will, dass du das anhörst! Ich hab mich nicht so benommen, wie du's gewollt hättst. Eines Tages würd es dir ja doch jemand erzählen.«

»Und was hat dich dazu getrieben? Die Angst? Die Not? Beides, Trude, nicht?« Eine Sekunde dachte er an den Mann, zu dem der Oberst, vorhin, gesagt hatte: »Ein Mann in Ihrem Alter.« Der Vorwurf, vorhin, war ihm nicht heftig genug gewesen. Unsinn, dachte er. Ich bin nicht gut. Lächerlich bin ich. Mit jedem Mädel verlob ich mich. Sogar mit einer, mit der ich nicht herumgehen sollte, ein Mann in meinem Alter.

»Ja«, sagte sie. »Ich hab in meinem Beruf weiterkommen wollen. Und um an der Oper zu singen, hat man, wenn man schlecht angeschrieben war, die Protektion eines einzigen Mannes haben müssen.«

»Weshalb schlecht angeschrieben? Meinetwegen, meinst du?«

»Ich hab mich um die Protektion dieses Mannes beworben.«

»Ja, das kann ich verstehn«, sagte er. Es redete aus ihm; noch vor einer Stunde hätte er nicht geglaubt, dass ihm so etwas je über die Lippen kommen würde. Und noch vor drei Tagen wäre es ihm erschienen wie ein Verbrechen.

»Es war der Goebbels«, sagte Gertrud.

Jemand, den er heiraten wollte, sagte ihm, er habe sich um Goebbels'

Gunst beworben. Und er sprang nicht auf, er lief nicht weg; er empfand keinen Abscheu, ja nicht einmal Zorn. Sein Denken hatte längst nicht mehr die Schärfe wie heute früh, doch er war fähig zu denken: Es liegt daran, dass man die Menschen leibhaft vor sich hat. Jemanden aus der Entfernung verurteilen ist Justizmord. »Hast du mit ihm geschlafen?«, fragte er.

»Bist du wahnsinnnig! Ich hab mich um eine Audienz bei ihm beworben, sie bekommen und mit ihm gesprochen. Willst wissen, was ich ihm gsagt hab?«

»Nein!«

Aber sie sagte es ihm, Wort für Wort, ohne sich zu schonen. Nicht das, was sie ihm erzählte, war ihm so unerträglich, sondern dass sie nackt ihre Blöße verzehnfachte und ihm das Werkzeug aufdrängte, womit er sie im Handumdrehen beseitigen konnte.

»Ich werde mich gleich erkundigen«, sagte er, verbesserte sich sofort, gewahrend, wie tödlich sie erschrak, weil sie ihn missverstanden hatte. »Ich meine, ich werde alles Nötige veranlassen, dass wir aufgeboten und getraut werden. Vielleicht kann der katholische Kaplan der Amerikaner mir dabei helfen. Oder willst du lieber von einem österreichischen Geistlichen getraut werden?«

»Dass jemand so gut sein kann …«, sagte sie nach ein paar Augenblicken zu sich. Es war fast nicht zu hören. Sie saß steif, wie erstarrt.

»Ich bin nicht gut!«, sagte er heftig.

Von der Michaelerkirche hatte es zehn geschlagen. Die Schläge waren nicht verhallt, als etwas durch das Fenster flog, was den Waschtisch traf.

Aufspringend wollte Felix zum Fenster. Sie hielt ihn mit beiden Armen zurück. »Um Gottes willen! Das ist kein Zufall!«

»Nein«, sagte er. »Es ist zehn.«

Ein zweiter Wurf. Ein dritter. Sie hatten hinter dem Bett Deckung gesucht.

»Gibt's keine Polizei in Wien?«, sagte er verächtlich.

Es geschah nichts weiter. Ihr Kleid lag unterhalb des Fensters auf dem Boden. An dem Ziegelstück, das es heruntergerissen hatte, war mit

Draht ein Zettel befestigt. Darauf stand: »Wir geben dir noch 24 Stunden!« Das Papier war der Rand einer Zeitung.

»Es ist keine Zeit zu verlieren!«, sagte Felix. Der Rest nüchterner Besinnung, den die Nachtruhe ihm gegeben hatte, war verbraucht.

Er verlor keine Zeit. Ich handle wie ein Wahnsinniger, gab er zu. Ich bin noch nicht dreißig Stunden hier, und das Erste, was ich tue, ist ein Mädchen heiraten, das Goebbels' Gunst gesucht hat. Gibt es einen Seelenrausch des Wiedersehens, wie es einen des Abschieds gibt? Er bereute nichts. Was er tat, fühlte er, war richtig.

Zuerst machte er trotzdem die Wege, die er sich gestern vorgenommen hatte. Die ihn kennzeichnende widersprechende Mischung aus äußerster Leidenschaft und minutiöser Verlässlichkeit zeigte sich auch hier. Er war in Wien, um gewisse Dinge für seine Familie in Ordnung zu bringen, ausdrücklich deshalb hatte man ihn hergeschickt. Folglich tat er, was er in Paris getan hatte, nur dass er es in Wien nicht mit einem einzelnen M. Ribaud zu tun bekam, sondern mit Anwälten, Beamten und zur einstweiligen Betreuung des von Geldern'schen Vermögens eingesetzten Leuten, die sich in Freudenausbrüchen über seine glückliche Heimkehr ergingen und auch sonst, wie auf Verabredung, dasselbe sagten. Kein Zweifel, dass der Herr Sektionsrat alle möglichen Ansprüche zu stellen habe – nicht der geringste. Doch so einmütig entzückt die Anwälte, Beamten und einstweiligen Betreuer waren, ihn wieder zu Hause zu wissen – also rein kommerziell gesprochen, verehrtester Herr Sektionsrat, war die Heimkehr, sagen wir, bisserl verfrüht. Die für Rückstellungsansprüche notwendigen Gesetze waren noch nicht erlassen. An Österreich fehlte es dabei weiß Gott nicht! Es lag an den Alliierten.

Bitte sehr, lassen wir das Geldern'sche Bankhaus ganz beiseite und nehmen nur den Geldern'schen Hausbesitz auf der Hohen Warte, laut Grundbuch 450 000 Friedensschilling. Dafür war, von einem gewissen Herrn Hahnke, am 17. März 1939 25 000 Reichsmark gezahlt worden. Sage und schreibe. Und die Alliierten standen in diesem wie in anderen Fällen auf dem Standpunkt – bitte ergebenst, auch die Amerikaner –, dass das ein absolut legaler Verkauf und Kauf gewesen sei. Mein lieber, hochverehrter Herr Sektionsrat von Geldern – wenn die Alliierten da nicht selbst zum Rechten sehen konnten, wie sollte es ein armes, ruiniertes, ausgeplündertes Land? Ginge das aber so weiter, so werde es grauenhafte Folgen haben – nicht nur für die unmittelbar Geschädigten, für Herrn Sektionsrat und für uns, sondern für ganz Europa. Denn hier handle es sich eben nicht um einen Wiedergutmachungsanspruch der Familie von Geldern, pardon, wie begründet immer er sein mochte, sondern, bitte, sagen wir's, wie's ist: um den der Völkerfamilie von Europa. »Europa, wohin? So hat's kan' Sinn!«, fühle man sich versucht, das dumme Lied zu zitieren, das im Kleinen Haus der Josefstadt gesungen werde. Waren Herr Sektionsrat schon dort? Nette Vorstellung, sehr zum Lachen. Gediegene Anspielungen. Ein so gewiegter Menschenkenner und Jurist wie Herr Sektionsrat von Geldern werde sich leicht denken können, auf wen da angespielt werde. Jedenfalls, wenn man Europa in zwei Lager zerriss, war es verloren.

Nicht alles haftete, was man ihm sagte. Einen schlechteren Sachwalter hätten sie nicht herschicken können, dachte er. So schwer es ihm aber fiel, seine Gedanken zu Geschäftlichem zu zwingen, so betroffen machte ihn, was er, mit unwesentlichen Varianten, von allen hörte, die er zu Rate zog. Zwar nahm er an, dass ein Teil davon auf das Konto der Verlegenheit und Unbequemlichkeit zu schreiben war, die seine Anwesenheit veranlasste. Trotzdem überhörte er nicht, was (tatsächlich wie ein Lied-Refrain) jedes Gespräch eröffnete oder beendete: »Europa, wohin?«, mit einem Unterton gegen den zugereisten Herrn aus dem Westen, der nichts oder das Falscheste gegenüber dem Osten tat. Dass die Ansprüche Onkel Richards weder jetzt noch in nächster Zukunft würden erfüllt werden können und seine Reise also ein Fehlschlag auf der ganzen Linie sein musste, bekümmerte ihn im Augenblick am wenigsten. Aber dass ein Gegensatz, den er drüben nie ernst genommen hatte, hier mit einer Vehemenz in Erscheinung trat, die jede Auseinandersetzung schärfte oder zerschnitt, gab ihm, der an anderes dachte, zu denken. Die Hekatomben russischer Toter, die gegen Hitler gefallen waren, Menschenopfer in der Weltgeschichte ohnegleichen, schienen eineinviertel Jahr später vergessen zu sein. Wie ging das zu?

Er hatte das Gebäude der Kreditanstalt in der Schottengasse verlassen und wollte hinüber zum Friedrich-Schmidt-Platz, wo der Kaplan amtierte. Vor der Universität fiel ihm ein Herr auf, der eben heraustrat und von Studenten devot, fast militärisch gegrüßt wurde. Vor vielen Jahren hatte Felix bei ihm Rechtsgeschichte gehört; er grüßte ihn auch.

»Sieh da«, sagte der Jurist. »Mein Schüler von Geldern. Was habe ich von Ihnen vernommen? Waren Sie nicht in Amerika?«

»Ja, Herr Professor.«

»Na, wie war's denn dort? Scheußlich, was?«

»Herrlich, Herr Professor.«

»Kann mir denken. Und jetzt bleiben Sie bei uns.«

»Nein, Herr Professor.«

»Was? Sie wollen zurück?«

»Ja.«

»Sie meinen im Ernst, dass es drüben herrlich ist?«

»In vollstem Ernst.«

»Interessant. Sagen Sie, Geldern – ich darf Sie doch noch so nennen –, ist es nicht ein merkwürdiges Gefühl, in Feindesland zu leben?«

»Wie meinen Sie das, Herr Professor?«

»No, ganz einfach. Unsereiner lebt doch dort in Feindesland.«

»In Amerika?«

»Natürlich.«

»Betrachten die Wiener ein Land als Feindesland, das sie von Hitler befreit und ihnen die Existenz wiedergegeben hat?«

»Geldern, die Wiener zeichnen sich bekanntlich nicht in erster Linie durch Denkvermögen aus. Ich für meine Person jedenfalls betrachte diejenigen als Feinde, die mein Vaterland mit Waffengewalt okkupieren. Ich bin Jurist und Patriot.«

»Ich fürchte, Sie sind etwas anderes. Guten Tag, Herr Professor!« Felix ließ den Mann stehen und ging wütend weiter. Dem Impuls wie so oft nachgebend, fragte er den nächsten Passanten nach der Polizeidirektion; die Polizeidirektion auf dem Schottenring, die er gekannt hatte, war vom Boden rasiert.

Das Gespräch mit dem für die Sicherheit verantwortlichen Beamten dauerte sehr kurz. »Das ist doch nicht ernst zu nehmen!«, sagte er. »Bitte, ja, Lausbuben gibt's immer, erst kürzlich haben wir ein paar verhaftet, die sich im Klosterneuburger Strandbad als lebendes Hakenkreuz hingelegt hatten. Lassen S' mir jedenfalls den Papierstreifen da, Herr Sektionsrat. Ich fürcht, viel lässt sich da nicht machen. Aber ich kann Ihnen mit gutem Gewissen versichern, dass Sie sich da absolut überflüssigen Befürchtungen hingeben.«

»Ich geb mich überhaupt keinen Befürchtungen hin! Ich bringe Ihnen nur zur Kenntnis, dass hier, fünfzehn Monate nach Hitler, Hitler-Methoden angewendet werden«, sagte Felix und bereute es, dass ihm die Nerven durchgegangen waren.

Verrückt, sich die Laune verderben zu lassen! Der Jasmin blühte. Pfingstrosen blühten, Rosen. Am Horizont, fern über der Votivkirche, stiegen die Berge grün auf, eine Weichheit der Kontur, eine Süße der Erinnerung ohnegleichen. Er würde mit Trude auf den Kahlenberg gehen und nicht denken. Das Denken führte zu nichts. Was hatte er sich drüben ausgemalt wie das Paradies? Das dort! Genau das dort, fern am Horizont hinter der Votivkirche, die weichen Konturen, die unvergleichliche Süße. Jetzt hab ich es endlich wieder und, weiß Gott, ich werde es festhalten und nicht mehr hergeben! Er sagte es sich, während er zum Kaplan ging.

Der Kaplan war ein liebenswerter Mensch, man fühlte das auf den ersten Blick. Er stellte keine lästigen Fragen, man verstand ihn so schnell, als hätte man ihn sein ganzes Leben gekannt. Er sagte nicht: »Haben Sie sich das alles ganz genau überlegt?« Er sagte nicht: »Warum drängen Sie so?« Er sagte nicht einmal: »Wer ist diese Gertrud?« Sondern er fragte nur: »Seid ihr katholisch und habt ihr euch lieb?«

Felix sagte auf beides ja, damit war die Sache für den Augenblick erledigt. Sobald er die Papiere der Braut habe, könnten sie aufgeboten werden und kurz danach heiraten. Dann ließ sich der Kaplan, der die Uniform eines Oberstleutnants trug, in eine Konversation ein. Er erzählte, dass er aus Scranton, New York, und dass Wien die liebenswürdigste Stadt sei, die er bisher kennengelernt habe. Und die Wiener die liebenswürdigsten Menschen.

Es tat Felix wohl, als machte man ihm ein persönliches Kompliment.

Er empfand es außerdem wie eine Rechtfertigung. In dem Amtszimmer des Militärkaplans aus Scranton, New York, fühlte er sich seit seiner Ankunft zum ersten Mal zu Hause.

Er beschloss, sofort in der Döblinger Pfarrkirche, wo Gertrud getauft worden war, die Papiere zu beschaffen, die sie brauchen würden, und machte sich auf den Weg. In der Nußdorfer Straße hielt ihn eine Menschenansammlung auf, die vor einem niedern einstöckigen Haus etwas zu erwarten schien. Als er fast daran vorbei war, sah er, dass das Haus, worin ein Optiker namens Ecker seinen Laden hatte, über dem Portal eine kleine Büste und eine Marmortafel mit Goldlettern trug. Es war Nr. 54, Schuberts Geburtshaus.

Ihm war danach, einzutreten, er bahnte sich den Weg durch Neugierige; sie erzählten, dass anlässlich des bevorstehenden 150. Geburtstages im Haus eine Schubert-Feier stattfinde. Hohe Würdenträger seien da.

In einem schmalen goldenen Rahmen war dieses Haus an der Wand seines Zimmers gehangen. In New York. In New Canaan. In Scarsdale. In Colorado Springs. In San Francisco. Wo immer er länger als ein paar Tage wohnte, hatte er die Radierung über sein Bett gehängt. Jetzt trat er durch das niedere Tor in den Alt-Wiener Hof mit dem einen Baum zur Linken. Auf seiner Radierung stand der Baum in vollem üppigem Grün; in Wirklichkeit jedoch war er kahl und verschnitten. Felix schaute auf den verglasten Gang, den auch die Radierung zeigte, auf die Brunnenfigur links von der Treppe, die ihm auch auf der Radierung missfallen hatte, und las die auf eine Tafel gemalte »Baupolizeiliche Verfügung«: »In den großen Zimmern höchstens 20 Personen, in den kleinen Zimmern höchstens 10 Personen Belastung des Fußbodens.« Dann stieg er zu den großen Zimmern hinauf.

Der dünne Klang eines Klaviers drang heraus und eine singende Stimme. »Am Brunnen vor dem Tore, da steht ein Lindenbaum, ich träumt in seinem Schatten so manchen süßen Traum …« Während er die paar ausgetretenen Steintreppen hinaufstieg, war es ihm, als stiege er Stufe um Stufe in den Himmel.

Er gelangte in einen überfüllten Vorraum, aus dem man in ein niederes Zimmer sehen konnte. Er sah nichts und dachte nichts, als dass Schubert hier herumgegangen war. Auf diesem gelblichen, schadhaft gewordenen Instrument hatte er gespielt. Hier war die Musik entstanden, die Felix Tränen in die Augen trieb, wann immer sie, hüben und drüben, erklungen war.

»Schön, was?«, flüsterte jemand neben ihm.

Er nickte.

»Das können sie uns nicht nehmen«, flüsterte die Stimme.

Er nickte. Dann bemerkte er, dass es eine ältere Frau war, mit Tränen in den Augen. Ein anderes Lied wurde gesungen.

Jemand hielt eine Ansprache.

Die Decke des niederen engen Zimmers, das auf der Tafel unten ein großes Zimmer genannt war, berührte der Redner fast mit seinem Scheitel. Die Wände waren gelblich, die Fenster, mit sonderbar gewölbten Scheiben, klein.

Der Redner sprach noch. Ewiges Österreich. Die Seele Österreichs. Die Sendung Österreichs.

Da er es sagte, wurden Wahrheiten zu Gemeinplätzen.

Ein anderer Redner. Schuberts Österreich war das Österreich, das der Welt nottat. Gewiss, die Welt sollte endlich wissen, woran sie mit Österreich sei. Aber auch Österreich wollte endlich wissen, woran es mit der Welt sei. Und nicht nur Österreich frage sich mit täglich wachsender Ungeduld, mit stündlich schwächer werdender, von permanenter Enttäuschung unterhöhlter Widerstandskraft: Europa, wohin? In einem Dauerzustand äußerster Not kümmere man sich nicht um sentimentale Regungen. Wer Hilfe bot, nicht nur mit Worten, dem würde man angehören, sei es der Westen, sei es der Osten.

Ein Tenor sang: »Fremd bin ich eingezogen, fremd zieh ich wieder aus. Der Mai war mir gewogen mit manchem Blumenstrauß ...«, doch der Blumenstrauß duftete nicht. Die Gesellschaft von Würdenträgern verließ das Haus.

Felix tat, als habe er etwas verloren, das er wiederfinden müsse. Das war auch der Fall. Er hatte seine Unmittelbarkeit Österreich gegenüber verloren und fand sie, da er allein hier zurückblieb, überwältigend zurück. Mein Gott! Man musste nur diese winzigen Zimmer sehen, diese tiefe Bescheidenheit und das Ungeheure, das bescheiden-tragisch daraus hervorgegangen war, um sich hier wie der verlorene Sohn zu Hause zu fühlen. Zeigt mir auf der ganzen Welt den Platz, der, ohne heroisch zu sein oder so zu tun, solche Helden hervorbringt und wo es, zwischen gestern und morgen, ewig ist!, dachte er beglückt.

In der Tür traf er mit der älteren Frau zusammen, die ihn vorhin angeredet hatte. Auf der Treppe vertraute sie ihm an, sie sei Fanny Reger, die er einmal »recht gut« gekannt hatte. (»Recht gut« betonte sie vielsagend.)

Beschämt wollte er sich entschuldigen, doch sie kam ihm zuvor, »Kein Wunder. Wie ich jetzt aussieh, würd ich mich selbst nicht erkennen. Ich war nämlich die ganze Zeit hier. Ich war ein Unterseeboot.« Es klang so erstaunlich, dass er sich verhört zu haben glaubte.

Er hatte richtig gehört. Leute jüdischer Abkunft, die sich unter den Nazis verborgen gehalten hatten, von irgendwelchen Barmherzigen versteckt, unter falschem Namen aus einem Unterschlupf in den andern geflüchtet und gejagt, hießen Unterseeboote. Es hatte ihrer ein paar hundert in Wien gegeben. »Man wird schnell alt als Unterseeboot«, sagte Frau Reger.

Oben schien das Klavier geschlossen worden zu sein, man hörte einen harten, dann einen nachzitternden Klang.

Plötzlich waren viel mehr Menschen auf der Straße. Drei Straßenbahnen standen hintereinander, weil der Strom abgeschaltet oder zu schwach geworden war.

Ob sie ein paar Schritte mit Felix gehen könne, fragte Frau Reger.

Was redet man mit so einem Menschen, dachte er. Sie ist recht gut mit mir gewesen, ich war recht schlecht zu ihr; dass es sie gibt, wie es ihr geht, der Gedanke hat mich nie gestreift. Die Menschen hier haben zu viel erduldet, dachte er, und das Mitleid, heiß in ihm aufwallend, beruhigte ihn zugleich. Die Vergelter und Unversöhnlichen um jeden Preis hatten unrecht! Not verlangte nur eines: Respekt. Er zog den Hut vor Frau Reger, schämte sich und sagte: »Es ist heiß.«

»So?«, sagte die Frau. »Mir ist nie heiß. Herr von Geldern – ich darf

Sie wohl nicht mehr Felix nennen. Ihnen ist es also Gott sei Dank gut gegangen?«

»Unverdient gut, ja.«

»Und wie lang bleiben Sie jetzt hier?«

Eine sehr einfache Frage. Ungeheuer schwer zu beantworten, wenn man eine Aufenthaltsbewilligung für wenige Wochen hatte, vor deren Ablauf man heiraten wollte! »Ich hoffe, ich kann ganz hierbleiben«, sagte er und machte es sich, da er es sagte, zum ersten Mal unzweideutig klar.

»Im Ernst?«, fragte Frau Reger. »Wo jeder von uns wegwill? Ich wollte Sie gerade fragen, ob Sie mir nicht einen Weg wüssten, ein Visum zu bekommen. Irgendwohin. Hier wird's nicht besser, nur schlechter. Niemand hat zugelernt. Man hält's schon nicht mehr aus.«

Die Straßenbahnen standen jetzt überall still. Ein paar Leute waren mit leeren Blicken drin sitzen geblieben. Da sie ihre paar Groschen Fahrpreis gezahlt hatten, warteten sie, bis wieder Strom kommen würde. In zehn Minuten, in einer Stunde, es war egal. Die anderen gingen zu Fuß.

»Ganz im Ernst«, sagte er. »Ich will hier heiraten. Sie kennen ja die Gertrud?« Wenn er sich richtig erinnerte, hatte er Frau Reger noch zu der Zeit »recht gut« gekannt, da er Gertrud kennenlernte.

»Im Ernst?«, fragte Frau Reger.

Kann sie nichts anderes fragen, dachte er. »Ganz im Ernst!«, antwortete er. Er hätte ihr sagen können, ich bin auf dem Weg, unsere Papiere zu beschaffen.

»Mein Gott!«, sagte die Frau fassungslos.

»Was erstaunt Sie daran so?«, fragte er unwillkürlich und machte sich Vorwürfe, es gefragt zu haben. Man sah ja, wie verbittert und lebensüberdrüssig die Frau war.

»Daran erstaunt mich«, antwortete sie (ihr Ton, der durchaus der Ton einer von ihrer Lästigkeit überzeugten Bittstellerin gewesen war, wurde fest), »dass Sie jemanden heiraten wollen, der mit Goebbels ein stadtbekanntes Verhältnis gehabt hat.«

»Reden Sie keinen solchen Unsinn!«

»Bitte«, sagte die Frau. »Sie müssen mir ja nicht glauben. Entschuldigen Sie jedenfalls, dass ich Sie angesprochen habe. Das Ganze war ein Irrtum.«

Sie ging fort; er ließ sie gehen. Ich sollte ihr ein freundliches Wort sagen, redete er sich ein, wollte ihr folgen und tat es nicht. Ich habe sie nur nach ihrer Adresse fragen wollen, gab er zu, vielleicht wünsche ich, ihr einmal Fragen zu stellen. Wozu! Gertrud hat mir ja selbst alles gesagt, oder zumindest, dass man mir Geschichten über sie zutragen wird, erinnerte er sich erleichtert.

Mit seiner von Viktoria erlernten Fähigkeit, Hindernisse gerade dann, wenn sie sich türmten, am leichtesten zu nehmen und sie wie ein geborener Optimist (der er nicht war) abzuschütteln, vergaß er, während er weiterging, dass es eine Frau Reger gab, die ihn vor Gertrud gewarnt hatte; dass es Feinde gab, die ihm eine Frist gesetzt hatten; dass es irgendwo etwas gab, das sich ihm jetzt noch in den Weg stellen könnte. Es war ihm ja so zwingend klar geworden! Wo einem das Herz aufgeht, dort gehört man hin, und dort soll man bleiben! Das war das Einfachste auf der Welt, und man musste die natürlichen Dinge tun, nicht die überspitzten. Was aber konnte natürlicher sein, als dort bleiben und sterben wollen, wo die Ruinen, die Weingelände und die Hügel über den Ruinen zu einem gehörten wie Angehörige.

Diese Klarheit (wenn man in einem Zustand der Verwirrung wie dem seinen überhaupt von Klarheit sprechen konnte) bemächtigte sich seiner befreiend. Ich werde Gertrud heiraten und in Wien bleiben, dachte er, wunderte sich, dass je daran ein Zweifel gewesen sein konnte, und war glücklich.

21
Mangel an Phantasie

Scarsdale, N.Y., 9. Juni

Felix, Darling –
ich war glücklich über Deinen Brief aus Paris. Danke, dass Du mir geschrieben hast. Ich dachte immer, ich kann nicht auswendig lernen. Aber Deinen Brief kann ich auswendig. Ich könnte ihn auswendig, auch wenn er viel, viel länger gewesen wäre.

Ich stelle mir vor, wie es Dir jetzt geht und was Du tust – das heißt, ich versuche es. »Livias Mangel an Phantasie« – weißt Du noch? Ich weiß so wenig von den Plätzen, wo Du bist, und aus dem Reisehandbuch, das ich mir aus der Public Library geliehen habe, erfährt man nur Namen. Erst hatten sie überhaupt keines von Österreich, dann gelang es Miss McBride, eines für mich aufzutreiben. Es ist aus dem Jahr 1938, aber Wien ist drin. Du erinnerst Dich an unsere Bibliothekarin, Miss McBride?

Wenn ich in meinem Zimmer bin, gehe ich mit Dir auf dem Stadtplan spazieren. Ich habe die Donau gefunden und die Stadt Grinzing, von der Du so oft erzählt hast. Ist es weit von dort, wo Du wohnst? Miss McBride hat versprochen, mir Bilder von Wien zu verschaffen. Ich wusste gar nicht, sie war einmal in München und sagt, es ist nur acht Stunden von Wien. Das bringt sie mir noch näher.

Wie muss sich Deine Mutter mit Dir gefreut haben, und wie glücklich musst Du mit ihr sein. Ich bin nicht sicher, ob dieser Brief Dich noch in Wien erreicht, denn nach Deinem Reiseplan wolltest Du am 26. Juni wegfahren. Aber wenn er rechtzeitig ankommt und Du ihr von meiner Existenz gesagt haben solltest, dann empfiehl mich, bitte, Deiner Mutter.

Es geht mir gut. Die Tage vergehen wie sonst, nur langsamer. Bei Altman sind sie sehr nett zu mir, ich habe sogar eine Gehaltserhöhung bekommen – fünf Dollar in der Woche. Nicht schlecht? Und Mr. Hammons, ich glaube, Du kennst ihn, er ist unser Personalchef, hat eine

Bemerkung gemacht, dass ich eventuell Einkäuferin werden könnte. Ich komme mir fast wie ein Karriere-Mädchen vor. Ich möchte aber gar nicht Einkäuferin werden. Ich war zweimal im Kino, bei »Going My Way« und »Song of Bernadette«. Beides war schön, »Song of Bernadette« hat mir aber noch besser gefallen. Hast Du mir nicht einmal erzählt, Du kennst Mr. Werfel? Ich habe Miss McBride um das Buch gebeten, es sind so viele Vormerkungen darauf. Ich war zum Tee bei den Allens, übermorgen ist ein Picknick bei Virginia Hale. Und es heißt, dass wir über das Weekend alle ans Meer gehen. Du siehst, ich gehe viel in Gesellschaft.

Joyce ist nett mit mir, viel netter, als sie je war. Ich bin sicher, sie schickt Dir alles Liebe – ich habe ihr nämlich nicht gesagt, dass ich Dir schreibe, und habe ihr auch nicht Deine Adresse gegeben. Einer meiner Tricks.

Ich hoffe, Du genießt Deine Reise. Wenn Du Zeit hast, schreibe mir, bitte. Das macht mich glücklich.

Deine Livia

P.S. Denke Dir, gestern hatte ich eine große Aufregung. Als ich den Hügel beim Teich hinaufkam, glaubte ich plötzlich, auf der Ulme Hansl zu sehen. Ich rief, aber er rührte sich nicht. Es war ein gelber Punkt ganz hoch oben. Vielleicht war er es nicht. Love.

22

Bigamisten der Heimat

Viktoria hätte nichts dabei gefunden, fremde Briefe zu öffnen, wenn es ihr wichtig erschienen wäre. Es gab Sachen, worin man die Hand haben musste, leider ging das nicht anders, wenn sich Erwachsene benahmen wie Kindergartenkinder! Daher kostete es sie um so weniger Überwindung, den Brief Livias zu lesen, als er geöffnet auf dem tintigen Tisch in Felix' abscheulichem Zimmer wie auf einem Präsentierteller lag.

Sie las ihn lang und aufmerksam. Ihr gefiel alles daran, die Schrift, die sich nicht verstellte, und das Gefühl, das sich verschwieg. Kein Vorwurf war darin, wenn man darüber hinweglas, dass »viel, viel längere Briefe« auf einen zu kurzen schließen ließen. Keine Mahnung an ein gegebenes Versprechen war darin. Und welche Liebe! Livia hatte Miss McBride gern, weil sie einmal irgendwo gewesen war, von wo man Wien in acht Stunden erreichte. Ein Film entzückte sie, weil Felix den Autor kannte.

Das hätt ich nicht können, dachte die alte Dame, und die Erinnerung an die Liebesbriefe streifte sie, die sie geschrieben hatte. Sie hatte sich kein Blatt vor den Mund genommen, nicht in ihren Jas, nicht in ihren Neins.

Wie unbequem, dass hier fortwährend Erinnerungen vorlaut wurden! Drüben belästigten sie einen viel weniger. Man verglich vielleicht Fifth Avenue und Carnegie Hall zugunsten oder zuungunsten der Champs-Élysées und des Musikvereinssaals, aber es wehte einem nicht jeder Augenblick Assoziationen über den Weg wie Laub im Oktober. Die Luft war eben linder hier. Man verliebte sich leichter, nahm's wichtiger. Viktoria seufzte.

Es kam nicht von ihrem Herzen, was Kathi, die sie durch den Türspalt beobachtete, zu fürchten anfing, vielmehr es kam gerade davon. Den Liebesbrief in Händen, der sich hütete, einer zu sein, dachte Viktoria der Liebe, die sie gegeben und empfangen hatte. Alles, alles das war in Wien gewesen. Und im Leben ging's um nichts sonst. Liebe musste man geben, jeden Tag des Jahres, jedes Jahr des Lebens. Dann bekam man ein paar Wochen, ein paar kurze Jahre Liebe zurück. Die Sehnsucht nach ihrem Mann überkam Viktoria, der sie so lange allein gelassen hatte; einundzwanzig Jahre war sie jetzt Witwe. Drüben hatte sie das kaum mehr gedacht. Hier dagegen, in dieser dummen linden Luft, wurde man sentimental. Sie puderte ihre Nase und dachte: Alles hat sein Gutes. Jetzt weiß ich wenigstens, weshalb ich hergekommen bin. Einundzwanzig Jahre sind zu lang.

Auch dieser Anwandlung gab sie sich nicht hin, das gestattete sie sich nicht, und deswegen gefiel ihr Livias Brief so. Erst als sie doppelt so alt geworden war wie dieses unbekannte Mädchen in Scarsdale, hatte Viktoria herausgefunden, dass man sich nicht in die Karten schauen lassen dürfe, linde Luft oder raue. Man band dem andern nicht auf die Nase, was für ein Herz man hatte, ein zu heißes wahrscheinlich. Man liebte; das war ganz in der Ordnung, weil es in der Ordnung war, dass jeder lieben musste, ohne Ausnahme. Hielten die stupiden Menschen sich an diese simple Ordnung, wie viel besser stünde es um die Welt! Aber entweder liebten sie überhaupt nicht oder mit Aplomb, und fielen damit nur zur Last – die Kleine in Scarsdale schien das zu wissen.

Desto besser. Dann gab Felix wenigstens nichts auf, wenn er sich mit dieser Trude Wagner nicht wieder einließ. Eigentlich hätte Livias Brief genügen müssen, um ihn zu diesem selbstverständlichen Entschluss zu bringen. Aber eben wegen der linden Lüfte benahm er sich wie ein Schulkind, dem man bei seinen Aufgaben helfen musste.

Die alte Dame war jetzt so weit, zu lächeln, fast zu lachen, diesmal über sich selbst. Sie hatte sich etwas darauf eingebildet, drüben endlich gelernt zu haben, anderen nichts dreinzureden und nicht Schicksal zu spielen. Hier dagegen war das wie weggeblasen. Auch wegen der linden Lüfte? Oder zog die Heimat einem die fremden Kostüme aus und machte einen wieder zu der Person, die man war? Jedenfalls fand Viktoria es in der Ordnung, das Telefonbuch aufzuschlagen und, da sie die gesuchte Nummer nicht fand, durch die Auskunft zu erfragen, wie die Opernsängerin Gertrud Wagner zu erreichen war.

»Gehn S' hinunter und holen S' mir Zeitungen und Zeitschriften, alles, was Sie kriegen. Diese Vierseitenblätter hat man ja in fünf Minuten ausgelesen«, sagte sie zu Kathi, um sie loszuwerden. »Ich kann gar nicht sagen, wie mir die ›New York Times‹ abgeht.«

Als Kathi fort war und Viktoria sich überzeugt hatte, dass auch Anita sie nicht stören würde, fand folgendes Telefongespräch statt:

»Das ist Frau von Geldern, Fräulein Wagner. Die alte Frau von Geldern, die ganz alte, Felix' Großmutter.«

»Küss die Hand, Gräfin.«

»Ich hab Sie unlängst im Bristol gesehn.«

»Ich Sie auch, Gräfin. Ich hab mich so gfreut.«

Viktoria dachte: Sie hat Angst. Sie sagte: »Sie waren in Gesellschaft eines amerikanischen Offiziers, nicht?«

»Ja.«

Vielleicht hätt ich das nicht sagen sollen, dachte Viktoria. Es fiel ihr ein, was Anita hier in diesem Zimmer gesagt hatte: »Und jetzt kommt ihr zurück und spielt euch als unsere Richter auf!« Sie fragte: »Sie singen heute Abend?«

»Ja. Wollen Sie kommen, Gräfin? Ich würd mich so freuen!«

»Es ist Ihr erstes Auftreten – ich mein', Ihr Wiederauftreten?«

»Ja. Man hat mir erlaubt, wieder zu singen.«

Sie packt den Stier bei den Hörnern, dachte Viktoria, der die freimütige Antwort einen Strich durch die Rechnung machte. »Wie lang waren Sie verboten?«, fragte sie trotzdem.

»Bis jetzt.«

»Sie meinen, seit der Befreiung?«

»Ja.«

»Vorher – ich mein', unter den Nazis – waren Sie erlaubt?«

»Ja.«

Viktoria machte eine Pause. Das Gespräch verlief nicht, wie sie erwartet hatte. Entweder hatte diese Person ein miserables Gewissen oder ein ausgezeichnetes. Was tu ich, wenn sie ein ausgezeichnetes hat?, dachte Viktoria und fragte: »Wie ist Ihnen das gelungen, die Auftrittserlaubnis grad noch knapp vor Schluss der Saison zu bekommen? Ich stell mir vor, das ist eine ungewöhnliche Begünstigung. Oder nicht?«

»Ich glaub, ja. Ich bin sehr froh drüber.«

»Welchem Einfluss schreiben Sie das zu, Fräulein Wagner?«

»Das weiß ich nicht. Ich bin gestern verständigt worden, dass ich heut Abend ›Carmen‹ sing. Das ist alles, was ich weiß.«

Jetzt lügt sie, dachte Viktoria erleichtert; das hörbar gute Gewissen am anderen Apparat war ihr unheimlich gewesen. »Haben Sie wirklich keine Idee, wer sich für Sie eingesetzt haben könnte? Der Felix vielleicht? Ich hab mir nämlich sagen lassen, dass eine Anzahl berühmter Künstler noch keine Aussicht auf ein Wiederauftreten haben.« Jetzt würde sie natürlich sagen: »Die sind belasteter als ich.«

»Das weiß ich nicht, Gräfin.«

»Verzeihn Sie, wenn ich Sie vor dem Auftreten mit solchen Fragen überfall – ich kann mir vorstellen, dass Sie das irritiert und dass Sie Konzentration brauchen. Aber ich hab einen triftigen Grund, Fräulein Wagner. Sie müssen mich entschuldigen.«

»Selbstverständlich, Gräfin. Fragen Sie.«

Deutlich war jetzt die Angst wieder zu hören gewesen.

»Ich weiß, dass mein Enkel Sie heiraten will«, sagte Viktoria und fühlte sich bei jedem Wort unbehaglicher. So etwas konnte man wirklich nicht am Telefon sagen – wenn man's überhaupt sagte! Aber wenn man so absurd wenig Zeit hatte? »Die Hochzeit soll morgen ganz im Geheimen sein, nicht wahr?«

»Ja. Ich hab den Felix so gebeten, kein Geheimnis draus zu machen! Ich hab auch nicht gwusst, dass er's Ihnen nicht gesagt hat! Seiner Mutter hat er's gesagt.«

»Seiner Mutter hat er's gesagt.« Viktoria wiederholte es und brauchte eine Zeitlang, bevor sie den Schlag verwand. »Wenn das so ist, hat er sehr schlechte Ratgeber gehabt, Fräulein Wagner«, sagte sie dann. »Ich hab erst vor einer Stunde davon erfahren, und weil ich den Felix nicht erreichen konnte, hab ich Sie zu erreichen versucht. Es kommt nicht dazu, Fräulein Wagner. Ich werd es nicht zulassen. Der Felix ist verlobt.«

»Verlobt?«

»Ja. Ich weiß nicht, wie Sie über eingegangene Bindungen denken und wie ernst Sie sie nehmen. Aber der Felix hat sie bisher sehr ernst genommen. Was in meiner Macht steht, ihm das ins Gedächtnis zurückzurufen, werd ich tun. Er war sonst kein Vergesser.«

»Großmama!«, sagte Felix heftig, »bitte, lass die Trude aus dem Spiel!« Er stand mit Anita im Zimmer; Viktoria wusste nicht, wie viel von dem Gespräch er gehört hatte. Sie hatte niemanden kommen gehört.

»Er ist grad zur Tür hereingekommen«, sagte sie ins Telefon. »Ich kann ihm jetzt also alles selbst sagen. Entschuldigen Sie nochmals die Störung. Es tut mir leid.«

Sie hörte einen Ruf oder eine Bitte oder was es sonst war, da hatte sie schon abgehängt. »Du willst morgen heiraten und hast mir kein Wort davon gesagt«, sagte sie und fürchtete, schlecht zu hören, wie immer in Augenblicken der Qual. »Wie stehn wir zueinander, Felix?«

»Um es dir zu sagen, bin ich hier«, antwortete er tonlos.

»Felix«, sagte sie, ohne sich zu rühren, »wie stehn wir zueinander? Du triffst eine Entscheidung fürs Leben und schließt dabei die einzige Person auf der Welt aus, die es, ohne Nebenabsichten, gut mit dir meint?«

»Du tust, als ob er keine Mutter hätte«, sagte Anita leise.

Doch Viktoria hatte es gehört. »Du hast zu lange so getan, als hätt er keine, Anita.«

»Wir haben uns nicht vor dir zu verantworten, wann wirst du das endlich zur Kenntnis nehmen«, sagte die Schwiegertochter, und die linde Luft des Juniabends war plötzlich so schwer, dass beide Frauen unwillkürlich zum offenen Fenster traten. »Es ist lächerlich, wenn es nicht so traurig wäre, dass du, bei deinen demokratischen Grundsätzen, einem Mann seines Alters verbieten willst, zu heiraten«, sagte Anita, Triumph in der Stimme.

Mir hat er's gesagt, ihr nicht!, war der Unterton darin, fand Viktoria. Sie hat recht, sagte sie sich. Und das Schlimmste ist, dass ich es deshalb tu, weil er mich so verletzt hat. Sie konnte nicht reden.

»Eine bessere Frau als die Trude kann er nicht finden«, sagte Anita in das Schweigen.

Es klang wie: Auch ich kann Richterin sein, wenn man mich darum bittet!, fand Viktoria, »Es ist jetzt nicht davon die Rede, wen du heiratest«, sagte sie zu Felix. »Ich rede davon, dass du es mir nicht gesagt hast. So wie wir in den letzten Jahren miteinander gelebt haben, ist das unfassbar. Sind diese Jahre plötzlich ausradiert? Was ist mit dir geschehn, Felix?«

Er hätte ihr antworten können: Es ist mir geschehen, dass Totgeglaubtes lebt. Das hat mich umgeworfen. In einem Erdrutsch stürzt man in den Abgrund. Doch er sagte nur: »Es tut mir leid, wenn ich dich gekränkt hab.«

»Ja, du hast mich gekränkt«, sagte Viktoria weniger laut als sonst. Ihr unbestechlicher Blick sah, was sie für unmöglich gehalten hätte: Auf den Mann da hatte sie keinen Einfluss mehr. Sie wandte sich um. Jetzt fehlt nur noch, dass ich weine, dachte sie.

»Großmama«, hörte sie ihn sagen. Diesen zärtlichen Ton hatte er gehabt, als sie drüben Pläne gemacht hatten, er und sie. Hitler würde besiegt werden, sie würden wieder nach Wien kommen, er und sie. Hitler war besiegt, sie waren wiedergekommen, er und sie, und es war Zeit, abzureisen – für sie. »Es ist gut«, sagte sie. »Du wirst tun, was du für richtig hältst. Und ich auch. Ich bin nur neugierig, wie die Livia deinen Entschluss aufnehmen wird. Von der Trude weiß ich einiges, das dir wahrscheinlich nicht unbekannt ist. Und von der Livia hab ich einen Brief gelesen, er liegt drin auf deinem Tisch. Seither weiß ich, dass sie eine prachtvolle Person ist. Du wirst dir überlegen müssen, ob du nach Wien gekommen bist, um Menschen so wehzutun.« Sie ging aus dem Zimmer. Draußen stand Kathi mit den Zeitungen.

»Frau Gräfin soll se si' nicht ganzn Tag aufregn«, sagte die alte Dienerin.

»Dass es euch nicht endlich fad wird, immer denselben Blödsinn zu reden«, sagte Viktoria. »Was stellst du dir vor, Kathi? Wem zulieb soll ich mich konservieren? Gib schon her! Ich möcht lesen, was über meine zukünftige Enkelin in der Zeitung steht. Sie singt heut Abend. Und morgen heiratet sie den Felix. Wir sind nicht eingeladen.«

Sie schüttelte den Kopf, als Felix ins Zimmer trat, doch er sagte flehend: »Du musst mich verstehn, Großmama, du hast mich immer verstanden! Es ist ja nicht schwer, mich zu verstehn. Ich hab acht Jahre geglaubt, dass das Mädchen tot ist, das ich geliebt hab, und, gottlob, sie lebt – das verändert alles. Bitte, lass mich ausreden! Mit der Livia hab ich mich so verlobt, wie ich Amerika Treue geschworen habe – unter falschen Voraussetzungen. An der einen bin ich unschuldig, an der andern ist Amerika mitschuldig. Bitte, hör mich doch zu Ende an, Großmama! Amerika hat zwischen Hitler-Flüchtlingen, die weggejagt wurden, und den Millionen freiwilligen Emigranten der amerikanischen Geschichte keinen Unterschied gemacht. Es hat uns dieselben Privilegien zuerkannt, aber auch dieselben Verpflichtungen wie denen, die sich freiwillig einbürgern ließen und Treue schworen. Amerika hat sozusagen von uns verlangt, dass wir uns benehmen wie Männer, die wieder heiraten, nachdem ihre Frau gestorben ist. Dadurch hat es aus uns Bigamisten der Heimat gemacht. Denn seit unsere Heimat wieder lebt – was wir, als wir drüben die Treue schworen, nicht wissen, ja nicht einmal hoffen konnten –, verlangt man von uns, dass wir so tun, als wäre sie noch tot. Sie lebt aber! Wenn die totgeglaubte Frau lebt, kehrt man trotz allen Bindungen zu ihr zurück. Wenn die totgesagte Heimat lebt, tut man dasselbe. Großmama! Ich fleh dich an, sag jetzt nicht, dass du mich nicht verstehst! Sag mir, ob ich recht hab?«

Und Viktoria sagte: »Vielleicht.« Sie spürte, dass eine ganz andere Antwort zu geben war, doch sie fand sie nicht. Oder sie fand sie zu selbstverständlich.

23

Der Menschheit Würde

In der Nähe des Theaters an der Wien wurde Gertrud blass. »Ich hab teuflische Angst«, sagte sie. »Du hast mich eine Ewigkeit nicht mehr singen ghört. Vielleicht gfall ich dir nicht.«

Seit er gekommen war, um sie abzuholen, hatte er ihr zu versichern versucht, dass seine Verlobung in Amerika nicht ernst zu nehmen sei und dass Viktoria in einer ihrer impulsiven Regungen gehandelt habe, aus denen nichts folge; eine Stunde später ändere sie ihre Meinung, und diese Stunde sei längst vorbei. »Es ist so wie mit der Drohung gegen mich«, hatte er gesagt, eine Leichtigkeit vortäuschend, die er nicht hatte. »Was ist daraus erfolgt? Nichts!«

Anscheinend war es ihm gelungen, ihre Nervosität zu beschwichtigen. Ihr Mund zitterte nicht mehr; ihre Augen wurden feucht, da sie sich auf ihn hefteten wie auf den Retter. So hatte er nie jemanden geliebt. Wie schön sie war! Niemand hatte solche Weichheit im Blick, der einen einhüllte, bis man darin versank. Das Heilig-Unheilige daran entging ihm nicht und riss ihn hin. »Du wirst einen Triumph feiern«, sagte er.

»Um Gottes willen! Sag so was nicht! Ich hab über ein Jahr nicht mehr öffentlich gsungen und nur eine ganz kurze Verständigungsprobe ghabt. Wirst dich schämen?«

Ihr zuzuhören war Glück. In dem Wienerisch, das sie sprach, wenn sie mit ihm allein war, schwang für ihn der lang entbehrte Klang, die selbstverständliche Anmut, nach der er sich gesehnt hatte – erst jetzt wusste er, wie sehr. Das gelbe Sommerkleid mit dem braunen Gürtel, die Leinenschuhe mit Holzsohlen, das Strohhütchen, so armselig abgetragen es war: An ihr sah es faszinierend aus. »Du weißt ja überhaupt nicht, wie stolz ich auf dich bin!«, sagte er. »Lass es mich einmal sagen. Was man sich im Traum wünscht, bist du. Erst jetzt weiß ich's, nach der Entbehrung. Wie gut, dass ich's, als ich wegmusste, noch nicht ganz gewusst hab. Sonst hätt ich's nicht ausgehalten!«

Die Vehemenz, mit der er es sagte, nahm ihr für einen Augenblick den Atem. »Das kann nicht wahr sein!«, antwortete sie gepresst. »Gott, ist das schön! Ich bin so selig, dass es wehtut!«

Viktoria hatte gesagt: »Bist du nach Wien gekommen, um Menschen so wehzutun?«

Er küsste sie, mitten auf der Straße, das Theater war fast schon in Sicht, und sie ließ ihn gewähren. Passanten lachten; jemand rief etwas. Als er sie freigab, war sie so blass, dass er erschrak. Ihre Augen hatten etwas Starres, Abwesendes. Gleich darauf färbten sich ihre Wangen, und sie schaute wie sonst. »Ich fürcht, du mutest dir zu viel zu«, sagte er.

»Jetzt hab ich gar keine Angst mehr«, sagte sie. »Auch wenn ich miserabel sing, ist's mir egal. Halt mir aber doch die Daumen!«

Durch eine schmale Gasse, Schikanedergasse hieß sie, in der Straßenmädchen Erwerb suchten, näherten sie sich dem Bühneneingang. Eine Menschenmenge stand davor.

»Die warten alle auf dich!«, sagte er stolz. Als er Wien verlassen hatte, war sie eine blutjunge Elevin gewesen. Jetzt warteten zahllose Leute auf sie.

»Geh! Auf den Hotter! Mich kennen die ja fast nicht mehr.«

»Wird dein Oberst auch da sein?«

»Ich glaub, ja. Oder passt's dir nicht?«

»Es passt mir nicht, aber ich seh ein, dass ich mich in den nächsten dreißig Jahren mit deinen Bewunderern abfinden muss. Das ist deine einzige Schattenseite.«

»Maria Josef! Wirst schon noch auf eine Menge andre draufkommen!«

»Eigentlich bin ich auch aufgeregt«, sagte er. »Als ob ich selber singen müsst.«

Da hatte jemand gerufen: »Dort kommt sie!«

Eine Sekunde später schrien hundert Leute oder mehr: »Pfui! Schande!«

»Was ist das?«, sagte Felix, stehen bleibend.

»Pfui! Schande! Pfui! Schande!«

»Gegen wen richtet sich das?«, fragte er.

»Gegen mich.« Sie war so bleich geworden wie vorher.

»Rede nicht! Das kann doch unmöglich …«

In sein Wort gellte der Schrei: »Pfui Wagner!«

»Polizei!«, rief jemand hinter ihnen.

Felix ging auf den Mann zu, der geschrien hatte, und fragte: »Was wünschen Sie hier?«

Der Mann war klein. In seinem Mund fehlten fast alle Oberzähne. »Ich wünsche, dass keine Nazis in der Oper singen!«, sagte er.

»Das ist Unsinn!«, antwortete Felix scharf. »Fräulein Wagner ist keine Nazi!«

»Und wer sind Sie?«, fragte der Mann erbittert. »Auch ein Patzen-Nazi, was?«

»Geben S' ihm gar ka Antwort net!«, mischte der sich ein, der nach der Polizei gerufen hatte.

»Sie werden nicht singen!«, sagte der kleine Mann zu Gertrud, die denselben erstarrten Blick hatte wie vorher.

»Polizei! Warum kommt keine alliierte Polizei? Wann's an' armen Teufel verhaftn solln, glei' sans's da! Aber bei so was glänzn s' durch Abwesenheit!«

»Sie, Herr«, sagte der Mann mit den ausgeschlagenen Zähnen. »Ich geb Ihnen einen guten Rat! Provozieren Sie hier nicht. Sehn Sie mein KZ-Abzeichen?«

»A Kommunist san S'!«

Der Wortwechsel verschärfte die zum Zerreißen gespannte Stimmung; Männer und Frauen, die bisher unmittelbar vor dem Bühneneingang gestanden waren, drängten näher. Alle trugen dasselbe Abzeichen; es mussten mehr als hundert sein.

Inzwischen hatten sich zwei österreichische Polizisten gezeigt, die mit »Pfui!« und »Bravo!« begrüßt wurden und unschlüssig zögerten. Man hörte den Mann, der am lautesten nach ihnen verlangt hatte, verächtlich sagen: »Zwa Mandln! Die wern's Kraut fett machn! Warum kommt kane alliierte Polizei?«

»Wenn Sie einen Funken Ehre im Leib haben, Fräulein Wagner, dann lachen Sie nicht!«, sagte der Anführer der Demonstranten zu Gertrud; er mochte ihr Starren für Hohn gehalten haben. »Schämen Sie sich nicht? Wissen Sie, wer wir sind? Mitglieder des KZ-Verbandes!«

»Das geht das Fräulein Wagner einen Dreck an!«, schrie jemand. »Sie ist eine große Künstlerin! Sie kümmert sich um Kunst! Um etwas anderes braucht sie sich nicht kümmern!«

Eine Frau war neben den kleinen Mann mit den ausgeschlagenen Zähnen getreten. Sie war nicht viel größer als er, ihr Gesicht war wie das Gertruds völlig erloschen; es bestand nur aus Schatten, die tiefer wurden, da sie sprach. »Das Fräulein Wagner«, sagte sie mit einer grauen, nicht lauten Stimme, die sich aber, je länger sie sprach, bis zu einem Grad Gehör verschaffte, dass alles im Umkreis verstummte, »hat sich um Kunst gekümmert, während wir im Konzentrationslager waren. Während dem Herrn neben mir die Zähne mit Gewehrkolben ausgeschlagen worden sind, einer nach dem andern, hat sie Carmen gesungen oder Tosca oder eine andere schöne Rolle. Während sie mir den Mann vergast haben, hat sie sich für den Applaus bedankt. Während sie mich wegen Rassenschande sterilisiert haben, hat sie mit Herrn Dr. Goebbels geschlafen. Die Regierung und die Alliierten finden es in Ordnung, dass alles das ein paar Monate später wieder vergessen wird.

Wir finden das nicht in Ordnung! Wir wollen keine Rache, aber wir wollen auch nicht, dass jemand ins Scheinwerferlicht tritt und in den Applaus, der beides nicht verdient. Fräulein Wagner, finden Sie das in Ordnung?«

Es war so still geworden, dass man einen Radfahrer hörte, der an der Ecke der Schikaneder- und der Dreihufeisengasse, wo der Vorfall stattfand, vom Rad gesprungen war.

»Antworten Sie mir«, sagte die Frau mit dem erloschenen Gesicht zu Gertrud.

Sie standen einander gegenüber, berührten sich fast. Gertrud bewegte den Mund zu einer Antwort, doch die Worte gehorchten ihr nicht.

»Schonen Sie sie doch! Sehen Sie nicht, wie sie leidet? Ich verbürge mich dafür, dass Sie sie unschuldig verdächtigen!«, sagte Felix leidenschaftlich.

Erst später, als alles abgeebbt und der Vernunft zurückgegeben war, wurde er fähig, die Ungeheuerlichkeit zu ermessen, dass er, Felix Geldern, gegen die Verteidiger der Vergasten jemanden in Schutz nahm, den man mit Goebbels in Zusammenhang gebracht hatte. Jedoch, von seiner Liebe getrieben, fühlte er im Augenblick nichts als Empörung und ein Mitleid, das ihn zu allem fähig machte.

»Lassen Sie uns gehn! Sie werden doch eine wehrlose Frau nicht attackieren!«, rief er.

Da darauf nichts erfolgte und die Menschen vor ihnen, Hass in den Augen, wie eine Mauer standen, war Felix im Begriff, mit seinen Fäusten für Gertrud Platz zu schaffen, wozu auch andere entschlossen schienen. Jemand schrie, Schaum vor dem Mund: »Bestien!«, als die Polizei, verstärkt inzwischen, die Gegner trennte. Trotzdem gab es Verletzte; auch Felix hatte einen Schlag ins Gesicht erhalten, von dem ihm Hören und Sehen verging.

Als er sehen konnte, war er in Gertruds Garderobe. Die Vorstellung sollte in zehn Minuten beginnen; um eine halbe Stunde verspätet.

»Wenn ich's nur durchsteh, Frau Friedl«, hörte er sie zu der Frau sagen, die sie schminkte.

»Blass san S', Fräuln Wagner«, sagte die Garderoberin. »Nehmen S' Ihnen bissl z'samm, so können S' nicht auftreten!«

Eine andere Frauenstimme sagte: »Wegen die paar Lumpen werden S' sich doch nicht fürchten! Die san inzwischen alle arretiert!«

Einen Augenblick dachte Felix, wie fürchterlich auch das war. Hatte man sie arretiert, die ausgelöschte Frau, keine Greisin, wie er noch im letzten Augenblick gemerkt hatte, sondern jung?

»Er rührt sich!«, sagte Gertrud.

Ja, er rührte sich, er war gesund, keine Angst. Das bisschen Brummen im Kopf bedeutete nichts. Nichts würde davon bleiben als ein blauer Fleck. Aber war es der Schlag, oder was war es sonst? Zwischen dem schmalen grünen Sofa, worauf er lag, und dem Schminktisch, vor dem sie saß, lag plötzlich ein Zwischenraum von viel mehr als fünf Schritten.

»Was wird denen geschehen, die verhaftet worden sind?«, fragte er.

»Ja, leider«, antwortete die Friseurin. »Gar nix, höchstwahrscheinlich! Statt dass man s' einsperrt, bis s' blau werdn, die Schweine!«

Die fünf Schritte wurden immer weiter. Die einsperren, die im Konzentrationslager eingesperrt gewesen waren? Wollte man das? Nannte sie Schweine? Bin ich noch so benommen, dachte Felix, oder hat das wirklich jemand gesagt?

Unter den Händen der zwei Frauen beobachtete ihn Gertrud im Spiegel. Auch er sah sie darin. Ihre Augen hatten den starren, abwesenden Blick. Sie sagte: »Sind ja auch arme Teufel.«

Auch?, dachte er.

»Geht's dir besser, Felix?« Ihre Stimme kam von weit. Ihr Gesicht, geschminkt und überrot, war verzerrt wie eine Larve.

»Dreht sich jetzt der Herr von Geldern bissl zur Wand«, sagte die Garderoberin.

Felix drehte sich ein bisschen zur Wand. Seine Stirn und sein Kiefer schmerzten, vor seinen Augen tanzten blitzende Kreise.

»Maria und Josef, Fräuln Wagner! Zittern S' net so! Eine Künstlerin wie Sie! Wegen so einer Bagasch werd'n S' sich doch nicht das Auftreten schmeißen. Was wetten wir, Sie werdn – ich klopf schon auf Holz – einen Riesenapplaus haben. Nicht wahr, Herr von Geldern? Sagn S' der

Gnädigen doch auch was! Sie hat sich wegen Ihnen so erschrocken. Sagn S' ihr, dass alle ihre Anhänger im Theater sind.«

Wer waren alle ihre Anhänger? Solche der Sängerin oder der Nazis? Mit dem Gesicht gegen die Wand sagte Felix: »Du musst dich wirklich nicht aufregen.«

Ebenso gut – man hörte das heraus – hätte er überhaupt nichts sagen können. Sie antwortete: »Wenn du dich nicht wohlfühlst – oder nicht in die Vorstellung gehn willst, geh ruhig weg, Felix. Wir treffen uns dann nachher. Wenn du überhaupt noch magst.«

Stürmisch kam sein Mitleid zurück. »Was fällt dir ein, Trude! Ich bleib selbstverständlich da!«

Der geschminkte Mund zitterte, die Garderobierin sagte: »Regn S' mir das Fräuln Wagner nicht noch mehr auf, Herr von Geldern, Tränen können wir jetzt keine brauchen«, und wischte zart über die blau untermalten Augen, die auf Felix schauten – nicht mehr wie auf den Retter, wie auf den Henker, dachte er und liebte sie wie vorher. Es war nicht Schuld, was in ihrem Blick stand, mein Gott, konnte er nicht in Augen lesen? »Du siehst wunderbar aus!«, sagte er, sprang auf; er fand das Gleichgewicht nicht sofort, mit einiger Anstrengung aber überwand er das Taumeln, das Flimmern. Gertrud trug schon ihr Kostüm aus grellem Rot und grellem Gelb, es ließ ihren Nacken frei; in ihrem leuchtend schwarzen Haar war eine gelbe Rose aus Stoff. Hinter dem Ohr hatte die Tabakarbeiterin Carmen eine Zigarette.

»Erinnern S' sich? Das hat 'n Herrn von Schirach so gfalln«, sagte die Garderobierin, die Nuance mit der Zigarette vor Felix ins Licht rückend.

»Reden S' keinen Blödsinn, Frau Friedl!«, sagte Gertrud. Unter der Schminke wich das Blut ihr weg.

Die Garderobierin schien zu fühlen, dass sie etwas angestellt hatte; sie verbesserte sich schnell: »Ich mein', er hat so applaudiert, in seiner Losch'.«

Sie betonte »in seiner Loge«, als käme es darauf an, wo der ehemalige Reichsstatthalter seinen Beifall kundgegeben hatte.

Auch was nachher geschah, die ganzen dreizehn Stunden von jetzt bis morgen früh, ereignete sich für Felix wie im Fieber. Er war der Überlegung oder irgendeinem Sich-Rechenschaft-Geben kaum mehr unterworfen, da er dessen nur in Sekunden fähig war, die schon der nächste Augenblick wegfegte oder krass ins Gegenteil verkehrte.

Die Oper hatte begonnen. Felix setzte sich erst, nachdem das Haus bereits verdunkelt war und der Dirigent ans Pult trat. Beifall für den Dirigenten; Felix kannte ihn nicht. Morgen heiraten wir, dachte er, als die Musik aufklang. »Wenn du überhaupt noch willst.« War das dort Herr von Ardesser? Wieso hatte der Geld für Opernkarten? Er war es; wie der Tod sah er aus. War die Mutter auch hier? »Das hat 'n Herrn von Schirach so gfalln.« Absoluter Wahnsinn. So jemanden kann man nicht heiraten. Dass sich die Mutter noch immer nicht öffentlich mit dem Herrn Ardesser sehen ließ. Ein halbes Leben ging das, sie kamen nicht los voneinander, aber sie bekannten sich nicht dazu. Wie lang hat dieser Ardesser noch zu leben? Wenn es stimmt, dass er Krebs hat. Vielleicht sagt die Mama das nur, um Mitleid zu erregen. Vieles wird gesagt, um Mitleid zu erregen. Darauf darf man nicht hereinfallen. Der Liaison-Oberst. Eine ganze Menge amerikanischer Uniformen. Die würden doch nicht herkommen, wenn die Trude nicht über jedem Verdacht war. Selbstverständlich nicht! »Schämen sollten Sie sich, mit so einem Mädel herumlaufen – ein Mann in Ihrem Alter.« Dass Ardesser sich umgeschaut hatte, schon zum zweitenmal, war kein Irrtum. Er grüßte sogar. Gott im Himmel, jetzt kam ihr Auftritt. Die Bässe sangen: »Sie ist da! Sie ist da!«

Aus der rechten Kulisse, dort, wo die Tabakfabrik angedeutet war, trat sie auf, Felix blieb das Herz stehen. Ein Applausorkan hatte sich erhoben, die Galerien tobten, viele Logen, ein Teil des Parketts. Ardesser applaudierte stehend. »Carmen! Warum gönnst du uns keinen Gruß?«, versuchten Don José und die anderen Tenöre auf der Bühne zu intonieren. »Und sage, kommt nie und nimmer die Zeit, wo uns zu lieben du endlich bist bereit?« Es ging im Applaus unter. Der Dirigent, ein kahlköpfiger Mann, gab den Einsatz zu Carmens »Wann ich Liebe euch schenk? Mein Gott, das weiß ich nicht. Wohl niemals vielleicht – es kann morgen schon sein ...« Ardesser stand noch immer. »Setzen!«, riefen ein paar Leute wütend. »Ruhe!« Ruhe trat ein.

Gertrud stand oben, eine Zigarette lässig im Mundwinkel, eine hinter dem Ohr und setzte zu der Habanera an. Phantastisch sah sie aus. Der Applaus schien sie ermutigt zu haben, die tödliche Blässe war gewichen, oder ließ nur die Schminke sie so blühen? Ihre Bewegungen waren straff, geschmeidig wie die eines Panthers, der zum Sprung ansetzt. Felix hing an ihr, die Daumen beider Hände so fest pressend, bis kein Blut durchging. Ein Triumph, kein Zweifel. War es gut, solchen Triumph zu feiern, wenn Leute wie Ardesser ihn billigten oder vielleicht sogar mitveranstaltet hatten?

Sie fing das berühmte Lied an. »Liebe ist ein rebellisch Vöglein – Von keinem ward es je gezähmt …«, strahlend füllte ihre Stimme den Raum. Bei »Ganz vergeblich ist all euer Mühen« schrie jemand, als hätte er dieses Stichwort abgewartet: »Ganz vergeblich ist eure Mühe, uns mit Applaus mundtot zu machen! Wir lassen uns nicht gefallen, dass die Goebbels- und Schirach-Weiber hier wieder singen!«

Die Musik weiter. Wilde Rufe: »Ruhe!« »Die Stänkerer hinauswerfen!« »Hinaus mit den Nazis!« »Werft's die Kommunisten hinaus!« Die Musik weiter. »Polizei!« »Wo soll denn das hin!« »Wird uns vielleicht Moskau diktieren, wer in der Wiener Oper singt!« »Kommunisten hinaus!« »Die Oper ist kein Platz für politische Demonstrationen!« Die Musik weiter. »Abzug, Fräuln Wagner! Mit 'n Herrn von Schirach sind S' in der Losch' dort gsessn! Mit'n Herrn Dr. Goebbels sind S' auf'n Kahlenberg gfahrn!« »Polizei!? »Schluss!« »Aufhören!« »Abzug!« »Polizei!«

Der Vorhang fiel, der Saal war hell geworden, der Tumult wurde nur größer. Herren wurden handgemein, Abendkleider-Trägerinnen kreischten wie Marktweiber, eine verzweifelte, gehässige Bitterkeit brach aus, die lang verschwiegen gewesen sein musste, um sich so explosiv ihr Ventil zu öffnen. Dass die Mehrzahl der Opernbesucher für die Sängerin Partei nahm, erfüllte Felix mit Genugtuung. Er hatte gerade jemandem, der rief: »Wir protestieren!«, heftig geantwortet: »Terror ist kein Protest!«, als Herr von Ardesser zu ihm trat, Felix' Hand in seine beiden nahm und sagte: »Das ist mannhaft und schön von Ihnen! Wir haben Sie wirklich ganz falsch eingeschätzt!« Wer »wir« war, erklärte er nicht, im Augenblick ernüchterte es Felix, und er wollte das Lob abwehren, doch eine junge Person, kaum älter als achtzehn, flüsterte ihm zu: »Ignorieren Sie die gestrige Drohung! Wir haben nicht gewusst, wo Sie stehen!« Sie war verschwunden, bevor er feststellen konnte, wie sie aussah.

»No, Sie wern sich was Schönes von uns denken! So geht's jetzt bei uns zu! Ein Skandal!«, redete ihn Fürstin Trautendorff an. »Apropos, mein Guter. Sie haben noch immer eine Dinner-Verabredung mit mir! Und wenn Sie's interessiert – die Antoinett' is noch immer unter Ihrem Charme. Ich hab's unlängst auch so genossen. Ja, mit die Primadonnen kann unsereins halt nicht konkurrieren! Aber sie is wirklich prima. Zu schad, dass sie die Habanera nicht hat fertig singen können. Glauben Sie, es kommt noch dazu?«

»Räumen! Den Saal räumen!«

Oberst Ted, der unmittelbar vor Felix saß, sagte zu einem anderen Offizier: »It's too bad, really. You know, I thought, I'd celebrate tonight the anniversary of the twenty-fifth form I've had to fill out here within three months. It's a regular disease with them. Forms, forms, forms.«

»Wie lang wird man da noch zuschaun! Verfluchte Wirtschaft!«

»So lang, bis die Nazihuren sich nicht länger ans Licht traun!«

»Sie Schwachkopf! Wollen Sie vielleicht, dass so große Künstler mundtot gemacht werden?«

Felix hörte das alles, aber in der tollen Aufregung des Saales und in seiner noch größeren eigenen glitt es von ihm ab. Ich muss zu ihr, dachte er, als der Vorhang nicht wieder aufging; jemand muss ihr doch helfen, um Himmels willen, man kann sie in einem solchen Zustand nicht sich selbst überlassen! Er schob die Menschen zur Seite und fragte sich zu der kleinen Eisentür am Ende des Logenganges durch, die zur Bühne führte. Als er hinkam, stand der kleine Mann mit den ausgeschlagenen Zähnen davor. Eine Sekunde dachte Felix: Gut, dass er nicht verhaftet ist. In der nächsten hatte er sich seiner zu erwehren.

»Aha! Der Beschützer der Naziunschuld kommt zum Sukkurs!«, rief der kleine Mann verächtlich, und da Felix ohne Antwort an ihm vorbeiwollte, sagte er: »Keinen Schritt!«

»Lassen Sie mich durch! Sie haben kein Recht, sich mir in den Weg zu stellen!«

»Ich hab das beste Recht auf der Welt! Ich will nicht umsonst gelitten haben. Ich will nicht unsägliche sieben Jahre wachend und schlafend geschworen haben: ›Das darf nie wieder sein!‹«

»Das hat doch damit nichts zu tun, dass eine politisch vollkommen uninteressierte Sängerin wieder singt!«

»Behaupten Sie das im Ernst? Die Sänger und Sängerinnen waren politisch enorm interessiert, wenn sie dadurch ein hübsches Auto vom Herrn Göring oder eine gute schöne Rolle vom Herrn Goebbels bekommen konnten!«

»Nicht Fräulein Wagner! Ihre Stimme ist so schön, dass sie das nicht nötig hatte!«

»So? Warum ist sie dann, wenn sie eine gar so schöne Stimme hat, nicht ins Ausland gegangen? Nach New York oder in die Schweiz oder nach Schweden oder nach Südamerika, was weiß ich wohin? Sie ist hiergeblieben, sie hat mitgemacht. Alle haben mitgemacht, auch wenn sie's jetzt leugnen. Alle!«

»Sie können von niemandem, der seine Heimat liebt, verlangen, dass er sich von ihr trennt, wenn er nicht dazu gezwungen wird!«

»Herr, Sie werden mir nicht sagen wollen, dass zwischen einem, der auf der Bühne sagt: ›Der Menschheit Würde ist in eure Hand gegeben, bewahret sie …‹, und einem Fleischhacker kein Unterschied besteht! Ich und meine Millionen Leidensgenossen haben nichts dagegen, dass die Fleischhacker, die Greisler, die Ober- und Unteroffiziale, die mitgemacht haben, Fleischhacker, Greisler und Offiziale bleiben. Aber die, die für Herrn Hitler von der Menschenwürde gesagt und gesungen haben, sollen jetzt gefälligst in den Hintergrund treten. Ihre Zeit für Applaus ist um!«

»Lassen Sie mich durch! Sie ist meine Braut!« Da der andere keinen Schritt wich, versuchte Felix ihn zur Seite zu schieben.

»Hände weg, Nazi! Rühren Sie mich nicht an!«

Da ließ Felix von ihm ab.

Einen Augenblick später wurde es dunkel, und die Vorstellung begann wieder.

»Wenn ich mich in Ihnen getäuscht haben sollte«, sagte der kleine

Mann im Logeneingang nach einer Weile, in der die allgemeine Erregung sich einigermaßen gelegt zu haben schien, »entschuldigen Sie. Mein Name ist Doktor Erwin Kreutz. Ehemaliger Gymnasialprofessor für Geschichte. Zum Lehramt nicht wieder zugelassen.«

»Die Liebe vom Zigeuner stammt – Sie fragt nach Recht nicht, noch Gesetz und Macht – Liebst du mich nicht, bin ich entflammt – Und wenn ich liebe, dann nimm dich in acht!«, sang Carmen ihre berühmte Arie zu Ende. Das Orchester rauschte auf, der Beifall prasselte.

»Schön singt sie«, gab der ehemalige Professor der Geschichte widerwillig zu.

24

Nachtlokal

Man musste, sagte Oberst Ted, die Hervorrufe feiern, die Blumen, die Ovationen, die zum Schluss der Aufführung über die spärlichen Reste des Widerstandes triumphiert hatten. Und selbstverständlich musste man den Polterabend feiern, denn morgen früh um neun heiraten sie in der Döblinger Pfarrkirche. Einen zwingenderen Grund zum Feiern konnte es nicht geben.

Ted hatte sie in die Barock-Bar eingeladen. Die schönsten Blumen waren von ihm, dunkelrote Rosen; ein Wunder, woher er sie hatte, denn man bekam nichts dergleichen in den Blumenhandlungen Wiens. Dass Gertrud morgen heiraten würde, ließ ihn nicht kalt, das konnte man sehen, doch er zeigte es ohne jede Bitterkeit. Soweit es Felix auffiel, fand er es bemerkenswert. Bitterkeit fing er zu verabscheuen an.

Allerdings war der Augenblick nicht danach, sich unbefangene Urteile zu bilden. Die drei Stunden in der Oper hatten mehr von seiner Kraft beansprucht, als Felix vermutete; das schmerzhaft gespannte Dasitzen in Furcht vor neuer Demonstration; ihr zuzusehen, wie sie in einem von Panik verkrampften Mund die Töne bildete, die trotzdem voll Wohllaut und sinnlichen Feuers blieben; zu ahnen, mit welcher Anstrengung sie ihren angsterstarrten Körper in Schritt und Tanz zu gefährlicher Geschmeidigkeit straffte, erfüllte ihn mit Qual, Staunen und Bewunderung. Er hätte nicht geglaubt, dass sie eine so überragende Künstlerin werden würde.

Als der Regisseur, ein ehemaliger Konzentrationslagerhäftling, Gertruds Leistung in den Himmel hob und, im selben Atem, die Demonstranten verächtlich geißelte, deren Kamerad er sieben Jahre gewesen war, hatte Felix dieselbe Empfindung wie vorher, da man ihn auf den Kopf geschlagen hatte. Nichts passte zu nichts. Und er zu niemandem. Doch diese Empfindung dauerte nicht länger als die frenetische Lobpreisung und Verdammung. Mit Gertrud allein gelassen, gehörte er ihr.

Sie schien erschöpft und beglückt. Die Starrheit um ihren Mund war abgefallen, der fiebernde, gehetzte Blick hatte sich gesänftigt. In dem Sessel vor dem Schminktisch atmete sie auf und sagte: »Gott sei Dank, dass es vorüber ist!«

Er fragte sie, ob sie gewusst hatte, dass demonstriert werden würde.

Sie hatte es nicht gewusst.

Als er ihr sagte, wie außerordentlich sie gewesen war, lachte sie vor Entzücken.

»Dass du endlich wieder lachst, Gertrud!«

»Man verlernt's.«

Es fiel ihm ein, dass er, seit er in Wien angekommen war, niemanden lachen gesehen hatte.

»Wer ist deine Verlobte?«, fragte sie. Sie lachte noch.

»Ich hab dir schon gesagt, es ist keine richtige Verlobung.«

»Sondern eine Affekthandlung? Eine Mitleidshandlung?« Sie war fast fertig angezogen.

»Weder noch. Livia ist ein süßes Geschöpf und das Fairste auf der Welt. Hätte sie gewusst, dass du lebst, dann hätten wir uns nie verlobt.«

»Livia heißt sie. Wie alt ist sie?«

Er sagte es.

»Ich kann mir nicht vorstellen, dass ein so junges Mädel, noch dazu ein so faires, einem Mann wie dir sagt: ›Verloben wir uns.‹ Du hast dich also mit ihr verlobt?«

»Das ist kein Unterschied.«

»Hast sie dazu gebracht, sich mit dir zu verloben?«

»Nein. Sie hat noch nicht einmal bindend ja gesagt.«

Die Blumen in der Garderobe dufteten zu stark. Es war zu warm in dem kleinen Raum. Livia aus Scarsdale hatte darin keinen Platz. Mit schneidender Deutlichkeit sah er sie in dem schmalen Kabinett. Ich rede wie ein schlauer Winkeladvokat, dachte er und putzte vor Verlegenheit die Brille. »Meine Daumen sind so starr, dass ich sie nicht mehr spür. Aber es hat Glück gebracht«, sagte er.

»Hast sie verständigt, was du vorhast, Felix?«

Es war Ted, der draußen rief: »Well, folks! Get going!«

»Ich werde ihr morgen schreiben.«

»Eine Todfeindin mehr«, antwortete sie. Eine Sekunde erhitzte sich ihr Blick wie vorher. »Ich hab dir auch noch nicht bindend ja gsagt, Felix.«

Obschon sie dabei lachte, erschreckte ihn ihr Blick. »Komm, Trude. Wir waren jetzt lang genug in diesem Marterkabinett.«

Hätte jemand ihn gefragt: »Bist du dir überhaupt klar, was du willst?«, er hätte besinnungslos geantwortet: »Sie!« An jeder ihrer Bewegungen hing er. Die Geschmeidigkeit, mit der sie ihren Körper sehen ließ, war vielleicht absichtlich. Vielleicht war die abgründige Verzweiflung, die sie gezeigt hatte, gespielt – sie wusste ja, wo er zu packen war: bei der Sinnlichkeit und beim Mitleid. Der Gedanke streifte ihn, dass es so sein könnte. Ein Engel war sie nie gewesen. Gut! Er wollte sie, wie sie war.

Schützend ging Ted ihnen voraus. Aber die Leute, die vor der Bühnentür standen, wurden von der Polizei in Schach gehalten. Ob sie für oder gegen die Sängerin waren, ließ sich im Moment nicht feststellen; erst als sie fuhren, hörten sie Rufe: »Nazihur!« »Hoch Wagner! Hoch!«

»It was grand. Congratulations. Habe nie etwas so Wundervolles gehört. Wollen Sie, dass ich morgen Ihr Trauzeuge bin?«, fragte der Oberst, sich an Felix wendend, da Gertrud nicht antwortete.

Der Wagen war auf dem Weg in die Innere Stadt. Als die Ruinen der Kärntner Straße in Sicht kamen, sagte Gertrud plötzlich ohne Anlass:

»Verzeih!« Erst hörte es niemand, es war zu leise. Dann wiederholte sie es dreimal, schnell, flehend: »Bitte, verzeih! Bitte verzeih! Bitte, verzeih!« Felix sagte: »Trude! Mach dir keine Gedanken! Gott sei Dank, alles ist wundervoll vorbei!«

Ted, der »wundervoll« verstanden hatte, sagte: »Wonderful. That's right.«

Im Moment vergegenwärtigte Felix sich nicht, was geschah. Er hörte sie weinen. Ihr Kopf war gesenkt, sie presste die Arme eng an den Leib, das Weinen wurde stärker. Als der Wagen hielt, war es ein Weinkrampf geworden. Das Licht vor dem Portal des Nachtlokals fiel in den Wagen. Ihre Schultern zuckten, ihr Gesicht, so viel sie davon sehen ließ, war weiß.

Der Oberst sagte: »Now, now. It isn't as bad as all that. Come on, old girl, be good. We're going to have some fun.« Beschwichtigend legte er die Hand auf ihren Arm. Da stieß sie den Arm so heftig gegen ihn, dass er eine Sekunde brauchte, um zu sagen: »So behandelt man seine Freunde nicht!«

Ihr Gesicht weiß und erloschen. »Bitte, verzeih! Bitte, verzeih! Bitte, verzeih!«

»Trude! Beruhig dich endlich! Es ist doch nichts zu verzeihn! Du richtest dich zugrund!«

»Bitte, verzeih! Bitte, verzeih! Bitte, verzeih!«

Wagen hinter ihnen hupten. Sie waren im Weg.

Gertrud sollte aussteigen und klammerte sich an die Armschlinge des Autos. Sie sagte kein Wort, wehrte sich nur aus Leibeskräften. Ted stand längst draußen vor der Wagentür, um ihr die Höflichkeit zu erweisen, die man einer Dame schuldet, die aus einem Plymouth steigt. Inzwischen versuchte Felix, ihr zuzureden. Als nichts half, legte er den Arm um sie. »Wenn du nicht kommst, trag ich dich wie ein Baby!«

Sie gab den Widerstand auf. »Ich kann so nicht unter Leute gehn. Siehst nicht, wie ich ausschau!«

»Wir geben dir eine Viertelstunde, dich herzurichten«, redete er ihr zu. »Komm! Wir können den armen Oberst wirklich nicht länger warten lassen.«

Sie stieg mit Felix aus, dankte für Teds Hilfe und betrat mit beiden das Nachtlokal; nach den Damenmänteln und Offizierskappen in der Garderobe zu schließen, war es überfüllt. Doch Ted hatte einen Tisch bestellt. Sie einigten sich, dass Gertrud ihnen nachkomme, sobald sie sich zurechtgemacht haben würde.

Die beiden Männer saßen in der dem Ruin entgangenen Bar, einem angenehmen Lokal, wie Ted erklärte – allerdings gab es ja sonst nicht viel, höchstens den Bristol-Club. Dort waren sehenswerte Floor Shows, hier dagegen tanzte man besser, und der kleine Kerl mit der Narbe über der Stirn sang so charmante Wiener Lieder.

Der kleine Kerl, dem er winkte, kam zum Tisch. Felix erkannte ihn sofort. Louis Heller war es, dem Gas entgangen wie das Nachtlokal den Bomben. Erst vor wenigen Wochen war er zurückgekehrt, von irgendwo aus Südamerika; er erzählte es aufgeregt, doch Felix hörte nicht recht hin. Auch als Herr Heller die Lieder sang, die er hier vor acht Jahren für Leute gesungen hatte, die ihn nachher mit Gas bedrohten, charmante Lieder vom goldenen Wiener Herzen, hörte er nur mit halbem Ohr, die Augen auf den Eingang gerichtet, durch den Gertrud kommen musste.

»Was hat sie eigentlich?«, fragte Ted. »Die Aufregung des ersten Auftretens, vermute ich?«

Natürlich war es das. Alles zusammen. Jahrelang unterernährt, permanent in Angst, wovon man heute leben, wer einen morgen denunzieren wird. Dazu die Marter in der Oper. Es klang wahrscheinlich, da Felix es sagte; er war im Begriff hinzuzufügen: »Und dazu das Wiedersehn mit mir und dass wir morgen heiraten« – eine Hemmung hinderte ihn daran.

»Sie haben sicher recht. Wissen Sie was? Tanzen Sie mit ihr. Und nachher ein paar Drinks. Das bringt alles wieder auf gleich.«

Ausdrücklich hatte Felix ihr eine Viertelstunde Zeit gegeben, doch schon nach fünf Minuten kontrollierte er seine Armbanduhr. Es ist nicht nur wahrscheinlich, sondern notwendig, dass man reagiert wie sie!, sagte er sich. Kein Riese hält das aus. Sein Mitleid wuchs mit jeder Sekunde. Ist sie in den nächsten fünf Minuten nicht hier, dann wird er nach ihr sehen. Absurd, sich in eine solche Panik hineinzusteigern! Was war denn das mit ihm! Nicht eine Stunde seit seiner Ankunft handelte er konsequent. Unaufhörliche Verwirrung. Dauerndes Aussetzen der Vernunft. Komm endlich zur Vernunft!, sagte er sich. Aber er konnte nicht verhindern, dass seine Unruhe maßlos wurde.

Noch zwei Minuten. Vielleicht war sie weggegangen? Sie wollte nicht unter Leute in diesem Zustand; ein kompletter Wahnsinn, sie herzubringen! Und wenn man sie allein ließ, war es nicht ausgeschlossen, dass sie etwas Unüberlegtes – Felix sprang auf, stieß dabei das Champagnerglas um. »Excuse me!«, murmelte er, stürzte weg.

»Hold your horses«, rief Ted hinter ihm: »Da ist sie.«

Sie war eingetreten. Einige Gäste, die in der Oper gewesen zu sein schienen, empfingen sie mit Applaus. Ein Captain brachte ihr eine Rose. »I loved your performance«, sagte er.

Ted strahlte. »Well, Trude. Good to see you.«

»Was ich für eine Angst um dich ausgestanden hab!«, sagte Felix.

»Weshalb?«, fragte sie. Es klang, als fragte das ein Fremder. Nein, ein Feind.

»Man merkt dir gar nichts an«, sagte Felix zögernd

»Not a bit«, bestätigte Ted. »Here's to you!« Er erhob das Champagnerglas und stieß mit ihr an. »Glück auf der Bühne und in der Ehe!«

Gertrud trank. »Trink noch ein Glas«, bot er an. Sie hielt ihr Glas hin, er schenkte ihr ein. »And here's to you«, sagte er zu Felix.

Die Männer tranken einander zu. Felix dachte: Es ist nicht gut, dass sie trinkt. Sie hat den ganzen Tag nichts gegessen.

Der Oberst lächelte melancholisch vor sich hin und nickte. Da nimmt er sie mir weg, mochte das heißen.

Herr Heller sang: »Wien, Wien, nur du allein, sollst stets die Stadt meiner Träume sein!« Als er fertig war, wurde applaudiert, und er sang: »Herr Drechsler, Frau Drechsler, ich bitt um die Ehr«, aus einer alten Operette. Während des Singens ging er von einem Tisch zum andern. Zu der Nische gelangt, worin das Brautpaar und der Oberst saßen, schaute er Gertrud ins Gesicht und sie ihm. Einen Augenblick hielt er ein, dann sang und ging er weiter.

»Kennst du ihn?«, fragte Ted. Sogar ihm war es aufgefallen.

»Herr Heller!«, hatte Felix da schon gerufen, und der Mann mit der Narbe drehte sich um und kam zu ihnen zurück. »Ich wollte Sie nicht stören«, sagte Felix, »entschuldigen Sie. Aber Sie haben so reizend gesungen.« Er bot ihm Zigaretten an, Herr Heller sagte, er rauche nicht. »Du kennst ja Herrn Heller, Gertrud?«

»Nein. Nicht persönlich.«

»Aber Sie kennen Fräulein Wagner, Herr Heller?«

Was in dem Gesicht des Nachtlokalsängers vorging, konnte man auf verschiedene Art deuten. Felix deutete es sich als die ungeheure Verwunderung des Mannes, dass Gertrud hier mit ihm saß. In einem Anfall nicht länger zu beschwichtigenden Misstrauens wollte er ihm die Frage stellen: »Mit wem haben Sie diese Dame hier gesehen, mit Herrn Goebbels oder mit Herrn Reichsstatthalter Schirach?« – da entwischte der Mann, indem er der Kapelle ein Zeichen gab; mit einer Heurigensänger kennzeichnenden übertriebenen Verneigung begann er, am entgegengesetzten Ende des Raumes, ein anderes charmantes Lied. Als er zu den Worten kam: »'s gibt nur a Kaiserstadt, 's gibt nur a Wean!«, stand Gertrud auf. Ted mochte denken, dass sie tanzen wollte, denn er gestikulierte zu der Kapelle hinüber: Tanzmusik! Doch sie hatte sich schon wieder gesetzt.

»Wolltest du etwas?«, fragte Felix, der an jeder ihrer Bewegungen hing.

»Ich war einmal hier«, sagte sie, sah aber niemanden an, sondern trank den Rest des Champagners, das Glas dem Oberst zum Füllen hinhaltend. »Das letzte Mal, wie er hier in der Bar gsungen hat«, setzte sie stockend fort. »Wie sie ihn geschlagen und weggschleppt haben. Die Leut haben gelacht. Ich war dabei.« Sie trank. »Niemand hat was dagegen gmacht.«

»'s gibt nur a Kaiserstadt, 's gibt nur a Wean«, sang der Mann mit der Narbe.

»Sie haben ihn ins Gesicht getreten«, sagte Gertrud mit schmal gewordenen Lippen und weit werdenden Pupillen. »Niemand hat was dagegen gmacht.« Jäh war sie aufgestanden. »Ich auch nicht.« Dann schrie sie es: »Ich auch nicht!« Sie schrie so laut, dass der Mann zu singen aufhörte; die Adern an ihrem Hals schwollen, aus ihrem Mund trat Schaum.

»Um Gottes willen! Sie schadet ja ihrer Stimme! Sie ist eine Sängerin!«, sagte jemand.

»Stop it«, sagte der Oberstleutnant. Auch die Musik hatte zu spielen aufgehört.

Felix packte ihre Hand. »Trude! Ich weiß, was in dir vorgeht. Es macht dir Ehre! Es ist großartig! Es ist wundervoll!« Er wusste nicht, was er redete, er fühlte nur, er müsse noch in dieser selben Sekunde in ihr Bewusstsein dringen.

Es schien, dass sie ihn hörte. Sie nickte. Aber sie setzte sich nicht.

»Komm, setz dich«, sagte der Oberst. Und so laut, dass es die Zunächstsitzenden hören konnten: »Sie ist wieder okay. Sie hat ein bisschen zu schnell getrunken.«

Da trat sie vom Tisch weg, lief zum Ausgang und war im Begriff, weiterzulaufen, als Felix sie erreichte. Er rief sie, sie drehte sich nach ihm um, packte ihn mit beiden Händen und würgte ihn mit solcher Wucht, dass erst die Leute, die ihm zu Hilfe kamen, ihn von ihr befreiten. »Niemand darf ihn anrühren!«, sagte sie heiser. »Ich erlaub's nicht!« Sie wiederholte es.

»Man muss die Rettungsgesellschaft verständigen!«, hörte Felix jemanden sagen. »Sie hat den Verstand verloren!«

»Reden Sie keinen Unsinn!«, antwortete Felix, erstickt vor Angst.

»Ich fürcht leider, es ist kein Unsinn«, sagte der Herr, der nach der Rettung verlangt hatte, »ich bin Arzt. Man muss sie unter Kontrolle bringen, sonst stellt sie noch was an.«

»Sie ist ganz gesund!«, sagte Felix verzweifelt. »Sie hat sich heute nur überanstrengt.«

»Natürlich«, sagte der andere. »Man mutet uns zu viel zu. Nicht erst heut Abend. Ich werde mich um den Transport kümmern.«

Die Kapelle hatte wieder zu spielen begonnen. Als die unsägliche Viertelstunde vorbei war, die verstrich, bis eine Ambulanz erschien, um die völlig Erschöpfte, trotzdem mit Händen und Füßen um sich Schlagende zusammen mit Felix und dem Oberst fortzubringen, sang Herr Heller, aus Montevideo zurückgekehrt: »Aber schön, meine Damen und Herrn – schön ist's halt doch nur in Wean!«

25

Auf einem anderen Kontinent

Es gibt Dinge, die man vorausgeahnt, und solche, die man vorausgefürchtet hat. Sie liegen in einem verschlossen, man weiß nicht, wie lang, man weiß nicht, weshalb. Eines Tages schließen sie sich auf und sind genau so, wie man sie gefürchtet hat. Vielleicht noch furchtbarer.

Wann immer Felix in New York die durchdringend schrillen Signale der Ambulanzen gehört hatte, die die Fifth oder Park Avenue hinunter in die Richtung des Bellevue Hospital eilten, hatte er sich der ihn überrumpelnden, fast körperlichen Empfindung nicht erwehren können: In so einem Ambulanzwagen werde ich fahren. Aber er hatte sich darin nicht als Kranken gesehen, sondern (soviel Rechenschaft er sich über solche halb unterbewussten Regungen überhaupt geben mochte) es war ihm erschienen, als müsste er in dem weißen Notwagen jemanden in Todesgefahr auf seinem letzten Weg begleiten. Einmal, unweit des Grand-Central-Bahnhofes, hatte er sich sogar auf der absurden Frage ertappt, wen er da begleiten würde, und, dumpf irgendwie, gefühlt: jemanden, den ich zur Existenz brauche; um den Widersinn auf die Spitze zu treiben, hatte er die Menschen Revue passieren lassen, die er zur Existenz zu brauchen glaubte; die Mutter und Viktoria waren darunter; nicht Livia, die er damals nur flüchtig kannte, nicht Gertrud, die er für tot hielt. Auch wenn er, nachts im Schlaf, den schrillen Ton hörte, fuhr er auf und erschrak.

Auf einem anderen Kontinent, mit vollkommener Präzision, ereignete sich jetzt, was er gefürchtet hatte. Daher fügte er sich wie jemand, der vorbereitet ist, mit einer Art stumpfen Selbstverständlichkeit in das, was geschah: Er saß in einem Notwagen und begleitete jemanden, den er zur Existenz brauchte. Dass es genau so wie in seinen Befürchtungen geschah, nur grässlicher, raubte ihm den Atem.

Auf dem Weg zum Krankenhaus (der in der finsteren, verkehrslosen Stadt nicht lange dauerte) hielt er ihre Hand. Der Oberst und jemand mit roter Dienstmütze fuhren mit. Jede Einzelheit schnitt sich in sein Gedächtnis ein, obwohl im Augenblick alles wie hinter Schleiern vor sich ging. Gertrud lag auf der Bahre, der Mann mit der roten Dienstmütze saß zu ihren Füßen, bereit, die Kranke niederzuhalten. Dazu kam es nicht. Sie hatte die Augen geschlossen und weinte unablässig, ohne zu schluchzen, unter den Lidern liefen die Tränen ihr über die Wangen. Da Felix sie trocknen wollte, winkte der Arzt ihm ab. In dem ungewissen Licht, das eine blaue Alarmlampe über dem Fahrersitz noch fahler machte, sah alles unwirklich aus; der Oberst murmelte gutmütig immer wieder: »She'll be all right, don't you worry, she'll be all right.«

Vielleicht verstand der Arzt nicht Englisch, oder vielleicht verdross es ihn, dass ein alliierter Offizier wie zur Kontrolle mitfuhr: Er schüttelte den Kopf, sooft Ted sprach. Felix deutete es sich so, dass er den Fall als hoffnungslos aufgab. Dass ein junger, mechanisch Nachtdienst versehender Arzt, der nur wusste, eine Frau habe in einer Bar einen Anfall gehabt und sei ins Krankenhaus einzuliefern, nichts anderes tat als »einliefern«, bedachte er nicht; plötzlich war der Mann mit der roten Dienstmütze ein Gott für ihn geworden, von dem Glück oder Tod abhing.

Der Ambulanzwagen (nicht weiß, sondern grün, »Rettung, Gemeinde Wien« stand darauf) war in ein Spital eingefahren, und Felix kannte Wien noch gut genug, um sich zu erinnern, dass es die Neurologische Abteilung war, wohin man Gertrud brachte. Ein ermutigendes Zeichen? Zumindest war es nicht die Abteilung für Geisteskranke – er klammerte sich daran wie ein Ertrinkender. Doch der Arzt, der den Transport in Empfang nahm, sagte trocken, ihm sei ein Tobsuchtsanfall in einer Bar gemeldet worden; und war das die Patientin? Der Mann mit der roten Mütze bejahte, der Spitalsarzt unterhielt sich ein paar Sekunden leise mit ihm. Dann ersuchte er Felix und den Oberst, das Spital zu verlassen.

Sie lag noch auf der Bahre und weinte noch; es sah aus, als weinte sie im Schlaf. Jedermann im Weg, stand die Bahre in einem offenen Korridor wie eine unerwünschte Lieferung.

»Sie ist meine Braut. Ich geh nicht weg«, sagte Felix.

Begleitpersonen seien nicht erlaubt, erklärte der Arzt.

Felix nannte seinen Namen. »Ich bleib hier«, sagte er.

Auch der Arzt stellte sich vor. Er bedauerte. Nur zu den Besuchsstunden. Morgen Nachmittag zwischen drei und vier.

Morgen früh um neun war die Hochzeit. »Bitte, Herr Doktor! Ich will ja nur wissen, wie's um sie steht!«, bat Felix den Mann mit der roten Mütze so außer sich, dass der Oberst ihn missbilligend ansah. »Ich gehe jetzt«, sagte er. »Kommen Sie mit? Sie ist hier bestimmt in guten Händen. Momentan können Sie nichts für sie tun. Nicht wahr, Doktor?«

»Was bei unsern sehr beschränkten Kräften möglich ist, wird geschehn, Herr Oberst«, antwortete der diensthabende Arzt auf Deutsch.

»That's good«, sagte Ted und ging; er schien nicht zu zweifeln, dass Felix ihm folgte; jedenfalls drehte er sich nicht um.

Die Frau, die jedermann im Weg lag und unter geschlossenen Lidern weinte, zerriss die gleichförmige Krankenhausruhe wie ein Verzweiflungsschrei. Mit der Luzidität, deren die Opfer und die Zeugen von Katastrophen für Augenblicke fähig werden, empfand Felix, dass es nur zwei Dinge gab, die hier zu wünschen waren: Heilung oder sofortiger Tod. Er wunderte sich später, dass er Stimme zu der Frage gehabt hatte: »Wird sie gerettet werden?«

Natürlich war es widersinnig, das einen Mann zu fragen, der nicht einmal den Namen der Patientin, geschweige ihren Zustand kannte. Doch da ihm die Vernunft nur zwei Möglichkeiten gelassen hatte, weigerte sich Felix, ihr zu gehorchen. Jetzt und in jeder bewussten Minute dieser endlosen Nacht wäre er zu allem entschlossen gewesen, zum Vernünftigen wie zum Wahnsinnigen. Wie lange konnte dieses Weinen dauern! Wer konnte diese unaufhörlichen, Gesicht und Ausdruck ertränkenden Tränen mit ansehen! Dieses Weinen, schien ihm, war das Weinen an sich.

»Zunächst einmal muss sie gründlich untersucht werden, Herr Dr. von Geldern«, sagte der Arzt. »Das geschieht morgen früh. Momentan sind wir nur auf Vermutungen angewiesen. Das Weinen ist ein typischer Erschöpfungszustand.«

»Also nichts Gefährliches?«, fragte Felix mit angehaltenem Atem.

»Geben Sie mir Ihre Telefonnummer. Wir rufen Sie gleich an, sobald wir Näheres wissen. Jetzt muss die Dame in den Saal gebracht werden.«

»Bekommt sie kein eigenes Zimmer?«

»Sie kennen offenbar die Wiener Spitalsverhältnisse nicht. Wir haben ihr ein dreizehntes Bett aufstellen lassen müssen, so überfüllt sind wir.«

»Sie meinen, Sie wollen sie mit zwölf andern – mit zwölf Geisteskranken ...«, sagte Felix und konnte nicht weiterreden.

»Sie wird mit zwölf andern Patienten untergebracht. Es gibt viel, viel Schlimmeres. Bitte, treten Sie ein bisschen zur Seite, ja? Die Träger sind hier.«

Die Träger schulterten die Bahre. Sie schauten nicht einmal hin, wer darauf lag.

»Es gibt nichts Schlimmeres!«, sagte Felix.

»Sie müssen recht verschont gewesen sein, um so etwas zu behaupten«, antwortete der Arzt. »Die Patientin wird auf das Sedativ, das ihr der Kollege gegeben hat, höchstwahrscheinlich tief schlafen. Aber ich würde Ihnen auf alle Fälle empfehlen, ihr nichts von Ihrer Erregung zu zeigen. Damit schaden Sie ihr nur.«

Es gibt nichts Schlimmeres als ein Mädchen, das morgen heiraten soll und heute Nacht, unter dem Verdacht des Wahnsinns, ins Spital kommt. Die Bahre schwankte, die Träger mochten achtlos gewesen sein. Felix wollte helfen. »Geht schon«, sagte der vordere Träger. »Ham S' a Zigarette, Herr?«

Sie kamen durch einen Hof, worin es nach Karbol und blühenden Linden roch. Ein süßer Geruch, nicht leicht zu atmen. »Hier sind Zigaretten«, sagte Felix. Er hatte nur den Gedanken: sie nicht allein lassen! Wie er das machen sollte, wusste er nicht.

»So. Das ist der Frauentrakt«, sagte der Arzt. »Jetzt müssen Sie gehn, Herr Dr. von Geldern.«

Felix sagte leise zu dem vorderen Träger: »Wenn Sie mich hineinbringen, bekommen Sie tausend Zigaretten.«

Die Bahre schwankte wieder, so fassungslos hatte den Mann das Anerbieten gemacht. »Tausend?«, wiederholte er ungläubig. »Wissen S', was man im Schleich für tausend Zigaretten bekommt?«

Felix wusste nicht, was »im Schleich« hieß. »Tausend«, wiederholte er.

»Viertausend Schilling!«, nannte der Träger, noch immer fassungslos, den schwarzen Marktpreis.

Jetzt roch es nur noch nach Desinfektion, ein Geruch, den Felix seit seiner Kindheit schwer ertragen hatte. »Gehn S' schnell da durch die Tür und warten S'!«, sagte der Mann, bevor die Bahre (die über Treppen und durch schlecht beleuchtete Korridore getragen worden war) in einem Krankensaal niedergesetzt wurde. Eine geistliche Pflegerin empfing sie.

Die schwere kleine Tür, durch die Felix getreten war, führte auf eine ausgetretene Wendeltreppe, eine Art Notausgang, so spärlich beleuchtet, dass er stolperte und sich an dem Geländer halten musste; der falsche Schritt und die Berührung brachten ihn zur Besinnung. Er presste die Stirn gegen das Kalte: Das ernüchterte. Es war nichts Fürchterliches geschehen. Nur diese Spitalsatmosphäre verzerrte alles. Gertrud hatte einen Zusammenbruch gehabt. Nervenzusammenbruch. Zahllose Leute hatten das, täglich las man davon. Er trachtete, sich an jemanden zu erinnern, der es gehabt hatte. Der Fehler lag darin, dass die Ambulanz verständigt worden war; das hätte er nicht zugeben, sondern Gertrud einfach nach Hause bringen sollen.

Als sich die Eisentür behutsam öffnete und der Träger flüsterte: »San S' da?«, antwortete er laut: »Ja.« Er wollte sie auf der Stelle wieder mitnehmen. Hier hatte sie nichts zu suchen.

»Pst!«, warnte der Mann. »Schrein derfn S' da aber nicht! Der Ambulanzarzt hat eh scho' nach Ihnen gfragt. Ich hab gsagt, Sie san scho' weg. Herr, wenn man Sie erwischt, verlier ich meinen Posten, und Sie wern gstraft! Krieg ich die Zigaretten?«

Felix schrieb, beim Licht eines Zündhölzchens, das der andere anstrich, seine Adresse. Eine Weile später hatte ihm der Mann einen

Ärztemantel gebracht. »Sie san ja sowieso a Dokter?«, sagte er. »Müssen S' sich halt so benehmen. Der Schwester drin hab ich gsagt, dass die Verwandten von der Dame ihren eigenen Dokter grufn habn und dass er auf d' Nacht bei ihr bleiben wird.«

26

Die geistliche Schwester

Die Tür hatte keine Schnalle. Der Saal war rechteckig, schmal und lang, mit gekalkten Mauern. Die Betten standen in einer Reihe nebeneinander, mit kaum einem Meter Zwischenraum. Das Licht war vag. Über den Betten befanden sich kleine schwarze Tafeln, auf denen mit Kreide etwas geschrieben war; bei dem schwachen Licht konnte man es nicht entziffern. Gertruds Bett befand sich zunächst der Tür.

Die geistliche Schwester hatte überraschend wenig Schwierigkeiten gemacht. Es sei zwar nicht notwendig, dass sich der Herr Doktor die Nachtruhe störe, aber da die Angehörigen der Patientin es so dringend wünschten – sie hauchte ihre Worte. Dabei hatte sie ein unbestimmtes Lächeln, das die Vermutung nicht ausschloss, sie wisse mehr, als sie sage, hoffe vielleicht sogar auf einen Anteil des dem Träger Versprochenen (später war Felix über diese Vermutung tief beschämt und bat sie ihr in Gedanken immer wieder ab). Jedenfalls ließ sie Felix auf einem Hocker neben Gertruds Bett sitzen.

Die Anwandlung von Optimismus verflog, seit er hier eingetreten war. In dem trüben Schein hatte er Gertrud noch nicht einmal genau gesehen. Doch das schwere Atmen der Schlafenden und von irgendwo kommende monoton hervorgestoßene, abgehackte Worte, die klangen, als kollerte Geröll über einen Abhang, erschreckten ihn. Er hatte Mühe, der Pflegerin Rede und Antwort zu stehen, und als er an dem Bett saß und in Gertruds Gesicht zu lesen versuchte, sagte er sich immer wieder: Sei kein solcher Feigling! Sie weinte nicht mehr, doch ihre Lippen zuckten unausgesetzt. Die Augen hatte sie geschlossen.

»Das nennst du …«, waren die monotonen Worte, die er zu unterscheiden vermochte. Dann kamen andere. Auch immer dieselben, nicht verständlich. Der Tonfall gleich. »Das nennst du …«, fing es an, mit dem Ton auf »das«. Nach »du« ein Stöhnen; danach die anderen Worte. Fast ohne Pause. Drei Betten weiter rechts kam es her.

Die Fenster hätten offen stehen sollen in dieser warmen Juninacht. Dass sie nicht offen waren, sondern noch dazu von außen vergittert, ließ erraten, mit wem man es hier zu tun hatte. Ob er ein Streichholz anstreifen durfte? Dann hätte er sehen können, welche Krankheit auf der schwarzen Tafel oberhalb Gertruds Kopf stand.

»*Das* nennst du …« Die Stimme klang jung.

Zwölf Frauen, deren Geist verwirrt war. Dreizehn Frauen? Auf der schwarzen Tafel über Gertruds Bett stand es. Man brauchte nur ein Streichholz, dann sah man es schwarz auf weiß.

Wie lange war er auf der Nottreppe gestanden? Höchstens eine Viertelstunde. In so kurzer Zeit kann niemand eine Diagnose stellen! Außerdem hatte der Arzt ausdrücklich gesagt: »Morgen früh werden wir sie genau untersuchen.« Wieso stand dann etwas über ihrem Bett wie über den anderen Betten? Er strengte sich an, es zu lesen, ohne aufzustehen. Der erste Buchstabe war ein P. Dann kam ein a. Pa. Felix blieb das Herz stehen. Paranoia? Aber das Wort auf der Tafel war nicht so lang. Der erste Buchstabe war auch kein P, sondern ein D.

»*Das* nennst du … *Das* nennst du …«

Vielleicht wäre es besser gewesen, wenn die Nachricht gestimmt hätte? In der Halle des Plaza Hotels in New York, vor der Auslage des Blumenhändlers Sling, hatte Onkel Richard eines Tages gefragt: »Weißt du eigentlich, dass die Gertrud Wagner gestorben ist?« Sie wollten gerade zu Viktoria gehen, es war ein Juniabend wie heute, er hatte eine Zeitung gekauft, darauf stand: »Frankreich legt die Waffen nieder und kapituliert vor Hitler.« Eine schlimmere Nachricht hatte er nie gelesen, doch als Onkel Richard Gertrud totsagte, wog Frankreichs Kapitulation federleicht. Er sah sich dort stehen, zwischen Blumenhandlung und Zeitungsstand, hörte sich sagen: »Jetzt ist alles aus«, und Onkel Richard antworten: »Churchill wird schon helfen. Oder meinst du, weil die Wagner tot ist? Das würde mich von dir wundern. Die war ganz bestimmt eine Nazi. Sonst wär sie doch nicht dortgeblieben!«

Onkel Richard, du würdest dich wundern. Es ist mir nämlich nicht mehr wichtig. Verachtest du mich? Aber ich schwöre dir auf das Kruzifix, das in dem Saal hier hängt, wo zwölf oder, Gott bewahre, dreizehn wahnsinnige Frauen schlafen: Ich kann nicht mehr verstehen, dass ich Menschen übelwollte, denen es geht wie diesen hier. Onkel Richard! Was willst du denn noch? Und was willst du von Menschen, denen es so schlecht gegangen ist oder die es sich so zu Herzen genommen haben, dass sie, buchstäblich, davon wahnsinnig geworden sind! Wenn dort auf dem Täfelchen über Gertruds Bett der erste Buchstabe ein D sein sollte, wie ich zu sehen glaube, und danach ein e kommt, was ich panisch fürchte, darauf ein m – Gott im Himmel, dann heißt das Demenz, dann heißt das: wahnsinnig geworden vor Leid, vor Selbstanklagen, vor Nicht-mehr-aus-und-ein-Wissen, dann heißt das, es wäre tausendmal besser gewesen, wenn du auch mit der Gertrud recht gehabt hättest, damals vor der Blumenhandlung Sling, und nicht nur mit Churchill – denn es reißt einem das Herz aus dem Leib! Weißt du, was sie gesagt hat, als wir sie herbrachten: »Bitte, verzeih!« Sie hat es immer wiederholt wie die Kranke dort, die ich nicht verstehe und die wahrscheinlich auch etwas von sich wegwälzen will, das auf ihr liegt wie ein Berg. Onkel Richard! Es sind aus Angst in Panik, aus Panik in Verzweiflung gehetzte Menschen, und auf ihnen liegen Berge, und sie sollen sie heben, mit ihrer nackten Brust, und sind zu schwach dazu und verlieren die Kraft und den Verstand. Sag's denen drüben, Onkel Richard, allen, die's nicht hören wollen: Ich sitz hier am Bett einer, die ich vor meinen eigenen Augen habe wahnsinnig werden sehen, weil es für sie zu schwer war. Und sag ihnen, dass ich ein Mitleid für sie habe, und für die andern zwölf, und die andern hunderttausend, das mir die Brust mitten auseinanderreißt! Ich weiß nicht, was ich früher gesagt und gefühlt hab – ich will's nicht wissen, denn es gilt nicht mehr!

Gertruds Gesicht hatte sich verändert. Der maskenhafte Ausdruck, den es gehabt hatte, wich, die zuckenden Lippen formten sich, als wollten sie ein Wort bilden. Die krampfhafte Anstrengung, das Wort zu finden oder sich seiner zu entledigen, sogar in ihrem Schlaf offenbar, war so fürchterlich, dass Felix die Hand nach ihrer Hand ausstreckte, um sie dem gnadenlosen Traum zu entreißen, den sie zu träumen schien.

Da flüsterte die Patientin im Nebenbett: »Brauchst sie nicht wecken! Ich bin wach!«

Nicht einmal die Pflegerin hörte es, denn sie veränderte ihre Stellung nicht; mit dem Rücken zur Tür saß sie auf einem Stuhl in der Mitte des Saales.

Die Patientin im Nebenbett hatte die Decke zurückgestreift. »Ich bin schöner«, flüsterte sie. »Komm! Die Neue heißt nix. Keine hier. Ich darf nicht so laut reden. Weil ich so schön bin, bin ich ja hier! Verstehst das nicht? Sie gönnen's mir nicht. Alle haben s' mitkonkurriert, alle, und nur ich hab gwonnen. Der Herr Gauleiter persönlich hat mir das Dekret übergeben. Schönheitskonkurrenz Grinzing 1940. Glaubst mir vielleicht nicht?«

Sie war im Bett aufgestanden, ihr nackter Körper flackerte im Dunkel wie eine dünne weiße Fackel, sie wippte, wiegte sich, hob mit einer runden, erschütternd vergeblichen Bewegung die Arme hoch, um die Brüste zu straffen, da sagte jemand: »Schwester! Sie tanzt schon wieder! Verdammtes Luder!« Noch bevor die Pflegerin kam, hatte die Kranke sich geduckt, die Decke über den Kopf gerissen und rührte sich nicht. Die Pflegerin sagte an ihrem Bett: »Frau Strohal, warum schlafen S' denn nicht? Das tut Ihnen nicht gut, und die andern wecken S' mir nur auf. Schön schlafen jetzt, ja?« Keine Antwort.

»*Das* nennst du ...«

Gertruds Lippen kämpften um ein Wort, das sie nicht fanden.

»Schwester«, sagte Felix. »Schauen Sie sich sie an. Glauben Sie, sie schläft?« Die Pflegerin stand noch am Nebenbett.

»Ich denk schon«, antwortete sie leise. »Obwohl, sie verstellen sich gern. Jedenfalls hat sie ein starkes Schlafmittel bekommen. Da oben steht's ja.« Sie wies auf die schwarze Tafel.

Felix ging auf die schwarze Tafel zu mit Füßen, die ihn nicht trugen. Obwohl er jetzt so nahe war, dass er die Buchstaben leicht lesen konnte, tanzten sie vor seinen Augen. P-h-a-n. Phan. Sie schlief. Am Heben und

Senken der Brust war es zu merken. Nicht an dem zum Zerreißen gespannten Ausdruck ihres suchenden Gesichtes. Phan.

»Haben Sie gesehn?«, fragte die geistliche Schwester.

Ja.

»Sie sind kein Arzt, nicht wahr?«

Nein.

»Phan bedeutet Phanodorm. Sie hat Phanodorm bekommen. Davon schläft sie.«

In Felix' Beinen zirkulierte das Blut wieder. Sie hatte Phanodorm bekommen. Phanodorm war ein Schlafmittel. Von einem Schlafmittel schlief man.

»Danke, Schwester.«

»Gern geschehn«, sagte die geistliche Pflegerin und schien wieder vag zu lächeln. Obwohl man unter ihrer gestärkten weißen Haube ihr Haar nicht sah, musste das Haar weiß sein. »Wollen Sie nicht doch lieber gehn?«

»Bitte, lassen Sie mich hier. Schwester?«

»Ja?«

»Ich hab großes Vertrauen zu Ihnen. Wissen Sie, dass wir morgen früh um neun, das heißt eigentlich heute um neun heiraten sollten?«

»So«, sagte die Pflegerin. Da sie zwischen den Betten stand, leuchtete auch ihre Weißheit im dunklen Raum. Jedoch wie ein ruhiger Glanz. »So ...«, wiederholte sie. »Es muss ja nicht unbedingt morgen sein.«

»Sie meinen – es wird dazu kommen, meinen Sie, Schwester?«

Bestimmt war es ein Lächeln, das sich jetzt auf dem alterslosen, nach innen schauenden Gesicht zeigte. »Nichts ist ausgeschlossen«, sagte sie. »Man muss es hoffen und glauben. Und darum beten. Gute Nacht.« Sie ging zu ihrem Platz zurück.

Felix stand vor dem Täfelchen, das keine Wahnsinnsdiagnose, sondern nur ein Schlafmittel verzeichnete. Er spürte seine Erschöpfung und setzte sich wieder an das Fußende des Bettes, wo er vorhin gesessen war. Nichts war ausgeschlossen. Das Böse nicht, das Gute nicht. Vernunft war eine Pein. Wahnsinnig wurde man aus Vernunft.

»*Das* nennst du ...« Eine Weile hatte die junge Stimme geschwiegen, jetzt murmelte sie wieder. »*Das* nennst du Leben« – war das der Vorwurf, den sie machen wollte? Denn es konnte nur ein Vorwurf sein. Alles war hier Vorwurf! Der Atem ein und aus! Das Schauen! Das Wegschauen! Das Schweigen! *Das* nennst du Existenz, Onkel Richard? Du bist ein Pedant der Kalorien. Der Körper, behauptest du, braucht soundso viel Kalorien. Wie viel Kalorien braucht die Seele? Hast du dir das ausgerechnet? Hier bekommen sie 1700 für den Körper; davon wird er so hässlich wie bei dieser Wahnsinnigen, die den Schönheitspreis erhielt. Für die Seele bekommen sie nichts. Davon wird die Seele wahnsinnig.

Fern wurde etwas hörbar. Schritte. Es kam näher. Dumpfe Tritte auf dem Pflaster. Marschieren. Soldaten wahrscheinlich. Marschierten so viele Soldaten nachts in einer befreiten Stadt?

Felix setzte sich auf. Jemand war zu ihm getreten und sagte: »Sehen Sie sie?«

Er strengte sich an zu sehen. »Dort«, sagte die Stimme, »treten Sie zum Fenster, dann sehen Sie sie.«

Die Pflegerin saß auf ihrem Stuhl. Die Kranken schliefen. Auch die Frau, die immer wieder fragte, mit ihrer Frage nicht zu Ende kam und ohne Antwort blieb, schwieg. »Sie müssen es sehen«, sagte die Stimme. »Sonst glaubt es Ihnen Mr. Richard nicht. Man muss es mit eigenen Augen gesehen haben, Dr. van Geldern.«

»Da haben Sie vollkommen recht«, sagte Felix laut und verwies sich sofort selbst zur Ruhe. Doch niemand im Saal schien ihn gehört zu haben. Es ist jemand, den ich ganz genau kenne, dachte er, bemühte sich zu ergründen, wer es war. Doch er konnte zu dem, der sprach, unmöglich sagen: »Ich sehe Sie nicht, ich höre nur Ihre Stimme, wer sind Sie?«

Die Tritte wurden so drohend, dass man hätte glauben sollen, alle würden davon erwachen. Allerdings, Phanodorm. Phanodorm war ein Schlafmittel.

Obwohl sie unten auf dem Pflaster vorbeimarschierten, war es so, als marschierten die Soldaten hier durch den Saal.

Felix stand am Fenster. Ja, jetzt sah er sie. Das Merkwürdige war, dass er jeden Einzelnen von ihnen sah, obschon sie rasend schnell liefen.

Über der Einfahrt zum Spital brannte eine Bogenlampe und leuchtete ihnen mitten ins Gesicht.

Es waren keine Soldaten, sondern Zivilisten. Männer und Frauen. Kinder. Winzige Kinder. Sie klammerten sich an die Erwachsenen. Sie saßen ihnen auf dem Rücken. Auf dem Rücken trugen die Erwachsenen Säcke. Vergeblich strengte Felix sich an zu sehen, ob in allen Säcken Kinder steckten. Dass auch die Alten so schnell laufen konnten, war ein Wunder. Nichts ist ausgeschlossen. Man muss es hoffen und glauben.

Sie liefen vor etwas davon. Das war's!, wusste Felix plötzlich. Es musste knapp hinter ihnen her sein, sonst hätten sie diese entsetzt aufgerissenen Augen nicht gehabt. Kam die Drohung aus der Spitalgasse? Oder aus der Lazarettgasse? Felix bemühte sich, die Straßennamen in sein Gedächtnis zurückzurufen, als hinge alles davon ab. »Sehen Sie sie?«, fragte die Stimme wieder.

Felix wollte bejahen, doch er hatte keinen Ton in der Kehle. Daher nickte er nur. Hoffentlich sah man es! Wenn sie nicht wussten, dass er sie sah, konnten sie ja nicht weiterlaufen, das war ihm absolut klar.

Gott sei Dank, sein Nicken war gesehen worden, denn die Stimme sagte: »Es sind versetzte Personen, Mr. van Geldern.«

Selbstverständlich, was sonst hätte es sein sollen! Schwester, warum war es erlaubt, Überflüssiges in diesem Saal zu sagen, wo man kein Wort reden durfte, das Schlafenden beschwerlich fiel?

»Es sind die Volksdeutschen aus der Tschechoslowakei. Die Flüchtlinge aus Jugoslawien, Bulgarien, Rumänien, Ungarn, Polen, Estland, Lettland, Finnland, Finnland, Finnland. Es sind eine halbe Million Menschen.

Gut, gut, das war doch in der Zeitung gestanden, wozu so Selbstverständliches wiederholen, man sollte dem Schwätzer nicht zuhören! Felix hätte darauf geschworen, dass es Mr. Graham aus Brown's Kaufhaus war. Mister Graham pflegte Selbstverständlichkeiten, die morgens in der Zeitung standen, während der Lunchpause als Neuigkeiten auszugeben.

»Das stimmt nicht. Entschuldigen Sie, Mr. van Geldern.«

»Wieso stimmt es nicht, Mr. Graham? Ich habe die Bestseller-Liste ganz genau gemacht. »The Egg and I« … Felix versuchte, sich an den Bestseller Nummer zwei zu erinnern, doch es gelang ihm nicht.

»Sehen Sie, Dr. van Geldern. Hier liegt Ihr Irrtum. Es ist nicht selbstverständlich. Es ist wahnsinnig«, sagte Mr. Graham.

Wieder etwas total Selbstverständliches. Wenn nur Gertrud es nicht hörte, sonst würde sie wieder weinen. Man musste es diesem Mann einmal klarmachen. Kein Zweifel durfte mehr sein. Nicht der Hauch eines Zweifels! »Mr. Graham«, sagte Felix und schaute auf die noch immer in rasender Hast unten Vorbeilaufenden, »nehmen Sie, bitte, definitiv zur Kenntnis: Dass in den Straßen Wiens, was sage ich Wiens, ganz Europas, eine halbe Million Menschen in solch rasender Hast vor dem Unglück davonlaufen, denn davor, Mr. Graham, laufen sie davon, und dass sie hinein ins Unglück stürzen wie in ein schwarzes Loch, und dass wir bei diesem Amoklauf am Fenster stehn und zuschauen und nichts für sie haben als Baracken, die ja wieder nur eine Art Konzentrationslager sind …« Felix fand den Schluss des Satzes nicht, doch zu seiner großen Befriedigung antwortete Mr. Graham: »Genau das finde ich auch. Ich sage es gleich dem Boss, und daher wäre es mir lieb, wenn Sie und Miss Wagner dabei wären. Man muss das ganze Personal morgen früh gründlich auf den Geisteszustand untersuchen. Momentan sind wir nur auf Vermutungen angewiesen. Aber dass Wien, was sage ich, ganz Europa, momentan ein Irrenhaus ist, von Wahnsinniggemachten bewohnt, von Irrenwärtern regiert, das sehen Sie ja selbst. Das Wichtigste ist eben, dass der Boss zur Untersuchung geht.«

Felix erinnerte sich erleichtert, was nach »The Egg and I« kam und wollte es sagen. Aber Herr von Ardesser fuhr fort: »Sie sagen: Seht ihr nicht, dass alles falsch war? Die Methoden, bitte, ich gebe das zu, waren falsch. Wie oft habe ich das Ihrer Frau Mama gesagt, Ihre Frau Mama ist eine hervorragende Frau, Felix. Warten Sie mit Ihrer Liste, ich zeig Ihnen erst meine eigene. Sehen Sie die enormen schwarzen Flecken? Russland. Damit haben wir unbedingt recht gehabt. Das Unglück kommt von dort. Spitalgasse. Lazarettgasse. Davor laufen sie davon. Die Todesgefahr ist Russland. Und wir hätten Russland besiegt, wenn ihr uns nicht in den Arm gefallen wäret. Schauen Sie doch in die Spitalgasse! Vor Russland laufen sie wie die Wahnsinnigen davon! Und Russland werdet ihr besiegen müssen, wenn ihr nicht besiegt werden wollt. – Wer hat das gewusst und danach gehandelt? Der Nationalsozialismus! Und ihr verlangt von uns, dass wir sagen: Alles war falsch! Die Methoden waren falsch, aber das Konzept war ein Bestseller, und aufs Konzept kommt es an, Felix, um Christi willen, sehen Sie das nicht!«

Das Kruzifix war nicht da. Felix wusste genau, dass es noch vor einem Augenblick an der Längswand des Krankensaals gehangen war. Er rief die Pflegerin, doch ihr Stuhl stand leer.

Es hilft nichts, ich muss den Boss davon überzeugen, dachte Felix, Mr. Graham hat ganz recht. Wahrscheinlich ist die Pflegerin wegen der Untersuchung zum Boss gegangen; das Schlimme ist nur, dass Onkel Richard sich so schwer überzeugen lässt. Viel einfacher wäre es natürlich, wenn es in der »New York Times« stünde. Halb zwölf Uhr nachts, Ecke Madison Avenue und 59. Straße, bei dem blinden Zeitungshändler. Es fehlt noch eine Minute. Fünfundvierzig Sekunden. Dreißig. Keine. Aus einem Lastwagen wird die »New York Times« in dicken Bündeln hinuntergeschmissen, schwer wie Säcke. Onkel Richard kauft das Blatt für drei Cent, überfliegt die Schlagzeilen und geht dann sofort nach Hause, um bis eins oder zwei zu studieren, was in der Zeitung steht. Felix sieht ihn am Bridgetisch sitzen und lesen: »DP-Procession in Vienna. By radio. From our Vienna Correspondent. Vienna, June 27 ...« Durch das hübsche, stille, matt beleuchtete Sitzzimmer im 14. Stock, dem gegenüber Radio City, wie ein gigantischer Weihnachtsbaumkoloss aus Stein mit winzigen Lichtern besät, friedlich funkelt, laufen die Leute mit den entsetzt aufgerissenen Augen. Sie haben Wunden statt der Gesichter. Die Kinder in den Säcken haben weißes Haar. Alle tragen Riesenplakate, noch größer als die »New York Times«, darauf steht: »Unfair zu den Angestellten. Europa, wohin? Von unserem Wiener Korrespondenten.« Dadurch, dass es Tausende sind, die diese Plakate schleppen, hört man die gedruckten Worte wie einen Schrei, obwohl die ganze Prozession zugekrampfte Lippen hat. »Europa, wohin?«, schreien die Buchstaben auf den Plakaten; Onkel Richard sagt: »Da hat die Ann O'Hare McCormick wieder einmal einen blendenden Artikel geschrieben, unterschreibe jedes Wort!« Unterschreibst du jedes Wort? Aber damit ist es nicht getan! Womit ist es getan? Wie er es bei Rigorosen gemacht hat, wenn Durchfallen oder Durchkommen auf dem Spiel stand und es davon abhing, die Antwort in der nächsten Minute präzis zu wissen, wiederholt Felix die Frage: »Womit ist es getan?«, und antwortet: »Es ist damit getan, erstens, es zu sehen und zu hören und nicht daran vorbeizugehen und vorbeizuhören. Es ist zweitens damit getan, dass Mr. Graham sofort zum Boss geht und das ganze Warenhaus, auch der Boss, auf den Geisteszustand untersucht wird, weil Herr von Ardesser sonst recht hätte. Drittens ist es damit getan, dass Herr von Ardesser nicht recht haben darf, und deshalb muss die Schwester das Kruzifix holen. Er sagte laut: »Viertens!«, rief es sogar, und die Tritte wurden wieder hörbar, und jemand sagte: »Herr Doktor! Wecken Sie mir meine Patienten nicht auf!«

Hinter Felix stand die geistliche Pflegerin, und das Kruzifix hing an der Wand; es war noch nicht hell, doch die Botschaft des Morgens drang durch die Fenster. »Sie schläft gut«, sagte die Nonne. »Wirklich kein Grund, es sich so zu Herzen zu nehmen.« Sie hatte sich über Gertruds Gesicht gebeugt und es eine ganze Weile angeschaut. »Ich trau mich nicht, etwas zu sagen, was dann der Herr Primar bei der Visit' für einen Unsinn erklärt. Aber mir sieht's so aus, als wär sie wieder in Ordnung. Ich bin fast sicher.«

Das klang so wunderbar, dass Felix, aus dem Schlaf auffahrend, die Pflegerin küssen wollte. Erst später erwog er, weshalb jemand, der an Wunder glaubte, sich das Wundern so abgewöhnt haben sollte wie diese alte Nonne. Sie lächelte ihr Lächeln, das in dem stärker werdenden Licht seine Vagheit verlor und dafür eine Spur nachsichtigen Spottes hatte, und sagte so hauchend leise wie alles, was sie sprach: »Heben Sie sich das für einen bessern Anlass auf. Und jetzt stören S' mir die Hausordnung nicht länger. Ich glaub nicht, dass Sie hergehören, keiner von Ihnen beiden.«

Offenbar meinte sie nur das, was sie sagte, trotzdem schien es Felix, sie meinte mehr. Jedenfalls machte sie sich jetzt auf ihrem Stuhl unter dem Kruzifix mit einer Emsigkeit zu schaffen, als hätte sie die vorangegangenen Stunden sträflich versäumt. Gertruds Bett den Rücken kehrend, war sie in eine Beschäftigung versunken, die sich von dort, wo Felix saß, nicht feststellen ließ. Dabei hielt sie den Kopf gesenkt wie zum Gebet.

Der Krankensaal war still. In den Bäumen der Spitalshöfe, die aus der Dämmerung tauchten, begannen Spatzen zu zwitschern. Ein Fink musste darunter sein, sein heller Ton war unverkennbar. Die der Sinne Beraubten schliefen.

Was wird geschehen, dachte Felix verzagt. Magnetisch zog die kleine gebeugte Gestalt der Nonne seine Blicke an, als käme Trost von ihr.

Da hatte Gertrud sich bewegt und, gleich darauf, die Augen geöffnet. Sie erkannte Felix sofort. »Wo sind wir?«, fragte sie, zu laut, denn die Schläferin daneben fuhr auf. »Pst!«, machte die Pflegerin, ohne sich umzudrehen.

»Mein Gott!«, sagte Gertrud leise. Sie hatte sich aufgesetzt und umhergeschaut. »Ich bin im Spital?«

»Du warst gestern Abend nicht ganz beisammen«, sagte er. Ihr Aussehen machte ihm Mut: Das Erloschene war verschwunden; der Mund bebte nicht mehr. Er überlegte, dass es verfehlt wäre, sie an den gestrigen Abend zu erinnern, sollte sie ihn vergessen haben; dergleichen, er hatte davon gehört, kam vor. »Ein bisschen Grippe«, sagte er. »Du hast ziemlich hoch gefiebert. Grippe grassiert jetzt so, und man kriegt ja nirgends Medikamente. Wie geht's dir?«

»Gut. Starr mich nicht so an. Wie viel Uhr ist's? Wir müssen doch um neun in der Kirche sein!«

Sein Mut wuchs rapid. »Glaubst du, du bist wohl genug?«

»Natürlich! Was ist denn mit dir? Weshalb schaust du so entsetzt?«

»Entsetzt? Selig!«

»Oder hast dir's anders überlegt?« Jetzt hatten ihre Augen einen dringenden Ausdruck.

»Unsinn«, sagte er, bereute es; für Worte wie Sinn oder Nicht-Sinn war hier nicht der Ort.

»Dann gehn wir so schnell als möglich«, sagte sie. »Wo sind meine Kleider?«

Sie waren der Neueingelieferten noch nicht abgenommen worden, sondern lagen, wie das wachsende Tageslicht zeigte, auf einem Stuhl nächst dem Bett.

»Dreh dich um, ich zieh mich an«, sagte sie. Das Forschende ihres Blicks war geblieben, doch lag nichts darin als Staunen, darauf hätte er geschworen.

War es überhaupt möglich, aus diesem Saal wegzukommen? Nur, wenn niemand einen hörte oder sah – wie machte man das! Durch die schwere kleine Tür. Zum Notausgang. War man so weit, würde es sich finden. Mit stürmischem Verlangen jagte der Gedanke durch seine Stirn.

Der Saal blieb still. Es war kaum sechs am Morgen. Die Schläferin im Nebenbett schlief wieder. Der Rücken der Nonne war gebeugt. Hatte sie sich umgewandt? Nur eine flüchtige Bewegung, dann verharrte sie wie früher. Bete für uns, Schwester!

In seiner Stirn überstürzten sich die Gedanken, einer ermutigender als der andere. Mit ihren hastigen, leichten, raubtierhaften Bewegungen war Gertrud angekleidet; nichts wurde hörbar, selbst für sein angespanntes Lauschen nicht. Die Schuhe zog sie nicht an, mit beiden Händen hatte sie die Haare unter ihr Hütchen gebändigt, zwischen den Zähnen hielt sie einen Handschuh; ohne Spur von Angst sah sie umher. Sie hat eine Krise überstanden und zu sich zurückgefunden, erklärte er es sich.

Die Spatzen zwitscherten. »Fertig«, sagte Gertrud. »Möglich, dass wir schon Zeitungen bekommen. Ich bin neugierig, was sie über mich schreiben, glaubst, sie werden mich verreißen?«

Nie in seinem Leben hatte das Wort »Zeitungen« Felix so beseligt. Sie erinnerte sich an den gestrigen Abend! Sie war gesund!

»Leise«, warnte er.

»Selber leise! Mich hört man nicht. Zieh deine Schuh aus. Gib her, ich trag sie dir, sonst lässt du sie noch fallen. Du bist so ungeschickt.« Die aufgehende Sonne traf die Wand. »Komm schnell!«, sagte sie. Eine der Schlafenden warf sich unruhig hin und her.

»Wart! Bis sie wieder einschläft!«, sagte er.

»*Das* nennst du …«, stöhnte die Schlafende. Man konnte sie sehen. »*Das* nennst du … *Das* nennst du …« Wenn sich die Pflegerin nur jetzt nicht umwandte! Die Sonne stieg höher auf der Mauer. Sie traf die Füße des Gekreuzigten und den Nagel darin. Alles wurde sichtbar: die schwarzen, mit Kreide beschriebenen Täfelchen über den Betten; der friedliche Ausdruck der Schläferinnen – nur wenn man wusste, dass es ein Schlafmittelschlaf war, hatte es etwas Trostloses. Die Pflegerin hielt einen Rosenkranz. Lautlos bewegte sie die Lippen, als sie sich umwandte. Sie legte einen Finger an den Mund, wies auf die Tür, lächelte, nickte. Felix nickte zurück. Er liebte die kleine weiße Nonne in diesem Augenblick mehr als die Menschheit.

Die Ruhelose mit den weißen Lippen sprach. Die Sonne beleuchtete den Heiland und die Wahnsinnigen zu seinen Füßen. Auf nackten Sohlen traten Felix und Gertrud aus dem Saal, dann durch die kleine schwere Tür auf die Wendeltreppe des Notausgangs. »Du sagst ganz einfach, du kommst vom Nachtdienst. Du hast ja sowieso einen weißen Mantel an, du Schwindler!«, sagte Gertrud.

Beim Ausgang wurden sie vom Torwart aufgehalten. Felix sagte, er sei Arzt und die Dame seine Patientin.

»Bedaure«, sagte der Torwart. »Ich kenn Ihnen nicht. Bitt schön, warten S', bis der Doktor Fiala verständigt is. Er is der Diensthabende. Von welcher Abteilung kommen S'?«

»Habe die Ehre, guten Morgen, Herr Dokter«, sagte der Träger von gestern, aus dem Verschlag des Torwartes auftauchend, als hätte er auf Felix gewartet. »Zu blöd, ich hätt Ihna gestern vom Herrn Dokter Fiala ausrichtn solln, dass S' mit Ihrer Patientin direkt zu ihm kommen. Sie gehn jetzt eh hin?«

Felix sagte, das sei der Fall.

»No, dann is eh recht. Sie wern die Adresse, was ich Ihnen gegeben hab, nicht vergessen, Herr Dokter?«

Felix sagte, er würde es nicht, und sie passierten ungehindert.

»Dieses fortwährende ›Das nennst du Treue …!‹«, sagte Gertrud, als keine Gefahr mehr und beide schon auf der Gasse waren, Spitalgasse. »Schauerlich!« Alles, was sie sagte, klang forciert.

»Wieso Treue?«

»Hast denn nicht ghört, wie oft die Arme das gsagt hat?«

»Ich hab nur die ersten Worte verstanden.«

»Jemand hat ihr wahrscheinlich die Treue gebrochen. Oder sie ihm. Davon ist sie wahnsinnig geworden.« Sie blieb stehen. »Das sind lauter Wahnsinnige dort, Felix?«

Er zog sie weiter. »Nervenkranke«, antwortete er nach einem Augenblick, Sie waren in der Lazarettgasse.

»Die haben mich auch für wahnsinnig gehalten? Was?«

»Bleib nicht stehn, Trude. Ich sag dir doch, du hast ziemlich hoch gefiebert. Und jetzt bist du, Gott sei Dank, gesund. Sonst hätt uns die Pflegerin doch nicht so einfach gehn lassen!«

»Das ist wahr«, sagte sie nachdenklich und ratlos.

Der Junimorgen hatte von der Nacht Besitz ergriffen. Auch in die schattigen Gassen, durch die sie kamen, drang das Licht. Ruinen und Trümmerhaufen, davon getroffen, erhoben ihren Vorwurf. Das Licht duldete keinen Irrtum.

27

Der Rausch des Ungeahnten

Das Ganze ist ein Wunder. Dass ich zurückkam. Dass sie lebt. Dass sie, nach dieser Nacht, hier steht, um mich zu heiraten, dachte er.

In weißem Kleid und langer Schleppe stand sie neben ihm vor dem Altar. Das Kleid war aus der Operngarderobe geborgt, ein richtiges Theaterkleid. Sie trug es mit einer Selbstverständlichkeit, die über die Abgetragenheit und den Geruch des Reinigungsmittels täuschte, der mit dem Weihrauchduft unwillig zusammenfloss. Im Haar, von dessen Scheitel der lange Schleier hing, hatte sie Jasmin statt Myrthen, die man nicht bekam. Auch der Jasmin duftete. Im Arm aber hielt sie weiße Rosen. Sie sah herrlich aus.

Da er nicht länger zweifelte, dass sie die gespenstische Attacke der

Nacht überwunden hatte, füllte sich sein Herz mit Freude. In dem geborgten dunklen Anzug, den der Militärkaplan von jemandem verschafft hatte, der größer als Felix war, genoss er jede Sekunde des Vorgangs. Nichts ging, wie sonst in entscheidenden Augenblicken, in der Erregung unter, sondern mit vollem Bewusstsein stand er da, oder glaubte es zu tun, und gab sich dem Entzücken hin, am Ziel zu stehen. Ein Wunder. Dass dein Land noch da ist. Die Frau, die du liebst. Dass du beide in Besitz nimmst. Eine Sekunde fragte er sich: Womit hast du dein phantastisches Glück verdient? Dann brauste die Orgel darüber hinweg und Gesang von Sängerinnen aus dem Opernchor.

Hätte ihn jemand, Viktoria zum Beispiel, jetzt gefragt: »Sag mir, bist du das? Der logisch denkende Mann, als den ich dich vor einem Monat kannte, bevor du auf den Dampfer ›Brazil‹ stiegst – ein Mann, der feste, eigensinnige, sogar vorgefasste Meinungen hatte und glatten Verlauf aus seinem Kalkül ausschloss wie das Unwahre an sich?«, er hätte wahrscheinlich geantwortet: »Natürlich bin ich es!« Aber er war natürlich ein Mann über Bord der Vernunft wie die, bei denen Rausch oder Charakterlosigkeit die Hand im Spiel haben. Ein Rausch war es auch bei ihm, und so viel wusste er, dass niemand vor ihm einem solchen Rausch des Ungeahnten erlegen war. Da alles die Vorstellung übertraf und aus der Bahn warf, wie konnte man auf dem Geleise weitergehen? Logische Ausflüchte für Unlogik hätte er gesucht, sie gefunden und geglaubt. Trotzdem hätte der Frager sich nicht abweisen lassen; und die Zeit wird kommen, da er selbst dieser Frager sein wird.

Im Augenblick fragte der Pfarrer: »Bräutigam Felix von Geldern! Ist es noch Ihr ernster Wille und fester Entschluss, mit der hier gegenwärtigen Braut Gertrud Wagner den Bund der heiligen Ehe zu schließen, ihr auch die eheliche Treue unverletzt zu halten, sie zu lieben, sie zu ernähren, sie in keiner Trübsal und keinem Unglück zu verlassen, bei ihr zu verbleiben und zu verharren, bis dass der Tod euch scheidet? So sprechen Sie ein Ja.«

Der Bräutigam, nach dessen ernstem Willen und festem Entschluss gefragt wurde, glaubte, dass nichts hier ihm entging. Die Kerzen auf dem Altar flackerten in dem leichten Sommerwind, der durch notdürftig verschalte, glaslose Fenster eindrang, vor denen ein Gerüst zu sehen war. Bei jedem stärkern Windstoß hörte man Schutt und Mörtel zu Boden fallen, und eine Wolke Staub erhob sich. Auf dem Altar stand neben dem Pfarrer der amerikanische Kaplan aus Trenton, ein Messgewand über der grünen Uniform, mit einverstandenem Lächeln. Das Schluchzen, das man vernahm, musste von Viktoria kommen, weil sie es durch ihr unverkennbares energisches Räuspern verleugnete.

»Ja«, antwortete Felix, entschlossen, jede Silbe des Versprechens zu halten.

Wieder schluchzte jemand.

»Braut Gertrud Wagner!«, fragte der Pfarrer. »Is es ebenfalls Ihr aufrichtiger Wille und fester Entschluss, mit diesem hier gegenwärtigen Bräutigam den Bund der heiligen Ehe zu schließen ...«

Konnten die Menschen nur noch weinen, selbst vor Glück? Felix schaute geradeaus in die Kerzen und das Lächeln des Kaplans.

»Ihm auch die eheliche Treue unverletzt zu halten ...«

Es war Gertrud, die weinte.

»Wein' nicht«, bat Felix leise und ohne den Blick zu wenden. »Es ist so schön!«

»Ihn zu ehren, zu lieben, ihm beizustehen in allem, was recht und ehrbar ist ...«

Ihr Gesicht hatte etwas Abwesendes. Sie weinte nicht mehr.

»Ihm untertänig und gehorsam zu sein, ihn in keiner Trübsal und in keinem Unglück zu verlassen ...«

Die Kerzen flackerten auf. Livia stand da, zwischen dem Pfarrer und dem Kaplan. Sie trug ihr gelbes Kleid. So ersparst du's mir, es dir zu schreiben, und siehst selbst, dass es nicht anders sein kann, dachte er. Hierher gehöre ich, zu ihr, Livia! Wenn du wüsstest, wie bewundernswert ich dein Lächeln finde. Du und der Kaplan und die kleine Nonne.

Der Kaplan stand neben Felix. »What's wrong with you?«, flüsterte er und stützte ihn. »Was haben Sie denn?«

Nichts! Zum Frühstück war keine Zeit gewesen, und das Flackern und der dumme Geruch des Putzmittels und der Weihrauch und der Staub – eine Schande, dass man sich benahm wie ein bleichsüchtiges

Schulmädchen bei der ersten Kommunion! »Everything okay«, flüsterte er zurück; der Kaplan lachte und ging auf seinen Platz zurück.

»Ja«, gab Gertrud klar, laut und freudig die Antwort.

Dann wurden sie geheißen, die Ringe zu tauschen, die ihnen der Ministrant, in Ermanglung eines silbernen Tellers, aus der offenen Hand bot. Nervös drehte Felix sich nach dem Kirchenschiff um, wo in diesem Augenblick Viktoria, in der ersten Reihe neben Anita, der hinter ihr stehenden Kathi zweimal zunickte, als wollte sie sagen: »Da hat er also den Wahnsinn gemacht! In so einer Zeit ist ihm nichts wichtiger, als eine Nazi zu heiraten!« Dem hätte er, auf der Stelle, entgegnen können: »Bei Elementarereignissen ist es wahnsinnig, nach Plänen und Prioritäten zu fragen. Nach Hitler zurückzukommen ist ein Elementarereignis. Wenn ich einen Wahnsinn mache, gut! Auf meine Gefahr. Wir wollten immer zu wenig riskieren, Großmama!«

»Nehmt hin die Ringe«, sprach der Pfarrer. »Sie sollen euch immerfort erinnern, die eheliche Treue, die ihr jetzt einander versprochen habt, unverbrüchlich und unerschütterlich zu halten, bis dass der Tod euch scheidet. Sodass ihr, am Ende eures Weges, sprechen könnt: *Das nenn ich Treue* …«

In ihren Augen, die sie ihm voll zuwandte, da sie ihm jetzt die Lippen bot, war für ihn leicht zu lesen: Es stand darin, nie werde ich dir das vergessen, ein Leben lang, bis dass der Tod uns scheidet!

Er spürte die Leidenschaft ihres Kusses. Wie sie vergaß auch er den Ort, wo sie sich küssten, leidenschaftlich zog er sie an sich. »Wer so glücklich ist, hat recht«, sagte unerwartet der Kaplan, der sie nach dem Pfarrer beglückwünschte. Damit war die Zeremonie zu Ende; sie waren Mann und Frau.

Weshalb hatte der Kaplan das gesagt? Weil sie einander nicht geküsst hatten, wie es in einer Kirche sein durfte? Sein empfindliches Gewissen, von mehr geahntem als geäußertem Widerstand geweckt, regte sich angesichts der Leute, die ihm Glück wünschten. Außer dem Kaplan aus Trenton, dem Oberst Ted, der sein Trauzeuge war, Viktoria, Anita und Kathi kannte er fast niemand; für die wenigsten, die ihm die Hand schüttelten, hätte er die Hand ins Feuer gelegt. War es des Kaplans

Bemerkung nach dem Kuss oder Viktorias Fassungslosigkeit, die zu verbergen sie sich gar nicht die Mühe gab, oder Herrn von Ardessers betonte Genugtuung: Ihn drohte, als er, Gertrud am Arm, die Glückwünsche entgegennahm, das Nachtwandlerische zu verlassen, worin er seit seiner Ankunft umhergegangen war. Allerdings dauerte es nur Augenblicke; doch plötzlich sah er mit andern Augen, verlor die Sicherheit und schämte sich. »Wo sind deine Leute?«, fragte er, sie antwortete: »Ich habe doch niemanden mehr«, das stimmte nicht. »Mein Vater ist im Gefangenenlager Glasenbach. Meine Brüder sind im Krieg gefallen. Meine Mutter ist im Spital«, hatte sie ihm in der ersten Nacht erzählt. Vermutlich hatte sie niemand, dem er anständigerweise die Hand geben durfte – das stimmte! Und wer waren die Leute, die Herr Ardesser so beflissen vorstellte, obschon die Mutter es ungern zu sehen schien? Im Kurz-Prozess glaubte er einen von ihnen gesehen zu haben, doch er konnte sich irren.

»Werdet glücklich!«, sagte Anita.

»Gott schütze dich!«, sagte Viktoria. Sie hatte ihr großgeblumtes Kleid an (von Bendel in der 57. Straße), trug, wie es bei einer Hochzeit am Platze war, einen funkelnagelneuen Hut, den sie sich – sie mochte Hüte sonst nicht – weiß Gott wie beschafft hatte, und sah wie das Gehörige und Statthafte in Person aus. Da kann man sich ein Beispiel nehmen!, dachte er, als er sie küsste. Die Nachtwandlerei verließ ihn, bedenklich nah war er dem stürzenden Schritt in die Wirklichkeit, vor der er so entschlossen geflohen war, und hätte sich der Vorfall mit dem Kind nicht ereignet, vielleicht hätte er selbst sich so unrecht gegeben wie Viktoria, die ihm trotz Umarmung deutlich zu verstehen gab: Was du getan hast, ist Wahnsinn.

Doch als er, ernüchtert, in ihrem Blick den Widerschein der letzten acht Jahre sah, schrie in der Kirche ein kleines Mädchen auf. Ein herunterfallendes Stück Mauerwerk hatte es getroffen und ein Auge schwer verletzt. Nicht dieser unglückliche Zwischenfall, sondern wie die Leute ihn aufnahmen, warf Felix' Gedanken sofort zurück.

Die Mutter des verletzten Kindes, eine armselige Person, vermutlich irgendwo aus der Nachbarschaft gekommen, um ein paar Minuten

Glanz, Weihe und fremdes Glück anzustaunen, sagte nichts als: »So ein Unglück! Jesus, wie viel soll man denn noch aushalten!« Andere Leute sagten: »Nichts wie Unglück. Wenn man nicht einmal mehr in eine Kirche gehn kann!« Aber nicht aufbegehrend oder erbittert sagten sie es, sondern wie eine Selbstverständlichkeit – was begegnet unsereinem, nur Unglück, das ist nicht anders und wird nicht anders. Die Mutter sagte zu dem Kind: »Reib dein Aug nicht, Susi.« Und da sie das schreiende Kind an der Hand wegführte, hörte Felix sie sagen: »Besser, man hätt gar keine Augen, Susi. Man sieht eh nix Gutes.«

Nie in seinem Leben hatte er eine fürchterlichere Verurteilung der Menschen gehört als diese Worte einer Hausmeisterin, Handlangerin oder Taglöhnerin, und wieder packte das Mitleid ihn so, dass er empfand: Du hast unrecht, Viktoria! An dir kann man sich kein Beispiel nehmen. Du stehst hier in einem Kleid von Bendel und duftest kühl und gepflegt, aber diese Haltung, diese ozeanentfernte Haltung ist es, welche die Menschen ohne Apellation verurteilt, dich mit! Von hier wirst du mit dem Colonel Cook ins P.X. gehen, gegenüber der Volksoper, mit Paketen beladen herauskommen und in das Auto des Oberst steigen; in den Paketen sind Schokolade und Fruchtsaft und Bonbons und Zigaretten und andere Köstlichkeiten, von denen die Leute hier nicht einmal den Namen mehr wissen, und die Leute werden gierig herumstehen und auf deine Pakete starren, und du wirst ihnen, vielleicht, ein Täfelchen Schokolade für fünf Cent geben und eine Wohltäterin sein. Gott im Himmel! Von allen Verbrechen, die wir hier begehen, ist das das kläglichste. Mit einer Tafel Schokolade oder einem Päckchen Zigaretten treten wir als Wohltäter auf! Sagst du, ich soll mich schämen? Schäm du dich!

Da war er, mit einem einzigen Schritt, wieder jenseits der Wirklichkeit, es bedeutete ihm nichts, wer ihm die Hand entgegenstreckte und Glück wünschte, sondern er nahm die Hände, jede, und die Glückwünsche, alle, und hörte sich sagen, oder tat er es bloß in Gedanken: »Ihr seid es, die das Glück braucht.«

Sie hatten ihre Gäste zu einem Hochzeitsfrühstück auf den Cobenzl eingeladen, doch Felix wollte sich den Fußweg dort hinauf gönnen, weil der Weg durch Grinzing führte. Irgendeinmal hatte jedes Glück in Wien nach Grinzing geführt; dass auch dort die Menschen litten und starben, war sogar für jemanden nicht leicht zu glauben, der nicht wie Felix dem Rausch des Ungeahnten erlag, denn in Grinzing hatte die Wiener Landschaft ihr Meisterstück gemacht. Im großen Ganzen war es ein Vorort wie andere; dass er holder war als andere, hätte nicht viel bedeutet, denn lichtgrüne, mit Reben bewachsene sanfte Hügel, niedere gelbe Barockhäuser mit Heiligenfiguren und blühendem Flieder und Goldregen gibt's anderswo auch. Was es anderswo nicht gibt – man wird die Kontinente vergeblich danach absuchen –, ist die Zuversicht, die in Grinzing zu Hause ist und die es ausströmt wie seinen Fliederduft. Es ist eine Art Lourdes für Mutlose. Wer hinkommt, fühlt eine Hand ausgestreckt, die streichelt und den Druck erleichtert.

So zumindest stand es Felix vor Augen; seit seiner Rückkehr hatte er sich gewünscht, den kleinen Ort wiederzusehen, und jetzt erfüllte er sich den Wunsch. Gertrud hatte das weiße Theaterkleid bei der Freundin abgelegt, die ihre Kranzeljungfer gewesen war (Fräulein Huber hieß sie, eine Soubrette am Bürgertheater, sie wohnte unweit der Pfarrkirche).

Auch den Wagen verschmähten sie, was Felix erst später, wenn er der Wirklichkeit wieder gehören wird, als einen Fehler wird betrachten müssen; zu Fuß wanderte das Paar, der Erschöpfung nicht achtend, die dieser Wanderung gestern Abend, heute Nacht, heute früh und jahrelang vorangegangen war. Gertrud zeigte kein Zeichen der Ermüdung, den Vorwurf konnte er sich nicht machen, dass er sie nicht ausdrücklich danach gefragt hatte. Nein, behauptete sie, sie fühle sich großartig, und da war der Moment gekommen, sie zu fragen, wie das alles in ihren Augen aussah. Hatte sie sich nicht nur vom Wirbel der Ereignisse fortreißen lassen wie Felix? Hatte sie sich, zum Beispiel, klargemacht, dass sie Amerikanerin werden würde, in zwei Jahren von jetzt? Und dass sie binnen wenigen Tagen würden abreisen müssen, denn die Aufenthaltsbewilligung lief bald ab; bis dahin mussten ein Pass und ein Visum für Gertrud beschafft werden.

Da die Wirklichkeit, von ihm gerufen, an ihn herantrat, konnte Felix nicht anders als ihr ins Gesicht schauen, doch gerade dergleichen hatte ihm nie viel Sorgen gemacht; er begriff die Leute nicht, die vor Reisepapieren und was damit zusammenhing Angst hatten. Auch wenn er (Auskunft des »Visitor's Bureau«) jetzt abreisen musste, würde er nach einiger Zeit wieder um die Einreise ansuchen und als »businessman« herkommen dürfen; und wenn der österreichische Staatsvertrag zustande kam, was ja jeden Augenblick geschehen musste, dann war das noch einfacher, und man kam und blieb nach Belieben.

Was ihm dagegen, da sie sich Grinzing näherten, plötzlich Sorge machte, war das, was Gertrud dachte. Zauberhaft, in die unversehrt gebliebene, liebliche kleine Ortschaft zu gelangen, und am schönsten, dass es Hand in Hand mit der Frau geschah, die er leidenschaftlich liebte, dessen war er gewiss. Wessen er nicht mehr gewiss zu sein glaubte, war sie. Er wird es seinerzeit mit den Worten zu erklären versuchen: »Es war keine Zeit«, und (das Nachtwandeln entschuldigend) damit sagen wollen, alles sei so rapid vor sich gegangen, dass zu allerlei Wesentlichem keine Zeit blieb, zum Beispiel: die Zukunft miteinander zu besprechen. Dass man, nach einer wahnsinnigen Nacht, im Verlauf einer Stunde ein Theaterhochzeitskleid ausborgt und schnell, bevor man noch zur Wirklichkeit erwacht, heiratet, beweist nichts anderes (wird er später sagen, um das Nachtwandeln nicht beim Namen nennen zu müssen), als dass man im Affekt gehandelt hat. Aber dass man dabei vergessen oder, richtiger, dass es einem nichts bedeutet hat, sich über gewisse Dinge zu einigen: etwa, wo man leben wird und wovon; wie es gewesen wäre, wenn sich Felix nicht zufällig eines Tages in Wien gezeigt hätte; und jedenfalls darüber, wie Gertrud sich zu einem absolut anderen Leben stellen wird als das, an das sie gewöhnt ist und das sie wird aufgeben müssen – darüber kein Wort verloren, sondern für ausgemacht gehalten zu haben, alles das würde sich finden und regeln, war allerdings etwas, das nicht jeden Tag vorkam. Aber es kam ja auch nicht alle Tage vor, dass man nach Hitlers Untergang Grinzing wiedersah – immer wieder wird er sich dieser Elementarentschuldigung bedienen, wenn andere und er selbst sich über ihn wundern oder ärgern werden. »Wie stellst du dir unsere Zukunft vor?«, fragte er sie, der Kirchturm von Grinzig war in Sicht.

Sie sagte, dass sie mit ihm überallhin gehe, je weiter, desto besser, denn hier war ja ohnehin alles kaputt und vorbei – was alle Wiener gesagt hätten, antwortete sie: weg, nur weg, man hätte fast hinzufügen können: gleichgültig wie und mit wem. Als sie die Antwort gab, glaubte er, dieses »gleichgültig mit wem« so deutlich mitzuhören, dass er trotz seiner Bereitwilligkeit, alles gut zu finden, was sie sagte, seinerseits zur Antwort gab: »Enthusiastisch klingt das nicht!« Und, vor einem schmalen Haus stehen bleibend, wo seit Jahrhunderten Weingärtner wohnten, fügte er hinzu: »Eigentlich kenn ich dich acht Jahre nicht mehr. Und du mich nicht. Das ist eine lange Zeit.« Vielleicht wollte er nur von ihr hören: »Mach dir keine Gedanken, wir werden glücklich sein!«, aber das sagte sie nicht. Sondern – mit der Fatalität, die in die Beziehungen der Menschen aus heiterem Himmel wie ein Gewitter bricht, das sich verzieht oder tödlich einschlägt – sagte sie, als dächte sie sich nichts dabei: »Ja, schrecklich lang!«

Es war ein Sonntag, und an Sonntagen pflegten in den Grinzinger Gasthausgärten Weintrinker schon in den Morgenstunden gleich nach der Messe zu sitzen. Heute gab es das nicht, weil es keinen Wein gab, sagte Gertrud auf seine Frage. Eigentlich hatte er sie fragen wollen: »Glaubst du, dass es zu lang ist?«, aber er fragte stattdessen: »In Grinzing gibt es keinen Wein?«

Nein.

Das war ungefähr so, wie wenn es in Lourdes kein Muttergottesbild gegeben hätte, und obschon in den Beziehungen der Neuverheirateten nichts hätte unwichtiger sein müssen, nahm es für Felix eine entscheidende Bedeutung an. In Grinzing gab es keinen Wein, und in den Menschen keine Hoffnung, und hoffnungslose Menschen können nicht leben. Man musste ihnen Hoffnung geben, etwas Primitiveres ließ sich überhaupt nicht denken. Wer sich da in Fragen von Schuld und Sühne einließ wie Viktoria oder Onkel Richard und Thassilo (»Wir an der Coast«), den konnte man einfach nicht ernst nehmen. Mit einer Schokoladentafel aus dem P. X. oder einer »Benefit Gala Performance for the Starving Children of Vienna«, die ein Plakat an der nächsten Straßenecke für Sonntag in einer Woche versprach, war es nicht getan. Würde es dem Kind, dem vor einer Stunde in der Kirche das Auge verletzt worden war, besser gehen, wenn am nächsten Sonntag die Wiener Sängerknaben »Nun danket Eurem Schöpfer« sängen? Dass man Worte wie »Die hungernden Kinder Wiens« nicht nur drucken konnte, sondern dass die Passanten sie als eine Selbstverständlichkeit lasen, war etwas so Monströses, dachte Felix (dessen Gedanken wieder einmal aus der Wirklichkeit abirrten), dass es die Fassungskraft überstieg. Und was geschah dagegen? Frau Viktoria von Geldern verschenkte Schokoladentafeln. Sängerknaben sangen für die hungernden Knaben und Mädchen. Ein Herr Felix Geldern heiratete ein Mädchen, dessen Verwandtschaft nicht einwandfrei war, Vater ein Häftling in Glasenbach. Und man schrie nicht in der ganzen Welt, und nicht einmal hier, wo es starving children gab: »Es ist ein Hohn! Schämt euch! Es ist zu wenig!«, sondern sagte, mit Empörung in der Stimme oder im Blick: »Da hast du einen Wahnsinn begangen! Man heiratet ein solches Mädchen nicht, wenn man so wie du immer auf Recht und Gerechtigkeit gehalten hat.«

Recht und Gerechtigkeit! Als man in Scarsdale ausgestiegen und hinter vier Männern mit »Sun« oder »World-Telegram« in den Rocktaschen und zwei Mädchen, die kleine blaue Schachteln des Bäckers Cushman trugen, nach Hause gegangen war, hatte man an nichts anderes gedacht als an Recht und Gerechtigkeit, jawohl! Das war nämlich etwas für Leute, die nach Hause gingen zu einem netten kleinen Dinner und zu Livia. Da war es eine Kleinigkeit, an Recht und Gerechtigkeit zu denken und davon zu reden, und wem man die Hand geben würde und wem nicht, wenn das Wunder passieren und man zurückkehren sollte, und an wem man sich rächen würde, wenn man zurückkäme, und an wem nicht, denn, seien wir ehrlich, darauf lief es ja hinaus, auf Rache und Vergeltung! Wenn auch die Familie von Geldern eine sehr untypische Emigrantenfamilie war, mit viel zu viel Geld und Bequemlichkeit, während Advokaten mit Fleisch hausieren gingen, Komponisten mit Bürsten, und Sängerinnen Schulterabzeichen für die Truppen stickten, alles bis zur totalen Erschöpfung, von acht Uhr früh bis sieben Uhr abends, fünfzehn Dollar die Woche – darin *waren* sie typisch: Sie wollten, dass Recht und Gerechtigkeit, das heißt genau das geschah, was man an den Wiener Straßenecken plakatiert hatte: »Die hungernden Kinder Wiens«; recht geschieht ihnen, Aug um Aug, Zahn um Zahn, reden Sie nicht von Mitleid! Wer hat mit den sechs Millionen Vergasten Mitleid gehabt? Meiner Mutter haben sie in Auschwitz mit einundachtzig den Schädel zertrümmert! Und Sie gehn hin und machen gemeinsame Sache mit denen?

Ja, ich mache gemeinsame Sache mit denen!, sagte sich Felix in dem lautlosen, fieberhaften Selbstgespräch, das er vor den uralten, holden, schattigen, tröstlichen, akazienduftenden Grinzinger Gasthöfen hielt, in denen es keinen Wein mehr gab und kein Stück Brot. Und das Jämmerlichste daran ist, dass der Protest, der da erhoben wird, eben nur von mir erhoben wird, einem einzelnen, völlig einflusslosen, beliebigen Mann, und dass daraus, dass ich ihn erhebe, weniger folgen wird als aus dem Wölkchen dort, das sich im Blauen löst. Er sagte zu ihr: »Glaubst du wirklich, dass diese acht Jahre zu lang sind, um einander wieder ganz nahezukommen? Denn das muss sein, Trude. Ich will nicht, dass irgendetwas zwischen uns ist! Davon hängt unsere Zukunft ab, und nicht nur unsere! Was auch gewesen sein mag, ich versprech's dir jetzt, ich werde es verstehn, und wenn ich's nicht verstehen kann, wird es mich dir nicht entfremden.« Während er es sagte, dachte er: Wohltäter! Worin liegt der Unterschied zwischen dir und den Schokoladespendern? Du verzichtest auf Recht und Gerechtigkeit, ja sogar auf dein eigenes Diktum – wie lange ist es her, dass wir im Plaza mit Onkel Thassilo zusammensaßen und ich sagte: »Weder vergeben noch vergessen. Aber nicht vergelten.« Bombastischer Unsinn! Vergeben und Vergessen, wenn es Plakate gibt: »The Starving Children of Vienna«, wenn eine Mutter, deren Kind das Auge verliert, zu dem Kind sagt: »Besser man sieht nicht!«, wenn Grinzing keinen Wein hat und die Menschen keine Hoffnung.

Doch da übte der Glücks- und Zuversichtsort seine Macht. Von Gedanken überrannt, hatte Felix nicht viel mehr gesehen, als dass die Gastgärten leer von Trinkern blieben und nirgendwo Musikanten saßen, die aus dem Alltag Sonntag machten, selbst wenn es Sonntag war. Sie waren über den Hauptplatz gegangen, an der Pfarrkirche vorbei und an dem Heiligen, der steinern in der Mitte stand und dem Akazienzweige zu Füßen gelegt worden waren, die betörend dufteten. Bei dem Heiligen zweigte sich der Weg, nach rechts führte die Cobenzlgasse, nach links die Himmelstraße, sie trug noch diesen Namen und führte einen blühenden Hang empor, der buchstäblich der Himmel hieß.

Dass es in dem legendären Örtchen der Berauschten nicht mehr wie früher nach Wein roch, sondern nur noch nach Sommer, dass die kleinen Lieder nicht mehr aus den Höfen drangen, die, zum Klang einer Geige oder Ziehharmonika, Wien und die Liebe und die Seligkeit des Vergessens überschwänglich priesen, und an ihrer statt Orgel aus der Kirche schallte, übersah und überhörte Felix nicht länger. Es übte, in seinem labilen Zustand, einen ungeheuren Eindruck auf ihn. Hier hatte, fühlte er, das Zeitliche sich für den Augenblick verabschiedet und dem Ewigen Platz gemacht. Gewiss, dass eine Zeit kommen werde, da Grinzing statt des ortsüblichen, zum Heurigen einladenden Buschens die gedruckte Mitteilung an die Häuser heftete: »Kein Wein«, würde niemand für möglich gehalten haben. Aber was hier möglich geworden war, erschien ihm großartig; es hatte sich das Zeitliche für den Moment verabschiedet, und das Ewige war eingezogen. Das Örtchen, das zum Glücklichmachen jahrhundertelang Wein gebraucht hatte, brauchte nur noch seine Holdheit. Vielleicht waren Mörderhorden auch durch dieses Paradies der Freundlichkeit marschiert. Wahrscheinlich hatte es auch hier von Hass gegellt. An der Natur des Örtchens jedoch hatte das nichts geändert. Sie machte aus Dürre Jasmin, aus Hass Orgelklang. Das ist Österreich!, dachte er hingerissen und blieb stehen und küsste Gertrud, und sie küsste ihn, als hätten sie den Grinzinger Wein getrunken, den es nicht mehr gab. »Es wird ein Wein sein, und mir wern nimmer sein« war das älteste Wiener Lied, dessen Felix sich erinnerte. Jetzt hätte es heißen müssen: »Es wird kein Wein sein, und wir wern trotzdem sein« – er sang den veränderten Text zur alten Melodie und gab sich Mühe, nicht zu weinen. Gerechtigkeit. Recht und Gerechtigkeit! Welcher Wahnsinn!

28

Gemeinsame Sache

Der Tisch stand so, dass er von der Höhe des grünen Berges die Stadt und die Ebene überschaute. Da der Tag so rein war, sah man weit. Auf unzähligen Dächern lag die Sonne. Auf Domkuppeln und Kirchenkreuzen funkelte sie. Sie blitzte auf der Donau und machte Silber daraus. Grün stieg aus Mauern auf; das waren Gärten. Ein zarter Hauch umschwebte die Umrisse, glättete, schmückte sie. Unversehrt, groß und geschützt lag – sah man es von dort oben – Wien im Tal. Die Tausenden Wunden, aus denen es blutete, waren mit Sommerdunst verbunden.

Der Wald des sanften Berges war tiefgrüner Laubwald, mit dem bräutlichen Glanz von Birken dazwischen. Der Wind, der sich seit dem frühen Morgen erhoben hatte, roch nach Linden. Wenn er stärker wurde, rauschte er durch die Wipfel wie ein Choral. Besser konnte der Tisch einer Hochzeitsgesellschaft nicht stehen.

Übrigens stand er in dam bastionartig gewölbten Gastgarten als einziger Tisch. Die anderen, viele hundert, mit darübergestellten Stühlen, befanden sich nächst der Mauer, weil die Wirtschaft außer Betrieb war. Aber Oberst Ted (vermutlich von Oberstleutnant Cook unterstützt, einer Autorität in Dingen der Verpflegung) hatte das Notwendige zur Verfügung gestellt, sodass die Tafelfreuden den Konservengenüssen gleichkamen, die man im Konsumverein der Besatzungsarmee erhielt. Dass es aber außer steifen Drinks auch Wiener Wein gab, war Herrn von Ardesser zu danken, der es im Laufe der Mahlzeit verriet; dabei blieb es immerhin bemerkenswert, dass ein Krebskranker so viel Wein vertrug.

An dem Hochzeitstisch war überhaupt manches nicht leicht einzuordnen, und kaum, dass sie, von den Wartenden begrüßt und an ihre Plätze geleitet, sich gesetzt hatten (eine kleine Kapelle spielte einen »Tusch«), legte es sich auf Felix wie eine Drohung. Ihm gegenüber saß Viktoria, die kürzlich von einem Arzt aufgegeben worden war. Neben ihm, zur Linken, saß Anita. Sie sah nichts und trotzdem gerade das, was Felix nicht einordnen zu können glaubte. Der krebskranke Ardesser trank Wein, Gertrud, rechts von Felix, hatte heute Nacht einen Tobsuchtsanfall gehabt.

»Don't stare into space!«

Einer der Offiziere bot ihm zu trinken, Ted oder Cook; Felix trank. Bin ich abgeschmackt genug, an dieser Hochzeitstafel die Rolle des »Jedermann« zu spielen und Gespenster am lichten Tag zu sehen?, sagte er sich. »Here's to you, Colonel! And here's to you, Trude!« Vielleicht sollte sie nicht trinken, bestimmt nicht. Er nahm ihr das Glas weg; Fräulein Huber, die Kranzeljungfer, sagte schnippisch: »No, weißt, Trude, wenn ich du wär, das ließet ich mir nicht gfalln!« Ein nichtssagendes Puppengesicht hatte die Person.

»Wie waren denn die Kritiken über die Trude?«, fragte Fräulein Huber.

»Gehässig«, sagte Felix kurz.

Aber Viktoria, die wieder einmal unheimlich scharf hörte, wollte wissen: »Was meinst du mit gehässig?« Es war klar, dass sie sagen wollte: »In deinem Mund klingt das Wort merkwürdig! Machst du gemeinsame Sache mit denen, die ...« Ja, ja, zugegeben! Klingt in meinem Mund merkwürdig. Daran wird man sich eben gewöhnen müssen. Wird von jetzt an öfter vorkommen. Oder erwartet man, dass ich mit jemandem, den ich heirate, nicht gemeinsame Sache mache? Felix antwortete: »Die Kritiker sind voreingenommen. Sie kennen den Sachverhalt nicht.«

»Und was ist der Sachverhalt?«, fragte Viktoria.

Die Kapelle intonierte einen Walzer von Josef Strauß. Felix' Stirn entspannte sich, und keineswegs bereit, einen Streit zu beginnen, wozu die unberechenbare Viktoria Lust zu haben schien, sagte er: »Gertrud hat nicht darum ersucht, die Carmen zu singen. Man hat sie dringend darum gebeten, um die Vorstellung zu retten. Wie herrlich dieser Walzer ist! Und der Blick ins Tal!« Soweit er der Wirklichkeit gehörte, sagte er sich: Diese eine Stunde oder zwei müssen vorbeigehen, ohne dass ich mich aus der Hand verliere. Das werde ich wohl noch zusammenbringen!

»Wie ist das?«, fragte Viktoria. »Nicht darum gebeten? Haben Sie mir auf der Herfahrt nicht erzählt, Colonel, dass Sie es ihr durchgesetzt haben?«

Der Kaplan aus Trenton (er saß ganz unten an der Tafel) war schnell aufgestanden. »Ich weiß, dass es heute hier viele Trinksprüche geben wind«, sagte er. »Aber, wissen Sie, ich höre mich gern reden. Es ist wunderschön, dass wir hier alle zusammensitzen. Wien ist wunderschön. Der Cobenzl – ich bilde mir etwas darauf ein, dass ich es richtig ausspreche – ist wunderschön. Und am schönsten ist, dass hier zwei Menschen sitzen, die einander liebhaben. Auf die Liebe kommt es an. Des Mannes zur Frau und umgekehrt. Des Mannes zur menschlichen Gesellschaft und umgekehrt. Liebe ist besser als Kalorien. Sie wärmt. Sie nährt. Sie lässt vergessen. Glaube niemand, liebe Hochzeitsgäste, dass allzu gutes Gedächtnis eine gute Sache ist. Wer daran leidet, rufe die Liebe zu Hilfe. Das ist alles. God bless you.« Er trank sein Glas aus und setzte sich.

Hatte es Viktoria darauf angelegt, dass jeder sie hasste? Oder war es ihr gleichgültig, weil sie die Tage zählte, die sie noch hatte. Sie wiederholte die Worte des Kaplans: »Dass wir hier alle zusammensitzen.« Wenn sie es darauf anlegte, konnte sie die nebensächlichsten Worte mit einer Sprengladung von Sinn füllen. Diesmal war der Sinn: »Dass wir alle zusammensitzen, Gelderns und Nazis, ist niederschmetternd!«

Seit er hier oben war, hatte Felix unter demselben Gedanken gelitten. Mit merkwürdigen Leuten feiere ich meine Hochzeit, hatte er sich gesagt, und Josef Strauß, der Blick ins Tal und der Wein hatten ihn nicht davon abgebracht. Doch da es Viktoria jetzt aussprach, beugte er sich hinter Anitas Rücken zu Herrn Ardesser hinüber und sagte: »Wie geht's Ihnen? Ich höre zu meinem Bedauern, Sie sind leidend?«

»Jetzt müsst ihr nur noch Bruderschaft trinken!«, sagte Viktoria schneidend.

Anita rief »Bravo!«; Fräulein Huber applaudierte sogar. Die beiden Offiziere und der Kaplan aus Trenton applaudierten mit, sie wussten sichtlich nicht, weshalb. Das kleine Orchester spielte. Drei oder vier Gäste, deren Namen Felix nicht einmal wusste, schenkten ein.

Was immer ich jetzt tue, ist falsch, dachte Felix. Es ist grotesk, sich mit ihm zu verbrüdern, Viktoria hat recht. Und es ist falsch, einen Menschen, der Krebs hat, als Feind zu behandeln. Alles ist falsch.

Er hatte sein Glas ergriffen. Herr von Ardesser auch.

»Du wirst das nicht tun«, sagte Viktoria.

Der Walzer klang dem Ende zu. Sonst war es still geworden, bis auf den orgelnden Wind. Alle schauten auf Felix.

»Herr von Ardesser, waren Sie nicht ein Vertrauensmann des Reichsstatthalters Schirach?«, fragte Viktoria.

Sie war dabei aufgestanden. Das Kleid von Bendel, grün und weiß, wehte im Sommerwind. Den Hut hatte sie abgelegt, und ihr prachtvolles weißes Haar erhob sich über ihrer Stirn wie eine Krone.

»Nein«, sagte Ardesser und lachte. »Wie kommen Sie darauf, gnädige Frau?« Sein bis auf die Haut abgemagertes Gesicht war grau geworden.

»Sie haben die Ermordung der Familie Vogel auf dem Gewissen«, sagte Viktoria, durch die Tafel getrennt, ihm gegenüber. »Die Vogels waren gute Freunde von mir. Sobald ich nach Wien gekommen und von meinem Enkel Felix mehr allein gelassen worden bin, als ich voraussehen konnte, hab ich auf eigene Faust versucht, mich um meine ehemaligen Freunde zu kümmern. Was wissen Sie von der Familie Vogel?«

»Ist das eine Hochzeit oder ein Gericht?«, hörte man Anita sagen.

»Ja, es ist ein Gericht!«, antwortete Viktoria sofort. Im Gegensatz zu ihrer Gewohnheit, die Worte dem Augenblick zu überlassen, legte sie jedes auf die Waagschale. Allen am Tisch, auch den Offizieren, die nicht Deutsch verstanden, war es klar, dass die alte Dame fest entschlossen schien, nicht zurückzuweichen, Skandal oder nicht. »Was wissen Sie vom Tod der Familie Vogel, Herr von Ardesser?«, wiederholte sie und schaute dabei Felix ins Gesicht, statt dem Mann, den sie fragte.

Felix sah den Mann und sein schlechtes Gewissen. Er sah auch Viktoria, die er in diesem Augenblick weder liebte noch hasste, sondern nur maßlos anstaunte, weil sie sich zu dieser Szene hergab. Er sah Anitas Empörung. Er sah Gertrud, deren Augen flackerten. Und er sagte: »Großmama, ich schlage vor, wir nehmen das, was der Herr Kaplan vorhin gesagt hat, ernster. Er ist jedenfalls kompetenter als du und ich, oder jeder, der von drüben kommt.«

»Der Herr Kaplan weiß es nicht aus Erfahrung«, antwortete Viktoria. »Alle, die Hass nicht am eigenen Leib erfahren, haben leicht von Liebe reden. Außerdem bin ich kein Kaplan. Und du auch nicht.«

»Gut«, sagte Felix, immer noch den Anschein einer Konversation wahrend. »Dann haben wir es eben schwer, von Liebe zu reden.« Er schloss leiser: »Aber wir müssen es!« Wohin drängt sie mich, dachte er. Wahrscheinlich ist dieser Ardesser ein Lump, vielleicht ist er nicht so schwer krank, und die Mutter gibt es nur vor, um Mitleid zu erregen. Ich möchte auch nicht darauf schwören, dass dieses Fräulein Huber einwandfrei war, sie sieht wie die typischen Nazis aus. Wir sind in einer Nazigesellschaft, und ich habe in eine Nazigesellschaft geheiratet. Mein Fehler, Viktoria! Aber du drängst mich, den Wahnsinn – denn es ist kein Fehler, sondern ein Wahnsinn – nur noch ärger zu machen! Siehst du das nicht ein? Dräng mir nicht die Rolle eines Vergebers und Vergessers auf!

Durch die Musik angelockt, hatten sich Zuschauer eingefunden. Einige von ihnen waren schon seit Beginn des Essens in der Nähe gewesen, doch von den Kellnern immer wieder verjagt worden, um den Speisenden den Appetit nicht zu verderben. Zerfetzte, armselige Leute, Kinder darunter. Wie auf Kommando bewegten sie, ohne zu essen, die Lippen genau wie die Tafelnden, stumm und ungesättigt die Funktionen des Essens verrichtend. Es war unerträglich, diese Kiebitze der Esser an der Mauer, wo die leeren Tische zusammengedrängt standen, die Speisen zu- und abtragen zu sehen, mit einer Gier, die offenbar nur den Anblick solcher ihnen phantastisch erscheinenden Nahrungsmengen brauchte, um die leeren Münder schmatzend und mahlend in automatische Bewegung zu versetzen. Als Felix ihrer ansichtig wurde, blieb der Bissen ihm im Hals stecken; er bat, dass man ihnen etwas zu essen bringe, und das geschah. Die Armseligen verschwanden in die Richtung des ehemaligen Schlosshotels Cobenzl, wo sie, wie die Kellner zu erzählen wussten, in Baracken untergebracht waren, versetzte Personen aus allen Teilen Europas. Dass Gertrud mit Heftigkeit gerufen hatte: »Diese Leute sollte man nicht herlassen!«, war natürlich nur ihrer Nervosität zuzuschreiben gewesen, seit gestern hatte sie ja keinen ruhigen Moment gehabt; sie hatte sich ganz einfach Luft gemacht.

Seit sie hier saßen, hatte Felix immer wieder festzustellen versucht, ob Gertrud sich nach dem gestrigen Anfall verändert hatte. Gottlob, nein!

Vielleicht hätte sie nicht trinken sollen, davon glitzerten ihre Augen so. Aber jetzt, als die Zerfetzten an einer ganz anderen Stelle wieder auftauchten, hatte sie von ihnen keine Notiz mehr genommen und nur atemlos der Kontroverse zwischen Viktoria und Herrn von Ardesser gelauscht. Dabei war es durchaus gespenstisch, dass sie dasselbe tat wie vorher die Zaungäste: Sie bewegte die Lippen zu den Worten der anderen. Wenn Ardesser sprach, wenn Viktoria sprach, redete sie lautlos mit.

Einer der Armseligen draußen vor den Gittern hatte einen Ruf ausgestoßen, der Felix nichts bedeutete. Umso mehr schien es die anderen zu erregen, von den Kellnern angefangen, die aufhörten, das von Oberstleutnant Cook gespendete Fruchteis (Himbeer und Erdbeer) zu servieren, bis zu den Gästen, deren Namen Felix nicht wusste. Herr von Ardesser aber, dem der Ruf galt, drehte sich zu dem Mann um, der gerufen hatte.

Der Mann kam näher. Felix hatte ihn schon irgendwo gesehen. Ein Plakat musste er getragen haben, ein sehr wichtiges Plakat. Oder hatte er einen Sack getragen? In dem Sack musste das Kind gewesen sein, das er jetzt so neben sich an der Hand führte, als wüsste er nicht, dass er es hielt. Der Mann war fast schon beim Hochzeitstisch, als er zu dem Kind sagte: »Das ist der Spitzel vom Brunner zwei. Schau ihn dir gut an, Bertl. Der hat deinen Papa, den Onkel Max und die Tante Regin' nach Mauthausen gebracht. Die Fifi und den Otto auch.«

Das Erstaunliche an dem Mann war nicht, dass es ein so schäbiger, glatzköpfiger, schwitzender kleiner Mann in einem dicken Winteranzug und, trotz dem Sommer, sogar mit einer gestrickten Weste war (als wollte er seine ganze Habe keinen Augenblick außer Acht lassen), sondern seine Fassungslosigkeit. Er redete weder leidenschaftlich noch zornig, nur mit einer grenzenlosen Verwunderung. Man hätte fast sagen können: mit Beschämung. »Meine Herren«, sagte er und bediente sich eines ziemlich geläufigen Englisch, »wissen Sie überhaupt, dass Sie da etwas Ungeheuerliches machen, was den Sinn Ihres Sieges zum Wahnsinn werden lässt? Entschuldigen Sie, mein Name ist Jellinek, aus Brünn in Mähren, das ist mein Bub, der Bertl. Mach einen Diener vor den Herren amerikanischen Offizieren, Bertl – er geniert sich. Gestatten Sie mir zu bemerken, Ihr großer Präsident Roosevelt möcht sich im Grab umdrehn, wenn er Sie hier so sitzen säh. Und was, pardon, wenn ich mir das zu fragen erlaub, sollen wir Ausgestoßenen uns denken? Und was soll sich das ausgestoßene Europa denken, wenn die Sieger, die gesagt haben: Der Hitler muss weg! – hier mit dem Hitler essen und trinken? Meine Herren Obersten – ich glaub, das ist Ihr Rang? –, die Welt haben Sie in Bewegung gesetzt, Europa haben Sie in Trümmer gelegt, und jetzt, auf einmal, sagen Sie: Vergessen wir das Ganze; kommen Sie her, Hitler, setzen Sie sich zu uns? Das geht nicht. Ist Ihnen klar, was der Herr hier machen wird, wenn er von dem guten Essen aufsteht und nach Haus geht? Das Vierte Reich wird er mit dem Brunner zwei, oder Brunner drei, oder Brunner fünftausend gründen, genau, aber haargenau dasselbe wie unter Hitler, Himmler und Schirach! Es hat sich nichts geändert in den Gehirnen der Brunner zwei, und, leider Gottes, sind sie und ihre Freunderln überall. Die Brunner zwei kennt man vielleicht, aber die Freunderln kennt man nicht, und es ist nicht immer ein Jellinek in der Näh, der sie agnosziert. Sie warten auf nichts als auf die Sekunde, bis ihre lieben Gastgeber, die amerikanischen und englischen Obersten, abziehen, um denselben Teufelsdreck zu brauen wie vorher. Wieder werden sie den andern mit den Stiefeln ins Gesicht treten, vergasen werden sie, fememorden werden sie. Sie sind ungeduldig, meine Herren Obersten. Jemand hat mir erzählt, auf dem Columbus Circle in New York darf man frei reden – oder im Hydepark in London, bitte, stellen Sie sich vor, ich steh am Columbus Circle. Denn ich muss Ihnen noch etwas sagen. Dass Sie sich mit den Freunden und Freundinnen der Brunner zwei einlassen oder sie gar heiraten, ist nicht, wie Sie vielleicht glauben, Ihre Privatsache. Ich stell mir vor, einer von den drei Herren Obersten ist der Herr Bräutigam. Das ist keine Privatsache, das ist eine Katastrophe, meine Herren. Für uns – ich weiß, wir sind Ihnen nicht wichtig, Sie haben uns einen Namen gegeben, DPs, das ist alles, was Sie für uns getan haben. Aber wie soll Europa je wieder aufstehn, wenn die Sieger mit dem Hitler fraternisieren und die Freundinnen des Hitler heiraten. Ich danke vielmals, dass Sie mich so lang angehört haben. Komm, Bertl, mach einen

Diener vor den Herren Offizieren und vor der alten Dame. Er geniert sich.«

Der glatzköpfige kleine Mann, den Knaben an der Hand, hatte sich längst entfernt, als die Hochzeitsgesellschaft sich noch nicht rührte. Man sah ihn zu anderen Vertriebenen reden und mit ihnen in der Richtung des Waldes verschwinden, woher der Sommerwind wie ein Choral klang, da fragte Felix: »Ist das wahr, Herr Ardesser?« Die Frage ist überflüssig, dachte er. Und er dachte: Lasst mich das mit ihm abmachen! Wozu mischt dieser Jellinek sich ein! Es ist ausschließlich meine Sache, deretwegen ich hierhergekommen bin!, dachte er, als ob es darauf ankäme. Von der Stelle, an der er stand, war er weggetreten und auf den Freund seiner Mutter zugegangen. Das Glas mit Wein hielt er noch in der Hand. Cook sagte leise: »That's most unfortunate.« Ob er Herrn Jellineks Dazwischenkunft oder die Sache an sich meinte, blieb ungesagt.

»Hören Sie«, sagte Felix, ganz nahe vor Ardesser hingetreten, und in keiner Stunde seit seiner Ankunft war er so außer sich gewesen. Ihm schien, alles bisher sei ein Kinderspiel, gemessen an diesem Moment. Jetzt und hier entschied es sich. Er wird es, auch nachdem die ungeheure Erregung sich gelegt haben wird, mit den Worten auszudrücken versuchen: Als ich ihm, dort vor dem Schlosshotel, gegenüberstand, wo die versetzten Personen wohnten, hatte ich das Gefühl, ich könnte das Problem lösen. Er sagte zu ihm: »Lügen Sie nicht! Es hat keinen Sinn. Sie haben eine Verpflichtung gegen mich. Nicht weil ich der Sohn der Frau bin, der Sie nichts als Unglück gebracht haben, sondern weil ich ein Mann bin, der dieses Land mehr liebt als Sie oder irgendwer dort unten!« Er hatte mit der Hand, die das Glas hielt, auf Wien gezeigt. »Wegen dieser Liebe bin ich hergekommen, Herr Ardesser. Acht Jahre, vom Aufwachen bis zum Schlafengehn, und vermutlich im Traum, hab ich hierhergedacht. Ich sage das vor den Vertretern des Landes, dem ich Treue geschworen habe, und wenn sie es zu meinem Nachteil auslegen wollen, dann mögen sie es tun. Das legitimiert mich. Mit dieser Legitimation sage ich Ihnen, Herr Ardesser, denn ich glaube die Lüge nicht, die Sie jetzt für mich vorbereiten: Sollte es wahr sein, was der Mann von Ihnen behauptet, dann müssen Sie diese Gesellschaft sofort verlassen. Ich will mich mit Ihnen weder aussöhnen noch auseinandersetzen. Sondern ich breche hiemit jede Verbindung zwischen mir und Leuten ab, die so gehandelt haben könnten, wie der Mann es von Ihnen wissen will. Und ich breche jede Verbindung zwischen diesen Offizieren der amerikanischen Armee und solchen Leuten ab. Ich übersetze das für Sie, meine Herren.«

»Tun S' Eahna nur nix an, Herr von Geldern!«, sagte jemand am Hochzeitstisch, einer von den drei oder vier Unbekannten, deren Namen Felix nicht wusste, und der Zwischenruf, in vulgärem wienerischem Dialekt, machte den Vorgang nur absurder. Sozusagen gemütlich hatte jemand festgestellt, dass der Herr Bräutigam, der den Mund voll nahm, besser täte, vor seiner eigenen Tür zu kehren.

Felix hatte das kommen sehen. Er war darauf vorbereitet gewesen (wenigstens versicherte er das später), und es habe ihn nicht getroffen. Aber dass dies nicht wahr sein konnte, folgte daraus, dass er den Zwischenrufer unterbrach: »Meine Frau bleibt hier aus dem Spiel!«, obwohl von seiner Frau nicht gesprochen worden war. Immerhin fiel es nicht nur Viktoria auf, dass er plötzlich seine Sicherheit eingebüßt hatte.

Anita, die Herrn von Ardesser verzweifelt folgte, behauptete, er hätte sich einer Kolik wegen wortlos entfernt. Auch die anderen Gäste fanden es nach und nach angebracht, diese Gastfreundschaft nicht länger in Anspruch zu nehmen. Die Musik, für länger gemietet, spielte noch, als sie sich mit verlegenen Danksagungen entfernten; einige vergaßen oder verweigerten den Dank.

»Well«, sagte Oberst Ted, seinen Wagen zur Verfügung des Brautpaares stellend, während Oberstleutnant Cook für Viktoria sorgte. »Wann gehen Sie nach Hause, Mr. van Geldern?« Er musste zweimal fragen, bevor Felix verstand, dass er zurück in die Staaten meinte. Unter anderen Umständen hätte er vermutlich geantwortet: »Ich bin ja zu Hause«, doch jetzt hatte er auf nichts als auf Gertrud zu achten, mit der seit den Worten des kahlköpfigen kleinen Mannes eine völlige Veränderung vorgegangen war. Im Auto redete sie kein Wort. Nur als sie sich dem Allgemeinen Krankenhaus auf der Alserstraße näherten, erklärte sie, sie wolle ihre Mutter besuchen. »Das kannst du nicht machen«, sagte sie zu Felix, obwohl er nicht nein gesagt hatte. »Meine zwei Brüder sind tot, mein Vater ist im Lager. Du musst mich an meinem Hochzeitstag zu meiner Mutter lassen!«

Der riesige graue Spitalskomplex, worin sie die heutige Nacht verbracht hatten, tauchte auf.

»Ich werd ihr nur sagen, dass ich geheiratet hab«, sagte Gertrud. »Ich werd nicht sagen, wen. Ich kompromittier dich nicht! Hab keine Angst!«

Diesen Ton hatte sie nie gehabt. Ein kalter, heller, unerbittlicher Ton. Auch der fordernde Blick, den sie ihm gab, war fremd.

Er verstand. Sie warf sich vor, ihre Eltern im Stich gelassen, ihre Freunde verleugnet zu haben – einen bessern Beweis für ihre Integrität konnte es nicht geben! »Darf ich mit dir zu deiner Mutter?«, bot er an.

Steif vor Abwehr, sagte sie: »Nein.«

Er ließ den Wagen halten und sie gehen, auch das wird er später zu seiner Schuld zählen. Er hätte sie dort nicht hingehen lassen dürfen, nach dieser Nacht, da sie auf einer Tragbahre in dieses Haus gebracht worden war, von einem Arzt mit einer roten Dienstmütze, der routinehaft gesagt hatte: »Tobsuchtsanfall.« Oder hatte er einen anderen Ausdruck gebraucht?

Nach einer halben Stunde kam Gertrud zurück, setzte sich wieder in den Wagen, redete nichts; er ließ sie gewähren. Erst vor der Wohnung des Fräuleins Huber, die sie für heute und vielleicht auch die nächste Nacht beherbergte (denn in längstens zwei, drei Tagen, sobald die Reisepapiere beschafft waren, musste das junge Ehepaar verreisen), sagte sie: »Felix! Ich mach dir halt Schand!«

Er küsste sie.

Eugene, der schwarze Chauffeur, hatte gestoppt.

»Ich werd mir ungeheure Mühe geben. Ich schwör's dir, Felix!«

»Wird es dir so schwer sein?«

»Thanks, Eugene. Good-by. Stell's dir doch vor«, sagte sie. »Zwischen dir und mir wird etwas stehn. Immer, Felix. Seit wir hier wieder zusammen sind, war's jeden Moment so – von der heutigen Nacht abgesehn, an die ich mich nur merkwürdig verschwommen erinner.«

»Was wird zwischen uns stehn?«

»Das.« In diesem »Das« lag alles. Die Ruinen ihnen gegenüber, die KZler vor der Oper, die Familie Vogel, die Gaskammern. »Du wirst's nicht vergessen können, Felix! Wie ich gestern die Habanera angefangen hab, hab ich dran denken müssen, und deswegen war der Kritiker des ›Neuen Österreich‹ so unzufrieden mit mir – nicht weil er voreingnommen war, wie du deiner Großmutter gsagt hast, sondern weil ich, wie ich angefangen hab, hab denken müssen: Er wird nie drüber hinwegkommen! Deine Großmutter hasst mich. Das ist auch etwas, wogegen ich hoffnungslos werd kämpfen müssen. Du wirst ihr immer recht geben und mir unrecht. Und ich werd unrecht haben. Immer. Zwischen uns und euch wird das so bleiben. Ihr habt's das Recht gepachtet, wir das Unrecht.«

Nie, fühlte er, hatte sie sich ihm so wehrlos ausgeliefert wie in diesen fünf Minuten vor der Wohnung der Soubrette Huber. »Viktoria ist eine alte kranke Frau«, sagte er. »Komm ins Haus.«

»Operiern wir nicht mit dem Tod«, antwortete sie. »Versuchen wir überhaupt nicht, zu entschuldigen.«

Sie waren in das hübsche, unversehrte Haus getreten, worin sie, als Hochzeitsgeschenk, ein Heim für zwei Tage und zwei Nächte finden sollten. »An dir ist nichts zu entschuldigen«, sagte er. »Und wenn du Morde begangen hättest!«

»Man kann auch andere Morde begehn«, sagte sie leise.

»Was heißt das?«

»Nichts. Es ist großartig, dass du mich geheiratet hast. Ich werd versuchen, Felix, ich schwör's dir! So gut ich kann! Wirst du auch versuchen? Wirst du's mir nicht immer vorwerfen?«

Sie waren oben. An der Tür befand sich eine Visitenkarte, mit Reißnägeln befestigt: »Steffi Huber, Mitglied des Bürgertheaters«.

»Nie!«, sagte er erschüttert.

29
Sieben Jahre Hitler

Die Soubrette mit dem Puppengesicht hatte es sich so ausgedacht, wie sich ein Wiener Mädel eine richtige Hochzeit vorstellt. Der erste Teil, feierliche kirchliche Trauung im Brautkleid und Hochzeitsessen mit Eisbombe und fescher Musik, hatte ihren Erwartungen entsprochen, obwohl wegen der unverschämten Einmischung dieses Juden (alle versetzten Personen waren, Fräulein Huber zufolge, Juden) leider kein Tanz folgte. Die Soubrette, die in der Operette »Die Walzerfee« die Hauptrolle spielte und spätestens um drei viertel drei zur Nachmittagsvorstellung im Theater sein musste, zerbrach sich, wie sich später herausstellte, auf dem Rückweg vom Cobenzl den Kopf, ob und wie die Festlichkeit weitergeführt werden konnte. Eigentlich war geplant gewesen, dass das Brautpaar die Nachmittagsvorstellung besuche; Fräulein Huber hätte es Spaß gemacht, ihren Kollegen sagen zu können: »Heut ist die Wagner von der Oper drin mit ihrem Bräutigam, einem Amerikaner, und zwei amerikanischen Obersten …«, das war dieses Kerls wegen unmöglich, der sich ausgerechnet so einen Tag aussuchte, einem die Laune zu verderben! Aber dass man eine Hochzeit jedenfalls zu feiern hatte, stand fest. Die Operettensängerin hatte dafür ihre Wohnung zur Verfügung gestellt, ja die Selbstverleugnung so weit getrieben, heute und sogar morgen Nacht außer Haus zu schlafen, »bei einer Bekannten«, wie sie flüchtig bemerkte; dabei wenigstens musste es bleiben. Für eine regelrechte Wiener Jause, zu der sie nach der Nachmittagsvorstellung zurückkehren würde, hatte sie desgleichen gesorgt, auch für ein Abendessen zu zweit. Der Amerikaner sollte sehen, dass »Wir in Wien, in Wien, Ham halt dafür den Sinn, Wie man liebt und lebt, Herz zu Herzen strebt« – das kam in dem Couplet vor, das sie allabendlich sang, doch sie fand, es sei buchstäblich wahr.

So traten Gertrud und Felix in die Wohnung, die dem Ideal entsprach, das Fräulein Huber von einer Wohnung hatte. »Sturmfrei«, wie man es in Wien nannte, das heißt so bequem gelegen, dass man Besuche unbeobachtet empfangen konnte, bestand sie aus einem Vorzimmer mit Korb- und roten Schleiflackmöbeln, aus einem Biedermeier-Wohnzimmer in Gelb, Grün und Braun und einem Mahagoni-Schlafzimmer. Im Wohnzimmer stand ein hoher verglaster Biedermeierschrank voll kleiner Dinge, mit denen Fräulein Huber als Kind gespielt haben mochte: Zinnsoldaten, ein Pelzteufel mit roter Zunge, Weihnachtsengel aus Wachs, ein goldpapierner Bischof Nikolaus mit Wattebart und Mitra, vier Metallfische in einem Glasbassin, nackte kohlschwarze Negerpüppchen aus Zelluloid, ein Töpfchen mit künstlichen rosa Zyklamen, eine künstliche Sonnenblume und eine Menagerie, worin es keine Raubtiere, dafür gläserne und hölzerne Pfauen, Affen und Pudel gab.

Gertrud machte ihn darauf aufmerksam, und sie standen eine Weile vor dem wunderlichen Kasten, wo jemand sich solche Mühe gegeben hatte, etwas festzuhalten, das entflohen war. Sie schien das zu denken, denn sie sagte: »Hübsch. Aber eigentlich ein Unsinn. Je weniger man von seiner Vergangenheit sieht, desto besser!«

»Ich will nicht, dass du dich länger quälst, Trude«, sagte er. »Die Vergangenheit ist definitiv tot.«

Sie erwiderte seine Küsse. »Glaubst du das?«

Neben dem Spiegelkasten stand, vor die Fenster gerückt, ein Pianino. Durch die Fenster sah man den Cobenzl, den Kahlenberg, den Leopoldsberg. Grün, sanft, hold.

»Es ist eben nicht wahr!«, sagte sie heftig, seinem Blick folgend, der durch das Fenster gegangen war. »So sieht's nur aus! Aber es ist nicht so!«

Auf einem Tischchen neben dem Pianino hatte die Eigentümerin der Wohnung Whisky bereitgestellt. Da man Whisky nicht ohne Beziehungen zur Besatzung bekam, ließen sich Schlüsse daraus ziehen. Auch aus den Salzmandeln auf Silbertässchen und den Chesterfield, die in Päckchen herumlagen.

»Der Kaplan hat recht. Gutes Gedächtnis ist etwas Schlechtes! Vergiss!«, sagte Felix.

»Wir haben nicht viel Zeit. Gut! Ich vergess es für heut.« Sie schloss die Augen, seine Küsse erwartend.

»Wir haben ein ganzes Leben Zeit! Wir können's uns leisten. Vergessen, Nicht-Vergessen. Alles!«

Mit ihrer raubtierhaften Geschmeidigkeit machte sie sich von ihm los, schenkte sich ein und trank aus, bevor er es hindern konnte, pur, ohne Wasser. »Fein!«, sagte sie, sich schüttelnd. »Feuerwasser! Ich hab in den Karl-May-Büchern nie verstanden, was Feuerwasser ist.« Verlegen brach sie ab. Auch dafür wird er später die Erklärung finden. Sie mochte gedacht haben, er wisse, dass Karl May Hitlers Lieblingsautor war.

Da sie sich nochmals Whisky einschenkte, sagte er: »Das ist schlecht für dich«, doch auch seine Überlegung wich. Die zwei Zimmer waren ihnen für zwei Tage geliehen. Nicht viel Zeit.

Über dem Bett hing eine Pendeluhr. Laut schlug das Pendel, rasend schnell. In zwei Stunden, vielleicht früher, würde die Inhaberin der Wohnung zurück sein.

Mit dem Glas in der Hand stand Gertrud zwischen den Fenstern, schaute in die Landschaft, von der sie gesagt hatte, sie sei nicht wahr, und griff mit einer jähen Bewegung nach dem Mund, als wollte sie etwas ersticken.

Was denkt sie, dachte er erschreckt. Dann vergaß er auch das.

So schob sich in dem Zimmer mit der Aussicht auf etwas Holdes, das angeblich nur so aussah, zwischen zwei einander für den Rest des Lebens bestimmte Menschen, völlig unbemerkt, eine unübersteigliche Mauer. Keiner der zwei sah sie wachsen, denn sie wuchs aus der simplen Tatsache, dass sich im Leben nichts verheimlichen lässt.

Es dauerte aber nicht länger als Bruchteile von Sekunden, dieses Erkennen, Sich-dagegen-Wehren, Nichts-dagegen-Tun. Sie gaben sich den Küssen hin; bald würde es läuten. Auch Felix war es jetzt so, als wäre keine Zeit; sie hat mir das suggeriert, musste er denken, da er sich auf dem ängstlichen Blick nach der Uhr ertappte, deren Pendel über ihnen eilte.

Dann läutete es an der Wohnungstür; obwohl sie einen Schlüssel hatte, wusste Fräulein Huber, was sich schickte. Sie kam höchst angeregt nach Hause, bumvoll war es gewesen, tolle Stimmung; zu schad, dass Felix es sich nicht angeschaut hatte – da hätte er wenigstens in New York erzählen können, wie wir in Wien Theater spielen! Und den Riesenbuschen Jasmin hatte sie von einem unbekannten Verehrer; wie gut der roch. War das nicht eine nette Aufmerksamkeit? Die Suada der Soubrette, die in den Zimmern umherschoss, Jasmin in Vasen ordnete, in der Küche nach der Jause sah, zurücklief, mit schnellen, auf die Möbel geschossenen Blicken sich diskret überzeugte, ob die Brautleute ihre Zeit genützt hatten, machte die kleine Wohnung zu klein; es war eng und stickig geworden, seit sie geläutet hatte. Sie war nicht abgeschminkt; wozu, abends hat sie wieder Vorstellung, zahlt sich ja nicht aus.

Der Kaffee war Martinson's aus New York und durchduftete zusammen mit dem Jasmin des unbekannten Verehrers die Zimmer. Dass Trude mit dieser Person so befreundet ist!, dachte Felix. Er sagte etwas über ihre Vorliebe für amerikanische Genussmittel. Ja, stimmt, antwortete die Huber kokett, sie habe aber »auch sonst« eine Vorliebe für Amerikanisches. Da war wirklich wenig mehr zu erraten. Doch um die Sicherheit hundertprozentig zu machen, erzählte sie im selben Atem, sie sei heute Abend nach der Vorstellung in den Bristol-Club eingeladen. (Dass »die Bekannte«, bei der sie übernachtete, der Einlader sei, ließ sie diskret durchscheinen.)

Gereizt sagte Felix: »Die Amerikaner sind wirklich sehr leichtgläubig!«

Für jemand Naiven zu rapid antwortete die Huber: »Bedauern S' das?«

»Ja, ich bedaure das«, sagte Felix offensiv.

»Streitet's nicht!«, verlangte Gertrud. Für eine Sekunde hatte er das Gefühl: Die zwei sind gegen mich.

»Sagn S' es doch gleich – Sie finden, ich bin nicht gut genug für an' Amerikaner?«, sagte die Soubrette. »Nehmen S' nicht noch ein Stückl Guglhupf? Der is garantiert nicht amerikanisch. No, antworten S' mir. Das intressiert mich nämlich. Wann die Amerikaner weniger leichtgläubig wären, möchten s' mit einer Person wie der Steffi Huber nicht verkehrn? Sind S' jetzt nicht feig, Herr von Geldern!« Aus dem geschminkten blonden Puppengesicht glitzerten die Augen spitz wie Jettknöpfe.

»Red keinen solchen Unsinn, Steffi«, sagte Gertrud. »Dein Guglhupf ist herrlich.«

»Woher weißt denn das, wenn'st keinen isst? Ich möcht eine Antwort von deinem Mann. Schon oben beim Essen is mir vorgekommen, dass er was gegen mich hat! Also, heraus damit!«

»Ich hab nichts anderes sagen wollen, als dass die Amerikaner leichtgläubig sind. Vielleicht auch voreingenommen für Hübschheit, für Freundlichkeit – für alles, was ihnen gefällt. Davon lassen sie sich auf den ersten Blick bestimmen. Nicht auf den zweiten!« Er wollte weiterreden, schwieg aber.

»No, und?«, fragte die Huber, »Wollen S' damit sagen, die guten naiven Amerikaner, die keiner Fliege was zuleid tun – nur dass s' mit ihre Bomben Europa zerschmeißen –, sollten vor der Steffi Huber gwarnt wern? Da is nix zu warnen, Herr von Geldern. Aber schon gar nix! Wenn S' wollen, können S' sich beim C.I.C. erkundigen!«

»Seid's ihr wahnsinnig geworden!«, sagte Gertrud, ohne vor dem Wort zurückzuschrecken. »Bei einer Hochzeitsjause fangt's ihr zu streiten an! Felix! Bitte, gib Ruh.«

»Wie kommen Sie mit dem C.I.C. in Berührung?«, fragte Felix.

»In Berührung is gut!« Die Operettensängerin lachte. Abermals blieb wenig zu erraten.

»Sie sind beim C.I.C. in Untersuchung gestanden?«, fragte Felix. Vor ihm war die noch nicht geleerte Kaffeeschale: Alt-Wiener Porzellan, zarte Vergissmeinnicht auf weißem Grund; ein Stück Gugelhupf lag auf seinem Teller.

Gertrud sagte: »Pass nicht auf ihn auf, Steffi! Erzähl lieber, wie's im Theater war.«

»Vierzehn Vorhänge!«

»Passen Sie trotzdem auf mich auf«, sagte Felix. »Wieso kommen Sie zum C.I.C.?«

»Das geht Sie erstens nix an. Zweitens können S' ja das C.I.C. fragen!«

Hätte Gertrud in diesem Augenblick nicht so nervös ihre Schale hingestellt, dass sie ein bisschen Kaffee auf das Damasttischtuch verschüttete, Felix wäre über Fräulein Hubers Antwort wahrscheinlich hinweggegangen. So aber glaubte er, Zeichen von Angst, ja von panikartiger Beunruhigung an Gertrud wahrzunehmen. In derselben Sekunde vergaß er, dass er ihr gesagt hatte: »Die Vergangenheit ist definitiv tot.« Die beiden benahmen sich ja wie Verschworene, und er war es, gegen den sie sich verschworen!

»Ich werde beim C.I.C. fragen«, antwortete Felix brüsk. »Bitte, verstehn Sie mich richtig. Ich meine«, schwächte er ab, weil er selbst fand, er sei zu weit gegangen. Was er meinte, unterließ er zu sagen.

Er ist eines Unrechtes eben nicht fähig, das springt in die Augen, sogar wenn man ihn weniger gut kennt als Gertrud. Aber wie lebt man, nach sieben Hitlerjahren, mit so einem Mann? Hier, am festlich gedeckten Kaffeetisch der Soubrette Huber, sieht Gertrud das Problem zum ersten Mal mit Konsequenz, und wenn später behauptet wurde, sie hätte gerade jetzt wirr und unzusammenhängend geredet, so war das nur eine falsche Behauptung mehr. Sondern es ist viel wahrscheinlicher, dass sie gestern Nacht mit Symptomen eines Tobsuchtsanfalles in die Neurologische Abteilung eingeliefert worden und jedenfalls zusammengebrochen war, weil man sie für sieben Jahre Unrecht mitverantwortlich machte, oder weil sie sich mitverantwortlich fühlte, da sie etwas klar erkannt hatte: wie schwer es, nach sieben Jahren Hitler, war, mit jemandem zu leben, der sich nichts vorzuwerfen hatte. Eines Tages wird er sie fragen, und von da an wird es immer zwischen ihnen stehen: Was hast du am 14. März 1938 gemacht, als sie die vierundsiebzigjährige Frau Polatschek aus dem Haus, wo du wohntest, hinunterschleppten und neun Stunden Krukenkreuze vom Trottoir wegwaschen ließen? Du bist am Fenster gestanden und hast zugeschaut. Du hast sogar gedacht: Recht geschieht's der arroganten Person! Was hast du getan, als der ehemalige Direktor des Theaters in der Josefstadt, Dr. Emil Geyer, ein alter Mann, der dir in der Singerstraße begegnete, den Davidstern mit der Hand vor Verlegenheit versteckte und ein Lausbub ihm die Hand und den Hut herunterriss? Er hat dir, wie um Hilfe, zugerufen: »Guten Tag, Fräulein Wagner!« Und du hast gemacht, als bemerktest du ihn nicht, und bist schnell weiter auf den Stephansplatz. Was hast du getan, als am 11. November 1938 die Sechzig-, die Siebzig-, die Achtzigjährigen in die Lager geschleppt wurden und man sie auf der Straße einfing wie tolle Hunde? Was hast du getan, als die Möbel, die Bücher, die Juwelen, die Teppiche deiner besten früheren Freunde bei anderen deiner Freunde auftauchten? Hast du nicht zum Beispiel bei deiner Kollegin Weißhahn die Klavierauszüge und Noten gesehen, die dein Gesangslehrer Geiringer besessen hat? Du hieltest sie in deiner Hand, du sahst die mit Tinte geschriebenen Initialen »G.G.«, Gustav Geiringer. Und hast nicht einmal gefragt: »Wie kommst du zu diesen Noten, Irma?« Und bist auch nicht weggegangen von deiner Kollegin Irma Weißhahn, sondern zum Tee bei ihr geblieben und hast Witze erzählt. Was hast du getan, als dich der Ohrenarzt Feldmann, der dir, als du elf warst, das Leben gerettet hat, demütig anflehte, seine Schwester für vierzehn Tage zu verstecken? Du hast ihr zwei Tage Unterschlupf gegeben, dann musstest du nach Köln ins Engagement. Und sie haben sie gefunden und vergast. Was hast du getan, als der Mann, der sich, auf Urlaub von der Front, um dich bemühte, schallend ausrief: »Man muss vor dem Führer knien wie vor einem Gott!« Ihr seid auf einer der Rathausparkbänke gesessen, auf denen stand: »Nur für Arier«, und du bist nicht aufgesprungen; du bist noch lange mit ihm auf der Bank gesessen und hast nachher mit ihm im »Stadtkrug« genachtmahlt. Was hast du am 11. Februar 1942 getan, als du hörtest, dass man früh um fünf deine Freundinnen Aulacher und Patzelt wegen wehrzersetzender Bemerkungen justifizierte? Du hast, am selben Abend, »Cosi fan tutte« gesungen und auf die Kritiken in den Morgenblättern gewartet. Als die Bestialitäten in Auschwitz, Mauthausen und Buchenwald von Mund zu Mund gingen, ist dir da das Singen vergangen? Du behauptest, du hast Widerstand geleistet? Worin bestand dein Widerstand? Dass du hie und da eine abfällige Bemerkung flüstertest. Oder, bei Wiener Schnitzeln und einer Flasche Wein, mit Leuten zusammenkamst, die ebenfalls leise abfällige Bemerkungen machten. Was hast du getan? Was hast du getan?

Vielleicht war es das unwillkürliche Wort »Nichts!«, das Gertrud wiederholt murmelte, woraus die Behauptung der »wirren Bemerkungen« entstand. Fräulein Huber aber wäre keine typische Wienerin gewesen,

hätte sie nicht die halbe Entschuldigung aus Felix' Worten herausgehört und sich ihre Jause (es war nämlich noch eine Cremetorte vorbereitet) so brutal stören lassen, wie es mit dem Hochzeitsessen oben geschehen war. Bei ihr passierte so etwas nicht! Sie trug daher die Torte auf und zerschnitt sie, und da niemand essen wollte, verstand sie sich zu dem Kompromiss, das Brautpaar solle sie zum Nachtmahl aufheben. Noch weiter trieb sie die Versöhnlichkeit. Sie setzte sich ans Pianino, um einige ihrer unwiderstehlichsten Schlager zu singen – sollte der schwer zu überzeugende Amerikaner drüben nur von der Steffi Huber erzählen! So was hatten sie auf dem Broadway nicht! »Wissen S', Herr von Geldern«, sagte sie, bevor sie »Ich weiß auf der Wieden ein kleines Hotel« anfing, »die ganzen Kritiker sind begeistert von mir. Sie werden ja gmerkt habn, die Kritik ist bei uns sehr streng – pardon, Trude –, aber ich kann sagen, ich hab – toi, toi, toi – lauter phantastische ghabt!«
»Ich weiß auf der Wieden ein kleines Hotel ...«, sang sie dann, begleitete sich dazu und füllte das kleine Lied mit Wohllaut und Sirup. Die holden grünen Berge, denen sie den Rücken kehrte, schauten ihr dabei über die Schultern, der Wind, der mittags fast ein Sturm geworden war, hatte sich gelegt. Dann sang sie noch: »Steh auf, liebes Wien!«, ein Couplet, worin Wien zugeredet wurde, Mut, Kraft und Hoffnung zu haben, was aus dem überroten Mund der Sängerin wie eine sehr einfache Sache klang.

Doch dass Gertrud darunter litt, was Fräulein Huber sang, merkte die Gastgeberin schließlich, wenn auch einigermaßen gereizt; die Damen von der Oper sollen sich nichts antun, schien sie zu denken, stand im Wort »Hoffnung« auf und sagte: »Jessas, es wird spät! Zeit, dass ich wegkomm.« Ostentativ ordnete sie etwas auf dem Radiotischchen, wo eigentlich alles in Ordnung war, verabredete ein Wiedersehen für morgen Vormittag, wünschte vielsagend Gute Nacht, und dann war Ruhe.

Felix wird sich daran erinnern, dass er der ihm unangenehmen lauten Person, nachdem die Tür hinter ihr zugefallen war, am liebsten nachgerufen hätte: »Bleiben Sie hier!« Eine Unruhe hatte sich, seit er das Einverständnis zwischen den beiden bemerkt zu haben glaubte, seiner bemächtigt.

»Hast du deiner Mutter nicht furchtbar wehgetan?«, fragte Gertrud »Glaubst du nicht, du sollst ihr ein Wort sagen? Telefonier ihr! Ich muss sowieso das Geschirr hinaustragen und abwaschen.«

Dann ließ sie ihn allein. None of your business, würde man drüben gesagt haben: Es geht dich nichts an; kümmere dich um deine Dinge! Oder geht es dich an? Sind es deine Dinge – die meiner Mutter und des Fräuleins Huber und des Herrn Ardesser? Gut! Wenn sie hereinkam, würde er sie das fragen. Und anderes. Schließlich musste es einmal klipp und klar ausgesprochen werden. Es war eine ganz falsche Schonung – unter der sie bestimmt nur noch mehr litt –, es mit Stillschweigen zu übergehen. »Die Vergangenheit ist definitiv tot!«, hatte er ihr vor einer Stunde gesagt. Aber erst dann, nach der Aussprache, konnte die Vergangenheit tot sein. Er würde sie einfach fragen: »Wieso waren so viele Nazis bei dem Essen oben? Wer hat sie eingeladen? Du weißt doch, dass das Nazis sind? Und wieso sagt man dir Beziehungen zu Goebbels und Schirach nach? Wieso kann das Unterseeboot, Frau Reger, von dir behaupten, du hast ein stadtbekanntes Verhältnis mit Goebbels gehabt? Und was hat der Zwischenrufer oben sagen wollen, als ich ihn unterbrach?« Darauf würde sie eine Antwort geben. Er würde die Antwort glauben oder nicht. Was geschehen würde, wenn er sie nicht glaubte, dachte er nicht zu Ende. Er dachte nichts zu Ende in dieser Zeit.

Man konnte Gertrud die Küchentür aufmachen, das Geschirr abstellen, den Wasserhahn öffnen und in der Küche herumgehen hören.

»Soll ich dir helfen?«, rief er hinaus.

Nein, danke. Sie würde gleich wieder da sein. Hatte er schon telefoniert? Er solle sich das Radio aufdrehen. Sechs-Uhr-Nachrichten.

Folgsam drehte er das Radio an. Sobald sie kommt, frage ich sie, beschloss er. Schluss der Sportnachrichten. Auf dem Arlberg hatte die österreichische Skimannschaft gut abgeschnitten. Pausezeichen: die Anfangstakte des Donauwalzers. »Hier ist die Sendergruppe Rot-Weiß-Rot, Wien, Salzburg und Linz. Wir geben Ihnen Weltnachrichten. Moskau. Marschall Stalin empfing den amerikanischen Botschafter und gab der Hoffnung Ausdruck, dass Kriegshetze und voreingenommene kapitalistische Propaganda der besseren Einsicht weichen würden, die in Europa nicht ein Schlachtfeld, sondern einen Erdteil freien, friedlichen, sozialen Wiederaufbaus erblicke. – London. In einer Rede in seinem Wahlkreis bezeichnete heute Mr. Churchill die enge Zusammenarbeit der Westmächte als die einzige Möglichkeit, Europa vor dem Untergang zu bewahren. Wohin wolle Europa? Und wohin treibe man es? Bringe es von selbst den Mut und die Kraft auf, sich dem Westen anzuschließen? Jawohl, aber dann müsse man diesen Mut und diese Kraft in London, Washington und Paris stärken. Eines müsse offen gesagt werden, denn das ewige Verschweigen und Vor-sich-selbst-Verstecken führe zur Katastrophe: Östlich orientiert, würde und müsse Europa Asien werden. Wollten die Westmächte Europas Verderben besiegeln?«

Während die monotone Stimme aus dem braunen Kasten Worte wie »Verderben« und »besiegeln« gleichmäßig betonte, als unterschieden sie sich nicht, blätterte Felix, auf Gertrud wartend, nervös in einem der Bücher auf dem Tischchen, dem Fräulein Huber zuletzt ihre Aufmerksamkeit zugewendet hatte. Es lag zuoberst und war ein Fotografie-Album, Amateurbilder, mit einer scharfen Kamera aufgenommen, die Daten sauber mit Tinte daruntergeschrieben. Auf den meisten sah man den Operettenstar allein oder in Gesellschaft: Fräulein Huber im Dirndl vor dem Salzburger Glockenspiel, Fräulein Huber beim Tennis in Shorts, Fräulein Huber in Rollenbildern, Fräulein Huber im Schwimmkostüm, nichts zu erraten. Auf Seite 6 war eine der in Schlitzen steckenden Aufnahmen lose, sodass eine darunter gesteckte zum Vorschein kam: Fräulein Huber, ein Herr und Gertrud; der Herr in der Mitte, in beide Damen eingehängt. Auf der Rückseite des Bildchens in Handschrift: »Gertrud Wagner mit Dank und auf baldiges Wiedersehen! Wien, 15. August 1942. Goebbels.«

Wenn aber endlich vernünftiger politischer Optimismus – denn Optimismus, gerade er, gehorche den Gesetzen der Vernunft – den professionellen Nihilisten der Politik das Handwerk gelegt haben würde, habe Mr. Churchill seine Rede fortgesetzt.

Noch bevor Felix die handschriftliche Widmung las, hatte er den Mann auf der Fotografie erkannt. Der Schock traf ihn dumpf und lähmend. Mechanisch nahm er das lose gewordene kleine Bild, das jenes andere hätte verbergen sollen, versuchte, es wieder einzupassen; eine leichte Aufgabe. Doch mit seinen Händen, in denen kein Gefühl war, wurde sie schwer. Das Bildchen stellte Fräulein Huber an einer Küste dar. Außer einem Busenschützer und einem Höschen hatte sie nichts an. 15. August 1942. Wo war ich da, dachte er sinnlos, und während die monotone Stimme, alles gleichmachend, aus dem Radio drang, versuchte er krampfhaft, sich zu erinnern, was er getan hatte, während Fräulein Huber nackt im Sande lag. »Paris. General de Gaulle hat seine Absicht bekanntgegeben …« Welche Absicht? Daraus folgt nichts. Man hängt sich ein. Aber was der Geschichtsprofessor gesagt hat? Hieß er Kreutz? Man hängt sich ein, daraus folgt nichts. Und das Unterseeboot? Er erinnerte sich des Nachtlokalsängers Heller. Mit Reichsstatthalter Schirach ist sie in der Loge gesessen, wer hat das behauptet? »Mit Dank« kann alles Mögliche heißen. »Bukarest. König Michael hat einem Vertreter der Tass-Agentur seiner lebhaften Genugtuung darüber Ausdruck verliehen, dass die Wiederherstellung Rumäniens dank der verständnisvollen Unterstützung der Sowjetregierung rapide Fortschritte mache. Sie hörten fünf Minuten Weltnachrichten. – Sie haben heute Abend Gas von sechs Uhr dreißig bis acht Uhr dreißig.«

Gertrud trat ein, bemerkte, dass er in dem Album blätterte, es schien ihr keinen Eindruck zu machen. Er blätterte darin, bis sie fragte. »Was tust du da?«

»Bilder anschauen«, sagte er und sah ihr ins Gesicht. Welch eine Schauspielerin! Ihr Gesicht verriet nichts. »Hübsche Bilder«, sagte er. »Möchtest du sie sehn? Aber du kennst sie wahrscheinlich?« Wenn sie wenigstens jetzt das jämmerliche bisschen Ehrlichkeit aufbrächte, es offen zu sagen!

Er wartete. Er gab ihr Zeit. Das Radio war zu einem Rätselspiel übergegangen. »Willst du?«, fragte er ein zweites Mal. Seine Stimme war heiser. Er hatte seine Brille abgenommen, um sie nicht so gut zu sehen.

»Wenn du willst«, sagte sie.

Besser, ich schaue genau unter jeder einzelnen Fotografie nach, dachte er und setzte automatisch die Brille wieder auf. Vielleicht finde ich noch etwas. Mit vielem Dank, Hitler. Besuchen Sie mich morgen wieder, Schirach. Warum nicht? Während ich in Scarsdale war, ich Glückspilz, und sechs Millionen Unseliger in den Gaskammern, hat sie mit Goebbels Rendezvous gehabt. Oder mit Schirach.

Noch immer hatte er keinen Entschluss gefasst.

»Was hast du denn?«, fragte sie jetzt.

»Trude. Kennst du diese Bilder wirklich nicht?«

»Nein, weshalb?«

»Warum lügst du?«

Noch immer gab er ihr Zeit. Sie hatte einmal von Goebbels zu ihm gesprochen. Im Moment erinnerte er sich nicht genau an ihre Worte, es war etwas von einem Gesuch oder einer Audienz gewesen. Vielleicht hatte sie etwas verschwiegen, aber er erinnerte sich, und es half ihm in seiner Qual, dass sie freiwillig von Goebbels geredet und sogar den Inhalt der Unterredung erzählt hatte. Um ein Gesuch hatte es sich gehandelt. Aus freien Stücken hatte sie davon geredet, das sprach zu ihren Gunsten.

»Ich lüg nicht«, sagte sie.

Lange genug hatte er ihr Zeit gegeben, es blieb ihm nichts mehr übrig. Er reichte ihr das Bildchen vom 15. August 1942.

Sie nahm es.

Ein Blinder hätte gesehen, was in ihr vorging. Später wird Felix sagen, sie sah aus wie jemand, dem man das Todesurteil in die Hand gegeben hat.

Sie stand aber nur reglos da und hielt eine Amateurfotografie in der Hand, von der sie nicht einmal gewusst oder längst vergessen haben mochte, dass sie überhaupt bestand. Vielleicht kam der gehetzte, verzweifelte Ausdruck in ihren Augen daher, dass sie gedacht hatte: Mit der Fotografie hier könnte ich möglicherweise fertigwerden. Aber was tue ich, wenn sich einer meldet, der mich damals im Schlosshotel Cobenzl gesehen hat? Vielleicht lebt der Portier. Oder ein Stubenmädchen kommt zu ihm und sagt: »Herr von Geldern, ich erinnere mich, Ihre Frau ist in der Nacht des 14. August 1942 beim Herrn Reichsminister gewesen.« Er wird das Stubenmädchen fragen: Wie lang?, und sie wird ihm antworten. Ohne dieses Bildchen wäre es kein Beweis gewesen. Jetzt war es einer. Wie etwas völlig Vergebliches sagte sie: »Ich hab's dir ja erzählt«.

Fürchterlich, sie anzusehen; nicht nur weil sie log, sondern weil sie so vernichtet aussah. Sein Mitleid regte sich, wuchs schnell. Zu viel war ihr geschehen in achtundvierzig Stunden. Schonung!, sagte er sich. Wo ist der Unterschied zwischen denen und uns, wenn wir genauso mitleidlose Henker sind? Daran klammerte er sich. Dieser verkrampfte Zug um den Mund! Diese Augen, aus denen die Angst wie Funken flackernd sprang! »Ja, du hast mir etwas erzählt«, sagte er. »Ich weiß nicht mehr genau, was. Aber ich geb zu, du hast mir etwas erzählt.«

Wem er diese Worte wiederholen wird, der wird ihm sagen: »Absolut harmlose Worte. Vielleicht könnte jemand Überempfindlicher die Bemerkung ›Ich weiß nicht genau, was‹ sarkastisch finden. Natürlich, eine Person, die nicht ganz normal ist, mag anders reagieren.«

Abrupt gab sie ihm das kleine Bild zurück. »Ja, ich hab dir etwas erzählt. Es ist alles nicht wahr«, sagte sie. »Für Unschuld gibt's keinen Beweis. Nur für Schuld.« Das Erloschene war plötzlich in ihrem Blick.

»Wir werden später davon reden«, sagte er.

Sie lächelte. Dass sie so unbegründet lächelte, alarmierte ihn mehr als ihr Aussehen. Selbstverständlich werden wir später davon reden, schien sie zu denken – heute Nacht, morgen früh, in einem Jahr, solange wir leben. Immer wirst du mir vorwerfen: Du hast mit Goebbels geschlafen. Du wirst nicht später davon reden, sondern immer. Und wenn du nicht davon redest, wird's in deinem Blick sein.

»Ich stell jetzt das Huhn zu, das uns die Steffi spendiert hat«, sagte sie. »Das Gas wird schon an sein. Du weißt, wir haben nur stundenweise Gas.«

Wer konnte jetzt von Essen reden! Aber sie sagte, sie habe der Steffi versprochen, ihm ein Huhn zu braten; seit Jahren habe sie kein Huhn mehr gesehen – wolle er sie nicht zeigen lassen, was für eine Hausfrau sie sein werde? Vielleicht gehe er eine Weile spazieren und hole sich Appetit. Es war kein Sturm mehr. Ein schöner Abend.

Er hatte den Eindruck, dass sie das wirklich wollte und dass es sie auf andere Gedanken bringen würde. Auch das war ja so armselig! Gebt jemandem, der nicht mehr weiß, wie es aussieht, ein Huhn, und er vergisst alles!

»Schau auf die Uhr«, sagte sie. »Um punkt sieben bin ich fertig.«

Bevor er ging, wollte er sie küssen. Sie wich zurück, dann berührte sie seine Lippen. »Geküsst hab ich ihn nicht! Ich schwör's dir bei deinem Leben, Felix!«

»Reden wir nicht mehr davon!« Der bloße Gedanke war ihm unerträglich, es stand in seinem Gesicht.

Sie redeten nicht mehr davon. Als er zurückkam, steckte ein Zettel an der Tür: »Achtung! Gas!« Die Tür war von innen verschlossen, niemand antwortete auf das Läuten und das Klopfen. Nachdem die Tür geöffnet war, fand man Gertrud in der Küche, auf Polstern vor dem Herd, den Gasschlauch im Mund. Sie atmete noch. Ihr Gesicht war rot. Das Telefon in der Wohnung funktionierte nicht. Der Telefonautomat auf der Gasse funktionierte nicht. Als die Rettung erreicht wurde, war mehr als eine Stunde vergangen. Drei viertel Stunden vergingen, bevor die Rettung kam. Ein Sauerstoff-Apparat stand der Ambulanz nicht zur Verfügung, doch der Arzt mit der roten Dienstmütze versprach, im Spital werde alles Nötige geschehen. Die Patientin atme ja noch.

Zum zweiten Mal in vierundzwanzig Stunden fuhr Felix in tödlicher Not im Rettungswagen. Sie fuhren die Park Avenue hinunter, Richtung Bellevue Hospital. Auf der Bahre lag Gertrud, noch immer atmend. »Are you going to save her?«, fragte er, unwillkürlich auf Englisch. »Sind die Herrschaften Engländer?«, fragte der Arzt auf Deutsch. Nein, Amerikaner. Dann gehörte die Dame ins amerikanische Spital, das sogenannte »Hundred tenth«! Nein, die Dame gehöre hierher, sagte Felix, nach Wien gehöre sie, zu ihm. Werde sie gerettet werden?, fragte er, zum zweiten Mal binnen vierundzwanzig Stunden, einen Mann mit einer roten Dienstmütze so flehend, als wäre er Herr über Glück und Tod; er fragte es auf Deutsch, doch so, dass der Arzt seine Verwunderung nicht verbergen konnte: ein Amerikaner, und so konfus?

Auf das Tor! Gleich werden die Bahrenträger da sein. Duft von Linden und Jodoform. Geschultert die Bahre. Durch den Hof. Niedergesetzt die Bahre.

»Gasvergiftung. Sie hat den Schlauch im Mund gehabt. Selbstmord.«

»Werden Sie sie retten? Um Gottes willen! Sie müssen sie retten!«

Der Herr möge, bitte, jetzt nicht stören. Das Menschenmögliche geschieht. Bitte, doch die Fassung zu bewahren.

Einen Sauerstoffschlauch in den Mund und in beide Nasenflügel. Auf die Nase wird eine Art weißer Klammer gesetzt, weshalb? Die Klammer macht das Gesicht so hilflos! »Reagiert ganz brav auf den Sauerstoff. Atmung gebessert. Da sieht man's, diese Amerikaner! Prahlen herum, wie smart und abgebrüht s' sind, und beim ersten Anlass klappen s' zusamm wie ein Federmesser!«

Atmung gebessert. Atmung gebessert.

Aber dieses Schluchzen?

Nur ein Reflex.

»Bitte, wie ist Ihr Name?«

»Meiner?«

»Ja.«

»Geldern. Felix Geldern.«

»Mr. Geldern, lassen Sie uns jetzt mit der Patientin allein. In der Zwischenzeit geben Sie alles Nähere der diensthabenden Schwester bekannt.«

Wann war sie geboren?

Er weiß es nicht.

Name ihrer Eltern?

Wagner.

Vorname des Vaters?

Er weiß nichts.

»Bitte, beruhigen Sie sich. Sie werden doch die Daten Ihrer Frau wissen! Oder ist es nicht Ihre Frau?«

Ja, seine Frau.

»An welcher Adresse hat der Unfall stattgefunden?«

»In Döbling. Ich weiß die Adresse nicht.«

»Wieso nicht?«

»Wir haben heute geheiratet. Eine Freundin meiner Frau hat uns die Wohnung zur Verfügung gestellt.«

»Entschuldigen Sie, Mister. Das alles klingt irgendwie wahnsinnig. Fühlen Sie sich selbst ganz wohl? Wie lang waren Sie in dem gaserfüllten Raum?«

»Ich weiß nicht.«

»Mister Geldern?«

»Ja! Herr Doktor?«

»Wenn Sie jetzt hinübergehn wollen, ihr adieu sagen?«

Sie liegt da. Die Nase eng und weiß. Der Mund steht leicht offen.

Er beugt sich über sie. Er erfasst es noch nicht. Er rührt ihre Hand an, sie ist kalt. Die Kälte ihrer Hand steigt zu seinem Herzen. Ihr Gesicht ist schmal geworden, hilflos, ungeheuer preisgegeben. Die gebrochenen Augen starren ratlos. Die geöffneten Lippen fragen: »Warum hast du mich am Hochzeitstag ermordet?« Er hört es. Er ruft: »Trude!« Er ruft es noch einmal. Sein Herz erstarrt. Die Kälte steigt zu seiner Stirn. Er hört jemanden sagen: »Scheint auch was abbekommen zu haben.« Dann wird es starr hinter seiner Stirn, er hat ein würgendes Schuldgefühl, von dem ihm schwindelt. Aber noch immer glaubt er nicht, dass sie tot ist. Er streckt seine Hand wieder nach ihrer kalten Hand aus; sein Bewusstsein weicht.

Drittes Buch

WOHIN, EUROPÄER?

30

Das Unglück weckt auf

Alles ist wieder wirklich. Es sieht so aus, wie es ist. Es schmeckt, wie es ist. Es klingt, wie es gemeint ist. Nicht mehr hat es die verschwommenen, sanften, fließenden, verführenden, schwebenden, täuschenden Konturen, gezogen von Überwältigtheit, Enthusiasmus und Euphorie. Es ist, wie es ist. Wenn das Glück einschläfert, weckt das Unglück auf. Felix ist aufgewacht.

Er hat keine Entschuldigung mehr, weder vor sich noch vor den anderen, Dinge zu tun oder zu denken, die ein Mann seiner Jahre bei klarem Kopf weder tut noch denkt. Er sagt es sich, trotz seinem wilden Schmerz. Dem Unglück erlaubt er nicht, was er dem Glück erlaubt hat.

Er ging aus dem Spital weg und sagte sich: Wir sind quitt. Er meinte, mein tolles Glück, wieder hier zu sein, habe ich mit tollem Unglück bezahlt. Etwas in ihm verhärtete sich.

Er ging eine Stunde und eine halbe in den Straßen, bevor er sich entschloss, zu seiner Mutter zu gehen; dass es die Straßen Wiens waren, kam ihm nicht einmal zum Bewusstsein. Er wollte keine mitleidigen Redensarten hören. Das Mitleid war schuld!

Um sieben hätte er zu seiner Frau kommen sollen, die ihn auf ein Huhn eingeladen hatte; um zehn kam er zu seiner Mutter und sagte: »Ich bin wieder hier.«

Anita war noch nicht zu Bett. Noch nicht über die Insultierung des Mannes hinweg, den sie nicht insultieren ließ. Sie hörte an Felix' Stimme, dass etwas Furchtbares geschehen war, und fragte.

Da er sagen wollte: »Gertrud ist tot«, schien es ihm so unwahrscheinlich, dass er krampfhaft nach einer Ausrede suchte. Er fand keine. Also sagte er es.

Anita ließ die Wohnungstür zufallen, die sie ihm geöffnet hatte. Ein hartes Geräusch. »Das ist nicht möglich!«, sagte sie.

»Nein, Mutter, es ist nicht möglich.« Jetzt würde sie sagen: »Mein armes Kind!« Das arme Kind war ein Mörder, man konnte es drehen, wie man wollte; und er wollte nicht.

»Wach auf! Komm zur Besinnung!«, sagte Anita. »Was du heute treibst, ist grauenhaft!« Ihre Stimme war schrill.

»Sie hat sich das Gas aufgedreht.«

Anita schrie auf.

Wann hatte Viktoria gesagt: Man kann Menschen nicht so wehtun? Seither hatte er einen Mann tödlich insultiert, eine Frau, am Hochzeitstag, in den Tod gejagt, seiner Mutter das Wiedersehen tödlich vergiftet. Alle Achtung, er konnte Menschen wehtun! Hitlers Leuten gab er nichts nach.

»Was hast du ihr getan, Felix?«

Sie standen noch im Vorzimmer, wo an einem von der Decke hängenden Draht eine nackte, trüb brennende Birne hing.

»Nichts«, verteidigte er sich instinktiv. Trotz dem schlechten Licht nahm er Anitas Ausdruck wahr. Mitleid war es nicht.

»Das stimmt nicht! Sonst hätte sie sich nicht umgebracht!«

Wer hatte gesagt: »Ist das ein Gericht?« Heute Mittag – vor dem ersten, tödlichen Insult hatte es jemand gesagt.

»Was ist mit dir, Felix! Ich fürchte mich vor dir!«

»Ja, Mutter, was ist mit mir?«, gab er zur Antwort und sah die weiße, verengende Klammer auf Gertruds Nase, ihr klein gewordenes, hilfloses Gesicht. »Was ist mit mir, kannst du's mir sagen? Ich hab mich hergefreut wie auf das Paradies. Jetzt ist es die Hölle.«

»Nicht durch uns!«

Gut. Von Mitleid war nicht die Rede.

»Komm ins Zimmer«, sagte Anita. »Dreh das Licht ab.«

Er drehte das Licht ab, kam in das Zimmer, wo das Bett stand. Der Kanzleiraum war durch ein Stückchen Teppich, einen Tisch mit Elfenbeinbürsten, Kämmen und zwei Vasen mit Akazien und Jasmin um einen Teil seiner Schäbigkeit gebracht. Das Bett allerdings war ein lächerlich schmales Eisenbett, das sich bei Tag zusammenklappen ließ. Anita setzte sich darauf. »Jetzt sag mir, was geschehen ist«, verlangte sie.

»Hast du die Gertrud denn so gerngehabt, Mutter?« Er hatte kein Mitleid wollen, doch auch kein Gericht.

»Sag endlich, was du ihr getan hast! Ja. Ich hab sie gerngehabt.«

Er hätte ihr sagen können: Ich habe den gültigen Beweis gefunden, dass Gertrud Goebbels' Geliebte war. Doch während der eineinhalb Stunden in den Wiener Straßen hatte er sich zugeben müssen, dass der Beweis nicht galt. Vielleicht war ihr Tod ein Beweis? Auch das hatte er gedacht. Vielleicht aber bewies ihr Tod nur, dass jemand, der hiergeblieben war, mit Heimkehrern seinesgleichen nicht mehr leben konnte, weil er den Rechtschaffenheitsdünkel und den Richteranspruch nicht ertrug, den seinesgleichen mitbrachte.

Für Momente, während des Weges in Straßen, die ihm nichts mehr bedeuteten, hatte er bohrend scharf gedacht. Entweder sie war Goebbels' Geliebte gewesen, dann hatte sie es abgebüßt. Oder sie war's nie gewesen. In beiden Fällen hatte er eine Goebbels' würdige Grausamkeit begangen.

»Ich hab ihr unrecht getan, Mutter«, sagte er.

»Hast du ihr gedroht?«

Gedroht hatte er ihr nicht.

»Hast du zu ihr geredet wie – heute Mittag?«

Nein.

»Hat sie sich vor etwas gefürchtet?«

Vielleicht hatte sie sich vor etwas gefürchtet.

»Du hast ihr ihren Vater vorgeworfen?«

»Nein.«

»Hast du ihr mit einer Anzeige gedroht?«

»Ich sag dir ja, ich hab ihr nicht gedroht!«

»Du sagst's mir ja! Um halb zehn hast du ihr am Altar geschworen, sie dein Leben lang zu schützen. Um sieben war sie tot. Wann wirst du mich anzeigen, Felix? Was habt ihr von mir und anderen ausspioniert, du, die Viktoria und deine amerikanischen Obersten? Gott sei Dank, ich hab auch einen Gashahn!«

Beide Hände um die Knie gepresst, saß sie auf dem schmalen Eisenbett, das wie ein Kerkerbett aussah. »Warum hast du nicht gesagt, du bist gekommen, um zugrunde zu richten, was von uns noch übrig ist?«, fragte sie, auf den tintenbespritzten Boden starrend.

Das Katastrophale war, dass man niemanden kannte. Nicht einmal seine Mutter.

Da das Telefon läutete und Anita sich nicht rührte, ging Felix hin. Fräulein Huber fragte in äußerster Erregung, was geschehen war.

»Sie hat sich den Gashahn aufgedreht«, hörte Felix sich antworten.

»Das hat mir die Hausmeisterin gsagt, die mir überallhin nachtelefoniert hat! Aber weshalb denn? Heiliger Gott, weshalb?«

»Ich weiß es nicht.«

»Was haben S' ihr denn gmacht?«

»Nichts«, hörte er sich antworten.

»Reden S' doch nicht! Gestern Abend habn Sie s' zum Wahnsinn getrieben, und heut hat s' sich den Gashahn aufgedreht! Und Sie sagen, Sie haben ihr nix gmacht!«

»Nein.«

»Das werdn wir erst sehn! So ein armes, armes Mädel! Was habn S' sich denn hineingedrängt! Sie war ja ganz zufrieden mit ihrem Ami! Aber glauben S' nicht, Herr von Geldern, ich schau da ruhig zu! Und wenn S' hundertmal ein Ami sind, und wenn 's mich meine Existenz kost – ich werd's Ihnen schon zeigen! Die arme Trudi! Hätt ich euch nur nicht allein glassn!« In schreiendem Schluchzen endete das Gespräch.

»Was hast du ihr gemacht?«, fragte Anita. »Einmal wirst du's ja doch sagen müssen.«

Man zahlt teuer. Für Gutes mit Entsetzlichem. Für Seligkeit mit Vernichtung. Seligkeit ist das Unzulässigste. Ich zahle für meine Seligkeit, dachte Felix, mühsam an sich haltend. »Gute Nacht, Mutter«, sagte er. »Wir sind weit auseinandergekommen.«

»Das liegt an euch.«

»Gute Nacht.«

Kurz vor elf kam Viktoria zurück. Um sich über Felix' Hochzeitstag hinwegzuhelfen, hatte sie heute Abend die überlebende Enkelin ihrer vergasten Freunde Vogel ins Burgtheater eingeladen. Nachher wollte sie mit ihr zum Essen ins Bristol gehen, war aber – dort von Kathi alarmiert, die Anitas Gespräch mit Felix gehört hatte – sofort nach Hause geeilt; Zeit, schlafen zu gehen, war es ohnehin!

Während sie die wenigen Stufen zum Mezzanin sehr langsam und auf jeder innehaltend hinaufstieg, streifte sie der Gedanke, ob es nicht weiser wäre, endgültig schlafen zu gehen. Diese Gertrud, deren Tod sie tiefer erschüttert hatte, als sie sich zugab, würde im Tode Felix usurpieren – die lebende Anita fast noch mehr. Viktoria gab Gertrud den Vorzug. Nur Verblendete, also Leute, die liebten, konnten übersehen, dass hinter Anitas Märtyrerfassade nichts als Egoismus, Oberflächlichkeit und Härte standen. Ich bin selbst eine krasse Egoistin, sagte sich Viktoria auf einer der letzten Stufen, aber wenigstens prätendiere ich nicht, einen Heiligenschein zu tragen. Trotzdem kann ich nicht mehr konkurrieren. Gegen Anita, Gertrud und Wien komm ich nicht auf. Felix wird hierbleiben und mit den guten und weniger guten Nazis Frieden machen – und da soll ich mich noch für gescheit halten? Eine Idiotin bin ich! Man kennt eben niemanden. Den Felix hab ich zu kennen geglaubt wie meine Tasche. Rasend stolz bin ich auf ihn gewesen. Jetzt macht er einen Strich durch alles. Wahrscheinlich ist es Zeit für mich.

Als sie ihn in dem Zimmerchen sitzen sah, das seinerzeit dem Advokaten ihres Mannes zur Aktenablage gedient hatte, kam sie zu ihm.

Noch zwei Stunden später saß sie dort, in dem Raum ohne Fenster. Etwas ganz Primitives war zu tun. Man musste ihm sagen: Du hast acht Jahre ohne sie gelebt, du hast sie nicht mehr zu deinem Leben gerechnet. Die Tage hier waren ein Traum, zuerst ein schöner, dann ein Angsttraum. Wach draus auf.

Sie sagte das, doch es glitt spurlos von ihm ab. Nicht, dass er es bestritten hätte. Er antwortete: »Du bist so gescheit, Großmama. Weißt du nicht, dass sich nichts ausrechnen lässt? Du hast recht, es hat Zeiten gegeben, in denen ich an die Gertrud kaum sekundenlang gedacht hab. Was ändert das? Seit ich hier bin, denk ich an sie. An nichts anderes. Dass sie tot ist, ist der größte Schmerz meines Lebens. Und solang ich lebe, werd ich mich immer schuld daran fühlen. Ich bin schuld!«

»Bist du mit ›immer‹ noch so freigebig? Aus ›immer‹ wird bestenfalls ›manchmal‹. Wir haben das erfahren, Felix, du und ich.«

»Das ist es ja, dass wir glaubten, es erfahren zu haben, und dass es nicht stimmt! Was haben wir uns alles eingeredet! Dass wir fertig sind mit diesem Land! Wir sind es nicht. Ich nicht! Für mich ist immer immer geblieben.«

»Möglich«, sagte sie. Der Moment schien ihr gekommen, das zu fragen, was ihn aus der Auswegslosigkeit führen würde: »Dir bedeutet dieses Land noch immer etwas – zu deinem Unglück auch seine Menschen. Nein, ich werd nichts gegen die Arme sagen. Aber lass mich etwas für dich sagen, Felix. Du hast doch Charakter!«

Er hinderte sie an der Frage. »Habe ich das?«, sagte er. »Ich fürchte, du irrst dich. Ich geb Impulsen nach. Ich sag einem Mädchen, ich werde sie heiraten, und bring sie um.«

»Das ist lauter Unsinn. Du redest dich in eine Schuld hinein, die du nicht hast. Du hast im Gegenteil etwas ungeheuer Großherziges gemacht. Du hast ja buchstäblich gemeint, was du dem Pfarrer versprochen hast: mit einer Frau zu leben, die dich jeden Tag gezwungen hätt, an dir zu zweifeln.«

»Folglich kann ich von Glück sagen, dass sie mir den Gefallen getan hat, zu sterben. Wirklich, Großmama! Manchmal bewunder ich die gesunde Portion Roheit, die du hast!«

»Mein Kind«, antwortete Viktoria (wie nur in Ausnahmsfällen). »Verzeih mir das! Ich weiß, ich bin roh, ich hab nicht die Absicht, mich vor dir besser zu machen. Ich möcht dir nur helfen. Du musst von hier weg. Wann wirst du gehn?« Die Frage war gefragt.

Doch zu ihrem unendlichen Erstaunen antwortete er, ohne sich zu besinnen: »Bis sie begraben ist. Das Begräbnis ist übermorgen, Dienstag. Mittwoch fahren wir.«

Sie hatte sich auf einen harten Kampf gefasst gemacht, und es ging so leicht. Sie trachtete, ihre Erleichterung zu verbergen, bei seiner Trauer schien es ihr roh; roh, fand sie, war sie nie gewesen. »Wohin fahren wir?«, fragte sie. Vielleicht hatte sie sich verhört.

»Nach Hause.«

»Na ja«, sagte sie, um nichts Sentimentales zu sagen. »Du hast Charakter!« Sie hätte gern gefragt: »Wirst du die Livia verständigen?«

»Nein. Ich bin nur unglücklich«, sagte er.

31

Gesetz des Simplen und Trivialen

Nur die Lüge lässt sich ausrechnen, nicht die Wahrheit. Aber kein Ausrechner hätte vorhergesehen, was gegen Felix in der Stunde unternommen wurde, da Viktoria, tief erleichtert, in Gedanken ihre Koffer packte und das Kabel wegen ihrer Rückkunft aufsetzte.

Es begann damit, dass Fräulein Huber, kaum dass sie das Telefongespräch mit Felix beendet hatte, ein anderes führte. Zu dem, der sich meldete, sagte sie auf Englisch, manchmal auch auf Deutsch, wenn die Erregung sie übermannte: »Excuse me, darling. Ich werd heute Nacht nicht mehr zu dir zurückkommen können. Bitte? What? No, no. Don't be silly. Du warst doch dabei, wie die Hausbesorgerin mich angrufen hat! Don't you understand me? Du weißt doch, meine Hausmeisterin hat mich angrufen! Yes, the superintendent. Ich kann mir das nicht merken, bei uns heißt ein evangelischer Pastor Superintendent, nicht ein Hausbesorger! Ich sag, you must pay attention to what I have to say. Meine arme Freundin Trudi is tot. Stell dir vor. What? No. They could not save her. Sure, it was not long. Du weißt doch, wir armen Wiener haben kein richtiges Gas, irgendeine Mischung, Erdgas – ich weiß nicht, wie man das auf Englisch sagt – anyway, it's some terrible Ersatzzeug, von dem man sofort umkommt. Und die Ärmste hat ja eine volle Stund den Schlauch im Mund ghabt. I say, she kept the Schlauch in mouth for one full hour. Allright, the tube. Da war halt nix mehr zu machen, darling. (Hier begann sie zu schluchzen.) Of course, they gave her – what? Oxygen, yes. – Aber das is doch nicht wahr! Die österreichischen Ärzte können da gar nix dafür! Wennst mich fragst, is ausschließlich dieser Geldern schuld. So ein widerlicher Kerl! (Noch immer schluchzend.)

I say, I think, this man, Geldern, has something to do with it. What? Sure is er ein Amerikaner. Aber so einer, was du einen Achtunddreißiger nennst – ja, thirtyeighter. That I don't know. (Das Schluchzen hörte auf.) Er hat jüdisches Blut, nicht viel, glaub ich, aber doch, und is 38 weg. Übrigens war seine Mutter die ganze Zeit hier. Fine person, ich mein' die Mutter. What? Schau, Schatzi, warum kommst nicht heraus? Hast doch eh den Wagen. Außerdem hätt ich dir gern was gezeigt. What? I don't understand. Really, Dick, dear, jetzt könnst schon mehr Deutsch verstehn! Listen, I told you to come out here and have a look at something I'd like to show to you. Okay. Bye, bye.«

Mit der Wiener Anpassungsfähigkeit (man könnte auch sagen: mit der Wiener Charakterlosigkeit, denn es war mehr als wahrscheinlich, dass Fräulein Huber mit den Nazis so flott Preußisch gesprochen und »Tach!« und »Wiedahöan!« gesagt hatte, wie sie jetzt »okay« und »bye, bye« sagte) hatte sie sich sogar den Tonfall dessen angeeignet, mit dem sie telefonierte.

Als er zu ihr hinauskam, saß Viktoria noch immer mit Felix in der fensterlosen Advokatenkammer und suchte für ihn den Ausweg, den die Operettensängerin im Begriff war, zu versperren. Dabei ließ sich das Mädchen (wenn man von der wienerischen Sensationsgier absah) vermutlich nicht einmal von intriganten Instinkten leiten. Sie glaubte eben fest, dass dieser Geldern, der ihr auf den ersten Blick unsympathisch gewesen war, Gertrud in den Tod getrieben hatte, und sie gab ohneweiters zu, durch einen absichtlichen Handgriff auf ihrem Radiotischchen zu dem Unglück beigetragen zu haben; ja, stimmt, sie hatte das Fotografiealbum hingelegt, um dem eingebildeten Kerl, der zeigte, wie lästig ihm Gertruds Verkehr mit ihr, Steffi Huber, fiel, eins draufzugeben – im Fall er das gwisse Bilderl überhaupt finden sollte. Mein Gott, eine Hellseherin war sie ja nicht. Hätte er das Album nicht angerührt, oder das gwisse Bilderl nicht gefunden, dann wäre eben nichts passiert. In ihren Augen war es eine Art Gottesurteil.

Der nächtliche Besucher, dem sie das erzählte, ein junger Major (noch jünger aussehend), saß in dem Sessel, worin Felix vor einigen Stunden gesessen war, blätterte wie Felix in dem Album und fragte in dem Ton, dessen er sich im Office bediente, um älter zu erscheinen: »How come you kept that snapshot?«

Fräulein Huber verstand nicht gleich. Sie hatte Whisky und Soda für ihn und sich hingestellt. »No water«, sagte sie mit einer Selbstverständlichkeit, als lebte sie nicht Wochen, sondern Jahre mit dem Major.

»No, thank you, baby«, antwortete er. Dann wiederholte er seine Frage, weshalb sie das Amateurbild aufbewahrt habe.

»Du meinst, weils gfährlich is, so was aufzuheben, darling?«

»In the first place.« Es könnte, after all, Leute geben, sagte er, die weniger vorurteilslos wären als er und ihr daraus einen Strick drehten.

»Dick, du bist enorm gscheit«, sagte Fräulein Huber bewundernd. »Here's to you.« Sie trank ihm zu. Von den Tränen waren ihre Augen verschwollen.

Der junge Major hatte bisher Schauspieler persönlich nicht gekannt. Dort, wo er herkam, in Pueblo, Colorado, gab es kein Theater, und in Denver nur gelegentliche Gastspiele.

Fräulein Huber dagegen hatte er viermal in der »Walzerfee« gesehen, und (wie er seiner Sekretärin nach dem zweiten Mal anvertraute) nie eine annähernd so charmante Künstlerin. Daher war es ganz simpel, dass er für die Künstlerin zuerst Bewunderung und (als es sich ohne besondere Bemühungen seinerseits so fügte) mehr empfand. Auch gab sie ihm eine Menge wertvoller Hinweise, die er aus amtlichen Gründen nicht hätte missen wollen: An diesem fremden Platz und bei seiner fast nicht vorhandenen Kenntnis des Deutschen leistete sie ihm, fand er, geradezu unschätzbare Dienste. Sie kannte ja buchstäblich jeden in town.

»You bet«, sagte er und trank seinerseits Fräulein Huber zu, seinen dritten, oder war es der vierte Whisky am heutigen Sonntag. Dann fragte er, was sie ihm hatte zeigen wollen.

Fräulein Huber zog aus ihrer Handtasche einen Zeitungsausschnitt, den sie darin offenbar bereitgehalten hatte, worin über Felix' Zeugenaussage im Prozess Kurz berichtet wurde. (Von diesem Artikel hatte Viktoria seinerzeit gesagt, er sei nicht zu freundlich für Felix.) Der Major solle es sich doch bequem machen, schlug die Künstlerin vor; warum zog er sich die Schuhe nicht aus? Warum zog er sich überhaupt nicht aus, es war so warm? Ihre Stimme klang belegt; sie hatte zwei Vorstellungen gehabt und viel geweint.

Der Besucher ließ es bei den Schuhen bewenden. »Shoot«, sagte er, nachdem er sie ausgezogen hatte und, die Beine auf dem Fauteuil, in kurzen grünen Armeesocken dasaß.

Fräulein Huber las den Artikel vor und übersetzte ihn zugleich. Ohne etwas zu entstellen oder nur zu färben (es war eben ein nicht zu freundlicher Artikel), vermittelte sie ihrem Gast das Bild eines Mannes, der die rechte Hand eines Naziministers gewesen war und geholfen oder nicht geholfen hatte, die Nazis in Österreich zur Macht zu bringen. »Es wäre«, schloss die Übersetzerin, »nicht die dümmste Idee, diesen Herrn Geldern von der Bank des Zeugen auf die des Angeklagten zu versetzen. Denn dass die kompromittierten Faschisten, die sich 1938 eiligst abgesetzt haben und jetzt, nachdem alles vorbei ist, als Amerikaner zurückkommen, bei uns Kronzeugen sein und sich als wilde Anti-Nazis aufspielen dürfen, geht selbst für einen geduldigen Österreicher zu weit!«

Der Major schüttelte nachdenklich sein von Natur aus rosiges, von dem dritten (oder vierten) Whisky rot gewordenes Gesicht. »What sort of paper is this anyway?«, fragte er.

»Eine hochanständige Zeitung«, antwortete Fräulein Huber, auch damit entstellte sie nichts; das Blatt genoß diesen Ruf. »Ich les die Zeitung sehr gern, ich hab immer glänzende Kritiken drin«, fügte sie hinzu und lieferte ihrem Freund den Ausschnitt aus, noch bevor er überhaupt den Wunsch danach geäußert hatte. »Jemand, der so viel Butter auf'm Kopf hat wie dieser Geldern, sollt den Mund nicht so weit aufmachen! Und jedenfalls nicht armen Mädeln wie der Trude ihre Vergangenheit vorwerfen! Du bist doch ein Jurist, Dick. Das is doch ein Mord, wenn wer einen zum Selbstmord treibt? Oder?«

Sie fragte es genau so künstlich naiv, wie sie auf der Operettenbühne minder ernste Fragen zu stellen pflegte. Mit anderen Worten: Alles war so simpel und trivial, wie nur das Komplizierte sein kann.

Verliebt und der Verpflichtung seines Amtes bewusst, kratzte der junge Major seinen jeden Montag frisch gestutzten weißblonden Kopf und sagte, er sei kein Jurist; doch scheine ihm, dass zunächst einmal der Oberst informiert werden sollte, Bell nämlich.

»Wen willst informiern?«, fragte Fräulein Huber. Sie wusste nicht, dass Ted von seinen Freunden »Bell« genannt wurde.

Wäre es nicht sein soundsovieltes Glas Whisky gewesen, es hätte dem Major auffallen müssen, wie ungern die Künstlerin die Einbeziehung eines ihr fremden Oberst sah. Vermutlich hätte er unter anderen Umständen leicht herausgefunden, weshalb, und die Sache mit einer Ermahnung, to mind your own business, kurzweg abgetan. So aber antwortete er, Bell sei der Mann, der sich für Gertrud Wagner interessiert hatte, und sie für ihn, nicht wahr?

»Ah so, der Ted«, sagte Fräulein Huber erleichtert und benützte die Gelegenheit, eine ihrer trivialen Bemerkungen zu machen: »Es wär ihr Glück gwesen, bei so an' reizenden Menschen zu bleiben. Ihr seid's alle reizend.«

»You bet«, lachte der junge Major. »That is, some more, some less. How about me?«

»You more«, antwortete sie prompt.

So nahmen das Simple und das Triviale ihren unaufhaltsamen, ihnen innewohnenden Lauf. Der Major wählte eine Telefonnummer. Von dem Gespräch, das er führte, verstand Fräulein Huber das Folgende:

»Room four-o-eight, please. This is Dick, Sir. Major Conrow, Sir. That's right, Sir. Excuse me for disturbing you so late. I'm afraid I've got some very bad news. Fräulein Wagner – Mrs. van Geldern, that as, is dead … Yes, Sir … Yes, Sir … No, Sir. I'am calling from a friend's place … What's that, Sir? No. Gas poisoning … Oh, around seven, I'd say. That I don't know, Sir … I'm sorry they didn't. You bet, they should have. I only learned it myself half an hour ago … Yes, Sir. Mr. van Geldern, Sir … That's right, her husband. How's that? Oh no, he's allright … I couldn't say. Probably left the apartment … No, Sir, it's not his mother's, it was a girl friend's apartment that was lent to them for the next few days … You bet, Sir, Miss Huber's. The same, yes … No, Sir. She was on at the theater. How's that? At his mother's, I guess. Hold on, Sir.«

Der Major unterbrach das Gespräch, die Muschel mit einer Hand bedeckend, und sagte, der Oberst wolle Herrn von Gelderns Adresse wissen.

»Kärntner Ring 8«, soufflierte Fräulein Huber.

»Kantenring eight, Sir. Opposite the Bristol, you mean?«

Fräulein Huber nickte lebhaft, und der Major bestätigte, jawohl, gegenüber dem Hotel Bristol. Er redete dann noch eine ganze Weile weiter, die Künstlerin verstand, dass er den Zeitungsartikel erwähnte, den sie ihm gegeben hatte und worin Felix, nach des Majors Worten, als Nazi bezeichnet sei. (»A first-class Nazi.«)

»Nein, wie du gscheit bist!«, sagte die Künstlerin, nachdem er abgehängt hatte. »Du wickelst den Oberst um den Finger!«

»How about yourself and Majors?«, fragte er, sich vergewissernd, wie weit das Um-den-Finger-Wickeln auf ihn und die Künstlerin zutreffe.

Sie sagte: »Auch!« Dann zog er die Socken aus.

Folglich war, noch bevor Viktoria in dem kleinen fensterlosen Raum Felix verlassen hatte, dank dem Naturgesetz des Simplen und Trivialen sein Fall, den sie vereinfacht zu haben glaubte, nur problematischer geworden.

32

Zwei Männer in Zivil

Zwei Männer in Zivil gingen in Wien herum und stellten Fragen. Sie gingen hierhin und dorthin. Hatte der Zivilist, nach dem sie fragten, dies getan, das getan? Einer der beiden sprach Deutsch mit amerikanischem Akzent, der andere nur Englisch. Wohin immer sie kamen, sie blieben nicht unter einer Stunde, oft länger. Sie gingen ausschließlich zu Österreichern. »Was für eine Art Mann ist Mr. van Geldern?«, fragten sie Sektionschef Pauspertl (denselben, der Felix am Tag seiner Ankunft zu der Zeugenaussage im Kurz-Prozess gedrängt hatte). Sie fragten es Ministerialrat Dr. Zwettl (denselben, der nach der Ermordung Dollfuß' festgestellt hatte: »Man muss unparteiischerweise zugeben, dieser Hitler ist ein Genie!«). Sie erfragten von der ehemaligen Sekretärin Felix', einer gewissen Fanny Habietinek, die ihn, ohne dass er es wusste oder zur Notiz nahm, jahrelang geliebt hatte: Was war Mr. van Gelderns Lektüre? Was für Zeitungen hatte er gelesen? Was für Bücher? Hatte er eine Vorliebe für bestimmte Autoren gehabt? Hatte er mit dem Ausland korrespondiert? Sie fragten die achtzigjährige Hausbesorgerin des Geldern'schen Familienhauses auf der Hohen Warte (das jetzt im Besitz von Leuten war, die sich hartnäckig weigerten, es herauszugeben, weil sie den Besitz, wie sie nachwiesen, von der Gestapo durchaus legal gekauft hatten), aus welchen Kreisen der Verkehr Mr. van Gelderns bestanden hatte? Die Hausbesorgerin, eine Frau Patzlik, antwortete fast auf keine Frage. Sie verstand schlecht, sagte sie.

Die zwei Männer fragten Fürstin Trauttendorff, wie Mr. van Geldern zu Schuschnigg gestanden sei. Hatte er den deutschen Gesandten von Papen gekannt – er war wiederholt auf der Wiener Deutschen Gesandtschaft eingeladen gewesen? Hatte er sich für die Restaurierung der Habsburger interessiert? Sie fragten Herrn von Ardesser: Seit wann war Mr. van Geldern gegen die Nazis eingestellt? Sie fragten einen Friseur, einen Inspizienten der Oper, den Nachtlokalsänger Heller und Fräulein Huber.

Fräulein Huber hatte die Genugtuung, von den beiden besonders ernst genommen zu werden, zumindest erzählte sie es und schob es, nebst ihrem künstlerischen Ruf, auf ihr fabelhaftes Englisch. »Die san ja wie die Kinder«, äußerte sie sich. »Wenn'st Englisch mit ihnen redst, hast schon bei ihnen gwonnen!« Allerdings kam während des Interviews eine Behauptung zur Sprache, die sie empört zurückwies; bald nach dem »Anschluss« sollte sie in einem Restaurant gerufen haben: »Zahlen! Hier riecht's nach Juden!« War, wurde sie gefragt, darüber zwischen ihr und Mr. van Geldern je die Rede gewesen? »Nie!«, antwortete sie mit einem Ausbruch. Erstens hatte sie es selbstverständlich nicht gesagt, gegen Verleumdungen waren Künstler bekanntlich nicht gefeit – man hatte es ja an der armen Gertrud Wagner erlebt. Und außerdem! Welches Recht hätte Herr von Geldern, sie wegen so etwas zur Rede zu stellen? Der wohl am wenigsten von allen! Es war doch stadtbekannt, dass er 1937 –

Hier unterbrochen und gefragt, ob sie ihn denn damals schon gekannt habe, war die Künstlerin bereit, zu verneinen und (schalkhaft) ihrerseits zu fragen, für wie alt die zwei Herren sie eigentlich hielten, damals wäre sie ein halbes Kind gewesen – was dem einen, der nur Englisch sprach, eine Art Lächeln entlockte, während es den anderen total unbewegt ließ. Never mind, sagte die Soubrette, die Familie von Geldern war eben in Wien ein Begriff, genauso wie die Rothschilds oder andere große jüdische Familien – das heißt, die Gelderns waren nur zum Teil jüdisch, doch die Herren würden ja wissen, Reichtum und Judentum gehörten irgendwie zusammen. Auch das prallte an den zwei Zivilisten ab. Sie entschuldigten sich wegen der Unterbrechung und fragten, was 1937 von Mr. van Geldern stadtbekannt gewesen sei?

So präzis gefragt, zögerte Fräulein Huber, bevor sie antwortete: Herr von Geldern habe ein Verhältnis mit der schönen Fürstin Trauttendorff gehabt, und der geschiedene Mann der Fürstin, Graf Erfft, sei in der Wilhelmstraße bei Ribbentrop ein und aus gegangen.

Die zwei Männer dankten und besuchten ein zweites Mal Fürstin Trautendorff. Diesmal trafen sie auch ihre Tochter Antoinette, die ihnen in tadellosem Englisch sagte: »Unter den Augen der Österreicher führen Sie eine Untersuchung gegen einen Mann, den Sie zum Amerikaner gemacht haben. Welchen Eindruck, glauben Sie, macht das auf die Österreicher? Es diskreditiert ihn!« Von ihrer Mutter zurechtgewiesen, entschuldigte sich das Mädchen. Der Zivilist, der auch Deutsch sprach, fragte: »Lieben Sie Mr. van Geldern?« Worauf Antoinette zur Verblüffung aller antwortete: »Ja.«

Die beiden Frager unterhielten sich schließlich mit Frau Reger, die als Unterseeboot Hitler überlebt hatte. Dann machten sie ihren letzten und längsten Besuch.

Nur Anita war zu Hause, was der Absicht der Besucher zu entsprechen schien. (Allerdings befand Kathi sich in der Wohnung, bei offenen Türen packend; die Männer in Zivil hielten sie für die Bedienstete Anitas.)

In der Unterhaltung, die sie mit Anita hatten, kamen Dinge zur Sprache, die bisher, aus welchen Gründen immer, unerwähnt geblieben waren. Fast schien es, als hätten die zwei Männer der Frage, was für eine Frau Mr. van Gelderns Mutter war, mehr Bedeutung beigemessen als der Frage nach ihrem Sohn, um derentwillen sie die Unterhaltung doch wohl führten. Gleich bei Beginn, da der Deutsch sprechende der beiden Zivilisten ihr auf den Kopf zusagte: »Frau von Geldern, Sie haben Herrn von Ardesser seit 1930 erhalten? Damals lebte Ihr Mann noch. Wie war es möglich, dass Sie, ohne eigenes Vermögen – Ihre Familie, Dammbacher, ist 1924 in Konkurs gegangen –, den ziemlich kostspieligen Lebensunterhalt Herrn von Ardessers bestritten?«, verlor sie ihre Sicherheit. Fragen, die ihr peinlich waren, wich sie aus oder beantwortete sie vag und beleidigt, bis ihr erklärt wurde: »Frau von Geldern. Es ist nicht unsere Sache, Ihnen zu sagon, wie wir von Ihrer Handlungsweise denken. Aber wir wollen feststellen, dass für die Gekränktheit, die Sie zeigen, nach unserer Meinung kein Anlass besteht.« (Kathi hörte es wie alles andere und merkte es sich, um es Viktoria mitzuteilen.) »Weshalb haben Sie sich von Ihrem Gatten nicht scheiden lassen?«

»Ich hatte Kinder«, sagte Anita zitternd. Es konnte Unmut oder Verletztheit sein.

»Hätte Sie das nicht im Gegenteil dazu bestimmen sollen, reinen Tisch zu machen?«, wurde sie gefragt. »Ihre Antwort ist uns nur insoweit interessant, als wir uns ein Bild darüber machen möchten, in welcher Atmosphäre Ihr Sohn Felix herangewachsen ist. 1930, als er noch ein Universitätsstudent war und zwei Töchter, jünger als er, in Ihrem Haus lebten, haben Sie bereits für die Bedürfnisse Herrn von Ardessers gesorgt. Wusste Ihr Sohn davon?«

»Nein. Es war mein Geld. Es ging niemanden an als mich. Ich habe Herrn von Ardesser seit meiner Jugend gekannt.«

»Wusste Ihr Gatte davon?«

»Ich weigere mich, diese Fragen länger zu beantworten. Welches Recht haben Sie, sie zu stellen? Das sind Dinge des Privatlebens. Es heißt doch immer, dass man solchen Dingen in Amerika so viel Respekt entgegenbringt! Davon lassen Sie jedenfalls nichts merken.«

Darauf sagte der eine der beiden Zivilisten, der nur Englisch sprach, in fehlerlosem Deutsch: »In Amerika, Frau Geldern, würde eine Frau, die zwei erwachsene Töchter, einen erwachsenen Sohn, einen Mann und einen boy friend hat, den sie aushält, wenig Verständnis finden. Never mind. War Ihr Sohn für oder gegen Herrn von Ardesser?« (Kathi murmelte: »Gut!«)

»Sie waren einander nicht sympathisch«, antwortete Anita mit kaum verhülltem Hass.

»Worauf führen Sie das zurück?«

»Verschiedene Naturen.« Die große Frau richtete sich hoch auf; den noch immer schönen Kopf mit dem vorzeitig weißen Haar zurückwerfend, irgendwohin schauend, wo niemand stand, zeigte sie unerbittliche Abgeneigtheit, Irrtümer zuzugeben. Um ihren von schadhaften Zähnen entstellten Mund lag Härte ohnegleichen.

»Frau von Geldern. Wann ist Herr von Ardesser der Partei beigetreten?«

»Das müssen Sie ihn fragen!«

»Wurden in Ihrem Hause politische Diskussionen geführt?«

»Von uns hat sich niemand für Politik interessiert.«

»Haben Sie Ihrem Sohn zugeredet oder abgeredet, Wien nach dem ›Anschluss‹ zu verlassen?«

»Er hat mich nicht einmal gefragt! Eines Tages bin ich nach Hause gekommen, und mein Sohn und meine Töchter waren weg. Wahrscheinlich haben die Frauen in Amerika für so etwas mehr Verständnis als ich!«

»Ihre Kinder dürften Ihnen zugeredet haben, abzureisen? Aber Sie wollten hierbleiben, nicht?«

Anita machte ein paar unsichere Schritte. An der Tür sagte sie: »Mein Sohn hat mich und Herrn von Ardesser bei Ihnen angezeigt. Ich habe nichts anderes mehr erwartet. Gehen wir. Ich bin bereit.«

Ob diese Haltung die zwei Zivilisten beeindruckte, blieb fraglich. Jedenfalls nahm von diesem Augenblick die Befragung einen urbaneren Ton an. Nachdem festgestellt war, dass von einer Anzeige keine Rede sein konnte, dauerte das Gespräch noch eine Stunde. Dann empfahlen die zwei Männer sich. Kathi (gerade im richtigen Augenblick zur Stelle, um ihnen die Tür zu öffnen) grüßte: »Good-by. See you later.« Es waren die ersten englischen Worte, die man, hüben und drüben, von ihr gehört hatte.

33

Verhör

Felix ist noch in Wien. Sein Permit ist abgelaufen, never mind, man hat es verlängert. Man wird es vermutlich weiter verlängern. Der Mann, der so leidenschaftlich gern nach Österreich kommen wollte und noch vor wenigen Tagen, bevor das Unglück ihn andern Sinnes machte, fest entschlossen war, hierzubleiben, wird daran gehindert, nach Amerika zurückzukehren. Von Österreichern offenbar, die alles aufbieten, um jemanden seinesgleichen nicht wieder zu verlieren? Nein. Seine früheren Kollegen im Ministerium, die Herren Pauspertl und Zwettl, die es vielleicht hätten tun können, haben es nicht getan. Kein Österreicher ist zu ihm gekommen und hat zu ihm gesagt: Bleiben Sie hier. Wenn es auf die Österreicher angekommen wäre, hätte Felix pünktlich zu der Stunde, mit der seine Aufenthaltserlaubnis ablief, reisen können.

Aber es kam vorderhand auf zwei Zivilisten an, die in einem Büro amtierten und deren Einladung, sie zu besuchen, Felix am Tag von Gertruds Begräbnis erhalten hatte. Vom Begräbnis weg war er zu ihnen gegangen, ohne sich dabei mehr zu denken, als dass es sich um eine Prüfung der Aufenthaltsbewilligung handle; in seiner Verzweiflung maß er der Sache keine Bedeutung bei. Es war aber eine Sache von Bedeutung. Als er aus dem Büro zurückkam und sie Viktoria erzählte (deren Permit mitverlängert worden war), glaubte die alte Dame nichts davon. Hatte sich jemand einen diabolisch schlechten Spaß mit ihm gemacht?

Wäre man nicht von einem Begräbnis gekommen, dessen man sich sein Leben lang anklagen wird, dann hätte man über das Ganze lachen müssen. In einem Amtszimmer, wo zwei Männer in Zivil an gegenüberstehenden Schreibtischen (und außerdem eine österreichische Stenografin) saßen, wurde gefragt, aus einem Akt, der nicht dünn war:

»Warum haben Sie, 1938, Österreich verlassen, Mr. van Geldern? Sie hatten doch keinen Grund dazu?«

Ungefähr dasselbe war er, in einem etwas kleineren, viel heißeren Raum, Columbus Avenue 70, von einem Mann gefragt worden, der gleichfalls den Rock über dem Sessel hängen hatte.

Felix gab ihm dieselbe Antwort wie seinerzeit dem Mann, Columbus Avenue 70.

Die zwei Zivilisten sahen einander ähnlich. Wenn man hätte sagen sollen, was sie hauptsächlich unterschied, dann wären es die Krawatten gewesen. Der eine trug, auf einem weißen Hemd, eine Krawatte mit gelben Sternen, braunen Ringen und weißen Feldern, der andere, auf einem weißen Hemd, eine mit rosa-blauem Zickzack. Jung waren beide, groß und breit, zwischen braun und blond, von rosiger Gesichtsfarbe, beide hatten Brillen, beide rauchten Lucky Strikes.

»Sie verstehen nicht«, sagte der mit den gelben Sternen und braunen Ringen (zufolge des Täfelchens auf seinem Schreibtisch hieß er Mr. Kenneth O. Jones). »Weshalb haben Sie Österreich verlassen, obwohl Sie nicht dazu gezwungen waren?«

Felix antwortete, er sei dazu gezwungen gewesen, weil er nicht hatte Deutscher werden wollen; weil er nicht Hitler hatte dienen wollen. Seine und Mrs. von Gelderns Einreiseerlaubnis und Aufenthaltsbewilligung habe er mitgebracht, sie liefen erst morgen ab, seien also nicht überschritten. Von hier werde er direkt zu Cook auf den Kärntner Ring gehen, um für sich und seine Großmutter Fahrkarten zu kaufen. Morgen würden sie abreisen, einen oder zwei Tage in Zürich verbringen, wo er bei einer Bank zu tun habe, dann die Reise nach New York fortsetzen. Zum Beweis legte er die Bewilligung vor.

Mr. Jones sagte: »That's right. Thank you. Wir werden für die Verlängerung Sorge tragen«, nahm die Permits und legte sie in den links auf seinem Schreibtisch stehenden Behälter, worauf »Incoming« stand; auf dem symmetrisch rechts befindlichen stand »Outgoing«.

»Das ist ein Irrtum«, sagte Felix. »Wir wollen nicht länger bleiben.« Einen Moment musste er denken: Wie leicht das gegangen wäre! Ich hatte so gefürchtet, es würde schwer sein.

Der Mann mit der rosa-blauen Zickzackkrawatte (später sah Felix sein Namenstäfelchen: John H. Davies) sagte ernst: »Sie werden länger hierbleiben, Mr. van Geldern.«

Die Situation noch nicht erkennend, antwortete Felix: »Ich hatte allerdings ursprünglich die Absicht, um Verlängerung zu bitten. Jetzt ist es nicht mehr nötig. Danke vielmals.«

»Warum haben Sie Ihre Absicht geändert?«, fragte Mr. Jones.

»Meine Frau ist gestorben«, sagte Felix und fand die Worte absurd. Absurd: meine Frau. Absurd: gestorben. »Vielen Dank, meine Herren. Sehr freundlich von Ihnen, dass Sie mir die Möglichkeit geben wollen. Kann ich die Permits wieder zurückhaben. Ich brauche sie bei Cook.«

Als einer der zwei Männer (Felix merkte sich nicht, welcher) gesagt hatte: »Mr. van Geldern, ich möchte Sie nicht unnötig alarmieren, besonders nicht nach dem traurigen Erlebnis, das Sie hatten – aber ich zweifle, dass Sie morgen abreisen können«, sah sich Felix unwillkürlich nach der Stenografin um, von der er das unbestimmte Gefühl hatte, sie kenne ihn (was tatsächlich der Fall war). Sie hatte ihr Diktatheft zur Hand genommen, als wäre der Augenblick gekommen, mitzuschreiben.

»Was heißt das?«, fragte Felix.

Er erfuhr es. Mr. Jones (oder war es Mr. Davies) sagte ihm, sie hätten den Auftrag, »to look into his background«, was so viel hieß, als eine Untersuchung gegen ihn zu führen.

Wessen Auftrag?

Es wurde ihm schwarz auf weiß gezeigt. Mr. Felix von Geldern, amerikanischer Zivilist, war »in jeder Hinsicht« vom C.I.C. gründlich zu überprüfen.

Also gaben auch die ihm Schuld an Gertruds Tod! Er war sofort bereit, es zuzugeben – keine Sekunde hätte er mit dem Geständnis gezögert: »Ja, ich bin schuld und werde es mir mein ganzes Leben vorwerfen!« Doch was man ihn fragte, war etwas anderes. Die Stenografin schrieb mit, Fragen und Antworten.

Man fragte ihn von viertel drei bis halb sechs nachmittags und bestellte ihn auf morgen um neun. Man fragte ihn den ganzen folgenden Tag, ließ den 4. Juli verstreichen. Am nächsten Morgen gesellte sich zu den zwei Zivilisten ein junger Major, den Herren Jones und Davies (bis auf die Krawatten und die Brillen) auffallend ähnlich.

Das Protokoll, von der Sekretärin mitstenografiert und nachher in Maschinschrift übertragen, lautete an diesem entscheidenden Tag:

Frage: Mr. van Geldern, Sie waren Warenhausangestellter in New York?

Antwort: Ja.

Frage: Weshalb?

Antwort: Weil ich meinen Unterhalt verdienen wollte.

Frage: Besitzt Ihre Familie Vermögen?

Antwort: Ja.

Frage: Hätte sich Ihre Familie geweigert, Ihnen so viel zu geben, dass Sie nicht als Clerk in einem Warenhaus hätten arbeiten müssen?

Antwort: Nein.

Frage: Warum haben Sie es dann nicht erbeten?

Antwort: Sie drängten es mir sogar auf. Ich wollte es nicht.

Frage: Würden Sie uns erklären, weshalb?

Antwort: Ich sagte es Ihnen ja schon am ersten Tag. Fragen Sie mich nicht immer dasselbe zwei- und dreimal! Entschuldigen Sie, bitte. Ich habe zu viele Emigranten gekannt, die keinen Cent hatten. Ich fand, dass jemand, der arbeiten kann, nicht im Luxus leben darf, während die Welt untergeht. Man hat mich, meiner Augen wegen, nicht in die amerikanische Armee nehmen wollen, obwohl ich wiederholt darum gebeten hatte. Ich wollte etwas leisten.

Frage: Erschien es Ihnen als eine Leistung, Clerk in Brown's Department Store zu sein?

Antwort: Natürlich nicht. Aber ich war österreichischer Jurist, und für ausländische Juristen ist es drüben fast unmöglich. Keiner der bekannten emigrierten Advokaten, Richter oder Beamten hat eine Stelle in seinem Beruf gefunden. Einige hausieren mit Bürsten. Andere mit Fleisch.

Frage: Warum haben Sie nicht die Anwaltsprüfung gemacht?

Antwort: Ich gebe zu, ich habe nicht genug Elan, vielleicht auch nicht genug Fleiß dazu gehabt. Meine Energie war durch die Emigration gebrochen. Ich wollte nicht jahrelang eine Materie anders lernen müssen, als ich sie kannte; ich kenne die Rechtswissenschaften, die man in Österreich gelehrt hat, ziemlich gut.

Frage: Haben Sie an Ihrer Arbeitsstelle Freunde gehabt?

Antwort: Ich ertrage diese Fragen nicht mehr! Sagen Sie mir endlich, worauf Sie hinauswollen – ich habe das Recht, das zu erfahren! Solange Sie es mir nicht sagen, verweigere ich die Antwort!

Anmerkung: Major Conrow erinnert Mr. van Geldern daran, dass ihm das Recht zusteht, sich beim Kommandierenden General zu beschweren, wenn er glauben sollte, er werde ungebührlich behandelt. Major Conrow fragt: »Mr. van Geldern, fühlen Sie sich denn gar so unschuldig?«

Nach dieser Anmerkung verzeichnet das Protokoll, der Verhörte habe sich »auffallend benommen«, ohne festzustellen, worin das bestand.

Es bestand aber darin, dass Felix bei der Frage des jungen Majors seine von der Wärme angelaufene Brille abnahm und, in dem juliheißen Amtsraum, der für fünf Personen zu klein war, trotz seiner Kurzsichtigkeit plötzlich äußerst klar und nüchtern sah. Seine Haltung diesen Leuten gegenüber, sah er, war falsch. In den Augen von C.I.C.-Beamten kann ein Mann nicht unverdächtig sein, der im März 1938 Österreich verließ, weil er Hitler nicht dienen wollte, und, 1946, zwei Wochen nach seiner Rückkunft, eine illegale Nazi heiratet, die angeblich mit Goebbels und Schirach in Verbindung stand. Mr. Jones, Mr. Davies und der junge Major konnten ja nicht einmal ahnen, wie das alles gekommen war. Er würde es schwer mit ihnen haben; gewisse Dinge ließen sich nicht vor den Richter stellen: weder die Verwirrung, dieser undefinierbare Zustand zwischen permanentem Wachen, Träumen und Erschüttertsein, der einen überwältigt, wenn man in ein verlorengeglaubtes Land zurückkommt; noch der Schock, eine Totgeglaubte leben zu sehen; auch nicht, was in einem vorgeht, wenn jemand in einem armseligen, abgewetzten Täschchen wie eine Kostbarkeit einen Lebensmittelaufruf verwahrt, der Hungern garantiert. Wie sollte er es diesen Fremden klarmachen können, da er es nicht einmal Viktoria erklären konnte, obwohl sie es mit ihm erlebt hatte!

Das auffällige Benehmen, das die Stenotypistin in einer einzigen Zeile festhielt, dauerte so lange, dass die beiden Männer an den Schreibtischen und der Major, der auf Mr. Jones' Schreibtisch saß, Blicke wechselten. Der Verhörte hatte die Brille abgenommen und putzte sie mit seinem Taschentuch. Dann setzte er sie aber nicht wieder auf, sondern steckte sie ein, als sähe er ohne sie. Er fuhr einige Male durch sein Haar, das dringend eines Schnittes bedurfte. Er stand auf, setzte sich achtlos wieder.

Frage: Wollen Sie eine Erklärung abgeben, Mr. van Geldern?

Antwort: Ja. Entschuldigen Sie, bitte, dass ich so lange dazu brauchte. Sie müssen auch entschuldigen, dass ich so schroff war. Herr Major, Ihre Frage hat mich die Sache zum ersten Mal von Ihrem Standpunkt aus sehen lassen. Ich verstehe erst jetzt, was Sie von mir wollen. Sie müssen nur so gut sein, mich nicht zu unterbrechen. Als Jurist weiß ich, dass nicht Stimmungen oder Gedanken zählen, sondern Handlungen. Trotzdem werde ich mich auf Gefühle stützen müssen, um Ihnen zu erklären, wie es dazu kam, dass ich Gertrud Wagner heiratete.

Frage: Was wollen Sie daran erklären?

Antwort: Die Gründe für meine Heirat – das wollten Sie mich doch fragen, Herr Major? Ich meine, das ist es, was Sie mir vorwerfen?

Frage: Sie waren vor Ihrer Abreise mit dem Mädchen verlobt. Sie haben sie wiedergesehen und noch gerngehabt. Das ist ein vollkommen plausibler Grund.

Antwort: Ja, aber ... meine Herren ...

Frage: Warum zögern Sie?

Antwort: Gertrud Wagner war nationalsozialistisch kompromittiert.

Frage: Fräulein Wagner ist von den kompetenten Stellen überprüft und, wie sie hier sagen, durchgeschleust worden. Ich meine: von der Österreichischen Bühnengewerkschaft, von der Kommission im Unterrichtsministerium und in Konsequenz vom zuständigen alliierten Komitee. Wünschen Sie dazu noch Aufklärungen zu geben? Oder über die Umstände, unter denen Fräulein Wagner starb?

Antwort: Sie machen mir keinen Vorwurf daraus, dass ich ein Mädchen geheiratet habe, das – ich meine, Sie verhören mich nicht deswegen, weil ich Gertrud Wagner geheiratet habe?

Frage: Mr. van Geldern, wir gehören weder zu Ihrer noch zu Fräulein Wagners Familie. Noch etwas?

Antwort: Warum verhören Sie mich dann? Weil sie gestorben ist? Halten Sie mich für einen Mörder?

Frage: Nonsens. Kommen wir zu unserem Gegenstand zurück. Ich habe Sie gefragt, hatten Sie Freunde an Ihrer Arbeitsstätte?

Antwort: Verzeihen Sie. Es ist nicht Ihr Gegenstand, dass ich unter den Augen der Besatzungsbehörde eine Frau mit einer Nazivergangenheit geheiratet habe?

Frage: Bitte, weichen Sie meiner Frage nicht aus! Wer waren Ihre Freunde in Brown's Kaufhaus?

Antwort: Mr. Graham.

Frage: Haben Sie an Arbeiterversammlungen teilgenommen?

Antwort: Nein.

Frage: Sind Sie im Auftrag Ihres Onkels, Mr. Richard van Geldern, nach Europa gekommen?

Antwort: Ja.

Frage: Was war dieser Auftrag?

Antwort: Sie sehen das aus meinem Pass.

Frage: Ihr Pass sagt nur: »For business purposes.« Welche Art von Geschäften?

Antwort: Wiedergutmachungsansprüche.

Frage: Haben Sie diese Ansprüche gestellt?

Antwort; Ja.

Frage: Mit welchem Erfolg?

Antwort: Ohne.

Frage: Weshalb?

Antwort: Weil keiner dem andern traut.

Frage: Eine gewagte Verallgemeinerung. Haben Sie in Wien Ansprüche gestellt?

Antwort: Erfolglos.

Frage: Warum sind Sie nicht zur Property Control gegangen? Ihr Onkel ist doch Amerikaner?

Antwort: Er wird es erst in den nächsten Wochen.

Frage: Finden Sie, dass Sie Ihrem Reisezweck genug Energie gewidmet haben?

Antwort: Mein Reisezweck war, Österreich wiederzusehen.

Frage: Sie haben also Ihren Onkel getäuscht?

Antwort: Haben Sie nicht gesagt, Sie gehören nicht zu meiner Familie?

Frage: Sie halten nicht viel von Vermögen?

Antwort: Eine gewagte Verallgemeinerung.

Frage: Was ist Ihre Lieblingslektüre?

Antwort: Die Bibel. Goethe. Grillparzer. Schopenhauer. Flaubert. Andersen. Emerson. Wünschen Sie mehr Namen?

Frage: Tolstoi nicht?

Antwort: Auch.

Frage: Dostojewski?

Antwort: Auch.

Frage: Marx?

Antwort: Habe ich gelesen.

Frage: Sie haben Musik gern?

Antwort: Ich bin Österreicher.

Frage: Deshalb gehören zu Ihren Lieblingskomponisten Schostakowitsch, Prokofjew und Roy Harris, wie Sie in der New Yorker Wochenschrift »Aufbau« selbst geschrieben haben?

Antwort: Sie werden entschuldigen – ich bin ein bisschen erschöpft. Sie haben mich vermutlich nicht kommen lassen, um Literatur und Musik mit mir zu erörtern.

Frage: Weshalb sind Sie nach Österreich gekommen?

Antwort: Diese Frage habe ich zweimal beantwortet.

Frage: Haben Sie politische Zwecke dabei verfolgt?

Antwort: Wieso? Nein.

Frage: Sehen Sie diese Einladung des »Komitees Unabhängiger Staatsbürger«? »New York, November 11th 1945. Dinner of the Independent Citizens Committee. List of sponsors: … Viktoria van Geldern. Dr. Felix van Geldern.« Weshalb haben Sie Ihren Namen dafür gegeben und sich damit öffentlich identifiziert?

Antwort: Meine Herren! Wollen Sie behaupten, Sie verhören mich, weil Sie mich für einen kommunistischen Agenten halten? Ich bin kein Agent und kein Kommunist.

Frage: Womit beweisen Sie das?

Antwort: Mit meinem Wort! Ich gebe meinen Namen für alles, was gegen die Gewalt ist! Entschuldigen Sie meine Erregung. Ich bin in einer desperaten Situation, bitte, verstehen Sie das! Ich habe 1938 mein Vaterland verloren und seither leidenschaftlich gehofft, es wiederzufinden. Ich habe es nicht wiedergefunden. Und im selben Augenblick, da ich mich davon überzeugte und bereit war, Amerika die Treue zu halten, die ich ihm – vielleicht voreilig – geschworen hatte, kommen Sie und versuchen, mir zu beweisen, dass ich auch an Amerika nicht mehr glauben kann? Es hat in dieser Vernehmung einen Moment gegeben, da hätte ich Ihnen fast gesagt: »Vergessen Sie, dass Gertrud Wagner meine Frau war und fürchterlich starb. Denken Sie an nichts anderes, als dass sie Scharführerin des BDM war! Meine Herren, nehmen Sie nach dem Krieg gegen Hitler eine Scharführerin in Schutz?« Ich gehe jetzt, außer Sie verhaften mich!

Eine Anmerkung stellte fest, es sei der Beschluss gefasst worden, Mr. van Geldern gehen zu lassen und die Angelegenheit höheren Ortes der Entscheidung zuzuführen.

34

Staatsbesuch

Es zeigte sich, wie vorteilhaft es gewesen war, Kathi auf die Reise mitzunehmen. Sie hatte Viktoria von dem Verhör Anitas so viel erzählt, als sie davon verstand. Jedenfalls genug, um dem schnellen Geist der alten Dame den Weg zu zeigen, der in Felix' Sache zum Ziel führen konnte.

Sie hatte sich für diesen Besuch schön gemacht. Sie war beim Friseur gewesen (der leider nicht den Chic Monsieur Gastons bei Antoine, Saks, Fifth Avenue, besaß). Sie trug das Kleid, das sie bisher noch kein einziges Mal angehabt hatte, weil sich dazu kein Anlass bot; hätte sie es für Mr. Cook oder Frau Vogels Enkelin anziehen sollen? Neue Kleider trug man für Leute, die Augen dafür hatten. Gewiss, es war deprimierend, wie die Frauen sich hier anzogen, dabei erstaunlich nett in Anbetracht der Umstände, aber ein neues Kleid sahen sie eben doch mit scheelen Blicken an. Und was die Herren betraf, merkten sie den Unterschied nicht oder wollten ihn nicht merken.

Als Viktoria das neue Kleid mit Kathis Assistenz anzog, perlgrau mit weißem Muster, ein »two-piece dress«, schaute sie in den Spiegel und dachte: Wo sind die Zeiten, als man sich anzog, um jemandem zu gefallen! Und obschon sie zornig war und desto zorniger wurde, je näher der Moment ihres Besuches rückte – einen Seufzer der Genugtuung konnte sie nicht unterdrücken. Sooft sie wollte, hatte sie gefallen. Noch vor fünf, sechs Jahren hätte sie auch diesem Ladykiller gefallen – zumindest hätte er ihr Kleid bemerkt. »Was zerrst du an meiner Schulter!«, tadelte sie Kathi und musste lächerlich laut werden, weil die Person in letzter Zeit sich in den Kopf setzte, schlecht zu hören; zwei Schwerhörige, die sich anbrüllen mussten! Das kam in Schwänken vor. »Du weißt ja, die amerikanischen Schultern sind wattiert!«

»Zu grod is Schulter«, sagte Kathi. »Frau Gräfin passt's das nicht.«

»Red keinen Blödsinn«, verbat es sich Viktoria. »Was glaubst du, wie ungeduldig ich bin, diese geraden Schultern wiederzusehn! Die sie machen und die sie tragen! Du natürlich, mit deiner borniertern Voreingenommenheit gegen Amerika. Na, was ist mit dir? Du fährst natürlich nicht mit uns zurück?«

»Was mecht sie Frau Gräfin denn dann machn?«, fragte die alte Dienerin mürrisch.

»Mich endlich erholen von dir. Und wie! Also kommst du mit? Ich muss nämlich die Fahrkarten bestellen, wenn mein Besuch – na ja, das verstehst du nicht, was verstehst denn du. Ich nehm also auch für dich eine Fahrkarte?«

»Wenn's es Frau Gräfin so anschafft«, sagte Kathi.

Damit war das erledigt.

Viktoria musste keinen Augenblick warten, der schöne General empfing sie sofort. Diesmal war der Oberst, mit dem er das Zimmer teilte, nicht zugegen, dafür ein Herr, der Viktoria vorgestellt wurde, ohne dass sie seinen Namen verstand. Seit sie nach Amerika gekommen war, hatte sie sich in Gesellschaft ehrgeizig bemüht, den Namen des ihr Vorgestellten zu verstehen, weil sie auch so gern einmal wie die anderen gesagt hätte: »How do you do, Mr. Harover? How do you do, Mr. Silsbee? How do you do, Mr. Orentlicherman?« – Bei den anderen kam es ihr immer wie ein Zauberkunststück vor, einen Namen, eben erst gehört, nicht nur zu verstehen, sondern zu behalten und auf der Stelle anzuwenden. Für ihr Leben gern hätte sie's gekonnt! Es misslang ihr auch heute. Immerhin, der Herr war ein Angestellter der Militärregierung, sagte der General, es würde Viktoria vielleicht interessieren, seine Bekanntschaft zu machen: ein großer Kenner und Verehrer Österreichs.

Auch diesmal war die alte Dame über die vollkommene Hübschheit des Generals erstaunt und fand es reizend, dass er sie so schnell vorgelassen hatte. An dem Kenner und Verehrer Österreichs hingegen zeigte sie weniger Interesse, ungeduldig, wie sie war, der Absurdität um Felix so bald als möglich ein Ende zu machen. Doch ließ es sich nicht ändern, dass sie an dem Gespräch teilnahm; es trug nicht dazu bei, ihren Zorn zu besänftigen.

Der Besucher, ein dünner Mann, bei dem alles provokativ dünn war, die Nase, das zurückweichende Kinn, der Hals, worin beim Sprechen der Adamsapfel tanzte, der ganze Körper, unbequem in dem überbequemen Anzug, schien über seine Eindrücke in Wien zu berichten. Sich mit Autorität äußernd, wusste er alles, kannte jeden, sprach leidlich Deutsch, was er Viktoria sofort bewies und wofür er offenbar ein Lob von ihr erwartete. Aber sie war nicht in der Laune. Selbstverständlich hätten die Leute, die hier mitzureden hatten, Deutsch sprechen müssen; weil es nicht der Fall war, wurden ja so viele Fehler gemacht. Sie sagte etwas dergleichen, um den General nicht länger im Zweifel zu lassen, dass es Fehler waren, derentwegen sie erschien. Doch vielleicht schob der hübsche Offizier gerade deshalb den Moment des Alleinseins mit ihr hinaus.

Stimmte Viktoria nicht hundertprozentig damit überein, fragte er, was der Besucher – wieder verstand sie seinen Namen nicht – von der Unübertrefflichkeit des österreichischen Musiklebens sagte? Aus reinem Widerspruch und weil sie die Leute aus Kansas, Iowa oder sonst wo nicht mochte, die, weil sie sich hier pudelwohl fühlten, gut Freund mit früheren Feinden waren und eine gesellschaftliche Stellung genossen, die den früheren Autohändlern und Hilfslehrern zu Hause nie wieder beschieden sein würde, sagte Viktoria: »Unter Mahler und Bruno Walter war's jedenfalls besser!«

»Oh«, antwortete der dünne Herr höflich zweifelnd. »Mahlers Musik war aber nie sehr populär in Österreich. Und der Dirigent, der unlängst ›Carmen‹ dirigierte, war erster Klasse.«

»Ich weiß nicht, ob als Kapellmeister, denn ich hab ihn nicht gehört. Als Nazi vermutlich«, sagte Viktoria. »Wenn ich offen sein soll, wird's mir übel, wenn ich seh, dass man viribus unitis – was einmal der österreichische Wahlspruch war und jetzt der amerikanisch-englische zu sein scheint – zugunsten von Kapellmeistern oder anderen Berühmtheiten die Schwüre von gestern vergisst!«

»Wenn es sich aber um Genies handelt!«, sagte der Besucher. »Dann ist es zugunsten des Publikums und seiner künstlerischen Erziehung.«

»Charakter kommt vor Genie«, sagte Viktoria immer ungeduldiger. »Ich, für meine Person, hör lieber weniger gute Musik, aber von sauberen Fingern. Und erzogen wird man durch Unbedingtheit. Nicht durch faule Kompromisse.«

»Hat Ihr Enkel nicht kürzlich eine Sängerin geheiratet?«, fragte der dünne Mann.

»Mein Enkel hat genau denselben Fehler gemacht und schwer dafür gebüßt«, sagte Viktoria. »Leider auch das arme Mädel. General, ich bedaure, Ihre interessante Unterhaltung gestört zu haben, aber ich wäre sehr dankbar, wenn ich mit Ihnen allein sprechen dürfte. Es ist dringend.«

Der Besucher erhob und empfahl sich sofort. Erst als Viktorias Unterredung vorüber war, kam ihr der Gedanke, dass er gebeten worden sein mochte, ihr beizuwohnen.

»War es Mrs. van Geldern aufgefallen, dass sich die Dinge seit ihrem letzten Besuch gebessert hatten?, begann der General die Unterredung.

Seinem netten Lächeln zuliebe verzichtete Viktoria darauf, zu fragen, was sich gebessert hatte. Dagegen sagte sie ohne Zögern, was sich verschlechtert hatte, und während der ganzen Zeit, die sie dazu brauchte, blieb es ihr unklar, ob ihr Gegenüber von der Untersuchung gegen Felix wusste. Wider Willen bewunderte sie, wie gut er seine Gedanken bei sich behielt und die Leute, die sie attackierte, mit gelegentlichen: »I don't think the Major meant that« oder »Your grandson may have been mistaken« schützte. Dass er die Sache, über die er sich Notizen machte, auf die leichte Achsel nahm, schien ihr ebenso wenig der Fall, wie dass er darüber in Unruhe geriet. Nachdem sie zu Ende war, sagte er: Well, Madam, die Leute erfüllten ihre Pflicht, nur das. In solchen Fällen bleibe nichts übrig, als sich in Details einzulassen – auch in die scheinbar unwichtigsten.

In solchen Fällen? Was für Fällen? Hier war kein Fall, General. Sondern einer wurde konstruiert! Noch dazu mit einem Hintergrund durchsichtiger Nazi-Intrige. Felix war ganz einfach ein paar Leuten hier unbequem, das war das Ganze.

»Solche Dinge sollten Sie nicht sagen, Mrs. van Geldern. Außer, natürlich, Sie können sie beweisen«, sagte der General und bot ihr zu rauchen an.

Nichts einfacher. Viktoria inhalierte den Rauch der Zigarette (was ihr streng verboten war) und verwies auf die Drohung, die Felix wegen seiner Aussage im Kurz-Prozess erhalten hatte. Sie nannte Namen. Ardesser vor allem; ehemalige Kollegen, die befürchteten, Felix könnte dauernd hierbleiben und ihre Stelle einnehmen; der Vater der Verstorbenen, ein Häftling im Nazilager Glasenbach.

Waren das nicht nur Vermutungen, Madam, fragte der General. Wer zum Beispiel war Herr Ardesser?

Der Moment war gekommen, eine überfällige Rechnung zu begleichen. Seit Jahrzehnten hatte Viktoria diesen Mann gehasst, einen Dragonerrittmeister im Ersten Weltkrieg, der seither sein Leben vom Bridgespielen und aus fragwürdigeren Quellen fristete. Weil es diesem Tagedieb im Handumdrehen gelungen war, Anita eine angebliche Leidenschaft für sie einzureden, der sie rettungslos verfiel, hatte Viktorias

Sohn miserable drei letzte Jahre und einen schlechten Tod gehabt, und ihre Enkel, Felix und die Zwillinge, kein Elternhaus. Die Skrupellosigkeit so eines Menschen, sich eine Frau, älter als er, in dem Augenblick hörig zu machen, da sie keine Aussicht mehr hat, die Aufmerksamkeit eines Mannes zu erregen – wie leicht zu durchschauen! Konnte man es verstehen, dass Anita es nie durchschaut hatte, bis heute nicht?

Im Begriff, dem General alles so klar zu sagen, wie sie es sich in dieser Minute selbst klargemacht hatte, zögerte Viktoria. Die Sache kam ihr plötzlich ungeheuer armselig vor. Und irgendwie verzeihlich. Im Leben einer Frau gab es den Moment, von dem kein Mann etwas wusste und erfahren sollte: Da musste sie Abschied vom Gefallenwollen nehmen. Die alte Dame in ihrem neuen Kleid, dem der schöne General bisher keinen einzigen Blick gegeben hatte, fand, sie könne nicht Richterin in dieser Sache sein. In keiner, hatte Anita behauptet. In dieser jedenfalls nicht. Den Rauch verboten tief einatmend, antwortete sie: »Vielleicht sind's nur Vermutungen. Sie haben recht, begnügen wir uns mit den Tatsachen. Lassen wir beiseite, wer dran interessiert sein könnte, meinen Enkel von hier wegzubringen, sich an ihm zu rächen oder ihm zu schaden. Vergessen wir zum Beispiel auch, dass es einen Oberst gibt, der mit der armen Gertrud gut stand, und einen Major, der mit ihrer Freundin gut steht. Haben Sie schon von einem Fräulein Huber gehört, General? Nicht? Dann ist Ihnen nichts entgangen. Just one more Fräulein.«

Der General achtete nach wie vor auf jedes Wort. Offenbar war die Falte, die sich zwischen seine Augenbrauen grub, als Viktoria den Oberst und den Major erwähnte, nicht zufällig. »Okay«, sagte er. »Bleiben wir bei den Tatsachen.«

»Ist geschehen«, erklärte Viktoria, nicht mehr bereit, nur einen einzigen Schritt zurückzuweichen. Ihr Gegenüber gefiel ihr noch immer. Aber, dachte sie, er ist auch nur dazu da, die Fehler der anderen zu entschuldigen. »Mir jedenfalls genügt die Tatsache, dass man einen Mann, der die Anständigkeit in Person ist, hochnotpeinlich untersucht! Ihnen nicht?«

»Wir alle, auch Sie und ich, müssen gelegentlich über unsere Handlungen Rechenschaft geben. Das kann man nicht übelnehmen.«

»Man kann's nicht übelnehmen, wenn behauptet wird, man hat silberne Löffel gestohlen?«

»Das ist nicht behauptet worden, Mrs. van Geldern. Was dagegen behauptet wurde, ist die Möglichkeit, dass Ihr Enkel, alles erwogen, nicht gerade ein guter amerikanischer Bürger ist. Dass er sich sogar in unamerikanische Umtriebe eingelassen hat. Warten Sie doch eine Sekunde, Mrs. van Geldern. Ihr Enkel ist ein leidenschaftlicher Österreicher. Sogar Sie müssen zugeben, dass er nach Österreich nicht aus geschäftlichen Rücksichten gekommen ist – zumindest hat er die Geschäfte auf die leichte Achsel genommen. Er hat eine Österreicherin geheiratet. Man hat ihn sagen gehört, dass er höchst ungern nach Amerika zurückginge und lieber ständig hierbliebe. Nennen Sie das einen guten amerikanischen Bürger?«

»Darum geht es nicht«, sagte Viktoria atemlos.

»I beg your pardon, darum geht es«, sagte der General. »Ich behaupte nicht, dass alles das, was man Ihren Enkel gefragt hat, absolut notwendig war. Vielleicht war es sogar überflüssig. Aber ich finde, es ist keineswegs überflüssig, jemanden, der erst vor wenigen Wochen geschworen hat, ein guter Amerikaner zu sein, einige Wochen später zu fragen: ›Haben Sie das nur geschworen, um einen Pass nach Wien zu bekommen? Mit jedem Wort, mit jedem Gefühl haben Sie unamerikanisch gehandelt, seit Sie in Ihrer alten Heimat sind.‹ Wieso, Madam – entschuldigen Sie, dass ich Sie das frage –, behaupten Sie, Ihr Enkel ist die Anständigkeit in Person? Es läge näher zu sagen: Wer bei einem Schwur Hintergedanken hat, ist nicht die Anständigkeit in Person.«

»Mein Enkel hat keine Hintergedanken!«, antwortete Viktoria heftig. »Dass er vom Wiedersehen überwältigt worden ist, muss man verstehn. Wären Sie, wenn Sie acht Jahre geglaubt hätten, Amerika nie mehr wiedersehn zu können, nicht überwältigt, wenn die Freiheitsstatue am Horizont erscheint? Ich verspreche Ihnen, *ich werde* überwältigt sein, wenn ich sie wiederseh! Und nur ein so anständiger Mensch wie der Felix sagt das so offen! Ein weniger anständiger Mensch hätte es bei sich behalten und den größtmöglichen Vorteil daraus gezogen.«

Hier entstand eine Pause.

»Daran ist etwas«, sagte der General langsam. »Trotzdem, Mrs. van Geldern, wäre es mir lieb, wenn Sie meinen Standpunkt klar sehen würden. Es ist keine leichtzunehmende Sache. Es ist, mit einem Wort, die Frage: Können wir es uns leisten, Leute zu Bürgern zu machen, die Amerika nicht lieben, nicht verstehen und daher, sobald sie den Fuß außerhalb setzen, Amerika mit oder ohne Willen schaden? Leuten wie Ihrem Enkel glaubt man. Wenn er, der ehemalige Österreicher, den Österreichern erzählt, wie schlecht es ihm bei uns gefällt, welche Fehler wir haben und machen, wie er die Tage gezählt hat, um von uns wegzukommen, so ist das, to say the least, keine gute Propaganda für Amerika. Es wird uns bestimmt nicht das Leben kosten. Aber es nützt auch nicht, und es ist außerdem unfair. Ich sehe nicht ein, warum wir solchen Leuten das Bürgerrecht verleihen oder, sagen wir, warum wir es ihnen nicht wieder aberkennen sollten.«

»Auch darauf hat mein Enkel die Antwort gegeben«, sagte Viktoria, eine Spur in die Enge getrieben. »Der Irrtum ist ausschließlich auf Ihrer Seite. Sie behandeln die Leute, die Hitler verjagt hat, wie freiwillige Emigranten. Aber diese Leute sind nicht emigriert, sondern geflohen! Daraus folgt, dass sie sich, wenn sie dorthin zurückkommen, von wo sie mit gebrochenem Herzen wegmussten, zu Hause fühlen. Zwischen Dessauer Bierbrauern, die emigrierten, um es in Yorkville besser zu haben, und Hitlerflüchtlingen, die ihr Herz in Wien ließen, ist ein Unterschied. Und ihn nicht zu machen, to say the least, ein Fehler.«

Der General schaute die alte Dame prüfend an. Vermutlich sah er jetzt ihr neues Kleid, doch auch die leichte Verwirrung, in die sie geraten war. Er lächelte. »Ich bin nicht so sicher, Mrs. van Geldern, dass Sie das für ein sehr gutes Argument halten. Von Hitler Vertriebene, noch dazu wenn sie Männer von solchem Charakter sind wie angeblich Ihr Enkel, sollten Stolz genug haben, sich daran zu erinnern, dass Hitler sie vertrieben hat.«

»Dafür können Lindenbäume und Akaziengeruch nicht verantwortlich gemacht werden!«

»And the girls, maybe.«

»Und die Mädchen, Oberst ... Major ... pardon, General. Ich bring alles durcheinander, wenn es sich um Militärisches handelt«, sagte die alte Dame, zu ihrer Kampflust zurückfindend und daher nicht ohne Absicht einen Oberst und einen Major in ihre angebliche Verwirrung einbeziehend. »Und – darf ich fragen – weshalb sollte man sein Land nicht kritisieren dürfen? Sogar wenn man nur ein naturalisierter Staatsbürger ist. Wissen Sie, wir in Österreich sind dabei aufgewachsen – raunzen nannten wir es hier. Und wir waren doch bestimmt keine Demokraten, die sich auf ihre Freiheit etwas einbildeten!«

»Aber jetzt sind Sie es, Mrs. van Geldern?«

»Jetzt ja«, antwortete sie und hielt den Blick aus, den er ihr gab. Übrigens, fand sie, war es ein Vergnügen, so angeschaut zu werden. Sie kniff das eine Auge zu (wie sie es drüben bei Jüngeren gesehen und fürchterlich gefunden hatte), das linke. Dann musste sie selbst lachen. »Never mind«, sagte sie. »Ich bin eine dumme alte Frau. Trotzdem bin ich Ihre Mitbürgerin, auch wenn Sie sich aus Leuten, wie ich es bin, nichts machen.«

Der General hob den rechten Arm und tippte mit dem Zeigefinger an die Schläfe. »Salut. Sie sind okay«, sagte er.

»Warum haben Sie mir das nicht ein paar Jahre früher gesagt?« Viktoria war unter dem Puder rot geworden und stand auf. »Wann können wir reisen?«, fragte sie.

»In die Staaten, meinen Sie?«

»Nach Hause, Sir.«

»Wird Ihr Enkel auch so denken?«

»Yes, Sir«, sagte Viktoria übertrieben militärisch.

»Sind Sie sicher?«

»Yes, Sir.«

»Sie und Ihr Enkel können Österreich, wann immer es Ihnen passt, verlassen. Ich werde Auftrag geben.«

»Und Kathi.«

»Wer ist das?«

»Auch ein dummes altes Weib.«

Der General lachte. »Und Kathi. Es war mir ein wirkliches Vergnügen, Mrs. van Geldern. Da Sie die Gewohnheit angenommen haben, sich bei mir zu beschweren, vergessen Sie mich beim nächsten Anlass nicht. Ich würde das bedauern!«

»Thank you. Geben Sie jetzt zu, dass es lächerlich von diesen Leuten war, meinen Enkel nach Tolstoi und Dostojewski zu fragen?«

»Geben Sie Dinge zu, Mrs. van Geldern?«

»No, Sir.«

»Sehen Sie«, sagte der General und wünschte ihr Glück auf die Reise.

35

Andrerseits

Kein Hindernis steht der Reise mehr im Weg.

Felix sagt es vor sich hin: Es besteht kein Hindernis mehr. Ich kann von Österreich abreisen. Wie fast alles in diesen Wochen klingt es irrsinnig. Der Lebenszweck von acht Jahren, endlich hereisen zu dürfen, hat an die verrückte Bewilligung abgedankt, nicht länger hierbleiben zu müssen. Ob er abreisen will, ist er gefragt worden und hat denen, die ihn fragten, gesagt: Ja. Er selbst hat sich nicht gefragt. Nicht weil er den Konflikt mit einer Charakterfrage vermeiden will, sondern weil er weiß, dass es für ihn darauf keine Antwort gibt. Viktoria hat ihm von der Unterredung mit dem General erzählt. Man muss, andrerseits, zugeben …, hat sie gesagt. Wenn man es von einem bestimmten Standpunkt aus ansieht …, hat sie gesagt. Jawohl, man muss, andrerseits, zugeben. Der bestimmte Standpunkt, kein Zweifel, hat etwas für sich – welcher Standpunkt nicht? Der Titel eines Buches von Werfel fällt ihm ein: »Nicht der Mörder, der Ermordete ist schuldig.« Alles kann man behaupten, alles hat etwas für sich. Auch dass man kein Mörder ist, wenn man jemanden zum Selbstmord getrieben hat. Auch dass man als Mörder nicht schuldig ist. Auch dass man charakterlos ist, weil einem das Herz dort aufgeht, wo es zu schlagen gelernt hat. Auch dass man Charakter hat, weil man einen Eid hält, der einem die Befolgung eines Naturgesetzes verbietet. Aber das alles ist nicht mehr die Frage. Nicht einmal, ob man wegwill. Etwas anderes scheint die Frage zu sein – etwas ganz anderes. Je länger er darüber nachdenkt, desto sicherer ist er dessen, desto mehr macht es ihm zu schaffen.

Er kam durch ein Gespräch in Cooks Reiseagentur darauf, wo er zu warten hatte. Antoinette Trauttendorff, die er dort traf, wartete anscheinend auch. Wohin sie fahren wollte, blieb im Dunklen – nirgendwohin, wie sich herausstellte; sie hatte ihm einfach telefoniert und von Anita gehört, er werde in einer halben Stunde bei Cook sein. Sie sagte ihm das nach einer Weile.

»Ich hab Sie warnen wollen, dass Leute bei der Trixie waren, die sich nach Ihnen erkundigt haben.« So peinlich fing ihr Gespräch an.

Felix konnte es noch nicht verwinden, dass seine neuen Landsleute seine alten fragten, ob er schlimm oder brav gewesen sei. Er antwortete also kurz, er wisse es, obschon er es nicht wusste, und das sei längst erledigt. Doch Antoinette sagte: »Ich find das unerhört! Die kommen zu uns – zu den bösen ›Volksdeutschen‹? Plötzlich sind wir Vertrauenspersonen für die? Die Trixie hat natürlich eine Menge Unsinn geredet in ihrer Aufregung. Hoffentlich hat sie Ihnen nicht geschadet?«

Nein. Alles in bester Ordnung. Die Sache war eine Routineüberprüfung – Visageschichte, ohne jede Bedeutung. Wie müde er es war, das »andrerseits« gelten zu lassen! Die zwei Seiten, die jedes Ding hatte, pressten, fühlte er, so hart, dass man dazwischen zerrieben wurde.

»Und was werden Sie jetzt machen?«, fragte Antoinette.

Welche Jahreszeit war es? Die zwei Männer (mit den Zeitungen »Sun« und »World-Telegram« in den Rocktaschen) trugen lebhaft blaue oder braune Anzüge, es war ja Sommer. Nur wenige Wochen, seit er sie zuletzt gesehen hatte, auf seinem Weg vom Bahnhof Scarsdale nach 150 Edgemont Road. War das möglich? Und es würde eine Woche dauern oder höchstens zwei, bis er sie wiedersah. War das möglich?

Die Leute bei Cook, die in einer Schlange standen, bis die Reihe an sie kam, wurden ungeduldig; eine aufgeregte Frau nahm den einzigen Angestellten in Anspruch.

Acht Wochen. Verglichen mit acht Jahren war das wenig. Mit dem Rest des Lebens verglichen noch weniger. Die Männer, die zum und vom Bahnhof Scarsdale kamen, trugen für den Rest des Sommers und Herbstes lebhaft blaue oder braune Anzüge; die Mädchen dahinter blaue quadratische Schachteln mit Torten vom Konditor Cushman. Auf der schrägen Wiese, die zum Ententeich abfiel, stand Livia und wartete, für den Rest des Lebens. Felix hatte ein dumpfes Gefühl der Schuld, trotzdem keine Reue.

Charakterlos, Livia. Mörderisch charakterlos. Vom Schiff hab ich dir gekabelt, ob du mich heiraten willst – das war vor der Ewigkeit einiger Wochen. Jetzt ist es, wie es ist. Die Wunder sind geschehen. Genau sah er es vor sich, konnte es sich körperhaft vorstellen und trotzdem nicht. Ich schulde ihr eine Hochzeitsanzeige, dachte er, zum hundertsten Mal. Eine Todesanzeige. Eine Mordanzeige. Eine Charakterlosigkeitsanzeige. Die Enten und die Grillen lärmten. Kein Trost kam von der schrägen Wiese, wo Livia stand.

»Warum antworten Sie nicht? Wollen Sie mir nicht sagen, was Sie jetzt machen werden?«, fragte Antoinette.

»Hin und her fahren«, sagte er. »Von New York nach Scarsdale. Von Scarsdale nach New York. Von New York nach Wien. Von Wien nach New York oder nach Cincinnati, Ohio, oder nach Omaha, Nebraska.«

»Haben Sie Wien gesagt?«

»Ja.«

»Sie werden also zurückkommen?«

»Ich glaube. Und wieder zurückfahren. Hin und zurück.«

»Aber wo werden Sie sich ansiedeln? Sie müssen doch wissen, wo Sie zum Leben sind und wo zu Besuch?«

Ungeheuer einfach. Man hatte nichts als diese ungeheuer einfache Entscheidung zu treffen, das war das Ganze.

»Haben Sie sich denn noch nicht entschieden?«

»Nein.«

»Hören Sie, Felix. Aber wenn Sie wollen, sag ich auch Herr von Geldern zu Ihnen. Ich werd nicht so blöd sein und Ihnen sagen: Machen Sie einen Strich. Erstens hab ich nicht das Recht, Ihnen überhaupt etwas zu sagen – obwohl ich find, wenn man einen versteht, darf man's. Und zweitens gibt's das, glaub ich, gar nicht – einen Strich machen. Ich hab's versucht, mir Mödritz in Mähren auszureden, Sie wissen, dort bin ich aufgewachsen. Ich kann's nicht. Man kann keinen Strich machen. Aber etwas kann man, Felix!«

Sie konnte nicht vollenden, denn es war jetzt die Reihe an Felix, seine, Viktorias und Kathis Fahrkarten entgegenzunehmen. Für heute und morgen alles vergriffen. Übermorgen.

»Noch eineinhalb Tage«, sagte Antoinette.

»Sie wollten sagen, was man kann«, erinnerte er sie.

»Nicht mehr, seit Sie die Fahrkarten in der Hand haben. Definitives macht mich ratlos. Übrigens werden Sie mir hoffentlich glauben, dass mich der Tod Ihrer Frau sehr erschüttert hat. Ich hab viel an Sie gedacht. Machen Sie sich Vorwürfe?«

»Ja.«

»Danke für das Ja. Warum sagen Sie mir nicht, wie grotesk Sie's finden, dass die Tochter der Trixie Ihnen nachläuft?«

Mit der Umständlichkeit, die er solchen Dingen zuwandte, hatte er die Fahrkarten geprüft. »Reden Sie keinen Unsinn«, sagte er, das Kuvert einsteckend.

»Sie sind der erste Mann, der's genau so empfindet wie ich. Was Sie der Trixie damals von der Emigration gesagt haben, davon hab ich mir jedes Wort gemerkt. Von Mähren nach Wien emigrieren ist nämlich genau dasselbe wie von Wien nach Amerika. Das ist kein Unsinn, Felix.«

»Das nicht. Nein.«

»Sei'n Sie nicht so rücksichtsvoll mit mir. Ich möcht Sie mir so gern ausreden!«

Er habe Besorgungen zu machen und müsse jetzt gehen, sagte er.

Die Leute hinter ihnen drängten. »Ich hab mich aber in Sie verliebt, fürcht ich«, sagte Antoinette.

»Ich bin ein Mann, der sich Vorwürfe macht«, antwortete er heiser. Sie standen auf der Straße.

»Erst haben Sie mir nur schrecklich leidgetan.« Sie schaute ihn nicht an. »Ich erinner mich, wie selig Sie waren, als wir Sie gleich nach Ihrer Ankunft getroffen haben. Er wird eine wahnsinnige Enttäuschung erleben, hab ich mir gedacht. Mitleid ist ein Kuppler. Wissen Sie das?«

»Zu meinem Unglück, ja. Jetzt muss ich mich verabschieden.«
»Wohin gehn Sie?«
Er sagte es ihr.
»Warum nehmen Sie mich nicht mit ins P.X.? Wenigstens bekomm ich dann die Sachen einmal zu sehn, von denen ich träum.«
Er sagte, nur Amerikaner dürften hinein.
»Finden Sie das generös von den Amerikanern?«
Er sagte, es sei eine Einrichtung für die Angestellten der Besatzung. Die Besatzung esse keinen Bissen, der nicht von drüben käme.
»Was für ein guter Amerikaner Sie sind! Nehmen Sie mich mit? Dann können Sie wenigstens glauben, ich lauf Ihnen wegen Schokolade und Kaffee nach. Das haben Sie sich doch sowieso gedacht. Nein, das haben Sie nicht gedacht! Entschuldigen Sie.«
Er nahm sie mit, es gelang ihm sogar, sie durch die von Österreichern kontrollierte Sperre durchzuschmuggeln; er redete Wienerisch mit den Österreichern, sie antworteten: »Okay.«
Antoinettes Blicke nach den bunten Dingen machten ihn in seiner Absicht schwankend, die Wochenration, auf die Viktoria und er noch Anspruch hatten, für Anita zurückzulassen. »Fasziniert« war nicht das Wort. Sie starrte auf die aufgestapelten Dosen mit Kaffee, die Schokoladetafeln für fünf Cent, die Life Savers, Fruitdrops, Assorted Candies, billigste Qualität, die Berge von Kaugummi und Zigaretten. Vor den Nylonstrümpfen, zu einem Dollar das Paar, stand sie unbeweglich. Zahnbürsten, in Cellophan gepackt, entlockten ihr einen Schrei. »Seife!«, sagte sie andächtig. »Lux! Schuhbänder! Zahnpaste!« Als Felix eingekauft und seinen eigenen Anteil für Anita, den Viktorias für das Mädchen bestimmt hatte und in ihre Arme legte, war ihr Entzücken so vehement, dass er sie bat, sich zu beherrschen. Man würde sie sonst sofort als einen Eindringling entdecken.
Das war es ja! Die wenigen Male, die er (dank Oberstleutnant Cook) herkommen durfte, hatte er die süßen Sachen mit einem bittern Nachgeschmack gekauft. Junge Österreicherinnen hinter den Verkaufsständen, alle mit der offenen amerikanischen Frisur, alle Englisch mit amerikanischem Akzent redend, reichten die Dinge achtlos hin. Vermutlich

hatten sie, so oder so, ihren Teil daran. Doch ging man die paar Treppen hinunter vor den Viadukt der Stadtbahn, worin das P. X. und (nebenan, der Volksoper gegenüber) der Militär-Konsumverein lagen, dann sah man sich einer Aufmerksamkeit ausgeliefert, bei der es Felix, für seinen Teil, kalt wurde. Sie kam von Kindern und Erwachsenen, hauptsächlich von Kindern. Vor den gierigen Riesenaugen in den kleinen Gesichtern musste man die Augen niederschlagen, sonst hätte man die wenigen Schritte zur Elektrischen oder zu den Dienstwagen, die hier parkten, nicht gehen können. Weshalb, hatte er gedacht, kam keiner der Einkäufer auf die Idee, sich eine Freude zu bereiten? Warum verschafften sie sich nicht eine gute Nachtruhe, worin die großen Augen ihnen nicht erschienen? Sie brauchten nur eines ihrer Riesenpakete zu öffnen und, kamen sie vom Konsumverein, Fleisch, Hühner, Enten, Obst, Zucker, Weißbrot, Eier, Butter; kamen sie aus dem P. X., Süßigkeiten und Zigaretten unter die zu verteilen, die, Kinder oder zu Kindern geworden, darauf starrten, als sähen sie die Seligkeit. Keinem kam dieser Einfall. Sie trugen die enormen Pakete oder ließen sie sich nachtragen, verstauten sie in die Dienstwagen und fuhren davon. Aber Felix selbst hatte ja, um Anita nicht zu verkürzen und nicht aufzufallen, seine Pakete nie geöffnet. Gut! Jeder hatte seine Gründe!

Heute half ihm das nicht. Das Fürchterlichste war die Stille hier draußen. Die Starrer redeten nämlich nicht. Sprachlos, lautlos, hypnotisiert, hingen sie an dem Anblick des Unerreichbaren. »Seien Sie still!«, sagte Felix brüsk. »Hören Sie das nicht?«

Antoinette unterbrach die Versicherungen ihrer Dankbarkeit. »Was?«, fragte sie.

»Es schreit hier nach etwas! Hören Sie es denn nicht?«

Das war doch nichts Neues, Fremder in Wien.

»Für mich ist es etwas Neues, denn ich höre es!«, sagte Felix. Um das Bombastische abzuschwächen, fügte er schnell hinzu: »Vor einem Stück Seife oder einem Apfel in Ekstase geraten, ist der Tiefpunkt der Existenz!«

Sie fuhren auf der 38er-Elektrischen, die Währinger Straße hinunter. »Haben Sie die Antwort gelesen, die Thomas Mann dem Präsidenten der Deutschen Dichterakademie Walter von Molo gegeben hat, als er ihn einlud, wieder nach Deutschland zu kommen?«, fragte Antoinette.

Ob sie unbedingt Konversation machen müssten, fragte er so brüsk wie zuvor.

»Es hängt damit zusammen, was Sie gesagt haben.«

Er machte eine ungeduldige Bewegung.

»Sie haben gesagt: Hier schreit es nach etwas. Stimmt. Nach Verständnis. Lieben Sie Thomas Mann?«

»Natürlich.«

»Ich auch. Ich halte ihn für den größten lebenden deutschen Schriftsteller. Vielleicht für den größten Deutschen. Ich bin ja ›volksdeutsch‹. Aber sein Brief an Herrn Molo ist ein schwerer Fehler. Wahrscheinlich erinnern Sie sich nicht mehr, was drinsteht?«

»Nicht genau.«

»Ich kann ihn fast auswendig. Es ist ein langer Brief, herrlich geschrieben. Es steht ungefähr drin, dass Thomas Mann den Deutschen Hitler für alle Zeiten nachträgt. Es steht drin, dass er den Schrei nach Verständnis überhört. Ich weiß nicht, wie die älteren Leute darüber denken, und es interessiert mich auch nicht. Vielleicht rede ich Unsinn. Aber ich denke wie die jungen Leute, die keine Nazis waren. Die, die keine waren, und die, die es waren, aber innerlich abgefallen sind, brauchen Menschen, die an sie glauben und an die sie glauben! Sie verhungern nach einem bisschen geistiger Zärtlichkeit. Das ist wichtiger als Essen und Trinken, das ist unsere Existenz und unsere Zukunft! Zugegeben, wir können uns selbst helfen, dazu sind wir jung. Aber wie wunderbar wäre es, jemanden zu haben, der an uns glaubt! Und an den wir glauben könnten! Das ist tief in uns, dass wir uns das so wünschen – vielleicht ist es typisch deutsch, ich weiß nicht. Vielleicht ist es nur typisch jung. Mein Gott, wie wohl täte es, wenn jemand, der's kann, einem den Glauben an sich zurückgäbe! Man kann nicht für alle Zeiten im Winkel stehn! Das wissen die Vansittart und Morgenthau nicht. Aber jemand, der die Deutschen und die Menschen kennt wie Thomas Mann, müsste es wissen. Wenn sogar er sein eigenes Volk so definitiv missbilligt, dass er jeden Einzelnen für den Rest des Lebens in den Winkel stellt, dann dürfen Sie nicht erstaunt sein, wenn wir glauben, dass alles, was von drüben kommt, nicht hört, wonach es hier schreit! Bevor Sie die widerlichen Fahrkarten gekauft hatten, wollte ich nämlich sagen, dass man etwas kann: helfen!«

Es strömte von den Lippen des jungen Mädchens mit solcher Leidenschaftlichkeit, dass es Felix aus seinen Gedanken riss. Gebannt hörte er ihr zu. Als sie in der Inneren Stadt waren, sagte Antoinette: »Also. Bevor Sie Ihrer Berufung, ein Hin- und Herfahrer zu sein, folgen – seh ich Sie noch? Es steht nicht dafür, dass Sie eine schonende Ausrede machen. Danke für das P. X. Würde es Sie nicht locken, uns hier ein bissl aus dem Dreck zu ziehn? Sie könnten's! Vielleicht wär es wichtiger, als hin und her zu fahren. Adieu.«

Dort ging sie. Sie presste die zwei großen Pakete in braunem Papier fest an sich und sah sich nicht um.

36

Die Ursache

An diesem Abend kam ein älterer Mann zu Felix. Er hatte sich vorher angemeldet und darauf berufen, dass er die Adresse von Fräulein Trauttendorff habe. (Er nannte sie nicht Prinzessin.)

Rosenhaupt hieß er. Bald nachdem Felix mit ihm zu reden angefangen hatte, fühlte er Vertrauen zu ihm. Eine Weile später Sympathie.

Herr Rosenhaupt war klein, hatte eine Glatze, um die ein mühsam gebändigter Kranz weißblonden strähnigen Haares lag, buschige Augenbrauen und schnelle, neugierige Augen; an seinem weißen Schnurrbart kaute er, saß ungern still, steckte beim Reden Mittel- und Zeigefinger in die Westentaschen. »Sie dürfen nicht wegfahren«, sagte er.

Er war Lehrer an einer Mittelschule und übte außerdem eine Funktion in der Sozialistischen Partei aus. »Ich sprech vorläufig nur für mich, Dokter Geldern. Ich hab kan Auftrag, mit Ihnen zu verhandeln. Sie können mich also jeden Augenblick hinausschmeißen.« Er sprach im Wiener Dialekt, mimisch illustrierend, was er sagte. »Ich könnt Ihnen einreden, ich war Ihr Lehrer, das möcht wahrscheinlich eine ganz hübsche Einleitung sein. Aber ich war's nur fast. Wie Sie nämlich ins Akademische Gymnasium eingetreten sind, bin ich grad von dort ans Gymnasium im Dritten Bezirk versetzt worden. Ihre ersten drei oder vier Lateinstunden hab ich Ihnen trotzdem gegeben.«

Ein unruhiger, lebhafter, vergnügter junger Mann konjugiert mit Zehnjährigen »laudo« und »amo«. »Ich glaub, ich erinner mich«, sagte Felix.

»Wie ich Ihren Namen ghört hab, ist es mir eingefallen«, sagte Herr Rosenhaupt. »Ihr verstorbener Vater war mein Anwalt in meinem Scheidungsprozess. Feiner Mann, Ihr Vater. Übrigens unterricht ich noch immer Latein. Sozusagen nicht aufgstiegen.« Zwischen den gepackten Koffern ging er herum. Er nahm eine der von Felix mit Druckbuchstaben beschriebenen Vignetten und las sie: »From: Dr. Felix Geldern, Wien I, Kärntner Ring 8. To: Dr. Felix Geldern, 150 Edgemont Road, Scarsdale, N.Y.« »Das hat kan Sinn«, sagte er, die Vignette auf den Koffer zurücklegend, an dem sie anzukleben war. »Sind S' nicht auch der Meinung?«

Felix sagte nichts.

»Fräulein Trauttendorff arbeitet bei mir – ja, die Zeit für Prinzessinnen ist vorbei. Wenn sie manchmal glaubt, dass sie noch da ist, und das kommt natürlich vor, zeig ich ihr eine Erbse; Sie wissen, Erbsen sind das Einzige, wovon wir viel haben. Das macht sie wütend – die Prinzessin auf der Erbse will sie nicht sein. Ich hör übrigens, Sie sind auch auf dem Weg. Anständig von Ihnen, dass Sie keine Kapitalistenexistenz führen wollen.«

Über die Koffer schaute Felix seinen Besucher an. »Österreich ist so klein wie dieses Kabinett. Und wir zwei sind schon zu viel hier. Aber Sie pressen drei Parteien in ein winziges Zimmer, und Ihr Denken geht nicht über den Horizont von Parteileuten!«

»Sie haben dort drüben doch auch Parteien.«

»Dort ist mehr Platz. Und mehr Demokratie.«

»Sagen S', Dokter Geldern, vorausgesetzt, ich hätt Ihnen einen Antrag zu machen. Nehmen wir an, jemand kam auf die naheliegende Idee, der Dokter Geldern ist der Mann für uns. Wir engagieren ihn als Dozent für Demokratie – sagen wir, an eine von unsern Volkshochschulen. Sagen wir, sogar für einen Kurs an der Universität. Er hat so und so lang in Amerika glebt und kennt Österreich wie seine Tasche. Die jungen Leut werden ihm vertraun. Haben S' mir zughört?«

Felix hatte zugehört.

»Würde Sie das interessieren?«

Über die Koffer, aus dem engen Kabinett, ging Felix' Blick. Freiheitsstatue. Wolkenkratzer. Gib mir Ruppert – das beste Bier. This is NBC, National Broadcasting Company, New York. Mr. Graham erzählt, dass seine Arthritis Fortschritte gemacht hat. Freue mich, dass Sie wieder da sind. Sie müssen sich über die Bestseller auf dem Laufenden halten. Übrigens hat sich, glaube ich, seit Ihrer Abreise bei den Romanen nicht viel geändert. »Die schwarze Rose« führt noch immer. Onkel Richard sagt: »Warum hast du diesem Ribaud nicht das Handwerk gelegt?« In der »Park Lane«-Cafeteria, Ecke 52. Straße und Lexington Avenue, gibt es Chicken Pot Pie. »Wenn die Wiener so was hätten, was?«, sagt der emigrierte Orthopäde Dr. Flesch und schiebt, Hut auf dem Kopf, sein Speisebrett näher zu der Kellnerin, die sich angeblich für ihn interessiert. Verbindungsbahn, 125. Straße. Mt. Vernon. »Noch immer kein Österreich-Vertrag. Von Ann O'Hare McCormick.« »Frau tötet sich mit Gas.« Plakate auf den Stationswänden: »Follow the Girls« im Theater auf der 44. Straße. »Zwerchfellerschütternd. Ward Morehouse.« »Drei Orchideen für ›Follow the Girls‹! Walter Winchell.« Tuckahoe. Scarsdale. Zwei Männer in grellblauen Anzügen.

»Ja, es würde mich interessieren«, sagte Felix hastig. »Obwohl ich nie unterrichtet habe.«

»Ich auch nicht, wie ich angfangen hab. Aber es wär doch eine Aufgabe?«

Vom Bahnhof in Scarsdale kam Felix nicht weiter als bis zum kleinen Bach. »Vielleicht«, sagte er.

»Sagen S' ›vielleicht‹ aus Bescheidenheit? Dann bitte. Aber an und für sich kann's da keine Frage geben. Was von uns verlangt wird, vermutlich auch was wir brauchen, ist: Erziehung zur Demokratie. No also! Wir machen Ihnen den Antrag, uns zur Demokratie zu erziehn. Das heißt, gesetzt, man macht Ihnen den Antrag – was antworten Sie?«

»Es kommt überraschend. Ich müsste es mir überlegen.«

»Wann wollen S' denn fahren?«

»Übermorgen Abend mit dem Arlberg-Express.«

»Da haben S' noch massenhaft Zeit! Ich glaub nur, es wär gut, noch eine andere prinzipielle Frage zu besprechen.«

Niemand, außer Antoinette, hatte bisher zu ihm gesagt: »Sie sind der Mann für uns. Sie dürfen nicht wegfahren.« Es tat wohl, es zu hören. Eine andere prinzipielle Frage war überflüssig: In Brown's Kaufhaus war die Bezahlung ja auch nicht der Rede wert. »Ich glaub, wir lassen das«, sagte Felix.

»Also, ich bin schon lang nicht mehr so gut aufgelegt gwesen!«, sagte Herr Rosenhaupt. »Wenn wir zehn, zwanzig solche Leut hätten wie Sie, wären wir viel weiter! Haben Sie eine Ahnung, wie gierig die jungen Menschen bei uns nach neuen Gesichtspunkten und Erfahrungen sind? Alles ist ihnen neu. Sie sind ja in einem hermetisch verschlossenen Raum aufgewachsen. Besseres Schülermaterial hat's auf der Welt nie gegeben!«

»Auch die mit den weißen Strümpfen?«

»Aber gehn S'! Erstens sind die gewaltig in der Minorität, sonst müssten s' ja keine weißen Strümpf tragen, um sich zu unterscheiden – oder vielleicht haben s' keine andern –, und zweitens sind auch die junge Menschen. Ich hab mein ganzes Leben mit jungen Menschen zugebracht – es gibt keine schlechten jungen Menschen! Wenn man sie richtig führt, und wenn man sie richtig gernhat, kann's nicht schiefgehn!«

Strahlend nahm Herr Rosenhaupt den noch nicht aufgeklebten Adresszettel wieder in die Hand. »Ich wollt Sie also nur noch fragen: Im Fall wir zu einer Verständigung kommen, sind Sie doch bereit, Ihre amerikanische Staatsbürgerschaft aufzugeben?«

»Nein«, sagte Felix.

»Nein?«

»Nein.«

Herr Rosenhaupt, in seinem Eifer hin und her laufend, stand still. »Wollen S' mir einreden, dass das für Sie mehr als eine Formalität bedeutet?«

»Ich hab es mir jahrelang gewünscht. Ich hab mich darauf vorbereitet. Ich war stolz, als ich es wurde. Außerdem hab ich geschworen«, sagte Felix.

»Aber doch nur, um wieder ein gültiges Papier in der Hand zu haben und nicht staatenlos zu sein! Sie haben in Notwehr gschworen!«

»Nein.«

»Sie wollten Amerikaner sein?«

»Ja.«

»Machen S' keine Witze. Sie sind doch keiner von denen, die in amerikanischer Uniform zurückgekommen sind, um sich an uns zu rächen. Sie sind doch ein guter Österreicher! Viel bessere als Sie wird's kaum geben!«

»Ich war, glaub ich, ein guter Österreicher. Ich weiß nicht, ob ich ein guter Amerikaner bin, denn ich hab Sehnsucht nach Österreich. Aber ich werde Amerikaner bleiben.«

»Machen S' mich nicht wahnsinnig! Das muss doch eine tiefere Ursache haben, bei so einem Nicht-Materialisten, wie Sie angeblich einer sind!«

»Wenn ich, als ich mich um die amerikanische Staatsbürgerschaft bewarb, gewusst hätte, dass es Österreich wieder geben wird – hätt ich mich wahrscheinlich nicht beworben.«

»No, sehn S'! Sie haben sich unter einer falschen Voraussetzung beworben, daher sind Ihre Folgerungen von A bis Z falsch!«

»Ich hab mich nicht deshalb beworben. Ich hatte Amerika kennengelernt und gern gewonnen. Ich hatte Achtung davor – vor vielem. Ich habe seine Freundlichkeit geliebt. Seine Voraussetzungslosigkeit. Seinen Mangel an Arg. Seinen Optimismus und die Kraft, ihn zu erhalten. Seine darauf gestützte ungeheure Leistung. Ich wollte Amerikaner sein.«

»Bitte«, sagte Herr Rosenhaupt resigniert. »Ich sag ja nichts gegen die Amerikaner. Manches ist sicher großartig bei ihnen. Nur die Leut, die 's uns herüberschicken, sind halt nicht die richtigen. Oder finden S' am End, dass die auch großartig sind?«

»Manche sind nicht die richtigen. Wie überall, Herr Rosenhaupt. Auch hier bei uns.«

»Sehn S', wie S' ›hier bei uns‹ sagen! Weil S' zu uns ghörn, Amerika oder nicht Amerika!«

»Natürlich. Meine Vergangenheit gehört her.«

»Auch die Zukunft! Sofort werd ich mit meinen Leuten reden. Ich weiß gar nicht, wer auf die blöde Idee mit der Passfrage gekommen ist. Wenn's noch ein anderer Beruf wär! Aber im Lehrfach! Lang vor den Nazis haben wir uns vor fremden Austausch-Professoren hier nicht mehr retten können. Waren ja auch amerikanische drunter.«

Der kleine Mann war schon gegangen, als er noch einmal stürmisch läutete. Er brachte den Adresszettel zurück, den er in Gedanken mitgenommen hatte. »Aber nicht, damit S' ihn aufkleben! Morgen bin ich wieder da, und die ganzen Zettel werden zerrissen!«

37

Alles bleibt phantastisch gleich

Dadurch, dass es anders kam, wurde die Frage, die Felix im Lauf seines Gesprächs mit Antoinette so wichtig gefunden hatte, nur noch schwerer zu beantworten.

Am folgenden Morgen hatte sie ihn angerufen und gesagt, es würde seiner Sache entscheidend nützen, wenn er heute um halb elf an einer Besprechung auf der Universität teilnähme.

Er wolle seiner Sache nicht nützen, hatte er geantwortet, er habe keine Sache hier; die er gehabt hatte, sei verloren, durch seine Schuld. Die schlaflose Nacht war vergangen, morgens sahen die Dinge so unklar und hilflos aus, wie sie auch gestern Abend gewesen, doch (dank Herrn Rosenhaupts Optimismus) ihm nicht erschienen waren.

Antoinette antwortete: Auf eine halbe Stunde, von der so viel abhing, dürfe es ihm nicht ankommen. Obwohl er wiederholte, es sei ein Irrtum, denn er bewerbe sich um keine Stelle, presste sie ihm die Zusage ab.

In diesen letzten Wiener Tagen ließ Viktoria ihn gewähren, fragte nichts und behauptete, beschäftigt zu sein. Anita aber hielt sich seit dem Hochzeitsessen abseits; angeblich hatte Herr von Ardesser ins Spital gebracht werden müssen, sie verbrachte viele Stunden dort.

Folglich hatte Felix um niemandes Meinung gefragt, als er an diesem Julivormittag über die Ringstraße zur Universität ging. Er konnte nicht leugnen, dass die Möglichkeit, in Wien eine wesentliche Aufgabe zu finden, seinen zu Gertruds Tod unablässig zurückkehrenden Gedanken einen Ruhepunkt schuf.

Fräulein Huber hatte auf dem kleinen Radiotisch Ordnung gemacht. Jetzt war sie weggegangen. Jetzt sagte Gertrud: »Dreh dir inzwischen das Radio auf. Sechs-Uhr-Nachrichten.« Jetzt drehte er es auf. »Was tust du da?«, fragte Gertrud – »Bilder anschauen.« – »Was hast du denn?«, fragte sie. »Kennst du diese Bilder wirklich nicht?«, fragte er. – »Nein, warum?« –»Trude, warum lügst du?« Aber sie hatte nicht gelogen! Dort stand sie. Reglos. Sie hielt die Fotografie in der Hand. Wie jemand, dem man sein Todesurteil in die Hand gegeben hat. Hätte er in diesem Moment ... hätte er ... Kein Ausweichen. Wo er ging, wer zu ihm redete: Es stand vor seinen Augen und schrie.

Gut, man hatte ihm den Antrag gemacht, jungen Menschen Demokratie beizubringen. Vermutlich war Herr Rosenhaupt nicht aus eigenem zu ihm gekomen, sondern es war eine Art offizielle Anfrage. Wenn man es richtig ansah, musste es auch den Amerikanern nicht unwillkommen sein, Leute hier zu haben, die das, was sie ihren »way of life« nannten, überzeugend und mit Sympathie dafür darstellen konnten. Allerdings, wenn ihn einer der jungen Leute fragte: »Wie ist es eigentlich drüben mit den Rassenvorurteilen? Mit anderen Vorurteilen? Herrscht dort wirklich die echte demokratische Freiheit?« – Was würde er antworten? Die Wahrheit. Immer die Wahrheit! Immer? Als er gesagt hatte: »Trude, warum lügst du?« – Wo war da die Wahrheit gewesen? Sie hatte nicht gelogen.

Unwillkürlich schlug er den Weg ein, den er in seiner Jugend unzählige Male zur Universität gegangen war. An der Oper vorbei, am Goethedenkmal, am Kaiserpark, durch das Äußere Burgtor mit der Inschrift »Justitia Regnorum Fundamentum«, über den schönsten Platz der Welt, den Heldenplatz, durch den Volksgarten, an Grillparzers Denkmal vorbei. Wie unzählige Male vorher, blieb er auch heute dort stehen, vor dem größten Österreicher, den er kannte. Ein unendlich resigniertes Lächeln lag um den steinernen Mund – oder war es ein unendlich verstehendes? Ringsum blühten Rosen.

Die Besprechung fand auf der Juristischen Fakultät statt, die vor Jahr und Tag Felix' Fakultät gewesen war. Links von der Aula erreichte man sie über eine Freitreppe. Alles war wie damals. Der Lärm der Schritte auf den Treppen, die langen Tische rechts und links vom Aufgang, hinter denen Universitätsbeamte die Studienbücher bescheinigten, denn das Ende des Sommersemesters stand bevor. Sogar die Ferienstimmung mit aufgeregten Rigorosanten in dunklen Anzügen war dieselbe. Alles ändert sich phantastisch, alles bleibt phantastisch gleich.

Antoinette hatte ihn unten erwartet. Im Dekanat, wo die Besprechung hätte vor sich gehen sollen, finde momentan eine andere Sitzung statt, sagte sie, und führte ihn in einen der kleineren Hörsäle des ersten Stocks. Dort waren die Teilnehmer an der Zusammenkunft bereits versammelt, außerdem einige, die es nichts anzugehen schien: Studenten, offenbar bereiteten sie sich auf eine nachher hier abzuhaltende Vorlesung vor.

»Wir haben höchstens zwanzig Minuten!«, hieß es, bevor die Besprechung anfing.

Felix musste anerkennen, dass sie parlamentarisch geführt wurde. Auf dem Podium saßen drei Professoren und drei Vertreter der Studentenschaft. Den Vorsitz führte ein sehr alter Herr, bei dessen Anblick sich Felix zu glauben wehrte, dass es derselbe sei, bei dem er seinerzeit studiert hatte. Es war derselbe, wie sich zeigte. Auch der Professor, den er nach seiner Ankunft getroffen und der ihn gefragt hatte, ob es nicht ein merkwürdiges Gefühl sei, in Feindesland zu leben, war zugegen. Den dritten Vertreter der Fakultät kannte er nicht. Herr Rosenhaupt hatte gleichfalls Zutritt erhalten.

Hier, nächst dem Fenster, war Felix gesessen, als der alte Professor mit dem schon damals weißen Bart ihnen die Grundsätze zu erklären versucht hatte, auf denen Recht und Gerechtigkeit beruhten. Im Rathauspark wartete ein Mädchen. Abends ging man ins Burgtheater. Wenn man beim Rigorosum durchkam, durfte man eine Ferienreise nach Südtirol machen. Recht und Gerechtigkeit.

Stimme und Tonfall des alten Professors verkürzten die Zeit. Sie war stehengeblieben. Würde er jetzt fragen: »Können Sie uns dafür ein Beispiel geben, Herr Kandidat?«

Er war aufgefordert worden, sich zu den Herren aufs Katheder zu setzen, hatte aber eigensinnig gebeten, seinen alten Studentenplatz beim Fenster einnehmen zu dürfen. Antoinette saß in der ersten Bank. Außer den Studentenvertretern mochten noch zwanzig junge Menschen im Saal sein.

»Bitte, wie Sie wünschen«, war ihm mit sichtlichem Erstaunen zugestanden worden, auf einem Platz zu sitzen, wohin er nicht mehr gehörte.

Mager. Müde. Es war doch Sommer? Um diese Zeit waren die Gesichter hier sonnenbraun gewesen. Jetzt waren sie grau. Etwas Hartes lag um die Lippen. Unjung. Wie sie angezogen waren! Bedaure, wir können nicht gefallen. Wir haben nicht genug dazu, stand in den Gesichtern der Mädchen, wenn sein Blick sie streifte.

Der Fotografie diese Wichtigkeit beizumessen! Unfassbar! Er hatte ja gewusst, dass Gertrud Goebbels kannte.

Unfassbar, dass er sich hatte wegschicken lassen! Wer nur eine Spur Menschenkenntnis besaß, hätte wissen müssen: Sie will allein sein. Aber nein, man musste ja Distanz zwischen sich und die Sünderin legen! Gestern Nacht hat sie eine schwere Krise gehabt – nicht genug Strafe. Man ist ja so gekränkt, so fürchterlich beleidigt, dass man blind und taub wird und nichts anderes will als spazieren gehen, frische Luft schöpfen, um dann nach Hause zu kommen und großmütig zu sagen: »Also gut, ich verzeih dir.« Inzwischen hat sie gewartet. Er wird nicht weggehn, hat sie gedacht. Das gibt's doch nicht, dass er mich jetzt allein lässt! Glaubt er im Ernst, dass ich ein Huhn braten will? So dumm ist er nicht! So schlecht ist er nicht! Sie wartet. Sie steht an der Tür des Vorzimmers. Sie legt die Wange an die Tür, um die Schritte schneller zu hören. Sie hört nichts. Sie versucht ...

»Herr Doktor von Geldern? Wollen Sie uns jetzt vielleicht in ein paar kurzen Worten auseinandersetzen, wie Sie sich die Vortragsreihe vorstellen, die Sie planen?«, hat der Vorsitzende gefragt.

Felix steht in der Bank auf, in der er, vor langem, ein Schüler gewesen ist. Er hat dieselbe Bangigkeit beim Antworten wie damals, wenn er nicht vorbereitet war. »Ich habe eigentlich«, beginnt er und stockt, denn die Voraussetzung stimmt nicht. Er plant nichts. Andererseits lässt sich das schwer sagen, es wäre beleidigend. Die Voraussetzungen stimmen nie, denkt er.

»Wollen Sie nicht doch hier bei uns Platz nehmen?«, fragt der alte Herr, der nicht gut hört. Er scheint keine Erinnerung an den ehemaligen Schüler zu haben.

Herr Rosenhaupt, der sie zu haben behauptet, sagt mit Nachdruck: »Doktor Geldern ist glücklicherweise noch jung. Er sitzt unter den Studenten. Dort ghört ein Lehrer hin!«

Felix klingt das gezwungen. Hat der kleine Mann seinetwegen Schwierigkeiten gehabt und bemüht sich, seinen Kandidaten herauszustreichen? Und weshalb schaut Antoinette so krampfhaft weg?

Seine Empfindlichkeit regt sich. Sich hier aufzudrängen oder gar die Rolle eines Bewerbers zu spielen ist ihm so zuwider, dass er die Bemerkung nicht unterdrücken kann: »Ich fürchte, es liegt ein Missverständnis vor. Ich habe keinen Plan.«

»Nicht?«, fragt der präsidierende Professor und schaut flüchtig in die Richtung, wo er den Sprecher vermutet. »Es ist uns aber von den Vertretern der Sozialistischen Studentenschaft mitgeteilt worden, dass dem so ist.« Aus einem vor ihm liegenden Papier liest er: »Herr Dr. von Geldern bittet, ihm Gelegenheit zu geben, seine Ansichten über die von ihm geplante Vortragsreihe ›Der Sinn der Demokratie‹ dem Professorenkollegium darlegen zu dürfen.«

Einer der drei Studentenvertreter ergänzt schnell: »Herr Hofrat, da liegt insofern ein Irrtum vor, als es heißen sollte: Die Vertreter der Studentenschaft halten es für wesentlich, Dr. Geldern Gelegenheit zu geben, seine Ansichten über die Vortragsreihe zu äußern, die er zu halten ersucht wurde.«

»Ja, dann weiß ich nicht«, antwortete der alte Herr. »Mir ist es so vorgelegt worden.«

»Da hat halt wieder jemand herummanipuliert!«, wurde aus dem Auditorium gerufen.

»Manipulieren tut's ihr selber!«, entgegnete jemand. »Übrigens war der Herr von Geldern ja ein großer Anhänger des Herrn von Schuschnigg! Ich versteh nicht, wieso die Sozis sich für ihn einsetzen!«

»Ruhe! Das gehört nicht zur Sache!«

»Bitte, meine Herren!«, sagte der präsidierende Professor. »Schließlich ist es ja nicht so wesentlich, wer die Anregung zum Erscheinen des Herrn Dr. von Geldern gegeben hat, das wir gewiss wärmstens begrüßen. Ich würde also vorschlagen, dass Herr Dr. von Geldern uns jetzt über seine Absichten unterrichtet.«

Der, dessen Anwesenheit »gewiss wärmstens begrüßt« wurde, hatte aufmerksam zugehört. Die Atmosphäre, schien ihm, war nicht warm.

»Also, Dr. von Geldern?«, forderte der Vorsitzende noch einmal auf.

Felix wollte sagen: Vielen Dank, die Voraussetzungen stimmen nicht. Jemand hat mich an der Abreise hindern wollen, in bester Absicht, kein Zweifel. Mehr ist nicht an der Sache, wollte er sagen, und gehen. Man ließ ihm aber nicht die Zeit dazu, denn ein junger Mensch war auf das Podium gesprungen. Er trug weiße Kniestrümpfe.

»Die Familie von Geldern hat das Schuschnigg-Plebiszit mit Geld unterstützt! Deshalb ist sie ausgewandert! Herr Dr. Felix von Geldern war ein intimer Freund des Schuschnigg-Ministers Guido Zernatto, eines wilden Faschisten!«

»Ihr Nazis habt's notwendig, von Faschisten zu reden!«, wurde aus dem Auditorium gerufen.

»Meine Herren!«, ermahnte der Vorsitzende.

»Herr Dr. Felix von Geldern«, setzte der Student auf dem Podium fort, »war ein so treuer Freund des Herrn Zernatto, dass bei der Beerdigung dieses Herrn in New York anwesend waren: die Witwe, der Arzt, der Geistliche und Herr Dr. Felix von Geldern, sozusagen als Vertreter Österreichs.«

»Kolossales Verbrechen, bei einem Begräbnis dabei gewesen zu sein? Schluss! Abzug!«, wurde gerufen.

»Meine Herren, ich muss die Besprechung abbrechen, wenn Sie daraus Kapital schlagen, dass wir Ihnen aus Raumrücksichten gestattet haben, hier auf Ihre nächste Vorlesung zu warten!«, ermahnte der Vorsitzende.

»Herr Dr. Felix von Geldern ist untragbar!«, rief der Student und verließ das Katheder.

»Schämt euch!« Mit einem Sprung war Antoinette aus der ersten Bank auf dem Podium. »*Ich* habe Herrn Dr. Geldern gebeten, herzukommen. Ich hatte gehört, dass man seinen Namen politisch vergiftet, und dachte, es sei wichtig, dass er persönlich die Anwürfe entkräftet. Aber jetzt muss ich sagen – wenn es möglich ist, dass das Hitlerwort ›untragbar‹ bei uns noch ausgesprochen werden darf und dass man es von einem Mann gebraucht, den die Nazis vertrieben haben, dann war mein Vorschlag, Herr Dr. Geldern möge herkommen, absolut falsch, und ich bitte ihn dafür um Entschuldigung!«

Felix kannte Antoinette nicht anders als mit blassen Wangen. Jetzt waren sie rot.

»Das mag sehr interessant sein«, antwortete in die Betroffenheit der Professor, der sich für das Gefühl im Feindesland interessiert hatte. »Aber ich möchte glauben, dass vor allem eine sachliche Frage zu stellen wäre, die der Herr Vorsitzende noch nicht aufgeworfen hat. Wie steht es mit der juristischen Qualifikation des Kandidaten?«

Antoinette stand noch auf dem Podium. »Wie ist das?«, sagte sie, als gelte ihr die Frage persönlich.

»Ich habe mich nicht an Sie gewendet, Prinzessin«, erklärte der Professor. »Bitte, sich vielleicht wieder ins Auditorium zu begeben. Ich habe festzustellen gestrebt, ob wir hier überhaupt fachlich in der Lage sind, uns mit dem Anliegen des Kandidaten zu befassen.«

»Ich möcht wünschen, dass alle, die hier unterrichten, die fachliche und sonstige Qualifikation des Dokter Geldern haben!«, entgegnete Herr Rosenhaupt hitzig.

»Schmeißt's die Kommunisten hinaus!«

»Wenn S' im selben Atem mich einen Kommunisten und den Dokter Geldern einen Faschisten nennt's, dann zeigt's klarer als alles euer geistiges Niveau!«

»Aber Sie haben den sozialistischen Studentenvertreter bearbeitet, dass er den Vorschlag macht!«, sagte der zweite Sprecher der Studenten auf dem Podium.

»Nein!« Herr Rosenhaupt brüllte. »Ich hab niemanden bearbeitet als Herrn Dokter Geldern! Mit aufgehobenen Händen hab ich ihn gebeten und bitt ich ihn: Halten S' sich die Nase und die Ohren zu! Aber bleiben S' hier! Vergessen S' nachsichtig, dass es die verfluchte Pflicht und Schuldigkeit des neuen Österreich gwesen wär – wer immer es repräsentiert –, zu Ihnen zu kommen und Ihnen zu sagen: Wir sind glücklich, dass Sie trotz dem Unrecht, das Österreich an Ihnen verübt hat, den Weg zu uns zurückgefunden haben. Lassen S' es Österreich nicht entgelten! Bleiben S' bei uns! Helfen S' uns! Sagen S' allen Ihren Freunden draußen, wie begierig wir sind, dass Sie zu uns zurückkehren. Wir haben jedem, der als Österreicher oder als Freund von Österreich zurückkommt, eine ganze Menge zu bieten. Unsern Respekt. Unsern leidenschaftlichen Willen, wiedergut- und es gut zu machen. Besser jedenfalls als bisher.«

»Erzählen S' das dem Stalin!«, schrie jemand. »Bitten S' ihn mit aufgehobenen Händen, wie S' den Herrn Geldern gebeten haben, herzukommen und Ordnung zu machen! Wissen S', wer schuld sein wird, wenn uns unser armseliges, zerschundenes Österreich von der roten Pest angesteckt wird? Sie und Ihresgleichen!«

Der alte Professor klopfte auf den Tisch. »Das geht so nicht«, sagte er müde. »Ich verbiete jedem, außer den Herren Studentenvertretern, das Wort zu ergreifen. Zu der Frage des Herrn Kollegen stelle ich fest, dass Herr Dr. von Geldern das Doktorat der Rechte an dieser Universität erworben und seither in den ›Juristischen Blättern‹ und in Tages-

und Fachzeitschriften beachtliche Artikel über Fragen des Staats- und internationalen Rechtes publiziert hat.«

»Nehme ich mit Dank zur Kenntnis«, äußerte der Professor, der Felix' fachliche Eignung kennenzulernen wünschte und sich heute nicht mehr erinnerte, dass er noch vor wenigen Wochen gesagt hatte: »Sieh da, mein Schüler von Geldern!«

Da rief der Student mit den weißen Kniestrümpfen: »Ich hab eben etwas erfahren. Herr Geldern ist amerikanischer Staatsbürger!«

»Natürlich!«, schrie Herr Rosenhaupt. »Alle, die länger als fünf Jahre dort sind, werden's!«

»Erstens ist das nicht natürlich«, antwortete ihm der Student. »Ich hab einen Onkel drüben, der's abgelehnt hat, es zu werden.«

»Meine Herren!«, sagte der alte Professor.

»Ist Ihr Onkel vielleicht ein Bundist?«, fragte Herr Rosenhaupt.

»Ich weiß zwar nicht, was ein Bundist ist«, erklärte der Student. »Dafür weiß ich, dass Herr Geldern, obwohl er amerikanischer Staatsbürger wurde, hier in Untersuchung des C.I.C. steht. Ich frage Sie, meine Kommilitonen: Ist ein Österreicher, der seine österreichische Staatsbürgerschaft hingehaut hat wie einen Dreck und trotzdem von seinen neuen Landsleuten in eine Untersuchung gezogen wird, sobald er Österreich betritt – ist das der richtige Mann, uns Österreicher Demokratie zu lehren?«

Hier ließ sich der dritte Professor vernehmen, dem Anschein nach ein stiller, uninteressierter Verfolger der Vorgänge. An den beiden anderen gemessen, war er ein jüngerer Mann.

»Stimmt das?«, fragte er. Es war an niemanden und jeden gerichtet.

Felix hatte gebannt zugehört. Dass er der Mittelpunkt der Szene war, berührte ihn weniger als die Kälte und Härte, die ihn daraus anwehten. Der Mund Österreichs, der drüben im Volksgarten so hintergründig lächelte, hatte viel Wärme, Innigkeit und Zärtlichkeit zu verströmen gewusst. Wo war das alles hingekommen? Wo war das Österreich, von dem die Fremdesten die Idee hatten, es sei der Mittelpunkt der Herzen? Hätte man die Leute mit den blauen Anzügen in Scarsdale gefragt,

sie hätten automatisch geantwortet: »Austria? Mayerling. Romance.«
Konnten acht Jahre das aus einer Ewigkeit gemacht haben?

»Der Herr Professor hat Sie gefragt, Herr Geldern!«, rief der Student mit den Kniestrümpfen. Es klang fast wie: »Jude Geldern! Der Herr Kreisleiter hat Sie etwas gefragt! Machen Sie Ihr dreckiges Maul auf!«

»Ich werde jetzt gehen«, sagte Felix, und da er die Brille abgenommen hatte, machte er einen unsicheren Schritt.

»Aha! Nach berühmten Mustern entzieht sich der Herr den peinlichen Tatsachen durch die Flucht!«, sagte der Student.

Felix wartete einen Augenblick. Er sah auffordernd im Saal umher. Dann riss ihm die Geduld. »Was meint dieser junge Mann mit: ›Nach berühmten Mustern‹?«, fragte er. »Sollte er meinen: Nach den berühmten Mustern derer, die vor der peinlichen Tatsache des Vergastwerdens geflohen sind? Ist das möglich?« Er wartete eine Weile vergeblich.

Als er an dem Podium vorbeiwollte, sagte der Professor, der auf sein »Stimmt das?« keine Antwort erhalten hatte: »Aus Achtung vor einem geschätzten Gast versagen wir uns die Entgegnung auf die soeben gehörte äußerst verletzende Insinuation. Sie kann offenbar nur einem Missverständnis oder dem Wunsch entspringen, nicht zu verstehen, dass in Wunden nicht Salz gestreut werden darf. Wer hierher zurückkehrt, hat, ich möchte das sagen dürfen, kein Opfer gebracht, was immer er dafür aufgibt. Er kehrt zurück, nicht weil er etwas zu fordern, sondern weil er etwas zu geben hat. Die Rückkehr nach acht Jahren Hitler ist ein großes Geschenk der Vorsehung, das den Beschenkten, so berechtigt er sei, ungeheuer verpflichtet: zum Mitleiden in des Wortes ganzer Bedeutung. Herr Dr. von Geldern, für meine Person zweifle ich nicht im Mindesten an Ihrer fachlichen Eignung, Was ich dagegen entschieden bezweifle, ist, ob Sie das Vertrauen der Studenten haben würden. Denn das Vertrauen junger Menschen erwerben und behalten wohl nur diejenigen, die keine Vorurteile, aber auch keine vorgefassten Meinungen haben, was schlimmer ist als Vorurteile; diejenigen, die die Dinge von einer höheren, lassen Sie mich ruhig sagen, gläubigeren Warte betrachten als von der der Vergeltung oder des Unvermögens zu schenken, weil man beraubt wurde. Lehren ist dauerndes Geben – wenn es die Lehre sein soll, die wir brauchen!«

Schweigen. Aller Augen auf Felix.

Er ist an der Tür. Plötzlich scheint die Frage, die ihm seit gestern zu schaffen gemacht hat, nicht mehr zu existieren.

»Dokter Geldern, gehn S' nicht!« ruft Herr Rosenhaupt verzweifelt.

»Herr von Geldern! Gehen Sie. Bitte!«, sagt Antoinette.

»Wie romantisch!«, bemerkt jemand.

»Entschuldigen Sie«, sagt Felix in die Richtung des Podiums. »Das Ganze war ein Irrtum.«

Eigentlich, denkt er, als er die Freitreppe hinuntergeht, könnte das menschliche Vokabular aus diesen fünf Worten bestehen. Das meiste ist ein Irrtum.

38

Ferngespräch

In camera caritatis stellte Viktoria keineswegs in Abrede, dass sie sich ungewöhnlich wohlfühlte. Wer hatte wieder einmal recht gehabt, auf die Kassandrarufe der Herren Ärzte nicht hineinzufallen? Da war diese Kapazität vor ein paar Wochen da gewesen und hatte Geschichten gemacht; so miserabel sie den Mann verstanden hatte, der zu leise sprach, so viel war ihr klar geworden, dass er ihr keine drei Tage mehr gab. Nur den Ärzten nicht folgen! Überhaupt niemandem folgen, außer dem gesunden Menschenverstand und, vielleicht – das heißt natürlich bestimmt – dem lieben Gott. Aus den drei Tagen, die der Fachmann ihr gegeben hatte, würde sie drei Jahre machen. Oder sechs, wenn's ihr gefiel, das heißt, wenn's dem lieben Gott gefiel. Zeitlebens hatte sie sich so zurechtweisen müssen, denn ungeachtet sie eine gottesfürchtige Frau war: Sie hasste Leute, die das zur Schau stellten. Mit Privatsachen ging man nicht hausieren. Und an Gott glauben war das Privateste, das es überhaupt gab. Es beruhte, fand sie, auf einer Beziehung, so hauchzart, so scheu, dass niemand von ihr wissen durfte, außer Gott und man selbst. Man band ja auch niemandem auf die Nase, dass man sich im Finstern noch immer fürchtete.

Auch sonst fühlte sich Viktoria auf der Höhe; es machte ihr angesichts von Felix' Bedrücktheit zu schaffen, dass es der Fall war. Egoismus blieb eben ein Laster. Dummheit nicht minder. Der gute Felix mochte so gescheit sein, wie er meinte, in der Hauptsache war er leider dumm gewesen; sie hätte das nie von ihm erwartet. Alles auf eine Karte setzen, noch dazu auf diese! Ein prachtvolles Land, Österreich, gewiss. Trotzdem war das meiste hier Augenauswischerei. Ein Land, wo man, Gas oder nicht, bestenfalls einmal in der Woche badete! Wo man von den Dingen fett wurde, die man aß; sogar noch jetzt – von dem ewigen Brot und den Kartoffeln glaubte Viktoria ein Pfund zugenommen zu haben. Außerdem ein Land, wo man einander nicht respektieren wollte! Eine so simple Sache (nach Viktorias Theorie entschied immer das Simple, nie das Komplizierte): Zusammenleben hing vom Einander-Respektieren ab. Zwischen Mann und Frau. Zwischen Eltern und Kindern. Zwischen Mitbürgern. Wo aber die angeborene Freude die Schadenfreude war, sodass jeder jedem etwas Übles nachsagte – wie konnte man an so einem Ort zu Hause sein! Sie wunderte sich, dass sie es so lange gekonnt hatte.

Ungeduldig fragte die alte Dame die Telefonistin, ob das Gespräch bald kommen würde.

»Ja, Frau Gräfin«, antwortete die Telefonistin. Hier war man eben noch immer die Frau Gräfin.

Die Enkelinnen, Felix' Schwestern, würden jetzt bald die Bürgerprüfung machen. Sie würde sie natürlich begleiten. Komisch. Alle Leute sagten, sie fühlten sich in dem Naturalisationsbüro in der Columbus Avenue so unwohl. Viktoria fand es anregend. Sie hatte dort sogar eine Freundin, eine Negerin, welche die Namen der Wartenden aufrief. Der bloße Gedanke, von hier wegzukommen, elektrisierte sie. Kathi behauptete, in New York würde es heiß sein. Dann ging man eben irgendwohin, wo es »air-cooled« war. Dort erkälte man sich, behauptete Kathi. Unsinn, Viktoria fühlte sich in eisgekülter Luft wie der Fisch im

Wasser. Und wie amüsant es war – wenn man ungefähr dieselben europäischen Bekannten hatte wie die berühmte Gesellschaftsklatsch-Journalistin Elsa Maxwell –, am nächsten Abend zu lesen, was sie sich und ihnen andichtete. Mein Gott, New York war eben eine Stadt, die einem Leben einflößte, statt wie diese hier einem das bisschen wegzunehmen, das man noch hatte!

Jaja, das soziale Gefühl! Man sollte lieber nicht in Lokale gehen, wohin die Elsa Maxwell ging, sondern endlich das Fazit aus dem Anschauungsunterricht ziehen, den man lange genug genossen hatte (obwohl man nie eine gute Schülerin gewesen war). Mit denen zusammen sein, denen's miserabel ging! Westend Avenue. Amsterdam Avenue. Wo auf den Treppen der im Kolonialstil scheußlich gebauten Häuser schwarze Kinder den ganzen Tag brüllten wie am Spieß. In einer Eineinhalbzimmerwohnung hausten jetzt die, von denen die Elsa Maxwell noch vor zehn Jahren stolz geschrieben hätte, dass sie sie hier im Bristol oder in Venedig im Danieli mit »Hello, Elsa!« begrüßt hatten. Viktoria beschließt, es nachzuholen. So unbelehrbar, wie die Kathi glaubt, ist sie nicht. Auch hier in Österreich, oder wie wir drüben sagen, »in the old country«, hat sie ihre Lektion so ziemlich gelernt. Man hilft zu wenig. Das hat sie dem schönen General gesagt. Aber wenn der schöne General sie gefragt hätte: »Und wie ist es mit Ihnen selbst, Madam? Helfen Sie genug?«

»Nicht genug, Sir«, antwortet sie in Gedanken. »Bei weitem nicht genug!« Sie wird auch der Verwandtschaft (»clan« nennen wir's drüben) den Standpunkt klarmachen. Überhaupt wird sie ein bisschen nach dem Rechten sehen, wenn sie wieder zu Hause ist.

Wird dieses interurbane Gespräch denn nicht endlich kommen?

Viktoria ging in dem sechseckigen, mit Seide bespannten Salon herum, wo man fast in gleicher Höhe mit dem nicht vorhandenen Dach der Oper war. In der ausgebrannten Höhle, rechts von dem Mauervorsprung im ersten Stock, war Gustav Mahlers Direktionszimmer gewesen. Die Mauern standen, auch die Fensterstöcke. Ein winziges Stück Tapete, grau und blau, hing von der Decke. Hinunterschauend, sah Viktoria im Geist den magern Mann, der so oft vor Ungeduld mit dem Fuß stampfte. Zwei- oder dreimal war sie dort drüben bei ihm gewesen; das erste Mal, um ihm eine Sängerin zu empfehlen. Sie sah sich dort sitzen, wo nichts mehr war, fühlte fast noch die Aufregung, die sie befiel, als der berühmte Mann sie durch seine Brille angefunkelt hatte. Dort war sein Schreibtisch gestanden. Daneben war sie gesessen, vor fünfzig Jahren. Und er hatte ihr brüsk gesagt: »Auf Empfehlungen geb ich nichts!« Damals hatte sie das außerordentlich übelgenommen, denn sie hatte fest an Empfehlungen geglaubt. An dem offenen Fenster stehend, musste sie denken, wie viele ihrer Anschauungen sie inzwischen geändert hatte. Und, hoffentlich, noch ändern würde. Es war etwas ungeheuer Stimulierendes, sich zu ändern! *Das* sollten einem die Herren Ärzte empfehlen statt dummer Tropfen: »Legen Sie Ihre veralteten, verrotteten Anschauungen ab, wie zu warme Kleider.« Und da gab's Leute, die nahmen das übel. Mein Gott, was würde die konservative Familie dazu sagen, wenn sie wüsste, Viktoria sei hier im Hotel Bristol, mutterseelenallein, im Appartement eines Offiziers, um einer Miss Fox zu telefonieren, die als Warenhausverkäuferin fünfundzwanzig Dollar die Woche machte, oder dreißig. Noch dazu, weil sie fand, dass Miss Fox, von der sie nichts kannte als ein Telegramm und einen Brief, Felix nicht verlorengehen sollte.

Da steh ich, dachte Viktoria, höchst belebt von der Aussicht zurückzufahren, und tu etwas, was ich früher bestimmt unmöglich gefunden hätt. Ich spiel Schicksal. Ich spiel eine typische Großmutterrolle, die ich im Kino bestimmt nicht aushielte. Old Grandma Geldern arranges happy ending. Ich seh direkt die Lucile Watson – leider wird ihr der Regisseur eingeredet haben, die Schwerhörigkeit nicht zu vergessen – meine Rolle mit einer Bassstimme spielen, und ich muss sagen, das spricht nicht für meine Pläne. Viktoria setzte sich. Dabei ist es nicht einmal sicher, dass ich ein happy end vorbereit. Sollte der Felix es so auffassen, dann hab ich meine Rolle definitiv verspielt.

Wie immer in Augenblicken des Dilemmas, sprach sie unwillkürlich ein paar Worte laut mit sich, worauf sie sich sofort ertappte; für alle Fälle suchte sie, es unter Hüsteln zu verstecken. »Ich kann nicht zuschaun, dass er sich weiter so systematisch ruiniert! Wenn er jetzt von hier fortgeht«, sagte sie zu sich, unterbrach sich beschämt, hüstelte und vollendete in Gedanken: wird er drüben die Hölle haben. Was ihm früher dort gefallen hat, wird ihm missfallen, weil es ihm nur vorübergehend gefallen hat, nicht als etwas Bleibendes. Vernunft nützt da gar nichts, es war kindisch von uns allen, den Felix für einen vernünftigen Menschen zu halten. Ein Mensch, der mit dem Herzen lebt, ist nicht vernünftig. Und so traurig alles hier für ihn gewesen ist – die Distanz wird's ihm vergolden. Und so dringend er jetzt wegzuwollen vorgibt, weil er nicht auf Schritt und Tritt an die Katastrophe erinnert sein will, so schnell wird er wieder zurückwollen. Und wieder abgestoßen sein. Und wieder zurückwollen. »So kann ein Mensch aber nicht leben!«, sagte sie laut zu sich, hüstelte, dachte: Und ich werd nicht mehr da sein, um Filmintrigen in Szene zu setzen. Wer wird für ihn da sein? Viktoria hielt es auf dem Sessel nicht länger aus. Vielleicht mach ich jetzt den entscheidenden Fehler meines Lebens, fiel ihr ein. Hab ich mir nicht grade klargemacht, dass das, was ihm drüben gefallen hat, ihm so gefallen hat wie einem Touristen ein Hotel, aus dem man nächstens abreist. Wahrscheinlich wird's ihm jetzt mit dieser Livia so gehn. Sie wird in Gertruds Schatten stehen und nie dagegen aufkommen. Dabei weiß ich nicht einmal, wie sie ausschaut. Hoffentlich ist sie hübsch. Hoffentlich ist sie außerordentlich hübsch. Davon hängt viel ab! Viktoria seufzte.

Wenn dieser Oberstleutnant Cook nur nicht grade nach Haus kommt, wenn ich mit ihr sprech, dachte sie; ich versteh so schlecht am Telefon und kann's mir nicht abgewöhnen, desto lauter zu reden, je schlechter ich versteh. Komisch wär's schon, wenn der ehemalige Manager vom Hotel Plaza nach New York zurückkäm und meinen Leuten erzählen würde, er war dabei, wie die gute alte Mrs. van Geldern alles in Ordnung gebracht hat. Ich fürcht, ich werd gar nichts in Ordnung bringen. Übrigens nett von diesem Cook, mir sein Telefon zur Verfügung zu stellen. Nett sind sie, das muss man ihnen lassen! Für einen Moment (wie schon wiederholt vorher) erschien der schöne General vor ihren Augen, und sie überlegte, ob es nicht höflich wäre, ihm ein paar Zeilen zu hinterlassen. Sie könnte sie gleich hier schreiben. Einige Worte des Dankes, des Abschieds, der Sympathie. Besser nicht!, beschloss sie, obwohl er auf die groteske Idee natürlich nie kommen würde! Nur ich bin draufgekommen und behalt sie für mich, dachte sie; wie die Angst im finstern Zimmer.

Als das Telefon läutete, fand sie sich unvorbereitet, hatte Herzklopfen und wollte, im letzten Moment, darauf verzichten. Dann nahm sie den Hörer ab, sagte laut zu sich: »Lächerlich!«, hüstelte und rief ein paarmal: »Hello!«

Würde sie jetzt wirklich Amerika hören? Ihre physikalischen Kenntnisse waren gleich null; technische Fortschritte, obwohl sie unbedingt dafür war, erfüllten sie mit uneingestandenem Schrecken; irgendwie, kam ihr vor, war es eine Vermessenheit, dass man im Bristol in Wien einen Hörer abnahm und jetzt eine Stimme hören sollte, die in Amerika redete. Als pfuschte man dem lieben Gott ins Handwerk.

Auf ihr viertes »Hello!« hörte sie: »This is White Plains, New York. You want Altman's, don't you?«

»Yes, please. Altman's.«

»Hold on.«

»Thank you very much.« Viktorias Entschiedenheit war verflogen. Was sollte sie sagen? Sie erinnerte sich, erst vor kurzem ein Telefongespräch geführt zu haben, bei dem sie nicht gedacht hatte, Gott ins Handwerk zu pfuschen. Und ein paar Stunden später kam Gertruds Zusammenbruch. Vielleicht war Entschiedenheit doch keine so gute Sache?

»Altman's Warenhaus, White Plains, New York.«

»Ja, danke, ich möchte Altman's Warenhaus.«

»Hier *ist* Altman's.«

»Pardon. Danke vielmals.«

»Sie wünschen?«

»Könnten Sie, bitte, eruieren, ob Miss Fox dort ist? Miss Claudia – pardon, Miss Livia Fox?«

»Eine Kunde oder eine Angestellte?«

»Eine Angestellte. Sie wohnt in Scarsdale.«

»Wie ist noch einmal der Name?«

»Fox. Livia Fox.«

»Und wer wünscht Miss Fox zu sprechen?«

»Mrs. von Geldern. Ich spreche von Wien in Österreich.«

»Einen Moment, bitte. Ich sehe nach.«

»Danke vielmals.«

Viktoria war sehr aufgeregt. Man stellt sich eben nie etwas richtig vor. Wenn Livia nicht da war? Vielleicht wäre das am besten! Man würde es ihr ausrichten, dann hätte sie das Lebenszeichen, das Felix ihr schuldig war und das nicht länger verzögert werden durfte, fand Viktoria (sich vor sich selbst entschuldigend). Zwischen Wien und dort bestanden sechs Stunden Zeitdifferenz. Hier war es Mittag vorbei. Wenn die Angestellten bei Altman schon um fünf weggingen? Einfach hinterlassen: Vienna in Österreich hat angerufen! Das würde genügen.

»Ich habe Miss Fox für Sie, Ma'am.«

»Danke vielmals.«

Eine atemlose Stimme: »Hello?«

»How do you do?«, antwortete Viktoria atemlos.

Wie gut man hörte. Ein Wunder. Bei den Wundern wurde einem nicht wohl.

»Wie geht es Felix?«

Wenn sie aufgeregt war, machte Viktoria die englische Sprache, die sie seit ihrer Kindheit fließend sprach, erhebliche Schwierigkeiten.

»Danke, gut«, antwortete sie.

»Gottlob. Ich hatte schon gefürchtet, es ist etwas mit ihm. Wie geht es Ihnen, Mrs. von Geldern?«

»Danke, gut.«

»Es ist schön, mit Ihnen zu sprechen.«

»Sie haben eine nette Stimme, Livia.«

»Danke. Kommt – kommt Felix zurück? Oder bleibt er dort?«

»In zehn Tagen kommt er zurück.«

»Das ist wunderbar!«

»Livia?«

»Ja?«

»Leider muss ich Ihnen etwas sehr Trauriges sagen.«

»Ja?«

»Felix hat hier ein Mädchen geheiratet, mit der er verlobt gewesen war, bevor er nach Amerika kam. Er hatte geglaubt, sie sei tot – ich meine, sie war drüben totgesagt. Hören Sie mich?«

»Ja. Ich hoffe, er ist glücklich.«

»Am Hochzeitstag hat sie einen Unfall gehabt und ist noch in derselben Nacht gestorben.«

»Das – das muss ein fürchterlicher Schock für ihn gewesen sein.«

»Deswegen haben Sie auch nichts von ihm gehört. Ich wollte, dass Sie den Grund wissen.«

»Danke, Mrs. von Geldern.«

»Hoffentlich hab ich Sie nicht zu sehr erschreckt. Aber ich denke, es hat keinen Sinn, sich etwas vorzumachen.«

»Nein.«

»Wir sehen einander bald.«

»Ja. Danke.«

»Good-by, Livia.«

»Good-by, Mrs. von Geldern. Danke für den Anruf.«

Als Viktoria den Hörer auflegte, sah sie auf der Marmoruhr über dem Kamin, dass sie, auf Kosten der Armee, ziemlich lange gesprochen hatte. Dann erst bemerkte sie Oberstleutnant Cook, der auf Fußspitzen herumging, um Whisky für sie einzuschenken. »Man kann reden, was man will. Nett seid ihr! Das heißt, wir«, sagte sie, ihre Gedanken von früher in Worte kleidend und aus dem ihr angebotenen Glas willig trinkend, »denn ich zähl mich dazu. Wissen Sie, Mr. – entschuldigen Sie, Colonel Cook, eine nettere Person als die, mit der ich grade gesprochen hab, kann man suchen!«

»Freundin von Ihnen?«

»Ich hab heute zum ersten Mal mit ihr gesprochen. Jetzt sagen Sie, bitte, nicht: ›Oh‹, und auch nicht: ›Is that so?‹ Ich will mir meine gute Meinung von uns nicht trüben lassen! Jedenfalls – jemand, der sich so benimmt wie dieses Mädchen, spricht für die Nation lauter als der ganze Lärm, den sie macht. Bei uns, ich mein' hier in Europa, hätt man, um sich so zu benehmen, die Erziehung einer großen Dame haben müssen. In White Plains, New York, dagegen, scheint's zu genügen, in einem Department Store zu arbeiten und ein schweres Leben zu haben.«

»Warum glauben Sie, dass sie ein schweres Leben hat, wenn Sie zum ersten Mal mit ihr gesprochen haben?«

»Aus keinem besondern Grund, als dass das Leben schwer ist. Übrigens, Oberst, bin ich Ihnen etwas für das Gespräch schuldig?«

»Werde mich sofort erkundigen«, sagte Oberstleutnant Cook und war nach zwei Minuten in der Lage, Viktoria den Betrag von 15 Dollar 75 Cent zu nennen und ihn in Militärgeld von ihr zu erhalten.

39

Kreutzersonate

Als die alte Dame um acht Uhr abends noch immer nicht zurückgekehrt war, wurde Kathi unruhig. Sie führte zwar das Gespräch mit der Hausbesorgerin, die ihr Butter zu unglaublichen Schleichhandelspreisen angeboten hatte, belehrend weiter, doch nicht mehr mit der anfänglichen Animiertheit, wovon Felix, im Zimmer nebenan, kein Wort verloren hatte.

»Sehn S', Frau Patzlik, das wär's halt driben aa nicht meglich!«, sagte Kathi.

Frau Patzlik, älter als Viktorias riesige Dienerin, sprach mit einem ähnlich harten, tschechisch-deutschen Akzent. Wie Kathi und viele andere Dienstboten des alten Österreich schon als Kinder aus Böhmen nach Wien verpflanzt, hatte sie ihn nie verloren. Vierzig Jahre ihres Lebens waren im Geldern'schen Haus auf der Hohen Warte vergangen; auch jetzt wohnte sie noch dort (bei den Leuten, die das Haus rechtmäßig von der Gestapo gekauft hatten).

»Warum nicht?«, fragte sie, neugierig und unwirsch.

»Ich sag ich Ihnen jo. Weil's in Amerika einen gemeinen Sinn ham.«

»Wos ham's?«, fragte Frau Patzlik.

»Hörn S' schlecht?«, sagte Kathi ärgerlich. »Einen gemeinen Sinn.« Des Deutschen so wenig mächtig wie des Englischen, übersetzte sie »common« (in »common sense«) mit »gemein«.

»No, dos is ja nicht so gut«, sagte daher Frau Patzlik.

»Dos is das Beste auf der Welt«, erklärte ihr Kathi. »Verstehn S' nicht amal so viel Englisch, dass S' wissn, was common sense is?«

»Naa«, sagte Frau Patzlik.

»Bildung habt's ihr hier nicht für an' Greizer. Common sense heißt: Wissn, wos es si' ghert. Wenn S' das wissn, Frau Patzlik, zahln S' keine Schleichhandelspreise nicht.«

»Hätt m'r so viel z'essn wie die Amerikaner, zahleten mir's auch nicht. Warum schicken s' uns nicht mehr?«

»Also, Frau Patzlik. Jetztn hab ich's Ihnen aber ich weiß nicht wie oft schon gsagt«, wies Kathi, wie ein Mitglied der Regierung, dem ein Mitglied der Opposition lästige Fragen stellt, das Ansinnen ab. »Mir schickn euch, was mir können.«

»Null schickn die«, behauptete die Hausbesorgerin. »Von dem, was die schickn, könnten mir krepiern. Und mir krepiern ja auch.«

»Frau Patzlik«, sagte Kathi (als hätte sie gesagt: »Is the Right Honorable Gentleman aware that his statement will not give satisfaction to my Honorable and Right Honorable Friends of this side of the House?«): »Ihr seid's es ja nicht amal wert, dass mir euch *so* viel schickn. Statt' dass es ihr uns dankbar wärt's! Jo, Frau Patzlik, wos glaubn S', was da herauskommen wird?«

»No wos?«, fragte die Frau, die ein in Papier gewickeltes Paket in der Hand hielt, das in der Wärme Fettspuren zu zeigen begann. Die Julihitze lastete. Trotz der späten Stunde hatte es nicht abgekühlt.

»Eines Tages wern mir uns sagn: No, das is jo ein scheener Undank dortn untn in Esterreich! Wos brauchen mir uns die guten Sachn weiter von Mund absparn, wenn die uns nicht amol nicht dankbar san?«

»Ihr spart's euch eh nix ab. Ausgfressn seid's!«

»Redn S' nicht Bledsinn! Schaun S' Ihnen unsern jungen Herrn an, wie mager als er is! Iberhaupts, wer hat denn den Krieg gwonnen, mecht ich wissn, Frau Patzlik. Habt's ihr oder ham mir?«

»Wos sagn S' denn immer ›mir‹? Sie ham nix gwonnen. Sie sinds gsessn und ham's es si' angfressn.«

»Frau Patzlik!«, ermahnte Kathi.

»Wos, Frau Patzlik?«, widersetzte sich die Zurechtgewiesene. »Nehmen S' den Butter, oder nehmen S' ihm nicht?«

»Wissen S' was? Ich könnt ich Ihnen wegen Schleichhandel anzeign wie nix, Frau Patzlik«, sagte Kathi. »Und wegn Schimpfn auf uns Amerikaner auch noch.«

»Sie san S' Amerikaner? Doss ich nicht lach! Sie san S' von Horaždovize. Und Sie ham S' am meistn auf Amerikaner gschimpft, wann S' ankommen san!«

Da die Uhr viertel neun zeigte, war Kathi nicht in der Laune, das Mitglied der Opposition so bestimmt in die Schranken zu weisen, wie sie es in weniger unruhiger Verfassung vermutlich getan hätte. Sie beschränkte sich darauf zu bemerken: »Wos es sich liebt, dos neckt's es sich, wann S' vielleicht das Sprichwort kennen. Ich mein' natirlich nicht Ihnen. Ich mein' ich mich und Amerika. Wie ich hier ankommen bin, hab ich nicht gwusst, wie's hier is. Ich kann ich Ihnen sagn, ich mecht ich hier nicht begraben sein.«

»Und in Horaždovize?«

»Schon gar nicht! San's die Russn dortn.«

»Sie san S' ja auch slawisch, Frau Konoupka!«

Seit undenklicher Zeit zum ersten Mal bei ihrem Zunamen genannt, zögerte Kathi einen Moment.

Dann antwortete sie: »Sie kapiern S' ja nix, warum S' so bled san.« (Mit »warum« meinte Kathi »weil«.) »Ich war ich erst Esterreicherin. Und jetztn bin ich Amerikanerin.« (Was nicht stimmte, sie hatte bisher keine Anstalten dazu getroffen.) Als gute Katholikin die Lüge sühnend, fügte sie, mehr für sich, hinzu: »Gleich, wie ich zurückkomm, geh ich hin bittn.«

»So gfallt's Ihnen dortn?«, fragte die Hausbesorgerin ihren alten verwitterten Kopf schüttelnd, um den sie trotz der Wärme ein Tuch gebunden hatte.

»So wenig gfallts es mir hier. Nehmen S' den Butter wieder, Frau Patzlik. Und merkn S' Ihnen: Gemeinen Sinn muss ma habn!« Damit war die Mitbürgerin entlassen, die mit einem demonstrativen Knall die Wohnungstür hinter sich schloss. Sofort nachher steckte Kathi den

Kopf in das Kabinett, wo Felix saß. »Weiß der junge Herr vielleicht, wo's die Frau Gräfin is?«, fragte sie ihn.

Er wusste es nicht.

»Das is nicht gut, immer sitzn und in Luft schaun, junger Herr.«

Es war ganz gut. Was sonst hätte man tun sollen.

»Ham S' schon Nachtmahl gessn, junger Herr?«

Er hatte keinen Hunger.

»Ich mecht ich mir nicht erlaubn, so einen gscheitn Herrn einen Rat gehn. Aber warum gehn S' nicht bissl auf Luft? Is jo heiß in die Zimmer. Gehn S' bissl in Prater oder nach Grinzing. Oder wohin. Trinkn S' bissl. Is jo letzter Abend in Wien. Und die Toten kränkn's ihnen ja nur, wenn man's sich um ihnen kränken tut.«

»Ich bin nicht gescheit, Kathi.«

»So? Dann entschuldign. Wo kennt' denn die Frau Gräfin sein?«

Sie hatte Felix absichtlich nicht gesagt, dass die alte Dame längstens um halb sieben hätte zurück sein sollen. Mittags war sie im Bristol und nachmittags auf dem Friedhof gewesen; das erinnerte sie sich, gehört zu haben. Dabei hatte Kathi sie vor dem Friedhof erst unlängst gewarnt: keinen Sinn, dorthin zu gehen und sich aufzuregen. Aber die hört ja nicht auf einen, immer nur auf sich! Um halb zwölf war sie weggegangen! Die alte Dienerin versuchte, sich in Ärger zu reden, verbarg jedoch ihre Angst so schlecht, dass Felix sagte, er werde ins Bristol hinübergehen und fragen; Angst übertrug sich rapid auf ihn.

Der Portier im Bristol klärte die Sache sofort auf: Frau Gräfin war heute Abend von Colonel Cook ins Menuhin-Konzert in den Großen Musikvereinssaal eingeladen; er selbst hatte den Herrschaften die Karten besorgt.

Felix kehrte also zurück, um es Kathi auszurichten. In einer Weile war das Konzert aus, sagte er, er würde zum Musikvereinssaal hinübergehen und die Großmama abholen, es war ja nur um die Ecke.

Geniert, dass sie zu viel von ihren Gefühlen verraten hatte (seit je hatte sie vorgegeben, von Viktoria tyrannisiert zu werden und ein Sklavenleben zu führen), antwortete Kathi: »Sagn S' es ihr nur, junger Herr! Das is keine Rücksicht nicht! Man bleibt's nicht zehn Stundn weg wie unartiges Kind. Jeschisch Maria, immer schwerer hat ma's mit die Frau Gräfin!« Sobald er sie nach Hause gebracht habe, möge er auf ein Glas Wein gehen, riet sie, aber die Frau Gräfin nicht, die müsse ins Bett; sonst würde Kathi sich übermorgen wieder den ganzen Tag anhören müssen, wie miserabel sie geschlafen habe. »Frau Gräfin kann sie jo im Zug nicht schlafn!«

Felix versprach es. Auf dem Glas Wein werde Kathi nicht bestehen.

»Ich besteh ich drauf«, sagte die Dienerin. »Bin froh, dass mit die Frau Gräfin nix is! Jedes Mal, wenn's so alleinich weggeht und nicht gleich kommt ... Ich mein' ... ich bin ich froh, dass keine Schererei nicht is.« Manchmal zeigte sich an ihr Viktorias Schule.

»Sie sind eine gute Freundin, Kathi«, sagte Felix und nahm ihre Hand in seine beiden.

Auch das war ihr lange nicht geschehen. Betroffen, sehr geehrt, verbarg sie beides und sagte: »Der junge Herr is er immer viel zu gut. Das is nicht gut, junger Herr.« Seine Hände hatte sie kaum gestreift; ein Dienstbot gab der Herrschaft nicht die Hand. Und umgekehrt. Drüben in Amerika gab man einander überhaupt nicht die Hand. Vielleicht hatten sie's deshalb eingeführt, fiel ihr ein wie eine Erleuchtung, damit die kleinen Leute sich nicht so klein fühlten, wenn die großen ihnen die Hand nicht gaben? »Gute Nacht, junger Herr!«, rief sie Felix zärtlich nach. »Und vergessn S' das Glaserl Wein nicht!«

Wie in seiner Jugend stand das rote Musikvereinsgebäude da; die Straße davor, Canovagasse hieß sie, schien verlassen; das Konzert war noch nicht zu Ende. An den hohen Fenstern hinaufschauend, wunderte er sich, dass er noch nicht hergekommen war – ohne Viktorias Konzertbesuch wäre er weggefahren, ohne überhaupt hier gewesen zu sein! Er erinnerte sich, was er sich drüben für seinen ersten Tag in Wien vorgenommen hatte: Stephanskirche, Musikvereinssaal, Sommerhaidenweg, Grinzing. Nummer zwei auf der Wunschliste hatte er vergessen, anderer Wünsche wegen hatte es sich zuerst nicht so gefügt. Dann war ein Grab dazwischengekommen.

Eine Frau trieb sich vor dem Eingang herum. Sie hatte einen gelben

Zettel in der Hand und sagte zu Felix: »Sie werden wohl keine Karte mehr wollen? Es ist schon zu spät.«

Felix bestätigte das achtlos. Nachher fiel ihm auf, dass die Frau wie zu einem festlichen Anlass angezogen war und die paar Worte verzweifelt gesagt hatte. Er sah sich nach ihr um.

Sie kam sofort zurück. »Wollen Sie die Karte?«, fragte sie, »Ich lass sie Ihnen für ein Drittel. Vier Schilling zwanzig?« Sie hielt den Atem an.

Vier Schilling zwanzig waren kaum ein Cent.

»Was kostet denn die Karte?«, fragte Felix.

»Bitte, Sie können sehen! Zwölf Schilling sechzig. Ein Drittel von zwölf Schilling sechzig ist vier Schilling zwanzig.« Sie redete gehetzt, als dächte sie: Mit jeder Sekunde, die das Konzert drin weitergeht, wird meine Chance kleiner.

Felix überlegte.

»Er soll wunderbar spielen«, sagte die Frau überredend. »Ich hab mir nämlich die Karte für mich selbst gekauft. Aber dann hab ich mir gedacht, ich könnt sie gut anbringen. Ich muss mir Kohle kaufen.« Es klang absurd bei der Hitze.

Felix hatte ausgerechnet, was er in Wien noch brauchen würde. Den Rest gab er der Frau.

»Mein Gott, darauf kann ich doch nicht herausgeben!«, sagte sie, als würde sie verhöhnt.

Schnell durch die Glastür getreten, sah er, als er in der Garderobe fragte, wie lange das Konzert noch dauern würde, die Frau ihm nachstarren. Sie hob beide Hände gefaltet hoch. Wohltäter mit Schokoladentafeln! Dem unerträglichen Anblick entlief er in den Saal.

Man ließ den erstaunlich verspäteten Konzertbesucher nächst der Mitteltür stehen. Der Saal! Der herrliche Saal! Das große Rechteck funkelte im Licht. Die vergoldeten Karyatiden teilten die Bogen. Die allegorischen Figuren schmückten die gemalte Decke. Die mächtige Orgel überhöhte wie eine Kanzel das Podium. Die sanft ansteigenden Galerien. Der Schwung der Wölbung. Alles hatte vollkommenes Maß, nichts war nüchtern, und selbst das Vergoldete, die Karyatiden, die Allegorien täuschten keinen falschen Prunk vor. Dem Wiedersehen mit dem Ort, der ihm die Musik geschenkt hatte, gab er sich hin, bevor er der Musik erlag.

Unter dem Bogen eines blonden jungen Mannes, der, von einem Pianisten begleitet, auf dem Podium stand, erklang sie in großartiger Harmonie mit dem Raum. Felix hörte den Geiger, der die Kreutzersonate spielte, zum ersten Mal. Fleckenlos rein, empfand er. Unter diesem Bogenstrich verschwand, als wäre es nie gewesen, alles, wogegen er sich vergebens zur Wehr gesetzt hatte, seit er aus der Universität weggegangen war. Das Unreine, davon berührt, löste sich darin auf, das Gehässige verlor die Schärfe, das Problematische das Gewicht. Edel stand der junge Geiger da, in sich horchend, und verschmähte es, zur Schau zu treten. Aus dem kleinen Instrument heraufbeschworen, erfüllten die großen Klänge den großen Saal. Der sie geschaffen hatte, hatte sie hier in Wien geschaffen. Der sie spielte, hatte sie jenseits des Ozeans gehört, wie sie hier geschaffen worden waren, ganz so groß. Darin lag für Felix ein Zusammenhang von solchem Trost, dass er sich ihm leidenschaftlich aufschloss. Plötzlich konnte er, von der Magie des Ortes aus dem Augenblick gehoben, die Frage wieder stellen, die ihm so entscheidend erschienen war.

Während die Beethoven-Sonate, über Tod und Leben triumphierend, dem Ende, oder wie Felix es empfand, der Verklärung zustrebte, war die Frage weder schwer zu stellen noch zu beantworten, sondern simpel: Ein großer Deutscher, Thomas Mann, hatte den Deutschen, Hitlers wegen, die Achtung aufgesagt. Ein kleiner Österreicher, welchen Namens immer, der vor seiner Ankunft in Wien der Meinung des großen Deutschen gewesen war, fragte sich jetzt, ob das statthaft sei. Ist es richtig, fragte er sich, neben dem verdrießlich auf ihn schauenden Billeteur stehend, der offenbar für einen so barbarisch verspäteten Konzertbesucher kein Verständnis hatte, dass man sein Verständnis verweigert? Darf man das überhaupt? Darf einer sagen: Ich weigere mich, deine Brandwunden zu sehen, denn du hast sie verdient? Man streut nicht Salz in Wunden, Herr Professor? Unter dem starken, klaren, reinen Bogenstrich des Geigers, angesichts des Raums, wo das Schwere Flügel bekam und in die Höhe schwebte, wurde die Antwort fast noch einfacher als die selbstverständliche Frage. Felix konnte sie ohneweiters finden: Ein Passant darf vielleicht dergleichen, jemand, dem sein Land nichts ist und der seinem Land nichts ist; aber wer sein Land liebt, darf es nicht, weil er ein Arzt ist! Auch wenn man ihn nicht gerufen hat.

Er sah sich in dem Gerichtssaal, wohin man ihn gerufen hatte. Er sah sich in dem Hörsaal, wohin man ihn gerufen hatte. Nein, weder Passant noch Arzt. Sondern Zeuge! Zeuge war jeder. Darf ein Zeuge gegen das Land Zeugnis ablegen, das er liebt? Das ist die Frage. Darf er vor anderen Zeugen das Sündenregister seines Volkes aufschlagen und behaupten: Ich habe nichts mehr damit zu tun? – Er hat aber damit zu tun! Er schlägt das Sündenregister aus Rache auf. Aus Hass. Aus Vergeltung. Aus gerechter Rücksicht auf das Vergangene, nicht auf das Zukünftige. Aus vorgefasster Meinung also, Herr Professor. Folglich ist er ein voreingenommener Zeuge, man darf ihm nicht ohneweiters glauben.

Aber – Herr Professor: Ist nicht auch der voreingenommen, der das, was er tut, aus Liebe tut? Ist Liebe nicht die größte Voreingenommenheit, die es gibt?

Hier verwirrte die so simpel gewordene Frage sich abermals. Der Musik lauschend, versuchte Felix, ihr auf den Grund zu kommen, allein da war das Konzert bereits zu Ende.

Nach Viktoria hatte er sich bisher noch nicht einmal umgesehen. Sie dagegen hatte ihn längst dort oben bei der Tür bemerkt und ihm aus ihrer Loge warnend gewinkt – er stand dort oben ja wie verloren!

Das Konzert war vorbei, Felix erwachte aus seiner von Viktoria gerügten Verlorenheit, und als er sie jetzt winken sah, bahnte er sich einen Weg durch die Leute, die um Zugaben applaudierten; unaufhaltsam drängten sie nach vorne, ihn mit sich reißend. Deshalb versuchte er, der alten Dame, von der er durch die Breite des Saales getrennt war, pantomimisch zu zeigen, er werde sie beim Logenausgang treffen. Inzwischen jedoch hatten die Applaudierenden die Zugabe erzwungen, der Geiger stand wieder auf dem Podium, und Felix, in die Menge eingekeilt, musste warten. Die ersten Noten der Beethoven-Romanze in F-Dur erklangen. Da sagte jemand: »Warum der Boss zu dieser Marter-Oper hat gehen müssen!« Felix hörte die Bemerkung ebenso wie andere

Leute; ein in Tropenuniform gekleideter amerikanischer Captain, der sich den Schweiß vom Hals wischte, hatte sie zu einem andern Offizier gemacht. Jemand hinter Felix flüsterte empört: »Das sind Ihre Landsleute! Wirklich, es ist eine Schande«

Felix versuchte sich umzudrehen, konnte es aber nicht. Die Leute standen wie eine Mauer.

»Das ist die amerikanische Kultur!«, sagte die flüsternde Stimme, lauter diesmal.

»Pst!«, machten Leute neben Felix, im Zuhören gestört.

»Machen S' nicht ›Pst!‹, Herr von Geldern«, sagte die Stimme hinter ihm. »Schaun S' wenigstens, wer ich bin!«

Unheilvoll stieg vor Felix die Erinnerung an den »Carmen«-Abend auf, der Gertrud (wenn er die Selbstvorwürfe nicht auf die Spitze trieb, war er geneigt, es so zu sehen) das Leben gekostet hatte. Entschlossen, sich in keine Erörterungen einzulassen, rührte er sich nicht.

Doch wie sich zeigte, war der Mann, der sich in seinem Unmut an ihn gewendet hatte, ein alter Bekannter. Felix hatte seinerzeit vierhändig mit ihm gespielt. »Servus, Falk!«, sagte er erfreut.

Nun galt das »Pst!« der Umstehenden ihm selbst.

Nach der Zugabe schüttelten die zwei Männer einander die Hände. Falk hatte gehört, dass Felix in Wien war, und erwartet, er würde sich melden. Weshalb hatte er es nicht getan? Dumme Frage, antwortete der alte Bekannte sich selbst. Felix kam ja von drüben. Hatte natürlich geglaubt, Vinzenz Falk sei ein wilder Nazi gewesen, der Felix' Hand nicht verdiente, wie?

»Du siehst ja, wie gern ich sie dir gegeben hab«, sagte Felix. »Ich hab mich nicht bei dir gemeldet, das ist wahr. Frag mich, weshalb ich bisher nicht im Musikvereinssaal gewesen bin. Nichts, was du mich fragst, werde ich beantworten können.«

Während die Leute noch immer enthusiastisch applaudierten, versuchten die zwei Männer zum Mittelausgang zu gelangen.

»Es geht dir gut?«, fragte Falk.

»Danke. Und dir?«

»Danke, nicht gut. Ich bin Musikkritiker bei einer der Vier-Seiten-

Zeitungen. Sag mir, Geldern: Ist das nicht wirklich eine Schande, dass jemand so eine Bemerkung macht?«

»Wahrscheinlich ist er nicht musikalisch.«

»Warum geht er dann in ein Konzert?«

»Weil sein Mädchen gehen wollte. Oder weil er einen Vorgesetzten zu begleiten hatte. Erzähl mir lieber, wie es dir gegangen ist.«

»Nein, so leicht lass ich dich nicht aus! Du warst doch drüben. Dieser unmusikalische Mann repräsentiert sein Land. Und vor so einem Land soll man Respekt haben!«

Falk war ziemlich laut geworden. Der Menschenstrom hatte sie zum Fuß der Treppe getrieben, die zum Saalausgang führte. »Ich hab's auch gehört, Herr Falk«, bestätigte eine ältere Frau. »Barbarisch!«

»Sie sind eben kein Kulturvolk«, sagte jemand, den Felix nicht sehen konnte. »Dass man solche Leute zu Offizieren macht!«

»Ich nehme an, Falk«, sagte Felix, »dass man Offiziere danach beurteilen sollte, wie gut sie gegen Hitler gekämpft haben. Ich kenne diesen Captain nicht persönlich. Aber ich zweifle keinen Augenblick, dass er und andere unmusikalische Lieutenants, Captains, Majors und Colonels so gut gegen Hitler gekämpft haben, dass wir, du und ich, hier stehen, solche Reden führen und Menuhin hören können, der übrigens ein Amerikaner ist.«

»Und ein eiskalter Techniker«, sagte Falk.

»Für unmusikalisch hältst du mich wohl nicht«, sagte Felix. »Seit Huberman habe ich keinen großartigeren Geiger gehört.«

»Bitte, wenn du willst«, sagte Falk, achselzuckend.

»Nicht ich will, Falk«, sagte Felix. »Sondern du willst nicht! Ihr wollt nicht! Ich bin nicht lange in Wien und hatte eine konfuse Zeit. Trotzdem ist es mir aufgefallen, mit welcher Lust ihr alles, was von drüben kommt, über die Achsel anseht oder um den Kredit bringt. Offenbar ist es euch ein unerträglicher Gedanke, einem Land, dem ihr materiell verpflichtet seid, auch kulturell danken zu sollen.«

»Sie sollten so etwas Beleidigendes nicht sagen«, mischte sich jemand ein, den Felix nicht kannte. Ein ungewöhnlich dünner Mann, dessen Adamsapfel beim Sprechen auf und ab tanzte; er sprach Deutsch mit amerikanischem Akzent. »Ich finde, Herr Doktor Falk hat vollkommen recht. An Mr. Menuhin ist in erster Linie die Technik bewundernswert. Ich verstehe sehr gut, dass man gerade in Wien mehr Wert auf anderes legt.«

»Worauf man in Wien Wert legt, glaube ich zu wissen«, sagte Felix. Falk war von ihnen abgedrängt worden.

»Ah, but you don't«, sagte der dünne Mann. »Sie können den Österreichern nicht vorwerfen, dass sie viel mehr wollen als tadellose Technik. Das liegt in ihrer Natur.«

»Ich glaube, ich kann darauf verzichten, mir von Ihnen die österreichische Natur erklären zu lassen!«

»Man kann immer etwas zulernen. Und von jedem«, sagte der dünne Mann, im Gedränge jemanden grüßend.

Fräulein Huber und der Major waren es; Felix wollte an ihnen vorbei. Doch Fräulein Huber hielt ihn fest. »Grüß Gott, Dokter von Geldern. Also gehn S' schon wieder in Konzerte? Ich hab zum Major gsagt: ›Er is es bestimmt nicht! Er is ja in Trauer!‹ Jetzt sind Sie's doch! Schön war's, was? Nur wahnsinnig heiß!«

Das brachte es jäh zurück. Die Frage, die Felix vorhin fast hatte beantworten können, war nicht mehr entscheidend. Unwichtig, was Falk und der dünne Mann, die schon verschwunden waren, geredet hatten. Mochten sie es mit sich und ihrem Gewissen abmachen. Mit seinem Gewissen hat man es abzumachen, Herr Professor! »Ich bin im letzten Moment hergekommen, um meine Großmama abzuholen«, antwortete er, als hätte er sich gegen einen ungeheuren Vorwurf zu verteidigen.

»You know Dr. von Geldern?«, fragte Fräulein Huber ihren Begleiter. »Dr. von Geldern – Major Conrow. Ah, ihr kennt's euch?«

»How do you do«, sagte Major Conrow. »Fine concert. Great fiddler, that Menuhin, don't you think, Mr. van Geldern?«

Wird es bei ihm gegen mich sprechen, wenn ich ja sage?, dachte Felix. Gehört Menuhin in die Kategorie Dostojewski? »I think so, Major«, antwortete er.

»You bet.« Wann er zurückfahre?

Morgen Abend.

Hoffentlich hatte er seinen Aufenthalt genossen? Nett, ihn getroffen zu haben. Good luck.

»Auf Wiederschaun«, sagte Fräulein Huber. »Kommen S' bald wieder zu uns arme Österreicher zurück!«

40

Vor einem Denkmal

Die Koffer sind zu. Die Vignetten sind aufgeklebt. Es ist nichts mehr zu tun, als adieu zu sagen.

Wem?

Wenn er es sich überlegt, hat Felix nur der Mutter adieu zu sagen, und die Mutter hat mit Herrn von Ardessers Krankheit zu tun. Die Ärzte geben wieder einige Hoffnung, hat sie vom Spital telefoniert, wo sie Tag und Nacht verbringen muss, weil sonst keine Seele nach dem Kranken sieht. Wenn er wenigstens die nötige Ernährung hätte und Medikamente! Wäre es zu viel verlangt, Butter von drüben zu schicken und Vitamin »B«? Und etwas, das »Creamalin« hieß?

Nein, es war nicht zu viel verlangt.

Die Mutter hatte viele Sorgen. Es fügte sich, dass es wieder Sorgen um Herrn von Ardesser waren und dass sie sich gerade im Augenblick von Felix' Abreise vervielfachten; auch vor acht Jahren, als Felix abreiste, war das so gewesen. Außer der Mutter, die versprochen hatte, lang vor Abgang des Zuges wieder zu Hause zu sein, fand Felix keinen Menschen, dem er hätte adieu sagen wollen oder müssen.

Wien aber wollte er adieu sagen.

Er ging aus der ehemaligen Advokatenkanzlei so frühzeitig weg, dass Viktoria ihn bat, um Himmels willen keine Dummheiten mehr zu machen. »Pass endlich bissl auf!«, sagte sie. »Wenn ich du wär, würde ich diesen Abschied überhaupt nicht zur Notiz nehmen. Jedenfalls nicht tragisch. Vielleicht kommt man wieder, vielleicht nicht. In deinem Fall bestimmt. Du dramatisierst diese Dinge.«

Er sagte, er würde aufpassen und nichts dramatisieren.

Dass man sich nicht verständlich machen konnte! Daran war nichts als Feigheit schuld. Dem Professor hätte man sagen sollen. Dem Mann mit dem Adamsapfel hätte man sagen sollen. Fräulein Huber hätte man sagen sollen. Der Mutter hätte man sagen sollen. Aus Feigheit hatte man es nicht getan.

Ich will nichts dramatisieren, dachte er, aber wenn ich, wie Onkel Richard zu sagen pflegt, die Bilanz ziehe – einen Augenblick raubte es ihm den Atem. Denn er sah Onkel Richard vor sich, wie er, mit dem Blick auf Radio City, ihn fragen würde: »Also, mein lieber Felix. Wenn du jetzt die Bilanz deiner Reise ziehst, welche Resultate hast du erzielt?«

»Keine«, würde er antworten müssen, sich nicht verständlich machen können und zu feig sein, es zu tun. Sonst müsste er natürlich sagen: »Ich habe deine Aufträge zu erfüllen versucht, aber ich habe es weder sehr energisch noch gern getan. In einem ausgebluteten Land wie Österreich ist es peinlich, große Ersatzforderungen zu stellen. Es ist dein gutes Recht, ich weiß – das heißt, ich weiß es nicht sicher. Das Merkwürdige an guten Rechten ist nämlich, dass sie Rechte bleiben, aber eines Tages schlecht werden – ein Glück, dass Major Conrow mich nicht hört, sonst hielte er mich für einen Kommunisten. Vielleicht tust du das auch? Und die ganze Familie, die 's sowieso nie verstanden hat, dass ich nicht mit euch im Hotel Plaza oder in Kalifornien lebe.« Keine Antwort. Onkel Richard hat den verletzten Blick der Familie. Du willst wissen, warum ich denen, die sich um deine Ansprüche drücken wollen – kläglich drücken wollen, ich gebe das zu –, nicht gedroht habe? Du hast eben einen ungeeigneten Mann geschickt. Ich kann nicht drohen, weil ich nicht an Drohen glaube.

Kann ich das wirklich nicht?, fragte er sich. Es scheint, ich kann's ganz gut, wenn es sich darum handelt, jemandem das Leben zu nehmen. Wen stellt diese Amateurfotografie dar, antworte, oder ich bring dich um ... Es stimmt schon, Onkel Richard: Ich mach es keinem recht, daher werde ich immer unrecht behalten.

Leid tat er sich nicht. Es erstaunte ihn nur, dass er an dem Ort seiner wildesten Sehnsucht niemanden wusste, dem er adieu sagen wollte.

Wien hatte die Mutter und ein Mädchen für ihn gehabt. Die Mutter war ihm fremd geworden. Das Mädchen war tot.

Er machte sich auf den Weg, entschlossen, »ein bissl aufzupassen«, wie Viktoria ihm geraten hatte.

Zuerst ging er durch die Gärten. Im Stadtpark saß er eine Weile in der Nähe der Brucknerbüste, wo er als Kind gefragt worden war, wer das sei. Er hatte geantwortet: »Jemand, der dem lieben Gott zuhört«, weil der Mann auf dem Denkmal den Erzfinger hob, als lauschte er jemandem, den nur er hörte, dachte das Kind. Der Mann dachte noch immer so.

Im Kaisergarten ging er an den Bänken vorbei, wo er Rendezvous gehabt hatte. Im Rathauspark blieb er vor dem Trompetenbaum stehen, den er nie hatte ohne das Gefühl anschauen können: von weit, weit herverpflanzt, gedeiht trotzdem; umgekehrt wäre es unmöglich. Im Volksgarten nickte er dem steinernen Dichter zu. Ich muss aufpassen und nichts dramatisieren, Herr Hofrat Grillparzer. Ich hab es versprochen. Sonst würde ich Ihnen jetzt sagen: Wir können nicht sehr stolz auf unser Österreich sein. Haben nicht auch Sie zu viel dramatisiert? Vielleicht haben auch Sie zu wenig aufgepasst, sich von Ihrem Gefühl hinreißen lassen, was ein typisch österreichischer Fehler sein muss, und deshalb in Ihren zauberischen Dramen und in den schönsten Stücken österreichischer Prosa, im »Armen Spielmann« und Ihrer Rede bei Beethovens Begräbnis, ein Österreich geschaffen, das es nur hinter Ihrer hohen Stirn gab? Adieu, Herr Hofrat. Ich hab Ihnen einen Abschiedsbesuch gemacht. Erblicken Sie darin nichts Übertriebenes – sonst hab ich nämlich keine zu machen. Wahrscheinlich werd ich Sie nie mehr sehen, aber das bleibt unter uns. Ich fürchte, ich hab schon wieder nicht aufgepasst und bin Ihnen zu nahe getreten, was Sie bekanntlich nicht leiden können. Trotzdem ist es gerade das, was mich hier so enttäuscht hat. Die Menschen kommen einem zu wenig nah. Sie tun einem leid, oder sie tun einem weh.

Zwei Kinder in der Nähe lachten. Dass sie den Mann auslachten, der vor dem Mann aus Stein die Lippen bewegte, als redete er mit ihm, kam ihm erst zu Bewusstsein, nachdem er schon wieder auf dem Weg war.

Drüben, dachte er, lachen sie einen nicht aus. In den acht Jahren hat mir niemand wehgetan. Für eine Weile stand sein Nachbar ihm vor Augen, der sich mit dem Wässern der Wiese bei ihm entschuldigt hatte, als ihm wegen des Todes seines Sohnes Wasser in die Augen gekommen war. Mr. Smith hatte gelitten. Mr. Smith hatte sich entschuldigt. Mr. Smith hatte nicht beschuldigt. Nur durch sein Haus, 148 Edgemont Road, getrennt, stand Livia und wartete. Auch sie würde ihn nicht beschuldigen, keine Sekunde. Er würde sie fragen: »How have you been all the time?« Sie würde antworten: »Fine. And you? Did you enjoy your trip?« Dann würde er ihr sagen, was geschehen war. Sie würde antworten: »Isn't that a shame. Oh, Felix, I feel so sorry for you.« Er würde sagen: »I'm quite all right. It's good to be back.«

Alles würde stimmen und nichts. Auch wenn er noch so sehr versuchte, würde sie es nicht sehen, obwohl es doch so in die Augen sprang. Es war in allem, was hier geschehen war. Wenn die drüben sein konnten wie das klare Wasser, konnten die hier wie Untiefen und Abgründe sein. Und, Livia – das ist es, dem unsereiner, hier geboren, immer wieder rettungslos erliegt, so gut er auch aufpasst: dem Dämonischen! Nenn es das Geheimnis im Menschen, wenn du willst. Nein, nenn es die Geheimnislosigkeit einer Lebenshaltung, die das Leben um das Lebenswerte bringt – natürlich auch um die finstersten Abgründe. Aber es ganz genau vorher wissen, was einer reden wird und was er sich vorstellen kann und was nicht, ist schlimm, Livia, es ist unerträglich! Der Fehler liegt an mir, du brauchst 's mir nicht zu sagen. Deshalb bin ich der Gertrud ja im ersten Augenblick so verfallen! Sie war eine dämonische Person. Aus Widersprüchen gemacht, hat sie zum äußersten Widerspruch gereizt und zur Faszination. »Verzeih, lassen wir das«, würde er sagen, und sie würde antworten: »Ich glaube, ich weiß, was du meinst.« Er würde sagen: »Thank you for that.« Sie würde sagen: »Not at all.« Wenn man nicht »ein bissl aufpasste«, würde man ein Leben, das man vorauswusste, nicht führen können.

Er war über die Währinger Straße hinausgelangt. Um das P. X. zu vermeiden, hatte er einen Umweg gemacht, und nach einer halben Stunde näherte er sich den Grenzen der Stadt. Trotzdem! Sie nicht verständigt zu haben ist unentschuldbar, dachte er, ich werde ihr von Zürich kabeln, sobald ich unsere Ankunft weiß. »Miss Livia Fox, 150 Edgemont Road, Scarsdale, New York. Komme am soundsovielten. Habe geheiratet. Bin Witwer. Bin Mörder. Bin jemand, mit dem man nicht mehr rechnen kann, der aber trotzdem unerfüllbare Ansprüche stellt. Vergiss es.« Vermutlich würde kein Postbeamter ein solches Kabel senden, sondern es der Polizei weitergeben. Sollte man also kabeln: »Ankomme nächstens. Freue mich unendlich, Dich zu sehen. Werde Dich nächstens heiraten. Love. Felix« – verlangt der Postbeamte, dass ich so kable?

Livia, was geschieht, lässt sich nicht um seine Konsequenzen betrügen. Zu viel ist geschehen, ich höre nicht auf den Postbeamten, er ist mein Feind. Sage nicht, du weißt, was ich meine, sonst wärst du nicht, wie du bist – wie der Bogenstrich des Geigers gestern. Ich sage dir, was es ist: dass wir das Leben für ein gefährliches Geheimnis halten, und ihr für eine faire Vereinbarung.

Angesichts des Spaziergängers hatte der Wienerwald die Grenzen der Stadt umarmt, in einer Berührung von solcher Hingabe und Lust, dass die Häuser klein wurden und sich eng an die sanften Hänge schmiegten. Wie so oft in diesen Tagen, riss ihn der Anblick hin. Ein Vogel flog; er sah ihm nach. Plötzlich empfand er die Endgültigkeit. Der Vogel kreiste, wiegte sich, kam zurück. Felix wusste: Ich komme nicht zurück.

Die Gewissheit bemächtigte sich seiner unwiderruflich und überwältigend. »Vielleicht kommt man wieder. Vielleicht nicht. In deinem Fall bestimmt«, hatte Viktoria gesagt. In seinem Fall bestimmt nicht. Er hatte darüber nachgedacht, er wusste es, wie man seinen Namen weiß. Der Vogel saß schon wieder auf dem Nussbaum, aus dem er aufgeflogen war.

Felix schlug das Herz. Er setzte sich auf eine Bank. Er sah es zum letzten Mal.

Heute Nacht um 23 Uhr 45 war es aus. Er nahm das Kuvert mit den Fahrkarten aus der Tasche. Nein, zehn Minuten später. Ab Wien, Westbahnhof, 23 Uhr 55. Mechanisch las er auch die nächsten Blätter: An Zürich, Enge – Ab Zürich, Enge – An Basel – An Le Havre, Bahnhof – Ab Le Havre, Hafen –

Er hatte nicht bemerkt, dass sich ein Mann neben ihn setzte. Ab

23 Uhr 55, heute Nacht, fehlte seiner Existenz der Hintergrund, vor dem sie bisher, bewusst oder unbewusst, gestanden war. Dieser selbe Hintergrund von Hingabe und Lust, den er noch bis 23 Uhr 55 sehen würde! Was macht man mit so einer Existenz nachher?, dachte er. Das ist nicht dramatisiert. Es ist ein Fahrplan.

Der Mann neben ihm schien um etwas gebeten zu haben. Felix bot ihm Zigaretten an; meistens war es das, was die hier wollten.

»Nein. Die Fahrkarte«, sagte der Mann.

Felix schaute auf. Es war ein stämmiger Mann, Blatternarben im Gesicht, das Haar wie eine Bürste kurz geschnitten. »Ich hab so was schon so lang nicht mehr gsehn«, sagte er.

Felix reichte ihm das Fahrscheinheft.

»Reisen«, sagte der Mann staunend. Er befeuchtete seinen Zeigefinger, bevor er Seite für Seite umblätterte. »In die Schweiz«, sagte er. »Frankreich. New York.« Er sprach es »Newjork« wie die Wiener aus. »Man wird ein andrer Mensch, wenn ma so was in der Hand hält. Wann fahren S' schon?«

Etwas in seinem Ausdruck mahnte Felix, Viktorias Rat zu befolgen. »Heute Abend«, antwortete er.

»Heut Abend!«, wiederholte der Mann fassungslos. »Heute Abend … Auf wie lang, wenn ich fragen darf?«

Es war ein sonniger Julinachmittag. Leute waren in der Nähe. Einen ungeeigneteren Platz für Gewalt konnte es nicht geben.

»Für immer«, sagte Felix.

Der Mann hielt die Fahrkarte noch in der Hand. »Glück muss man haben!«

Felix stand auf und sagte: »Würden Sie mir die Fahrscheine wiedergeben?«

»Und wenn ich's Ihnen nicht gib? Was dann? Dann möcht ich fahren! Und nimmer zurückkommen!«

Felix nahm Geld aus seiner Brieftasche.

»Lassen S' das!«, sagte der Mann. »Sehn S' unten das weiße Haus? Irrenanstalt. Sooft ich vorbeigeh, denk ich mir: Heut gehst noch vorbei. Morgen bist schon drin. Aber leider, Herr, hab ich noch meinen Verstand. Sieben Wochen bin ich jetzt hier. Drei Jahr war ich in Kriegsgefangenschaft. Können S' sich vorstellen – solche Eile, wie Sie jetzt haben, von hier wegzukommen, hab ich ghabt, wieder herzukommen! Alles hier war schön!« Der Mann machte eine wegwerfende Bewegung, als zweifelte er, dass Felix ihn verstünde, oder als wollte er andeuten, in welchem Zustand er das Schöne angetroffen habe. Die Fahrkarten hielt er fest.

»Entschuldigen Sie. Es ist Zeit für mich«, sagte Felix.

»Ah, wo«, entgegnete der Mann. »Sie haben ja gsagt, Sie fahren erst abends. Hier steht's.« Er tippte mit dem Finger auf die Scheine. An dem Finger hatte er einen Ehering. »23 Uhr 55. Massenhaft Zeit.«

Felix sah die Straße hinunter. Hartäckerstraße hieß sie, verlief am Rand der Döblinger Hügel und war von Landhäusern umsäumt. Im Augenblick war niemand zu sehen. Er wollte so lange warten, bis jemand vorbeiging. »Wo sind Sie gefangen genommen worden?«, fragte er.

»Stalingrad. Geben S' mir die Fahrkarte. Bitte! So bitt ich Sie, Herr! Was liegt Ihnen dran? Geld haben S'. Einen Pass haben S' sicher auch. Ob S' heut fahren oder morgen – Ihnen is das egal. Für mich wär's die Existenz. Ich krieg keine Fahrkarte ohne einen Pass, sogar wenn ich's Geld zusammenbrächt; und einen Pass für's Ausland kriegt ein Österreicher nicht. Schaun S', ich bin ein Setzer. In Österreich gibt's kein Papier.« Er schien zu glauben, dass er ein stärkeres Argument brauche. »Meine Frau, während ich weg war, hat s' ...« Er zögerte. »Sehn S' dort das Häusl? Neben der weißen Villa. Können S' die Frau sehn, die Wäsche aufhängt? Das is sie. Sehn S' das Kind? Noch nicht drei is er alt. Drei Jahr' war ich gfangen. Geben S' mir die Fahrkarte, Herr!«

Felix sah die Augen des Mannes mit ungeheurer Dringlichkeit auf sich gerichtet. Wenn man es dramatisierte, hätte man sagen können: wie auf den Heiland.

»Ohne Pass, fürcht ich, können Sie nicht reisen«, sagte Felix.

»Dann fahr ich ohne! Hier halt ich's nicht mehr aus! Geben S' mir die Fahrkarte!«

Auf der Straße zeigten sich Passanten. »Lassen Sie mir Ihre Adresse. Ich werde mich bemühen«, sagte Felix.

»Einen Dreck werden S'«, sagte der Mann. »Wer hilft einem schon? Keiner. Da haben S' Ihren Fahrschein. Gute Reise!« Er spuckte aus, warf das Heftchen auf die Bank und ging. Der Vogel sang im Nussbaum. Es war eine Amsel.

Auch Felix ging seines Weges, zum Döblinger Friedhof. Man hilft nicht, Antoinette. Gertrud, man hilft nicht.

Auf ihrem namenlosen, kaum geschlossenen Grab lagen noch die Kränze mit den Ersatzschleifen aus weißem, schwarzem, violettem Papier. Die auf Draht gebundenen Blumen verwitterten.

Während Felix betete, erhob sich Wind, eine leichte Brise, die von den waldigen Hügeln kam, die raschelnden Schleifen ein wenig emporhob und wieder fallen ließ, die »letzten Grüße«, die »ewige Freundschaft«, deren Blumenschmuck nach einem Tag welk war. In der Sonne glänzten die Buchstaben. Auch die Schleife mit dem Wort »Felix« erhob der Wind, ließ sie aber nicht fallen.

Sie hob sich ihm entgegen wie ein Arm. Betend bildete er sich ein, es sei ein Gruß. Die Schleife flatterte, solange er dort stand.

Ich dramatisiere, es war der Wind, sagte er sich auf dem Rückweg, nachdem er sich losgerissen hatte. Sein Atem war nicht mehr so gepresst. Der Wind hatte abgekühlt.

In der Dämmerung saßen Leute vor ihren kleinen Häusern oder arbeiteten in ihren kleinen Gärten. Ein Friede ohnegleichen breitete sich aus. Sie banden Rosen an Stöcke, holten Wasser vom Brunnen, begossen aus Gießkannen Gemüse. Junge Menschen gingen vorbei und hielten einander umarmt.

Dem Frieden konnte man sich nicht entziehen. Man hätte glauben müssen, hier, an dieser Stelle, sei genug davon, die Welt damit zu erfüllen. Etwas Friedlicheres gab es nicht.

Felix musste denken, dass der Mann, der im Stadtpark den Erzfinger lauschend emporhob, in diesem Frieden der Musikant Gottes geworden war. Dass Schubert in diesem Frieden verhungert war. Dass Beethoven in diesem Frieden taub geworden war. Dass Grillparzer verbittert wurde, Lenau wahnsinnig, Hugo Wolf wahnsinnig, Stifter ein Selbstmörder, Saar ein Selbstmörder. Was war falsch an diesem holden Frieden – dachte er, der von einem kaum geschlossenen Grab kam –, dass er zum Wahnsinn oder zur Verzweiflung führte?

Die Pfarrkirche in der Hofzeile, wo sie vor ein paar Tagen geheiratet hatten, war so gedrängt voll, dass Felix einen besonderen Anlass vermutete und einzutreten zögerte – er wollte zu keiner Hochzeit kommen und zu keiner Einsegnung. Offenbar jedoch gab es zu dieser Stunde keinen anderen Anlass als den Wunsch zu beten. Die da waren, schien es gleicherweise zu bewegen; sie hatten fast alle Bänke gefüllt; Leute nach der Arbeit, mit gesenkten Köpfen verrichteten sie ihre Andacht. Keine Orgel. Eine stille Messe.

So stark war die Hingabe dieser Menschen in der abendlichen Kirche, dass sie Felix wie Wallfahrer erschienen, die gemeinsam zum Schrein von weit gepilgert waren. Während er starr zum Altar schaute, wo vor ein paar Tagen seine Hoffnungen gelebt hatten, spürte er die Gewalt, die von diesen Betern ausging. Gefasst verließen sie die Kirche. Andere traten ein. Sie gehörten nicht zusammen. Trotzdem bildeten sie eine Einheit, mit nichts zu vergleichen, das er, hier oder irgendwo, in Kirchen gesehen hatte: Als führte sie etwas her und leitete sie weg, das nichts mit heute, nichts mit morgen, weder mit Hoffnung noch mit Angst zu tun hatte. Nur mit dem Unglück, das sie beugte und ihnen trotzdem einen Weg gezeigt haben musste. Sobald sie in den holden Frieden traten, führte er sie, schien es, in eine unerschütterliche, versöhnte Ruhe. Man hätte glauben können, dass es eine neue Sekte sei, Leute nach der Arbeit und nach dem Unglück.

Als Felix weiterging, schaute er ihnen forschend nach; er wäre so gern auf ihr Geheimnis gekommen. Es waren Leute wie die anderen, nicht jünger, nicht älter, nicht besser gekleidet. Hatten sie das Rätsel gelöst? Vermutlich wäre Bruckner unter ihnen gewesen, dachte er.

Zwei Straßen weiter, in einem der kleinen Gasthäuser in der Silbergasse, wo früher Wein ausgeschenkt worden war, saßen Gäste an leeren Tischen vor dem Haus. Die Kellnerin stellte Fläschchen mit giftgrüner oder himbeerroter Limonade vor sie hin. Aus dem Hof kam Harmonika und Gesang. Zuerst sangen zwei. Dann alle.

»Es geht uns schlecht, es geht uns schlecht,
Viel schlechter kann's nicht gehn.
Und, trotzdem, lieber frei als Knecht,
Nicht Ost, nicht West – versteht uns recht:
Auf Nimmerwiedersehn!

Der liebe Augustin war auch
Ein Wiener, liebe Leut.
Die Geige spieln im Todeshauch,
Das ist noch immer unser Brauch,
Das können wir noch heut.

Welt, hör uns, die mit Kalorien
So geizig an uns spart:
Wir betteln nicht mehr. Wien bleibt Wien.
Und unser lieber Augustin
Geigt uns zur letzten Fahrt!

Es geht uns schlecht, es geht uns schlecht,
Viel schlechter kann's nicht gehn ...«

Langsam verdunkelte sich der Himmel. Sterne stiegen auf. Man sah noch klar. Unten lag Wien. Der Turm der Stephanskirche, die es kaum noch gab, stieg hoch darüber auf, wie seit einem halben Jahrtausend.

41

Noch zehn Minuten

Der Zug wird in zehn Minuten fahren. Es ist ungewöhnlich auf einem Bahnhof, aber man hat den Himmel über sich, denn der Bahnhof hat kein Dach. Er ist nichts als ein Stückchen Bahnsteig neben Geleisen, und der Himmel ist voller Sterne. Nicht oft ist der Himmel so großartig.

»Wien, Westbahnhof–Basel, via Buchs« steht auf dem Waggon, in den Viktoria, Kathi und Felix einsteigen werden.

Die Worte »Wien, Westbahnhof« haben für Felix die Magie verloren. Er erinnert sich an Buchs, wo sie sie noch hatten.

Anita ist auf dem Bahnhof, um ihnen adieu zu sagen, sonst niemand. Sie trägt das Winterkleid, das sie bei ihrer Ankunft getragen hatte, und den sonderbaren großen Hut. Damals hatte es geregnet.

»Wie lange wart Ihr eigentlich da?«, fragt sie.

»Fünf Wochen«, antwortet Viktoria.

»So kurz!«

»Komisch. Mir kommt's eine Ewigkeit vor. Dabei hab ich ganz dasselbe an.« Viktoria hat das dunkelblaue Kleid, die dunkelblauen Schuhe, den dunkelblauen kleinen Schleierhut, die dunkelblauen Handschuhe und die dunkelblaue Handtasche wie damals.

»Wahrscheinlich, weil du so ungern da warst«, sagt Anita.

»Ich war nicht ungern da«, sagt Viktoria.

»Aber du fährst nicht ungern weg.« Vor einer Stunde ist Anita aus dem Spital gekommen. Herrn von Ardesser ging es etwas besser. Ob es anhalten würde? Man musste eben hoffen. »Du wirst die Butter und das Medikament nicht vergessen, Felix?«

»Bestimmt nicht, Mutter.«

»Es war schwer für dich hier«, sagt Anita. »Du bedauerst, hergekommen zu sein?«

Zu wenig Zeit, darüber in achteinhalb Minuten zu reden. »Wir haben uns nicht ausgesprochen, Mutter«, sagt er, seinen Gedanken antwortend.

»Das war nicht meine Schuld. Erinnerst du dich, wie ich dich gebeten habe, mit mir zu reden, am Tag, wo du angekommen bist? Du wolltest nicht. Du hast keine Zeit gehabt.«

»Möchtest du nicht doch einmal hinüberkommen, Mutter?«

»Ich hatte so gehofft, du würdest hierbleiben. Seit dem Hochzeitsessen nicht mehr. Aber vorher.«

Kathi ist unruhig, weil der Träger Nummer drei mit dem Handgepäck noch immer nicht kommt. »Auf ganze Welt is keine solche Sauwirtschaft nicht!«, sagt sie. »Numero drei! Numero drei!«

»Brüll nicht«, sagt Viktoria. »Auf der ganzen Welt führst du dasselbe Theater auf, wenn du auf einen Bahnhof kommst. Dabei ist das hier nicht einmal ein Bahnhof.«

»Numero drei! Numero drei!«, ruft Kathi.

Wie bei jeder Abreise wird mechanisch gefragt: »Hast du die Fahrkarten? Hast du deinen Pass?«

Die Frage löst die Panik aus, die sie immer im Gefolge hat. Noch sieben Minuten, und man weiß nichts mehr zu reden.

Alles geschieht wie unter Zwang. Man steht hier, weil man noch nicht einsteigen darf. Man fährt weg, weil man muss. Man bleibt zurück, weil es nichts anderes gibt.

Von der Zeit, für die ich acht Jahre gelebt habe, bleiben mir noch sieben Minuten, denkt Felix. Er ruft: »Nummer drei! Nummer drei!« Noch viel lauter als Kathi. Wenn man es sich klarmacht, muss man schreien.

»Was fällt dir denn ein?«, fragt Viktoria, doch dann fragt sie nichts mehr, denn sie kann es sich denken.

Mit seinem Schubkarren nähert sich der Träger gemütlich. »Bin ja eh da!«, antwortet er den Rufern. So haben er und seinesgleichen hier, auf dem Westbahnhof, immer geantwortet. Wahrscheinlich hat er Felix schon 1938 so geantwortet, als Felix weggefahren ist.

Kein großer Unterschied zwischen dieser Abreise und heute. Damals musste man weg. Heute muss man weg. Damals war es Hitler. Wer ist es heute? Damals fuhr man in die Emigration. Heute in die Heimat. Wo war der Unterschied?

Die Bahnhofredensarten. Wird man schreiben? Ja. Kabeln, wenn man drüben angekommen ist? Selbstverständlich.

»Und grüß die Mädeln«, sagt Anita. Sie setzt dreimal dazu an, bevor sie es sagt.

»Danke, Mutter. Es wird sie sehr freuen«, antwortet Felix ebenso leise.

»Das glaub ich zwar nicht«, sagt Anita.

»Bestimmt, Mutter. Ich werd ihnen alles erklären.«

»Das möchte ich nicht«, sagt Anita. »Ich brauche keinen Verteidiger bei meinen eigenen Kindern.«

Man durfte einsteigen.

»Merkwürdig«, sagt Viktoria. »Wenn ich sonst von hier weggefahren bin, hat man sich vor Bekannten nicht retten können. Pass auf die Thermosflasche auf, Kathi. Man bekommt nichts im Zug.« Sie hat Atemnot beim Reden, wie immer, wenn sie sich aufregt, aber sie redet weiter. Ob es ihr durch den Kopf geht, dass sie viel, viel länger als Felix, um volle siebenunddreißig Jahre länger, hier gelebt hat und entschlossen gewesen ist, hier zu sterben, verrät sie nicht.

Das Gepäck ist untergebracht. War die blaue »last minute bag« da? Ja. Die Reisedecke? Ja. Die überflüssigen Routinefragen sind gefragt. Kathi will, dass die Herrschaften einsteigen, sie ist schon im Waggon.

Dreieinhalb Minuten.

»Also«, sagt Felix zu Anita. Fünf Wochen hat er an diesem fast erloschenen Blick vorbeigeschaut. Er umarmt sie. Er hält sie fest. Sie küsst ihn. »Du musst mir ...«, sagt sie und schweigt. Vielleicht hat sie »verzeihen« sagen wollen.

»Ja«, sagt er. »Du mir auch. Besonders das, was ich Herrn von Ardesser gesagt hab. Ich lass ihn grüßen.«

»Danke«, sagt Anita. »Danke!«

Anita und Viktoria geben einander die Hand. »Adieu, Anita«, sagt Viktoria. »Adieu, Viktoria«, sagt Anita, sie kann kaum sprechen. »Und bleib gesund.« Viktoria schaut verwundert, sagt nichts, küsst Anita und steigt mit Felix ein.

Weshalb springt man nicht aus dem Waggon? Wer, um Gottes willen, hat das Recht, einen Mann von seinem Land zu trennen? Einen Trauernden von einem Grab? Während er es denkt, ordnet Felix die Koffer. Den kleinen dahin, den großen dorthin. Die Handtasche wird man auf der Fahrt brauchen, sie bleibt besser unten.

Viktoria sagt: »Prachtvolle Nacht.«

Sie treten beide ans Fenster. »Herrlich«, sagt Felix. Warum sprang man nicht aus dem Waggon, wenn's so herrlich war?

»Mr. van Geldern! Mr. van Geldern!«

»Jemand ruft dich, Felix«, sagt Anita, die unten steht. Seit Felix wegen Herrn Ardesser um Verzeihung gebeten hat, sind Tränen in ihren Augen.

Trotz seiner Beleibtheit läuft der Kaplan aus Trenton, da er Felix entdeckt. Jemand ist hinter ihm, doch der Kaplan kommt früher bei dem Fenster an, aus dem sich Felix beugt.

»Habe gehört, Sie fahren heute«, sagt er. »Hier.« Er reicht eine Flasche Whisky hinauf. »Habe mir gedacht, Sie werden sich Gedanken machen. Es ist okay, mein Sohn. Genau das, was zu machen ist. Hören Sie, um das Grab werde ich mich kümmern. Wird in voller Blüte sein, wenn Sie's das nächste Mal sehen. Gute Landung!«

Während er mit Felix redet, hat der, mit dem er gekommen ist, sich mit Viktoria unterhalten, das heißt, er redet in der Minute, die noch bleibt, ganz allein. Denn die alte Dame ist so perplex, dass sie nicht nur ziemlich schlecht hört, sondern, was bei ihr fast nie vorkommt, nicht gleich Worte findet. Immerhin, als der schöne General ihr Rosen hinaufgereicht hat, dankt sie, und als er etwas gesagt hat, wovon sie kein Wort versteht, antwortet sie, ohne es sich anmerken zu lassen: »Die letzten Rosen, die man bekommt, sind die schönsten!« Sie hat ein Glitzern in den Augen, als sie es sagt.

»It was good to meet you«, sagt der schöne General.

Da fährt der Zug schon. Anita ruft: »Felix!« Der Kaplan lacht. Der General hebt zwei Finger salutierend zu der Kappe mit dem Stern.

Anitas dunkle, starre Gestalt mit dem großen Hut wird kleiner. Sie winkt in die falsche Richtung.

»Wenn ich dumm wär, würd ich mir etwas einbilden«, sagt Viktoria.

»Tu es«, sagt Felix. »Sonst kann man nicht leben!« Er steht noch am Fenster. Noch glänzen, für Sekunden, Wiens wenige Lichter. Dann nur die Sterne.

Nachspiel

VERLASS DICH
AUF MICH

42

Die Familie nimmt Stellung

Vor dem Dinner wurden Martini- und Old-Fashioned-Cocktails serviert. Zum Dinner gab es:

>   Hearts of Celery
>   Fruit Cocktail
>   Soupe à la Reine
>   Entrecôte
>   Pommes paille
>   String beans
>   Mixed green Salad
>   Asparagus, sauce Mousseline
>   Soufflé aux oranges
>   Rolls and butter
>   Coffee

Nach der Suppe wurde Pommard eingeschenkt, zum Entrecôte Mosel. Beim Spargel gab es Moët Chandon.

Es war Onkel Richards Einladung. Man fand sich in seinem Lieblingsrestaurant »Pavillon« (unweit des Hotels Plaza) ein, damit Viktoria es bequem habe, doch war es seiner Gattin Ernestine Idee gewesen, das Dinner nicht im Plaza zu veranstalten: Es sollte den Heimgekehrten etwas Besonderes geboten werden nach den Entbehrungen dort drüben, und man wünschte, sie bei ihrer ersten Mahlzeit seit der Landung mit den guten Sachen zu begrüßen, die wir Gott sei Dank bei uns bekamen. Zwar gab es weder Poulard noch Ente und leider auch keine frischen Gemüse. Diese ewigen grünen Bohnen!

Niemand von der Familie fehlte, sogar die Zwillinge Margaret und Ilona waren aus Poughkeepsie gekommen; in fünf Tagen sollten sie ihre

Bürgerprüfung bestehen und in einer Woche die Abschlussprüfung im Vassar College.

Thassilo Teleky, unliebsam veranlasst, seinen Aufenthalt in Lake Placid zu unterbrechen, weil seine französische Frau aus Hollywood da war, hatte diese Frau mitgebracht; sie war keineswegs wegen Viktoria und Felix hergeflogen, sondern ganz plötzlich hatte sich eine Möglichkeit für die nächste Saison der Metropolitan ergeben – touch wood, zu früh, davon zu reden. Onkel Kari befand sich selbstverständlich auch unter den Gästen. Er sah angegriffen aus, nach einer kürzlich wieder einmal überstandenen Attacke. Der Scotch-Terrier Crazy hatte ihn begleitet. Fun, der weiße Pudel, war eingegangen.

Ernestine dachte es sich so, dass die Ankömmlinge erst die guten Sachen in dem eisgekühlten Lokal genießen sollten; beim schwarzen Kaffee würden sie erzählen.

Dabei verfolgte sie eine Absicht. Ein so tadelloser Gentleman Richard auch war (sie sagte immer, an ihm sei ein Peer von England verlorengegangen), er sollte nicht gleich von Geschäften anfangen. Denn obwohl er mit ihr grundsätzlich nicht von Geschäften sprach, hatte sie doch den Eindruck, dass er darauf brannte, Felix' Bericht so bald als möglich zu erhalten. Höchst verständlich übrigens! Dieser Felix hat bisher ja so lächerlich wenig von sich hören lassen, nichtssagende Kabel abgerechnet, die noch dazu Viktorias Stempel trugen. Rücksicht auf diejenigen, die ihn hinübergeschickt und seine Reise beahlt haben, hat er nicht genommen!

Es war abserviert. Alle Tische in der Nähe voll besetzt, in diesem Sommer schienen die New Yorker länger in der Stadt geblieben zu sein als sonst. (Yvette, Thassilos Gattin, nannte die Gäste des Restaurants »die New Yorker«.)

»Du hast überhaupt nichts gegessen, Felix«, sagte seine Schwester Ilona. »Ein so himmlisches Dinner!«

Seine Schwester Margaret sagte: »Was ist mit dir, Felix?«

Er hätte gern geantwortet: Ich warte jetzt schon während des ganzen himmlischen Dinners; wann werdet ihr nach der Mutter fragen?

Die rötlichblonde Ilona war anziehend. So sehr, dass Yvette lieber mit

Margaret sprach, die Sommersprossen und eine derbere Nase als die Zwillingsschwester hatte.

»Du hast auch nichts angerührt«, bemerkte der Gastgeber zu Viktoria.

»Ich hab schon lang nicht so gut gegessen«, behauptete die alte Dame. In der Tat hatte sie nicht viel mehr essen können als Felix. Manchmal hatten sie einander, über die Teller der anderen, schnell angeschaut. Sie wussten, dass sie das Gleiche dachten; vor vier Stunden erst waren sie angekommen.

»Fahrt ihr noch immer, was?«, fragte Thassilo, Sachverständiger im Reisen. »Dass man dagegen nichts erfindet!«

Es sei eine ruhige Überfahrt gewesen. Spiegelglatt, sagte Viktoria.

»Benedictine oder Armagnac?« Der Kellner zeigte beide Flaschen. Wie Öl rann der dicke grüne Likör in die Gläser.

Ilona sagte zu Yvette, wie entzückt sie von der Nachricht über die Metropolitan Opera sei: »I'm so thrilled you're going to sing a the Met next season!«

»Sh! Sh! Ce n'est pas encore settled yet«, sagte die Französin. »Tu n'as pas d'idée! Ah, c'est dure! Keep your fingers crossed!« Lieber noch nicht davon reden! Die Daumen halten! Es hing ja so viel davon ab!

Das Mädchen am Nebentisch sagte, es müsse wundervoll seln, in der Metropolitan zu singen. Das heißt, Ilona sagte es, aber das Mädchen am Nebentisch sagte etwas Ähnliches von einer Sängerin in der Revue »Annie Get Your Gun«.

»Die Mutter lässt euch grüßen«, sagte Felix.

»Danke«, antwortete Margaret. Sie hatte den Bruder während des Essens kaum aus den Augen gelassen.

»Danke«, sagte auch Ilona. »Wie geht's ihr, gut?«

»Miserabel. Sie ist fast blind.«

Viktoria hatte es gesagt. Wenn man die alte Dame kannte, merkte man, wie sehr sie an sich hielt. Ihr Lieblingsbruder Thassilo sagte schnell: »Mein Gott, die ärmste Anita!«

»Hat sie euch nicht gesehen?«, fragte Margaret gepresst.

Onkel Kari schaute auf seine Armbanduhr. In einer Viertelstunde hatte er ein Rendezvous in der Sherry-Netherland-Bar; obwohl das nicht weiter als bis zur nächsten Ecke war, konnte er nicht schnell gehen, ein Taxi fuhr so kurze Strecken nicht, und die Dame, die er traf, hasste zu warten. »Ist sie nicht mehr mit diesem – wie heißt er?«, fragte er, um die stockende Unterhaltung in Fluss zu bringen. Sonst konnte man hier ja noch endlos sitzen bleiben!

»Ja. Er hat Krebs.« Auch das hatte Viktoria gesagt. Sie wendete sich an Ilona: »Weißt du, schreib deiner Mutter noch heut Abend einen netten langen Brief. Du auch, Margaret.«

»Heute Abend geht's leider nicht«, sagte Ilona.

»Weshalb?«

»Wir haben Karten zu ›Annie Get Your Gun‹. Es soll himmlisch sein. Du musst's dir auch anschauen, Großmama.«

»Hast du mich nicht verstanden?«, fragte die alte Dame. »Deine Mutter ist fast blind.«

»Wir schreiben heute, Großmama«, sagte Margaret. Nach ihrem Blick zu schließen, versuchte sie sich etwas vorzustellen. Vielleicht, wie ihre Mutter aussah. Vielleicht, wie es war, blind zu sein.

»Findest du wirklich, Viktoria, sie sollen schreiben«, fragte Ernestine. »Wir waren doch alle der Meinung, dass es unter den Umständen für die Mädchen das Beste ist, dort nicht mehr anzuknüpfen.«

»Unsere Meinung war falsch. Gib mir eine Zigarette, Thassilo«, sagte Viktoria. »Ich versteh nicht, wie ich dazu hab ja sagen können. Man schreibt seiner Mutter. Übrigens ist die Anita eine großartige Person. Ihr könnt stolz auf sie sein, Margaret und Ilona.«

Margaret nickte.

»Du sagst das?«, fragte Richards flinke, ruhelose Gattin, aus den Wolken gefallen.

»Ich fürcht, ich werd noch ganz andere Sachen sagen.« Das Streichholz in Viktorias Hand zitterte.

»Das ist wunderbar«, sagte Margaret vor sich hin. Und laut sagte sie: »Danke, Großmama!«

»Nicht der Rede wert«, sagte Viktoria zweideutig.

Ilona bekam feuchte Augen.

»Danke«, sagte Felix leise.

»Trink etwas«, antwortete sie ihm. »Der Benedictine ist zu süß, aber der Armagnac ist ausgezeichnet.« Sie trank selbst einen Schluck. »Ich glaub, du wirst mit deinem scheußlichen Vieh hinausmüssen«, wandte sie sich an Kari, der die Sekunden zählte. »Sonst passiert noch was.«

»Aber komm schnell zurück«, sagte Richard. »Jetzt wollen wir endlich hören, was sie drüben erlebt haben!«

»Wenn du mir folgst, bleibst du draußen«, sagte Viktoria zu Kari und kniff listig ein Auge zu. »So schön ist die Geschichte nicht.« Herr und Hund verschwanden.

»Wir warten nicht auf den Kari«, sagte Richard. »Also, Felix. Jetzt erzähl einmal.«

Man hatte die Aussicht auf speisende Damen und Herren. Nicht auf Radio City.

»Was wollt ihr wissen?«, fragte Felix.

»Alles. Ihr habt uns ja mit Nachrichten nicht verwöhnt. Das Geschäftliche wird die anderen weniger interessieren, ich meine, die Damen – ich denke also, du referierst zuerst darüber ganz kurz in Schlagworten und gehst dann auf das Allgemeine über«, schlug Richard vor. Er sprach leise und unauffällig wie immer (Englisch übrigens), konnte aber nicht verbergen, dass er darauf brannte, die »Schlagworte« zu hören.

Ein Verhör mehr. Wenn man sie zählte, käme man zu einer stattlichen Summe. Einige in heißen Quadraten. Eines im Gerichtssaal. Eines in einem Hörsaal. Eines vor einem Arzt mit roter Dienstmütze. Eines mit einer Operettensängerin. Morgen stand eines in Scarsdale bevor. Sooft einen jemand fragte, wurde man verhört und hatte sich zu verteidigen. »Ich fürchte, ich werde dich enttäuschen müssen«, sagte Felix.

Onkel Richard achtete darauf, dass die Konversation niemandem an den Nebentischen Anlass gab, aufmerksam zu werden. »Inwiefern?«, fragte er gedämpft. Von der Frage mochte er die Existenz der Familie abhängig machen – zumindest lag es in der dringlich auffordernden, alle Familienmitglieder einschließenden Bewegung, mit der er sie begleitete.

Felix berichtete; er war ja darauf vorbereitet. Gute Rechte, die schlechte Rechte werden können – sollte es notwendig sein, würde er es sagen.

»Mit einem Wort, wenn du ...«

»Die Bilanz ziehst«, erwartete Felix.

»Rechenschaft gibst – ich meine, nicht mir, sondern der Firma –, zu welchem Ergebnis kommst du?«, fragte Onkel Richard, sichtlich ungeduldig geworden.

Dass man sich die Dinge immer noch um eine Schattierung zu hell vorstellt! »Ich würde vorschlagen, du fährst selbst«, sagte Felix. »Die Ansprüche sind formell angemeldet. Zeit ist also nicht verloren. Sie durchzusetzen, wird es deiner geschäftlichen Erfahrung bedürfen. Mir hat sie gefehlt.«

Yvette hatte aufgehört, ihre Lippen zu schminken. Die Enttäuschung des Gastgebers musste sogar ihr aufgefallen sein.

»Willst du damit sagen, du gibst der Sache wenig Chance?«, fragte Onkel Richard leise, aber scharf.

»Ribaud ist nicht bereit, mit mir zu verhandeln, nur mit dir. Seine Schweizer Verbindungen, offenbar von ihm instruiert, stehen auf demselben Standpunkt – übrigens hab ich selten etwas Unkonzilianteres gesehn als Schweizer Geschäftsleute. Was die Österreicher betrifft, machen sie Ausflüchte«, sagte Felix. Das mache ich selbst, sagte er sich. Ausflüchte.

»Mit anderen Worten, du betrachtest deine Mission als gescheitert?«

Völlig. In Grund und Boden gescheitert, dachte Felix, doch Viktoria kam ihm zuvor. »Er macht den einzig vernünftigen Vorschlag, den's gibt«, sagte sie, und da an die Firma appelliert worden war, nahm sie den ihr darin gebührenden Platz nachdrücklicher ein, als sie es sonst getan haben mochte. »Er schlägt vor, dass du mit den Leuten Deutsch redest.«

»Da bist du also ...«, sagte Onkel Richard, ohne zu vollenden.

»Mit leeren Händen zurückgekommen«, sagte Felix. »Es tut mir leid.«

»Wir reden später davon«, sagte der Gastgeber. »Ich nehme an, du hast die Inventare? Sonst hättest du wohl nicht so lange in Wien gebraucht? In Paris warst du, soviel ich weiß, nur einen oder zwei Tage, und in Zürich auch nicht länger.«

»Ich habe die Inventare. Lang war es nicht. Sechsunddreißig Tage.«
Da Felix das sagte, glaubte er es selbst nicht. Zwischen Abfahrt und
Rückkehr – die Reise nicht gerechnet – lagen sechsunddreißig Tage in
Wien. Ihm schien, er hatte in sechsunddreißig Tagen sein Leben ausgelebt. Es bereitete ihm größte Anstrengung, sich klarzumachen, dass er
vor acht Wochen von hier weggefahren war. Wenn jemand behauptet
hätte, es sei vor acht Jahren gewesen, er hätte es geglaubt.

Thassilo (er war nie gut mit Richard gestanden) gab dem Gespräch
die Wendung, die, wie er vermutlich dachte, Felix angenehmer sein
würde: Er war für diese Reise nie gewesen, aus hundert Gründen. Mit
Räubern verhandelt man nicht in Glacéhandschuhen. Bitte, wenn man
ihn selbst geschickt hätte. Aber einen so konzilianten Menschen wie
Felix! Hier kam es nicht auf juristische Kenntnisse an, auch nicht so sehr
auf geschäftliche, sondern darauf, dass man sich nichts gefallen ließ!
»Wie habt ihr unsern alten Kontinent gefunden?«, fragte er.

Viktoria nahm die Antwort auf sich, vielleicht hatte sie nur darauf gewartet. Sie appellierte an niemanden und an niemandes Gefühl.
Was sie sagte, war ziemlich kalt, eine Art Sektionsbericht. Man sah es.
Man roch es. Leute, die Mehl für Bücher tauschen wollten. Die Kleider, die sie trugen. Ihr bitterer Stolz. Die Elektrischen, auf deren Trittbrettern Passagiere in Trauben hingen. Die offenen Lastwagen auf den
Landstraßen, auf die wie auf den Segen Gottes die Menschen im Staub,
im Regen stundenlang mit Koffern warteten – vielleicht nahmen sie
einen mit, sonst gab's ja keine Möglichkeit zu reisen, vielleicht durfte
man, wie Heringe nebeneinander gepresst, fahren; um hinaufzusteigen,
hatten sie Kisten mitgebracht, so stiegen sie hinauf, halsbrecherisch,
alte Weiber, alte Männer. Die täglichen unzähligen Todesfälle durch
Einatmen von Gas, das man, weil es täglich zu einer anderen Zeit begann und aufhörte, abzudrehen versäumte. Die trostlosen Häuser, noch
immer mit den Lettern LSR oder LSK, Luftschutzraum, Luftschutzkeller. Die weißen Pfeile, dorthin weisend, wo man, sollten Bomben sie
begraben, die Menschen ausgraben konnte. Aus Schutt wuchs gelbblühendes Unkraut. Hoffnung war ein Wort aus einem fremden Wörterbuch.

Man hätte meinen können, Viktoria bringe ihre Worte auf die Sekunde so vor, dass sie mit den Bestellungen an den Nebentischen grausam kontrastierten. Sie machte etwa eine Pause, in der man hörte: »Gut durchgebraten, bitte!«, und sagte dann: »Für eine Woche haben sie, bestenfalls, eine Pferdefleischkonserve. Stinkt bestialisch, wenn man sie aufmacht.«

»Hör auf«, sagte Margaret. »Bitte, Großmama, hör auf!«

»Willst du dir die Stimmung für ›Annie Get Your Gun‹ nicht verderben? Gut, ich hör auf. Ihr könnt es euch ja doch nicht vorstellen.«

»Und wie ist das«, fragte Thassilo, nach einem betretenen Schweigen. Er mochte den Wunsch haben, die Familie zu rehabilitieren. »Diese Leute, von denen du da erzählst – ich mein', hast du mit denen gesprochen?«

»Natürlich.«

»Hast du ihnen die Hand gegeben?«

»Selbstverständlich.«

»Wieso selbstverständlich? Hast du dir nicht gedacht: Vielleicht hat er gemordet? Vielleicht hat er vergast?«

Viktoria erinnerte sich. Noch bei ihrer Ankunft in Buchs hatte sie geredet wie Thassilo. Noch nach ihrer Ankunft in Wien, in die Elektrische eingestiegen, hatte sie gedacht wie Thassilo. »Das denkt man nur, wenn man es nicht kennt. Später nicht mehr«, sagte sie, sich wundernd, wie einfach das war.

»Was meinst du, später?«

»Wenn man die Strafe gesehn hat. Ihr habt keine Ahnung. Ich hab auch keine gehabt.«

»Du willst doch nicht sagen – du bist ausgesöhnt?«

»Genau das!«

»Erlaube, das geht zu weit!«, sagte ihr Lieblingsbruder und sprach jetzt offenbar nicht allein für sich, sondern, nach seiner Indignation zu schließen, auch für »Wir an der Küste« und alle Gäste hier im Restaurant »Pavillon«, East, Ecke 56. Straße und Fifth Avenue.

»Wem geht das zu weit?«, fragte daher Viktoria, deren Hellhörigkeit bei diesem Dinner alle überraschte. »Dir und unseresgleichen, die die Emigration im ›Plaza‹ und im ›Pavillon‹ überstanden haben – dank meinem guten Edmund, der schon unter Franz Joseph gescheit genug gewesen war, hier Geld anzulegen? Ich fürcht, wenn ich uns so um diesen schönen Tisch herumsitzen seh, repräsentieren wir nichts als uns.«

»Wir repräsentieren Österreich«, sagte Thassilo verletzt.

»Et la France!«, sagte Yvette.

»Nicht einmal die Emigranten repräsentieren wir«, sagte Viktoria, der Versprechungen gedenkend, die sie sich kürzlich gegeben hatte. »Wir haben nicht einmal die Entschuldigung, dass unsere Verwandten ermordet und dass wir um unsere Existenz gekommen sind!«

»Dazu braucht man eine Entschuldigung? Bitte, lies das!« Empört zog Thassilo aus der Tasche seines Smokings einen Brief.

»Lies vor«, sagte Viktoria. »Ich seh seit letzter Zeit nicht mehr wie früher. Und ich kann mich nicht entschließen, zu einem Optiker zu gehen und mich Buchstaben prüfen zu lassen wie in der Taferlklasse.«

»Es ist ein Brief an den Herausgeber der ›New York Herald Tribune‹, den ich gestern geschrieben habe«, sagte Thassilo. (»Letter to the editor«, nannte er es.) »Ich dachte, er würde euch alle interessieren.« Er las: »Sir, darf ich als früherer Österreicher den gestrigen Ausführungen von Mr. Tufton Brereton junior über ›Kurzes Gedächtnis‹ vollinhaltlich beistimmen. Ergänzend würde ich mir die Anregung erlauben, dass zur dauernden Wachhaltung des Gedächtnisses an die bestialischen Naziverbrechen jeder Brief nach Deutschland oder Österreich den Stempel tragen sollte: ›Auch du bist schuld!‹ (›You, too, are guilty!‹) Das würde den einzig richtigen Standpunkt in sehr geeigneter Weise klarstellen. Vergeben und Vergessen wäre, wie der geehrte Einsender so treffend sagt, eine Verleugnung, ich möchte hinzufügen, eine Verhöhnung und Verzerrung der erhabenen Grundsätze, für die dieser Krieg geführt wurde. I am, Sir, yours faithfully.«

»Diesen Unsinn wirst du hoffentlich nicht wegschicken«, sagte Viktoria.

»C'est une lettre magnifique. Bravo!«, sagte Yvette emphatisch.

»Heute früh abgegangen«, erklärte Thassilo. »Ich weiß, ich habe Zahllosen damit aus der Seele gesprochen.«

»Bist du nicht auch dieser Ansicht, Felix?«, fragte Ernestine, der es an der Zeit schien, die strittigen Themen fallenzulassen. Kein Zweifel, dass ein leidenschaftlicher Nazifeind wie Felix für die sentimentalen (und, seien wir ehrlich, kindisch gewordenen) Ansichten Viktorias genauso wenig Verständnis haben würde wie Thassilo oder Richard und sie selbst.

Auf Viktorias Lippen war ein sardonisches Lächeln.

»Ich hab drüben geheiratet«, sagte Felix.

Die Zwillinge schrien vor Entzücken.

»*Was* hast du –?«, sagte Richard.

»Ich hab die Gertrud geheiratet«, sagte Felix, auf etwas schauend, das auf dem Tisch lag, ohne es zu sehen. Sir, darf ich als früherer Österreicher –

»Gertrud? Welche Gertrud?«, fragte Richard.

Sie standen in der Halle des Hotels Plaza, neben der Auslage des Blumenhändlers Sling. Weißt du eigentlich, dass die Gertrud Wagner gestorben ist?, hatte Richard gesagt. – »Erinnerst du dich nicht, Onkel Richard? Du hast mir einmal hier in New York gesagt, sie ist tot.«

»Du meinst die Gertrud Wagner?«

»Isn't that wonderful! Aber warum hast du sie nicht mitgebracht?«, fragte Ilona atemlos.

Margaret sagte gleichzeitig: »Ich kann mich an sie erinnern. Sie ist eine Sängerin, nicht?«

»Eine Sängerin?«, fragte Yvette. Vermutlich dachte sie: Eine Sängerin in der Familie ist genug.

Onkel Kari und der Pudel Crazy waren wieder zurück. Die Dame im Sherry-Netherland hatte einen Zettel hinterlassen, dass sie sieben Minuten vergeblich gewartet hätte.

»Der Felix hat geheiratet!«, erzählte ihm Ilona sofort.

»Wunderbar«, sagte Kari. Er schien atemlos und niedergeschlagen. »Wen? Gratuliere.«

Erst jetzt fiel es den anderen auf, dass sie das vor Verblüffung noch nicht getan hatten.

»Gratuliere!«, rief Margaret. Ilona sprang auf und wollte den Bruder küssen.

»Gratuliere, warum hast du uns das nicht beim Champagner gesagt?«, fragte Thassilo. »Wir trinken auf die Neuvermählten. Hoch sollen sie leben!« Er hob sein Likörglas.

»Einen Moment«, sagte Richard (Ernestine hatte beschwichtigend die Hand auf seinen Arm gelegt). »Soviel ich weiß, war Gertrud Wagner eine Nazi?«

»Ja«, sagte Felix.

»Here's Elsa Maxwell«, hörte man eine Dame am Nebentisch sagen. »Hello, Elsa!«

»Und du hast sie geheiratet?«, fragte Richard. »Gib mir eine Antwort!«

Ernestine sagte beschwörend: »Bitte, man kann uns hören! Morgen steht alles in der Zeitung!«

Richard dämpfte seinen leisen Ton noch mehr. »Ich bitte um eine Antwort«, wiederholte er.

»Ich habe dir geantwortet, Onkel Richard.« Würde den einzig richtigen Standpunkt in sehr geeigneter Weise klarstellen.

»Und du – siehst nichts dabei, mir das ins Gesicht zu sagen? Du sitzt hier mit uns, als ob nichts geschehen wäre? Jetzt versteh ich, warum du dir so wenig aus den Interessen machst, die du zu vertreten hattest.« Diesmal waren Richards Untertreibungen (»understatements« in der Sprache der Peers) ihrer Wirkung sicher.

»Ich muss gestehn, ich versteh's auch nicht«, erklärte Thassilo. Yvette enthielt sich eines Kommentars, vermutlich fühlte sie, sie gehöre nicht hinlänglich zur Familie.

Ernestine aber sagte: »Ich auch nicht.«

»Wahrscheinlich ist er in sie verliebt«, bemerkte Kari melancholisch.

»Natürlich!«, sagte Ilona. »Sie ist bestimmt bezaubernd! Nicht, Felix?«

»Sie war bezaubernd. Sie ist tot«, antwortete Felix seiner Schwester.

»Versöhnt dich das, Richard?«, fragte Viktoria und drückte ihre Zigarette aus. »Sag jetzt nicht wieder, dass du's nicht verstehst. Leider ist das arme Mädel tot.«

»The skirts are going to be much longer, Adrian writes from Paris«, stellte die Dame am Nebentisch das in Paris angedrohte Längerwerden der Damenmode fest.

»Don't tell me, Elsa! And with this shortage of material? That would really and truly be a catastrophe«, wehrte sich, angesichts des Stoffmangels, eine andere Dame, die Katastrophe zu glauben.

»Mein Gott«, sagte Kari, noch blässer geworden. »Das ist ... Das tut mir wahnsinnig leid, Felix! Ich hab deine Frau nicht gekannt. Aber wenn du sie geheiratet hast, war sie ganz bestimmt eine wunderbare Frau, und du hast unersetzlich viel verloren. Und wir alle, die dich gernhaben und respektieren.«

Der Zustand von Ausgebranntsein und Leere, der Felix nicht verlassen hatte, seit der Zug aus dem Westbahnhof weggefahren war, wich. Er stand auf und küsste den vom Tod Gezeichneten.

Die anderen hatten zu kondolieren vergessen, wie es ihnen vorher entgangen war, zu gratulieren.

»Geh jetzt, Felix«, sagte Viktoria. »Ich bleib noch eine Weile. Vielleicht könntest du ins Hotel Plaza hinübergehn und schauen, ob unser großes Gepäck gekommen ist, jetzt müsst's schon da sein. Ein Schrankkoffer, ein Schiffskoffer, du weißt ja. Übrigens wirst du dir einen Anzug kaufen müssen. Sie haben ihm nämlich in Le Havre sein Gepäck gestohlen, deine Landsleute, Yvette. Und, bitte, sag der Kathi, dass sie alle Fenster offen lässt.«

43

Die Dinge sind einfach

Siebenundzwanzig. Mit diesem achtundzwanzig. Felix versuchte, die Hotelzimmer zu zählen, in denen er seit Hitler geschlafen hatte. Der Schlaf fing ihn zu meiden an. Bis fünfhundert zählen. Oder von hundert zurück bis eins. Oder die Hotelzimmer seit Hitler. Vierzehn in der Schweiz. Wie die einen von Ort zu Ort getrieben hatten, die gastfreundlichen Schweizer! Neun in Paris. Sich bei der Préfecture melden. Fingerabdrücke. Wie hieß die unterste Stufe des Bleibendürfens in Paris? Convocation. Die zweite hieß récépissé. Damit durfte man drei Monate bleiben, keine Stunde länger. Die dritte, carte d'identité, bekam kein gewöhnlicher Sterblicher. Wie viele Zimmer in den Staaten? Die ersten Nächte hier im Plaza, als Großmamas Gast, so wie heute. Auch damals sah man auf Bergdorf Goodman's Schaufenster. Ob die Modepuppen darin schon die längeren Röcke hatten? Angesichts des Stoffmangels eine Katastrophe. Ein Zimmer in Colorado Springs, eins in San Francisco, noch immer als Großmamas Gast. Eines in Forest Hills. Eines in Scarsdale. Vielleicht hatte Joyce es vermietet. Sie war sicher auf ihn böse. Wer eigentlich war nicht auf ihn böse?

Hundert. Neunundneunzig. Achtundneunzig. Siebenundneunzig. Damals hatte man Hoffnung gehabt. Ein Wort aus einem fremden Wörterbuch. Hundert. Neunundneunzig. Achtundneunzig. Siebenundneunzig. Sechsundneunzig. Fünfundneunzig. Vierundneunzig. Dreiundneunzig. Wenn Hitler besiegt war. In drei, vier, sieben Jahren. Dann war es vorbei, man kehrte zurück. In Grinzing wird man wohnen. Es geht uns schlecht, es geht uns schlecht, viel schlechter kann's nicht gehn. Siebenundachtzig. Sechsundachtzig. Jetzt ist es millionenmal anders! Damals hat es einen Sinn gehabt. Sobald Hitler geschlagen ist, kehrt man zurück. Das war der Sinn. Jetzt hat es keinen Sinn. Wenn man auf die Bergdorf-Goodman-Puppen geschaut hatte, oder auf die bei Jane Engel, Ecke Madison Avenue und 79. Straße, vor denen Roosevelts Stimme erklungen war: »They asked for it ant they'll get it – Sie haben drum gebeten, und werden's bekommen!«, da hatte man gedacht: Hübsch. Originell. Gibt es bei uns nicht. Und wie lang wird Hitler noch an der Macht sein? Er war nicht mehr an der Macht. Aber wo ist der Sinn von dem allen?

Als Felix erwachte (von einem Schrei, schien ihm), war es früh am Morgen, kaum sechs. Viktoria stand in seinem Zimmer und sagte: »Du kannst so laut rufen, wie du willst, die Kathi hört ja doch nichts! Wir frühstücken sehr bald« Ihr Gesicht hatte etwas Durchsichtiges; das war schon auf dem Schiff manchmal so gewesen. Heute war es auffallend.

Eine Weile später frühstückten sie in Viktorias Zimmer. Auch damals war das so gewesen, 1938. Nachher hatte sie drei Wochen in Colorado

Springs und San Francisco zugebracht, war nach New York zurückgekehrt, in eine kleine Wohnung in der Lexington Avenue übersiedelt und Felix nach Forest Hills (sie wolle keine Grazer Pensionistenexistenz führen, hatte sie gesagt, sondern im Mittelpunkt der Welt leben, das stimuliere ein verbrauchtes Herz).

»Ausgezeichnet«, antwortete sie auf seine Frage nach ihrem Befinden. Wollten sie die Sache einmal nüchtern überlegen, ohne sich etwas vorzumachen? Ja? Dann handelte es sich nicht um Viktorias Befinden, sondern um das seine. Um sie hatte es sich einige vierzig Jahre länger gehandelt, folglich war es ein fairer Ausgleich. »Du fährst heut nach Scarsdale?«, fragte sie.

Er schwieg. Sie fragte ein zweites Mal.

Er antwortete: »Hast du nicht in Wien gesagt, dass ich so gut wehtun kann? Oder war's die Mutter, die das gesagt hat. Oder die Gertrud? Jemand war es.«

»Du wirst ihr nicht wehtun.«

Bis heute hatte Viktoria sich seinem Wunsch gefügt. Wann immer sie dieses Gespräch auf der Reise hatte führen wollen, er hatte es zu verhindern gewusst. Gib ihm Zeit, hatte sie gedacht. Jetzt, fand sie, war nicht mehr viel Zeit. Auf ihrem Schreibtisch, in einem roten Karlsbader Glas, standen vertrocknete rosa Rosen, sie hatte sie von Wien mitgebracht. Wenn die Atemnot sie quälte, schaute sie hin. »Livia weiß es«, sagte sie. Dann erzählte sie ihm ihr Telefongespräch mit ihr.

Da ihr Gesicht so durchsichtig war, machte er ihr keinen Vorwurf.

»Let's talk business, wie sie hier sagen«, fuhr sie fort. »Ich kenn dich besser als sonst jemand. Ob du mich so gut kennst, bezweifle ich, aber das ist nicht interessant. Wir müssen Bilanz machen, du und ich, was der gute Richard, der gestern wirklich unausstehlich war, vergeblich von dir erwartet hat. Ich bin auch in der Firma. Mir wirst du nicht ausweichen.«

Sie sah hinaus. Im Central Park waren die Bäume fast verdorrt.

»Es kann sein – Unsinn, es wird sein, dass ich bald nicht mehr da bin. Die Anita ist auch nicht da. Deine Schwestern sind nette Mädeln, eines Tages wird Margaret einen Wallstreet-Mann heiraten, und die Ilona wird sich von einem Filmstar scheiden lassen, oder umgekehrt. Du hast niemanden, und ich darf dich nicht allein lassen. Menschen wie dich kann man nicht allein lassen. Es macht mir Sorge. Von mir aus sag, ich erpress etwas von dir. Ich hab dir zugeschaut, Felix, während der ganzen Reise. So geht das nicht weiter! Du weißt nicht, wohin du gehörst. Du machst alle verantwortlich, auch dich. Aber das genügt nicht. Du hast's falsch angefangen und willst's noch falscher weitermachen. Du bist kein Märtyrer, Felix! Aber du bist einer von den zwei gerechten Menschen, die ich in meinem ganzen Leben kennengelernt hab. Dein Großvater war der andre.« Sie schöpfte Atem. »Dein Großvater hätte nie kleine Gesten gemacht. Dass du in einem Warenhaus Bücher verkauft hast, war eine schöne kleine Geste, und ich hab mich drüber gefreut, solang ich mir gesagt hab, es ist ein Zwischenzustand. Der Zwischenzustand ist jetzt vorbei – du musst dich für die Dauer entscheiden. Ich geb zu, es ist hübscher, auf den Kahlenberg zu schauen, der noch im Oktober grün ist, während das hier schon im Juli so gelb aussieht. Aber das hier ist dein Land.«

»Sie hätten mir fast die Staatsbürgerschaft aberkannt!«

»Nie. Wenn's drauf ankommt, sind sie fair. Und du bist gerecht. Ihr passt zusammen.« Sie schaute auf die vertrockneten Rosen.

»Was willst du, dass ich tue?«

»Das weiß ich nicht. Ich kann dir aber sagen, was du nicht tun sollst. Hinüberdenken. Hinüberschrein im Schlaf. Dir unbegründete Vorwürfe machen. Was abgelebt ist, stirbt; glaub einer Sachverständigen. Du musst leben, Felix.«

»Indem ich meine Heimat abstreiche wie eine dubiose Forderung, und die Livia heirate, sobald das Trauerjahr um ist? Großmama, du glaubst immer noch, die Dinge sind so einfach!«

»Ja, das glaub ich. Ein Jahr ist sehr lang«, sagte Viktoria mit einem sonderbar nachschauenden Lächeln. »Wenn sie gscheit ist, nimmt sie dich nicht. Mach dich fertig. Wir fahren hinaus.«

»Willst du denn mitfahren?«

»Davon red ich doch die ganze Zeit. Ich möcht nicht in diesem Hotel bleiben, es ist im Sommer zu heiß. Man muss ja nicht immer ausgerechnet das Dümmste machen. Während du mit ihr redest, geh ich und schau mir Sommerwohnungen an. Du kannst bei mir wohnen, wenn du willst. Und du könntest endlich anfangen, für deine Advokatenprüfung zu studieren. Mein Kind, wenn jemand Faulheit versteht, bin ich's. Ich war die faulste Frau auf der Welt. Und hab immer eine Ausrede gehabt. Komm jetzt.«

44

Kosmos

Mr. Smith stand nicht vor seinem Haus, aber der Rasen in seinem Garten war noch saftig grün. Viele Rosen blühten darin. Der Karren des Gemüsemannes stand vor Nr. 150, also war es Freitag.

Da Joyce auf der Straße mit dem Gemüsemann verhandelte, hatte sie Felix vermutlich nicht so früh am Morgen erwartet. Sie war noch nicht frisiert und geschminkt und trug nicht besonders saubere Hosen. Einen schrillen Schrei ausstoßend, stürzte sie ins Haus; Tomaten und Bohnen fielen ihr aus dem Einkaufsnetz.

»Das ist eine Frau!«, sagte der Gemüsemann. »Wie ist es Ihnen gegangen, Mr. van Geldern? Habe Sie ein paar Wochen nicht gesehn. Was sagen Sie zu den Pfirsichen?«

In ein paar Wochen ändert sich nichts. Am Freitag kommt der Gemüsemann.

»Gut«, sagte Felix. »Wie geht's Ihnen, Mr. Potter?«

»Pretty good.« Der Mann schloss seinen Karren und fuhr den kleinen Berg hinunter zum Ententeich, bis zum nächsten Freitag.

Felix zögerte vor dem Haus. Livias Zug nach White Plains ging um acht Uhr fünfzehn. Es war drei viertel acht; vor acht ging sie nie weg.

War das weiße Haus mit den hölzernen Säulen immer so klein gewesen? Er hatte es größer in Erinnerung gehabt. Die Erinnerung vergrößert die Dinge.

»Hello«, sagte Joyce' Stimme aus dem ersten Stock. Sie hatte sich etwas Gelbliches wie einen Turban um den Kopf gewickelt. »Ich schau aus! Sehen Sie mich nicht an. Kommen Sie herein.«

Der Livingroom im Parterre war schon aufgeräumt, die Messingsachen auf dem Kaminsims funkelten, der honigbraune Boden war frisch gewachst. Durch die Glastür, die in den schräg abfallenden Garten führte, sah man die Eiche, aus der Hansl weggeflogen war.

»Ich bin sofort fertig«, rief Joyce nach einer Weile.

In fünf Minuten würde Livia gehen müssen. »Livia!«, rief er.

Keine Antwort.

Er war an den Fuß der weißen Holztreppe getreten, die aus dem Livingroom in den ersten Stock führte; die zweite Tür im ersten Stock war die zu Livias Zimmer.

»Livia ist nicht hier«, sagte Joyce. Sie lief die Stufen herunter, in der Eile hatte sie zwei Knöpfe ihres Kleides zu schließen vergessen. Den gelben Turban trug sie noch, doch ihre Lippen waren geschminkt. »Hello, Fremder.«

»Hello«, sagte Felix. »Wo ist sie?«

»Bei der Arbeit. Sie wissen doch, dass sie arbeitet.«

»So früh?«

»Ja. Heute machen sie Inventar bei Altman. Sehen Sie mich nicht an. Gestern war ich zum Dinner ins Barberry eingeladen – erinnern Sie sich ans Barberry? Wir haben bis eins getanzt. Kennen Sie Commander McKinley? Blendender Mann. Ich dachte, Sie hätten ihn vielleicht dort unten getroffen. Er ist auch gerade vom Pazifischen Ozean zurück.«

»Rufen Sie Livia«, sagte Felix.

»Hören Sie. Ich möchte nicht, dass Livia ihren Job verliert. Und ich möchte auch nicht, dass sie noch irgendetwas mit jemandem zu tun hat, der sich dort unten, ohne uns eine Silbe zu sagen, verheiratet hat. Wenn man sich dort so etwas gefallen lässt – hier nicht. So. Jetzt wissen Sie's.«

»Wenn Sie sie nicht rufen, geh ich hinauf.« Felix war aufgestanden.

»Du musst nicht hinaufgehen«, sagte Livia. Sie kam aus dem Souterrain. Offenbar hatte Joyce, als der Besucher sich unerwartet früh zeigte, die Schwester zur Vorsicht hinuntergeschickt; man konnte aus dem Souterrain das Haus verlassen, ohne gesehen zu werden.

»Untersteh dich!«, rief Joyce wütend.

»Hello, Felix. Ich hab nicht gewusst, dass du kommst«, sagte Livia. Sie war so weiß wie das Puder, das ihre Narben bedeckte.

»Aber ich hab dir gekabelt!«

»So? Darauf hab ich so gewartet! Joyce konfisziert meine Post.«

»Livia, geh!«, sagte Joyce drohend. »Du kommst zu spät zum Inventar.«

»Heute ist kein Inventar.«

»Okay, dann verlier deinen Job.«

»Du schaust müd aus, Felix.«

»Livia, pass auf. Wenn es nicht in deinen dummen kleinen Kopf hineingeht, kann ich dir nicht helfen. Der Mann ist schlecht. Er hat mich drankriegen wollen. Er hat dich drangekriegt. Er belästigt Frauen, die ihn für brillant halten und die er ausnützt. Die Type ist er. Aber ich lass das nicht zu. Merk's dir.«

»Wie geht's deiner Großmutter, Felix?«

»Danke, gut. Sie sucht eine Wohnung.«

»Wo?«

»Hier.«

»In Scarsdale?«

»Ja.«

Livia hatte jäh einen Schritt zurückgemacht. »Du gibst dein Zimmer bei uns auf?«

»Sein Zimmer ist vom fünfzehnten an vermietet«, sagte Joyce. »Du weißt das ja.«

»Dein Zimmer ist nicht vermietet, Felix. Willst du mit mir zur Station gehn? Wenn ich lauf, erreich ich noch den acht Uhr fünfzehn. Good-by, Joyce. Gehn wir.«

Sie verließen das Haus durch die Glastür und gingen die Abkürzung rechts vom Teich. Die Grillen auf der schrägen Wiese zirpten.

»Ich hasse sie«, sagte Livia.

»Sie meint's nicht so.« Jemand redete für ihn Phrasen aus einem Buch, dachte er.

»Doch«, sagte Livia. »Ich hab nie geglaubt, dass es ganz schlechte Menschen gibt. Joyce ist einer.«

Sie meint mich, dachte er.

Wenn das der Zug nach New York war, der jetzt pfiff, kamen sie zu spät. (Denn zuerst kam ein Zug von White Plains nach New York, gleich darauf der von New York nach White Plains; sie kreuzten einander im Bahnhof.)

»Das ist der Express«, sagte Livia. »Erinnerst du dich nicht an den Express?«

Er hatte den Express vergessen.

»Hast du alles vergessen, Felix?« Ihre Stimme war fest.

»Nein.«

»Ja, du hast alles vergessen.«

Die kleine Brücke war in Sicht, über die abends, 6 Uhr 25, zwei Männer und vier Mädchen kommen würden.

»Schau. Kosmos.« Sie zeigte auf die heliotropen Blüten im Vorgarten des Hauses, woran sie vorbeikamen. Dass diese selben Blüten im Garten eines Häuschens in Morzg bei Salzburg wuchsen, wo er sehr glücklich gewesen war, hatte er ihr irgendwann erzählt.

»Musst du heute zu Altman?«

»Warum?«

»Wennn du zu Altman gehst, haben wir nur noch drei Minuten.«

»In Wien waren dir drei Minuten für mich zu viel.«

»Würdest du deinen Job verlieren, wenn du nicht gehst?«

»Felix, sei fair. Du bist so früh herausgekommen, um nicht mit mir reden zu müssen. Höchstens, um mich zur Station zu begleiten.«

»Das ist nicht wahr.«

»Lüg nicht. Bitte!«

»Du weißt, dass ich nicht lüge.«

»Wirst du abends noch hier sein? Oder musst du deine Großmutter zurückbegleiten?«

Sie glaubte ihm nichts. Er wusste, wie es war, wenn man nichts glauben konnte.

Die kleine Brücke lag hinter ihnen. In dem Bach darunter schwammen Wildenten, Mallards nannte man sie. Jetzt kam der Viadukt, wo er immer gedacht hatte, es sei die ideale Gegend für jene Bahndammszene des »Liliom«, in der Liliom einen Mann ersticht. Jemandem, dem man gesagt hatte: Wir heiraten, sobald ich zurückkomme, konnte man nicht sagen: In mir ist es tot; wenn du mich erstichst, wie Liliom, der so gut wehzutun weiß, den Mann auf dem Bahndamm, würde ich nicht einmal schreien.

»Du bist traurig«, sagte sie, als er nicht antwortete.

Er sagte, er sei nicht traurig.

»Es hat mir so leidgetan, wie ich gehört hab, was du mitgemacht hast. Entschuldige, dass ich das erst jetzt sage.«

»Danke. Wir müssen uns aussprechen.« Er sagte es, weil er es sich vorgenommen hatte und weil es selbstverständlich war. Immer wieder hatte er sich diese Aussprache vorzustellen versucht; weiter als bis zu den ersten Worten war es nie gekommen.

»Später einmal vielleicht«, sagte sie. »Jetzt muss ich aber laufen.« Sie war nicht mehr ganz so bleich. Doch den Zug um den Mund hatte sie nicht gehabt, als er weggefahren war. Auch Gertrud hatte ihn gehabt. Kränkung machte ihn.

»Weshalb nicht jetzt?«

»Es hat keinen Sinn.«

Man sah den Bahnhof.

»Telefonier ihnen, du kommst heut nicht.«

»Du liebst mich nicht mehr!« Sie wartete eine Sekunde. »Ich lieb dich und werd's immer. Warum schaust du so?«

Sie hatten den Bahnhof betreten. Auf einer der Bänke des Bahnhofsperrons saß Viktoria.

Im ersten Augenblick glaubte Felix, es sei eines ihrer Überrumplungsmanöver. Da er vor ihr stand, fand er, dass sie noch durchsichtiger aussah als heute früh.

»Ich hab dir durch das Mädel im Vermittlungsbüro telefonieren lassen, dass ich in die Stadt fahr«, sagte sie. »Hello, Livia.«

»How do you do, Mrs. von Geldern.«

Gegen etwas kämpfend, schaute die alte Dame dem Mädchen gespannt ins Gesicht. Livia hielt den langen Blick aus.

»Schöner Morgen«, sagte Viktoria, schwer atmend, mit einer Hand, wie zufällig, die schmalen goldenen Pferde gegen die Brust pressend, die sie an ihrem Kleid trug.

»Lovely«, sagte Livia. »Haben Sie Ihre Reise genossen?«

»Sehr. Sie meinen die nach Scarsdale?«

»Die nach Europa.«

»Die auch. Zum Teil.«

»Haben Sie etwas Passendes gefunden? Felix hat mir erzählt, Sie suchen eine Wohnung?«

Viktoria lächelte. »Ich glaub, ich werde sie sehr bald gefunden haben. Die junge Dame im Vermittlungsbüro scheint tüchtig zu sein«, fügte sie sofort hinzu, als sie Felix' Blick bemerkte. »Fahrt ihr zwei auch nach New York?«

»Ich fürchte, ich muss nach White Plains. Felix fährt mit Ihnen nach New York.«

»Das wird er nicht«, sagte Viktoria. »Ich möcht heut in meinem Zimmer bleiben und ein paar Sachen erledigen. Deshalb bin ich ja so früh herausgekommen.«

Einer der Züge pfiff. Man sah noch nicht, welcher.

»Fühlst du dich schlecht?«, fragte Felix auf Deutsch.

»Ich hab mich nie besser gefühlt«, antwortete Viktoria. Und in seinem zweifelnden Blick vollendete sie: »Gott ist mein Zeuge, mein Kind!« Aus ihrem Mund, noch dazu auf einem Bahnhof, waren das unglaubliche Worte. Sie war aufgestanden, ohne Beschwer, wie es schien.

Der Zug, der einfuhr, ging nach New York. »Zerbrich nichts«, sagte sie, bevor sie einstieg, und lachte. Seit er als Kind jeden Sonntag im Salon der Großeltern mit den Porzellantieren hatte spielen dürfen, hatte sie das nicht gesagt. »Stütz mich nicht! Hier sind die Stufen nicht so hoch wie die Holzkistchen, von denen drüben alte Leute in Lastwagen klettern müssen. Erzähl ihr das. Ich will absolut nicht, dass du jetzt mit mir fährst. Ich seh dich heut Abend oder morgen oder sonst wann. Good-by, both of you.« Da stand sie schon an einem Fenster des fahrenden Zuges.

»Sie ist wirklich wundervoll«, sagte Livia. Der Zug nach White Plains musste jeden Augenblick kommen.

»Ich fürchte, sie fühlt sich nicht gut«, sagte er.

»Solltest du ihr nicht nachfahren, wenn du das glaubst?«

Sie glaubte ihm nichts mehr. Man darf den Menschen nur ein bestimmtes Maß an Enttäuschung zumuten, sonst glauben sie nichts mehr. »Jetzt geht kein Zug nach New York«, sagte er.

»Um acht fünfundvierzig! Hast du das in der kurzen Zeit auch vergessen? So, jetzt ist meiner da.«

Sie lief auf den gegenüberliegenden Bahnsteig.

Er rief ihr nach, dass er heute abends wieder hier sein würde. Jedenfalls morgen abends.

»Okay«, antwortete sie laufend.

Zerbrich nichts. Er winkte. Er rief: »Danke für das, was du mir gesagt hast. Verlass dich auf mich!«

Als der Zug die Kurve beim Liliom-Viadukt nahm, winkte sie zurück.

45

Abschied von Viktoria

Wir müssen von Viktoria Abschied nehmen. Sie hat es vor uns gewusst und ihre Vorbereitungen getroffen. Allerdings hat sie sich ein bisschen geirrt, wenn auch nur um fünf Tage.

Sie war mit ihren Enkelinnen Margaret und Ilona auf Nummer 70 Columbus Avenue gewesen, weil die Mädchen wegen ihrer amerikanischen Staatsbürgerschaft dort zu erscheinen hatten, dabei wollte sie unter keinen Umständen fehlen, sie war ja einer der zwei Zeugen. (Als Inhaberin des Staatsbürgerdekretes, das sie mithatte, durfte sie das bereits.) Der andere Zeuge war ein alter Herr, seinerzeit bei der amerikanischen Botschaft in Rom, nun längst im Ruhestand. Vermutlich dachten die Zwillinge, zwei so distinguierte alte Leute wären das Richtige.

Die Sache hatte Viktoria viel Spaß gemacht. Entgegen ihren Erwartungen fühlte sie sich besser als an den Tagen vorher. Der Druck in der

Herzgegend hatte nachgelassen. Ich hab einen Aufschub, dachte sie; es machte sie guter Laune, und sie zog, mit Kathis Hilfe, das neue Kleid an, das sie für den schönen General angezogen hatte. In dem Karlsbader Glas auf dem Schreibtisch standen jetzt frische Rosen. Eine völlig vertrocknete war dabei, zum Verdruss Kathis, die, seit sie zurück war, wieder das meiste verdross.

Von ihren mehrmaligen Besuchen im Haus 70 Columbus Avenue kannte Viktoria sich dort ziemlich gut aus, und ihre Bekannte, die Negerin, die im vierten Stock die Namen aufrief, begrüßte sie sofort. Zwar war das Quadrat, wohin sie zur Zeugenaussage gerufen wurde, erbarmungslos heiß, doch bereitete es ihr so viel Vergnügen, heute zur Abwechslung nicht die Person zu sein, über die Auskünfte eingeholt wurden, vielmehr eine zuverlässige Bürgerin, die Auskünfte gab, dass sie sich erfrischt fühlte. In ihrem Unterbewusstsein blieb die Befriedigung, trotz ihren Jahren noch eine Prüfung bestanden zu haben. (Keine einzige Frage war sie damals schuldig geblieben.)

Der Naturalisationsbeamte ließ sich mit ihr in eine kleine Unterhaltung ein, auch ihre Reise nach Europa kam zur Sprache. Wie gefiel es ihr jetzt wieder hier? »Großartig«, sagte sie, ohne eine Sekunde zu überlegen. Von dieser Zeugin sichtlich beeindruckt, die einen belebenden Hauch in die Hitze brachte, entgegnete der Beamte, das sei interessant. Denn von den Europäern, die, seit man reisen konnte, wieder drüben gewesen waren, habe er die zwiespältigsten Antworten erhalten. Die meisten befänden sich in einer merkwürdigen Verwirrung. Fast eine Art Problem war das. Die Leute waren dort nicht mehr zu Hause und hier noch nicht.

»Ich leb hier auf«, sagte Viktoria.

Worauf sie das zurückführe?

Als ob es kein Problem wäre, antwortete sie: »Weil man hier nicht von Erinnerungen lebt. Wer leben will, kann nicht für gestern leben.« Dann empfahl sie sich in großem Stil, Entschuldigung für den Aufenthalt erbittend, den ihre Redseligkeit verursacht hatte, und ihre beiden Enkelinnen nochmals lobend. Sie würden gute Bürgerinnen sein. Es wäre hübsch, wenn sie außerdem lernten, gute Mitbürgerinnen zu sein –

etwas, das sie selbst nie genug gelernt habe. Aber sie seien jung, und das sei die Hauptsache.

Draußen (denn erst wurden die Zeugen gehört) redete sie mit den beiden Mädchen, während der ehemalige Diplomat seine Aussage machte. Die Zwillinge waren aufgeregt und zeigten es, was Viktoria für überflüssig hielt. »Seid nicht kindisch«, sagte sie. »Ich geh schnell einmal mit euch die paar Fragen durch, die ihr bestimmt gefragt werdet. Margaret, was für eine Staatsform hat Amerika?«

Margaret wusste es.

»Ilona«, fragte Viktoria und konnte sich nicht helfen, es machte ihr außerordentlichen Spaß, auch einmal wie eine Lehrerin zu prüfen, sie, die eine so elende Schülerin gewesen war und alles hatte aus Erfahrung lernen müssen oder von ihrem Edmund, der den Unterricht zu früh abgebrochen hatte: »Was versteht man unter dem System der checks and balances?«

Ilona wusste es, was Viktoria enttäuschte. Sie vergaß vollkommen, dass sie den Zwillingen hatte Mut geben wollen, und bemühte sich stattdessen sehr, eine schwere Frage zu finden, die sie nicht würden beantworten können. Dann würde sie selbst die Antwort geben und ihren kleinen Triumph genießen. »Was sind die vier Freiheiten?«, fragte sie.

Aber die Zwillinge wussten auch das.

Der alte Diplomat kam heraus, die zwei Mädchen wurden gerufen. Erst in diesem Moment gab Viktoria ihnen ein Rendezvous für nachher; sie würden bei »Twenty One« essen. In entscheidenden Momenten musste man etwas haben, worauf man sich freute, fand sie.

Der Diplomat, fand sie, war entsetzlich langweilig. Dass es ein eher warmer Tag sei, war bereits festgestellt. Auch dass es ein feuchter Tag sei. Hierauf hatte der Diplomat einen Einfall und sagte, das sei nichts Ungewöhnliches in dieser Jahreszeit. Dafür gebe es im Herbst diese gottvollen Tage. Indian Summer.

Nicht mehr für mich, dachte Viktoria und verscheuchte es.

»Müssen Sie in der Stadt bleiben?«, fragte der Diplomat.

Viktoria sagte, eigentlich nicht. Sie hätte die Absicht, in der Nähe etwas für den Sommer zu mieten. Das hänge noch von Verschiedenem ab.

Der Diplomat sagte, das sei eine gute Idee.

Dann stockte die Unterhaltung für eine Weile.

Viele Leute saßen in der Nähe und warteten. Neugierig wie immer, schaute sich Viktoria nach ihnen um. Sie erkannte das Ehepaar, bei dem sie in Wien ihre Pelze gekauft hatte, und nickte ihnen billigend zu. Es war richtig, hier zu sitzen. Es war das einzig Richtige.

Dass Felix das nicht fühlte! Man musste ihm Zeit lassen. Das Mädel war genau so, wie Viktoria sie sich vorgestellt hatte. Bei der war man gut aufgehoben. Eigentlich stellte man sich doch immer alles so vor, wie es war. Felix behauptete, nichts könne man ausrechnen. Auch darin war er im Irrtum.

»Ist Ihnen zu warm?«, fragte der Diplomat.

Alter Esel. Weil man ein bisschen die Augen schloss. Sie öffnete sie weit.

»Es ist von der Wärme«, sagte der alte Herr, sich mit dem Taschentuch die Stirn trocknend.

Es ist von der Langeweile, hätte sie sagen wollen, überlegte es sich aber.

Fast alle Wartenden waren jetzt aufgerufen. Die schwarze Angestellte hatte wenig mehr zu tun, und Viktoria winkte ihr über den ganzen Saal hinweg. Lachend nickte die Negerin zurück.

»Sie kennen die Person?«, fragte der alte Herr.

»Eine große Freundin von mir«, sagte Viktoria. »Immer mit dem Leben einverstanden. Komisch, dass man an den andern Menschen nur das bewundert, was man selbst nicht hat.«

»Is that so«, sagte der Diplomat reserviert. Es konnte eine Bestätigung oder ein Zweifel sein.

Viktoria dachte einen Moment nach, was es sei. Dann entschied sie, das Nachdenken darüber sei nicht der Mühe wert. Der alte Esel war ja ganz verkalkt. Wie waren die Mädchen auf den gekommen? Sie musste sie fragen.

Sie schloss die Augen. Sollte er nur glauben, sie halte ein after-lunch-Schläfchen, auch wenn es beinahe schon fünf war. Immer noch besser, als mit ihm zu reden. Noch dazu redete er so leise. Sie verstand ihn schwer.

Sie öffnete die Augen wieder, da waren die Zwillinge schon nach dem Verhör und gingen nur zu einem andern Beamten hinüber, um eine Unterschrift zu geben. Sie hatten alle Fragen gewusst, bis auf eine: Welcher Präsident war »impeached« worden, was so viel hieß wie angeklagt. Das fragte Viktoria sich eine Weile angestrengt, weil es wirklich ein phantastischer Triumph gewesen wäre, wenn sie das vor dem alten Diplomaten gewusst hätte, der das doch aus dem Ärmel hätte beuteln müssen! Sie blieb sitzen, wo sie saß, und stellte sich das kleine weiße Buch vor, aus dem sie für ihre Bürgerprüfung gelernt hatte. Irgendwo rechts unten war's gestanden.

Jemand sagte: »Ich hol den Dr. Pulay!«

Jemand sagte: »Trink ein bisschen Wasser, Großmama!«

»It's only me, ma'am«, sagte jemand. Der Saal war ganz leer. Lampen brannten. Oder war es die Sonne. Die Mädchen würden gleich wieder da sein, sie seien nur zum Telefon und um ein Taxi gegangen, sagte die Negerin. Ob Ma'am sich besser fühle?

»I'm feeling lousy«, sagte Viktoria englisch. Man behauptet immer, dass man in den äußersten Momenten in seiner eigenen Sprache redet, dachte sie. Sie dachte absolut klar. Das da vor ihr war die Negerin mit dem entzückenden optimistischen Lachen. Sonst war niemand mehr da. »Smile«, sagte Viktoria.

»You'll sure feel better, ma'am. Don't give in«, versuchte die Negerin ihr zuzureden, dass sie sich bestimmt besser fühlen werde und nicht nachgeben solle.

»Smile«, sagte Viktoria sehr mühsam.

Etwas wurde gesagt, was sie nicht mehr hörte.

»Sag ihnen«, sagte Viktoria, »der angeklagte Präsident war Andrew Johnson.« Sie hatte es gewusst.

Dann sagte sie, kaum hörbar, die zwei Worte, mit denen sie gern anfing: »Na ja …«

Dann griff sie krampfhaft nach der Hand der Negerin, klammerte sich eine Sekunde fest an sie und ließ sie fallen.

46

Der tiefe Schnitt

Felix lernt das Recht. Längst vorher hat er eine Menge davon gelernt gehabt, die Materie ist ihm vertraut. Doch was er lernt, ist nicht mehr das österreichische Bürgerliche Gesetzbuch, auch nicht das österreichische Strafgesetz, sondern es sind die amerikanischen Gesetze. Er geht herum und versucht, sie sich einzuprägen.

Es ist Viktorias Wunsch gewesen. Obwohl man es eigentlich nicht hätte von ihr erwarten sollen, hatte sie ein sehr genaues, man könnte fast sagen, strenges Testament hinterlassen. Wessen sie sich zu seiner Abfassung bedient hatte, blieb unbekannt. Zweifellos musste es ein Jurist gewesen sein, noch dazu jemand, der Ausdrücke gebrauchte, die ein amerikanischer Jurist nicht verwendet hätte. Erst als sich (viel später) in ihren Papieren eine Abschrift des Testamentes ihres Gatten fand, sah man, dass sie es übersetzt und für ihren Zweck angepasst hatte. »Meinem Enkel Felix von Geldern«, stand darin, »empfehle ich mit der ganzen Liebe, die ich für ihn empfinde, und mit allem schuldigen Respekt für seine Ideale, dass er kein Leben in den Wolken führe. Daher rate ich ihm dringend, keine Zeit mehr zu verlieren und die Prüfung als amerikanischer Anwalt zu machen. Die Familien Geldern und Teleky haben namhafte Juristen hervorgebracht, teils in Österreich, teils in Ungarn. Mein Enkel Felix soll diese Tradition in meiner und seiner neuen Heimat fortsetzen.« (Eine ähnliche Empfehlung hatte Felix' Großvater seinem Vater hinterlassen, und sein Vater hatte sie befolgt.)

Wenn sich der Rechtsstudent in diesem heißen Sommer im Central Park oder in dem Souterrainzimmer, das er der Kühle wegen in einem verfallenen alten Haus der 75. Straße gemietet hatte, auf seine Prüfung vorbereitete, tat er es, ohne einen Sinn darin zu finden. Ebenso gut hätte er in Brown's Warenhaus wieder Bücher verkaufen können. Manchmal schien es ihm ein Hohn, dass er lernte, wie ein Bürger sich zu verhalten und welche Rechte er gegenüber dem Staat habe; er hatte geglaubt, das zu wissen; er hatte gehofft, es zu erleben. Keine seiner Wunden war verheilt. Viktorias Tod hatte die alten aufgerissen und eine neue geschlagen.

Weil Joyce darauf bestand, ihn nicht mehr als Mieter zu nehmen, wohnte jetzt jemand anderer in seinem Zimmer, 150 Edgemont Road, ein brillanter Mann, dessen Beruf es war, Teppiche aufzubewahren. Livia hatte zwar gedroht, auszuziehen, wenn Joyce das Zimmer vermietete, wohnte aber vorderhand noch draußen. Hin und wieder meldete sie sich. Immer seltener.

Es war das Leben eines alten, durchgefallenen Schülers, das Felix führte. Die Mittel dazu besaß er für die nächsten drei Monate. Was nachher sein würde, bekümmerte ihn nicht. Viktorias Hinterlassenschaft, die ihn bedachte, würde allem Anschein nach noch lange brauchen, um abgewickelt zu werden, weil dazu Verhandlungen mit ungarischen und österreichischen Behörden erforderlich waren. (Auch die Zwillinge, für die sie bei Lebzeiten gesorgt hatte, würden sehen müssen, sich vorderhand auf eigene Füße zu stellen.) Onkel Kari schlug vor, Felix wieder hinüberzuschicken, um die Dinge zu beschleunigen, und als die Rede davon war, flammten Hoffnungen wild in Felix auf. Jedoch nicht nur, weil sich die Familie diesmal kategorisch dagegen aussprach, erloschen sie wie Strohfeuer; er selbst entschied sich dagegen. Der Schnitt (nicht ein Strich, wie Antoinette gesagt hatte) musste gemacht werden. Ein tiefer Schnitt. Er war dazu entschlossen.

Seine Mahlzeiten nahm er in einer Cafeteria, wo auch andere ehemalige Österreicher, Hut auf dem Kopf, mittags fünf Minuten und vierzig Cent, abends zehn Minuten und fünfundsiebzig Cent für ihr Lunch und Dinner aufwendeten. Was er jetzt tat, hatten sie längst hinter sich. Drei waren Ärzte, sogar vier, aber der Orthopäde, Dr. Flesch, der früher hier Stammgast gewesen war, zeigte sich nur noch selten. 1939 hatten die drei für ihre »state board examination« zu lernen angefangen; 1940 waren sie, jeder zweimal, bei der Sprachprüfung, einmal bei der medizinischen Prüfung durchgefallen, 1941 waren zwei von ihnen, 1942 ein Dritter zur Praxis zugelassen worden. Ältere Herren mit grauen Schläfen. Einer war in Wien Universitätsprofessor für Gynäkologie, einer Spezialarzt für Ohrenheilkunde gewesen. Der Dritte, ein

Anatom, hatte vor Jahren den Nobelpreis erhalten. Sie hatten ihre Ordination in der »guten Gegend«, Ost, zwischen 52. und 89. Straße, und teilten sie, jeder, mit zwei oder drei amerikanischen Kollegen. Der Gynäkologe hatte einen zweiwöchigen Sommerurlaub in Wolfeboro am Lake Winnepesaukee hinter sich, acht Dollar fünfzig täglich, alles inbegriffen, sehr zu empfehlen, angenehme Badegelegenheit, fast wie am Wolfgangsee. Die anderen sagten, sie blieben lieber in New York. Ihre Luncheons und Dinners (sie trugen sich ihre Speisetablette in den ersten Stock, weil es angeblich dort luftiger und man mehr unter sich war) und die Gespräche, die sie dabei führten, zeigten Felix seine Zukunft wie in einem Verkleinerungsspiegel.

Sie wollten wissen, was er in Wien erlebt hatte. Obwohl sie energisch behaupteten, es interessiere sie überhaupt nicht, stellten sie Fragen wie: »Und wer hat die Erste Gynäkologische? Ist es wahr, dass die Ohrenklinik noch nicht definitiv besetzt ist? Ich frag rein akademisch. Und wie sind die Lebensbedingungen? Findet man eine Wohnung? Was glauben Sie, muss man verdienen? Ich hör, dass Kohle so schwer zu bekommen ist, stimmt das? Kauft man wirklich alles im Schleichhandel? Der Antisemitismus soll unverändert sein. Stimmt das?«

An dieser letzten Frage beteiligten sie sich am eifrigsten, als sei es eine, die erörtert werden könnte, ohne den Rückschluss zuzulassen, dass nur ein Einziger von ihnen daran dachte, nach Wien zurückzukehren. Dabei dachten sie es alle, lesbar stand es in ihren müden Augen. Nun, heraus mit der Sprache, wie war's damit? Würde zum Beispiel der Professor an unserem Tisch – wenn er sich dafür interessierte, wohlgemerkt, er interessierte sich nicht, die Frage war rein akademisch – eine Berufung erhalten?

Er würde keine Berufung erhalten, antwortete Felix, jeder Antwort bisher ängstlich ausgewichen. Es nützte nichts, es ihnen vorzuenthalten und ihre Illusionen zu nähren, fand er. Illusionen nützten nichts. Der Antisemitismus, sagte er, bestehe nach wie vor. Dass sechs Millionen Juden ermordet worden waren, seien die sieben Millionen Österreicher (und übrigens die ganze Welt) im Begriff zu vergessen; sie nähmen es sogar ausgesprochen übel, daran erinnert zu werden, es gelte als taktlos.

Nur die Juden erinnerten sich dessen, von denen aber gebe es bekanntlich in Wien nicht viele. Im Moment ziehe der Antisemitismus freilich die Krallen ein und drapiere sich mit Alibis, indem da und dort kleine Posten in nichtarische Hände kämen; auf entscheidende würden Juden nicht berufen. Er habe, erzählte er ihnen, ein Gespräch darüber mit einem Beamten gehabt, Sektionschef Pauspertl, vielleicht erinnerte sich einer der Herren des Mannes? Nach Rückkehrern, obwohl man es offiziell nicht zugab, bestehe nicht das mindeste Verlangen, nach solchen mit anerkannten Namen am allerwenigsten. Man wolle unter sich bleiben und sein mehr oder weniger schlechtes Gewissen schonen. Während er es sagte, redete Felix sich immer bewusster in einen Ärger, der, hoffte er, das Heilen des Schnittes beschleunigen würde.

»Das ist ja phantastisch!«, sagte der Nobelpreisträger. »Nichts vergessen und nichts gelernt. Haben Sie das publiziert, Dr. von Geldern?«

Felix verneinte.

»Sehen Sie«, sagte der andere. »Das ist es, was ich immer sage. Es fehlt an persönlichem Mut! Da kommt ein Mann wie Sie von Wien zurück, hat das alles erlebt, und niemand erfährt etwas davon. Warum? Was fürchten Sie denn, Dr. von Geldern?« Erregt trank er seinen schwarzen Kaffee aus.

»Ich bin kein Journalist«, sagte Felix. »Und ich fürchte nichts.«

»So etwas muss man doch annageln!«, sagte der Ohrenspezialist.

Felix schwieg.

»Ich habe eine Idee«, sagte der Nobelpreisträger. »Die Austro-Amerikanische Gesellschaft, deren Vizepräsident ich bin, feiert Ende des nächsten Monats ihren fünfundzwanzigsten Geburtstag in Washington. Wir haben an einen Amerikaner und an einen ehemaligen Österreicher als Festredner gedacht. Dr. von Geldern – wollen Sie über Ihre Eindrücke in Wien sprechen? Sie werden ein interessiertes Auditorium finden, das aus Politikern, Geschäftsleuten, Abgeordneten, Journalisten, mit einem Wort aus Menschen besteht, die öffentliche Meinung machen.« Es war erstaunlich, wie der erschöpfte, grauhaarige Mann (im Eifer seines Wunsches nach Vergeltung) die Energie zurückzugewinnen schien, die er in acht Jahren täglicher Cafeteria verloren haben mochte.

Der Lärm der unablässig in Waschbecken geschleuderten Bestecke und Geschirre störte ihn nicht, die Kulisse des billigen Speiseplatzes, wo alle fünf Minuten andere Esser dieselben Speisen freudlos verschlangen, wich zurück und wurde ihm, nach seinem Blick zu schließen, zum Areopag. »Es ist eine Aufgabe«, sagte er, als Felix zögerte. »Die Wahrheit zu sagen ist immer eine Aufgabe.«

»Das wär doch eine Aufgabe!«, hatte Herr Rosenhaupt gesagt. Es gab viele Aufgaben. »Ich möchte nichts annageln«, sagte Felix. »Davon ist seit eintausendneunhundertsechsundvierzig Jahren nichts Gutes gekommen.«

»Sagen Sie gleich, Sie fürchten sich! Vermutlich haben Sie Beziehungen angeknüpft, die Sie nicht gefährden wollen.«

»Ich habe die Beziehungen gefährdet, die ich angeknüpft habe«, antwortete Felix. Auch damit musste radikal ein Ende gemacht werden! Man konnte nicht ständig dem Einwand gegenüberstehen: Sie haben in Wien eine Nazi geheiratet! »Gut! Ich werde es ganz klar machen!«, sagte er wütend.

»Wir sind Ihnen sehr verbunden. Und wie wird der Titel Ihres Vortrages heißen?«

So beim Wort genommen, zögerte er. Dann dachte er: Außerdem wird es den Schnitt vertiefen. »Es wird kein Vortrag sein. Eher ein Rechenschaftsbericht.«

»Desto besser. ›Rechenschaftsbericht über einen Besuch in Österreich‹. Passt Ihnen das?«

»Ich werde trachten, es so klar zu machen, dass kein Zweifel bleibt«, wiederholte Felix entschlossen. »Weder so noch so!«

Der Nobelpreisträger sagte, das wäre genau das, was er wollte, und eilte mit den anderen weg. Die Herren waren sieben Minuten länger beim Lunch geblieben als sonst, im Ganzen zwölf Minuten.

47

Weltteile

Sie hatte ihn eingdaden, und er hatte ja gesagt. »Du bist mein Gast«, hatte sie zur Bedingung gemacht. Sie trafen sich bei Longchamps, 58. Straße, neben dem Modesalon Bergdorf Goodman.

Ihr Tisch stand am Fenster, so konnten sie sehen, was drüben in der Drogerie passierte. Felix sah oft hinaus, es war ihm schwer, Livia ins Gesicht zu schauen.

Sie trug ein Kleid, das er nicht kannte. Sie gebrauchte manchmal Ausdrücke, die sie früher nicht gebraucht hatte. Es war klar, dass sie ihm zeigen wollte: Ich habe den Schock überwunden.

Wusste er, dass sie eine Gehaltserhöhung bekommen hatte? Deswegen könne sie sich nicht entschließen, die Stelle bei Altman aufzugeben.

Das fand er richtig. Und wie ließ sich der neue Mieter an?

Dass sie imitieren konnte, war ihm neu. Sie nahm die Orangenschale aus dem Glas mit Old-Fashioned-Cocktail und schlürfte sie vornehmübertrieben, wie es der neue Mieter angeblich mit Austern tat. Es sah komisch aus. Da sie sich solche Mühe gab, unterhaltend zu sein, konnte er ihr noch weniger ins Gesicht schauen.

»Ich hab einen Zorn auf dich gehabt«, sagte sie, als er immer wieder durch das Fenster sah. »Weißt du das?«

»Ich fürchte, ja.«

»Du hast mich behandelt, wie man niemanden behandeln darf.«

»Essen wir zusammen, damit du mir das sagen kannst?«

»Seit Wochen wollt ich dir's ins Gesicht sagen. Jede Nacht hab ich's dir gesagt.«

»Sag's jetzt.«

Offenbar hatte sie eine Menge Vorsätze zu diesem Dinner mitgebracht. Nicht nur, was sie ihm sagen würde, sondern auch wann. Erst Cocktails, dann Suppe, dann Huhn. Beim Huhn würde sie es sagen. Oder beim Eis, dachte er.

Doch die Teller wurden gewechselt, und sie redeten noch immer von Dingen, die keinem von ihnen etwas bedeuteten.

»Also, sag's mir ins Gesicht, Livia!«

»Ich möcht etwas wissen. Wirst du's mir sagen?«

»Ja.«

»Deine Braut – deine Frau – war eine große Künstlerin, nicht?«

»Eine Sängerin.«

»Das willst du.«

»Was heißt das?«

»Du machst dir nichts aus Dutzendmenschen. Du hast ganz recht.« Der Fortsetzung des Gespräches wich sie schnell aus und behauptete, es werde mit Joyce täglich schwerer. Augenblicklich interessiere sie sich für den neuen Mieter.

»Du nicht?«, fragte er.

»Das ist unter deinem Niveau, Ich möcht nicht, dass du unter deinem Niveau bist.« Vielleicht gehörte das nicht zu den Dingen, die sie sich vorgenommen hatte, ihm zu sagen. Ihr Kleid war lichtblau, im Haar hatte sie eine Kosmosblüte, eine weiße Handtasche lag neben ihr. Zum dritten Mal nahm sie einen Spiegel heraus und überzeugte sich, dass man nichts von ihren Narben sah.

Narben wird man nicht los, dachte er.

»Was wirst du jetzt machen, Felix? Ich sollte dich eigentlich nicht fragen.«

»Ich weiß nicht.«

»Du studierst Jus? Nicht?«

»Ja. Ich studiere Jus.«

»Wie lang wird das dauern?«

»Drei, vier Monate. Vielleicht länger.«

»Und was dann?«

»Ich weiß nicht.«

»Das ist keine Antwort.«

»Es gibt keine.«

»O ja! Jemand wie du.«

»Der jedem im Weg ist. Auch sich.«

Sie hatte ein Zigarettenetui aus ihrer Tasche genommen, das sie früher gleichfalls nicht besessen hatte, es war besonders hübsch. Sie zeigte, wie hübsch es war, da sie ihm daraus anbot.

»Reizend«, sagte er.

»Gefällt's dir?«

»Sehr.«

»Ich hab's bekommen.«

Er fragte nicht, von wem, und sie sagte es nicht. Drüben in der Drogerie sah man den Kommis einer Kundschaft etwas aus dem Auge nehmen (wozu der New Yorker Wind und Kohlenstaub seine Opfer jeden Augenblick zwang).

Livia war Felix' Blick gefolgt und lachte. »Wenn ich das seh, muss ich immer lachen«, entschuldigte sie sich. »Ich weiß nicht, weshalb.«

Wer in meiner Gegenwart lacht, muss sich entschuldigen, dachte er. »Ich freu mich, wenn du lachst, Livia.« Jedes Wort gezwungen und falsch.

Sofort hörte sie zu lachen auf.

»Du hast zu wenig zu lachen gehabt«, sagte er. Redete er nur noch pathetische Phrasen, die kein Mensch sagte, oder höchstens dann, wenn er dem andern nicht in die Augen schauen konnte?

»O nein, Felix.«

In dem Kleid, das er nicht kannte und das nicht teuer gewesen sein konnte, sah sie erwachsener aus. Das Kleid, das er ihr gekauft hatte, war eleganter gewesen. »War's schlimm?«, fragte er, unwillkürlich.

»Ja.«

»Immer noch?«

»Ja.«

»Bist du bös?«

»Ich hätt dich umbringen können.«

»Das würde mein Problem gelöst haben.«

»Dein Problem ist eine Schiffskarte.«

»Was?«

»Du musst eine Reise nach Österreich zahlen. Oder sonst jemand.«

»Du denkst, es ist so einfach!«

Ihr Ton, nicht wie früher unbedingt mit ihm einverstanden, hatte etwas Aggressives, ja Rechthaberisches, das ihn herauszufordern begann.

Sie nickte. »Du bist von Österreich hergekommen und hast Österreich geliebt. Du warst hier und hast es geliebt. Du bist zurückgefahren und hast es geliebt. Jetzt bist du wieder hier und liebst es noch. Gibt's etwas Einfacheres?«

Da sie es sagte, klang es wie das Einfachste der Welt, und sie hielt es zweifellos dafür.

»Es ist nicht mehr meine Heimat«, sagte er. Er hatte etwas ganz anderes antworten wollen, doch die verblüffende Simplizität brachte ihn außer Fassung.

»Weshalb lügst du dich an? Du hast ein Mädchen geheiratet, in das du verliebt warst – obwohl sie nicht mehr dein Mädchen war. Warum willst du dich von dem Land trennen, in das du verliebt bist?«

»Weil ich, wenn du's nicht wissen solltest, Amerikaner geworden bin.«

»Aber du liebst Amerika nicht. Du hast es nie geliebt. Du liebst Österreich.«

Es schien sich um Weltteile zu handeln. In Livias Mund wurden es Frauen. Sie sagte Amerika und meinte Livia. Sie sagte Austria und meinte die Frau, die du geheiratet hast. Zumindest deutete er es so, um sich nicht gestehen zu müssen, dass die Selbstverständlichkeit, mit der sie leugnete, hier besteht ein Problem, noch dazu ein unlösbares, ihn vor den Kopf schlug.

»Ich muss hierbleiben«, sagte er.

»Warum?« Sie warf ihre Zigarette achtlos weg. »Niemand wird dir etwas in den Weg legen, wenn du zurückgehst. Glaubst du, die Amerikaner sind so kleinlich und dumm? Sie werden sich sagen, dass dein Fall anders ist, und werden dich ohneweiters gehen lassen.«

Wollte sie ihm zu verstehen geben: Niemand wird dich vermissen, ich am wenigsten? Er bemühte sich, Argumente zu finden, die zeigen würden, wie kompliziert das Problem war. Hunderte gab es. Keines fiel ihm ein.

»Warum willst du dich unglücklich machen? Wer hat etwas davon?«, fragte sie, da er schwieg.

»Es gibt so etwas wie Anstand.«

»So? Gebrochene Versprechen und solche Sachen? Richtig, du bist ja ein Advokat.«

»Livia, das ist unter deinem Niveau.«

»Dann sind wir quitt.«

Ihre Sicherheit beunruhigte ihn so, dass er sich überzeugen wollte. Wenn sie es nur auf seine Frage angelegt hatte, ob sie mitkommen wolle, war die Sache allerdings sehr simpel. »Würdest du mitkommen?«, fragte er.

Ihr neues Zigarettenetui machte beim Schließen ein schnappendes Geräusch. Sie öffnete und schloss es. »Ich hab dir noch nicht erzählt, Felix. Everett ist zurück.«

Er erinnerte sich des Namens nicht.

Bestimmt wusste er von Everett. Der Boy, mit dem sie in der Mittelschule zusammen gewesen war. Thomas Havilands jüngerer Bruder. Seine Eltern hatten ein Haus in White Plains.

Der ihr aus den Ardennen geschrieben hatte?

Derselbe. Er war jetzt aus dem Krieg zurück. Nach der »G.I. Bill of Rights« konnte er auf Staatskosten studieren. Auf der Columbia-Universität. Jus. Auch ein zukünftiger Advokat.

Es traf Felix mehr, als er gedacht hätte. »Wann heiratest du?«, fragte er. »Ich wusste nicht, dass du so gut mit ihm bist. Gratuliere.«

Sie hatte ihn angeschaut. Er kannte die Blicke, die das Verdikt spiegelten, das sie sahen. Eines Abends hatte Gertrud so geschaut. Livia sagte mit angehaltenem Atem: »Möchtest du's nicht?«

»Aber selbstverständlich!«

»Lass mich dich anschauen. Wart. Du möchtest es nicht. Felix! Du möchtest es nicht!«

»Weshalb hast du mir von Everett erzählt?«

Sie konnte eine Weile nicht reden. Das Rechthaberische um ihre Lippen war weg. »Nur so.«

»Habt ihr schon ein Datum festgesetzt?«

»Ich geb dir ein Jahr.«
»Du gibst ihm ein Jahr«, sagte er vor sich hin.
»Nein. Dir. Ein Jahr wart ich auf dich.«
»Warum willst du dann, dass ich nach Österreich gehe?«
»Weil du hingehörst.«
»Und du?«
Sie wollte etwas sagen; sie schwieg.
»Weshalb ist das Leben so wahnsinnig schwer, Livia?«
»Es ist ja nicht! Wann fährst du?«
»Ich fahre nicht.«
»Ja, du wirst. Und wirst mir wieder nicht schreiben. Und eines Tages wird mir jemand – nicht die arme Mrs. von Geldern, diesmal – telefonieren oder kabeln: Felix hat eine österreichische Gräfin oder Schauspielerin oder sonst jemand ganz Besonderen geheiratet.«
»Nie.«
»Und das Leben wird trotzdem wundervoll sein.«
»Du bist jemand ganz Besonderer, Livia. Alle Achtung!«
»Aber das Leben ist wundervoll, Felix! Das ist das Ganze, was du noch zu studieren hast.«

48

Oratio pro domo Austriae

Im ersten Stock des Hotels Willard in Washington hatte die »Austro-American Society« einen Saal für die Jubiläumsfeier gemietet. Gedruckte Einladungen waren ausgesandt worden, worin Mitgliedern und Freunden das Programm mitgeteilt wurde: Mozarts »Kleine Nachtmusik«, gespielt von ehemaligen Mitgliedern des Wiener Philharmonischen Orchesters, dirigiert von Bruno Walter; Ansprachen des Präsidenten der Gesellschaft und eines Senators; »Eindrücke von einer Reise nach Wien, Vortrag, gehalten von Dr. Felix von Geldern.«

Gegen diesen der Abmachung widersprechenden Text hatte sich

Felix zur Wehr gesetzt. Doch ließ sich nichts mehr machen, die Einladungen waren ausgeschickt, und schließlich und endlich, worin lag der Unterschied zwischen Vortrag und Rechenschaftsbericht? Felix müsse zugeben, »Rechenschaftsbericht« klang etwas trocken; das sei der einzige Grund für die kleine Änderung. Wir wollten nicht Haare spalten, Dr. von Geldern, nicht wahr?

Je länger er allein lebte, desto eigensinniger war Felix geworden. Man spaltete nicht Haare, wenn man Abmachungen einhielt. Außerdem eignete sich das, was er zu sagen hatte, für alles eher als für einen festlichen Vortrag.

Man erklärte ihm, darüber möge er sich keine Gedanken machen. Die bloße Tatsache, dass ein ehemaliger prominenter Wiener in der Lage sei, einen Augenzeugenbericht über Wien nach Hitler zu geben und, vermutlich, Fragen zu beantworten, die kein Reporter bisher beantwortet hatte, stemple den Anlass zu einem besondern; die Nachfrage nach Einlasskarten sei denn auch außerordentlich. Wenn er übrigens darauf bestehe, würde der Präsident der Gesellschaft in seinen einleitenden Worten die Bezeichnung »Vortrag« richtigstellen. Durchaus möglich, dass der Stellvertretende Staatssekretär zugegen sein würde.

Danach hatte Felix zu Papier gebracht, was er sagen wollte; es sich von der Seele schreibend, gab er sich der Arbeit hin wie einem Narkotikum. Er beschwor es herauf, lebte damit, ging darin auf. Seit Viktorias Tod waren es seine ersten guten Tage.

Er war nie vorher in Washington gewesen. Um halb acht Uhr abends sollte die Veranstaltung beginnen, um sechs erst war er angekommen und gedachte, noch in der Nacht zurückzufahren, um das Hotel zu ersparen. Der neue Anzug überschritt sein Budget wesentlich – Viktoria hätte den Anzug gewünscht; auch, dass er eine volle Stunde das Weiße Haus anstarrte, hätte sie gebilligt. Er hatte gefragt, wie man hinkomme, als er es bereits vor sich sah, weil es ihm unglaublich erschienen war, es könnte so mittendrin stehen. Aber da stand es, hinter einem grünen Rasen, und war nicht pompös, sondern tatsächlich nichts als ein weißes Haus. In seiner Gemütsverfassung machte es ihn betroffen. Auch die Wiener Burg lag mitten in der Stadt. Auch das Élysée in Paris. Auch

Buckingham Palace in London. Doch in ihrem Prunk hatten sie etwas Zurückgezogenes, das abwies. Hier dagegen stand, jedem Passanten zugänglich, das Haus des Ersten Bürgers und unterschied sich nicht. Neger leiteten die einfahrenden Wagen durch das Gartentor und die Besucher durch den Eingang. Würde und Respekt fühlte Felix darin. Es bewegte ihn sehr.

Das Herz wurde ihm noch weiter, als er in dem Festsaal des amerikanischen Hotels Mozart spielen hörte. Bruno Walters schmale Gestalt war eilig durch die Tür getreten, und mit der ihn kennzeichnenden beschwörenden Geste hatte er die Hand erhoben, die Instrumente fielen zauberisch ein. Einige der Musiker erkannte er; der Oboist hatte noch unter Walter in der Oper gespielt; der Cellist bei dem Requiem für Dollfuß.

Auf einem Estradenplatz gab der aus Wien Zurückgekehrte sich seiner Ergriffenheit unbekümmert hin. Die wenigsten in dem dichtgefüllten Auditorium bedeuteten ihm etwas. Einige Politiker waren ihm gezeigt worden. Einen führenden Journalisten kannte er vom Sehen. Und natürlich eine Anzahl Österreicher. Die Herren aus der Park-Lane-Cafeteria waren aus New York gekommen, auch einige der Advokaten, die mit Fleisch oder Bürsten hausierten; Schauspieler, die keinen Job fanden; ein Kritiker ohne Zeitung; ehemalige Wiener Familien, die Eltern sprachen Deutsch, die Söhne und Töchter glichen bereits amerikanischen Burschen und Mädchen auf ein Haar. Bei Mozarts »Kleiner Nachtmusik«, welche die Eltern, mit feuchten Augen, selig lächelnd, zurück nach Wien oder Salzburg versetzen mochte, während die Söhne und Töchter dasaßen wie andere unbeteiligte Konzertbesucher, erschien Felix das Ganze plötzlich so unproblematisch, wie es Livia ergangen sein musste: Um einzuwurzeln, durfte man sich nicht entwurzeln müssen. Emigration war eine Frage der Erinnerung; wer sie nicht hatte, konnte gedeihen; wer sie hatte, verdarb. Die Jungen hatten sie nicht. Die Eltern würden an Heimweh sterben, man würde es Angina pectoris nennen oder Karzinom.

»Heil Hitler!«, war er versucht, vor sich hin zu sagen, wie damals der junge Franzose auf der »Brazil«. Gut, dass er auf den Blättern in seiner

Tasche alles so schonungslos aufgeschrieben hatte! Den für zehn Minuten von der Musik Verwandelten würde er andere zehn oder zwanzig Minuten der Genugtuung verschaffen! Vielleicht würde er ihnen damit, was er zu sagen hatte, sogar die Sehnsucht nehmen! Eine Aufgabe – der Nobelpreisträger hatte recht.

Als die Musik endete und Ansprachen begannen, schweiften die Gedanken des Zurückgekehrten ab. Bruchstücke der Reden streiften ihn. Der Präsident der Gesellschaft sagte, dass Österreich der Welt viel gegeben habe und dass man noch manches von dort erwarten dürfe. Mozart. Schubert. Beethoven. Allerdings auch Hitler. Nicht zu leugnen, dass zwei Weltkriege in einem Menschenalter von dort ausgegangen waren. Immerhin sei man berechtigt, die Erwartung auszusprechen … alles wohlerwogen, sollte man hoffen dürfen … Händeklatschen. Auf dem Podium klopfte man einem Land auf die Schulter. Vor Emigranten und Unbeteiligten forderte man es auf, wieder brav zu sein.

Während ein anderer Redner das Wort ergriff und die »andererseits« hinter dem Pult aufschossen wie giftige Pilze in lauem Regen, bemächtigte sich Felix' eine ungeheure Erregung. Viele, zu denen hier geredet wurde, waren unsäglich arme Teufel. Aber das, worüber hier geredet wurde, war der ärmste Teufel, den er kannte. Zerschlagen, erfroren, verhungert, musste er mit dem Hut in der Hand dastehen, ihn so ziehen, dass es submiss genug aussah, ihn so hinhalten, dass Almosen hineinfielen. Es geht uns schlecht, es geht uns schlecht, viel schlechter kann's nicht gehn. Vor dem Heimkehrer stieg es auf, die weichen Konturen, in denen Härte sich so dämonisch verbarg. »Wenn man aber in Betracht zieht«, sagte der Redner, »dass die Menschen dieses kleinen Landes …« Wenn man aber in Betracht zieht, dass Unglück die Menschen nicht besser macht, nicht in einem kleinen, nicht in einem großen Land! »Hätten die Wiener«, sagte der Redner, »1938 …« Hätte die Welt die Wiener, 1938, nicht ganz alleingelassen, als Hitler sein Ultimatum stellte, dann wären jetzt nicht gute Lehren notwendig, und die armseligen Emigranten säßen nicht hier und hätten eine Erde, worin sie begraben sein wollten.

Applaus.

»And now, ladies and gentlemen, it is my privilege to introduce the speaker of the evening.« Der Präsident kündigte den Sprecher des Abends an.

Applaus.

Dr. Felix von Geldlern, früherer österreichischer Ministerialbeamter und hervorragender Jurist, sagte der Präsident, sei kürzlich von einer Reise nach Österreich zurückgekehrt. Dr. von Geldern, nunmehr amerikanischer Bürger, werde über seine Eindrücke sprechen. Der Präsident habe volles Verständnis dafür, dass der Sprecher in übergroßer Bescheidenheit seine Ausführungen nicht als Vortrag bezeichnet wissen wolle. Er sei aber gewiss, dass wir die Genugtuung haben würden, Darlegungen von jener Art zu hören, die ein distinguierter, im Publikum anwesender Autor vielleicht »Inside Austria« nennen würde.

Applaus für den distinguierten Autor im Publikum. Wir alle, meinte der Präsident, seien gespannt auf Dr. von Gelderns Vortrag, das heißt Bemerkungen, und er werde nachher gewiss Fragen aus dem Publikum beantworten.

Applaus.

Felix steht hinter dem Rednerpult. Seine Brille ist angelaufen, er putzt sie fieberhaft. Dann zieht er das Manuskript heraus und beginnt: »Mr. Chairman, Ladies and Gentlemen.« Sauber getippt steht das dort. Die erste Zeile seines Manuskriptes lautet: »Ich bin von meiner Reise nach Österreich mit gemischten Gefühlen zurückgekehrt.« Felix sagt, seine Stimme ist leise: »Ich bin von meiner Reise nach Österreich mit einem Gefühl tiefer Besorgnis zurückgekehrt. Es ist die Besorgnis um dieses arme, fürchterlich geschlagene, tief verletzte Land.« Sein Manuskript setzt fort: »Es kann nicht geleugnet werden, dass Österreich bitter gelitten hat. Aber es wäre ebenso unaufrichtig zu behaupten, dass es aus seinem Unglück die Lehre zog. Ich bin, ich gestehe es offen, mit unendlichen Erwartungen hingefahren. Ich kehre mit ebensolcher Enttäuschung zurück. Meine Damen und Herren, ich werde Ihnen einen genauen Rechenschaftsbericht darüber geben, weshalb. Ich werde nichts beschönigen und nichts verheimlichen. Ich werde auch nichts übertreiben. Die Wahrheit, scheint mir, ist das Einzige, das wert ist, berichtet zu werden.« Das alles steht dort, klar und deutlich, in fehlerloser Maschinschrift.

Davon sagt Felix nicht ein einziges Wort. Sondern er nimmt seine Brille wieder ab und steckt das Manuskript in die Tasche. Weitsichtig schaut er auf die Menschen unten, die mit den grauen Schläfen, die mit den fahlen, erloschenen, von der Erinnerung geröteten Gesichtern. Hat Mozart, als er die »Kleine Nachtmusik« schrieb, Recht und Unrecht abgewogen, denkt er, während es heiß in seinem Herzen wird und die Worte ihm, einem spröden Sprecher und dürftigen Improvisator, zuströmen, wie sie Antoinette zugeströmt waren, da sie von der Not der jungen Menschen geredet hatte. Auch er redet von der Not. Von der leiblichen, von der geistigen. Von der Qual, dauernd im Winkel zu stehen. Von der tiefen Bereitschaft, die Befreier ins Herz zu schließen, und der schneidenden Enttäuschung weiterer Unfreiheit. Von der Unerträglichkeit, länger enttäuscht zu werden. Von der Sehnsucht nach einem Leben im Geist, ja, mehr: in Gott – es manifestiere sich in Blicken und im Schweigen; wenn man genauer sehe und höre, sehe und höre man es, denn es sei da. Eine geistliche Schwester in einem Spital habe er kennengelernt, die Gott näher war als irgendein Mensch in der Welt. Viele solche gäbe es; wer sie suchte, fand sie. Der Fehler sei, und er könne sich selbst davon nicht freisprechen, sie nicht genug zu suchen oder die Suche aufzugeben, wenn sich das Schlechte leichter fand. Nichts aber sei leichter zu finden als das Schlechte. Und nichts sei beweisloser.

Er entschuldigt nicht, aber er klagt nicht an. Er weiß nicht, was er in der nächsten Sekunde sagen wird. Fast hat er die Empfindung von Musik, sie hebt ihn empor, trägt ihn, er vertraut sich ihr angstlos an. Vor seinen Augen steht die Landschaft, deren Menschen er jenseits der Anklage stellt. Ich stehe nicht als Zeuge gegen dich auf, sagt er zu sich, während er laut zu den Leuten redet. Grinzing ist vor ihm. Die Kirche in Döbling, wo er geheiratet hat und wo die stille Messe gehalten wurde. Der Volksgarten mit Grillparzers Denkmal. »Lasst das Herz der Welt, lasst Österreich nicht zugrunde gehen!«, ruft er aus. »Es käme zum dritten Weltkrieg, wenn ihr es tätet!«

Als er geendet hatte, entstand ein Schweigen. Dann brach ein Sturm der Zustimmung los. Die mit den grauen Schläfen, die Fleischhausierer, die um Brot und Ansehen Gekommenen, die Deserteure der Gaskammern, die Eltern, die Deutsch redeten, applaudierten am enthusiastischsten. Wenn er es gesehen hätte, würde es ihn erschüttert haben. Aber er sah es nicht, seine Erregung war zu groß.

Jemand stellte sich ihm als Vertreter einer Zeitung vor und streckte die Hand nach den klar und deutlich getippten Aufzeichnungen aus. Dass er sie nicht bekam, ja, dass Felix vor des Mannes Augen die Seiten in kleine Stücke zerriss, erstaunte den Mann sichtlich mehr als der Vortrag. »Crazy guy«, hörte man ihn beim Weggehen sagen.

»Wollen Sie jetzt Fragen beantworten?«, fragte der Nobelpreisträger, während noch applaudiert wurde. »Großartig, gratuliere. Jetzt weiß ich, warum Sie diese Oratio pro domo Austriae nicht Vortrag nennen wollten! Die Kritik haben Sie sich offenbar für die Fragen aus dem Publikum aufgehoben?«

Die Ruhe war vom Präsidenten wiederhergestellt. Dr. von Geldern, hieß es, würde sich freuen, Fragen aus dem Publikum zu beantworten.

Doch zur Verblüffung der Veranstalter und entgegen aller sonstigen Gewohnheit wurde keine einzige Frage gestellt. Anscheinend konnten sich die Leute von dem emotionellen Eindruck nicht sofort befreien. Viele von ihnen, lauter Fremde, eilten nach vorn und sagten dem Redner, wie sehr sie es genossen hatten. Every minute of it. Einige schüttelten ihm die Hand. Eine Dame sagte: »Thank you. There is no more charming place in the world than Vienna.« Eine andere Dame sagte, sie habe keinen faszinierenderen Sprecher gehört. Und wann war Mr. van Gelderns nächster Vortrag? Sie würde gern sofort ihre Karte bestellen, und eine für ihre Schwiegertochter, die sich auch so für den Balkan interessiere. Einer der hausierenden Advokaten, Bielitz hieß er, Felix hatte ihn flüchtig in Wien gekannt, sagte ihm auf Deutsch: »Sie sind ein phantastischer Redner! Aber ein Verräter sind Sie auch!«

Als die Vorstandsmitglieder ihn einluden, im Hotel »Mayflower« mit ihnen zu speisen, lehnte er ab. Der Nobelpreisträger nahm es auf sich, ihn mit dem Todesfall in seiner Familie zu entschuldigen. Ihn selbst warnte er: »Wirklich, Geldern, Sie sind ein Mensch, der einen zur Verzweiflung bringen kann! In Ihnen kennt man sich nicht aus, Sie sind aus lauter Widersprüchen zusammengesetzt. Heute reden Sie so, morgen empfinden Sie anders! So macht man sich keine Freunde, mein Lieber. Und auch keine Anhänger. Worauf kann man sich eigentlich bei Ihnen verlassen? Haben wir nicht ausdrücklich abgemacht, dass Sie etwas ganz anderes sagen sollten?«

Er hörte es und hörte es nicht, er hatte tatsächlich die Empfindung, dass er etwas zu sagen vergessen hatte, etwas ganz anderes, als der Nobelpreisträger meinte. Es wäre ihm unmöglich gewesen, sich auch nur an drei Sätze zu erinnern, die er gesprochen hatte. Etwas jedoch, das wusste er, hatte er nicht gesagt, obwohl er es hätte sagen müssen.

Er nahm seinen Hut, dankte den Vorstandsmitgliedern und dem Nobelpreisträger (der trotz der gebrochenen Abmachung stolz darauf schien, ihn dem Vorstand empfohlen zu haben) und ging. Ihn trieb ein brennender Wunsch, allein zu sein. Er hatte die Frage zu beantworten, ob er es hätte sagen müssen oder nicht, und war entschlossen, die Antwort heute und hier zu finden, koste es, was es wolle. Ob man sich Freunde machte oder nicht.

In seiner Ratlosigkeit missachtete er wieder einmal Ort und Zeit. Dass er nicht überfahren wurde, als er zum Weißen Haus hinüberging, wohin es ihn in einer unbewussten Regung zog, verdankte er einem Polizisten, der ihn buchstäblich zwischen Automobilen hervorriss, an der Hand nahm und über den Übergang führte. »Ever heard of traffic lights?«, war der Vorwurf, den er ihm für die Lebensrettung machte. Und er fragte den unsicheren Passanten, wohin er eigentlich unterwegs sei.

Felix wollte nicht sagen, nirgendwohin, und wünschte auch nicht, in der Nähe eines wachsamen Polizisten vor dem Weißen Haus stehen zu bleiben. Vielleicht wäre jemand, der sich fast hätte überfahren lassen, um nachher auf das Haus des Präsidenten zu starren, verdächtig gefunden worden. Er sagte also, er wollte einen Spaziergang machen.

Ob er je um die Lagune herumgegangen sei? Sehenswert. Zwanzig Minuten höchstens, sagte der Polizist. Als Felix verneinte, zeigte er ihm den Weg. »And be sure to watch the lights.«

Felix versprach dem Polizisten, auf die Verkehrslichter aufzupassen. Bis sein Zug ging, hatte er zwei Stunden Zeit. In diesen zwei Stunden, er versprach es sich, musste er die Antwort wissen.

49

Vor einem Denkmal

Der Diplomat aus Rom, der Viktoria einen schönen Indian Summer prophezeite, hatte recht gehabt. Es war ein Nachsommer wie schon lange nicht, mild und klar, erfüllt von einem bebenden tiefen Herbstlicht, dessen Bläue, Stärke und Zartheit ihresgleichen suchten. Trotz der späten Stunde sah man ziemlich gut. Der Mond, bereits am Himmel, leuchtete noch nicht.

Etwas, worauf Felix entlang der »Lagune« zuging, ohne sich Rechenschaft zu geben, was es war, zeichnete sich in der Entfernung hoch vor ihm ab. Er kämpfte fanatisch mit einem Entschluss. Für Augenblicke fand er ihn selbstverständlich – sich überhaupt Gedanken darüber machen, war kindisch: Man tat es, ohne mit der Wimper zu zucken, fertig! In der nächsten Sekunde blieb er stehen, der Schweiß brach ihm aus vor Fassungslosigkeit, dass er das überhaupt für möglich hielt – ein Verräter sind Sie auch! Wollte er sich schämen müssen; den Rest seines Lebens? So oder so musste er sich schämen! Falsch! Nur wenn er's nicht tat. Etwas, das zugleich so absolut unerlässlich und so durchaus erniedrigend war. Eine Unwürdigkeit, es so lang hinauszuschieben! Mein Gott, nicht diese maßlosen Übertreibungen! Dinge solcher Art musste man aus der emotionellen Sphäre rücken. Von einer höheren Warte, Herr Professor. Sehr kontinental, was ich da mache. Als drehte die Welt sich um das Schicksal des Herrn Felix Geldern, einer Null. Ekelhaft! Wieso? Ekelhaft ist nein und ja im selben Atem sagen, Herr Professor, Herr Nobelpreisträger. Ekelhaft sind die Österreicher, die auf Amerika schimpfen und sich von Amerika helfen lassen. Ekelhaft sind die, die sagen: »Ich habe zwar fünfundzwanzig Prozent jüdisches Blut, aber ich sehe die Sache vollkommen objektiv an! Sozusagen von einer höheren Warte.« Achtlos war er Stufen hinaufgegangen. Ach, Objektivität! Objektiv sind Phantasielose! Leidenschaftslose! Herzlose!

Sein Blick fiel auf ein großes Gesicht. In einem steinernen Sessel saß ein Mann aus Stein. Sein Bart, sein Blick aus tiefliegenden Augen, sein langer Rock waren die eines nahen Bekannten. Es war so überraschend, dass Felix, mit seinen Gedanken anderswo, sich fragte: Woher kenne ich den Mann? Er kannte das Gesicht nur von Abbildungen. Doch da er ihm gegenüberstand, schien ihm, als wäre er damit aufgewachsen. Man konnte hineinschauen wie in eine Landschaft.

Erschöpft setzte er sich auf eine der Stufen unterhalb des Monumentes. Man sah noch alles. Das Zwielicht um den breiten Steinmund machte ihn weich. Im Zwielicht schimmerten die Worte auf den Steintafeln, vor bald hundert Jahren zu Menschen im Bürgerkrieg gesprochen, man konnte sie noch lesen, und sie wärmten noch.

Felix ertappte sich dabei, etwas Sinnloses hinaufgesagt zu haben. Er schämte sich dessen – wer bat einen Stein um Hilfe! Doch je länger er saß und aufschaute, desto weniger lächerlich kam ihm vor, was er tun wollte. Man muss einen Menschen haben, zu dem man in einem Gewissenskonflikt sagt: »Gib mir einen Rat!« Hat man keinen Menschen aus Fleisch und Blut, dann eben einen aus Stein. Er war zu Grillparzer im Wiener Volksgarten gegangen, der übrigens dem Mann hier merkwürdig ähnelte, und hatte sich mit ihm über Österreich unterredet. Und da es nicht der Zufall fügte, an den er nicht glaubte, sondern die Bestimmung, dass er jetzt dem ins Gesicht sah, der gesagt hatte: Ein Staat sei of the people, by the people, and for the people, Sache des Volkes, geschaffen vom Volk, vorhanden für das Volk, was auch Felix immer geglaubt hatte, so war es der Mann für ihn.

In seiner zu allem entschlossenen Bedrängnis bewahrte er noch so viel Wirklichkeitssinn, dass er die Lippen nicht bewegte, und so wenig, dass er lautlos sprach, als er dem Mann und sich seinen Fall endgültig auseinandersetzte. Mag sein, dass es ein einzigartiger Fall war. Vielleicht war es der einer verschwindenden Minorität. Wen kümmerten ein paar hundert, tausend, hunderttausend Menschen? Man billigte ihnen nicht einmal zu, dass sie ein Problem zu lösen hatten; ein Problem fing bei der Million an.

Gehetzt, dann, da seine Spannung die Qual des Gejagtseins verlor, etwas ruhiger, statuierte er den Fall. Wenn Liebespaare aus der Richtung des Potomac-Flusses sich näherten, wartete er, bis das Lachen und das Glück vorüber waren, und nahm das Plädoyer wieder auf. Nachdem er auf schuldig plädiert hatte, war die Dunkelheit eingebrochen.

Wie er dort auf den Stufen saß, hätte es ihn nicht gewundert, wenn er jetzt sein Verdikt gehört hätte. Dass Menschen versteinten, hatte er miterlebt, niemanden hatte es gewundert, auch ihn nicht. Warum sollte ein Stein nicht der Rede mächtig werden? Warum, Gott im Himmel, der Hitler sendet und von der Erde fegt, sollte nicht ein Mund, der den Menschen Wärme geschenkt hat, den Stein schmelzen?

Felix wartete, und es geschah nichts. Das Denkmal tauchte in Schatten. Es war Zeit, zur Bahn zu gehen. Doch da er sich noch einmal, in einer letzten, ihrer Sinnlosigkeit voll bewussten, verzweifelten Hoffnung umsah, war der Schein eben aufgeflammter Lichter auf Abraham Lincoln gefallen. Es war nichts als elektrisches Licht – wie es, auf Gertruds Grab, nichts als ein bisschen Wind gewesen war. Trotzdem erschien es dem Verzweifelten wie ein Zeichen, und er eilte.

50

Die Kompetenz der Zeit

»Ich höre.«

»Ich weiß, es ist ein Ansinnen, Sie so früh am Morgen zu überfallen. Aber ich dachte, während des Tages würden Sie zu beschäftigt, sein.«

»Nun?«

»Sie erinnern sich meiner nicht mehr?«

»Sie waren wegen Ihrer Bürgerschaftspapiere hier.«

»Darum handelt es sich auch jetzt.«

»Sie müssen sie doch längst haben? Wie ist Ihr Name?«

»Felix Geldern.«

Der Beamte blätterte in einem Verzeichnis. Obwohl der Morgen erfrischend war, blieb es in dem kleinen Quadrat des vierten Stockes, Nummer 70 Columbus Avenue, heiß. Über dem Sessel hing der auffallend blaue Rock des Beamten.

»Das ist es ja, dass ich sie bekommen habe!«

»Drücken Sie sich etwas klarer aus. In zehn Minuten beginnt der Parteienverkehr.«

»Ich will meine amerikanische Staatsbürgerschaft aufgeben.«

»Bitte?«

Felix wiederholte, er wolle seine amerikanische Staatsbürgerschaft aufgeben.

Der Beamte legte ein Bein, das linke, auf den Schreibtisch. »Jetzt erinnere ich mich«, sagte er. »Sie sind der Mann, mit dem ich über Österreich gesprochen habe. Sie sind aus Österreich, nicht wahr?«

»Ja.« Vielleicht wäre es richtig gewesen, ein Kompliment über das Gedächtnis des Beamten anzubringen. Felix versäumte es. Er sah auf den Boden, starr vor sich hin.

»Was ist Ihr Beruf, Mr. Geldern – van Geldern, nicht?«

»Ich war Jurist.«

»Und weshalb wollen Sie Ihre Staatsbürgerschaft aufgeben?«

Felix hatte den Dialog die ganze Nacht geübt. Nüchterne Fragen. Nüchterne Antworten. »Ich hänge zu sehr an Österreich«, antwortete er.

Eine Pause entstand. Der Beamte legte auch das rechte Bein auf den Schreibtisch. »Wie ist das gekommen, Mr. van Geldern?«, fragte er. Nicht nüchtern, sondern teilnehmend. Es machte einen Unterschied, auf den Felix nicht vorbereitet war.

»Plötzlich ist es gekommen. Nein, nicht plötzlich. Es war immer so, aber jetzt weiß ich es.«

»Lassen Sie sich Zeit. Wenn ich etwas später mit meinem Parteienverkehr anfange, macht es auch nichts.«

Ein österreichischer Beamter hätte, im gleichen Fall, wahrscheinlich gesagt: No das is eine schöne Schweinerei! »Ich war kürzlich in Österreich«, sagte Felix.

»Was haben Sie dort gemacht?«

»Ich hatte Geschäfte.«

»Sie sind sehr erregt. Vielleicht ist es nicht gut, dass Sie in diesem Zustand so weittragende Erklärungen abgeben. Wollen Sie es nicht lieber verschieben, bis Sie ruhiger geworden sind? Wir können einen Tag fixieren.«

»Ich kann nicht ruhiger werden, solange das auf mir liegt.«

»Allright. Also Sie waren in Österreich.«

»Und ich gehöre hin! Es ist ein Betrug, wenn ich Amerikaner bleibe!«

Der Beamte nahm einen Bleistift und stellte ihn mit der Spitze auf das Pult. Dann mit dem Ende. Dann mit der Spitze. »Wen betrügen Sie?«

»Amerika. Hier in diesem Zimmer haben Sie mir gesagt: ›Wenn Sie die amerikanische Staatsbürgerschaft erhalten, werden Sie schwören, keinem andern Land ergeben zu sein als Amerika.‹ Ich habe einen Meineid geschworen.«

»Womit haben Sie Österreich Ihre Ergebenheit zum Ausdruck gebracht, seit Sie amerikanischer Staatsbürger wurden?«

Auch darauf war Felix nicht vorbereitet. »Ich … ich war dort glücklich. Ich habe eine Österreicherin geheiratet. Ich habe gestern in Washington einen Vortrag über Österreich gehalten und dabei gemerkt, dass ich keine andere Ergebenheit kenne als die für Österreich.«

»Einen Moment.« Der Beamte legte den Bleistift hin, richtete sich aus seiner bequemen Stellung auf, griff nach einer Zeitung, blätterte darin und reichte ihm das Blatt, eine bestimmte Stelle bezeichnend.

Es war ein Bericht über die gestrige Feier, worin es hieß: »Dr. Felix von Geldern, früherer österreichischer Beamter, jetzt amerikanischer Bürger, sprach über die Lage in Österreich, von wo er kürzlich zurückkehrte. Er zeichnete ein überzeugendes und ergreifendes Bild der dort herrschenden Not und machte klar, dass es in weit höherem Maße als bisher der Hilfe und des Verständnisses bedürfe, um die der Welt unentbehrliche politische und kulturelle Kraft des Landes wiederherzustellen.« Der Beamte nahm ihm die Zeitung ab. »Das waren Sie?«, sagte er.

»Das war ich«, bestätigte Felix. Es verwirrte ihn, dass seine Worte, von denen er das Nachgefühl völliger Vagheit hatte, einen geordneten Sinn gehabt haben sollten.

»Und was ist daran nicht in Ordnung? Sie haben Ihren Standpunkt gut vertreten.«

»Für Österreich.«

»Österreich geht es schlecht, sagen Sie?«

»Ja.«

»Sie halten es für richtig, dass es dort besser geht?«

»Ja.«

»Versprechen Sie sich davon einen Nachteil für Amerika?«

»Nein! Einen Vorteil für die ganze Welt.«

»Also auch für Amerika.«

»Natürlich.«

»Dann haben Sie mit diesem Vortrag Amerika genützt.«

»Verzeihen Sie, das ist es nicht, worauf es hier ankommt. Als ich sprach, habe ich mir keine Rechenschaft gegeben, wem ich nützen oder schaden will. Es war ganz spontan. Ich habe aus meinem Herzen keine Mördergrube gemacht!«

»I see.« Der Beamte legte den Bleistift zwischen sich und Felix. »Wenn es zum Krieg käme, würden Sie gegen Amerika kämpfen?«

»Nein!«

»Würden Sie für Österreich kämpfen?«

»Ja!«

»Wenn Österreich gegen Amerika kämpfte, würden Sie gegen Amerika kämpfen?«

»Dazu wird es nie kommen! Es wird nie zum Krieg kommen! Gegen niemanden, wenn niemand ihn will!«

»Mr. van Geldern. Es klagt Sie niemand an. Regen Sie sich nicht so auf.«

»Ich klage mich an!«

»Sie haben eine Österreicherin geheiratet?«

»Ja.«

»Lebt sie auch hier?«

»Sie ist in Wien gestorben.«

»Oh. Mein Beileid. Eine Zigarette?«

»Danke.«

Der Beamte reichte Felix Feuer. »Die alte Dame, die mit einer unserer Angestellten befreundet ist, ist mit Ihnen verwandt? Sie war unlängst mit zwei jungen Mädchen hier – Ihre Schwestern, wenn ich nicht irre? Wir haben uns eine ganze Weile unterhalten.«

»Sie war meine Großmutter.«

»Haben Sie sie auch verloren?«

»Ja.«

»Ich fürchte, Sie haben in der letzten Zeit viel mitgemacht.«

»Wollen Sie, bitte, zu Protokoll nehmen, was ich Ihnen gesagt habe. Es ist definitiv.«

»Nein. Das will ich nicht.«

»Ich bitte Sie dringend darum!« Felix' Stimme hatte einen Ton solcher äußersten Entschlossenheit, dass der Beamte, sichtlich im Begriff, etwas zu sagen, seine Absicht aufgab. Er stand auf und kam zu Felix.

»Lassen Sie mich Ihnen die Hand schütteln.«

Felix reichte ihm die Hand. Der andere schüttelte sie. Die mit Pfeilen, Streifen und Kreisen gemusterte rot-gelb-grüne Krawatte, die er auf seinem weißen Hemd trug, flatterte dabei. Es war ein großer Mann, schwer, mit rosiger Gesichtsfarbe und Brille. Vielleicht fünfunddreißig.

»Ich heiße Stanley«, sagte er.

»Freut mich, Mr. Stanley.«

»Hören Sie«, sagte der Beamte, Felix' Hand eine Weile in seiner haltend: Was Sie von mir wollen, fällt nicht in meine Kompetenz. Sie müssten sich an das Büro des Attorney General in Washington wenden. Aber wenn Sie meine Meinung hören wollen – Sie sind ein ganz guter amerikanischer Bürger, Mr. van Geldern.«

Nichts wird mich abbringen! Nichts! Keine Freundlichkeit, keine Feindlichkeit, weder hüben noch drüben. Lass dich nicht mehr verwirren, sagte sich Felix, es muss einen Sinn haben, das Ganze. »Nehmen Sie an« – der Gedanke kam ihm in diesem Augenblick, nur um das Exempel zu statuieren, sagte er sich, nur deswegen –: »Ich würde jetzt nach Österreich zurückwollen?«

»Das fiele in die Kompetenz der Passabteilung.«

»Mr. Stanley – es ist keine Frage des Passes.«

»Stimmt. Es ist die Frage einer Meinungsänderung.«

»Einer Änderung der Loyalität.«

»Auch dazu brauchen Sie einen Pass.«

»Und Sie glauben, man würde mir ihn geben?«

»Ich denke schon.«

»Nicht wenn ich mit denen reden würde wie mit Ihnen!«

»Weshalb nicht? Sie haben mir doch, nehme ich an, die Wahrheit gesagt?«

Sich nicht irremachen lassen! Sich um keinen Preis mehr irremachen lassen! »Man kann nicht zu zwei Ländern gehören. Sie selbst haben mir das gesagt.«

»Stimmt. Aber man kann zwei Länder lieben, nehme ich an.«

»Warum es verkleinern, Mr. Stanley? Oder verwischen. Was ich meine, ist: gleichzeitig mit beiden verheiratet sein. Das will ich nicht. Das werde ich nicht!«

»Haben Sie nicht gesagt, Sie sind Witwer? Schön, Mr. van Geldern. Ich weiß Ihre Offenheit zu schätzen. Um mich zu revanchieren, möchte ich sagen, Ihr Problem ist nicht Loyalität, sondern Liebe. Das fällt aber nicht in die Kompetenz der Regierung, sondern höchstens in die der Zeit. Viel Glück, Mr. van Geldern. Und verständigen Sie mich, wenn die Zeit gekommen ist.«

Nachwort

DER RISS
DER ERSTEN LIEBE

von
Doron Rabinovici

Ernst Lothars Roman
»Die Rückkehr«

Der Roman »Die Rückkehr« erschien 1949. Im selben Jahr wurde er auch unter dem Titel »The Return to Vienna« in New York veröffentlicht. Noch im Exil – und in englischer Sprache – hatte Ernst Lothar die Arbeit daran begonnen und in Wien fertiggestellt. In den USA war sein berühmtestes Buch »Der Engel mit der Posaune« entstanden, das später die Vorlage für den gleichnamigen Film liefern sollte und das 1944 zuerst als »The Angel With The Trumpet« verlegt worden war. Lothar schrieb für zwei Welten und in zwei Sprachen. Er war ein Schriftsteller der doppelten und beiderseits gespaltenen Identität.

»Die Rückkehr« sollte bei weitem nicht so erfolgreich sein wie »Der Engel mit der Posaune«. Kein Wunder: Geschildert wird das Heimkommen in ein Land, das es so nicht mehr gibt. Die Stadt liegt in Trümmern. Die einstige Prachtmetropole wurde zur Ruine. Alles ist grau und heruntergekommen. Die Menschen hingegen, obgleich hohlwangig, abgemagert und verheert, kommen einem weniger verändert entgegen, als einem lieb ist. Sie haben ihre alten Ressentiments nicht abgelegt. Die Rückkehr ist kein Triumphzug und keine Wiederauferstehung verlorenen Glücks. Die Rückkehr wird nicht zur Heimkehr, sondern zur Heimsuchung.

Was Felix von Geldern, der Hauptheld, durchleiden muss, war dem Schriftsteller Ernst Lothar nicht fremd. Lothar erfuhr, was er schilderte, am eigenen Leib. In seinen Erinnerungen »Das Wunder des Überlebens« beschrieb Lothar die Ambivalenz, die er, der Exilant, gegenüber Österreich empfand. Er erzählte von der Sehnsucht nach der heimischen Kultur und Natur. Er verfiel in seiner Rückschau nicht selten dem Pathos und dem Kitsch. Aber Lothar erwähnte hier auch die Ablehnung, die ihm, dem Vertriebenen, der nun zu den Siegern gehörte, von den Landsleuten entgegenschlug.

In seinen Memoiren spricht er kaum aus, was gleichwohl fast alle seine Leser wissen: Er war – anders als sein Protagonist Felix von Geldern – jüdischer Herkunft. 1890 in Brünn geboren, kam Lothar als Gymnasiast mit der Familie nach Wien. Noch studierte er Jus, da veröffentlichte er schon seinen ersten Lyrikband. Sein Bruder, der damals gefeierte Burgtheaterautor Hans Müller, half ihm, einen Verlag zu finden. 1914 promovierte Lothar zum Doktor der Rechte, heiratete im selben Jahr und musste sogleich in den Krieg. 1917 wurde er Staatsanwalt im oberösterreichischen Wels, dann Berater im Handelsministerium, und bald stieg er, inzwischen Vater zweier Mädchen, zum Präsidialchef auf. Er war an der Gründung der Wiener Messe beteiligt, wurde zum Sektionschef ernannt, widmete sich jedoch weiterhin dem Schreiben und veröffentlichte seine frühen Werke. Er gehörte zu den Initiatoren der Salzburger Festspiele. 1925 schied er als Hofrat aus dem öffentlichen Dienst aus.

Er war Schriftsteller, wurde Kulturkritiker der *Neuen Freien Presse*, Präsident des Gesamtverbandes Schaffender Künstler Österreichs, dann auch Gastregisseur am Burgtheater. Ab 1935 leitete er – im Einvernehmen mit Max Reinhardt – das Theater in der Josefstadt. Er war ein Wiener Wunderwuzzi, eine Größe des Kulturbetriebs, die zugleich literarische Erfolge feierte. Seine Trilogie »Macht über alle Menschen« erreichte ein breites Publikum. Sein Roman »Der Hellseher«, 1928 erschienen, wurde von Thomas Mann begeistert gelobt: »Ernst Lothar wird viel Ehre davon haben, oder die Welt müsste ganz auf den Hund gekommen sein.« Wie recht sollte Thomas Mann doch mit seinem Urteil haben, denn die Welt war bald schon ganz auf den Hund gekommen, weshalb solche wie Ernst Lothar von einem Tag zum anderen verfemt waren und flüchten mussten.

Er entkam der Vernichtung. Seine zweite Frau, die große Schauspielerin Adrienne Gessner, hätte in Österreich bleiben können. Sie verließ das Land trotz ihrer Bühnenkarriere und alleinig seinetwegen.

In seinen Erinnerungen will Lothar nicht der Verfolgte sein, sondern vor allem den politische Gegner der Nazis geben. So ganz falsch war das auch nicht. Er hatte sich bereits früh gegen jegliche Zensur von Kunst, gegen politische Milizen, gegen die Gefahr des Bürgerkriegs und für die Legalisierung der Homosexualität eingesetzt. Gemeinsam mit vierundzwanzig anderen Schriftstellern unterzeichnete er 1933 eine Protestresolution gegen die kulturelle Hetzjagd in Deutschland. Wie etliche andere setzte er gegen den Nationalsozialismus auf die österreichische Diktatur im Ständestaat.

Er trauerte der habsburgischen Vielvölkermonarchie nach, und von dieser Sehnsucht nach dem zerfallenen Reich redete er schon, als er um das Jahr 1920 Sigmund Freud aufsuchte. Ernst Lothar arbeitete damals als Beamter des Handelsministeriums in der Berggasse just gegenüber der Freud'schen Wohnung und Praxis. »In Österreich habe ich mich nicht getäuscht. Es ist das einzige Land, wo ich leben kann«, erklärte Lothar. – »Es ist ein Land, über das man sich zu Tod ärgert und wo man trotzdem sterben will«, entgegnete Freud, der damals noch nicht voraussehen konnte, dass er im Alter aus der Heimat gejagt werden sollte und gezwungen sein würde, die letzten Tage in der Fremde zubringen zu müssen.

»Fliehen hat etwas Beschämendes, und wer einen Stolz hat, spürt das«, stellte Lothar in seinen Memoiren fest. Diese Schmach wirkte auch nach 1945 weiter und wurde durch die Ressentiments, auf die er im Nachkriegsösterreich stieß, noch verstärkt.

Wen wundert's deshalb, wenn der Wunsch, gar nicht als rassistisch Verfolgter vertrieben worden, sondern aus freien Stücken in die Emigration gegangen zu sein, im Roman »Die Rückkehr« so überdeutlich durchschlägt. Die Hauptfigur Felix von Geldern ist aus aristokratischem Haus. Er musste nicht um sein Leben rennen. Nur ein Teil seiner Familie gilt als jüdisch. Felix verließ das Land allein, weil ihm unerträglich war, Deutscher zu werden. Felix hatte jene Wahl, über die sein Autor nie verfügte, und er kehrt nach dem Krieg bloß zurück, weil er in einem kurzen Aufenthalt die Geldgeschäfte der Familie regeln soll.

Felix lebt im Zwiespalt. Bürger der USA will er sein, doch kaum ist er es, befällt ihn das Heimweh nach Österreich. Er schwankt nicht nur zwischen den beiden Ländern, sondern auch zwischen zwei Frauen. Der Amerikanerin fühlt er sich verbunden und zu Dank verpflichtet.

Erst als er sie mit dem Schiff zurückgelassen hat, telegrafiert er ihr seinen Heiratsantrag. Aber alle Versprechen sind vergessen, als er Gertrud, seine erste große Liebe, die er tot glaubte, in Österreich wiederfindet. Ein Bühnenstar, eine Wienerin, die nicht mit ihm ins Exil gegangen war, sondern sich – als Scharführerin beim BDM – den Nazis an den Hals geworfen hatte, um nun als Geliebte eines US-Offiziers zu reüssieren. Aber Felix verzeiht ihr, und erst nach der Hochzeit bricht das wechselseitige Misstrauen zwischen ihnen aus, das in eine Katastrophe führt.

Die Rückkehr zur Frau, die ihn einst verriet, kann nicht erfolgreich sein. In der Heimat, die ihn verstieß, wird er der Außenseiter bleiben, der er seit jeher war. Der Roman bleibt ambivalent: Die Nazis, ihre Mitläufer, auch die Alliierten, die längst schon in den neuen Konflikt zwischen Ost und West verstrickt sind, ja, selbst die einst Verfolgten werden in ihrem Grimm, in ihrer Bitterkeit, doch ebenso in ihrer Harmoniesucht und Nostalgie dargestellt.

Was an dem Text heute fasziniert, ist wohl vor allem das, was schwer zu ertragen war, als das Buch erschien: die Darstellung des verheerten Österreich, die Trümmerstadt Wien, die Ruinen, aus denen sich ein Mauerteil löst und ein Kind erschlägt. Zerstörter noch als die Gebäude sind zudem die Menschen. Felix soll als Zeuge gegen einen Naziverbrecher aussagen, doch niemand scheint die Verurteilung des Täters wirklich zu wollen, und es ist Felix, der Exilant, der unversehens auf Misstrauen und Hass stößt. Die finanziellen Angelegenheiten seiner Familie bleiben unerledigt.

Lothar kannte genau, was er beschrieb. Bei seiner Ankunft nahm er die Straßenbahn ins Zentrum: »›Ami go home!‹ schrie ein Halbwüchsiger, als wir ausstiegen. Wir waren wieder da«, resümierte er. Der alte Hausdiener im Bristol begrüßte den Heimkehrer mit den Worten: »Net amal den Heinrichshof, wo der Herr von Slezak g'wohnt hat, ham s' stehen lassen, die Amerikaner – dös Bombenschmeiß'n war do nix wia a Barbarei!« Worauf Lothar bemerkt: »Ich hätte sagen sollen: Es war die Konsequenz der Barbarei! Doch ich sagte dem Herrn Steindl gute Nacht.«

Der Autor blendete nicht aus, was ihm grell entgegentrat, doch er machte kein Aufsehen daraus. Er schaute darüber hinweg. »Leiden S' in Amerika auch so unter den Juden«, wurde er unversehens gefragt. Lothar scheute nicht davor zurück, seine Meinung kundzutun, wenn er darum gebeten wurde: »Der Antisemitismus herrsche nach wie vor. Dass sechs Millionen Juden ermordet worden waren, seien die sieben Millionen Österreicher, vermutlich sogar die ganze Welt, im Begriffe zu vergessen; sie nähmen es übel, daran erinnert zu werden, es gelte als taktlos. Zwar ziehe der Antisemitismus momentan die Krallen ein und drapiere sich mit Alibis, da mitunter kleinere Posten in nichtarische Hände kämen; auf die entscheidenden würden Juden grundsätzlich nicht oder nur mit äußerstem Widerstreben berufen. Nach Rückkehrern, obschon man es offiziell nicht zugab, bestehe kein Verlangen, anerkannten am wenigsten; man wolle unter sich bleiben und sein angegriffenes Gewissen schonen.«

Die Sätze finden sich ähnlich im Roman »Die Rückkehr«. Felix von Geldern berichtet von den »gemischten Gefühlen«. Er sei mit ungeheuren Erwartungen nach Österreich gereist und habe es mit ebensolchen Enttäuschungen wieder verlassen.

Wie groß waren erst die Hoffnungen von Ernst Lothar gewesen? Österreich blieb für ihn der politische und persönliche Schlachtruf gegen Hitlers Deutschland. Gemeinsam mit Raoul Auernheimer gründete er 1940 das Austrian Theatre in New York. Er war Mitglied des Austrian National Committee. In den Zeitschriften *Austro American Tribune* und *Aufbau* schwärmte er von der Kunst der alten Heimat. Wien müsse das neue deutsche Geisteszentrum werden, denn »der österreichische Kulturbegriff ist dem Andachtsbegriff nahe; der deutsche dem Machtbegriff«. Österreichs Kultur sei prinzipiell demokratischer, meinte Lothar, als hätte es die Diktatur des Ständestaats nie gegeben und als wäre der in Braunau gebürtige Hitler ein geborener Preuße gewesen. Der Schriftsteller Berthold Viertel erteilte Lothars Ausführungen eine klare Abfuhr, wobei er Verständnis äußerte »für das Heimweh, das etwa einem Theaterlyriker die Vergangenheit nicht nur in verklärten, sondern auch veränderten Farben erscheinen lässt«. Hellsichtig fügte Viertel hinzu:

»Wir können nur an eine Zukunft glauben, die von den Fehlern der Vergangenheit etwas gelernt hat.« Das Österreich, das nach 1945 entstand, sollte indes von diesem Ratschlag nichts wissen wollen.

1944 wurde Ernst Lothar zum amerikanischen Staatsbürger, um im Jahr 1946 als »Theatre and Music Officer« des amerikanischen Information Services Branch nach Wien zurückzukehren. Adrienne Gessner, die in der Zwischenzeit schon am Broadway spielte, gab für ihn ein zweites Mal eine Karriere auf und begleitete ihn wiederum. Was folgte, war das, was er selbst eine »kläglich erfolglose Entnazifizierungsperiode« nannte, bei der alle – auch er – versagt hätten. Just einen der vertriebenen Künstler mit der Entnazifizierung seiner einstigen Kollegen in der Branche zu betrauen, war eine zweischneidige Idee, zumal der Blick durch die persönlichen Erfahrungen mit den einzelnen Akteuren gefärbt blieb. Lothar war so manchen, die – wie etwa Paula Wessely und Attila Hörbiger – der nazistischen Propaganda in unverdrossener Bereitwilligkeit gedient hatten, persönlich verpflichtet, weil sie ihm, dem Flüchtling, geholfen hatten. Andere beschimpften ihn als »Rächer-Lothar«. Von einem unbekannten amerikanischen Offizier hätte keiner besondere Milde für Helfershelfer und Nutznießer der Massenverbrechen erwartet, doch der jüdische Emigrant stand von vornherein im antisemitisch getönten Verdacht, er suche nichts als Vergeltung.

Lothar wollte jedoch vor allem an das neue Österreich glauben. Wieder Teil des heimischen Kulturbetriebs zu werden, war für ihn, der die Schmach der Verfolgung durchgemacht hatte, ein Triumph. Er sollte wieder österreichischer Staatsbürger werden und später neuerlich am Burgtheater und bei den Salzburger Festspielen inszenieren. So trachtete er wohl auch nach der Anerkennung mancher Kollegen, über die er zugleich zu urteilen hatte und die wiederum seine Absolution, den Dispens des amerikanischen Offiziers aus dem jüdischen Wien, brauchten.

Das alles klingt im Roman »Die Rückkehr« durch. Seine erste Wiener Liebe, die Felix wiederfindet und die ihn einst im Stich ließ, hatte sich in der Zwischenzeit mit dem Reichspropagandaminister höchstpersönlich gemein gemacht. Sie war dem Verbrecher Josef Goebbels allzu nahe gekommen, um ihre Bühnenkarriere voranzutreiben. Sie hatte es sich mit den Nazis gutgehen lassen, und nun muss sie erkennen, dass Felix von Geldern, der Mann, den sie einst verriet, ihr nie wieder glauben wird. In ihrer Verzweiflung dreht sie den Gashahn auf. Auch diese Szene kannte Ernst Lothar aus dem eigenen Leben nur allzu gut. Nachdem seine erste Tochter 1933 an Kinderlähmung verstorben war, fand er 1945 in New York die Jüngere der beiden bereits ohne Bewusstsein in ihrer Wohnung auf – ganz so wie sein fiktiver Felix in dem Roman. Lothar dachte wohl an seine Tochter im Exil, an die Vertriebene, die der Vernichtung entronnen war, als er über Felix und seine »Nazibraut« schrieb. Im Roman bleibt Felix jedenfalls noch verwirrter zurück, als er es schon vorher war – er weiß nicht so recht, ob er seiner Jugendliebe gegenüber zunächst allzu blind oder dann zu herzlos zu ihr gewesen war.

Gespalten ist Felix am Schluss auch, wenn es um Österreich geht. Kühl notiert er, wie wenig das Land aus der Vergangenheit lernen will, doch er sehnt sich dennoch danach und hofft auf die Heimat. Am Ende möchte er am liebsten die amerikanische Staatsbürgerschaft wieder zurücklegen, um wieder Österreicher zu werden.

Kein Wunder, dass der Roman bei seinem Erscheinen 1949 nicht auf Begeisterung stieß. Den Geschichtsleugnern, den Tätern und den Nutznießern der Verbrechen sprach er zu offen an, wovon sie gar nichts mehr hören wollten. Denjenigen, deren Eltern oder Kinder ermordet worden waren, war er wiederum zu versöhnlich. Viele verstanden auch nicht jene verworrene Zwiespältigkeit des Exilanten, der sich nach einer Heimat sehnt, von der er gleichwohl weiß, dass sie schon immer nur eine Schimäre war.

Aber jetzt, Jahrzehnte später, entwickelt der Roman eine andere und eine neue Kraft. Was damals vielen zu schmerzhaft war, macht heute einen besonderen Reiz aus. »Die Rückkehr« lotet den Riss aus, der durch die Vertriebenen ging. Dem Exilstaat, der ihnen Asyl gegeben hatte und dessen Bürger sie geworden waren, blieben sie fremd, doch ein Abgrund trennte sie von ihrem Ursprungsland und dessen Leuten. Im Nachhinein erhellt sich, warum es kein Zurück zu dem mehr gab, was einst war.

An Heilung war nicht zu denken. Die offenen Wunden wurden nicht einmal versorgt. Das Leid der Opfer sollte negiert werden, die Schuld der Täter wurde zumeist nicht verurteilt. Wir lesen, wie die Rückkehr eine bittere Enttäuschung und eine unerfüllte Sehnsucht zugleich blieb.

Kapitelverzeichnis

Vorspiel

VERLASS DICH NICHT AUF MICH

1	Ein Vogel fliegt weg	9
2	Bürgerprüfung	16
3	Die Familie	20
4	Heiratsversprechen	30
5	Ein glänzender Jurist	35

Erstes Buch

EUROPA TAUCHT AUF

6	Das Orakel	41
7	Das Wunder geschieht	44
8	Komische Leute	48
9	Das Gegenteil von Strohfeuer	56
10	Vienne en Autriche	70
11	Das fehlende Bild	74
12	Grenzen des Gefühls	85
13	Die Natur verlangt ihr Recht	92
14	Feststellung einer Tatsache	103
15	Das Herz der Stadt	111
16	Ein guter Zeuge	117
17	Urteilsgabe und Menschenkenntnis	125

Zweites Buch

EUROPA, WOHIN?

18	Der Richterstuhl	163
19	Ein Mann in ihrem Alter	169
20	Heiratsversprechen	177
21	Mangel an Phantasie	190
22	Bigamisten der Heimat	191
23	Der Menschheit Würde	198
24	Nachtlokal	209
25	Auf einem anderen Kontinent	217
26	Die geistliche Schwester	222
27	Der Rausch des Ungeahnten	235
28	Gemeinsame Sache	247
29	Sieben Jahre Hitler	258

Drittes Buch

WOHIN, EUROPÄER?

30	Das Unglück weckt auf	277
31	Gesetz des Simplen und Trivialen	283
32	Zwei Männer in Zivil	288
33	Verhör	293
34	Staatsbesuch	301
35	Andrerseits	310
36	Die Ursache	317
37	Alles bleibt phantastisch gleich	322
38	Ferngespräch	332
39	Kreutzersonate	340
40	Vor einem Denkmal	351
41	Noch zehn Minuten	360

Seit der Landung der Alliierten in der Normandie kann er es kaum mehr erwarten – doch jetzt, Ende Mai 1946, ist es endlich so weit: Felix von Geldern schifft sich gemeinsam mit seiner Großmutter auf der Brasil ein, Richtung Europa, Richtung Wien, nach Hause. Acht Jahre vorher, unmittelbar nach dem »Anschluss«, flüchtete die altösterreichische Familie vor den Nazis nach New York. Felix war es damals unerträglich, Deutscher zu werden. Und nun, wie steht es jetzt um seine Heimat, nach der Niederlage, nach der Befreiung? Rasch muss er erkennen, dass der Jubel auf dem Heldenplatz nicht durch Manipulation zustande gekommen ist, dass sich seine ehemalige Freundin zuerst Goebbels an den Hals geworfen hat und jetzt auf dem Schoß eines US-Obersten sitzt …

ERNST LOTHAR, eigentlich Ernst Lothar Müller, wurde 1890 in Brünn geboren und starb 1974 in Wien. Der gelernte Jurist arbeitete zunächst als Staatsanwalt, ehe er 1925 Theaterkritiker, Regisseur und schließlich Direktor des Theaters in der Josefstadt wurde. 1938 emigrierte er in die USA und kehrte nach Kriegsende nach Wien zurück.
Die Neuauflage seines Familienepos' *Der Engel mit der Posaune* war ein internationaler Erfolg.